No 155 au catalogue [illegible].

UNE PAGE

DE

L'HISTOIRE DU VIEUX PARIS

IMPRIMATUR

F. M. D. SOUAILLARD

des Frères Prêcheurs. Provincial.

Abbeville. — Imprimerie Briez, C. Paillart et Retaux

COLLEGE

FAÇADE EXTERIEURE DU COLLEGE

LE COLLÉGE

DE DORMANS-BEAUVAIS

ET LA CHAPELLE

SAINT JEAN-L'ÉVANGÉLISTE

PAR

LE R. P. M. D. CHAPOTIN

de l'Ordre des Frères Prêcheurs à Paris

PARIS

DURAND ET PEDONE LAURIEL | JOSEPH ALBANEL
LIBRAIRES-ÉDITEURS | LIBRAIRE ÉDITEUR
9, rue Cujas. (ancienne rue des Grés) | 15, rue de Tournon

1870

Droits de traduction et reproduction réservés

D. O. M.

—

MEMORIÆ

ILLUSTRISSIMI VIRI NECNON LUGENDI PATRIS

Fr. Henrici-Dominici LACORDAIRE

INSTAURATORIS

PRIMIQUE PRIORIS PROVINCIALIS

PROVINCIÆ FRANCIÆ

REDIVIVÆ

—

ADM. REVERENDO PATRI

Fr. Mariæ-Dominico SOUAILLARD

INSTAURATORI

PRIMOQUE PRIORI CONVENTUALI

CONVENTUS SANCTI JACOBI PARISIENSIS

REDIVIVI

NUNC PROVINCIALI FRANCIÆ

Au moment où les Dominicains, obligés d'abandonner l'asile que les Archevêques de Paris leur avaient
ouvert depuis dix-huit ans aux Carmes, faisaient l'acquisition de la petite chapelle de la rue Saint-Jean-de-Beauvais, et, sur les fondations du vieux collége de Dormans,
élevaient les murs de leur nouveau monastère, nous avons
cru que l'histoire de cette chapelle et de ce collége pourrait intéresser le public. Elle se lie d'ailleurs naturellement
aux immenses travaux historiques entrepris depuis vingt
ou trente ans sur le passé de cette ville de Paris, en qui
la France semble avoir accumulé comme un abrégé de sa
propre histoire et un résumé de toutes ses grandeurs.
Nous nous sommes donc mis à l'œuvre. Peu accoutumé aux recherches nécessaires pour ce genre de
travail, nous avons plus d'une fois rencontré des encou-
ragements et un concours qui nous ont puissamment
soutenu. Malgré les préoccupations multipliées d'un ministère qu'il était impossible de négliger, nous avons pu
rédiger nos notes, condenser les faits lentement glanés
chez les historiens et dans les archives, former un récit
à peu près suivi. Nous l'offrons avec confiance à ceux qui
s'intéressent à l'ordre de Saint Dominique et à son nouvel établissement; à ceux aussi qui ont aimé à voir sortir

de son abandon et de ses ruines la jolie chapelle Saint-Jean-l'Évangéliste; aux familles, nombreuses en France, dont les ancêtres sont venus à l'ombre de ses murailles puiser l'amour du travail, de la science et de la religion; à tous les hommes enfin qui prennent une part sympathique ou active à la renaissance de notre histoire nationale.

Qu'ils n'y cherchent point les délicatesses d'un style étudié, ni les péripéties d'une histoire émouvante. Ils y rencontreront en revanche des spécimens intéressants des mœurs et de la littérature de nos aïeux, et une foule de pièces inédites ou très-rares, que nous avons fondues dans la trame générale et mêlées au récit, plutôt que de les renvoyer aux pièces justificatives, et de les condamner ainsi à n'être jamais lues. Nous savons qu'il y a là un écueil pour l'intérêt du livre lui-même ; mais nous aimons à nous persuader que les lecteurs, assez courageux pour affronter les premières répugnances toujours causées par un langage vieilli, seront bientôt amplement dédommagés par le charme qu'ils ne manqueront pas d'y trouver.

UNE PAGE

DE

L'HISTOIRE DU VIEUX PARIS

CHAPITRE PREMIER

Coup d'œil général sur l'ancienne Université de Paris, ses écoliers et ses colléges.

On a beaucoup discuté sur l'origine de l'Université de Paris, la plus célèbre du monde entier. Quelques-uns l'ont fait descendre par une succession directe des vieilles écoles des Druides. D'autres, plus modestes, partagent entre Charlemagne et son petit-fils Charles-le-Chauve la gloire d'avoir fondé l'Université de Paris, et lui donnent pour premiers ancêtres les Alcuin, les Hincmar de Reims, les Hildoin de Saint-Denis, les Ives de Chartres, les Remi et les Héric d'Auxerre, les Scot Erigène, les Raban Maur. Presque tous avouent qu'elle reçut seulement après les premiers rois capétiens son organisation définitive, vers le temps où saint Bruno, effrayé des dangers auxquels expose une vaine science, quittait sa chaire et allait ensevelir dans le désert de la Chartreuse sa jeunesse et sa gloire naissante, où Guillaume de Champeaux, Abeilard, Pierre Lombard voyaient des milliers d'auditeurs accourir à leurs leçons, préparaient ce xiiie siècle destiné à entendre Albert-le Grand et Alexandre de Halès, saint Bonaventure et saint Thomas d'Aquin, et inauguraient la plus glorieuse période de l'enseignement public à Paris, vers le temps enfin où les légats apostoliques Galon et Robert de Courson donnaient des règlements aux maîtres et aux étudiants, et leur accordaient, de la part du pape, de nombreux priviléges (1).

Protégée par les rois, dont elle devait bientôt s'appeler *la fille aînée*, attirant à elle une jeunesse nombreuse et souvent turbulente, fière de son savoir et de ses immunités, l'Université ne tarda pas à devenir une puissance. Dès le règne de Philippe-Auguste, les bourgeois de Paris étaient obligés de jurer qu'ils dénonceraient aux officiers du roi quiconque ferait injure ou violence à un écolier, sous peine d'être punis comme complices. Les juges séculiers n'avaient aucun droit sur les étudiants, et le chef des écoles de Paris n'était lui-même justiciable que de l'Université, de l'évêque, du roi et du pape (2).

A mesure que les écoles désertèrent le cloître et le parvis Notre Dame pour s'établir sur la rive gauche de la Seine, l'Université vit s'accroître son indépendance, jusqu'à former bientôt, à côté de la cité, comme une seconde ville, ayant son enceinte réservée, et obéissant aux seules autorités académiques.

Le recteur, élu à chaque trimestre par les procureurs des quatre nations de France, de Picardie, de Normandie et d'Allemagne, s'entourait, en certaines circonstances, d'une cour plus nombreuse et plus belle que celle des rois : le Père du Breul, dans sa naïve admiration, compare

----

(1) Du Boulay, *Historia Universitatis Parisiensis*, t. I. — Du Breul, *les Antiquités de la ville de Paris*, in-fol., pp. 271 et 272. — Dom Félibien, *Histoire de la ville de Paris*, t. I, pp. 71 et 72 et p. 251.

(2) Dom Félibien, t. I, p. 229.

la procession du recteur de l'Université, environné des
docteurs et des bacheliers en théologie et en médecine,
des maîtres ès arts et d'une foule de religieux des différents ordres « à un sénat Vénitien, qui accompagne son
Duc à la cérémonie des Espousailles de la Mer (1) ». Ses
prérogatives étaient extraordinaires. Aux actes publics et
aux thèses, la présidence lui revenait de droit, et dans
ces circonstances il ne cédait le pas ni aux nonces apostoliques, ni aux ambassadeurs, ni aux cardinaux, ni aux
pairs de France. Il ne sortait de la ville que pour aller au
devant des papes et des rois. Quand un roi de France faisait sa première entrée dans sa capitale, c'était à lui que
revenait l'honneur de le recevoir et de le complimenter.
S'il s'agissait de l'entrée à Paris d'un légat, il le recevait
dans la ville même, et lui faisait jurer de laisser intacts
les priviléges précédemment octroyés par le Saint-Siége à
l'Université. Cet humble professeur, tiré la plupart du
temps par le choix de ses collègues du fond d'une pauvre
classe, où il gagnait à peine de quoi se vêtir et acheter
quelques livres, et placé pour trois mois seulement à la
tête de l'Université, prenait, dans l'exercice de ses fonctions, la qualité d'*Amplissime Seigneur*, de même que,
dans les convocations officielles, le grand maître des cérémonies de la cour, s'adressant à l'Université en corps,
disait : *Nobles et scientifiques personnes*. Au mariage des
rois, le recteur prenait place, avec ses *suppôts*, au milieu
des princes de la cour ; à leurs funérailles, il marchait sur
le même rang que l'évêque de Paris, occupant un côté de
la rue, pendant que l'évêque occupait l'autre (2). Il sié-
geait au parlement parmi les barons, et s'il mourait en
charge, il partageait à Saint-Denis la sépulture des rois (3).

(1) Du Breul. *Les Antiquités*, etc. p. 278.
(2) Du Breul, *ibid.*
(3) Quicherat, *Histoire de Sainte-Barbe*, t. I, p. 57.

Gardien de l'honneur du corps qui l'avait fait son chef, il en écartait avec soin les membres ignorants ou indignes qui auraient pu en ternir la réputation. Défenseur intrépide des priviléges universitaires, il savait exercer, contre ceux qui y avaient attenté, des vengeances terribles. Si, même pour répondre à une injure personnelle, un homme, bourgeois, soldat ou grand seigneur, avait osé porter sur un écolier une main téméraire, au lieu de recourir à celui à qui il appartenait de le juger et de le punir, le recteur faisait fermer les classes, laissait les écoliers oisifs se répandre dans la ville et y semer le désordre et la terreur, et exigeait des réparations publiques. En cas de refus, il menaçait de passer à l'étranger avec ses professeurs, et d'y emporter en même temps ce renom de science, qui n'était pas une des gloires les moins enviées à Paris et à la France. Un jour, l'Université en corps allait faire ses dévotions à Saint-Denis ; la tête de la procession arrivait déjà à la royale basilique, tandis que le recteur n'était pas encore sorti de l'église des Mathurins : ce jour-là, à la vue de ce nombre prodigieux d'étudiants, le peuple et le roi ne durent-ils pas redouter en secret cette puissante association, et chercher à la ménager ? Et en se voyant ainsi escorté d'une armée, d'autant plus dévouée que toute sa force résidait plus évidemment dans son union avec son chef, le recteur de l'Université ne pouvait-il pas se dire que lui aussi était roi ?

Ces magnifiques apparences ne dissimulaient guère les misères, les souffrances, les vices qui faisaient trop souvent de la condition d'écolier la moins enviable à tous égards. Un jeune homme, un adolescent arrivait à Paris d'une province lointaine, quelquefois d'un pays étranger, des rives de l'Angleterre ou du fond de l'Allemagne : sans amis et sans protecteurs dans cette grande cité, sans expérience dans un monde tout nouveau pour lui, il s'y voyait exposé à mille petites persécutions que la vigilance, si susceptible qu'elle fût, dés dignitaires de l'Université ne pouvait pas toujours prévenir ou réprimer. En possession de sa liberté pour la première fois peut-être, il en usait au détriment de ses mœurs et de sa bourse. Pauvre la plupart du temps, son maigre pécule lui assurait à grand peine un asile misérable, où il pût dormir en paix. Les bourgeois, qui savaient à quels excès peut se porter une jeunesse indisciplinée, ne se souciaient pas toujours d'ouvrir leur porte à l'étudiant ; au moins prétendaient-ils lui vendre le plus cher possible l'hospitalité passagère qu'ils lui accordaient sous leur toit. L'expérience leur avait appris que plus d'un écolier ne se faisait pas scrupule de déserter son gîte avant la fin du terme, pour n'en point payer le montant ; d'ailleurs ils connaissaient trop bien la loi qui exemptait de la saisie le mince mobilier de l'étudiant : si donc ils ne pouvaient pas toujours se soustraire aux sollicitations de ces hôtes incommodes, il n'y avait pas de précautions vexatoires ou injustes qu'ils ne prissent pour assurer d'avance le paiement de leurs loyers. Les choses en vinrent à de telles extrémités que le pape crut devoir intervenir. Déjà le légat Robert de Courson avait établi d'autorité une taxe pour les loyers. Le Souverain Pontife Grégoire IX, pensant qu'il était juste que l'Université et les bourgeois prissent de concert une détermination qui les intéressait également, avait ordonné que le prix des loyers serait taxé par deux maîtres de l'Université et deux bourgeois élus du consentement des maîtres, de façon néanmoins que, si les deux bourgeois négligeaient de remplir leur commission, les deux maîtres pussent sans eux procéder au règlement (1).

Il y avait en outre les rivalités d'écolier à écolier et de maître à maître, se disputant les logements les plus com-

_____

(1) Crevier, *Histoire de l'Université de Paris,* t. III, p. 82.

modes ou les plus avantageux, et donnant ainsi à l'avarice
des bourgeois l'occasion d'accroître, aux dépens des uns
et des autres, les revenus qu'ils tiraient de leurs maisons.
Ici encore, le pape voulut interposer sa paternelle autorité. « Innocent IV, dit Crevier, fut informé qu'il s'élevoit
souvent des querelles entre les écoliers et entre les maîtres au sujet des logemens et des écoles. Le prix en étoit
taxé. Mais par malignité, par jalousie, ils cherchoient à
se supplanter et alloient sur le marché les uns des autres.
Par ces indécentes manœuvres, en même temps que l'on
nuisoit à la réputation du corps, on fournissoit aux propriétaires des maisons le moyen d'augmenter leurs loyers:
grand inconvénient pour des locataires dont la plupart
étoient plus riches des biens de l'esprit que de ceux de la
fortune. Cet abus subsistoit dès le tems du légat Robert
de Courson, qui voulut y remédier par un article de son
statut. Mais les abus qui ont leur racine dans la cupidité
ne s'éteignent pas aisément, et le pape Innocent IV fut
obligé de revenir à la charge. Il défendit, par une bulle
du 6 mars 1245, aux maîtres et aux étudiants de se déloger
mutuellement, et de s'enlever les uns aux autres par des
enchères odieuses leurs hospices et leurs écoles, et il
chargea le chancelier de veiller à l'exécution de son ordonnance (1). » « Il appuyoit ainsi de son autorité apostolique
un statut ou règlement qui venoit d'être porté par l'Université au mois de février de la même année, concernant
la même matière, et renfermant à peu près les mêmes
dispositions. Dans ce statut, je trouve un trait qui suppose
que la nécessité de loger les écoliers ne laissoit pas de
devenir pour les bourgeois un avantage, dont ils pouvoient être jaloux. Il y est dit que, si un propriétaire
de maison refuse de loger au prix de la taxe un écolier

____

(1) Crevier, *Histoire de l'Université de Paris*, t. III, p. 196.

qui offre sûreté pour le payement, la maison sera inter-
dite pour cinq ans, et que tout maître et écolier qui y
prendroit un logement pendant cet espace, s'il n'en sort
au premier avertissement du recteur ou des procureurs,
sera privé des droits du corps. Il est bon d'observer que l'Université ne recourt point au chancelier :
elle a son chef et ses magistrats qui lui suffisent (1) »

On avait donc, autant qu'il était possible, assuré aux
écoliers un asile. Leur avait-on assuré le pain de chaque
jour ? Un grand nombre d'entre eux, après avoir follement
dissipé les ressources destinées à les entretenir pendant
toute une année, ou même durant tout le cours de leurs
études, se voyaient réduits au plus affreux dénûment.
D'ailleurs la plupart étaient pauvres : la faim avait été
leur compagne assidue dès leur arrivée à Paris ; pour
vivre et pour payer leurs professeurs, ils étaient obligés
de mendier, ou de dérober chaque jour aux travaux de
l'esprit de longues heures, qu'ils employaient à servir des
maîtres ou des bourgeois, et à gagner, par le travail de
leurs mains, un morceau de pain et un gîte pour la nuit.
Un moine normand du xii⁰ siècle, Jean de Hauteville, a
composé sous le titre de *Archithrenius*, ou *le Grand Pleu-*
reur, un petit poëme où il déplore les misères de son
temps, et particulièrement les souffrances des écoliers. Il
suffit de parcourir le titre de quelques chapitres pour de-
viner les privations qui accompagnaient alors la vie d'é-
tudiant. Le premier chapitre en est une peinture générale.
Il montre l'écolier, la toilette en désordre, les cheveux
épars, insensible aux passions de son âge, n'ayant qu'un
souci, celui de repousser l'invasion de la faim qui dévore
ses entrailles, creuse ses joues, fait pâlir ses lèvres, en-
toure ses yeux languissants d'un cercle livide et remplace

(1) Crevier, *Histoire de l'Université de Paris*, t. 1, p. 366.

sur son visage les lis et les roses de la jeunesse par une hideuse teinte de rouille et de terre. (1)

Le troisième chapitre a pour titre : *De l'insuffisance de leurs vêtements*. Le quatrième : *Du dénûment de leur intérieur, et particulièrement de leur misérable nourriture*, renferme des détails culinaires vraiment curieux. Rien n'échappe au poëte, ni la vieille femme en haillons qui préside à la préparation de ces pauvres mets, et dont tout l'art consiste à savoir les faire cuire, ni la petite marmite dans laquelle nagent les classiques haricots, les fèves, et tous ces légumes indigestes, féconds en migraine, ni le sel mis largement à contribution pour rendre plus appétissante une nourriture insipide, ni même le régal modeste et trop rare des jours de fête. Au chapitre sixième, le poëte dépeint la couche dure et pauvre de l'écolier. Au septième et au neuvième, il le montre travaillant jour et nuit, malgré le sommeil qui appesantit ses paupières ; au dixième il raconte les songes qui viennent troubler les courts moments qu'il accorde au repos. Il y aurait toute une étude à faire sur ce poëme, et l'on s'y

---

(1) Il faut lire ces vers gracieux et énergiques :

. . . . Vacui furit aspera ventris
Incola longa fames, formæ populatur honorem,
Exhauritque genas macies pallore, remittit
Quam dederat natura nivem, ferrugine texit
Liventes oculos, facula splendoris adusta
Extinxit faciem, marcent excussa genarum
Lilia, labrorumque rosæ, collique pruina
Dejicitur livore luti. . . . .
Non coluisse comam studio delectat arantis
Pectinis errantique viam monstrasse capillo.
Languenti stomacho, nitidi non surgit egestas
Cultus delicias, dissuada libidinis, odit
Pectoris arce coli, formæ contenta venusto
Quam natura dedit, major depellere pugna
Sollicitudo famem.

convaincrait aisément qu'au point de vue du bien être, la condition d'écolier était fort peu attrayante.

Si du moins les étudiants avaient pu rester constamment unis, il semble qu'ils auraient moins souffert; mais de fréquentes dissensions les armaient les uns contre les autres. Un maître avait il émis une opinion contraire à l'opinion d'un autre maître ? S'ils persistaient l'un et l'autre dans leur dire, on voyait aussitôt ces jeunes gens se partager entre les deux adversaires, s'échauffer, se passionner pour l'enseignement du professeur qu'ils préféraient, se grouper autour de lui, pour le défendre, d'abord par de tumultueuses discussions, puis trop souvent à coups de pierre, d'épée et de poignard. La jeunesse française du dix-neuvième siècle pourrait-elle comprendre de tels enthousiasmes et de telles guerres ? Une autre cause de division qu'elle comprendrait bien moins encore sans doute, c'est la diversité de patrie et de race. Il n'a pas fallu moins d'un demi-siècle d'un régime centralisateur, pour effacer les lignes de démarcation qui séparaient les différentes provinces de la France, pour faire disparaître presque complétement les nuances, autrefois si tranchées, d'idiomes, de costumes, d'usages, d'intérêts ou de sympathies, et pour faire uniquement des Français de ceux qui étaient et voulaient rester Gascons et Provençaux, Parisiens et Bourguignons, Champenois et Normands, Lorrains et Bretons. Ce mouvement de fusion a dépassé même les limites de la patrie commune. Mais il n'en allait pas de la sorte au XIIe et au XIIIe siècle. Laissons un ancien écolier de l'Université de Paris, devenu cardinal et légat du Saint-Siége, Jacques de Vitry, nous peindre ces physionomies si diverses, ces caractères si facilement hostiles.

« Ce n'était pas seulement, dit-il, des questions d'école qui divisaient les étudiants, la diversité de nation et d'origine était parmi eux la source la plus féconde et la plus intarissable de dissensions, de haines, d'injures et

d'impudentes calomnies. Les Anglais se voyaient traités
d'ivrognes et de poltrons, les Français de fats, de volup-
tueux et d'efféminés. On reprochait aux Allemands leurs
violentes colères et leurs injures obscènes, aux Normands
leur vaniteuse gloriole, aux Poitevins leur caractère trai-
tre et avare. Les Bourguignons, on les appelait brutaux
et stupides, les Bretons légers, inconstants, meurtriers
d'Arthur, les Lombards malicieux, lâches et avares, les
Romains séditieux, violents, furieux jusqu'à se ronger les
mains dans leur dépit, les Siciliens tyrans et cruels, les
Brabançons hommes de sang, incendiaires, routiers et
voleurs, les Flamands prodigues, désordonnés, gourmands,
mous comme du beurre. Mais on ne s'en tenait pas toujours aux injures ; souvent des paroles on en venait aux
coups (1). » Du Boulay suppose que ce fut dans l'intention
de prévenir ces luttes que l'on partagea les étudiants en
quatre nations, et que l'on plaça un procureur à la tête
de chacune d'elles. N'était-ce pas plutôt consacrer légale-
ment des distinctions funestes, et, dans un cas donné, amener les rixes personnelles à se transformer en guerres générales ?

Le mal le plus terrible qui atteignît l'écolier à son arrivée à Paris, c'était sans contredit la corruption. Si la
faim dévorait ses entrailles, creusait ses joues, ôtait à son
visage la fraîcheur de la jeunesse, la débauche déshono-
rait ses mœurs, abâtardissait son caractère, anéantissait
sa volonté, tuait son âme. Aujourd'hui le mal est peut-
être plus profond, il est presque certainement plus universel ; mais au moins il affecte ordinairement de cacher
sa honte sous d'honorables apparences, tandis qu'alors il
s'affichait avec une impudence révoltante. Laissons-nous
conduire encore par Jacques de Vitry dans les rues tor-
tueuses de ce pays latin du moyen-âge, qu'il avait autre-

____

(1) *Historia occidentalis; de statu civitatis Parisiensis, cap.* 7.

fois habité. « Paris, dit-il, c'est la source d'eau vive qui arrose toute la surface de la terre ; c'est la fontaine qui fertilise le monde, et lui fait produire un pain délicieux, des fruits pleins de saveur ; Paris, c'est une nourrice dont le sein fécond offre à l'Église de Dieu un lait plus doux que le miel et que le plus doux rayon de miel. Mais en même temps, surtout dans le monde des écoliers, Paris, c'est une brebis galeuse dont l'incomparable corruption gagne tous ceux qui l'approchent ; c'est une terre qui dévore ses habitants ; c'est un abîme dans lequel se trouvent bientôt engloutis les hôtes innombrables qui s'y pressent de toutes parts. Là, on n'estime pas que la simple fornication soit une faute. Là, des prostituées répandues partout, dans les rues et sur les places, s'attaquent publiquement aux écoliers qu'elles rencontrent, et les entraînent comme par force en leurs impurs réduits. Que si quelqu'un repousse absolument leurs propositions, elles se mettent aussitôt à le poursuivre, en l'accusant avec grand tumulte de crimes mille fois plus infâmes que ceux auxquels elles le sollicitaient. Dans la même maison, vous trouvez en haut des écoles, en bas des lieux de débauche ; en haut des maîtres enseignent, en bas des courtisanes exercent leur honteuse industrie : vous entendez en même temps et les cris de ces femmes qui se querellent, et les clameurs des écoliers qui discutent. Qu'un étudiant soit prodigue et déréglé, tous les autres glorifient aussitôt la noblesse de son caractère et sa libéralité ; qu'un autre veuille, selon la parole de l'Apôtre, mener une vie sobre, réglée et chrétienne, tous ces impudiques et ces efféminés le traitent aussitôt d'avare, de misérable hypocrite, de superstitieux. Le plus grand nombre de ces écoliers sont des étrangers qui viennent à Paris dans le seul but d'y apprendre quelque chose de nouveau. Les uns étudient pour acquérir de la science, et c'est curiosité ; les autres pour se parer de leur savoir, et c'est vanité ; d'autres encore pour faire fortune, et c'est cupidité et simonie ; quelques-uns seulement pour s'édifier eux-mêmes et pour pouvoir travailler au bien et à l'édification des autres »

Tel est l'aspect que présentent les écoles de Paris au moyen-âge. Il devait se rencontrer des âmes généreuses, qui seraient émues de compassion en voyant tant de jeunes gens exposés à la faim et au vice, et qui voudraient, en leur ouvrant un asile assuré, les arracher à la misère et à la corruption. A Robert de Dreux, frère de Louis-le-Jeune, revient la gloire d'avoir ouvert et doté le premier collége fondé à Paris, celui de Saint-Thomas-du-Louvre. Un peu plus tard, quelques Danois étant venus étudier à Paris et ayant été bientôt suivis dans cette ville par un grand nombre de leurs compatriotes, bâtirent aussi, pour les écoliers de leur nation, un hospice qui prit le nom de collége des Danois. Ce que le xııe siècle avait commencé fut continué au xıııe par Robert de Sorbonne, Raoul d'Harcourt et le cardinal Jean Cholet, fondateurs des colléges qui ont gardé leurs noms ; mais ce fut surtout au xıve siècle que rois, seigneurs et prélats rivalisèrent de zèle pour assurer, par la fondation des colléges, aux étudiants sans ressources, un refuge contre les maux qui menaçaient à la fois la santé de leur corps, le développement de leur intelligence, l'honnêteté de leurs mœurs et le salut de leur âme.

Rien ne ressemblait moins à nos colléges modernes que ces anciennes fondations. Dans l'origine surtout, un collége n'était guère autre chose qu'une hôtellerie, où quelques écoliers, désignés par le fondateur, trouvaient gratuitement le vivre et le couvert. Un seigneur ou un évêque voulait-il ouvrir un collége ? Il achetait une maison, l'appropriait tant bien que mal au logement d'une communauté, lui assurait un revenu, nommait un maître ou principal, un procureur, un sous-maître, presque toujours un ou plusieurs chapelains et un nombre plus ou moins considérable d'étudiants. Au commencement, depuis le maître jusqu'au portier, tous les habitants ou suppôts d'un collége portaient bravement le titre d'*écoliers*, *scholares* : on disait les écoliers de Beauvais, les écoliers d'Harcourt, pour désigner le personnel complet des colléges de Beauvais et d'Harcourt ; tous, sauf les domestiques, étaient *boursiers*. Le maître, le procureur, le sous-maître, les chapelains, les étudiants des facultés supérieures, théologie, droit, médecine, s'il y en avait, étaient *grands boursiers* et, à raison de leur âge et de la dignité de leurs études, recevaient des *gages* plus considérables. On était *petit boursier* jusqu'à la philosophie. Chacun touchait, à la fin de la semaine en général, une somme avec laquelle il fallait pourvoir à sa nourriture et à ses autres besoins pour la semaine suivante. Le maître veillait à la discipline générale de la maison, qu'il administrait, dans presque tous les colléges, avec le conseil des grands boursiers, et sous la haute direction des fondateurs, ou des *intendants*, *patrons* et *supérieurs majeurs* que les fondateurs avaient eux-mêmes désignés pour leur succéder à perpétuité. Il ne lui appartenait ni d'admettre, ni d'exclure aucun boursier : son rôle était bien plus modeste, et tout au plus pouvait-il signaler la vacance d'une place et faire parvenir jusqu'aux collateurs des bourses, jusqu'aux patrons, intendants et supérieurs majeurs de respectueuses et très-humbles remontrances. Mais la férule lui appartenait de droit. C'était à lui aussi que revenait d'ordinaire le soin de catéchiser les boursiers, et de les préparer, par de pieuses instructions, à la célébration des fêtes solennelles et à la réception des sacrements. Le procureur veillait aux intérêts matériels, aux terres, aux maisons, aux rentes, aux titres, et faisait aux boursiers la distribution de leurs gages ; il relevait du conseil du collége, sans lequel il ne pouvait rien entreprendre de considérable, des supérieurs majeurs sous les yeux desquels il

faisait chaque année la clôture de ses comptes. Il devait
de plus seconder, avec le sous-maître, les efforts du maître
pour le maintien de la discipline. Les fonctions propres
du sous-maître étaient de surveiller les étudiants, de les
conduire aux cours publics, et à leur retour, de leur faire
répéter la leçon qu'ils venaient d'entendre. Le chapelain
disait la messe dans la chapelle du collége, acquittait les
prières pour les fondateurs et les bienfaiteurs, et secon-
dait le maître pour l'instruction religieuse des écoliers.
Si un collége avait plusieurs chapellenies, leurs titulaires
étaient ordinairement tenus de célébrer l'office divin de
jour et de nuit, selon l'usage des églises collégiales, et
l'un d'eux, en qualité de vicaire du curé sur la paroisse
duquel se trouvait le collége, était chargé du gouvernement spirituel de la communauté. Pour ce dernier objet,
les pouvoirs du maître étaient à peu près nuls: il y a même
une consultation de la faculté de théologie de Paris, du 27
mars 1765, niant qu'un principal eût, en vertu de son institution, le droit de prêcher publiquement dans la chapelle
de son collége et de confesser les élèves, les professeurs ou
les domestiques, et prétendant qu'il avait, pour cela, besoin d'une autorisation spéciale de l'Ordinaire, même quand
l'évêque diocésain avait pris part à son institution, comme
il arrivait souvent (1). Le portier était dans les colléges un
personnage considérable, non assurément par sa position
hiérarchique, mais par le concours qu'il apportait au
maître pour la discipline et le bon ordre de la maison.
Aussi l'Université fit elle souvent des règlements sévères,
enjoignant aux maîtres de choisir avec le plus grand soin
l'homme à qui serait confiée cette charge. Le portier était
comme l'œil du maître, sans cesse ouvert sur les allées et
venues des habitants du collége et sur leurs rapports

(1) *Mémoire à consulter sur les droits des Principaux des Colléges
relativement aux fonctions ecclésiastiques.* Biblioth. Mazar., 10371, S.

avec l'extérieur ; dans la suite, il cessa d'être lui-même un étudiant gagnant, à ses fonctions de cerbère, avec son pain de chaque jour, le droit d'assister aux répétitions du sous-maître et aux autres exercices scolastiques qui pouvaient avoir lieu dans l'intérieur du collége; et comme la civilisation avait adouci les mœurs, et qu'il était devenu indigne d'hommes instruits et de graves humanistes de frapper de leurs mains ceux qui avaient mérité la censure, le portier fut dès lors le bras droit du maître, son exécuteur des hautes œuvres. Au dessous du portier, il y avait encore les *pourcs escoliers*, qui avaient rarement leur gîte au collége, mais qui y recevaient de temps en temps un morceau de pain et la permission de suivre les exercices, à la condition de balayer les salles et les cours, de faire écouler les eaux devant la porte et dans les rues qui avoisinaient la maison. Les colléges les plus considérables avaient aussi des domestiques à demeure qui, surtout dans les premiers siècles, n'étaient eux-mêmes que de pauvres écoliers, gagnant à la sueur de leur front le droit de ne pas coucher dans la rue, de manger un morceau de pain noir, et de saisir çà et là, dans l'intervalle de leur service, quelques lambeaux de grammaire, de littérature et de philosophie.

Nous n'avons pas encore parlé des professeurs. Dans l'origine, nous l'avons dit, un collége était plutôt un gîte ouvert à quelques écoliers, qu'une institution présentant à la jeunesse tous les moyens de s'instruire. Si, avant le xvi⁰ siècle, aucun fondateur ne songe à assurer une existence aux professeurs du collége qu'il établit, c'est qu'avant cette époque, aucun collége n'a de professeurs à lui. Les écoliers suivent, comme avant la fondation des colléges, les cours publics, ou bien ils vont entendre les leçons de quelque maître en renom qui professe chez lui. Seulement, qu'ils aillent s'asseoir, avec les écoliers de tous les colléges et de toutes les nations, sur la paille de

la rue du Fouarre, ou bien qu'ils montent dans le grenier
où un professeur a ouvert une école particulière, ils ne
s'y rendent jamais seuls : ils marchent sous la conduite
du sous-maître de leur collége, écoutent la leçon sous sa
surveillance et sont ramenés par lui. Une fois rentrés
dans leur salle, après s'être aidés mutuellement à retrouver dans leur mémoire ou à déchiffrer dans leurs trop
courtes notes les paroles prononcées au cours, ils les lui
redisent par cœur les uns après les autres.

Au commencement du XVIᵉ siècle, les professeurs abandonnant peu à peu les écoles de la rue de Fouarre, on vit
les colléges mieux rentés et les plus en renom rivaliser à qui
attirerait dans ses murs les professeurs les plus distingués,
en leur offrant plus d'honneurs et plus d'argent. Ceux qui
parvinrent à en réunir un assez grand nombre pour avoir
toutes les classes, furent appelés colléges de *plein exercice*, et leur supérieur remplaça son humble titre de maître par celui plus pompeux de principal. Dès lors chaque
collége put avoir réellement sa vie propre, son enseignement, son esprit, sa gloire ; dès lors s'établit entre les
différents colléges cette émulation féconde, qui dégénéra
quelquefois en rivalité malheureuse, mais qui fut presque toujours le principe des plus nobles efforts.

En ce nouvel état de choses, le personnel du collége devait
subir de notables modifications. Si le nombre des fonctionnaires s'augmentait des professeurs et régents, celui des
écoliers devait s'accroître aussi. Jusqu'au XVIᵉ siècle, la
plupart des colléges ne recevaient pas d'externes : à quoi
bon, puisque les cours ne s'y faisaient pas ? Ceux qui purent avoir quelque professeur célèbre, les virent bientôt
accourir en foule. Il est vrai qu'ils n'étaient pas toujours
pour l'établissement l'occasion d'un revenu très-considé-
rable, et même, comme l'exercice se faisait dans plusieurs
colléges à la fois, il leur arrivait souvent de courir de l'un
à l'autre pour s'exempter des droits de classe. Trop sou-

vent aussi, ils mettaient le désordre parmi les boursiers
et les pensionnaires, en leur racontant mille nouvelles du
dehors, et en leur dépeignant sous les couleurs les plus
séduisantes la liberté dont ils jouissaient eux-mêmes. Mais
enfin, il pouvait s'en rencontrer qui fussent intelligents
et laborieux, et leurs succès ne laissaient pas d'honorer
le collége dont ils avaient suivi les cours, et de flatter les
professeurs qui les avaient comptés parmi leurs disciples.
Et puis, ils faisaient nombre, et dans tous les temps, c'est
déjà un succès, pour une maison d'éducation, que le
nombre de ses élèves. Les externes sont souvent désignés sous le nom général de *forains :* leur nom propre,
selon M. Quicherat, était *martinets :* nous verrons les
chapelains du collége de Beauvais reprocher amèrement
au principal Jean Grangier de donner le nom dérisoire
de *martinets* aux externes du collége qu'ils appellent *galoches* (1). M. Quicherat nous donne une autre idée des
galoches, sorte de fruits secs de l'Université, anciens martinets, qui ne s'étaient jamais senti le courage ou la capacité nécessaires pour passer par les épreuves académiques et pour arriver ainsi à une maîtrise ou à une
bachellerie quelconque, qui faisaient pour ainsi dire profession d'écoliers perpétuels, et qui, avec l'agrément des
régents, continuaient d'assister aux classes, souvent même
jusqu'à un âge avancé (2). Chaque professeur recevait des
forains qui fréquentaient son cours, un droit de classe,
dont le montant était préalablement débattu et fixé entre
eux et lui : cet impôt, avec la jouissance de quelques
chambres dans lesquelles il pouvait recevoir des pensionnaires, formait presque tout son traitement. Outre ce
droit de classe, dans certains colléges, comme dans celui

(1) *Moyens pour restablir le col'ége de Dormans, dit de Beauvais,
en son premier estat,* etc., p. 35. Biblioth. Mazar. 18408.
(2) *Hist. de Sainte-Barbe,* par M. Quicherat, t. I. chap. IX.

de Beauvais au commencement du XVIIe siècle, les externes payaient encore, au profit du principal et du portier, un droit de porte, qui n'était jamais que de quelques sous par mois.

Nous venons de nommer les *pensionnaires* des régents. Les chambres d'un collége, qui n'étaient pas occupées par les boursiers fondés, par les chapelains ou les fonctionnaires, étaient partagées entre le principal, le procureur, le sous-maître et les régents, qui y recevaient à titre de pensionnaires un nombre plus ou moins considérable de jeunes gens confiés par les familles à leur sollicitude personnelle. Si même il y avait un grand nombre de chambres qui fussent libres, l'administration du collége les louait, au profit de la maison, à des *pédagogues* qui y dirigeaient les études et l'éducation de cinq ou six jeunes gens, leurs pensionnaires à eux. Ou bien encore, quelques-unes de ces chambres étaient louées à des fils de famille, qui les habitaient avec leurs *précepteurs*. Tous ces pensionnaires suivaient les cours du collége, à raison d'une rétribution annuelle ou mensuelle payée par eux aux régents dont ils étaient les élèves, et répondant au droit de classe des externes. Ils étaient vraiment du collége, qui partageait la joie et l'orgueil de leurs succès, aussi bien que la confusion de leurs échecs, et qui se montrait jaloux d'attirer à lui, au même titre, les jeunes gens doués des plus belles facultés ou portant les plus beaux noms. Cependant, à part l'ordre général de la maison, pour lequel ils relevaient naturellement du principal, à part le certificat d'études qui devait aussi leur être délivré par lui, s'ils se présentaient à un examen, leur unique supérieur était le pédagogue, précepteur ou régent à qui leurs parents les avaient confiés, et qui pouvait à son gré leur permettre de sortir en ville, les punir ou les récompenser. Avec des éléments si divers, si peu fondus ensemble et si peu capables de l'être, on comprend quels obstacles devait rencontrer un principal vigilant et consciencieux, et combien il était difficile d'éviter toujours des conflits d'autorité. Nous aurons plus d'une fois l'occasion de nous en convaincre dans le cours de cette histoire.

Certes, les hommes généreux qui eurent la pensée d'arracher quelques pauvres écoliers au gouffre de misère et de vice qui en engloutissait un si grand nombre, qui leur ouvrirent cet asile des colléges, leur assurant ainsi le pain de chaque jour, et les prévenant, par la direction d'un maître, contre les tentations de la paresse et de la débauche, ces hommes étaient dignes des éloges et de la reconnaissance de leur siècle ; aussi longtemps que leur œuvre devait vivre, la jeunesse qui en recevait le bénéfice, devait entourer de vénération leur mémoire. On y manqua rarement. Le nom des fondateurs et des bienfaiteurs, redit tous les jours dans les prières de la communauté, n'était jamais prononcé par les maîtres et par les élèves qu'avec la plus tendre gratitude ; à l'anniversaire de leur mort, on célébrait pour eux un service solennel ; on portait avec orgueil leur nom et les insignes qu'ils avaient donnés à leurs protégés ; pour le collége qu'ils avaient institué, leur gloire était une gloire de famille ; leur faire injure, c'était s'exposer à une vengeance assurée de la part de ces jeunes gens qui reconnaissaient hautement leur être redevables du bienfait de l'instruction. Quand une bourse venait à vaquer, on se la disputait chaudement, et les préférences injustes étaient souvent l'objet de plaintes et de procès interminables.

Mais l'étudiant est essentiellement ennemi de la contrainte : à aucune époque peut-être, il ne la détesta plus qu'au moyen-âge. Or, si imparfaite que fût la discipline des anciens colléges, elle obligeait celui qui y entrait à sacrifier la meilleure partie de son indépendance. L'atmosphère du collége n'était plus, il s'en fallait, ce grand air respiré à pleins poumons par l'écolier livré à lui-même ;

ce n'était plus la liberté de la rue et des joyeux propos. Il y avait des murs élevés, qu'on ne pouvait franchir, bien qu'au delà retentissent souvent les bruits les plus séduisants pour une curiosité juvénile. Il y avait des fenêtres, défendues par d'épais barreaux, à travers lesquels on ne pouvait pas même jeter un regard, pas même lancer une pierre ou un peu d'eau sur la tête des passants. Il y avait une cloche dont les tintements importuns venaient troubler le sommeil et interrompre les jeux. Il y avait des maîtres auxquels il fallait obéir toujours. On savait que, dans tel collége, le roi était titulaire d'une bourse, et que le revenu de cette bourse était consacré chaque année à acheter des verges pour fouetter les écoliers ; et si tous les colléges n'étaient pas aussi abondamment pourvus sous ce rapport, combien le code ou les usages universitaires avaient multiplié, au détriment des pauvres écoliers, les cas punissables du fouet : se quereller, gratifier d'un soufflet un camarade insupportable, faire une grimace à un maître ou répliquer à une observation, troubler par des éclats de voix insolites le majestueux silence du collége, rentrer tard quand on était sorti, se glisser dans la chambre d'un voisin, être distrait en classe, et s'exposer ainsi à ne pouvoir répéter la leçon, oublier de parler latin, même en jouant et en plaisantant, que sais-je encore ? Ne valait-il pas mieux être libre, parler la langue qu'on voulait, se quereller et se battre à son aise, jouer cent bons tours aux bourgeois ébahis et rire de grand cœur de leurs impuissantes colères, chanter et crier par les rues à tue-tête, courir les tavernes et les mauvais lieux, aller en classe quand on se sentait disposé à y aller, changer de professeur à sa fantaisie, faire l'*école buissonnière*, en fréquentant les leçons de ces maîtres qui enseignaient hors du territoire de l'Université, sur les bords de la Bièvre, à l'ombre des grands arbres, au milieu des oiseaux, des papillons et des fleurs, tout près des pommiers et des vignes de Saint Marcel et de Saint-Victor? Ne valait-il pas mieux dépenser sans contrôle, vite et joyeusement, ses quelques écus, quitte à mendier et à mourir de faim ensuite? Il ne manqua pas d'écoliers qui, après avoir goûté à la vie de collége, se hâtèrent de renoncer à leur bourse, pour retrouver, loin de ces murailles austères, le grand air, la liberté, la rue, le bonheur d'être nus, d'avoir faim et de coucher à la belle étoile, de vivre au jour le jour, d'industrie, de misère et de gaîté, mais aussi de ne se contraindre en rien, de n'avoir point de maîtres, de ne relever absolument que de son caprice : la vie de bohême est plus vieille que le dix-neuvième siècle.

Nous avons voulu, au début de ce travail, donner au lecteur une idée de ce qu'était l'ancienne Université de Paris, et du besoin auquel vint répondre, dès le xIIe siècle, la fondation des colléges. Nous nous sommes appliqué à esquisser la physionomie de ces fondations, si différentes de nos institutions modernes, si incomplètes dans leur organisation, mais pourtant si opportunes et si bienfaisantes. Il est dans ce tableau des traits sur lesquels nous avons passé légèrement, d'autres que nous avons effleurés à peine : c'est qu'ils ont été tracés d'une façon supérieure en d'autres ouvrages, particulièrement dans la belle *Histoire de Sainte-Barbe* de M. Quicherat. Au surplus, cette simple esquisse suffit à notre sujet, et le lecteur, après y avoir jeté les yeux, pourra sans peine suivre les développements successifs du collége de Beauvais et comprendre les diverses péripéties de son histoire.

Maintenant nous voudrions faire connaître le fondateur de ce collége. On nous pardonnera de lui consacrer, en même temps qu'à sa famille, un chapitre entier; si un boursier, de quelque degré qu'il fût, du collége de Beauvais, avait eu à faire l'éloge du cardinal de Dormans, il n'aurait jamais craint d'en trop dire : nous voulons exprimer en quelques pages la vénération et la reconnaissance de cinq siècles.

CHAPITRE II

La famille de Dormans et le cardinal de Beauvais.

En 1764, le collége de Beauvais ayant été réuni à celui de Louis-le-Grand, les habitants de Dormans, dont les enfants devaient être préférés à tous les autres dans la répartition des bourses fondées en ce collége par le cardinal de Beauvais, établirent leur droit dans un mémoire qui se conserve aux archives de l'Empire (1). Or, voici en quels termes ils rappellent l'origine de la famille de Dormans.

« Jean de Dormans, premier connu de ce nom pour chef de l'illustre famille des Dormans, et père de Jean de Dormans (le cardinal) dont il va tout à l'heure être question, prit naissance dans la ville de Dormans, dont la seigneurie appartenait alors à Jeanne, reine de Navarre, comtesse de Brie et Champagne, épouse de Philippe-le-Bel, roi de France. Les talents et le mérite de Jean de Dormans l'ayant attiré à Paris, il y exerça avec tant d'honneur la commission de procureur au parlement, que la reine l'honora de sa confiance et le chargea du soin de

(1) M. 98.

MILES DE DORMANS

Dess. d'après les estampes de la Bibl. impl. par M. Rohault de Fleury.

ses affaires. Bientôt après, et pour récompenser Jean de Dormans de son zèle et de ses services, la reine de Navarre se défit en sa faveur de la seigneurie de Dormans, qu'elle démembra à cet effet d'autres terres et seigneuries voisines, par elle entre autres choses apportées en dot à Philippe-le-Bel son époux. De Jean de Dormans sont issus quatre enfants mâles et deux filles, qu'il a fait élever avec un soin particulier, et auxquels il s'est principalement attaché d'inspirer l'amour de la patrie. »

On ne pouvait exposer plus clairement l'origine de cette maison et les commencements de sa fortune. Dans un titre autrefois conservé en l'église paroissiale du village de Nozay, diocèse de Paris, qui avait appartenu aux Dormans, Jean, chef de cette maison, est qualifié chevalier, seigneur de Dormans, chambellan de Philippe de Valois, roi de France. Ce titre nomme, de plus, trois des fils de Jean de Dormans, et nous fait suivre quelque temps leur postérité. C'est d'abord le cardinal, la gloire la plus haute et la plus pure de sa race, dont nous allons bientôt nous occuper uniquement. C'est ensuite Guillaume, seigneur de Dormans, et successeur du cardinal dans la dignité de chancelier de France, père de Miles de Dormans qui fut successivement évêque de Bayeux, d'Angers et de Beauvais et qui mourut le 17 août 1387, de Guillaume de Dormans, évêque de Meaux, puis archevêque de Sens, de Jean de Dormans, licencié ès lois, chanoine de Chartres, et de Jeanne de Dormans, mariée à Philippe de Poitiers. C'est enfin Regnault de Dormans, maître des requêtes de l'hôtel du roi, et ambassadeur près le Saint Siége, père de Pierre de Dormans, aussi maître des requêtes, et tige d'une branche qui donna plusieurs maîtres des requêtes, ambassadeurs et conseillers des parlements de Paris et de Bourgogne (1). Ailleurs, nous trouvons encore, non moins

(1) Ce titre est cité par François du Chesne, dans son *Histoire*

avantageusement posés dans le monde, d'autres membres de la même famille : c'est ainsi qu'au mois d'août 1395, « en la cause du sire de Croüy et de sa femme, l'archevesque de Sens défend et dit que feu messire Bernard de Dormans fut homme de bel et bon gouvernement, et poursuivit les guerres, et fist le voyage de Prusse à ses despens, et il estoit de vingt-un ans quand il mourut, qui n'est pas aage d'acquérir, et si tint tousiours grand estat et noble, dit que l'on traitta du mariage de luy et de la dame de Croüy qui est à présent, où il despendit moult en sa poursuite, où il feit les frais de nopces sans dons, et s'il achepta joyaux, et luy coustèrent ses nopces plus de six mils florins, et not de tout le meuble de la succession de son père huit cens florins et six mille du cardinal, dont il achepta le chasteau de Taillebaudières ; etc. (1) ».

Cette famille, dont l'élévation avait été si rapide, garda longtemps dans le royaume une position éminente. Elle s'éteignit vers la fin du xvie siècle dans la personne de Charles de Dormans, conseiller au parlement, qui mourut père de quatre filles : la plus jeune, et la dernière qui ait porté le nom de Dormans, mourut en 1638 (2).

Grâce au crédit dont son père avait joui à la cour de France sous le règne de Philippe-le Bel, grâce surtout aux vertus, à l'intelligence, au dévouement à la chose publique dont lui-même allait bientôt donner des preuves multipliées, Jean de Dormans devait parvenir un jour aux premières dignités de l'Église et de l'État, avancer avec sa

---

des Cardinaux français, aux *Preuves*, t. II. L'ouvrage de du Chesne, est pour l'histoire du cardinal de Dormans, notre principale ressource.

(1) Extrait des *Registres du Parlement* et cité par du Chesne, *ibid.*

(2) *Histoire des Chanceliers et Gardes des Sceaux de France*, par François du Chesne, p. 358 et 359.

propre fortune celle de sa famille et l'affermir sur de solides fondements. Cependant, il ne paraît pas que son
élévation ait d'abord été très-prompte. En 1348, il est
simple avocat au parlement (1), et dans une autorisation à
lui octroyée au mois d'août 1353, d'acquérir soixante livres parisis des fonds, terres, juridictions, fiefs et arrière-
fiefs du seigneur roi pour être possédées à perpétuité par
personnes ecclésiastiques, il ne porte encore point d'autre
titre que celui-là (2). Mais cinq ans plus tard (1358), une
lettre émanée de Charles, fils aîné du roi de France, régent du royaume et dauphin de Viennois, l'appelle archidiacre de Provins en l'église de Sens(3); nous savons d'autre
part que, vers la même époque, il possédait en l'église de
Soissons la double dignité de chanoine et d'archidiacre de
Brie. Enfin, nous trouvons dans une lettre du roi Jean-
le-Bon, donnée à Paris au mois de janvier 1360, que Jean
de Dormans avait été évêque de Lisieux, avant d'être
pourvu du siége de Beauvais (4), dont il ne prit possession
que cette même année 1360.

En même temps que les dignités ecclésiastiques semblaient le rechercher, l'État le conviait aussi à ses fonctions les plus éminentes. Ce dauphin de France, fils d'un
roi prisonnier, qui se vit chargé de gouverner pendant la
captivité de son père un royaume livré aux factions,
Charles V, qui apprit à la rude école de l'adversité l'art
de régner, et à qui la postérité a gardé le nom de *Sage*,
que lui avaient donné ses contemporains, sut discerner
le mérite de Jean de Dormans. L'ayant attaché d'abord à
son service particulier, il ne tarda pas à en recevoir les

(1) *Mémoire des habitants de Dormans,* déjà cité.
(2) *Ex primo Registro Chartarum Cameræ Computorum,* fol. 14 ;
cité dans du Chesne, *ibid.*
(3) *Archives de l'Empire,* Reg. MM. 356, fol. xiv et xv.
(4) Ibid.

témoignages les moins équivoques de zèle et de dévouement. On sait les difficultés inouies créées au gouvernement du jeune dauphin par la dangereuse faction qui
avait pour chef secret le roi de Navarre Charles-le-Mauvais, et pour meneur le prévôt des marchands, Étienne
Marcel. Dans une assemblée populaire convoquée par
Marcel à Saint-Jacques-de-l'Hôpital pour calomnier la
conduite du jeune prince, Jean de Dormans ne craignit
pas d'élever la voix en faveur de la justice et de la vérité,
et il parla avec tant d'éloquence, que le peuple étouffa
par ses murmures la voix des accusateurs de Charles V (1).
C'était en 1357. Le 18 mars de la même année, l'évêque de
Thérouanne, chancelier de France, s'étant démis d'une
charge que les pénibles circonstances où l'on se trouvait
rendait aussi périlleuse que difficile, Charles la confia à
Jean de Dormans, avec tous les honneurs et les avantages
attachés à cette dignité : seulement, comme le roi était
absent, et que le dauphin ne gouvernait qu'en qualité de
régent, le chancelier devait, tant que durerait la régence,
supprimer le nom du roi et le sceau du Châtelet, et ne se
servir que du sceau du régent. Outre le droit de registre
et de bouche, le chancelier devait recevoir un traitement
annuel de deux mille livres (2). Ce fut en vertu de sa
charge de chancelier de France que Jean de Dormans
figura à la signature du traité de Brétigny, le 8 mai 1360 ;
il y est qualifié évêque élu de Beauvais et pair de France ;
sa qualité de chancelier n'y est point mentionnée : il ne
scella que du sceau du régent (3) Mais dans un acte du
9 octobre 1361, il est appelé évêque de Beauvais et chancelier de France (4), sans doute parce que le roi Jean,

(1) *Histoire de France*, par Villaret, t. IX, p. 271.
(2) Dans du Chesne, ibid.
(3) Ibid.
(4) *Histoire ms. des Chanceliers et Gardes des Sceaux de France,*

alors de retour dans ses états, l'avait confirmé dans la possession de cette charge, que le régent n'avait pu lui confier qu'à titre provisoire.

Le dauphin n'attendit pas le retour de son père, pour accroître encore la fortune d'un homme dont le dévouement lui était désormais acquis sans partage, et pour se l'attacher, s'il se pouvait, plus fortement encore par de nouveaux bienfaits. De l'avis de son conseil, tout en lui continuant les fonctions et les avantages de la chancellerie de France, il lui donna en même temps la chancellerie de son duché de Normandie, avec l'usage du grand sceau pour les affaires de cette province, et mille livres de traitement annuel. « Et parce que l'Ordonnance de la Chambre défendoit de prendre deux paires de gages, et que du temps que la Normandie estoit tenuë par le Roy, la chancellerie ne prenoit que deux mille livres, tant pour France que pour Normandie, ledit de Dormans craignant d'estre recherché à l'advenir, eut Lettres de déclaration du Roy, adressantes aux gens des comptes, par lesquelles il voulut que ledit chancelier eust les trois mille livres de gages, le 8 décembre 1358 » (1).

Le duc d'Anjou, second fils de Jean-le-Bon, avait été retenu en otage à Londres après le traité de Brétigny ; en 1363 il s'évade. Le roi en est à peine instruit qu'il prend la résolution de repasser le détroit, et d'aller se constituer prisonnier entre les mains des Anglais à qui il avait donné sa parole, répondant à toutes les objections et à toutes les prières par ces mots si dignes d'un roi chrétien et d'un chevalier français : Si la bonne foi était bannie de la terre, elle devrait trouver un asile dans le

par André du Chesne, le *Père de l'Histoire de France*, son fils, François du Chesne, en cite de longs extraits aux *Preuves* de son *Histoire des Cardinaux français*.

(1) *Histoire ms. des Chanceliers*, par André du Chesne, ibid.

cœur des rois ; se fiant au reste, pour le bonheur de son peuple, à la sagesse déjà éprouvée du dauphin. Obligé de reprendre les rênes du gouvernement, et sentant plus que jamais le besoin de s'entourer d'hommes capables et dévoués, le jeune prince semblait s'étudier à témoigner à Jean de Dormans et aux siens combien il appréciait leurs services. C'est ainsi que du Chesne cite une lettre du 10 avril 1364, par laquelle « Charles aisné fils et lieutenant du Roy, dauphin, en considération des bons services que l'evesque de Beauvais, chancelier du Roy, et messire Guillaume de Dormans, chancelier de luy dauphin, son frère, luy ont rendus, donne quelques héritages à Pierre de Rochefort et à Jeanne de Dormans, sa femme, fille du dit Guillaulme (1). » Dès cette époque, on le voit, la chancellerie de Normandie avait été détachée de nouveau de celle de France, pour être donnée à Guillaume de Dormans, qualifié ailleurs avocat du roi, plus tard chevalier, et anobli par lettres royales gratuitement octroyées au mois de mars 1350 (2); Guillaume devait succéder aussi à son frère dans la charge de chancelier de France.

Le roi Jean meurt à Londres le 8 avril 1364. Charles V commence alors à régner en son propre nom sur la France qu'il gouvernait depuis si longtemps au nom de son père. Il est sacré le 19 mai, et Jean de Dormans assiste, comme pair de France, à la cérémonie du sacre (3). Le jeune roi continue à l'évêque de Beauvais ses fonctions de chancelier, et dès lors Jean de Dormans ne cesse de

(1) *Histoire ms. des Chanceliers*, etc., par André du Chesnes, ibid.

(2) *Ex primo Registro Chartarum Cameræ Computorum*, fol. 14, cité par François du Chesnes, aux *Preuves* de l'*Hist. des Cardin. franç.*

(3) *Histoire généalogique de France*, par le P. Anselme, t. II p. 273.

recevoir les témoignages les plus touchants et les plus
magnifiques de l'affection et de la confiance du monarque.
Le 12 novembre de cette même année, il assiste à ses côtés à l'ouverture du parlement. Le 13 décembre 1366, il
est présent à l'acte d'hommage que Jean de Bretagne
vient faire au roi pour son duché, et « il y feit de notables
protestations ». Quinze jours plus tard, Charles V réunit
les grands du royaume pour délibérer sur l'apanage d'Orléans, et Jean de Dormans est appelé à donner son avis
en cette illustre assemblée (1).

A Rome, le pape Urbain V se souvient d'un dévouement à l'Église et à la patrie, dont lui-même, en France, a
été longtemps témoin ; il veut couronner les vertus et les
services de Jean de Dormans, en lui conférant, selon l'expression de Belleforest, la dignité égale aux rois (2) : il
lui envoie la pourpre et le crée cardinal du titre des
Quatre Saints-Couronnés.

« Le premier dimanche de l'avent de Notre-Seigneur,
le 3 décembre 1368, presqu'immédiatement après minuit,
à l'heure même où, dans l'église de Paris et dans les autres églises, on chantait l'invitatoire : *Voici venir le Roi, le-
vons-nous, courons au devant de notre Sauveur*, vint au
monde le fils premier-né de notre seigneur le roi Charles
actuellement régnant, à la grande joie de toute la ville
de Paris ; et le mercredi suivant, 6 décembre, savoir le
jour de la fête de saint Nicolas, en l'église Saint-Paul-lès-
Paris, à la troisième heure, celle là même où l'Esprit-
Saint descendit sur les apôtres, fut baptisé ledit premier-
né : messire Charles, seigneur de Montmorency, le tenant
de ses mains sur les fonts, messire Charles, seigneur de
Dammartin étant témoin, le seigneur cardinal de Beauvais baptisant, en présence du seigneur archevêque de

(1) *Hist. ms. des Chanceliers,* etc.
(2) *Histoire des neuf rois qui ont porté le nom de Charles.*

Sens, de Madame la reine Jeanne d'Èvreux, d'un grand nombre d'évêques et d'abbés, et d'une grande multitude de peuple qui criait avec allégresse : *Noé, Noé ;* et celui qui l'a vu en rend témoignage, et son témoignage est véritable. « Ce sont les paroles que le registre de la Chambre des Comptes (1) a consacrées au souvenir de la naissance et du baptême du bien-aimé et malheureux Charles VI, nous fournissant une fois de plus l'occasion de constater la haute fortune de Jean de Dormans, et la part que le roi aimait à lui donner dans ses joies les plus intimes.

L'année suivante, le 11 mai, le cardinal est envoyé par le roi au parlement, avec son frère Guillaume, pour rappeler les traités passés avec l'Angleterre, dénoncer les infidélités des Anglais et proposer la guerre (2). Trois mois après, Charles V « considérant les très-grands, plaisans et agréables services que son très-cher et féal ami le cardinal de Beauvais a faits à ses prédécesseurs et à lui, et fait encore de jour en jour en l'office et fonction de chancellerie, et autrement en plusieurs et diverses manières, » lui donnait, par lettres datées du château de Rouen, quatre marcs d'argent que le chanoine Robersart prenait chaque année sur la ville de Crépy-en-Valois et sur celle de Vervins-en-Thiérarche, ainsi que tous les autres biens, meubles, immeubles, héritages et possessions confisqués sur ce personnage, qui avait osé se déclarer pour les ennemis de la France contre son pays et son souverain (3).

Le 12 novembre de la même année, nous le retrouvons encore au parlement, entendant la lecture des ordonnances, recevant le serment des avocats et des procu-

---

(1) Cité par Fr. du Chesne, aux *Preuves* de l'*Hist. des Cardin.*

(2) *Hist. ms. des Chanceliers,* etc. — *Hist. de France,* par Villaret, t. X, p. 187.

(3) *Hist. des Cardin. franç.,* t. I, p.   .

reurs, et faisant « un long discours et remontrance, ce qui, ajoute André du Chesne, ne se trouva avoir esté fait auparavant. » Le 8 juin 1371, il installe Guillaume de Seris dans la charge de premier président du parlement; et le 12 novembre suivant, il fait lui-même l'ouverture des séances de cette cour (1).

Il est, dans la vie publique de Jean de Dormans, un fait sur lequel on nous pardonnera de nous arrêter avec complaisance. L'illustre docteur saint Thomas d'Aquin était mort en 1274, et depuis près d'un siècle, moines, princes et prélats se disputaient ses dépouilles. L'Université de Paris avait à peine appris sa mort, qu'elle avait adressé au chapitre-général des Dominicains une lettre signée du recteur et des procureurs des nations, pleine de regrets et d'éloges, mais remplie aussi d'espérance : où le corps du saint docteur reposerait-il mieux qu'à Paris, la ville qui, après l'avoir admis à ses écoles, avait ensuite accueilli avec tant d'ardeur ses sublimes enseignements, la seule d'ailleurs qui fut digne de posséder un pareil trésor ? La vénérable dépouille de Thomas d'Aquin serait au milieu de l'Université un germe fécond de grâce et de sainteté, en même temps que ses ouvrages y demeureraient à tout jamais comme une source inépuisable de doctrine et de vérité (2). Cependant, la question de savoir à qui appartiendraient les reliques de l'Ange de l'École restait toujours pendante, jusqu'à ce qu'enfin le pape Urbain V, voulant mettre un terme à des discussions déjà trop longues, décida que le corps de l'Angélique docteur reposerait au berceau de l'ordre de saint Dominique, à Toulouse, et que le bras droit du saint serait offert au roi Charles V

---

(1) *Hist. ms. des Chanceliers etc.*

(2) Cette lettre se trouve dans l'*Historia Universitatis Parisiensis* de du Boulay, t. III, p. 408, et dans l'*Histoire de la vie et des écrits de S. Thomas d'Aquin*, par Carle, p. 176.

pour être gardé à Paris. Dès que les cérémonies de la translation furent achevées à Toulouse, le maître-général des Frères-Prêcheurs se hâta de venir à Paris pour remettre entre les mains du roi le trésor qu'il était chargé de lui offrir de la part de son ordre. Charles V, accompagné de tous les princes et seigneurs de sa cour, d'un grand nombre de cardinaux, d'archevêques, d'évêques et d'abbés, de l'Université en corps et d'un peuple innombrable, se rendit à Sainte-Geneviève, où la relique avait été provisoirement déposée. Le maître-général la lui présenta comme le gage le plus cher et le plus précieux de la reconnaissance de son ordre, pour les bontés dont les rois de France n'avaient cessé de le combler depuis saint Louis, et fit serment que c'était bien là le bras de saint Thomas d'Aquin, religieux de l'ordre de saint Dominique et docteur de Paris. Le roi reçut à genoux la relique et la baisa ; la reine, le duc de Bourgogne, les autres princes, évêques, abbés et seigneurs la baisèrent après lui. Puis elle fut remise aux mains du cardinal Jean de Dormans, évêque de Beauvais et chancelier de France, choisi parmi tous les autres prélats pour en faire la translation. Revêtu des ornements pontificaux, le cardinal porta solennellement la sainte relique jusqu'à l'église des Jacobins, chanta la messe, et remit enfin le reliquaire au roi, qui le plaça de ses mains dans la chapelle appelée depuis par son ordre chapelle royale de saint Thomas. C'était au commencement de l'année 1349 (1).

Le traité de Brétigny était mal observé, et nous avons vu dès le mois de mai 1368 le cardinal de Beauvais chargé par le roi d'exposer au Parlement l'état des choses, et de lui faire part du projet de Charles V, de repousser encore une fois la guerre par la guerre. Le pape Urbain V,

____

(1) *La Vie de saint Thomas d'Aquin*, par le P. Tournon, liv. III, chap. XXII, p. 348 et 349.

qui souffrait depuis longtemps de voir l'Angleterre et la
France verser inutilement le sang de leurs armées dans
des luttes interminables, et qui, à l'exemple de ses prédécesseurs, avait plusieurs fois essayé d'amener les deux
monarques à une réconciliation, apprit avec douleur la
reprise des hostilités. Il y avait plus de trois ans que, cédant aux instances des Romains, il avait quitté Avignon,
et reporté dans l'antique capitale du monde chrétien, le
siége du gouvernement de l'Église; mais au bruit des
nouvelles incursions des Anglais en France, le pontife se
hâta de repasser les monts, dans l'espoir d'apaiser une
inimitié qui grandissait tous les jours. Connaissant la
prudence et l'autorité du cardinal Jean de Dormans, il
l'avait choisi pour aller, avec le cardinal Simon de Lan-
gham, porter en son nom des paroles de paix aux deux
monarques. Le pieux pontife n'eut pas la joie de contempler le succès d'une entreprise si digne du père commun
des fidèles : il mourut presque aussitôt après son retour en
France. Immédiatement après son élection, le successeur
d'Urbain V, Grégoire XI, pressa les deux légats de s'acquitter de leur mission ; il parla lui-même au roi Charles
V, et écrivit à l'archevêque de Cantorbéry d'user de toute
son influence sur Édouard pour l'amener à conclure avec
la France une alliance durable [1]. Il se tint en effet quelques conférences en Picardie, mais sans fruit. Les haines
étaient trop envenimées, les préjugés trop profondément
enracinés, et les deux légats eux-mêmes ne surent pas
assez, dit-on, faire abnégation de leurs sympathies et de
leurs prétentions nationales, pour préparer efficacement la
conclusion d'une paix si désirable [2].

Jean de Dormans rendit, en qualité de légat, une sentence arbitrale, nommée *Jeannine*, pour terminer les diffé-

(1) *Annal. Eccl.* t. XIV, 1371, 3.
(2) *Hist. de France*, par le P. Daniel, t. V, p. 182.

rends survenus entre l'archevêque de Reims, Jean de Craon, et son chapitre (1).

Il y avait quatorze ans que le cardinal de Beauvais avait reçu les sceaux des mains du dauphin Charles ; il avait servi son prince et sa patrie avec un dévouement sans bornes : il crut que le temps était venu de résigner ses fonctions de chancelier. D'ailleurs, il commençait à sentir, avec le poids des années, le besoin de se séparer du tumulte de la cour, du monde et des affaires, et de se préparer, dans le recueillement et la retraite, au compte qu'il rendrait bientôt à Dieu d'une vie mêlée à tous les grands événements de son époque. Un jour, c'était le 21 février 1371, le roi avait convoqué à l'hôtel Saint-Paul le grand conseil et le conseil privé, plusieurs prélats, plusieurs membres du parlement et de la Cour des Comptes, et d'autres seigneurs. Jean de Dormans profita de cette circonstance pour remercier le roi de la confiance qu'il lui avait témoignée, et pour le supplier de nommer un autre chancelier. Charles V y consentit, et ce fut Guillaume de Dormans qu'il choisit pour succéder à son frère. Quant au cardinal de Beauvais, il voulut qu'il continuât à siéger au conseil, et il l'y retint, dit la chronique de Saint-Denis, *le plus grand et le plus principal* (2)

La constante fortune de Jean de Dormans et la faveur exceptionnelle dont il avait joui auprès des deux rois Jean-le-Bon et Charles V, avaient peut-être fait des jaloux et des mécontents ; et, si leur ressentiment n'avait pu l'atteindre tant qu'il occupait, en qualité de chancelier de France, une des premières places dans l'État, il était à craindre qu'ils n'essayassent tôt ou tard de troubler sa retraite, une fois qu'il se serait dépouillé de son autorité.

(1) *Hist. généalog. de la France*, par le P. Anselme. t. III, p. 273.
(2) *Hist. ms. des Chanceliers*, etc.

La munificence extraordinaire du roi envers son chancelier, surtout le double traitement qui lui avait été autrefois assigné, contrairement aux lois établies, pour la
double chancellerie de France et de Normandie, pouvait
servir de prétexte aux méchants pour le tourmenter.
Charles V aimait trop son vieux serviteur pour ne point
prévenir ce danger. L'année qui suivit la démission du
chancelier, au mois de février 1372, il expédia en sa faveur
aux gens de la Cour des Comptes, des lettres qui le déclaraient quitte pour toute son administration et pour tous
les profits qu'il avait pu en retirer, et qui le mettaient
absolument à couvert des poursuites et des vexations
qu'on pourrait lui susciter à l'avenir. Cette pièce est si
élogieuse pour notre vénérable fondateur, elle resqire si
bien à chaque ligne la sollicitude et l'amitié reconnais-
sante du prince, d'ailleurs elle clôt si honorablement la
vie publique du chancelier, que nous voulons la citer
ici tout entière :

« Charles, par la grâce de Dieu, roi de France, savoir faisons
« à tous présens et à venir que nous ramenans en mémoire
« les agréables et léauls services par notre ami et féal Jehan
« de Dormans à présent cardinal du Saint-Siége de Rome, à
« nous fais en estat de chancelerie et autrement continuel-
« ment et sans intermission, tant en adversités comme en
« prospérité pour le temps que nous estions duc de Norman-
« die et aussi pour le temps que nous fusmes régent et de-
« puis à notre chier seigneur et père dont Dieu ait l'âme,
« considerans que ledit cardinal loffice de notre dite chance-
« lerie et toutes autres besoignes que nous lui avons com-
« mises ou enjointes a gouverné, fait et exercé tellement
« que ce a esté à la louange de Dieu et à la paix et trans-
« quilité du peuple à nous commis ; dudit office de chan-
« celerie et des autres besoignes à lui par nous commises,
« des offices et autres choses pour nous par lui faites et ad-
« ministrées et de quelconques profis et utilités qui à nous

« à cause et pour cause de loffice de notre dite chancelerie
« et des autres besoignes a lui par nous commises comme
« dit est nous ont peu et pevent ou pourroient estre deuz
« ou appartenir par quelque cause ou raison que ce soit, et
« de tous dons a lui faits pour accroissement de gaiges ou
« autrement, par notre dit seigneur et père et par nous de
« quelconque valeur quil soient, avons délivré, absoult et
« quittié et par ces présentes délivrons, absolons et quit-
« tons de notre grace especial, s'il est mestier, et de notre
« certaine science et auttorité et pleine puissance royal.
« Et à nos amés et féaulx gens des comptes et trésoriers,
« receveurs, procureurs généraulx et particuliers nous
« imposons sur ce silence perpétuel et leur mandons ain-
« si qu'aux autres officiers et justiciers user paisiblement
« de notre présente délivrance, grace, quittance et abso-
« lucion, et contre icelle ne le molestent ou souffrent estre
« molesté (1). »

Rentré dans la vie privée, le cardinal paraît ne s'être plus occupé que de perfectionner et d'accroître une œuvre de charité qu'il avait toujours eue grandement à cœur, à laquelle il travaillait depuis longues années, qu'il avait pu réaliser enfin un an avant sa retraite, mais qui sem- blait réclamer davantage encore sa sollicitude, depuis qu'il s'était déchargé du fardeau des affaires publiques: nous voulons dire ce collége de Dormans, qui devait im- mortaliser son nom et celui de sa famille, et lui donner une postérité plus durable que celle de sa race. A plu- sieurs reprises, il augmentait le nombre des boursiers fixé par ses premières lettres de fondation ; il ajoutait à leur dotation primitive, dans la crainte que le souci des besoins matériels de leur existence ne les détournât de l'étude ; il améliorait les règlements qu'il leur avait don- nés à l'origine, et y ajoutait plusieurs articles dont l'ex-

(1) *Arch. de l'Empire*, M. 88.

périence avait démontré l'utilité ; il préparait la construction et assurait l'achèvement de cette délicieuse chapelle, qui nous est restée comme un monument de sa piété, de sa magnificence et de son bon goût (1).

Sa naissance, les fonctions éminentes qu'il avait exercées, la faveur persévérante du souverain, tout avait concouru à lui assurer une fortune considérable. Outre plusieurs terres et seigneuries, celle de Nanteau, près Melun et celle de Voulx, près Montereau, qu'il tenait de la faveur de la reine Blanche (2), celles de Lisy-sur-Ourq, de Sermaise en Beauce, d'Athis-sur-Orge, et un grand nombre d'autres, outre plusieurs maisons à Paris, il possédait et habitait, dans la rue Saint-Antoine, un vaste hôtel, dit l'hôtel de Beauvais, où il avait réuni tout ce que le luxe de son temps pouvait offrir de précieux et de magnifique. Les Archives de l'Empire (3) possèdent un petit registre fort curieux écrit en gothique, et ayant pour titre : *Inventaire des biens du cardinal*, qui fournirait la matière d'un travail intéressant sur l'ameublement de ces nobles demeures du XIVe siècle, ainsi que sur les arts de luxe du moyen-âge. On ne parcourt pas sans admiration ces longues listes de vases sacrés et profanes, d'aiguières, de bassins, de hanaps et de gobelets d'or, d'argent, de vermeil, étincelants d'émaux et de pierres précieuses, ces énumérations presque sans fin de meubles rares, d'étoffes splendides, où l'or, l'argent et la soie tantôt unissent leurs nuances diverses en des dessins d'une richesse, d'une beauté et d'une variété incomparables, tantôt éblouissent le regard par le pur éclat d'un tissu sans mélange. Les cuisines fournies de tous les ustensiles que réclamait alors

______

(1) On lui en attribue au moins le plan.

(2) *Hist. de la ville et de tout le dioc. de Paris, par l'abbé Lebœuf, publiée par Cocheris,* t. II, p. 700 et *Arch. de l'Emp. regist.* MM. 356, fol. XXXI et XXXII.

(3) M. 88, n 9.

l'art culinaire, les caves où se trouvaient rangés avec soin les vins les plus rares, les écuries où, en compagnie de plusieurs autres dextriers, mules, mulets et roncins, s'abritaient et *le grand genest, et le lymonier avec son compaignon, et la mule grise que chevauchoit Monseigneur, et le petit roncin gris que souloit chevauchier le mareschal*, tout a été scrupuleusement visité et inventorié, en sorte que l'imagination peût, sans beaucoup de peine, reconstruire ces vieux palais, assister aux fêtes qui s'y donnaient, et suivre presque pas à pas leurs nobles hôtes dans les moindres détails de la vie. Les infirmités de la vieillesse avertissaient l'ancien chancelier de France qu'il faudrait bientôt dire adieu à toutes ces splendeurs ; mais nos pères, prévenus par une foi toujours vivace contre les enivrements de la fortune, trouvaient, dans l'espérance d'une vie meilleure et d'une prospérité moins éphémère, des trésors de détachement et d'abnégation que nulle philosophie ne saurait donner aux hommes. La mort ne devait ni surprendre le cardinal de Beauvais, ni faire fléchir sa grande âme. Longtemps avant qu'elle vint frapper à sa porte, il l'attendait, réglant à l'avance l'ordre de ses funérailles, faisant lui-même préparer son tombeau et composant son épitaphe, partageant ses biens entre ses neveux, et donnant dans sa succession une large part aux pauvres, aux églises, aux monastères, et surtout à ce collége qu'il avait fondé et qui restait l'objet de sa constante prédilection. Le début de son testament, remarquable par l'élévation des pensées, par l'ampleur et la beauté du style, nous fait connaître avec quelle vigueur chrétienne il se préparait à quitter ces grandeurs, pour lesquelles il n'a pas un mot de regret ; nous y trouvons aussi le fidèle reflet de son intelligence et le témoignage authentique de son goût en littérature. Qu'on en juge :

« Au nom de la Sainte et Indivisible Trinité, Père, Fils « et Saint-Esprit. Amen.

« Moi, Jean de Dormans, cardinal-prêtre de la Sainte
« Église Romaine du titre des Quatre-Saints-Couronnés,
« évêque de Beauvais, à tous ceux qui verront ce testa-
« ment et expression de ma dernière volonté, fais savoir
« que, considérant, en de sérieuses méditations, le cours
« rapide de la vie présente, et la faible distance qui sépare
« de leur fin les créatures les plus nobles, aussi bien que
« les plus humbles ; considérant que, dans cette vallée de
« misères, il n'y a rien pour l'homme de certain ni de
« stable, qu'au contraire, au témoignage des oracles des
« prophètes, des enseignements infaillibles de l'Évangile
« et de la commune expérience des choses de la terre,
« rien n'est moins stable que notre condition humaine,
« rien n'est plus incertain que le terme de notre pèleri-
« nage en cette vie, rien n'est plus vain que les fragiles
« prospérités de ce monde, et reconnaissant dans cette
« caducité des biens terrestres l'annonce incessante de
« l'avènement de ce juge souverain dont l'heure ne nous
« est point connue : pour ces motifs, moi Jean, cardinal
« sus-nommé, qui ai été de la part de mon créateur l'ob-
« jet d'une tendresse si magnifique, qui, dans cette vie,
« grâce à sa bonté et nullement à mes mérites, me suis
« vu élevé par degrés jusqu'aux dignités les plus hautes
« et comblé des plus rares honneurs, quand, jour et nuit,
« je songe avec componction et avec larmes à cette con-
« duite de la Providence sur moi, surtout, quand je viens
« à penser au compte que j'aurai à rendre de toute mon
« existence, en ce jour inévitable, si terrible et si doulou-
« reux, du jugement à venir, en ce jour où retentira la
« trompette et la voix des Anges s'écriant : « ô morts, qui
« dormez dans vos sépulcres, levez-vous, venez pour être
« jugés par votre Sauveur », alors j'avoue n'avoir plus de
« ressource et d'appui que dans les mérites de la très-
« pure et glorieuse Marie toujours vierge et de tous les
« Saints, et dans l'espérance qu'ils obtiendront pour moi

« grâce et pardon de l'immense bonté de mon juge et
« Sauveur; alors aussi, je prends la résolution de préve-
« nir ce jour effroyable, en faisant mon testament et en
« disposant à l'avance, aussi pieusement que pourra me
« le permettre la fragilité humaine, de la fortune et de
« tous les biens temporels que Dieu m'a donnés. Aujour-
« d'hui donc, je fais et ordonne ces dispositions testa-
« mentaires, ainsi qu'il suit.

« En premier lieu, lorsque mon âme sera sortie de la
« prison de mon corps, je la remets dévotement entre les
« mains de mon Sauveur, et la recommande en même
« temps à la très-glorieuse vierge Marie, sa mère, ainsi
« qu'à toute l'assemblée des habitants du ciel, les priant
« et les suppliant à genoux et les mains jointes, moi,
« pécheur dépourvu de tout mérite, d'intercéder pour
« moi auprès de mon Sauveur, afin qu'il ne s'arrête point
« à mes iniquités, mais à la sainte foi catholique que j'ai
« toujours gardée, à laquelle mon esprit adhère ferme-
« ment et que je confesse en toute vérité, conformé-
« ment à l'enseignement de la sainte Église Romaine,
« notre mère, hors de laquelle il n'y a de salut pour per-
« sonne, à cette foi dans laquelle, par sa grâce, j'ai vécu
« et veux vivre et mourir ; et qu'ainsi il daigne par sa
« miséricorde me recevoir dans la voie du salut éternel
« et me donner enfin place au séjour de la béatitude (1). »

Après avoir déclaré qu'il fait ce testament avec l'autorisation que le pape lui en a donnée, il veut, dit-il, profiter
des forces qui lui restent, malgré ses légères infirmités,
et de la plénitude d'intelligence et de raison dont il jouit
encore, pour déterminer l'ordre de ses funérailles. Il choisit sa sépulture dans l'église des Chartreux du prieuré de
Notre-Dame-de-Vauvert, à cause de la dévotion spéciale qu'il
a pour cet ordre et pour ce sanctuaire. Son tombeau sera

_____

(1) *Arch. de l'Emp* Reg. MM. 355.

de cuivre « comme il convient à la décence d'un tel lieu »,
placé en face du maître-autel, élevé seulement d'un demi-
pied au dessus du sol, afin que chacun puisse s'y age-
nouiller pour prier devant l'autel. En même temps, il
lègue à la chartreuse une rente amortie de trente livres
pour la nourriture d'un religieux qui sera chargé de prier
pour lui, et un fonds de quinze cents francs à convertir en
rente pour le vestiaire de la communauté (1). Un grand
nombre d'autres églises et de communautés religieuses,
dont il réclamait les prières, devaient aussi, après sa
mort, avoir part à son héritage. Sa cathédrale de Saint-
Pierre de Beauvais, celle de Saint-Gervais de Soissons,
dans laquelle il avait possédé la dignité d'archidiacre de
Brie, et dont il s'était plus d'une fois souvenu dans sa
puissance pour lui obtenir de beaux priviléges, le couvent
des Célestins de Paris, reçurent de lui des legs considérables, à la charge de célébrer perpétuellement son anni_
versaire (2).

Il mourut le 7 novembre 1373, laissant après lui la réputation d'un des plus grands hommes d'État et d'un des
plus illustres prélats de son temps, ayant par ses services
et par son influence si bien établi la fortune de sa famille,
qu'il pouvait, sans présomption, écrire dans son testament
cette phrase : « Je veux et ordonne que ma plus belle mitre,
savoir celle qui a appartenu à l'archevêque de Reims, et ma
plus belle crosse ou bâton pastoral soient placés en lieu
sûr, pour être en mon nom donnés et livrés au premier de
mes neveux qui parviendra par la grâce de Dieu et du

(1) *Ibid.*, et de plus, *Martyrologium Carthusianorum Parisien-
sium*, cité par du Chesne, *Histoire des Cardinaux français*, aux
Preuves, t. II, p. 428.

(2) *Ibid.* et *Obituaire de S. Pierre de Beauvais*; *Martyrologium
ms. sancti Gervasii Suessionensis*; *Obituaire des Célestins de Paris*,
cités par du Chesne, *ibid.*

Saint-Siége apostolique à la dignité épiscopale, et à qui ces objets appartiendront en propre dès qu'il sera évêque (1). »

Il fut, selon son désir, enterré à la chartreuse de Vauvert. On a vu longtemps, dans l'église de ce monastère, le tombeau du cardinal, tel qu'il l'avait fait préparer lui-même. Il était orné des armes de la famille de Dormans qui étaient : *d'azur, à trois têtes de léopard arrachées d'or, lampassées de gueules*. La statue en cuivre de Jean de Dormans était couchée sur la tombe, ayant à ses pieds le chapeau de cardinal, la tête coiffée de la mitre et soutenue par deux anges, qui portaient écrites sur des lames d'airain, ces paroles de l'Écriture : *In pace fiat locus ejus et habitatio ejus in Sion*. Au bas de la tombe, on lisait cette épitaphe que le cardinal y avait fait graver de son vivant :

DORMIT HIC I. DE DORMANO.
CHRISTO FELIX EST OBLATUS,
CORPUS LINQUENS MUNDO,
VANO SUB MARMORE TUMULATUS.

TU DEVOTI PATRIS HUJUS,
REX GLORIE JESU CHRISTE,
ANIMAM SUSCIPE CUJUS
CORPUS TEGIT LAPIS ISTE.

Dans la bordure de la tombe, les Chartreux avaient gravé ces vers :

ANNO MILLESIMO TER C TER I SEPTUAGENO,
SOLVITUR A MEMBRIS, SEPTENA LUCE NOVEMBRIS,
I. DE DORMANO, PRIMO PROLEROMANO

(1) *Arch. de l'Emp.*, Reg. MM. 355.

PRÆSULE SUSCEPTUS, PATER HINC BELVACUS ADEPTUS
SUB FRANCO REGE CANCELLAVIT DUCE LEGE
. . . . FOVENDO SUB ALIS
INTUS CONFRATREM, PUERORUM QUEM CITO PATREM
COLLEGII CLAUSTRI BRUNELLI FIT, CIVIS ASTRI (1).

La statue qui ornait le tombeau du cardinal de Dormans
a disparu (2) ainsi que ses autres images. Il n'en reste
que deux que nous sachions : c'est la gravure que Du
Chesne a placée en tête de sa biographie et qui est
la reproduction d'un portrait existant autrefois au Louvre,
et une seconde qui a plus de caractère et qui est conservée aux estampes de la Bibliothèque Impériale. Nous
donnons cette dernière *planche II*. Ces images sont-elles
fidèles ? Jean de Dormans y est représenté coiffé du chapeau de cardinal et revêtu du camail : ses traits sont
pleins de noblesse, et sa physionomie porte le sceau de la
sérénité, de la finesse et de la bonté.

On dit que l'amitié des rois est éphémère, et ne survit
pas à ceux qui ont eu le rare privilége d'en jouir. Jean de
Dormans connaissait trop son noble maître pour croire
qu'il en serait oublié dès qu'il aurait disparu de ce monde;
il n'hésita point à prier Charles V de prendre lui-même
sous sa protection cette fondation du collége de Beauvais,
qui avait occupé dans ses affections une si large part, et
qu'en mourant il laissait inachevée. Sa confiance ne fut
pas trompée. Nous en avons un touchant témoignage
dans une lettre de Charles V, donnée à Compiègne le
premier juin 1374, et dont voici le début:

« Charles, par la grâce de Dieu Roy, à tous ceux qui

(1) Du Chesnes, *Hist. des Cardinaux français*, t. II, *Preuves*.
(2) M. de Caumont, dans son *Abécédaire de l'Archéologie*, donne
une vue de la statue et du tombeau ; il reproduit aussi l'épitaphe,
mais avec des variantes qui nous paraissent peu acceptables.

« ces lettres verront, salut. Savoir faisons que comme
« pour considération des tresgrans peines et labeurs que
« avoit et a longuement et continuellement soutenuz
« avecques nous feu notre tresféal amy le cardinal de
« Beauvès notre Conseillier et Chancelier, et des grans et
« tresproufitables services que il nous fist treslonguement
« en son vivant, Nous pour sa dévocion et la prière qu'il
« nous en fist en ses darreniers jours li eussions et ayons
« en notre personne et en sa présence promis et accordé de
« bouche et par noz lettres patentes que de l'exécucion de
« l'ordenance de sa darrienne voulenté et de touz ses biens
« nous estions, voulions estre et serions toute notre vie
« vray protecteur et deffenseur ; et depuis son trespasse-
« ment pour tresgrans et tresévidens nécessitez de nous
« et du bien publique de tout notre Royaume qui nous
« sont entrevenues, Nous pour eschever plusieurs tres-
« grans périls et domages irréparables ayons pris et mis
« devers nous des biens de la dicte exécucion déclarez et
« specifiez en l'inventoire loyaulment sur ce fait, lesquels
« biens estoient mis en certains lieux à Paris, la somme
« de quarante mile frans dor de notre coing : Nous en pa-
« role de Roy avons promis et promettons par ces pré-
« sentes les rendre et restituer entièrement à la dicte
« exécucion et aus exécuteurs du testament ou darrienne
« voulenté du dit feu cardinal (1). »

(1) *Arch. de l'Empire*, M. 88, no 10.

CHAPITRE III.

L'érudit qui parcourt ce qui nous reste du vieux Paris,
y rencontre à chaque pas des vestiges d'une civilisation
qui n'est plus la nôtre, de mœurs et d'idées qui, pour
avoir été longtemps traitées de barbares, n'en présentent
pas moins de charmes et de grandeur à ceux qui se re-
prennent aujourd'hui à les étudier plus attentivement.
L'enceinte de l'Université, ce sol sacré que les lettrés du
moyen-âge, pleins de leurs souvenirs classiques, nom-
maient solennellement *Pomærium Universitatis*, reste encore, à ce point de vue, une des promenades les plus intéressantes que l'on puisse faire dans la grande cité. Non
qu'il s'y trouve encore beaucoup de ces églises où nos pères
accouraient vénérer des madones miraculeuses ou prier
des saints populaires, de ces florissantes communautés,
patrie de la contemplation, de la pénitence et de l'étude,
de ces maisons jadis si célèbres où la jeunesse française et
étrangère venait puiser l'amour des lettres et la passion
de la science : celles qui ont pu survivre à la fièvre des

démolitions sont très-rares au contraire, et de récents embellissements viennent encore d'en faire disparaître plusieurs. Mais on y rencontre au moins des noms, des traces, qui suffisent à ressusciter dans l'imagination tout un monde qui n'est plus. Un de ces lieux les plus fameux et les mieux conservés, est assurément ce que nos aïeux appelaient le Clos-Bruneau, maintenant partagé en trois parties par la grande rue des Écoles et par le prolongement de la rue des Mathurins qui le coupent du couchant à l'est, mais qui, sauf ces deux coupures, garde jusqu'ici ses anciennes limites, et même, dans sa partie méridionale, son ancienne physionomie.

Les murailles élevées par Philippe-Auguste avaient renfermé dans l'enceinte de Paris un grand nombre de *clos*, distingués le plus souvent les uns des autres par le nom de leurs anciens propriétaires, par leurs produits, ou par la nature et le caractère de leur terroir. Dulaure, dont les affirmations sont d'ailleurs si souvent contestables, explique l'origine de ces *clos* par une hypothèse qui ne paraît pas manquer de vraisemblance : les guerres privées, dit-il, les révoltes et les brigandages, exposant les produits de la culture des terres à des ravages continuels, on sentit la nécessité d'enclore de murs les terres cultivées. Telle est la cause des nombreuses clôtures qui, sous le nom de *clos*, se trouvaient aux environs de Paris (1).

Clos Burniau
Où l'on a rosti maint bruliau.

Après avoir reproduit ce vers du *Dit des rues de Paris* de Guillot, le savant abbé Le Beuf ajoute en note : « En latin on disait *Clausum Brunelli*, et en langage vulgaire plus poli le

(1) *Histoire physique, civile et morale de Paris*, t. II, période v, § 7.

Clos-Bruneau. Son nom lui venait de son territoire pierreux ou perré, comme celui de ces chemins perrez qu'on appelle *Chaussées Brunehault*, quoique la reine de ce nom n'y ait eu aucune part. Les vignes qu'il y a eu ont donné occasion d'y brûler bien du serment et des échalas ; c'est à quoi le poète fait allusion. Le cartulaire de Sainte-Geneviève fait mention, fol. 59, à l'an 1202, *devineis de Brunello*(1). Ce fut vers le même temps (1202), dit ailleurs l'abbé Le Beuf, que l'on fit à travers de ce grand Clos-Bruneau des routes qui devinrent des rues, je veux parler de la rue des Carmes, de celle de Saint-Jean-de-Beauvais et de la rue d'Écosse (2) ; paroles qui donnent à entendre que l'espace primitivement compris sous le nom de Clos-Bruneau était beaucoup plus vaste que ce qui fut désigné sous ce nom à partir du xiii. siècle, puisque l'abbé Le Beuf, ayant à parler de cette dernière époque, dit lui-même : « Ce clos comprenait environ tout le quarré formé par les rues de Saint-Jean-de-Beauvais, des Noyers, des Carmes et de Saint-Hilaire (3). »

Ce fut aussi dans les premières années du xiiie siècle que l'on commença à élever des constructions dans le Clos-Bruneau. Dans un concordat passé au mois de juillet 1202 entre l'évêque de Paris, Eudes de Sully, et l'abbé de Sainte-Geneviève, ce prélat, décidé à accroître l'importance de la paroisse Saint-Étienne-du-Mont, cède à cette intention sa vigne du Clos Bruneau pour y bâtir des maisons, et stipule que ceux qui les habiteront seront à perpétuité paroissiens de Saint-Étienne (4).

Dès cette époque également, le Clos-Bruneau prend

(1) *Histoire de la ville et de tout le diocèse de Paris*, t. I, p. 570 et 571.

(2) *Ibid.*

(3) *Ibid.*

(4) Félibien, *Hist de Paris, Pièces justificatives*, t III, p. 600. a.

dans l'histoire des écoles de Paris une importance qui
ira en s'augmentant pendant plusieurs siècles. Au xii°
siècle, en effet, les écoles reléguées aussi loin que possible du cloître Notre-Dame et au côté sud de la cathédrale, se trouvant trop à l'étroit dans les terrains compris
entre le palais épiscopal et l'Hôtel-Dieu, les docteurs en
droit et en médecine, que les libéralités de Philippe Auguste avaient attirés en grand nombre à Paris, se placent,
dit l'avocat Poncelin , aux environs de Saint-Julien-le-
Pauvre, sur les terrains qui formaient autrefois les clos
Mauvoisin et Bruneau (1).

Renfermé dans les limites que lui a données le xiii^e
siècle et qu'il a gardées depuis, le Clos-Bruneau formait
donc un quadrilatère irrégulier, trois ou quatre fois plus
étendu dans sa longueur que dans sa plus grande largeur, borné au nord par la rue des Noyers, qui s'est
aujourd'hui perdue dans le grand boulevard Saint-Germain, mais dont toute la rive gauche subsiste encore, au
sud par la rue Saint-Hilaire, à l'orient par la rue du Mont-
Saint-Hilaire, appelée rue des Carmes depuis que ces
religieux s'y établirent en 1318, à l'ouest enfin par la rue
du Clos-Bruneau, qui prit le nom de Saint-Jean-de-Beauvais depuis la fondation du collége de Beauvais et la
construction de la chapelle de ce collége dédiée à saint
Jean, et que l'on a appelée de nos jours rue Jean-de-
Beauvais, en souvenir peut-être de quelque illustre per-

____

(1) *Histoire de Paris et description de ses plus beaux monuments*,
t. III, p. 135.

— La Faculté de médecine ne s'établit rue de la Hucherie qu'en
1477, époque où fut achevée la maison qui porta depuis le nom
d'École de médecine. Jusque-là, elle était pour ainsi dire errante,
et c'est près des grands bénitiers placés alors sous les tours de
Notre-Dame, *ad cupam Nostræ Dominæ*, que nous voyons les docteurs de cette Faculté prendre, en 1454, la résolution de se donner
un local fixe et définitif.

sonnage qui n'a jamais porté ce nom. Énumérons rapidement les divers établissements qui vinrent se ranger
le long de ces rues, et voyons comment ce petit coin de
terre n'est à Paris ni le plus obscur ni le moins riche en
souvenirs.

C'était d'abord, dans l'enceinte du Clos-Bruneau, et s'ouvrant sur la rue Saint-Jean-de-Beauvais, le collége de Beauvais et sa charmante église, puis, un peu plus haut, les Grandes Écoles de décret, ou écoles de droit, détruites pour faire
place à la rue des Écoles, et plus haut encore, à vingt mètres
environ de la rue Saint-Hilaire, les Petites Écoles de décret. En face de ces deux premiers établissements s'étendait, de l'autre côté de la rue, le vaste enclos de la commanderie de Saint-Jean-de-Latran, avec ses jardins, son
église, son cloître, sa grande salle, sa vieille et belle tour
des pèlerins, si connue sous son nom moderne de *Tour
Bichat*, et si amèrement regrettée de nos archéologues.
Vis-à-vis des Grandes Écoles de décret, on voyait les Premières, ou anciennes Écoles de décret, remplacées plus
tard par la célèbre librairie des Estienne. Dans la rue des
Carmes, c'était, toujours sur le sol du Clos-Bruneau, le
collége de Presles, illustré par les leçons et par la mort
de Pierre Ramus, ayant en face de lui l'église et le grand
couvent des Carmes ainsi que le vieux collége de Dace;
puis la façade postérieure du collége de Beauvais, regar-
dant le collége de Laon bâti de l'autre côté de la rue,
et plus haut, du même côté que le collége de Laon, le
collége des Lombards, qui devint au siècle dernier le
collége des Écossais, et dont on voit encore, près de la
rue des Écoles, les vastes bâtiments et la jolie chapelle.
Enfin, dans la rue Saint-Hilaire, c'était la petite église
paroissiale de Saint-Hilaire, bâtie en face de cet ignoble
cul-de-sac Bouvart, autrefois rue Jousseline, mentionnée dès le XIIIe siècle, et dans laquelle l'abbé Le Bœuf a
voulu voir la rue primitive de ce quartier avant le per-

cement de celles qui entourèrent plus tard le Clos-Bruneau ; et puis c'était le Puits Certain, fidèlement désigné dans tous les vieux plans de Paris, dont Robert Certain, principal de Sainte-Barbe et curé de Saint-Hilaire, dota ses paroissiens au xvie siècle, qui fut comblé au commencement du nôtre, mais dont le souvenir survécut longtemps sur l'enseigne ainsi que dans les têtes de veau et autres œuvres d'un pâtissier fameux.

Du jour où les écoliers et les maîtres se portèrent du côté du Clos-Bruneau, ce lieu ne cessa d'être un des plus fréquentés de l'Université. Depuis cette époque jusqu'au xvie siècle, il n'est presque question que des écoles de la rue du Fouarre et de la rue Saint-Jean-de-Beauvais. Aussi trouvons-nous dans l'histoire le souvenir des mesures prises à diverses époques par la police, pour empêcher que les bruits de la ville n'y vinssent troubler l'application des écoliers et couvrir la voix des professeurs. « Comme en 1525, dit Sauval, le bruit était si grand dans la rue Saint-Jean-de-Beauvais, à cause des charrettes, chariots, chevaux, vinaigriers et meuniers qui passaient sans cesse par là, que les professeurs ne pouvaient faire leurs leçons, sur leur plainte et le rapport d'un conseiller qui s'y transporta, la Cour ordonna qu'il serait mis des barrières aux endroits où il serait à propos, sans pourtant boucher le passage aux charretiers, vinaigriers ou autres (1). »

Il est un fléau contre lequel tous les règlements de police étaient impuissants pour la rue Saint-Jean-de-Beauvais, comme pour beaucoup d'autres : nous voulons dire la malpropreté. Dès 1384, un commandeur de Saint-Jean-de-Latran signale dans cette rue une place « wide, vague, inhabitable, de nul proffit à la dicte maison (de

____

(1) *Histoire et recherche des Antiquités de la ville de Paris,* par M. Henri Sauval, avocat au Parlement, t. I, p. 144.

Saint-Jean-de-Latran) , et qui pis estoit, domagiable
a ycelle, car pour les gravois, fiens et ordures que on y
mettoit et qui y estoient de haut de deux hommes et
croissoient de jour en jour, les murs desdictes grans
maisons de la dicte cuisine et le mur de pierre dessus
dict moult empiriez et povoyent empirer » : c'était l'espace où s'élevèrent peu après les premières écoles de décret (1). Deux siècles plus tard, le progrès n'avait pas été
très sensible : l'habitude qu'avaient prise les nombreux
libraires du quartier de déposer dans cette rue leurs
chiffons, engageait sans doute les écoliers à y venir de
préférence déposer autre chose, ce qui aura autorisé
Rabelais à mettre dans la bouche de Frère Jean, au détriment de la bonne réputation du Clos-Bruneau, une méta-
phore peu odorante, et peut-être hélas! d'un usage
populaire en ce temps-là (2). En 1636 « le rapport fait
pour le nettoyement et le pavaige de la ville » trouve la
rue « Saint-Jehan-de-Beauvais orde, boueuse, salle et
pleine d'immundices » (3).

C'est au Clos-Bruneau, dans la rue même de ce nom,
sur ce sol essentiellement classique, que Jean de Dormans résolut de jeter les fondements d'une œuvre à
laquelle il rêvait depuis longtemps, et qui eut encore sa
dernière pensée. Tout d'abord, il dut songer aux ressources matérielles sur lesquelles s'appuierait cette œuvre.
Aussi voyons-nous, dès le mois de février 1359, Charles,
fils aîné du roi de France, régent du royaume, duc de
Normandie et dauphin de Viennois, approuver chaudement le projet de son chancelier, et l'autoriser à consacrer à la fondation qu'il médite plusieurs domaines et

(1) *Histoire de la ville et de tout le diocèse de Paris*, par l'abbé
Le Bœuf, annotée et continuée jusqu'à nos jours par Hippolyte
Cocheris, t. II, p. 154.

(2) Liv. IV, chap. LII

(3) *Hist. de Paris* par dom Félibien, t. IV, p. 138.

revenus énumérés dans sa lettre (1). Deux ans plus tard, au mois de janvier 1361, le roi Jean, de retour d'Angle-terre, cite cette lettre du dauphin et confirme de son autorité royale tout ce qu'elle contient (2). Sûr de cette première et puissante approbation, le chancelier n'avait plus qu'à choisir définitivement le lieu qui lui semblerait le plus convenable à ses vues. Il y avait dans la rue du Clos-Bruneau, proche du collége de Presles, une maison dite *Maison aux Images*, donnée en 1313 par maître Gui de Laon aux maîtres et aux écoliers du collége de Laon, mais abandonnée par eux depuis que Gérart de Montagu, avocat général du roi en sa cour de Parlement et cha-noine de Paris et de Reims, leur avait légué, en 1339, son hôtel du Lion d'or, entre la rue des Carmes et le Mont-Sainte-Geneviève. Cette maison parut au chance-lier propre aux commencements de son œuvre, et il l'acheta aux écoliers de Laon, moyennant une rente de quatorze livres parisis à payer à leur collége, et seize sols parisis de cens annuel à payer à perpétuité en leur nom à l'évêque de Paris. Ce marché fut conclu le di-manche 29 juin 1365. Le 11 juillet de la même année, il acheta du maître et des écoliers du collége de Presles « une maison appelée *le Gago* tenant à la susdite maison des Images, et des Escolles tenant à la maison du Jardi-net » à condition qu'il « payeroit pour chacun an seize livres parisis de rente ausdits de Presles, de laquelle somme la moitié seroit rachetable, ou commuable en autre pareille rente dedans deux ans (3). »

Il fallut sans doute un temps assez considérable au fonda-teur pour disposer et aménager conformément à son dessein les trois maisons qu'il venait d'acquérir, pour méditer et

---

(1) *Arch. de l'Empire*, reg. MM. fol. VIII.

(2) *Ibid.*, fol. XI.

(3) Du Breul, liv. second, *De la fondation du collége de Dor-mans, dit de Beauvais.*

rédiger les règles qu'il voulait donner à son collége, et
pour lui assurer, avec des ressources matérielles plus
considérables, de meilleures chances de durée. Ce ne fut
que le 8 mai 1370 qu'il promulgua sa charte de fondation,
et consomma ainsi l'œuvre à laquelle il travaillait depuis
plus de dix ans. Nous parlerons plus tard du règlement
donné par le cardinal au collége de Beauvais et des biens
qu'il lui assigna. Nous voulons seulement ici, en citant
le préambule de cette charte, mettre en lumière les pieux
et généreux sentiments qui inspirèrent cette fondation.

« Nous, Jean de Dormans, par la miséricorde divine car-
« dinal-prêtre de la sainte Église romaine du titre des
« Quatre-Saints-Couronnés, évêque de Beauvais, par la
« teneur de ces présentes lettres faisons savoir à tous pré-
« sents et à venir, que désirant pendant que nous vivons
« sur cette terre, faire, avec l'aide de Dieu, quelqu'œuvre
« qui puisse contribuer à la fois au salut de notre âme et à
« l'avantage et utilité des autres, nous avons cru, pour ce
« motif, qu'il fallait enfin réaliser un dessein que nous
« mûrissons depuis longtemps. De grand cœur nous cè-
« derions en cette circonstance aux inspirations de la
« charité, et nous inviterions tous les hommes sans dis-
« tinction à participer à ce témoignage de notre dévoue-
« ment ; cependant, des liens de famille et d'amitié nous
« déterminent à donner de préférence ce gage d'affection
« et générosité aux habitants de la ville et du pays de
« Dormans, diocèse de Soissons, où nous sommes nés,
« nous et nos parents. D'autant plus que ce pays étant
« aujourd'hui plus que jamais dépourvu de maîtres qui
« puissent y répandre le bienfait de l'instruction, ce sera
« une œuvre utile que d'initier les enfants au moins aux
« éléments de la grammaire, de développer ainsi leur in-
« telligence, de les mettre, Dieu aidant, en état d'aborder
« les facultés supérieures et de se rendre utiles à eux-
« mêmes et à leurs concitoyens par l'étude des lettres et

« par l'acquisition des autres sciences. Ainsi les sages et
« fidèles habitants de ce pays, en voyant qu'on leur a mé-
« nagé une si précieuse faveur et un si grand avantage, se
« feront gloire de pousser leurs fils à mériter d'y parti-
« ciper personnellement. Nous donc, cardinal sus-nommé,
« pour les motifs que nous venons d'exposer, à la louange,
« gloire et honneur de la Bienheureuse Marie toujours
« Vierge, Mère de Notre-Seigneur et Sauveur Jésus-Christ,
« du très glorieux confesseur saint Nicolas et de toute la
« Cour céleste, à l'aide des biens temporels à nous concédés
« par le souverain dispensateur, avons fait, ordonné, créé,
« fondé et doté à perpétuité un collége de douze écoliers,
« avec un maître, un sous maître et un procureur, en tout
« quinze personnes, qui recevront les bourses que nous allons
« énumérer, et vivront en communauté dans une maison
« dite, aux Images qui nous appartient et que nous avons
« acquise de notre bien au Clos-Bruneau. »

Tous les boursiers devaient être tonsurés ou du moins
propres à l'être, et par conséquent de condition libre ; on
devait les choisir, d'après leur mérite et sans acception
de personnes, dans la ville de Dormans, et de préférence
dans la famille du fondateur (1). Si cette ville ne pouvait
pas fournir le nombre de sujets requis par la fondation, on
choisirait dans les paroisses environnantes ; et enfin, à défaut de sujets capables dans ces paroisses, on les cherche-
rait dans tout le diocèse de Soissons.

La bourse du maître était fixée à sept sous par semaine,
celle du sous-maître à cinq sous, celle du procureur à six,
et celle des petits boursiers à quatre. « Et ne se faut esba-
hir de si petites taxes, remarque naïvement le Père du

(1) Nous n'avons trouvé parmi tous les noms des boursiers qui se
sont succédé au collége que deux parents du cardinal : Aymeri,
fils de Pierre de Dormans, entré en avril 1379 (*Arch. de l'Emp.*,
H. 27851, p. xv), et Thomas Tarcier, « du lignage du fundeur, »
entré au mois de juin 1387.

Breul : depuis deux cent cinquante ans que ce contract a esté passé, tout est enchéry des quatre parts et plus. » Qu'aurait dit en 1869 le vieux bénédictin? (1).

Le cardinal se réservait, sa vie durant, la nomination aux bourses, qui devait passer après sa mort à son frère Guillaume, et après la mort de Guillaume à son neveu Miles de Dormans. Miles de Dormans mort, elle devait appartenir à perpétuité aux abbés de Saint Jean-des Vi-

(1) Une comparaison fera comprendre la valeur des bourses attribuées par Jean de Dormans aux maîtres et aux écoliers de son collége. On voit, dit l'historien Villaret (*Hist. de France*, t. IX, p. 452), dans un compte de Philippe-le-Bel, l'état des gages d'un seigneur pour soixante-neuf jours de résidence à la Cour, et pour onze jours de service au Parlement : le total monte à dix-neuf livres six sous, dont treize livres seize sous pour les jours employés à la suite de la Cour, à raison de quatre sous par jour, et les cinq livres dix sous pour les jours consacrés au service du Parlement : il fallait même qu'il fût président pour que ses honoraires mon tassent à cette somme ; car plus d'un siècle après (*Ordonnance de Charles VI*) les conseillers au Parlement ne recevaient encore pour gages que cinq sous parisis par jour de service.

L'auteur des *Essais historiques sur Paris* dit de son côté : Maître Jean le Châtelier, premier président au Parlement de Paris, en 1329, chaque fois qu'il y présidait recevait du roi dix sols. Un mouton ne coûtait alors que six sols. Deux bœufs et deux taureaux ne coûtaient que vingt-neuf livres (t. VI, p. 23).

Enfin, le savant éditeur de l'abbé Le Bœuf, M. Cocheris, nous donne au t. II, p. 391 de l'*Histoire de Paris*, le menu et la dépense d'un repas, servi le 4 octobre 1330 à quatre personnes, et qui présente une idée suffisante et de la modicité du prix des vivres au XIVe siècle et du bon appétit de nos aïeux. Ce repas se composait de : 1o deux perdrix, un faisant et quatre pigeons (14 sous) ; 2o trois botondeaulx (15 s.) ; 3o un lièvre (6 s) ; 4o une poitrine de veau, moitié pour le potage et moitié pour rôtir (4 s.) , 5o une carpe, un brochet et une anguille (22 s.) ; 6o raisin pour servir au commencement du dîner (12 den.) ; 7o poires (8 den) ; 8o menues espices (12 den.) ; 9o sausse vert et cameline (12 den) ; 10o trois chopines d'Ipocras (9 s.) ; 11o une douzaine de pains blancs (4 s) ; 12o huit quartes de vin à 10 doubles la pinte (7 s. 9 den).

gnes de Soissons. Au prieur du couvent des Carmes, près
duquel se trouvait le collége, était réservé d'en faire la visite, d'en vérifier les comptes, d'en corriger les abus, et de
recevoir le serment par lequel les officiers s'obligeaient, à
leur entrée en charge, à en observer et à en maintenir les
lois.

Aymeri de Maignac, auparavant professeur de droit, et
qui devait bientôt se voir honoré de la pourpre cardina-
lice, gouvernait alors l'église de Paris. L'évêque de Beauvais le pria d'accorder à sa fondation son approbation et
son patronage, et Aymeri s'empressa d'acquiescer à cette
demande par un bref daté du 31 juillet 1370. Sa charge
pastorale, dit-il, lui fait un devoir de prêter une oreille favorable aux demandes justes qui lui sont faites ; mais il
doit surtout s'empresser de faire droit à celles qui se recommandent et par les intentions généreuses et fécondes
qu'elles manifestent, et par le mérite, les vertus, la haute
condition et l'éminente dignité des personnes qui les lui
adressent. Après avoir fait l'éloge du cardinal de Beauvais,
de sa piété, de sa modestie, de cette générosité intelligente qui lui a fait estimer la science à sa juste valeur et
l'a porté à en favoriser le progrès par la fondation d'un
collége, après avoir cité tout au long la charte de fondation de cet établissement, il conclut en ces termes :

« Nous donc, évêque de Paris sus-nommé, faisons savoir
« qu'ayant vu et lu avec soin ces lettres dudit seigneur
« cardinal, et considérant que toutes et chacune des choses
« qui y sont exprimées ont été légitimement, saintement,
« justement et canoniquement faites, disposées et conclues,
« exprimant hautement notre estime dans le Seigneur pour
« cette œuvre si pieuse et si louable dudit révérendissime
« père et seigneur messire le cardinal, et accueillant avec
« faveur, comme c'est notre devoir, la demande qu'il nous
« a adressée à ce sujet, nous louons, ratifions, et par ces
« présentes confirmons à perpétuité de notre autorité or-

« dinaire ces lettres, ainsi que les dispositions, fondation
« et dotation qui y sont contenues. Nous décrétons et di-
« sons que toutes et chacune de ces choses devront être
« faites et observées dès maintenant et à jamais dans ce
« collége de la manière et en la forme déterminées par ces
« lettres. Et tous et chacun des points qui regardent et la
« célébration des messes hautes et basses dans la chapelle
« dudit collége, sauf les droits paroissiaux, et tout le reste,
« selon ce qui est défini et déclaré aux lettres susdites,
« nous les approuvons et corroborons en notre nom et en
« celui de nos successeurs les évêques de Paris, et autant
« que nous le pouvons, par ces présentes nous leur accor-
« dons notre assentiment et les appuyons de notre auto-
« rité. Selon le vœu dudit seigneur cardinal, nous avons
« fait faire de ces présentes lettres trois originaux, qui de-
« meureront, en garantie perpétuelle, l'un aux archives
« du collége, l'autre aux mains de l'abbé de Saint-Jean-
« des-Vignes, patron futur, et le troisième aux mains du-
« dit seigneur cardinal et de ses successeurs. En foi de
« quoi, nous avons voulu que notre sceau fut apposé à ces
« lettres. Donné à Paris, l'avant-dernier jour du mois de
« juillet, l'an du Seigneur, indiction et pontificat que des-
« sus (1). »

Nous l'avons vu, Jean le Bon et Charles V n'avaient pas
attendu, pour l'approuver, que la fondation entreprise par
leur chancelier fût achevée. Quand elle le fut, le roi Charles V tint à renouveler son approbation, et il le fit par des
lettres datées du mois de janvier 1371, qui sont la répétition
à peu près littérale de celles qu'il avait données précédemment.

« Nous avons l'habitude, dit le roi, de nous montrer fa-
« vorable aux nombreuses demandes qui nous sont faites;

(1) *Arch. de l'Empire*, M. 88, n° 2.

« mais c'est pour nous un devoir et un plaisir d'exaucer
« ceux-là surtout qui, recommandables par l'éclat de leur
« savoir et l'intégrité de leurs mœurs, et vivant auprès de
« notre personne, nous prêtent leur assistance tant pour
« le soin de la chose publique que pour l'administration
« de nos propres affaires, et consacrent leurs jours à
« nous servir. C'est ainsi que notre aimé et fidèle conseil-
« ler et chancelier Jean de Dormans, d'abord évêque de
« Beauvais et maintenant cardinal-prêtre de la sainte
« Église romaine, qui pour le salut de l'État et pour nos
« intérêts personnels a dû et doit encore s'imposer tant
« de travaux, nous a fait exposer ce qui suit.

« Ledit cardinal, pensant sagement au salut de son âme,
« a employé une partie des biens et revenus que Dieu lui a
« donnés, à la fondation d'un nouveau collége ou commu-
« nauté d'écoliers à Paris au Clos-Bruneau, l'a doté de
« plusieurs rentes et propriétés qui lui appartiennent,
« et se propose d'en accroître encore la dotation, si
« pourtant tel est notre bon plaisir. Il nous a donc
« adressé d'humbles supplications, pour qu'il nous
« plût lui accorder notre consentement et lui permettre
« de convertir et consacrer à l'accroissement dudit col-
« lége et école les propriétés et revenus énumérés
« ici........... Nous donc, approuvant en ceci l'intention
« dudit cardinal, faisons savoir à tous présents et à venir
« que, par grâce spéciale, de notre certaine science, au-
« torité et plénitude de puissance royale, nous avons ac-
« cordé et accordons audit cardinal la permission d'em-
« ployer et de consacrer à perpétuité, tant et comme il lui
« semblera bon, tous et chacun de ces biens et revenus à
« l'accroissement et dotation dudit collége et école et à
« tous autres œuvres pieux et ecclésiastiques ; voulons que
« les écoliers et autres personnes ecclésiastiques qui au-
« ront reçu de lui, en une seule fois ou à plusieurs repri-
« ses, les biens, héritages et revenus destinés par ledit

« cardinal à cette dotation, puissent à perpétuité les garder
« et posséder en paix. S'ils devaient s'en défaire, les alié-
« ner ou les vendre, qu'ils sachent qu'ils ne sont point tenus,
« et que personne ne pourra les obliger de quelque ma-
« nière que ce soit, à nous en faire hommage, ni à payer
« à ce sujet aucun droit à notre Chambre des Comptes ni
« maintenant ni jamais; ce droit, qui nous est dû, par une
« faveur particulière, nous les en dispensons et déclarons
« quittes par ces présentes. Et afin que tout ce qui est
« contenu dans ces lettres soit à jamais inattaquable, à la
« prière dudit cardinal, outre le grand-sceau dont il est
« dépositaire, nous avons voulu y faire apposer notre
« sceau du secret. Sauf nos droits en tout le reste, et les
« droits d'autrui en toutes choses. » (1)

Ainsi, non-seulement le roi approuvait la fondation du
collége, mais pour donner à l'œuvre de son fidèle chancelier un témoignage plus spécial de sympathie, il exemptait à perpétuité des droits toujours si onéreux de muta-
tion les biens qu'il possédait ou qu'il pourrait posséder à
l'avenir. De plus, le roi déclare qu'il approuve l'accroissement que le cardinal veut donner à sa première fondation : cette charte royale nous amène en effet à une seconde lettre du cardinal, datée du 31 janvier 1372, et dont
voici la substance :

Jean de Dormans commence par y rappeler sa première
lettre, et l'approbation qu'il a obtenue de l'évêque de Paris
pour son collége. Puis il dit, qu'ayant fait l'acquisition
d'une rente annuelle et perpétuelle de cent trois livres, dix
sous et six deniers, payable par les maire, échevins et
commune de la ville de Montdidier en Vermandois (2), et

_____

(1) *Arch. de l'Empire*, reg. MM. 356, fol. **xxv**.

(2) Cette rente appartenait primitivement à Guillaume, frère du
cardinal, qui, voulant contribuer pour sa part à la fondation du
collége, en fit, dans ce but, l'abandon à son frère le 4 janvier 1372

ayant obtenu du roi l'amortissement de cette rente, il la consacre à l'accroissement de son collége. Il porte de douze à dix-sept le nombre des petits boursiers. Il augmente d'un sou par semaine la bourse du maître, du sous-maître et du procureur. De plus, « afin que les maître, sous-maître, procureur et écoliers boursiers présents et à venir puissent s'appliquer à l'étude avec d'autant plus de zèle et de liberté qu'on la leur facilitera davantage, il veut, ordonne et concède qu'ils auront à l'avenir un serviteur pacifique, apte et propre au service tant de la communauté que de chacun des boursiers présents et à venir. » Outre sa nourriture, ce serviteur devait recevoir chaque semaine deux sous, pour le récompenser de ses services et fournir à son vêtement et à ses autres besoins.(1)

L'année suivante, le 8 janvier, une troisième charte du cardinal vint encore ajouter à la dotation et à la fondation primitives. Jean de Dormans ayant acquis sur la ville de Montdidier une nouvelle rente de cent livres également amortie par le roi, il la donne à son collége, et porte à vingt-quatre le nombre des écoliers boursiers, à chacun desquels il assigne, comme par le passé, quatre sous par semaine. Des sept nouveaux boursiers, trois seront pris dans les paroisses de Bisseul et d'Athis, au diocèse de Reims, en choisissant de préférence les parents ou alliés du fondateur. De plus, à cause de son affection particulière pour l'église et le monastère de Saint-Jean-des-Vignes de Soissons, qui a toujours à sa tête des abbés du pays, recommandables par leur religion et leur piété, et naturellement dévoués à leurs compatriotes, le cardinal rappelle qu'il a confié à perpétuité à ces abbés la collation des bourses après la mort de son frère et de son neveu, et il déclare que parmi les vingt-quatre boursiers

Le roi autorisa ce don par lettres du 8 janvier *(Arch. de l'Emp., MM. 356, fol. 26 et fol 30).*

(1) *Arch. de l'Empire,* M. 88 ; n. 5.

de son collége, il y aura toujours, au bon plaisir de l'abbé
et du monastère, un religieux ou chanoine-régulier de
cette église, pourvu qu'il soit prêtre et originaire du diocèse de Soissons. Ce religieux vivra au collége, en obser-
vera les règlements et s'y engagera même par serment,
ainsi que les officiers, recevra pour son entretien cinq
sous par semaine, célébrera deux fois par semaine à sa
dévotion le saint sacrifice dans la chapelle de la maison,
contribuera par son exemple et ses conseils au maintien
de la discipline et de la bonne tenue des jeunes gens, enfin il assistera à la reddition des comptes du procureur :
car, ajoute le sage fondateur, « plus nous pourrons réunir dans cette maison de personnes sérieuses et estimables, et plus sûrement, avec l'aide de Dieu, elle marchera
dans la voie du bien et de la prospérité. »

Telles sont les bases générales sur lesquelles fut institué
le collége de Dormans-Beauvais, et voici en quels termes
l'Université en confirma la fondation :

« A tous ceux qui ces présentes verront, le Recteur et
« l'Université des maîtres et écoliers qui étudient à Pa-
« ris, salut dans le Seigneur. Savoir faisons que, comme
« la fondation et construction des colléges concourt à la
« gloire de Dieu, au bien du prochain, ainsi qu'à l'accrois-
« sement et à l'honneur de nos écoles de Paris, nous,
« après préalable et mûre délibération, louons, approu-
« vons, ratifions et confirmons tous et chacun des points
« contenus en la charte à laquelle nous annexons ces pré-
« sentes lettres, et promettons aide, défense et protection
« auxdits écoliers et à leurs patrons en tout ce qu'ex-
« prime l'acte de fondation. En foi de quoi nous avons
« voulu que le sceau de notre dite Université fût apposé
« aux présentes Donné à Paris, en notre assemblée gé-
« nérale à Saint-Mathurin, l'an du Seigneur 1373, le 11 du
« mois d'août. »

Aucune approbation ne manquait donc à la fondation

du vieux cardinal, car il n'était pas d'usage de solliciter celle du pape pour de semblables œuvres. Cependant, celle-là même ne fit pas absolument défaut au collége de Beauvais, et nous verrons le Souverain Pontife accorder à sa chapelle de précieux priviléges et donner par là une sanction éclatante à cet établissement. Le cardinal qui avait eu la joie, après de si longs efforts, de voir son collége fonctionner sous ses yeux, ne put voir cette chapelle, ni reconnaître, dans la bienveillance du pape, la suprême consécration de son œuvre: il mourut trois mois après avoir obtenu les lettres d'approbation de l'Université.

Par son testament, il laissait trois mille florins d'or de France pour la construction de la chapelle du collége. Il léguait, pour le service et la décoration de cette chapelle, un grand calice d'argent doré, une croix d'or contenant de la vraie croix, deux plateaux d'argent, deux statues d'argent de la sainte Vierge et de saint Yves qu'il gardait ordinairement sur l'autel de sa chapelle particulière, deux *angelots* d'argent doré, une statue de saint Jean l'évangéliste, patron du futur sanctuaire, deux candélabres d'argent, des parements d'autel et les grandes armoires de sa chapelle. Il léguait encore pour le même objet un ornement de sa chapelle en soie violette, composé de la chasuble, de la tunique, de la dalmatique et de la chape, une grande chasuble avec l'étole, le manipule, l'aube, et autres accessoires, ainsi qu'une autre chasuble que lui avait donnée la reine Jeanne. Miles de Dormans héritait du beau calice d'or de son oncle, des plus beaux ornements blancs de la chapelle de sa maison de Paris, de tous ses ornements noirs ; mais après la mort de Miles, tous ces objets devaient revenir de plein droit au collége de Beauvais. Le fondateur laissait en outre à son collége tous les livres de sa bibliothèque qui pour le présent ou pour l'avenir pourraient être utiles aux études, douze

tasses d'argent et douze coupes, quatre petits lits garnis.
Que s'il lui restait encore, soit à Paris, soit à la cour romaine, soit ailleurs, d'autres biens dont il n'eût point disposé, il voulait qu'on en fît trois parts ; la première serait
consacrée à augmenter les revenus et à étendre les constructions du collége, selon que les exécuteurs testamentaires le jugeraient bon ; la seconde devait être distribuée
aux religieux, ecclésiastiques et familles pauvres de Paris
et des environs, la troisième aux malheureux de Dormans
et des pays ravagés par la guerre. Enfin le jour des funérailles du cardinal, le maître, le sous-maître, le procureur et les écoliers du collége devaient prier dévotement
pour leur fondateur, et suivre le convoi, vêtus de robes
neuves qu'on leur aurait achetées aux frais de sa succession (1).

La fondation primitive du cardinal de Dormans reçut
dans la suite des accroissements, que nous voulons noter
immédiatement pour n'avoir plus à y revenir. Non pas
que nous veuillions parler ici de l'institution des chapelains et des clercs de chapelle : un chapitre spécial sera
consacré à cet objet ; nous voulons seulement énumérer
les bourses fondées à partir du xve siècle pour des écoliers.

Le premier qui en eut la pensée fut Jean Richard,
maître ès arts, licencié en décret et archidiacre de Soissons. Il voulut fonder deux petites bourses de quatre sous
par semaine. Les boursiers, présentés par lui d'abord, et
après sa mort par l'official de Troyes, à l'acceptation de
l'abbé de Saint-Jean-des-Vignes et du Parlement, devaient
être pris dans sa parenté ou, à défaut de sujets capables
de sa parenté, dans la châtellenie d'Arcis-sur-Aube ou
dans le village de Magnil-la-Comtesse près d'Arcis. La

_____

(1) *Testament du Cardinal et premier codicille : Arch. de l'Emp.*
Reg. MM. 355.

durée de ces deux bourses devait être de six ans, et si, avant l'expiration des six années, le titulaire avait pû prendre le grade de maître ès arts, il lui était loisible de rester au collége pour y jouir jusqu'au bout du fruit de sa bourse, à la condition qu'il étudierait dans quelqu'une des facultés supérieures. Dans le cas où, à la vacance d'une de ces bourses ou de l'une et de l'autre, aucun candidat ne se présenterait, le revenu en reviendrait au collége aussi longtemps que durerait la vacance. Jean Richard donna pour cette fondation six cents livres tournois en écus d'or du coin du roi et autre monnaie courante. Les maîtres cependant souhaitaient qu'il complétât la somme de mille livres, et, pour l'y décider, lui « remontraient que le collége avait été grandement fondé, » que d'ailleurs lui-même pouvait bien aller jusqu'à cette somme de mille livres. Le fondateur répondit qu'en effet il s'estimait heureux d'ajouter à son premier don une somme de deux cents livres et sept à huit arpents de pré qu'il possédait dans la prairie de Chelles. En même temps, il renouvela l'abandon qu'il faisait au collége d'une rente de vingt écus, à la condition que le collége en poursuivrait lui-même la possession. On s'y employa avec zèle, mais toujours sans succès. La fondation de Jean Richard fut remplie fidèlement de 1449 à 1610 : à partir de cette époque ses boursiers cessent de figurer dans les comptes du collége, et dans un mémoire dressé en 1676 sur l'état des diverses fondations, on lit que celle de l'archidiacre Jean Richard s'étant trouvée faible, on avait depuis longtemps cessé de nommer aux bourses qu'il avait instituées (1).

En 1501, Jean Notin, maître ès arts, chapelain du roi et procureur du collége, y fonda également un chapelain et

_____

(1) *Arch. de l'Emp.*, M. 88, n° 27; et Reg. appart. à M. Charles Jourdain, intitulé : *Beauvais, inventaire, minutes*, art. : vi^e liasse, *Fondation de Me Jean Richard.*

deux petits boursiers. Relativement aux petits boursiers, on lit dans son testament qu'il laisse au collége « sa maison, granche, court, estables, jardins, lieux et appartenances avecques toutes les terres et prez appartenans à icelle maison qu'il a assis au Plessis Lévesque.... dont on luy rend chascun an ung muis de bled de louaige et ung pourceau, avecques toutes les rentes qu'il a et peult avoir aud. lieu du Plessis Lévesque et ès environs montant chascun an à la somme de quatre livres et demie ou environ, ensemble tout ce qu'il a et peult avoir desd. rentes assises à Dueil soubs Montmorency et terroirs d'environ montans chascun an à la somme de dix livres tournois, pour en joir doresnavant à tousjours par led. collége, pour la fondacion de deux petiz boursiers que pour iceux héritages et rentes led. messire Jehan Notin a fondez et fonde en icelluy collége de Dormans dit de Beauvais, lesquelz seront natifs dud. lieu de Compienne, ses parens naiz et à naistre, et au cas que iceuls héritaiges ne puissent fournir à lad. fondacion veult et ordonne que ce qui restera pour icelle fondacion faire sera prins et assigné sur les rentes qu'il a à Thiais, terroirs d'environ Palaiseau, après le trespas de Jehanne Basin, vesve de Jehan Vymart, laquelle il veult que après le trespas dud. testateur elle en joisse sa vie durant et à laquelle il en a donné et laissé donne et laisse l'usuffruict sa vie durant.... (1). »

Nous donnons, au chapitre consacré à la biographie de l'ancien boursier Jean Vittement, la fondation qu'il fit au collége d'un grand boursier, et le sage règlement dont il l'accompagna. Six ans avant que Vittement écrivît son testament, Rollin, qui lui avait succédé dans le gouvernement du collége, refusa d'accepter six bourses fondées par le président Cousin, parce qu'il en trouvait les condi-

(1) *Arch. de l'Emp.*

tions trop onéreuses (1) : le fonds laissé pour cette fondation n'était que de trois mille huit cents livres.

Gérard Bazin, avocat au Parlement, se souvint qu'il
avait fait ses humanités au collége de Beauvais, et voulut
y fonder deux boursiers en faveur de la ville de Reims,
sa patrie. Il offrit à cet effet, le 28 mai 1729, à Coffin, qui
s'empressa d'accepter, deux mille livres de rente au capital de quatre-vingt mille livres. Seulement lui d'abord et
sa fille après lui devaient jouir, leur vie durant, de la rente
des quatre-vingt mille livres, à la réserve d'un vingtième
du revenu, qui devait toujours revenir au collége. Quand
la fille du testateur mourut en 1770, ce vingtième accumulé avait produit une somme de cent cinquante livres
de rente qui, ajoutée à la rente primitive, permit de
fonder trois boursiers au lieu de deux. Les candidats devaient être présentés par le lieutenant de la ville de
Reims à l'aîné des descendants de Gérard Bazin, à qui il
appartenait de conférer les bourses ; et à chaque collation
nouvelle, le collége était tenu d'offrir au collateur un présent de la valeur de cent livres en argenterie, livres ou
autres objets de son choix : si c'était de l'argenterie, elle
devait être marquée aux armes de Gérard Bazin (2).

Le collége de Beauvais était déjà réuni à Louis-le-Grand
quand il commença à jouir de cette fondation. Il en fut
de même des trois petites bourses fondées en faveur de
trois enfants de Montmirail par Charles-Pierre Perrot,
procureur au Châtelet, qui légua à cet effet une rente de
quinze cents livres, le 10 décembre 1755. Sa sœur, qui
devait en jouir sa vie durant, ne mourut qu'en 1768 (3).

(1) *Ibid.*

(2) *Ibid.* et *Recueil de toutes les déclarations importantes prises
depuis 1763 par le bureau d'administration du collége Louis-le-Grand
et des colléges réunis,* par Roland, 1ᵉ part., ch. IV, art. 3, p. 373 et
suiv.

(3) *Recueil* etc., *ibid.* p. 378.

CHAPITRE IV

Le collége de Dormans avait un personnel d'officiers
et de boursiers, des revenus, un nom (2); il n'avait pas
encore de lois. Le règlement donné par le cardinal de
Beauvais à son collége est un petit chef-d'œuvre de sagesse pratique. Les siècles suivants en ont élaboré et promulgué plusieurs autres : les améliorations introduites
les unes après les autres dans le système d'enseignement
et d'éducation les rendaient nécessaires ; mais si l'on y
trouve des détails dans lesquels le fondateur ne pouvait entrer ou des points qu'il lui était impossible de prévoir, aucun de ces nouveaux règlements n'est parvenu à surpas-
ser ou à faire oublier le sien, et ils n'en sont au fond que
le commentaire. Il faut étudier ce petit code, non-seulement pour éclairer davantage, par les données qu'il ren-

(1) *Arch. de l'Emp* , M. 88, n° 1.

(2) « Quod de Dormano appellari voluit et precepit », lit on
dans la charte par laquelle Charles V confirma l'accord de 1389
entre Guillaume de Dormans et l'abbé de Saint-Jean-des-Vignes :
c'est la seule preuve positive que nous ayons pu rencontrer de la
volonté du cardinal à cet égard.

ferme, la marche de cette histoire, mais aussi pour se faire une idée exacte du gouvernement d'un collége au moyen âge.

Le premier soin du fondateur est de poser les bases de l'administration de son collége. Nous avons déjà dit le nombre des écoliers boursiers et des officiers, la valeur de leurs bourses, les conditions de patrie et d'aptitude requises par le cardinal, les qualités qu'il exige du maître et du sous-maître, obligés non-seulement de donner à la jeunesse les principes et les règles de la grammaire, mais de s'appliquer en même temps avec un zèle infatigable à les former aux bonnes mœurs; du procureur chargé de veiller aux intérêts matériels de l'établissement ; du religieux boursier de Saint-Jean-des-Vignes de Soissons, sur lequel il compte pour le maintien et l'accroissement du bon ordre, du bon esprit et de la bonne renommée de la maison. Nous n'avons pas à y revenir. On sait aussi que l'inspection et la réforme du collége, la nomination et la destitution des boursiers devaient appartenir à perpétuité aux abbés de Saint-Jean-des-Vignes de Soissons après la mort du cardinal, de son frère et de son neveu, et la part que le vénérable fondateur donnait dans l'administration du collége aux prieurs des Carmes de la place Maubert.

Le cardinal exige que le maître et le procureur soient prêtres, ou du moins qu'ils se présentent à l'ordination dans l'année qui suit leur réception ; car il faut que chaque jour le sacrifice de la messe soit célébré par eux, ou du moins par l'un d'eux, dans la chapelle du collége.

Le procureur doit avoir par écrit la liste de tous les biens et revenus, et noter avec soin ce qu'il en a touché et ce qui lui reste à recevoir ; le maître doit lui donner une copie de l'inventaire des meubles, ustensiles de la maison, ornements de la chapelle, etc , afin qu'il en puisse rendre un compte exact. La reddition des comptes aura lieu deux fois par an, à la Saint-Jean et à la Toussaint, ou du moins pendant l'octave de ces fêtes, en présence de l'abbé de Saint-Jean-des-Vignes, principal collateur des bourses, ou de ses délégués, du prieur des Carmes, visiteur du collége, du maître, du sous-maître, et de ceux des boursiers que l'on croira devoir convoquer à cette réunion.

Le fondateur souhaite que l'abbé de Saint-Jean-des-Vignes visite souvent le collége par lui-même, afin de se rendre un compte exact de l'état de la maison et de corriger les défauts qui pourraient s'y introduire.

Le maître et le procureur doivent avoir un registre contenant les noms et prénoms des boursiers, la date de leur entrée au collége et du paiement de leur bourse, la date et la durée de leurs absences, si, pour de bonnes raisons, on leur a permis de sortir : à la reddition des comptes, ces deux registres devront être confrontés, afin que l'on puisse s'assurer qu'ils ne diffèrent en rien.

Chaque écolier boursier peut vivre au collége et y jouir de sa bourse l'espace de six années. Que si, grâce à son intelligence et à son travail, un boursier parvient à quelque grade en grammaire ou en logique avant l'expiration de ces six années, le fondateur applaudit à son succès, et lui permet de rester au collége, et d'y jouir de sa bourse jusqu'à ce que les six années soient écoulées, mais pas au delà.

Après ces dispositions générales, le cardinal de Dormans entre plus avant dans l'esprit qu'il prétend imprimer à sa fondation, et dans le détail de la vie quotidienne de ses protégés. Notre intention, en établissant ce collége, étant, dit-il, d'aider de notre charité et de nos aumônes quelques écoliers, il est évident que ces écoliers doivent vivre en toute simplicité et modestie, et que rien dans leur tenue, à l'intérieur ou à l'extérieur de la maison, ne doit démentir en eux des sentiments si naturels. Quand donc ils se présenteront pour être pourvus d'une bourse, ils auront eu soin de se munir à l'avance d'une tunique, d'un manteau et d'un capuce de drap violet ou bleu foncé, et tel sera, à l'exclusion de tout autre vêtement, l'uniforme de nos boursiers durant leur séjour en notre collége. Quand ils auront à sortir de la maison pour se rendre à l'église, au cours, ou ailleurs dans la ville, ils marcheront vêtus de cet uniforme, deux à deux, modestement, les cheveux courts, et portant la tonsure, afin que chacun les puisse reconnaître pour des écoliers et des membres de la communauté de notre collége.

On gardera le silence à table, et chaque boursier, à tour de rôle, remplira les fonctions d'hebdomadaire, pour lire l'Écriture sainte au réfectoire.

Chaque soir, sous peine d'une correction laissée au jugement du maître, les boursiers devront s'assembler à la chapelle pour y chanter une antienne à la Sainte Vierge, avec le verset et l'oraison.

Tous les dimanches, après la messe, on se rendra à la chapelle pour y psalmodier l'office des morts de neuf leçons.

Que chaque boursier se confesse au moins quatre fois l'an, savoir, aux quatre fêtes annuelles, afin que la grâce divine, éclairant et illuminant son esprit, l'assiste dans l'acquisition de la science : car, ajoute le pieux cardinal, au témoignage de l'Écriture sainte, la sagesse n'entrera point dans une âme perverse et dans un corps souillé de vices.

Le fondateur pense à l'avenir. Il veut que l'état matériel de son collége s'améliore avec les années. En conséquence, il ordonne que tout nouveau boursier, avant de rien toucher de sa bourse, verse entre les mains du procureur quarante sous parisis, et apporte une nappe et une serviette qui resteront à l'usage quotidien du collége.

Les maître, sous-maître, procureur et boursiers auront

à se pourvoir eux-mêmes de linge et de vêtements, comme bon leur semblera.

Que si un écolier boursier possédait en biens ecclésiastiques ou séculiers une rente annuelle de quarante livres tournois payables à Paris même, et si le maître, le sous-maître ou le procureur en possédait une de quatre-vingts livres tournois dans les mêmes conditions, ils devraient renoncer immédiatement à leur bourse.

Le règlement du collége de Beauvais fait mention d'externes et de pensionnaires non boursiers ; voici dans quels termes : « Si quelques étudiants, bons et honnêtes, étrangers au collége, désiraient y demeurer et y vivre à leurs frais avec nos boursiers, sous l'autorité des maître, sous-maître et procureur , selon l'usage de certains colléges de Paris, nous permettons qu'on les reçoive, à la condition que leur admission ne nuira en rien aux boursiers titulaires, ne les privera pas de leurs chambres, ne gênera point leur régime habituel et ne portera aucun préjudice à l'ordre général de la maison. Ces écoliers étrangers devront être étudiants en théologie, en droit, en logique ou en grammaire, ou bien être prêtres, et dans ce cas, ils célébreraient de temps en temps la messe dans la chapelle du collége, pour exciter la dévotion des autres et accroître le service divin dans cette chapelle. Ils paieront chaque année au procureur soixante sous parisis qui seront consacrés à l'entretien général du collége. Ces écoliers, aussi bien que nos boursiers, mangeront au réfectoire commun, jamais dans leurs chambres, sauf le cas de nécessité, et avec la permission expresse du maître (1).

Nous permettons aussi avec plaisir aux maîtres et sous-

(1) En 1496, les comptes font mention de dix-huit internes payants, y compris un religieux bénédictin (*Arch. de l'Emp.,* M. 94).

maîtres présents et à venir de se charger de l'instruction des *bons enfants* qui se présenteront, et de les admettre aux leçons de nos boursiers, à la condition que ces enfants ne demeureront au collége que le jour, qu'ils ne nuiront point à la propreté de la maison, et que les soins qui leur seront donnés ne tourneront pas au préjudice des boursiers. Outre le salaire, préalablement déterminé, que ces enfants paieront au maître et au sous-maître, et qui appartiendra en propre à ces officiers, ils verseront chaque année quatre sous parisis entre les mains du procureur. »

Les lois pénales ne sont pas oubliées. Boursiers, hôtes, pensionnaires du collége y sont également soumis, mais dans des conditions telles que les boursiers, en qualité de fils de la maison et de membres de la famille, aient droit à plus d'indulgence que les pensionnaires et les externes, qui ne sont admis dans la maison que par privilége. Voici les délits signalés par le fondateur à la sévérité de l'administration : être surpris à errer par la ville, sortir du collége sans permission, passer une nuit hors de la maison par sa propre faute ou entraîné par de mauvais conseils, sans en avoir obtenu la permission et hors le cas d'évidente nécessité. Si le coupable n'est pas boursier, il sera expulsé sans bruit : car il vaut mieux éviter tout scandale dans le voisinage. S'il est boursier, il sera à chaque fois privé du produit ordinaire de sa bourse pendant un mois, et de plus il recevra de la main du maître la correction ordinaire de la férule et de la verge. Si un boursier persévérait dans les mêmes fautes, et qu'il fût reconnu incorrigible, on le chasserait sans miséricorde. Seront également séparés de la communauté, privés de leurs bourses et expulsés du collége, à moins toutefois qu'ils ne donnent de légitimes espérances d'amendement, les boursiers séditieux, avides de petits complots, méchants, scandaleux, et dont la mauvaise conduite serait un obstacle au progrès des autres boursiers dans la science et la vertu.

L'expulsion d'un boursier sera prononcée par sentence sans appel du visiteur et du maître. Le procureur et le sous-maître prendront part à la délibération. Trois, ou même deux de ces officiers, pourront prononcer légitimement l'expulsion.

Le maître, le procureur et le sous-maître doivent être, dit le cardinal, les modèles et la règle vivante des boursiers. Si donc, ce qu'à Dieu ne plaise, il arrivait à l'un d'entre eux de mener une mauvaise vie, ou de donner prise à des soupçons que généralement l'on croirait fondés, il faudrait le priver de sa bourse, lui ôter l'autorité qui lui avait été confiée, et le chasser de la maison, pour revêtir de ses fonctions un homme plus digne de les occuper et plus capable de les remplir.

Si, aux comptes bisannuels, toutes les dettes payées, il reste quelque chose en caisse, de l'avis du patron et du visiteur, ce surplus sera mis en dépôt pour augmenter les revenus du collége. On aura à cet effet un coffre-fort fermé de trois clefs, dont l'une sera confiée au maître, l'autre au procureur et la troisième au prieur des Carmes. Dans ce coffre seront déposés, avec l'argent de la communauté, tous les originaux des chartes et titres de fondation du collége, la copie de tous les titres des propriétés et des revenus, et les autres choses que l'on jugera bon de garder en lieu sûr. Ce coffre-fort ne sera jamais ouvert qu'en présence des trois dépositaires des clefs; et lorsqu'on croira nécessaire de l'ouvrir, on fera venir, en outre, deux ou trois des boursiers les plus graves, afin qu'ils puissent ainsi se mettre au courant des affaires de la maison, et se rendre aptes à les administrer, au cas où ils y seraient appelés un jour.

Tel est le premier règlement donné au collége de . Beauvais par son fondateur. Des événements, dont la plupart avaient sans doute été prévus et désirés par le cardinal de Dormans, mais dont quelques-uns aussi avaient échappé à sa prévoyance, devaient bientôt apporter à ce règlement, surtout en ce qui touche l'administration du collége, des modifications notables : nous devons raconter ces événements, avant d'exposer les changements qui en ont été la conséquence.

CHAPITRE V

Construction, décoration et ameublement de la chapelle Saint-Jean
l'Évangéliste. — Construction et aménagement du collége.

La mort du cardinal de Dormans était arrivée trop tôt
pour son collége, qu'il laissait, matériellement du moins,
dans un provisoire insuffisant. Les trois maisons qu'il
avait achetées en 1365 n'avaient pu se prêter complétement à l'aménagement d'un collége ; surtout, la chapelle,
momentanément établie dans une salle cédée par le
collége de Presles, était loin de répondre aux vues du
cardinal, qui ne songeait pas moins à élever vers Dieu
l'âme de ses jeunes protégés, qu'à ouvrir leur esprit aux
lumières de la science. Déjà avant sa mort, il avait acheté,
en vue d'une chapelle future, une quantité considérable
de *bort Dillande,* ou bois d'Irlande, alors très-recherché
pour les travaux de charpente et de menuiserie. Il avait
aussi déposé chez le changeur Palissant des sommes assez
rondes, et enfin il laissait par son testament trois mille
florins d'or pour la construction de la chapelle. A ses
exécuteurs testamentaires devait appartenir l'honneur de
réaliser fidèlement ses derniers vœux. C'était Miles de
Dormans, d'abord évêque d'Angers, puis bientôt succes-

seur de son oncle à Beauvais; Aymeri de Maignac, évêque de Paris; Girard d'Ambonnay, archidiacre de Joinville en l'église de Châlons; Jean Hardi, archidiacre de Gacey en l'église de Lisieux: Girard de Ullus ou Urlus, chambellan du feu cardinal, chanoine de Reims et de Rouen; Clément de Soilly, chanoine de Soissons, et le chevalier Bernard de Dormans.

Le roi Charles V, qui survécut quelques années à Jean de Dormans, n'oublia jamais celui qui avait été son chancelier et qu'il avait daigné appeler son ami ; il avait pris le collége sous sa royale protection ; avant d'en donner, le 13 juin 1374, un témoignage authentique dans la lettre que nous avons citée à la fin du chapitre II, il voulut contribuer lui-même à l'achèvement de cette fondation.

En effet, le 30 janvier 1374, trois mois à peine après la mort du cardinal, la rue du Clos-Bruneau était en grand émoi, et les Dormanistes, le cœur plein de joie et d'orgueil, attendaient avec impatience le brillant cortége qui, débouchant de la rue des Mathurins, venait frapper à leur porte. Quel était ce cortége? Un des membres du nouveau collége venait-il de revêtir pour la première fois les insignes tant ambitionnés du rectorat, et était-ce lui que la communauté de Dormans s'apprêtait à recevoir dans ses murs? Était-ce l'élu des nations que la multitude, aussi empressée que respectueuse, des écoliers et des bourgeois entourait de ses sympathies et saluait de ses acclamations? Non. Un honneur bien autrement rare était fait ce jour-là au collége de Dormans : le père de l'Université de Paris, le protecteur des lettres, le plus sage et le plus savant des princes, le royal ami du fondateur du collége, venait en personne poser la première pierre de cette chapelle de Saint-Jean l'Évangéliste que le cardinal ne devait contempler que du sommet des montagnes éternelles. Un fait si glorieux pour le collége de Dormans ne pouvait passer inaperçu dans ses annales. Supérieurs majeurs et écoliers voulurent en conserver un témoignage authentique, qui leur fut accordé seulement après la mort du sage roi, mais qu'ils gardèrent avec un soin jaloux. C'est une charte datée du 1er octobre 1370 et donnée à Paris « pour en perpétuer la mémoire » par « Louis, fils du roi de France, régent, duc d'Anjou et de Tours, et comte du Mans (1) ».

Charles V poussa plus loin encore la condescendance : il daigna s'asseoir à la table du collége, et l'historien Villaret, sur la foi de registres que nous n'avons pu rencontrer, nous apprend que les Dormanistes dépensèrent neuf sols pour le repas de leur illustre convive (2).

(1) *Arch. de l'Emp.*, M. 88, n 11.

(2) *Hist. de France*, t. XI, p. 151. On lit en note : « le roi dîna au collége : le repas coûta neuf sols. *Reg. du collége de Beauvais.* » Villaret avait peut-être copié des historiens plus anciens ; lui-même l'a été souvent depuis, notamment par l'avocat Poncelin (*Hist. de Paris*, t. III, p. 288 et suiv.), qui ajoute que « le repas fut splendide ». Cette assertion de Villaret, que d'ailleurs nous n'avons pu contrôler, nous paraît tout à fait contestable. Pour s'en convaincre, il suffit de raconter les dépenses faites au collége pour un repas donné dans une circonstance beaucoup moins solennelle.

On lit aux comptes de 1483 (*Arch. de l'Emp.*, H. 2785i) :

« Il est assavoir que le mercredi jour de sainct Jehan dessus dict « monseigneur de Beauves notre patron et ma dame sa mere et « monseigneur de Meaulx, messire larcediacre de Chaalons, messire « Live (Line ?) de Boolay chevalier et plusieurs autres seigneurs « dinèrent au college et pour ce fist len gran despense dont les « p^{lies} sensuivent :

« P. deux moutons et une longe de beuf . . . . XXI *s.*
« Et pour le vallet qui les porta . . . . . . IIII *d.*
« Item pour XII poucins et XII pigons . . . . XVIII *s.*
« Item pour VI fromaiges . . . . VI *s.*
« Item pour verjus de grain. . . . . VIII *d.*
« Item pour VI quarterons œulfs . . . . . . IIII *s.* II *d.*
« Item pour herbe vert . . . . XX *d.*
« Item pour la facon de pastez et flaonnez . . VIII *s.*
« Item pour XI soles XVI *s.*, pour II carpes XII *s.*,

Après avoir été si solennellement inaugurés, les travaux paraissent avoir subi une longue interruption. Mais deux ans après la mort du cardinal, sa succession étant entièrement liquidée, ses exécuteurs testamentaires se trouvèrent en mesure de commencer la construction de la chapelle, et ils résolurent de ne point attendre davantage.

Gérart de Ullus (1) fut « ordené au lieu de eulx et de l'exécution dudit feu cardinal à poursuir faire et accomplir tout le fait de la construction et édifice d'une chapelle par ledit cardinal fondée au lieu des escolliers par lui fondez en la rue du clos Brunel à Paris nommez les escolliers de Dormans, et à paier les ouvriers et eux satisfaire de

« pour IIII barbeillons VI s , pour I cent d'escre-
« visses II s., pour I turbot VIII s., et pour le valet
« qui laporta des hales XII d., montent en somme . x l. v s.
 « Item pour saulces . . . . xx d.
 « Item pour poires de hastinel . . . . . . III s. IIII d.
 « Item pour pois. . . . . IIII s.
 « Item pour vin . . . . XVII s.
 « Item pour deux douzaines de pain de Chailly . III s.
 « Item pour un valet qui porta à lostel les pou-
« cins les pigons les fromages les verjus de grain
« et ayda en la cuisine pour ce. . . . . . . XII d.
 « Item pour lart . . . . XXII d.
 « Item pour moires (?) . . . . xx d.
 « Item pour sereises . . . . XVI d.
 « Item pour amandres nouvelles . . . . . XVI d.
 « Item pour une chopine duille. . . . . . XVI d.
 • Item pour verres . . . . IX d.

(1) C'est à ce personnage que nous devons le bonheur exceptionnel de connaitre, dans les plus menus détails, les travaux et les dépenses de la construction et de l'ornementation de la chapelle. Le même registre, conservé aux Archives et cotté MM 355, qui contient l'inventaire des biens du cardinal fait après sa mort, présente aussi les comptes dressés par Gérart de Ullus et soumis au contrôle des autres exécuteurs testamentaires après l'achèvement des travaux. On va voir que nous les mettons largement à contribution : pourrions-nous dire mieux ?

leurs ouvrages et peines et aussi à paier la matière de louvrage selon ce et si comme par les lettres des diz seigneurs et exécuteurs et par certain instrument sur ce fait porra pleinement apparoir ».

En même temps, « pour lexpédicion de ceste œuvre messeigneurs les exécuteurs dessus nommez ont ordenné messire Clément, chanoine de Soissons, à estre continuellement sur le lieu dudit édifice, en sa personne pour veoir et visiter les ouvriers, et pour faire tous les despenses cotidiennes, hors les grosses, en ceste besoigne et pour cause d'icelle, et à faire cédules par ledit messire Clément soubz son scel et signe, adreçans audit maistre Gérart de Ullus et que par les dictes cédules dont il apparoîtra et pareils enseignements ledit maistre Gérart se puist et doye deschargier et acquitter en ce compte, car telle est lordenance de mes dix seigneurs. »

La première de ces « cédules » ou notes, délivrées par Clément de Soilly à Gérart de Ullus, est datée du 16 août 1375 ; la vingtième et dernière commence en septembre 1379 et finit « après la perfection et dédication d'icelle chapelle faite le pénultième jour d'avril 1380 » Elles montent en somme à huit cent onze livres quatre sols et deux deniers parisis. « Es dites cédules ou rolles, ajoute le livre des comptes de Gérart de Ullus, auquel nous empruntons tous ces détails, sont contenues les menues dépenses comme débardeurs, aides, fossieurs, vidanges de terres, remuemens de pierres, admenages de sablon pour mortier et autres menuz frais, avec tout le plastre despensé au dit ouvrage et grant partie de la chaux, etc...»

Les autres dépenses, divisées en quinze articles, sont fort détaillées et nous permettent de suivre pas à pas la construction et l'ornementation de la chapelle.

« I. Pour chaux, outre le contenu ès diz rolles, monte à VIII^{xx} II *l.* XIII *s. p.* » c'est-à-dire 162 livres 13 sous pari-

sis. On en avait emploié quarante-huit muis et demi,
outre celle dont le prix était contenu aux premières
cédules.

« II. Pour pierres de plusieurs façons , montent à
II^m CLXXV *l.* VII *s.* VIII *d. p.* » Ces pierres venaient des carrières de Victery (Vitry), de Notre-Dame-
des-Champs, de Gentilly et de Vaulgerart (Vaugirard).
Pour les cinquante-quatre marches de la grande vis, ou
tourelle d'escalier du bas de la chapelle, et pour les trente-
une marches de la petite vis du revestiaire ou sacristie,
on avait pris de la pierre de liais, ce qui, à raison de huit
sous la pièce pour les marches de la grande vis, et de six
sous pour celle de la petite, revint à trente livres dix-
huit sous. On avait également employé de la pierre de
liais pour faire le marchepied des autels. Une bande de
la même pierre traversait la chapelle dans toute sa
longueur.

« III. Pour salaires de maçons et tailleurs de pierres,
monte à II^m. VIIII^c LV *l.* XVI *s. p.* » Voici un résumé de
l'acte passé avec les maistres maçons :

« Marchié faict à maistre Jehan de Huy et a Michelet
Salemon maçons de toute la taille des pierres de toute la
maçonnerie de la dite chapelle dudit collége tant pour les
fondemens comme pour les murs des masières et des
pillers par dessus, dont les fondemens sont de VI piez
despoisse et le mur de dessus de III piez despoisse et les
pillers sont de pié et demy de saillie hor du mur pour
lesligement dicelle chapelle. Et doivent avoir lesdiz
maçons pour chascune toise des fondemens dudit espoisse
XLVIII *s. p.* et de chascune toise de mur C *s. p.* par
laccord et ordenance faicte par deliberation de messeigneurs les executeurs , maistre Raymon du Temple
maistre maçon du Roy et par ledit maistre Girart de Ullus
avecques lesdiz maistre Jehan de Huy et Michelet comme
marchands dudit ouvrage, sicomme par lettres sur ce

faictes et passées soubz le scel du chastellet de Paris peut plainement apparoir. »

Le mardi 30 janvier 1375, en présence de Raymon du Temple, de Gérart de Ullus, de Clément de Soilly et des deux maîtres maçons Jean de Huy et Michelet Salemon, on toisa l'ouvrage. Les fondements cubaient quatre-vingt-sept toises et trois pieds et demi. Le corps de chapelle, le revestiaire, le trésor et toute la muraille hors des fondements cubaient 634 toises (1).

« IIII. Pour charpenterie grosse et menue et merrien monte à seize cent cinquante cinq livres. »

Le prix de la « charpenterie grosse », ou charpenterie proprement dite, avait été ainsi fixé :

« Marchié fait à Colin Commin charpentier le XVIe jour de janvier lan mil CCC LXXI pour faire toute la rameure et clochier de la dicte chapelle douvrage de charpenterie et pour livrer merrien, pour façon et peine, pour tout livrer et accomplir, dictier et parfaire jusques au couvrir et dut avoir pour tout cela somme de VIIIᶜ frans. Item pour livrer le merrien et faire la charpenterie de la

---

(1) Nous trouverions encore dans le compte de la maçonnerie quelques détails intéressants, comme ceux-ci :

« Audit Michel (Michelet Salemon) pour pendre viii fenestres, vi huis, fors scellez à plonc et asseoir les coulombes du porche sur luis de la dicte chapelle devers le college, asseoir lymage de S. Jehan sur le grant autel, et graffer de fer ponr pendre vii, chassils de fer mis ès fourmes (baie des fenêtres) pour ouvertures avoir quant on vouldra pour tout a eu ix frans et demy valent vii *l.* xii *s. p.*

« Item pour peine davoir taillié et mis les iiii autelz desquelz les Pierres de dessus qui font la table vindrent des Jacobins, pour sceller les chayeres et fourmes pour faire laire de plastre et de moilon, pour tailler leaubenoistier et la coulombe qui le soutient pour ce a eu ledit Michiel xlii frans, valent xxxiii *l.* xii *s. p.*

« Item pour la fourme du pignon laquelle est de greigneur espace et de double melleure viii *l. p.* »

tournelle ou viz de la chapelle, XXIIII frans. Item pour la charpenterie du revestiaire de la dicte chapelle pour accomplir et parfaire de peine seulement, pour son sallaire, IIII×× frans. Item pour livrer merrien à faire la charpenterie de deux lucarnes qui sont illec, III frans. Item pour enfoncer la terrache dudit clochier, III frans. Item pour livrer le merrien du beffroy dudit clochier pour faire la charpenterie d'icellui beffroy et pour lever les cloches et pendre icelles oudit clochier, XXII frans (1). »

La grande porte de la chapelle faite par « Copin le huchier de Beauvais » coûta 50 francs, soit 40 livres. La petite porte donnant sur la cour fut faite par « Guillaume le Leu huchier demeurant en la grand truhanderie », et coûta 8 livres ; le porche qui la surmontait coûta 20 francs.

Copin fut chargé d'un travail plus considérable de menuiserie, le lambris de la chapelle, qui fut fait de *bort d'Illande* et dont les pièces furent réunies par des boulons dorés. Il eut pour son salaire IIII×× *l*. VIII *s. parisis*.

Mais les travaux de menuiserie les plus importants restaient à faire, les bancs de la chapelle, la clôture et les stalles du chœur.

« Le XII° jour de janvier lan LXXV fut fait marchié à maistre Jehan Havet charpentier de faire les chayères, cloison, remis, lettrins et autres abillemens, et doit avoir pour chacun siége tant le bas comme le haut V frans et demi (*on avait d'abord fait cinquante-quatre chayères*

(1) Le *bort d'Illande* acheté par le cardinal en vue des travaux de la chapelle du collége n'avait pas suffi : on s'adressa au changeur Palissant pour s'en procurer d'autre et en effet, « pour III^m IIe xxxIIII bors dillande qui vindrent de lescluse en Flandres et furent baillees par compte audit messire Clement de Soilly lesquels coustèrent rendus à Paris IIe LxIII frans et trois quars de franc, ainsy puet valoir chascun cent pris vIII frans, valent évaluez à livres v^e vII *liv. par*.

ou stalles ; mais on reconnut en les posant qu'il valait mieux supprimer les quatre des extrémités), et dut faire les III chaières du prestre, dyacre et soubsdiacre avec les lettrins, fourmettes, dossiers, huisseries et cloisons... valent II^c IIII^xx XI frans et demy.

« Et pour ce que ledit ouvrage estoit lonc a expédier et que ledit Havet se complaignoit de poureté et parte qu'il avoit oudit marchié laquelle poureté estoit assez notoire sicomme par son maintien pooit apparoir, par vous Messeigneurs fu ordonné afin que louvrage se parfeist et continuast que de largent de ladicte exécucion feisse par manière de prest oudit Havet provision sur la quelle provision il a eu par plusieurs journées, aux quelles par lesdiz messires Clement et G. de Ullus ont été distribué aux ouvriers dudit Havet tant en argent comptant comme en bort dillande qui monte à la somme de IIII^xx frans dor valent LXXII *l. p.* »

Mais le malheureux Havet ne put terminer son œuvre ; il quitta Paris, et messire Clément fut obligé de confier le reste de l'ouvrage à Gilet Herne, l'un de ses ouvriers, qui réclama quatorze livres huit sols parisis d'augmentation.

V. « Pour couverture et matère à ce faire monte à IIII^xx I *l.* XII *s. p.* » Le marché en fut fait avec Pierre Sernion, couvreur d'ardoise, le 5 mars 1375 : on était convenu de trois francs par toise carrée « à tout livrer c'estassavoir ardoise, clou et late. » Mais dans ce compte n'étaient pas comprises les fournitures, et le salaire des plombiers employés à compléter la toiture : on paya en tout quatre cent quatre vingt dix-huit livres seize sous et huit deniers.

VI « Pour ouvrage de plomberie, monte à III^c IIII^xx VIIII *l.* XVII *s. p.* » Il s'agit ici d'ouvrages d'art, comme croix et épis à placer sur le clocher, sur les toits de la chapelle et du revestiaire ou sacristie. Sous cette rubrique se trouvent également les autres ouvrages de plomb faits au clocher. Le marché en avait été fait avec Etienne Soudard plombier « le tiers jour de mars » 1378.

VII. « Pour cloches coulombes et chandelliers de laiton, monte à IIII^{xx}X *l.* VIIII *s. p.* » Le détail de cet article mérite d'être connu :

« Marchié fait a maistre Jehan Jouvence fondeur de cloches environ la Chandeleur lan LXXVII de faire deux cloches pour la dicte chapelle par lequel marchié il dut avoir pour chascun cent pesant rendu ouvré X *l. p.* Et lesdictes deux cloches faictes parfaictes et livrées le Ve jour de may ensuivant lan LXXVIII en la presence dudit messire Clément furent trouvées pesant IIII^cXIX livres necte qui valent ou pris dessus dit XLII *l.* XVIII *sols parisis.*

« A Jehan Lampier ouvrier de laiton fut fait marchié de faire II pillers de laiton appellés coulombes pour mectre devant le grant autel de la dicte chapelle, deux grans chandelliers et VIII autres petiz, pour lesquelles choses faire et livrer dut avoir de chascune livre ouvrée au pris de XXII frans pour cent, lesquelles choses faictes et parfaictes et mises au net poisent II cent 1 livres qui valent oudit pris de XXII frans pour cent LV frans, valent XLVIII *l. parisis.*

« Item pour LXXVIII livres de fer qui poisent II verges mises dedans iceux coulombes, LXXVIII *s. par.*

« Item pour le vin aux vallez pour expedier et mieux valoir ledit ouvrage quant ilz vindrent asseoir et mettre a point lesdites coulombes, III *s. par.*

« VIII. Pour ouvrage de voirie, monte à VI^cVIII *l.* X *d. p.* »

Marché avait été fait avec « Baudet le voirrier demourant à Soissons le vendredi VIIIe jour de fevrier lan LXXVI de faire toutes les voirrieres de la dite chapelle et y mettre les ouvrages et ymages qui divisées lui furent (1) par le quel marchié il dut avoir pour chacun pié quarré de

____

(1) Ce devis, qui malheureusement est perdu, nous aurait peut-

voirre blans vignete et borde V *p. s.* et pour chascun pié
de voirre ouvré imagié chapiteaulx ou autrement IX *s. p.*

Ces vitraux furent fabriqués au collége même. On y
travaillait encore à des vitraux en 1381 ; car, au mois de
janvier de cette année-là, « pour un certain bruit que len
fist en la rue, monseigneur (de Beauvais) vint ou college
et monta à la chambre aux voirriers lesquieulx incontinant
demandèrent leur vin ; sur ce par le commandement de
monseigneur », le procureur leur donna huit sous (1).
Cependant les verrières de la chapelle étaient achevées
dès le onze décembre 1378, jour auquel elles furent « veuez
visitees mesureez et teseez par maistre Jehan de Huy juré
sur le faict de maconnerie, Pierre d'Abeville, Bertault le
voirrier et Jehan de Saint-Quentin voirriers,» en présence
de Robert d'Apremont, maître du collége, de Clément
de Soilly, de Michel Salemon et de plusieurs autres, qui
scellèrent de leurs sceaux le procès-verbal du toisement.

« IX. Pour ferreures grosses et menuez monte a
IIIIᶜLXIII *l.* XI *s.* VIII *d. p.* »

« X. Pour garnitures des voirrières de fil d'archal..
afin de les garder entières, monte à LVII *l.* XVI *s.* VI *d. p.* »

« XI. Pour images de taille et les angeloz tailler et dorer
monte à CII *l.* VIII *s. p.* »

être donné la description des vitraux. La collection des estampes
de la Bibliothèque Impériale possède un portrait de Miles de Dormans, copié sur des vitraux, probablement sur ceux de la chapelle
de Beauvais. Il est vêtu de toutes armes et sa cuirasse est ornée
de la *croix cantonnée de quatre clefs posées en pal,* qui sont les
armes de la ville de Beauvais. Sa tête est coiffée de la mitre, ses
cheveux sont flottants, sa mine haute. Dans la main droite il porte
une épée ; sa main gauche est fièrement posée sur sa hanche. Ce
singulier accoutrement s'explique par la qualité de l'air que lui
donnait son évêché de Beauvais ; nous verrons d'ailleurs que Miles
de Dormans aimait la guerre, et qu'il la fit avec succès. Nous donnons, *Planche* II, une reproduction de ce portrait.

(1) *Arch. de l'Emp.* Reg. H. 2785, *comptes de* 1381, fᵒ 84.

« XII. Pour peintures tant dedans la chapelle comme dehors, monte à CIIII XI *l* XII *s. p.* »

Ces deux derniers articles méritent que nous en donnions ici le détail :

« Despense pour ouvrage de ymages de taille.

« A Hennequin du Liege lequel a faict et livré les III ymages qui sont ou portail de la dicte chapelle, cest assavoir lymage de saint Jehan levangeliste, la representation de feu monseigneur le cardinal et celle de monseigneur de Dormant son frère pour lesquelz ymages faire et taillier seulement, ledit Hennequin dut avoir et a eu dont il a esté paié pour ce LX *l. par.*

« Item à maistre Boudoin le Voirrier pour un crucifix de noyer qu'il fist tailler tout propre a Soissons pour boys taille et admenage seulement IX *l.* XII *s. p.*

« Item marchié faict à Thomas.... tailleur dymages pour taillier les IIII angeloz qui sont entour le grant autel de la dicte chapelle, pour ce X frans, item a Thomas Folle peinctre pour iceux dorer et peindre XXVI frans, somme XXXVI frans, valent XXVIII *l.* XVI *s. p.*

« Item fu payé par le dit maistre Gerart pour la facon et doreure du cochet mis sur le clochier de la dicte chapelle IIII *l. par.*

« Autre mise pour plusieurs peinctures faictes en la dicte chapelle tant pour les ymages dessus diz et le portail de devant comme pour plusieurs autres choses :

« A maistre Nicolas de Vertus peinctre pour peindre la croix et la croupe de la dicte chapelle et le plonc au dessus, celui du clochier en hault, les deux pommeaux sur le trésor et leurs enheuseures, et celui de la viz avec l'enheuseure, lescu aux armes monseigneur mis en taille ou pignon sur le hault, et pour peindre le plonc du beffroy et costières du clochier XVI *l.* XII *s. p.*

« Item fut paye audit maistre Nicholas pour peindre dor burny et asseoir le crucifix dessuz dit et toutes ses appartenances comme aviz tableaux etc. X *l. par.*

« Item du commandement de messeigneurs dessuz nommez fut marchandé audit maistre Nichole de peindre les trois ymages ou portail les chapiteaux les linteaux chambranles et toutes appartenances a icelluy portail de bonnes et fines couleurs selon la devise a lui bailliee et contenue es lettres sur ce faictes, pour lequel ouvrage faire il a eu VII^xx frans dor valent CXII *l. p.*

« Item pour XII demi apostres pour ycelle dedier XVIII frans valent XIIII *l.* VIII *s.*

« Item pour estoffer le saint Jehan mis sur l'autel IX *l.* XII *s. p.*

« Item pour peindre la table du grant autel dessuz et devant XIIII *l.* VIII *s.*

« Item en loratoire pour estoffer uns tableaux de taille sur l'autel frontel et dessus d'icellui IIII *l.* XVI *s.*

« Item pour peindre le porche de lentrée dicelle cha-pelle pardevers le college, plonc pillers augines revestir destain et couleurs, faire III escussiaux dessus VI frans valent IIII *l.* XVI *s p.*

« Item pour faire une demye ymage de nostre Dame tenant son enfant sur luis dudit porche les bosses nasselles chambranles et le plain de environ revestir de coulleurs et faire deux escussons aus deux costez pour ce *C s. p.*

XIII. « Pour dons courtoisies et despens monte à CII *l.* VIII *s. p.*

« Premièrement au moys de decembre lan LXXV de lordenance de messeigneurs dessus diz baillié présent messire Clément à maistre Raymon du Temple, maistre des ouvrages de maconnerie du Roy, ordeneur et diviseur de la dicte chapelle quant au fait de maconnerie pour ses peines et afin de continuer louvrage XL frans valent XXXII *l. par.*

« Item a maistre Jaques le Roy visiteur des œuvres de

la Ville pour lequel mes diz seigneurs avaient ordonné X frans desquelz il na eu par ledit maistre de Ullus que VI frans seulement, valent III *l.* XVI *s. p.*

« Item a maistre Jaques de Chartres charpentier du Roy ordeneur et deviseur de tout louvrage de charpenterie et de merrien de la dicte chapelle pour ce baillie a lui XXX frans valent XXIIII *l. p.*

« Item aux Bernardins en compensacion du destourbier qu'ils orent en leur hostel et jardins ou le charpentage pour la greigneure partie fut fait pour ce baillie a eux XVI frans valent XII *l.* XVI *s. p.*

« Item au jardinier dudit lieu pour ses dommages et interestz de son jardinage IIII frans valent LXIIII *s. p.*

« Item pour louvrage dessuz dit mieulx continuer et advencier le dit maistre G. de Ullus a fait plusieurs despenses extraordinaires à ce necessaires comme disners boires de matin et de soir, cest assavoir aus dessuz diz maistres Raymon et Jaques, a maistre Jehan de Huy et ses compaignons ensemble aucune foiz, et par plusieurs autres particularitez auz autres officiers et marcheans pour iceulx tous jours tenir a amour, et aus jurez qui par plusieurs fois sont venuz tant pour teser une partie comme autre et puis le tout, pour ce en somme toute par juste estimacion XXXII frans valent XXV *l.* XII *s. p.*

« XIIII. Pour gages ordennez par messeigneurs les executeurs. »

Il s'agit ici des honoraires stipulés en faveur de maître Clément de Soilly pour sa surveillance, qui a duré plusieurs années ; on les avait fixés à deux francs par semaine et lui-même à la fin des travaux, reconnut avoir reçu en deux paiements « IX$_{xx}$ VIII frans. »

« XV. Pour ces presens comptes faire et ordonner. »

G. de Ullus qui était chargé de « faire payemens, marchiez et comptes » avait vu ses gages fixés à « XII$_{xx}$ frans »

par an; on voulut plus tard les élever à un franc par jour,
ce qui les accrut de « VI^{xx} V francs » par an.

La chapelle était enfin achevée, et les exécuteurs testamentaires de Jean de Dormans pouvaient se flatter de
n'avoir rien épargné, pour qu'elle répondît par sa beauté
aux projets du pieux fondateur. Ils avaient choisi à dessein les artistes les plus estimés de l'époque, Raymon du
Temple, architecte du Louvre de Charles V; le charpentier de Notre-Dame de Chartres (1), Jacques de Chartres;
le sculpteur Hennequin du Liége, probablement le même
qui avait été chargé d'orner de statues le nouveau
Louvre; le peintre Nicolas de Vertus, très-recherché à la
fin du xive siècle. Leurs efforts réunis avaient élevé l'un des
plus gracieux sanctuaires de Paris : le grand portail orné
des statues de saint Jean, du cardinal de Dormans et du
chancelier son frère, et décoré des plus riches couleurs ;
le petit portail latéral surmonté d'un porche élégant
qui abritait des peintures décoratives d'une grande richesse,
et, au milieu d'elles, l'image de la Mère de Dieu et de son
Fils ; la voûte haute de soixante pieds et portée par une
charpente d'une rare légèreté ; les murs ornés des images
des douze apôtres et percés de hautes fenêtres, par où le
jour ne s'introduisait qu'en illuminant des vitraux splendides ; le maître-autel également décoré de peintures,
entouré de colonnes supportant des anges d'argent, et en
avant du chœur, deux autres autels plus simples ; au milieu de la nef, un tombeau magnifique en marbre noir sur
lequel étaient couchées les statues en cuivre de Miles et de
Guillaume de Dormans ; dans la sacristie, un autel remarquable par la beauté de son retable et de ses peintures ;
les toits d'ardoise avec leur crête peinte et leurs épis de

(1) C'est du moins l'opinion de l'un des savants auxquels l'administration municipale a confié le soin de poursuivre l'œuvre colos-
sale commencée par M. Berty.

plomb aux couleurs variées ; un clocher aigu, aux arêtes
également peintes, portant son coq doré à plus de cent-
vingt pieds du sol, et où deux jolies cloches chantaient
joyeusement dès l'aurore, tout cela formait un petit chef-
d'œuvre que nous pouvons encore aujourd'hui admirer
sans restriction, malgré les mutilations opérées par le
temps et par les hommes.

Au reste on n'attendit pas longtemps pour accroître encore par de nouveaux ornements la beauté de la chapelle.
Dès 1381 (1), « pour honorer la dicte chapelle et que chacun jour len y chante selon les status une antienne de
Nostre-Dame et pour les jeunes enfans et autres personnes atraire a devocion et a memoire de notre-Dame et
au salut du fondeur, de la voulenté et conseil de monseigneur de Paris len a achete un ymage de notre-Dame
sans peinture en lexecution de Hennequin du Liege par
la main de ses exécuteurs cest assavoir le trésor de la
chappelle du palais et de maistre Raymon, pour ce paié
audit tresor sur l'autel de la dicte chapelle du palais au
mois de novembre apres ce que le roy y eust oy messe eu
XXIIII fr.   XIX *l.* IIII *s.*

Pour icelle ymage rendre sur le lieu   XII *s.*
Pour asseoir ledit ymage   VIII *s.*

Pour une couronne de cuivre devisée par maistre
Raymon faicte par Marcelet orfevre a laide de N. de Vertus peintre demourant devant l'ostel Dieu   CXII *s.*

Pour les pierres qui furent en la dicte couronne, achetées par ledit peintre.   XXIIII *s.*

Pour ledit ymage peindre comme il est par ledit Nicolas de Vertus.   VIII *l.*

Peu de temps après, « une bonne dame » du voisinage
ayant offert à la chapelle « un lampier » pour faire briller

____

(1) *Arch de l'Emp.* H. 2785¹ p. XXVIII, verso.

devant l'image de la Mère de Dieu, son présent fut reçu avec reconnaissance (1).

La beauté du nouveau sanctuaire y attira bientôt les âmes pieuses ; on lit en effet dans les comptes de 1381 (2):

« Item pour ce que le dit jour (29 *avril, anniversaire de la dédicace de la chapelle*) au matin plusieurs bonnes personnes venoient par devocion oïr messe et il ni avoit aucun prestre de lautel qui fut prest et le procureur nestoit pas encore venu de hors la ou il estoit pour le college et mesme ma dame de Paillart estoit en la dicte chapelle qui attendoit messe pour ce on print un Carme que on fist celebrer et li donna on pour Dieu XX *den.*

« Item le jour de la saint Jehan Baptiste au matin mil CCC. IIII^{xx} et deus plusieurs personnes venoient par devocion en la chapelle pour oïr messe et pour ce que a la dicte heure aucuns des chapellains du college estoient occupez comme le procureur pour ce qu'il devoit dire la grant messe affin de sauver honneur et que il ny eust esclande on fit celebrer par un Carme et li donna on pour Dieu II *s. p.* »

Miles de Dormans voulut favoriser le concours des fidèles dans la chapelle du collége, et les comptes de 1382 (2) nous révèlent en ces termes un des moyens qu'il employa :

« Item ou mois de février monsseigneur de Beauvez patron de ce college entre plusieurs autres choses a lui montrer volt et ordonna que on feist clorre par maniere de chapelle comme il est fait aux Carmes et encore autres eglises lun des autels de la chapelle de ce present college pour la perfection dicelle et pour augmenter lonneur et devocion dicelle pour ce fut fait marchié à Jehan

---

(1) Arch. de *l'Empire,* H. 2785¹.
(2) *Arch. de l'Empire,* H. 2785¹.

le huchier de faire ladicte cloison de bonnes membreures et de bon merrien contenant icelle cloture XII piés de large et X piés de lonc a prendre du piler qui fait entrée a luis du cuer, et porteront les poteaulx dicelle cloison pillers eliges et lappuye qui sera en hault de environ III piès et demy et tout au pourtour au dessus dicelle appuye sera enfoncié de panneaulx de bois dillande tailliez au jour, et sur les posteaulx aura une ymaige d'un prophète ou autre, et on li livrera le bois dillande pour les paneauls qui sont tailliez a jour, et sera le dessoubz enfoncé de plastre, et entre deus poteaulx aura espace de environ deus piés pour tout lequel marchié fait le XIII⁰ jour de fevrier lan dessus dit IIII^xx et un (1382) il doit avoir XXXV *lb.* XII *s.* »

La mort, en venant moissonner les uns après les autres les membres de la famille de Dormans, qui avaient travaillé à l'accroissement du collége et choisi leur sépulture dans la chapelle, contribua elle-même à l'embellissement de l'édifice. A une époque que nous ne saurions préciser avec exactitude, on perça le mur de chaque côté du sanctuaire, au dessous des fenêtres qui commencent l'abside, pour y construire, en des espèces de petites chapelles profondes d'un mètre environ, les tombeaux de deux des Dormans (1) : l'arc surbaissé de ces chapelles

---

(1) Dans son *Itinéraire archéologique de Paris*, M. de Guilhermy suppose que ce double « retrait formant un petit oratoire de chaque côté du sanctuaire, pouvait servir, comme à la Sainte Chapelle, de place réservée pour la famille du fondateur. » Il se trompe évidemment. Qu'il nous suffise d'en donner pour preuve l'acte suivant, extrait du registre des délibérations de la communauté du collége (*Arch. de l'Emp.* MM. 364, p. 15).

« Du samedy 10 déc. 1758.

« Ce jour la communauté étant assemblée à l'ordinaire, sur ce qui a été représenté que le college paioit au s^r Guillaumont, tapissier, une somme de 20 livres par année pour deux pièces de tapisserié

était orné de feuillages et de fleurs, sculptés assez grossièrement, et qui semblaient indiquer la plus pauvre
époque du xvᵉ siècle. Une petite fenêtre du même style
s'ouvrait au dessus de chacun des deux tombeaux.

Les murs intérieurs de la chapelle se décorèrent en
outre de six statues de pierre, « qui représentent au naturel, dit du Breul, trois hommes et trois femmes, yssus de
Dormans. » Sous leurs pieds une longue inscription latine
faisait connaître leur nom, leur origine, la date de leur
mort et leur munificence envers le collége ; la même inscription, traduite en français, avait été placée au-dessus
de leurs têtes. Les trois statues du côté du nord repré-
sentaient Jean de Dormans, licencié ès lois, chanoine de
Paris et de Chartres et chancelier de l'église de Beauvais,
mort à Sens en 1380 à l'âge de vingt ans, et inhumé plus
tard dans la chapelle en même temps que l'archevêque
Guillaume, son frère ; le chevalier Bernard de Dormans,
chambellan de Charles V, mort à Paris en 1381, enterré
par son ordre avec les pauvres, aux Innocents, mais représenté, par son ordre aussi, dans la chapelle du collége (1); Renaud de Dormans, archidiacre de Châlons

qu'il met aux deux côtés du maître autel devant les tombeaux qui
y sont placés, aux jours de grande fête seulement, qu'il seroit
facil de decharger le college de cette rente, en faisant continuer
la boiserie du sanctuaire jusqu'aux deux extrémités et fermer les
tombeaux par des portes fermantes à clef et dont la sculpture ré-
pondroit à la boiserie. Conclu affirmativement.

HAMELIN, CUNEAUX, GUIARD. »

Mais il serait difficile de nommer avec certitude les deux personnages qui avaient là leur tombeau. Les deux statues sépulcrales
de Jean de Dormans et de Renaud de Dormans, chanoines de Paris,
qui se conservent au Musée de Versailles *(Galerie nᵒ 16)* n'étaient-
elles point enfermées primitivement dans ces deux petites chapelles ? Il serait téméraire de l'affirmer.

(1) Les comptes de 1382 *(Arch. de l'Emp.* H. 2785, fol. XLVI) nous
fournissent à ce sujet les détails suivants :

« Mons. B. sire de Dormans chevalier en sa fin a ordenné que

chanoine de Paris, de Chartres et de Soissons, conseiller
et maître des requêtes de l'hôtel du roi, mort à Paris en
1386. A la muraille méridionale étaient adossées les statues de Jeanne Baube, femme du chancelier Guillaume
de Dormans, belle-sœur du cardinal, mère de Miles et de
l'archevêque Guillaume, ainsi que des autres Dormans
dont les statues entouraient la sienne, de Jeanne de Dormans, dame de Paillart, et de Ide de Dormans, dame de
Nesle et de Saint-Venant (1).

Il est bien entendu que nous ne voulons point énumérer
tous les changements, apportés dans l'ornementation et
l'arrangement intérieur ou extérieur de la chapelle, depuis
sa construction. Il suffit de noter qu'au xvi° siècle, une
partie du collége ayant été reconstruite sur la rue Saint-

pour sa memoire une tumbe fut faicte et mise en la chapelle de ce
college et pour ce a laissié iii° frans si comme l'on dit. Depuis a
este ordenne que sur y celle tumbe seroit limage et la forme de
maistre Jehan de Dormans son frère pour laquelle tombe rendre en
la chapelle selon la devise doit avoir le maistre ii° vi frans. Sur
. ce recu de mons larcediacre de Chaalons par sa main les ii° vi frans
dessus diz, de laquelle somme sont paiés audit maistre ciiii°° frans
comme par quittance il appert et quand il aura rendue ladite
tombe en ladite chappelle il sera paie de ce reste, c'est assavoir
xvi frans.

« Mais il est assavoir que le surplus qui est afaire demeure jusques a ce que par deliberation lon ait bien avise la place et que
len ait argent mis apart pour taillier pcier et maconner ladicte
place et pour faire la painture si semble bon. »

(1) « Il parait certain, dit M. de Guilhermy, qu'à l'époque où le
conservateur des monuments français fit composer, avec des fragments du moyen âge, la chapelle sépulcrale d'Abélard et d'Héloïse,
maintenant placée au cimetière du Père Lachaise, une des trois
statues féminines de la famille de Dormans fut chargée de remplir
le rôle de la belle et savante Héloïse. On peut la voir encore, couchée sur un même sarcophage, à côté d'un Abélard dont la figure
n'est pas plus authentique. (*Itinéraire archéologique de Paris*,
p. 338.)

Jean-de-Beauvais (1) de chaque côté de la chapelle, les deux dernières fenêtres furent entièrement bouchées par les constructions, et que le principal Jean Grangier relia plus tard ces deux bâtiments par une tribune intérieure placée au dessus de la grande porte de la chapelle (2): cette tribune fit disparaître deux des *chrémaux*, ou figures d'apôtres peintes pour la consécration de l'édifice. Le même Grangier commença à orner la chapelle de tableaux (3); il paraît que son exemple fut suivi : on y voyait au siècle dernier une excellente peinture de Lebrun représentant saint Jean l'Évangéliste. En 1670, il avait été décidé que l'on établirait dans le clocher une horloge sonnante ; mais ce projet, dont l'exécution traîna d'abord en longueur, finit par être tout à fait abandonné (4) Si-

(1) Corrozet. *Les Antiquitez, chroniques et singularitez* de Paris, p. 122.

(2) Voir p 243 et p. 246, note 1.

(3) Voir p. 243.

(4)   « Du Samedy 12 avril 1670.

« Ce dict jour nous soubsignes avons en nostre comunaulté fait marché avec Julian Minoche maistre horeloger à Paris d'une grande horeloge de fer et dacier par luy faicte toute neufve après avoir par nous faict voir, priser et estimer par autres maistres et gens a ce cognoissans ladite horeloge et en conséquence arresté le prix avec le dit Minoche à la somme de quatre cent cinquante livres à la charge qu'il fournira deux timbres pour sonner les quarts, qu'il les posera aussi bien que le corps de lorloge dans le clocher ou voulte de l'église au lieu le plus commode et qu'il fera sonner les heures sur la grosse cloche dud. clocher, le tout bien et parfaictement sans augmentation du prix susdict.

« Moreau, Guénée, Lefort, Trippet. »

(*Arch. de l'Emp.* MM. 363, *Délibérations de la Comm.* f. 23).

« Du 3 décembre 1679, a esté arresté cejourd'huy en nostre communauté que lentreprise qui a esté faite tant au placement de l'orloge que pour poser la montre dont Messieurs les Régents ont parlé sera arrestée et surcise jusques à ce que par la communauté en ayt été autrement ordonné.

« Guénée, Lefort, Delamare, Bucaille. »

(*Ibid.*, f° 57.)

7

gnalons aussi un ouragan terrible qui éclata sur Paris la veille de saint Matthieu 1671 : « la chapelle du collége en fut fort affligée ; il fallut en réparer le comble d'ardoise ; en 1674 ce n'étoit pas encore achevé et cela coûtoit près de 3000 livres » (1). Enfin nous aurions voulu savoir la date précise de la restauration stupide qui, au siècle dernier, ravit à la façade de la chapelle le caractère que lui avait donné le quatorzième siècle ; nous aurions aimé à faire connaître l'architecte mal inspiré qui entreprit cette œuvre de vandalisme : malheureusement les archives, et les comptes eux-mêmes, sont absoluments muets à ce sujet.

Pour compléter l'histoire, déjà si longue, de la construction et de l'ornementation de la chapelle du collége, il faudrait emprunter aux inventaires du temps les longues listes des livres richement enluminés et des objets précieux qui y servaient au culte et qui se gardaient dans la sacristie. Nous donnons ces listes en appendice à la fin du volume, persuadés que les archéologues aimeront à les parcourir. Nous y donnons également un catalogue de la bibliothèque du collége qui semble remonter aux premières années de la fondation : si l'on songe qu'à la même époque le roi Charles V commençait la bibliothèque royale avec huit cent dix volumés, on avouera que le collége de Dormans était très-riche en livres.

Une fois la chapelle construite et fournie des objets nécessaires au culte, les exécuteurs testamentaires, pour se conformer aux derniers vœux du fondateur, durent songer à bâtir le collége lui-même. L'avant-propos des comptes de construction nous fait connaître comment et à quelle époque la résolution en fut prise.

« C'est la despence des œuvres et édifices que ont commencé et que font faire ou collége des escoliers de Dor-

____

(1) *Arch. de l'Emp.* M. 92.

mans fundé à Paris japiéça par bonne mémoire feu monseigneur J. de Dormans cardinal dit de Beauvès jadis chancellier et évesque de Beauvès, monseigneur lévesque de Paris, monseigneur lévesque de Beauvés patron dudit college et les autres seigneurs exécuteurs du testament et derrenière ordennance dudit feu monseigneur le cardinal.

« Sur lequel fait est assavoir que pour aviser comment au proufit dudit collége et au salut dudit fondeur lon pourroit mieux pour lhabitation et mélioracion dudit college ledit edifice commancer faire et ordenner, nosseigneurs prelas et autres dessus dis en leurs personnes, le mercredi feste S. Gervais en juing mil CCC IIII^{xx} et VII vindrent sur la place où est ledit édifice commancé, et la appelé avec eulx singulièrement et espécialement entre les autres maistre Raymond du Temple sergent darmes et maistre maçon du Roi lequel édifice par eulx ce mesme jour avisé ordené et conseillié nosdits seigneurs commirent très espécialement et singulièrement audit maistre Raymond tout à son ordonnement, en lui disant et priant que comme en tel fait la saison de ouvrer se passast que tantost il abrégeast et meist ledit fait et ordennance a exécucion et len feroit les deniers de cette despense paier et delivrer par B. Palissant changeur et bourgeois de Paris (1) ».

Ainsi le cardinal lui-même avait commencé à bâtir son collége, et l'on n'avait plus qu'à suivre ses projets. Raymond du Temple, qui venait d'achever la chapelle, ne dédaignait point de prendre aussi la direction des travaux entrepris pour abriter les écoliers de Dormans.

Le 16 juillet suivant, on fit marché avec Jeau Filleul, maçon, Jean le Soudoyer, tailleur de pierres, et Michel Salmon, maçon. Ils s'engageaient à édifier le long de la

(1) *Arch. de l'Emp.* H. 2785¹, f. 11.

rue du Mont-Saint-Hilaire (ou des Carmes) un corps d'hôtel de quinze toises de longueur, avec caves et celliers au dessous, le tout en pierres de taille ; les fondements, profonds de deux toises et épais de quatre pieds, devaient être construits en « libes et moiron ». Au dessus du rez de-chaussée, la muraille devait faire un retrait et ne plus avoir que deux pieds et demi d'épaisseur, monter encore à seize pieds et demi de hauteur pour former le premier et le second étage, perdre, par un nouveau retrait, un demi-pied d'épaisseur, et s'élever de nouveau à seize pieds et demi pour former le troisième et le quatrième étage. Au dessus, les entablements ne devaient point s'élever à une hauteur considérable. Les fenêtres, dont le devis ne désigne pas le nombre, devaient être munies de treillis de fer « bien dru de IIII posses de jour entre les courants et montants. » On convint ensuite que sur la cour intérieure serait édifiée une vis ou tourelle d'escalier à huit pans, dont trois seraient engagés dans la construction ; que cette tour aurait neuf pieds dans œuvre, serait en pierre de taille au dehors, et au dedans en moellon et en plâtre, que les huit premières marches accédant à la grande salle seraient seules en pierre, le reste en plâtre, que l'embrasure des portes et des fenêtres de la tour serait en pierre de taille. La grande salle, placée en amont de la tour, devait avoir dans œuvre sept toises de long et quatre toises deux pieds et demi de largeur, s'élever de deux pieds et demi au dessus de « l'aire de la court », s'éclairer sur cette cour par trois fenêtres de huit pieds de haut. Il y aurait au fond une cheminée adossée au pignon. De l'autre côté de la vis, près du collége de Presles, serait la cuisine, éclairée sur la cour et sur la rue du Mont-Saint-Hilaire par deux fenêtres de un pied et demi de large sur trois pieds de haut. Les entrepreneurs s'engageaient à travailler sans relâche jusqu'à l'entier achèvement de l'œuvre et l'on devait leur payer vingt-trois sous par toises. Ce compte fut définitivement arrêté le samedi 7 septembre 1387 (1).

Pendant les travaux, on acheva de conclure une acquisition importante dont le cardinal avait déjà traité de son vivant. Jean Audant, chanoine honoraire de Chartres, vendit au collége la maison et les classes qu'il possédait rue du Mont-Saint-Hilaire, près des nouvelles constructions, au prix de cent vingt-huit livres (2).

Outre les travaux compris dans le premier devis, on creusa un puits dans la cour. La cour elle-même fut pavée, ainsi que la partie des deux rues du Clos-Bruneau et du Mont-Saint-Hilaire, le long desquelles s'étendait le collége (3).

Les ouvriers travaillèrent avec tant d'activité que le nouveau bâtiment, commencé dans les derniers mois de 1387, était habité à la Pentecôte l'année suivante. Les boursiers furent partagés par chambrées de quatre. Les chapelains n'avaient qu'une chambre commune, divisée par des cloisons formées de planches et de plâtre (4).

« Et, ajoutent les comptes, en tel collége fondé pour ac- bones meurs le maistre doit cognoistre et savoir ce que ses disciples font en leurs chambres et que toutefois que il lui plaist pour la dite cause pour feu ou pour autre ac- cident il y puist entrer pleinement sans dangier sans que les autres que lui y puist entrer, len a fait une séreure single à ce tant seulement se il plaist au maistre et aux seigneurs qui orront cette despen que il en puist et doie user pour ladite séreure singulière. » Il en couta quatre sols (5).

---

(1) *Arch. de l'Emp.* H 2785₁, f. ɪɪ-ᴠ.
(2) *Arch. de l'Emp.* H. 2785₁, et f. xxɪɪɪ.
(3) *Arch. de l'Emp. Ibid*, f. xɪɪɪ.
(4) *Arch. de l'Emp. Ibid*, f. xɪᴠ, *verso.*
(5) Le compte total du serrurier monta à sept livres huit sols, six deniers.

Comme détail d'intérieur, voici quelles étaient, d'après les comptes

Indépendamment des livres de la chapelle, le collége avait sa bibliothèque proprement dite, dont nous donnons le catalogue à l'appendice. Cette bibliothèque eut naturellement sa place dans le nouvel édifice et un simple détail,

de 1381 (f. 2, *verso, Arch. de l'Emp.* H. 2785¹), les clefs de la chapelle et de la maison, avec les noms de leurs dépositaires :

Ce sont les clees principaux de ce present college et ceux qui les gardent :

En la librairie a vi clees : le maistre une,

Le soubzmaistre une,

Le religieux une,

Le procureur une,

Messire Clement une,

Messire Raoul une ;

Ou trésor sur le Revestiaire a iii clees :

Le maistre une,

Le procureur une,

Messire Clement une ;

Ou revestiaire en bas a iii clees :

Le maistre une,

Le procureur une,

Le clerc une ;

Ou premier huis de la chapelle sur la court a vi cles : le maistre une,

Le procureur une,

Avecques les clées communes une, messire Clement iii.

Es grans portes de la chapelle a ii clees qui sont avec les communes,

Item en luis de lentrée du chancel ou il y a ii ventaulx a v clees

Le maistre une,

Le procureur une,

Monss. Clement une,

Monss. R. une,

Le clerc de la chapelle une ;

En la grand porte neuve ou sont les ymages a ii clees grosses, l'une est avecques les communes et messire Clement en garde une.

Ou guichet dicelle porte a iiii clees :

Mss. Clement une,

Le maistre en a iii ;

fourni par les comptes de la construction, nous engage à
penser que la salle destinée à la recevoir, fut l'objet d'une
sollicitude particulière de la part des exécuteurs testamentaires du cardinal et de l'architecte ; on y lit en effet :
« Pour asseoir une image et un treillis de fer en la fenestre de la libraerie sur la rue Saint Ylaire. pour ce XII
sols. »

Enfin, une horloge qui existait déjà dans les bâtiments
de la rue du Clos-Bruneau fut transportée dans le nouveau
collége (1), et nous retrouvons souvent depuis l'horloger
occupé à « boucher des perthuis » qu'y ouvrent les mauvais
temps et qui l'endommagent.

Les boursiers et leurs maîtres étaient installés dans les
constructions nouvelles, et les vieilles maisons de la rue
du Clos-Bruneau, appelées dès lors le *vieux collége*, étaient
abandonnées, lorsque Jean Roland, chanoine de Chartres et
de Meaux, et curé d'Arcueil, offrit aux fondateurs de leur
céder une grande maison, une plus petite et des écoles qu'il
possédait dans la rue du Mont-Saint-Hilaire, près du
collége, si l'on voulait lui donner, sa vie durant, la jouissance du vieux collége, se charger en même temps des
réparations et de l'entretien de cette maison, lui payer
jusqu'à sa mort quatre sous par semaine, enfin s'engager
à célébrer pour lui à perpétuité deux messes solennelles
chaque année à partir du jour où l'on accepterait sa pro-

En luis de la tournelle qui monte aux cloches.a III clees :
Le maistre une,
Mess. Clément une,
Et avecques les communes une ;
Ou petit estrunc les lautel saint Nicolas a III clees :
Le maistre une,
Mess. Clement une,
Le clerc une

     (H. 2785¹, *Comptes de* 1381, f. 2, *verso*).

(1) « Item ledit vendredi et le samedi ensuiguant le dit maistre
de lologe du palais disna a lostel dudit college et transporta

position. Le collége s'empressa d'accepter, et l'acte en fut passé le 1er décembre 1393 (1). Mais depuis la mort de Jean Roland, les comptes ne font plus mention du vieux collége que pour noter quelques réparations de peu d'importance, comme une porte mise à l'entrée principale pour empêcher que les boursiers n'y puissent entrer : c'est assez faire entendre que depuis ce temps cette maison n'était plus d'aucun usage. Peut-être n'a-t-elle disparu complétement qu'au xvie siècle, à l'époque où, d'après Corrozet (2), « le college a été rebasti de neuf en partie dans la rue Saint-Jean de Beauvais. »

Lorsque la construction touchait à sa fin, on résolut, sur la proposition de Raymond du Temple, d'en décorer la façade, sur la rue Saint-Hilaire, des armes du fondateur (3). Elles furent aussi placées sur la porte principale

lologe dudit college du lieu où il estoit en la viez demourance dud. college et le mist la où il est a present cest a savoir en la tournelle en haut de la viz dicellui college. xviii d. (*Arch. de l'Emp.* Hi 2785². — *Comptes de* 1382 83, f. xii, *verso.*)

(1) *Arch. de l'Emp.* Reg. MM. 356, f. 153.

(2) *Les Antiquitez, chroniques et singularitez de Paris,* p. 120.

(3) « Il fut avisé par maistre Raymon et par le college que considéré ce présent édifice qui est notable memoire du fondeur et des siens et que continuellement il doit apparoir de tele memoire et pour ce que sur la rue de S. Ylaire ledit college na aucune issue ne entree ne ne ya aussi ymage ne autre signe du fondeur que lon y sioit une pierre de lioys en laquelle seroit lepitaphe et escripture avesques lescu du fondeur ainsi comme il peut a present apparoir, pour laquelle pierre taillier et polir fut fait marchié par maistre Raymon a Jehan Dargenville tailleur de pierre, et pour ce que avec ce il estoit nécessité tresgrant comme il peut apparoir à Mosseigneurs et comme voit et scet ledit maistre Raymon que l'en fist un petit huis afin entre les autres choses que les choses dicelle chapelle fussent plus scurement et que les frois et les vens en yver ne cheissent sur lautel ne au chancel, et pour percer le mur et faire et taillier l'huisserie dicellui huis tout par le conseil dudit maistre Raymon avec la dicte pierre polir et dut avoir ledit Dargenville viii fr. valent vi *l.* viii *s.*

de la rue du Clos-Bruneau, ouverte sur la cour du collége, avec une inscription qui rappelait la fondation.

Les comptes furent réglés au mois de décembre 1388. L'année précédente, le collége avait reçu pour la construction nouvelle quatre mille trois cent douze livres ; les dépenses ne montèrent qu'à quatre mille deux cent vingt-sept livres seize sols dix deniers (1), dont les maçons touchèrent huit cent quatre - vingt - quatre livres neuf deniers, les charpentiers quatre cent quatre-vingt livres et les menuisiers quarante-trois livres quatre sols (2). Quant à Raymond du Temple, « les prelaz déclarèrent que pour sa peine » il aurait quarante francs, ou vingt-deux livres, dont il donna quittance (3). Jacques de Chartres, qui avait aussi consenti à travailler pour le collége, n'obtint que vingt francs.

* Item pour taillier lescu de monseigneur le fondeur et graver labre (?) et taillier les angelos qui y sont dut avoir Hennequin de Tournay tumbier demourant en la rue S. Jacques par lordonnance dudit maistre Raymon vi fr. i quart, valent c. s. (*Arch. de l'Emp.* H. 2752¹, f. viii, *verso.*)

(1) *Arch. de l'Emp.* H. 2785, f. xlvi.

(2) *Arch. de l'Emp.* H. 2785¹, f. xxvi.

(3) Il faut ajouter que le collége rendit en outre à Raymond du Temple un service signalé, en se chargeant de l'éducation de ses deux fils. On lit au registre H. 2785¹ :

* Item il est assavoir que environ le mois de janvier darrenier passé en faveur de maistre Raymon et que il est tres diligent a ledifice et au bien de ce college, à sa priere monseigneur le chancellier patron voult et consenti que Charlot son filz demourast hoste pour aucun temps ou dit college, lequel y a demouré environ xiii sepmaines finies en ce mois de mars et pour la cause dessus dicte le college a paié et met en ceste despence pour xiii sepmaines pour chascune iiii s. valent lii s.

* Item pour le vin que il a despensé par le dit temps xxx s.

* Item rendu et payé pour lui au varlet du college que il avoit presté au dit Charlot xxxii s.

* Item quant le dit Charlot se partit pour aller à Orléans ledit

Qu'on nous permette maintenant d'emprunter au livre des comptes quelques faits qui se sont produits pendant la construction du collége, et qu'il sera piquant sans doute de rapprocher de nos mœurs actuelles. De ces faits, le plus significatif est sans contredit le festin donné à l'architecte, à sa femme et aux maçons, à la clôture des travaux :

« Item environ ledit jour de Pentecoste, les macons et manouvriers de l'atelier qui continuellement y estoient par manière de courtoisie et de cordialité firent requeste sur l'atelier tous par une mesme bouche que comme en chacun atelier notable et continuel comme est ce présent il fut de coustume et usage que le jour de lascencion notre Seigneur ils mangent ensemble et avoient avantage sur la despense dudit atelier, et ledit maistre Raymon estoit en ceste partie chef et maistre du mestier de maconnerie et de tous manouvres quelconques et leur juge en ceste partie voulist sur ce ordenner. Pour ce est que pour honneur et pour commandacion de l'ouvrage et du college il ordenna et accorda que se il plaisoit bien et non autrement audit college tous lesdiz macons et manouvres qui devoient disner une ensemble par coustume comme dit est, feroient leur dit disner ensemble avec les enfants et boursiers et pour ce firent envoier viandes et queux, et

maistre Raymon estoit hors et la mère dudit Charlot pria que le college prestast environ v frans audit Charlot jusque ad ce que ledit maistre Raymon fust retournez pour ceste cause et que ledit maistre Raymon le scet bien iiii l.

« Item ou mois de fevrier ledit maistre Raymon envoya au college vins et viandes pour cause d'un sien filz qui fut bacheliers soubz le maistre du college et y furent plusieurs vaillans personnes de par ledit maistre Raymon, pour ceste cause et pour lonneur du college et des personnes ledit college avec les viandes et parties du dit Maistre Raymon paya en plusieurs parties xxxii s. »

Raymond du Temple avait un second fils que le livre des Comptes appelle « le petit Templo » qui remplaça son frère au collége, et pour qui la maison fit des dépenses semblables.

furent audit disner ledit maistre Raymon comme chef, sa
femme et plusieurs honnestes personnes qui en furent
tous contens et satisfais. Neantmoins len prist sur ceste
despense pour ledit disner et en partie pour souper
X *l.* III *s.* »   (Reg. H. 2785, f° IX, *verso).*

Les ouvriers furent même, un jour, admis à une fête
tout à fait propre au collége :

« Item le jour que maistre Thierry cousin de messire
Jean de Courcelles fut magistrés et que le dit messire
Jehan eust donné un grant et notable disner audit college,
et tant que tous les principaux ouvriers de latelier y furent
disnez solennellement, et au derrenier que toutes viandes
et fruces furent passés, l'on assembla les potages et
plusieurs reliefs et fits l'en de rechief venir en sale les
poures manouvres et furent tous bien et largement servis
jusques au nombre de XXIII personnes et plus, et pour
ce que il leur desfailloit a boire tant seulement, pour ceste
cause ceste despence leur donna on pour Dieu du vin que
le colliége boit.... V *s.* IIII *d.*   ·   (Ibid. f°. X).

Un jour, une sorte d'émeute ayant éclaté dans la ville,
il était à craindre que les ouvriers ne désertassent leur
chantier, pour courir prendre leur part du tumulte. Le
collége avait trop d'intérêt à ce que les travaux fussent
poussés rapidement, pour ne point se résigner à un léger
sacrifice afin d'en prévenir l'interruption. Il fut assez
heureux pour y réussir au prix de vingt deux sous :

« Pour ce que le sabmedi premier jour de mars mil
ccc III^xx et vii la ville et le commun de Paris environ
heure de disner fut en tres grant esfroy et en grand peril
(*pil ?*) et toute la journée en grand mouvement et commo-
cion et les manouvriers qui estoient a leure de aler disner
lors se vouloient esmouvoir et aller veoir chacun comme
les autres, et estoient plusieurs qui venoient des hales de
Paris et d'autre part qui rapportoient le fait de la ville,
pour ceste cause len cloy la porte et parlen a tous ensemble

et a chacun que comme il fust heure de disner que chacun demourast et tous ensemble dinassent au colliege sans yssir et il auroient feu et advantage de vin et dautres choses et se il vouloient mettre au poisson la despence presente avecques autres choses y seroit aventage ; lors tous furent d'un accord et demourerent a disner et toute la journée en l'atelier. » (H. 2785, f° IX.)

Un dernier trait achève de nous peindre la manière dont les fondateurs du collége de Beauvais traitaient les ouvriers qui le bâtirent :

« Item environ le xx° jour de juillet monseigneur de Beauves passa par ce present atelier et visita les ouvriers et louvrage, et lors commanda à son maistre dostel que len leur donnast I s. pour boire, pour ce bailla une flourence et dict que len y meist le surplus pour ce qu'il n'avoit lors aucune autre monnoie pour ce II s.

Et après l'en ordenna que sur ledit florin len disneroit ensemble ou l'en avoit acoustume au collége, appelé le maistre du collége et avec lequel avantage pour la despence du dehors pris sur ceste despence VI *l.* (Ibid. f° XI, *verso*).

CHAPITRE VI

Miles de Dormans, chargé plus spécialement que ses frères d'exécuter les dernières volontés du cardinal relatives au collége de Beauvais, avait rempli avec non moins d'empressement que de magnificence les intentions du fondateur. Il avait augmenté les bâtiments du collége, et surtout, il l'avait doté d'une chapelle si belle et si monumentale que les désirs et les espérances de son oncle semblaient dépassés. Les fonds laissés par le cardinal n'avaient pas suffi pour de si grands travaux (1) ; mais Miles, ses frères et sa mère voulaient achever noblement l'œuvre de celui qui était la gloire de leur race ; et d'ailleurs, ils prétendaient que la chapelle du collége, dans

(1) Post cujus dicti Cardinalis obitum, tam de bonis suis quam aliunde, per suos executores, potissime per dictum nepotem suum (Milonem), dictum collegium, quod tunc erat modicum, notabilibus ædificiis et redditibus, ac *capella solemni*, quod tempore fundacicnis non sperabat, fuit multipliciter augmentatum ac etiam decoratum. *Concordat entre Guillaume de Dormans, arch. de Sens, et l'abbé de Saint-Jean-des-Vignes, du 18 mai 1389. Arch. de l'Emp.* M. 88, n° 13.)

laquelle ils avaient choisi leur sépulture, fût digne de leur nom et de leur fortune. Miles fit mieux que d'entasser des pierres sur des pierres, de bâtir une chapelle *solennelle* et d'y préparer pour lui et pour les siens un sépulcre magnifique; il désira que les prières de l'Église retentissent jour et nuit sous ces voûtes élevées par ses mains, et près de la tombe où dormirait sa cendre. Son oncle avait fondé un collége d'écoliers ; il ajouta à cette fondation une sorte de collége de prêtres, chargés de la récitation publique de l'office divin.

Nous aurions voulu trouver dans les anciennes archives du collége la charte de fondation des chapelains. Elle nous aurait dit, d'une manière positive, si, en les instituant, Miles de Dormans ne faisait qu'obéir à un vœu de son oncle, ou bien si le mérite de cette œuvre lui appartient tout entier. Nous y aurions vu aussi quel nombre de chapelains il avait fondés, et, s'il les avait dotés, d'où lui venaient les biens qu'il avait consacrés à leur entretien. C'est qu'au xvi° siècle une grave dispute s'éleva à ce sujet. Un des plus célèbres principaux du collége de Beauvais, maître Jean Grangier, que nous apprendrons suffisamment à connaître dans la suite, ne craignit pas d'écrire, dans un mémoire rendu public, qu'en instituant les chapelains Miles de Dormans n'avait point « donné de biens au collége pour les stipendier » : au dire de Grangier, « ce qu'il donna depuis n'avoit servi que pour remplacer ce dont après le décez de son oncle il s'estoit accommodé pour subvenir à ses affaires des grands deniers et meubles précieux que sondit oncle avoit laissé par testament au collége (1). » Bien plus, le même principal affirma que

(1) *De l'estat du college de Dormans dit de Beauvais, fondé en l'Université de Paris,* par Jean Grangier, lecteur-professeur du roy en la langue latine, et principal dudit collége. Paris, 1628, in-4°. (Biblioth Mazar. 18408).

l'entretien et le service de la chapelle ne reposaient que sur les « aumosnes et oblations des fidèles », et que, bien que le nombre des chapelains eût été fixé par leur fondateur, néanmoins, « selon que le revenu du collége alloit, il y en avoit plus ou moins ». A la vérité les chapelains, dont Jean Grangier révoquait ainsi en doute l'existence légale au collége de Beauvais, protestèrent énergiquement : mais leur protestation consistait bien plus à repousser l'odieuse accusation portée contre Miles de Dormans, qu'à montrer, parmi les propriétés du collége, celles que leur fondateur avait données pour leur subsistance (1).

Le monument qui nous fait défaut, et qui jetterait sur la fondation et la dotation des chapelains une lumière si désirable, a-t-il jamais existé, et Miles s'est-il soucié de rédiger une charte à ce sujet? Nous n'en savons absolument rien; car c'est à peine si, dans les nombreuses discussions soulevées sur ce fait, on rencontre quelqu'allusion que l'on puisse appliquer avec certitude à une pièce de ce genre. A la vérité, les Archives renferment une charte qui semble suppléer à celle de Miles : c'est celle de Louis, duc d'Anjou et régent, qui rappelle comment la première pierre de la chapelle a été posée par le roi Charles V, et comment Miles de Dormans, après en avoir achevé la construction, a voulu y établir le service divin, et a laissé à cet effet au collége deux fiefs qu'il possédait sur la ville de Beauvais. Mais le premier cartulaire du collége contient un autre acte du 10 octobre 1377, par lequel il est constant que Miles de Dormans a non pas donné, mais vendu au collége deux fiefs qu'il tenait de son père et de sa mère, consistant en certains péages sur les « forages et toulieux de la ville de Beauvais, » ainsi que sur les draps, chanvres, laines, fils, le

(1) *Moyens pour restablir le collége de Dormans, dit de Beauvais, en son premier estat, etc.* (Biblioth. Maz., 18408).

droit de la balance, de l'aunage et autres dépendances.
Le seul présent que Miles semble avoir fait au collége en
cette circonstance, consisterait dans l'amortissement
gratuit qu'il accorda, le 24 du même mois, de ces deux
fiefs qui mouvaient en foi et hommage de son évêché de
Beauvais : cet amortissement fut confirmé le 1er octobre
1360 par le duc d'Anjou, régent du royaume, et par le pape
Clément VII le 13 novembre de la même année ; il fut
renouvelé, le 26 novembre 1387, par Guillaume, succes-
seurde Miles sur le siége de Beauvais.

Au surplus, Miles n'eut pas le temps d'achever la fondation des chapelains ; lorsqu'après avoir succédé au
cardinal, son oncle, dans sa double dignité d'évêque de
Beauvais et de chancelier de France, il mourut le 17 août
1387, il laissait à Jeanne Baube, dame de Dormans et de
Silly, sa mère, et à son frère Guillaume, évêque de
Meaux, puis archevêque de Sens, le soin d'y mettre la
dernière main (1).

Ses désirs furent accomplis. Dès le 1er novembre 1390,
Jeanne Baube, qui ne devait mourir que quinze ans plus
tard, dictait son testament, et y déclarait laisser au
collége de Beauvais soixante-dix livres parisis de rente
« pour la fondacion espéciale de un chappellain escollier
boursier au dit college, et aussi pour l'augmentation et
melioracion du service de Dieu des bourses du maître et
des autres chapellains boursiers qui desia sont fondez et
instituez audit collége, icelle dame » agissant « tant au
nom de elle que comme executeresse du testament et
derreniere voulenté de son dit feu seigneur » (le chancelier Guillaume de Dormans, son mari, frère du
Cardinal). L'effet de ce don ne devait pas se faire attendre
jusqu'à la mort de la donatrice, puisque ce chapelain

____

(1) Voir le *Concordat entre Guillaume de Dormans et l'abbé de
Saint-Jean-des Vignes. Arch. de l'Emp.* M. 88. n° 13.

fondé par elle au collége de Beauvais, elle devait l'y
« mettre mettra et instituera seul et pour le tout tant et
« si longuement comme elle vivra..... Et avec ce dès
« maintenant laditte dame avoit mis, mettoit, establis-
« soit et instituoit ladit chappellain boursier perpétuel
« audit collége, cest assavoir maistre Fremin Barbe son
« chappellain et familier tant comme il vivra, et lequel
« aura percevra et recevra teles et semblables bourses et
« aura sa chambre audit collége, et a teles charges
« comme les autres chappellains boursiers perpétuelz
« qui dès maintenant sont et seront constitués en laditte
« chapelle, et oultre et par dessus lesdictes bourses ordi-
« naires que lesdiz chappellains ont et auront comme dit
« est, elle reserve, veult et ordonne que ledit messire
« Fremin ait et perçoive esdictes soixante-dix livres
« parisis de rente douze livres parisis chacun an tant et
« si longtemps comme il vivra personnelment audit
« collége, le premier paié sur ladite rente au terme de
« l'Ascension chascun an et non autrement, et le demou-
« rant desdictes soixante et dix livres sera converti et
« employé en la mélioracion et augmentacion dessus
« dicte par l'ordenance conseil et avis de Révérend Père
« en Dieu monseigneur lévesque de Meaulx filz de ladicte
« dame et des maistre, recteurs et chappellains dudict
« college ; et avec ce voult et ordonna ladicte dame que
« ledit messire Fremin ne soit contrains à faire résidence
« audit college tant comme elle vivra et qu'il demourra
« avecques elle se il ne plaist audit messire Fremin, et
« les bourses et les douze livres par dessus diz que il
« prendroit se il y estoit personnelment, pendant ce
« seront converties au proufit dudit college et du service
« de ladicte chappelle (1). »

Quelques semaines avant sa mort, le 5 septembre 1405,

<hr>

(1) *Arch. de l'Emp.* M. 88, n° 14.

Jeanne Baube voulut donner un dernier témoignage d'affection au collége de Beauvais. Elle ajouta à son testament un codicile, par lequel elle demandait à être enterrée dans la chapelle, et léguait aux chapelains et écoliers (*capellanis et pueris*) soixante-huit sous parisis de rente annuelle et perpétuelle à prendre sur un domaine nommé *Chaillau*, à la condition de célébrer un anniversaire ; plus, trente livres tournois pour célébrer un *annuel* pour son âme, et enfin vingt livres parisis en pur don (1).

Guillaume de Dormans, archevêque de Sens et conseiller du roi, voulut, comme sa mère, contribuer à achever l'œuvre commencée par le cardinal son oncle et par son frère Miles. On n'a conservé qu'un extrait de son testament, fait en Parlement de Paris le 1er décembre 1414 ; mais cet extrait nous fait suffisamment connaître la part qu'il prit à l'accroissement des biens du collége, ainsi qu'à la fondation et à la dotation des chapelains. « Je vueil et ordonne, dit-il, en rappelant tous autres « testamens, quelque part que Dieu plaise que je meure, « que la charongne soit portée au collége de Dormans où « ma tombe est ja faicte et que là mon obsèque soit fait « bien et convenablement sans donnée commune. Item « je ordonne que le plus tost que on pourra et avant que « l'obsèque se face soit à mes despens au collége de « Dormans porté maistre Jehan, mon frère, lequel est à « Sens en dépost, et que son obsèque soit fait avec le « mien. Auquel collége je vueil réalment et de fait estre « baillées les miennes terres de Plessis-Lévesque et de « Damery, par ainsi que un chapelain y sera mis oultre « le nombre des autres et sera tousjours à la collation « de mes plus prouchains hoirs soient de père ou de

(2) *Arch. de l'Emp.* M. 88, n° 17.

« mère et se ils sont aucuns en pareil degré, le plus
« aagié le donra, et a ycelui collége laisse tous mes livres
« de chapelle et de théologie et uns vestemens entiers
« lesquelz que ilz vouldront choisir, et toutes les choses
« dessus dictes je répute debtes et choses deues (1). »

Nous avons encore le testament de Jeanne de Dormans,
dame de Paillart et de Silly, nièce du cardinal et sœur
des deux évêques Miles et Guillaume : elle demande à
être enterrée dans la chapelle, et lègue au collége « mille
escus d'or pour achapt de rentes ou héritages, pour la
fondacion d'un chappellain qui sera tenu de dire et de
célébrer en ladite chapelle, pour le salut de l'âme d'elle
et de ses feux père, mère, mari, frères, sœurs et autres
bienfaiteurs, trois messes par chascune sepmaine à
tousjours perpétuellement (2). » Ce testament est du 25 mai
1407, bien que le Père du Breul (3), sur le témoignage
d'une inscription que nous ne pouvons contrôler,
puisqu'elle est détruite, fasse mourir Jeanne de Dormans
de Paillart sept ans plus tôt. Par un codicille du 14 août
1407, la même dame légua au collége de Beauvais plusieurs
domaines, à la charge de célébrer chaque année deux an-
niversaires, l'un, « pour le salut et remède de son âme »,
l'autre, « pour le salut et remède des âmes de ses père et
mère, parens, amis et leurs bienfaiteurs (4) ».

Un mémoire sans date et sans nom d'auteur, gardé aux
Archives de l'Empire, qui semble avoir été rédigé pour
l'abbé de Saint-Jean-des-Vignes, et qui, pour expliquer
l'origine et la fondation des chapelains, s'appuie bien
moins sur des monuments authentiques que sur des sup-

(1) *Arch. de l'Emp.* M. 88, n° 2 ?.
(2) *Arch. de l'Emp.* M. 88, n° 19.
(3) *Les antiquités de la ville de Paris* ; chapitre de la *fondation
du collége de Dormans*.
(4) *Arch. de l'Emp.* M. 88, n. 18.

positions, affirme qu'au témoignage des comptes de 1382,
les chapelains devaient être au nombre de quatre, mais
que ce nombre n'a été complété de fait qu'à la Toussaint
1383. D'autre part, le réglement donné au collége par le
Parlement de Paris au mois de décembre 1425, ne parle
lui-même que de quatre chapelains (1) : il faudrait en
conclure que, par les actes qui viennent d'être cités,
Guillaume de Dormans, sa mère et sa sœur avaient bien
plutôt l'intention de compléter l'œuvre de Miles, en dotant
plus richement les chapelains institués par lui, que d'en
fonder de nouveaux; autrement leur nombre aurait été
porté à sept, et nulle part il n'est fait mention de sept
chapelains. Le même mémoire nous apprend encore que
Miles avait fondé un clerc de chapelle pour le service de
la chapelle et des chapelains, et que son frère Guillaume
en fonda un second : cette assertion se trouve confirmée
dans le concordat de 1389 (2), dont nous aurons bientôt à
parler.

Sauf les priviléges réclamés en faveur du chapelain
Firmin Barbe par Jeanne Baube, sa protectrice, tous
étaient soumis à une règle commune, fixée vraisemblablement dès l'origine, et seulement promulguée dans le
règlement général de 1425 (3). En voici les principaux
articles :

Comme les autres boursiers, ils devaient être de Dormans ou tout au moins du diocèse de Soissons : on ne
pouvait les prendre ailleurs, qu'au cas où l'on ne trouvait
pas dans cette région de sujet remplissant les conditions
requises. Leur bourse valait neuf sous par semaine, indépendamment de la distribution manuelle qui se faisait
après certains offices de fondation, et où ils avaient la

(1) *Arch. de l'Emp.* M. 88, n° 23.
(2) *Arch. de l'Emp.* M. 88, n° 13.
(3) *Arch. de l'Emp.* M. 88, no 23.

meilleure part. Ils jouissaient de leur bourse à perpétuité. On leur laissait la liberté d'étudier en théologie, en droit, en médecine ou en telle autre faculté qu'il leur plairait. Ils demeuraient au collége, et devaient y habiter deux à deux dans la même chambre, si l'espace trop restreint de la maison ne permettait pas de les y loger plus commodément. Ils avaient leur place à la table commune, et ne devaient jamais prendre leur repas dans leur chambre, sauf le cas de nécessité et avec la permission du maître.

On exigeait d'eux, pour le présent et pour l'avenir, une vie honnête et une réputation sans tache, la science du chant, de la psalmodie accentuée et des autres cérémonies ecclésiastiques, ainsi que l'aptitude à s'en bien acquitter. Chanter dans la chapelle, avec dignité mais sans lenteur, l'office de jour et de nuit et la grand'messe, les matines avant la cloche du matin (*clicquetum*), les autres heures selon l'usage de l'Église de Paris, telles étaient leurs obligations quotidiennes. Ils étaient encore tenus d'acquitter les messes de fondation, et de célébrer les fêtes instituées en l'honneur des patrons du collége et les services pour les fondateurs et les bienfaiteurs. Mais, comme nous l'avons dit, une rétribution était attachée pour eux à chacun de ces offices, et, grâce à la dévotion d'un assez grand nombre de personnes qui, dans la suite, voulurent être enterrées dans la chapelle de Saint-Jean-de-Beauvais, ou y avoir leur obit, les chapelains finirent par retirer, tant de leur bourse que de ces divers offices, une rente annuelle de quatre cent onze livres deux sous et onze deniers (1). Le maître, le sous-maître, le procureur et les écoliers, qui étaient tenus d'assister à la plupart de ces offices, avaient aussi, indépendamment de leur bourse, un droit de présence.

______

(1) En 1736, époque de leur suppression. *Arch. de l'Emp.* Reg. MM. 364, pag. 29 et suiv.

Si un chapelain était obligé de s'absenter pour ses affaires, il n'en touchait pas moins le revenu de sa bourse;
mais il fallait qu'il se fit remplacer, de peur que la dignité de l'office divin ne souffrît de son absence. Il était
d'ailleurs averti de rendre ces absences aussi rares que
possible, s'il ne voulait pas s'exposer à voir sa place donnée à un autre. Il y avait même des amendes infligées
aux absents : deux sous pour manquer aux matines, à la
messe ou aux vêpres, un denier pour manquer à quelqu'une des autres heures ; le produit de ces amendes
revenait à la caisse de la communauté. Le règlement de
1646 (2) parle de vacances annuelles accordées aux cha-
pelai s, ainsi qu'aux officiers et aux boursiers du collége;
mais il ne nous apprend ni la durée de ces vacances, ni
l'époque où s'établit la coutume d'en prendre. Les chapelains n'étaient pas obligés de se faire remplacer pendant
ce temps ; mais ils devaient prendre des dispositions pour
que trois d'entre eux au moins fussent présents au
collége.

En entrant en possession de leur bénéfice, les chapelains juraient d'observer fidèlement les divers points que
nous venons d'énumérer, et de se montrer en outre zélés
pour tout ce qui touchait aux usages, aux intérêts et à
l'honneur de la maison et du collége.

Les clercs de chapelle étaient à la nomination des chapelains, qui avaient aussi le droit de les renvoyer en cas
d'indignité ou d'incapacité. Leur bourse valait cinq sous
par semaine. Ils n'étaient pas prêtres, ni promus aux
ordres sacrés, ni pourvus d'un bénéfice ecclésiastique (3).
Chaque jour, ils devaient sonner les matines exactement,
sollicité, préparer les livres, disposer les ornements, les
vases sacrés et autres objets nécessaires au service divin

(1) *Arch. de l'Emp.* M. 88, n° 23.
(2) *Arch. de l'Emp.* M. 88, n° 13.

et les tenir dans un état de propreté parfaite, psalmodier
et chanter avec les chapelains à toutes les heures, parer
les autels et faire tous les autres offices de ce genre avec
zèle et diligence. C'était à eux de fournir, des fonds du
collége, le luminaire de la chapelle, ainsi que le pain et
le vin pour la célébration de la messe. Le maître et le
procureur leur remettaient un inventaire des livres, ornements, vases sacrés, objets précieux et autres meubles
et ustensiles de la chapelle, et si quelque chose s'en perdait par leur faute, ils en étaient responsables. D'ailleurs
aucun de ces objets ne pouvait être employé à leur usage
personnel. L'office terminé, ils devaient remettre les
livres et les ornements dans la sacristie, et placer dans
un meuble, fermé de trois clefs, les reliques et autres objets précieux qui n'étaient pas d'un usage quotidien (1).

Hâtons nous d'ajouter, pour n'y plus revenir, qu'au
xvie siècle un cinquième chapelain fut fondé par « maistre
Jehan Notin, prestre, maistre ès arts, chapellain ordinaire
du Roy nostre sire et procureur du collége de Dormans
dict de Beauvais ». Nous trouvons les clauses et conditions de cette fondation dans le testament de Jehan Notin,
daté des 6 et 7 août 1501, et « accepté, au nom dudit collége de Dormans dict de Beauvais, par vénérables et dis-
crettes personnes maistres Mathieu Randon presbtre
maistre dudit collége, Floran Basin soubsmaistre, Pierre
Raton procureur, Antoine Lermitte, Jacques de Lens,
Thibaut..., presbtres chapellains, tous boursiers dudit collége, en faisans et en représentans la plus saine partie,
en la présence et par le conseil de nobles hommes messire Pierre de Court Gardy, chevalier, conseiller du Roy
nostre seigneur et premier président en sa court de Parlement, maistre Tristan de Fontaines, et maistre Jehan
Flamiche, aussi conseillers du Roy nostre dit seigneur en

(1) *Arch. de l'Emp.* M. 88, n° 23.

ladite court de Parlement, commis par icelle court à ouyr
les comptes dudit collége, par acte passé avec l'exécuteur
du testament et héritiers dudit Notin, par devant Floran
Cuiller et Jehan de Calais le jeune, notaires au Chastelet
de Paris, l'an 1502, le 6ᵉ et 7ᵉ de juillet ».

Après avoir donc « comme bon vray crestian et catholique recommandé devostement humblement et de bon
cœur son âme et esprit, quand de son corps il partira,
à Nostre Seignus Jhus Crist sauveur et rédempteur de
tous le monde, à la benoiste glorieuse Vierge Marie sa
chière mère, à monsieur sainct Michel lange et archange,
à monsieur sainct Jehan Baptiste et évangeliste, à madame saincte Katherine, à madame saincte Geneviefve et
à tous les benoist sains et sainctes de paradis, priant que
à l'heure de son trespas il leur plaise mettre et adresser
sa poure âme en lieu de repost »; après avoir exprimé le
désir d'être enterré dans la chapelle du collége et avoir
réglé l'ordre de ses funérailles, le testateur fait les dispositions suivantes : « Il donne, cède, quitte, transporte et
délaisse du tout dès maintenant à tousjours audit collége
de Dormans dit de Beauvais sa maison où pend pour
enseigne l'ymaige St Christophe, pour estre le propre héritage d'icelluy collége à tousjours, assise à Paris en la rue
St Germain de l'Auxerrois... Item une aultre maison qu'il
a assise en ceste ville de Paris en la rue des Lavandières
près Ste Opportune en laquelle souloit pendre pour
enseigne la heuze.., item une autre maison et ses appartenances qu'il a assise en la rue de la Baudroyerie en
laquelle pend pour enseigne le paon... icelles troys maisons appartenans audict testateur de son conquest et
chargées des cens et rentes foncières et anciennes que se
doibt ; ledit don et transport faict par la grande singulière
amour et dévotion que ledict maistre Jean Notin testateur
a audict college dont il est et a esté long temps procureur
et pour la dotacion et fondacion d'un chappellain perpétuel

en icelluy collége avec les trois (1) autres chappellains et
de mesme et semblable condition et fondacion que sont
iceux trois chappellains, dont ledict maistre Charles Jaquillon son clerc et serviteur sera le premier tant qu'il
vivra, en faveur duquel il a fait ladite fondacion. Et après
le trépas d'icelluy maistre Charles Jaquillon ledit testateur veult et ordonne que le plus prouchain du sang d'i-
celluy cappable a estre homme déglise, et ainsy consé-
quemment dicelle consanguinité tant qu'on en pourra
trouver. Et en deffault de ce seront prins dautres natifs
de Compienne de bonne conversacion neiz en loial ma-
riaige.... Item laisse, donne, cedde, quitte, transporte et
délaisse en pur don audict maistre Charles Jaquillon sa
pettite maison de Nanteaulx pour en joir sa vie durant,
et après son trespas veut et ordonne qu'elle retourne audict college de Dormans pour estre de pareille condicion
que les troys autres dessus et par luy donnez pour la
fondacion dudit chappellain (2). »

L'admission au collége de Beauvais en qualité d'écolier
boursier devait susciter plus d'une fois des brigues, des
querelles, des procès. La place de chapelain, perpétuelle,
plus avantageuse et surtout plus indépendante, devait
bien mieux encore éveiller l'ambition de ceux qui, dépourvus de fortune, voulaient trouver de quoi se sustenter
honnêtement à Paris jusqu'à la fin de leurs études, ou
qui, déjà parvenus à la vieillesse, et n'aspirant plus qu'à
un repos honorable, prétendaient y trouver la paisible
retraite et l'aliment assuré de leurs derniers jours. Notre
intention n'est évidemment point d'énumérer toutes ces

(1) Comment se fait-il que Jean Notin, procureur du collége, ne
parle que de trois chapelains ? Cependant plusieurs pièces antérieures à son testament et aussi authentiques que lui en nomment
quatre.

(1) *Arch. de l'Emp.* M. 89.

disputes ; qu'il nous suffise d'en raconter à nos lecteurs une seule : ils y trouveront un spécimen des procédures du xvii° siècle et de la manière dont, même alors, on savait rendre la justice.

C'était en 1665 Une place de chapelain était vacante au collége de Beauvais ; un candidat se présente : il avait nom Milcent. Mais les principal, sous-maître, procureur et chapelains de Beauvais ont aussi leur candidat, monsieur Gilles Trippet, qu'ils recommandent chaudement à l'abbé de Saint-Jean-des-Vignes, et qu'ils commencent, pour plus de sûreté, à mettre en possession de la stalle vide. Milcent s'indigne : qu'est-ce que monsieur Gilles Trippet ? Est-il né à Dormans, comme lui ? A-t-il jamais étudié au collége de Beauvais, comme lui, et peut-il se vanter d'appartenir à aucun titre à cette communauté que le cardinal de Dormans et sa famille ont instituée avec tant d'amour ? Encore un coup, qu'est ce que monsieur Gilles Trippet ? Un vieux prêtre habitué de Saint-Jacques-de-la-Boucherie, qui, affaibli par l'âge, recherche cette chapelle non pas pour travailler et se rendre utile, mais uniquement pour se reposer. Lui au contraire, Milcent, il est jeune et plein de vigueur ; « il est ancien petit boursier du collége de Beauvais ; il a commencé son cours en théologie et est près de prendre des degrez en ladite faculté ; il est dans l'ordre de diacre, et a par conséquent des qualités plus que requises pour la fondation. » Décidément, Milcent l'emporte. Mais Trippet ne se laisse abattre ni par l'éloquence, ni par le premier succès de son adversaire. Il a réponse à tout. On a demandé à monsieur Gilles Trippet ce qu'il était, pour oser prétendre à la chapelle vacante. Ce qu'il est ? le voici : il est natif du diocèse de Soissons ; il est maître ès arts ; surtout « il est prestre et ladite chapelle étant obligée aux heures canonniales et à la messe, il peut mieux satisfaire aux obligations d'une pareille charge ». A son tour, Trippet est victorieux et ob-

tient une sentence favorable. Milcent en appelle au juge
mieux informé : il revient à la charge, appuyé par les habitants de Dormans, qui affirment que toujours leurs compatriotes ont été et doivent être préférés, appuyé surtout
par « messire Charles, comte de Broglio, seigneur de
Dormans-sur-Marne, Trelou, Solly et autres lieux : *eu
égard à son intervention*, on ordonne que ledit Milcent seroit mis en ladite chapelle vacante audit collége de Dormans, estant préférable par sa naissance. » Hélas ! que les
joies humaines sont de courte durée, et qu'ils sont in-
sensés, les hommes qui se glorifient de leurs succès ! Le
triomphe de Milcent se change bientôt en défaite. Les principal, sous-maître, procureur et chapelains de Beauvais
ne sont pas hommes à s'avouer si facilement vaincus ; il
faut que leur candidat l'emporte, même aux dépens de la
justice et de la vérité. Oubliant donc le premier article
du règlement des chapelains : *capellani assumendi sunt
juxta statuta de patriâ de Dormano*, ils affirment résolû-
ment « que rien dans les fondations des chapelles ne donne de droit de préférence aux natifs de Dormans »; ils
sont crus sur parole ; et ce juge qui n'a pas rougi de pro
noncer déjà trois sentences contradictoires, « messire François de Saint-Martin d'Aglié, abbé commendataire de l'abbaye de Saint-Jean-des-Vignes de Soissons, patron et pré-
sentateur des charges, offices, chapelles et bourses dudit
collége,........ sans s'arrêter aux instances desdits comte de
Broglio, habitans et escoliers de Dormans.. .... déclare
enfin ledit Milcen débouté de sa demande, et ledit Trippet
maintenu en la possession de ladite chapelle en question » (1).

La fondation des chapelains introduisait dans la communauté du collége de Beauvais un élément tout nouveau
et presque hétérogène. Ce singulier et vif intérêt, que des

(1) *Arch. de l'Emp.* M. 92.

hommes voués à l'éducation de la jeunesse prennent naturellement à ses petits antagonismes, à ses petits revers et
à ses petits succès, les chapelains pouvaient-ils le ressentir?
Et, pour la même raison, ceux qui dépensaient leurs forces et leur ardeur aux pénibles et obscurs travaux de
l'instruction, n'allaient-ils pas être tentés de trouver inoccupée, et par conséquent inutile, la vie de ces chapelains,
qui vivaient sous le même toit qu'eux et partageaient le
même pain, sans partager leurs labeurs ni s'intéresser à
leurs joies ou à leurs anxiétés? En résumé, quels étaient
dans la maison les hommes indispensables? A qui, du
moins, l'éminence des talents et l'utilité des fonctions?
Qu'avaient donc institué les fondateurs? un chapitre ou
un collège? Qu'elle avait été leur pensée? ouvrir une maison de prière, ou allumer un foyer de travail, d'étude et
de science? Ces questions ne tardèrent pas à se faire jour
dans les esprits, et même à se presser sur les lèvres. Lorsqu'enfin, au XVIe siècle, le collège se constitua en plein
exercice, avec tous ses professeurs, avec sa vie, ses luttes,
ses succès, son esprit et son orgueil de corps, la différence
qui existait dès l'origine, entre ceux de ses hôtes qui se livraient à l'enseignement, et ceux qui n'avaient à s'occuper
que de chant et de psalmodie, devint plus tranchée, et à
mesuré que grandit la différence, grandirent aussi les méfiances, les antipathies, les jalousies, les querelles. Les régents prétendaient à la première place, dans une maison
fondée principalement pour l'instruction de la jeunesse,
où leurs fonctions et par conséquent leur présence étaient
indispensables. Les chapelains ne voulaient à aucun prix
céder à de nouveaux venus, dont l'existence dans la maison
n'avait été ni réglée ni prévue par les fondateurs. Les régents, aussi bien que le principal, le sous-maître et le procureur n'étaient souvent que de simples clercs; les chapelains étaient prêtres, et prenaient prétexte de la sainteté
de leur caractère et de la dignité de leurs fonctions pour

humilier des pédants ! Mais il ne faut pas anticiper, ni
parler maintenant de cette fameuse querelle entre le principal Jean Grangier et les chapelains, où se pressent les
détails les plus comiques avec les plus nobles et les plus
pathétiques protestations, et qui semble résumer cette longue suite de débats. Il suffit d'avoir signalé l'écueil, si
peu soupçonné des fondateurs, autour duquel vinrent s'a-
giter tant et de si violentes tempêtes, et où les chapelains
finirent par se briser.

CHAPITRE VII

Consécration de la chapelle. — Ses privilèges, ses droits, ses usages.
Fondations pies et sépultures.

Dom Félibien rapporte que la chapelle du collége de
Beauvais fut solennellement consacrée sous le vocable de
saint Jean l'Évangéliste, le dimanche 29 avril 1380 (1). Le
grand nombre de prélats qui voulurent rehausser par leur
présence l'éclat de cette cérémonie, prouve à la fois et le
rang élevé qu'occupaient les Dormans dans l'Église, dans
l'État et dans l'opinion, et l'importance que cette noble
famille attachait elle même à la fondation de son collége
et de sa chapelle.

C'étaient d'abord les évêques de Beauvais et de Meaux,
Miles et Guillaume de Dormans; puis les évêques de Laon,
de Langres, de Chartres et l'abbé de Sainte-Geneviève. Dom
Félibien ne nomme pas le prélat consécrateur, et d'autre
part le nom de l'évêque de Paris ne figure point parmi
ceux des prélats *en présence* desquels, dit le savant bénédictin, se fit la dédicace : Aymeri de Maignac qui, dix ans
auparavant, avait si chaudement approuvé le projet du

(1) *Histoire de Paris*. Tom. 1er, liv. XIII, p. 670.

cardinal, et qui, plus tard, lorsqu'il s'était agi d'élever la chapelle du collége, avait voulu que son nom figurât en tête du livre des comptes de construction (1), comme ayant eu une part directe dans l'ordonnance et dans la haute direction des travaux, avait peut-être tenu à consacrer lui-même un des plus charmants sanctuaires de sa ville épiscopale (2).

(1) *Arch de l'Emp*. Reg. MM. 355.

(2) Nous avouons que c'est une simple supposition. Les comptes, qui nous révèlent surtout les détails de l'histoire du collége, ne nomment point non plus l'évêque de Paris, et l'extrait suivant, que l'on va lire, laissent plutôt à entendre que l'évêque de Beauvais consacra la chapelle et le maître-autel, puisqu'on voulut ensuite faire consacrer les deux autres autels par l'évêque de Meaux, son frère.

« Le dimanche xxixe jour du mois davril la chappelle du college fut dediée, mes Seigneurs de Beauvais, de Meaulz, de Laon, de Langres, de Chartres, de Ste Geneviève, le procureur de Chartres messire Philibert Paillart et plusieurs autres seigneurs disnerent au college pour lequel dysner le procureur fist les depens si sensuivent :

Premièrement un pain pour ledit dysner. . .	vii *s*
Pour xliiii sextiers de vin a vi d la pinte . .	viii *l*. xvi *s*.
Pour les chambellans mon Seigneur de Beauvaiz	iiii *s*.
Pour le sel dudit jour	iiii *s*.
Pour un mouton	xiiii s.
Pour porée et persil	ii *s*.
Pour ung fromage.	x *d*.
Pour costeres	xiiii *s*. viii *d*.
Pour charbon	x *s*. iv *d*.
Pour herbe vert.	iiii *s*.
Pour porter et rapporter la vesselle de mon Seigneur de Beauvaiz de son hostel au college et du college a son hostel.	xvi *d*.
Pour deux sergens du Chastellet qui garderent luis de la chappelle durant la dedicace. . . .	iiii *s*.
Pour les assietes des tables et des dressouers pour enentre de la nasse charpentier . . .	xvi *s*.

Soit que les travaux de la chapelle ne fussent pas encore terminés au moment de la consécration, soit que Miles de Dormans n'eût pu réaliser plus tôt son projet d'y établir des chapelains, l'office public, selon le rit de l'Église de Paris, n'y fut inauguré que deux après la dédicace, le jour de saint Michel, 29 novembre 1382.

Le pape Clément VII voulut montrer combien il agréait la fondation du nouveau sanctuaire, en accordant des indulgences à tous les fidèles qui viendraient y prier. Nous n'avons pu retrouver que le titre de sa bulle, enregistré dans un inventaire des pièces déposées au chartrier du collége : elle était datée du 6 des calendes de juillet (26 juin) 1384, an sixième de son pontificat.

Le chartrier du collége de Beauvais gardait encore une autre bulle de ce pape, portant la même date et adressante à l'évêque de Paris. Le pape le chargeait de faire en sorte que le service divin pût être célébré librement dans la chapelle du collége de Dormans, que l'on pût y recevoir

Pour buer les nappes sur quoy le dit dysner
fut fait . . . .   III *s.*

13 *l.* 1 *s.* 2 *d. p.*

Le samedi ensuivant messire Clement et le procureur alérent par devers monseigneur de Meaux savoir sil lui plairoit dire la messe ou college le jour de la saint Jehan portelatine et benistre les II petiz autelz de ladicte chappelle, pour passer lyaue a la tournelle de neelle pour les dessus diz . . . .   IIII *d.*

Le dimanche ensuivant jour de la feste saint Jehan ledit mon Seigneur de Meaulx vint chanter la messe et benistre les II autelz a laquelle messe furent les chappellains mon Seigneur de Beauvaiz auxquels on donna a disner pour lequel dysner le procureur fist la despence qui sensuit :

Premierement pour demy veel et demy mouton . .   XVI *s.*

Pour IX sextiers de vin despense ou boire le matin
et a dysner pour chascun sextier IIII *s.* valent. . .   XXXVI *s.*

Pour herbe vert . . . .   XVI *d.*

Pour un fromage . . . .   XVI *d.*

A rch. de l'Emp. H. 2785¹. — *Comptes de* 1379 *à* 1380, f. 18 et 19)

dons, offrandes, aumônes et autres oblations, qu'il fût permis d'y consacrer des évêques, d'y bénir des abbés, d'y enterrer, sans que l'abbé de Sainte-Geneviève, ni ses religieux, ni le curé de Saint-Étienne-du-Mont y pussent apporter aucun obstacle. Ce sont les termes de l'inventaire.

Cette bulle, si explicite qu'elle fût, pouvait devenir le sujet de discussions et de querelles entre le collége de Beauvais et le curé de Saint-Étienne. L'évêque de Paris, à qui le pape s'en était remis de ce soin, résolut de les prévenir par un acte bien et dûment accepté des parties, qui assurerait sans ambiguité les droits de chacun. Il fut donc réglé d'un commun accord : 1° que tous ceux qui habiteraient le collége demeureraient vrais paroissiens de Saint-Étienne, mais que chaque année, avant Pâques, le maître ou le procureur présenterait au curé un des chapelains, et que ce chapelain serait chargé, en qualité de vicaire, d'administrer les sacrements à tous les suppôts du collége pendant le temps pascal et aux fêtes solennelles de l'année, mais qu'en cas de danger de mort, l'extrême-onction serait administrée, ainsi que les autres sacrements, par le curé ou par un autre prêtre envoyé par le curé ; 2° que toutes les offrandes et oblations, faites à la chapelle à quelque titre que ce fût, seraient partagées deux fois par an entre le collége et le curé ; 3° Que l'on ne pourrait jamais enterrer dans l'enceinte du collége hors de la chapelle ; que lorsqu'il y aurait un enterrement dans la chapelle, le curé en serait averti avant que la fosse fût ouverte, et qu'il aurait soixante sous parisis pour son droit et quarante sous pour le drap mortuaire de chaque enterrement ; 4° que le luminaire, donné à la chapelle à l'occasion des messes de défunts que l'on y célèbrerait, serait également partagé ; 5° enfin que la fabrique de Saint-Étienne aurait dix sous parisis ou douze sous tournois à chaque partage sur la portion du collége. Cet accord fut confirmé par l'abbé de Sainte-Geneviève, le vingt janvier 1395 (1).

Malgré ces précautions, une dame Livrain ayant été, le 26 mai 1634, inhumée dans la chapelle de Saint-Jean-l'Évangéliste par le curé de Saint-Étienne-du-Mont, et un service devant s'y célébrer quelques jours plus tard, il y eut dispute entre les sieurs du collége et le curé, pour savoir à qui revenait le droit de faire ce service. On réunit plusieurs avocats du parlement, on requit d'eux une consultation en règle, et il fut décidé que le service devait être célébré par les sieurs du collége. Cette dispute fut-elle la seule ?

L'organisation du service divin dans la chapelle du collége subit à différentes époques des changements assez notables. Le temps et le progrès qui se faisait chaque jour dans le mode d'enseignement, apportaient dans l'organisation générale des exercices du collége des modifications, dont se ressentaient nécessairement les offices de la chapelle, puisque plusieurs de ces offices étaient obligatoires pour le principal, le sous-maître, le procureur et les éco-

(1) Registre intitulé : *Beauvais, inventaires, minutes* ; à l'article : *Fondations pies.*

En somme, le curé de Saint-Étienne-du-Mont ne retira jamais un bien gros bénéfice de cette convention. On lit dans les Comptes de 1481 (*Arch. de l'Emp.* M. 94) : « Des oblacions de la boitte où l'on mect les offrandes du grant autel a esté reçu pour l'an de ces comptes pour le curé de St-Estienne qui en prent la moiclié la somme de trois sols » En 1521 (M. 96), on trouva dans cette boite trente-deux sols et deux esterlins : je crois que jamais on n'avait été aussi généreux. — L'acte de vente des bâtiments de Beauvais au collége de Lisieux, en 1760, nous offre un nouveau détail. Parmi les charges que doivent accepter messieurs de Lisieux, en se mettant aux lieu et place de ceux de Beauvais, figurent « cinq livres de rente foncière duë au chapellin de saint Jacques en l'Église Ste Geneviève, et douze sols six deniers envers les curé et marguilliers de St-Étienne-du-Mont pour les droits de sépulture, d'oblation et autres qui appartiennent au dit collége dans sa chapelle suivant l'accord fait entre etc... l'an 1373 »

liers. Surtout le nombre croissant des fondations obligeait à combiner toutes choses de telle sorte que l'on pût, sans nuire aux études, s'acquitter des obligations que l'on avait contractées. Des premières années on ne sait rien, sinon que, selon l'intention du fondateur, les chapelains psalmodiaient chaque jour l'office divin, que les boursiers assistaient le dimanche à l'office des morts et que le soir tous les habitants du collége se réunissaient à la chapelle, pour y chanter une antienne en l'honneur de la Mère de Dieu. Le règlement de 1425, promulgué lorsque plusieurs fondations avaient ajouté aux charges primitives, et lorsque d'ailleurs une expérience de plus de trente ans était déjà venue préparer toutes choses pour une sage organisation, nous fournit encore peu de détails. On règle seulement que les matines seront chantées *ante clicquetum*, et les autres heures selon l'usage de l'église de Paris ; que chaque semaine les boursiers et tous les habitants du collége chanteront trois grand'messes, savoir, le lundi pour le fondateur et les bienfaiteurs défunts ; le jeudi en l'honneur du Saint-Esprit, et le samedi en l'honneur de la Sainte-Vierge, le tout avec mémoire de la dame de Paillart, et qu'ils assisteront à quatre messes basses, savoir : le dimanche, messe du jour avec mémoire des défunts ; le mardi, messe de saint Jean l'évangéliste, patron de la chapelle ; le mercredi et le vendredi, messe des défunts (1) : « et par ainsy, conclut le P. du Breul, traduisant cet article en son langage, seront deux messes ordinaires : pour la première bourse et les dites messes chacun chapelain recevra douze sols parisis par semaine » (2).

Un autre règlement, daté du 17 juillet 1646, est bien plus explicite. On y lit, à l'article dixième: « Est aussi enjoinct

(1) *Arch. de l'Emp.* M. 88, n° 28.
(2) *Les Antiquitez de la ville de Paris*; chap. de la *fondation du coll. de Dormans*.

audict principal de faire assister chacun jour à la messe les boursiers et pensionnaires, philosophes et grammairiens en habit décent, avec heures ou autres livres de prières, laquelle se dira par les chapelains chacun jour à six heures tant hivers qu'esté et pareillement aux vespres jours et veilles des festes et dimanches, qui se diront à une heure après midy et à deux heures les jours et veilles des festes annuelles et solennelles. Ledict principal commandera aux régens et pédagogues d'assister à tout le dict service et en ce de monstrer bon exemple à la jeunesse commise à leur charge. »

Le fondateur n'avait recommandé la confession et la communion que quatre fois l'an. Le règlement de 1646 insiste, pour que les jeunes gens s'approchent plus souvent des sacrements. « Le principal prendra le soing, dit-il à l'article douzième, de faire confesser et communier les boursiers et pensionnaires aux fètes accoustumées et aux premiers dimanches du mois sy faire ce peut, exhortera les régens qui ne seront prestres de montrer en ce bon exemple aux escoliers ; et ceux qui seront prestres de dire es dicts jours la messe en la chapelle du dict collége et les chappellains de contribuer de leurs soings à ce que ès dicts jours de communion la chapelle soit tenue nette et propre en ornemens, et d'exciter par leur présence, zelle et dévocion les enfans à la piété. La surveille des dicts jours le principal pourvoira à un homme pour faire l'exhortation en la chapelle, auquel de l'advis de la communautté des maistre, soubsmaistre, procureur, chappellains et religieux sera donné par les mains du procureur des deniers du collége quelque reconnoissance selon la quallité et le mérite de la personne à ce employée, comme encore si au refus des chappellains l'on est obligé de faire venir quelques prêtres pour confesser ou recueillir les escoliers sera baillé aux dicts prestres quelque reconnoissance des deniers du dict collége et du gré de la dicte communauté. »

Plusieurs autres articles de ce règlement sont encore consacrés à la chapelle et au culte; nous les citons à la suite. « Treizième : le cathéchisme sera fait tous les dimanches à la chappelle du collége après la petite messe parle principal ou autre par luy commis. Fera trouver audict cathéchisme tous les boursiers et pensionnaires en habit décent où le régent en sepmaine se trouvera pour tenir les enfants dans le silence. — Quatorziesme. Le dict principal fera aussy assister au salut tous les boursiers et les pensionnaires grammairiens, qui se dit le soir chaque jour à l'issuë des classes, où se trouvera le régent en sepmaine, comme aussy les principal, soubsmaistre, procureur, chappellains et religieux boursiers, attendu que c'est un salut de fondacion. -- Dix-neufviesme. Sera commis homme de l'ordre par nous directeurs pour monstrer le plain chant aux dicts boursiers, et à luy donné des deniers du collége par chascun an la somme de soixante et quinze livres et le principal obligera les dicts boursiers à chanter deux à deux revestus de surplict les traicts et versets qui se chantent à la messe certains dimanches de l'année et les versets des respons qui se chantent aux tribunes, pour les exercer et façonner au chant de l'Église, et pareillement chanteront les versets des respons du *Libera* et l'office des Morts, psalmodieront tous et chanteront à l'Aigle avec respect et dévocion». Quelques autres articles (1) consacrés au même sujet ne font qu'insister sur des particularités qui nous sont déjà connues, et ne doivent pas trouver ici leur place.

Le livre des *Délibérations de la communauté* nous révèle aussi quelques détails. On y lit, en date du onze avril 1671: Ledit jour a esté arresté que conformément aux statuts règlemens et anciens usages, les matines seront sonnées par les clercs de chapelle chacun jour à quatre heures et demie

(1) *Arch. de l'Emp.* M. 88, n° 23.

et le dernier à cinq heures précises pour en même tems
commencer par messieurs les chappellains les matines; et
arrivant que les matines soient finies avant six heures,
comme il peut arriver au tems de Pasques, la messe vulgairement dicte la messe d'après les matines ou des escolliers, sera différée pour estre dicte à l'ordinaire à six
heures, à commencer dès demain (1).

Il y avait des prescriptions et des usages particuliers
pour les jours de fête. Le règlement de 1646 (art. xxviii)
enjoint au principal de célébrer lui-même le service divin
« tant ès festes annuelles que du patron et dédicace, et en
son absence ou indisposition un des chappellains, et aux
dicts chappellains d'officier toutes les festes solennelles et
autres jours ordinaires ». « Feront les dicts chappellains,
dit un autre règlement de 1669, diacre et soubsdiacre ès
grandes messes des festes solennelles, du Jeudy sainct, et
encore ès messes des Obits, et porteront chappes ès dicts
jours, sans pouvoir s'en décharger sur les clercs de chapelle à peine d'être privez de leurs distributions (2). »

Les livres des comptes surtout nous permettent d'entrer
dans les particularités les plus minutieuses sur la manière
dont on solennisait ces fêtes, et c'est pour nous une bonne
fortune, que de pouvoir être témoins, à plusieurs siècles
de distance, du culte que nos ancêtres rendaient à Dieu
dans cette chapelle. Aux grandes fêtes d'été, Saint-Jean-
Porte-Latine, Ascension, Pentecôte, Fête-Dieu, les statues des saints étaient ornées de verdure et couronnées de
fleurs (3), on répandait de l'herbe verte dans la chapelle

____

(1) *Arch. de l'Emp.* Reg. MM. 363, f. 32.

(2) *Arch. de l'Emp.* M. 88, n° 23.

(3) « Item pour herbe et chapiaux pour les ymages de Nostre
Dame et Sainct Jehan à la penthecoste, ii *s.* vi *d. p. (Arch. de l'Emp.*
H. 2785⁴, *comptes de* 1397, f° viii⁽ˣˣ⁾).

pour la décorer et pour y faire asseoir les assistants (1),
et la voûte disparaissait sous des draperies disposées en
ciel (2). Aux fêtes d'hiver, c'était de la paille bien fraîche
que l'on répandait, au lieu d'herbe, sur le pavé de la chapelle (3). On en mettait même le Vendredi-Saint, au lieu
de tapis, sous la croix exposée à l'adoration des fidèles (4).
On trouve des traces de cet usage jusqu'au milieu du xvi^e
siècle. En temps ordinaire le pavé de la chapelle était
couvert de nattes (5). Chaque année la procession du Saint
Sacrement parcourait les rues voisines du collége jonchées,
à ses frais, de fleurs et de verdure (6). A Pâques, le collége

(1) « Pour herbe vert espandre en lad. chapelle ès iours de
Sainct Jehan levangéliste en may, de lascencion Nostre Seigneur,
Penthecoste et faiste Dieu, ii *s.* viii *d. p.* » (*Arch. de l'Emp.* M.
96, *Comptes de* 1519-1521, article : *la chapelle*).

(2) « Pour onze toises de corde de chanvre mises et employée
à pendre le ciel de la dite chappelle en la veille de Pasques, ii *s.*
p. iii *est.* » (*Ibid.*)

(3) « Pour feurre mis en ladite chappelle en la veille de Noël,
pour ce paié ii *s. p.* (*Ibid. comptes de* 1521). » Nos pères étaient plus
simples que nous, et la paille trouvait sa place même dans la
chambre de nos rois : ne lit-on pas en effet cette singulière dona-
tion de Philippe-Auguste, accordant, pour le salut de son âme et
de l'âme de ses prédécesseurs, à l'Hôtel-Dieu de Paris, *toute la*
paille que l'on trouverait dans sa chambre et dans sa maison de
Paris, lorsqu'il irait coucher ailleurs ? (Dom Félibien, *Hist. de Paris,*
preuves, t. Ier, p. 249).

(4) « Pour feurre à mettre dessoubs la croix le jour du Vendredy
Sainct à ladoration de ladite croix, iiii *deniers.* » (*Arch. de l'Emp.*
M. 95, *comptes de* 1508).

(5) « Pour asseoir les nattes de la chappelle et les appareiller
en plusieurs lieux ou elles estoient descousues paié au maistre qui
les avait faictes ii *s.* viii *d. p.* » (*Arch. de l'Emp.* H. 2785¹, *comptes*
de 1377-1378, f° xvi V°).

(6) « Pour jonches à parer les rués du long ledict colleige le
jeudi du Sacrement que Nostre-Seigneur fut porté en procession
par les rués, paié xvi *d. p.* » (*Ibid.* M. 96, *comptes de* 1519 à
1521).

avait son cierge pascal (1) ; à la Chandeleur, on distribuait des cierges aux officiers et aux régents (2).

Pour les offices extraordinaires, on ne se contentait pas du personnel du collége: on louait des chantres, des musiciens, voire des organistes (3). Une fois même, fut-ce la seule? la nuit de Noël 1508, on « joua ung petit mistère de la Nativité » dont la représentation coûta douze sols et quatre deniers parisis (4). Dès le commencement du xvie siècle, à Pâques-Fleuries, on bénissait des branches de buis (5). A la même époque, il était d'usage de célébrer la cène dans la chapelle avec du vin et des échaudés (6). Aux deux fêtes de saint Jean l'Évangéliste, en mai et en décembre, les reliques du saint patron étaient exposées, et le collége payait en 1521 seize deniers parisis à ceux qui les gardaient (7): en revanche les fidèles accouraient pour vénérer ces reliques, leur faisaient dévotement leurs offrandes, et la chapelle en retira une fois jusqu'à douze sols parisis (8). Les offrandes faites le Vendredi-Saint à l'adoration de la croix ne montaient guère qu'à trois ou quatre sols.

La célébration de ces fêtes ne laissait pas d'être onéreuse au collége. Il fallait payer les musiciens et les chantres, et nous voyons qu'en 1501 il en coûta trente-huit sols pa-

---

(1) « Item pour un chierge benoist à pasques de iiii *Ib.* de cire, etc. » (*Ibid. Comptes de* 1397-1398).

(2) *Règlement de* 1714.

(3) *Arch. de l'Emp.* M. 95. *Comptes de* 1501.

(4) *Ibid.*

(5) « Pour bouys à benistre en lad. chapelle le iour de Pasque flories a esté paié ii *s. p.* » (*Ibid.* M. 96, *Comptes de* 1521)

(6) « Pour vin et eschauldés à faire la cene en lad. chappelle le iour du ieudi absolu comme il est de coustume paié iiii *s. p.* iiii *den.* » (*Ibid.*)

(7) *Ibid.* M. 96.

(8) En 1481 (*Ibid.* M. 94, art. des comptes intitulé : *Oblacions de la chapelle*).

risis (1) ; il fallait même les faire boire, ces chantres : en 1508, « pour le vin donné aux chantres qui vindrent chanter ou faire le service en ladicte chapelle la veille Mgr St Jehan à vespres et le lendemain à la messe et à vespres, ensemble pour louaige de l'orgue a esté paié somme de IV sols VIII den. par. XII esterl. (2) ». Et puis c'étaient les officiers et les boursiers du collége qu'il fallait régaler : aux comptes de 1624 figurent « vingt six livres en despence de bouche le jour St Jean de Noël, y compris un quart d'escu donné à celui qui est venu jouer du cornet en la chapelle tant à la messe qu'aux vespres (3)». Enfin l'usage s'était établi de donner en ces jours des gratifications ou, comme on disait alors, des *gratuites* aux gens et même aux amis de la maison. On lit dans les comptes de 1509 : « Pour une gratuite le jour St Jean l'évangéliste en may patron dudit colleige, aux maistre, soubsmaistre, procureur et chappellains avecques autres des amis et boursiers du colleige, soixante-dix sols, quatre deniers parisis; pour une autre gratuite donnée aux dessus le jour St-Jean l'évangéliste après Noël, quarante-six sols et quatre deniers parisis (4) ».

Le 6 mai, l'Université de Paris faisait célébrer, en son nom et par un de ses docteurs, une messe dans la chapelle du collége de Beauvais en l'honneur de saint Jean l'Évangéliste : le célébrant recevait vingt sous d'honoraires et l'on donnait six livres au collége. C'était une fondation (5) faite en 1563 par Guillaume Duport, religieux de Saint-

(1) *Ibid.* M. 95.
(2) *Ibid.*
(3) *Arch. de l'Emp.* M. 97.
(4) *Ibid* M. 95.
(5) Biblioth. de la Sorbonne, H. F. a. u. 44. *Ordo missarum quæ celebrantur in diversis ædibus Deo sacris per Magistros sacræ Facultatis Theologiæ Parisiensis*, etc.

Jean-des-Vignes et docteur régent de la Faculté de théologie de Paris.

Un dernier fait, qui n'est qu'un fait, mais qui montre comment Messieurs de Beauvais entendaient les choses du culte : « Mgr l'archevesque ayant permis de faire gangnier le grand jubilé aux pensionnaires de ce collége, en l'église des Carmes et chapelle dudict collége, affin qu'ils ne fussent distraicts de leurs leçons, furent faictes trois processions par jour conséquutif en ladite église des Carmes, en chacun jour la messe fut chantée en musique en ladite église des Carmes, chacun se tenant en son ordre sous la conduitte des maistres, pourquoy fut despensé à cause desdicts musiciens la somme de huict livres dix-huict sols. » C'était en 1625 (1).

Les détails abondent, grâce aux livres de comptes, et si nous ne craignions d'y égarer, ou même d'y perdre tout à fait nos lecteurs, nous leur dirions ce que le collége dépensait chaque année pour le pain et le vin destinés au saint sacrifice (2), pour l'entretien de la lampe sans cesse allumée devant l'autel (3), pour le luminaire (4), pour

---

(1) *Arch. de l'Emp.* M. 97.

(2) « Pour tout le pain à chanter qu'il a convenu avoir en l'an de ce dit compte en la chappelle dudit colleige a esté paié à Bernard Briffault pasticier viii *s. par.* » *Comptes de* 1521, M. 96.

(3) « Pour huille à la lampe ardant devant Nostre-Seigneur a esté paié en l'an de ce compte xi *sols par.*» (*Comptes de* 1481. M. 94).

(4) « Pour xxvii livres de chandelles de suif baillées par ledprocureur en l'an de ce compte pour esclairer lad. chapelle.. xxxii *s. par.* iii *den.* — Pour toute cire ouvrée et encens qu'il a convenu avoir en l'an de ced. compte pour lad. chappelle a esté paié à Nicolas le Maire espicier dem. à petit Pont la somme de xix *l.* xiii *s. par.* » (*Comptes de* 1521). — « Item pour une livre de bougie rouge pour esclairer à dire les messes du matin en temps diver a esté paié xii *den. par.* i *esterl.* »(*Comptes de* 1519. M. 96). — Une remarque que les érudits rubricistes ne manqueraient cer-

l'acquisition ou la confection des vêtements sacerdotaux (1); nous pourrions même montrer le collége se mettant en frais « à chacun des bons jours de l'an pour nettoyer

tainement pas de faire : Le 11 juillet 1671, la communauté du collége « arreste qu'il ne sera allumé qu'un cierge sur l'autel pendant les heures aux jours ouvrables, à la réserve de la grande messe seulement, pendant laquelle il en sera allumé deux. » (*Délibér. de la communauté Arch. de l'Emp*. Reg. MM. 363, f° 39). —Les comptes nous révèlent aussi un usage, aujourd'hui tombé en désuétude, au moins dans notre pays ; on lit dans les comptes de 1377-1378 : « Pour une somme de charbon pour la chappelle pour chauffer les mains aux prestres en célébrant, achetée v s. viii d. » (*Arch de l'Emp*. H. 2785', *comptes de* 1377-1378, f. xvi, *verso*).

(1) En 1482, deux surplis de lin coûtent trente-quatre sols parisis (M. 94). — « Pour quinze alnes de toille de chanvre de laquelle on a faict trois surplis, deux amicts et encoire trois corps de surplis esquels on a mis et applicqué les manches des autres vielz surplis a esté paié au prix de iiii s. par. par alne la somme de lx s. par. — A une lingère nommée Marguerite pour avoir faict lesd. surplis et amicts et remis à point trois vielz surplis a esté paié par maistre Charles Jaquillon chapellain la somme de xxiiii s. par (*Comptes de* 1521. M. 96).

« A Henri Prevost chasublier demeurant à Paris à cause d'avoir faict lesd. chappes, chasubles, tunisques et dalmatisque, et en ce faisant baillé en l'une les doublures quil y a convenu mettre et en oultre pour avoir refaict et remis à point plusieurs pièces de vieulx ornemens d'ycelle chapelle... luy a esté paié xxxii l. x s. par. — A Jacques Cumier marchand de soye dessus nommé pour autre vente par luy faicte à ycelluy colleige de quatre alnes trois quars de damas rouge à fleur d'or et de soye et de trois alnes trois quars de velours en grainne, duquel drap et velours on a faict deux paremens d'autel pour lad. chapelle lui a esté paié, pour le damas au prix de xiii francs xv sols pour aune la somme de xxxxi *liv*. xi *sols* iii *den. par*., et pour led. velours au prix de vi livres pour aune la somme de xxii *liv*. x *sols par*. — A Guillaulme Faulcon brodeur dessus nommé pour la vente par lui faicte à ycelluy colleige des ymages de broderie d'ung crucifix Nostre Dame et St Jehan avec une annonciacion lesquels ymages sont assises et brodées dessus les paremens d'autel dessus dicts a

et housser la chapelle (1) » ; il y aurait en tout cela plus d'une comparaison piquante à établir ; quelques-uns s'in-téresseraient peut-être à ce récit; mais pour le plus grand nombre il faut passer, et nous passons.

En même temps que Miles de Dormans édifiait la cha-pelle Saint-Jean l'Évangéliste, il y préparait un tombeau pour sa mère, pour ses frères et pour lui. Les Dormans ne furent pas les seuls qui voulurent prendre dans cette chapelle leur dernier repos, et réclamèrent pour le salut de leur âme les prières des chapelains et des boursiers. D'autres tombes se creusèrent autour de la leur; et bientôt d'autres noms,qui rappelaient aussi des bienfaits, furent prononcés après leurs noms. Clément de Soilly, chanoine de Soissons, familier, chapelain et exécuteur testamen-taire du cardinal, fut le premier qui vint réclamer sa place à côté des fondateurs, dans cette chapelle pour laquelle il avait tant travaillé, qu'il avait vue, pour ainsi dire, croître et s'élever sous ses yeux. Le 25 août 1401, il avait fait don aux maîtres et écoliers du collége de soixante-dix livres une fois payées, pour faire célébrer chaque année à son intention trois messes avec vigiles. La communauté du collége de Beauvais ne se contenta pas d'accepter cette somme, avec la charge qui y était attachée, elle voulut établir à perpétuité des prières publiques, pour un homme qui avait si puissamment contribué par son influence, par ses conseils et par ses travaux à la fondation et à l'ac-croissement du collége.

C'est avec bonheur que l'on trouve dans le premier

esté paié la somme de **LXXVII** *frans* **IIII** *s. par,* (*Comptes de* 1517 ; M. 94).

(4) « Pour balays, houssoirs, perches a netayer et housser lad. chapelle a chacun des bons iours de lan en lan de ces comptes a esté paié la somme de **III** *s.* **VIII** *den. par.* (*Comptes de* 1481 ; M. 94).

procès-verbal connu des délibérations de la communauté
un acte de gratitude : le fait est assez rare pour n'être
point passé sous silence, et d'ailleurs les sentiments exprimés dans cette pièce nous semblent si beaux que nous
voulons en traduire ici quelques passages. « A tous ceux
qui ces présentes verront, nous..... assemblés en la salle
commune du collége, considérant que ceux qui sont les
pères et les bienfaiteurs de ce collége, qui au prix de tant
de travaux, de sollicitudes, de veilles et de sueurs, ont
formé cette communauté, lui ont donné des règles, ont
pourvu aux besoins matériels de sa vie et ont ainsi facilité
à ses membres l'étude et l'acquisition si glorieuse de la
science, ont droit non-seulement à notre vénération pendant
leur vie, mais, même après leur mort, doivent trouver
dans nos faibles prières l'expression de notre reconnaissance, pour tant de bienfaits prodigués à nous et à nos
successeurs ; connaissant le zèle ardent, l'affection paternelle qu'a eus pour ce collége, aussi bien dans son origine
que dans ses développements successifs, messire Clément
de Soilly, prêtre, chanoine de Soissons, exécuteur testamentaire de notre père et vénérable seigneur monseigneur
Jean de Dormans, qu'il a servi avec tant de fidélité pendant plus de cinquante ans ; considérant que c'est à sa
suggestion, et grâce à ses soins que ce collége a été fondé
et a reçu de notables accroissements, avons voulu que
chaque année trois messes fussent célébrées pour ledit
Clément dans cette chapelle où il repose...... Nous nous y
engageons, nous, et chacun de nous, et nos successeurs et
les biens de ce collége, de l'autorité de Révérendissime
Père en Dieu et seigneur monseigneur Guillaume de
Dormans, par la grâce de Dieu archevêque de Sens, collateur des bourses de ce collége et neveu de notre Révérendissime Père monseigneur Jean de Dormans, et promettons de bonne foi d'y être fidèles. Cette pièce munie
du sceau du collége et de la signature de Révérendissime

Père monseigneur Guillaume de Dormans, archevêque de Sens et de tous ceux qui ont pris part à cette délibération, en sera un éternel témoignage. Fait et donné le 25 août de l'an de l'Incarnation du Seigneur 1401 (1). »

Quarante ans plus tard, 4 juin 1440, c'est une petite-nièce du cardinal de Dormans, Jacqueline de Paillart « dame d'Orville, de Goussainville et de Grant Molin, vesve de noble et puissant seigneur Charles d'Auxoy, chevalier, en son vivant seigneur des diz lieux » qui déclare en son testament, « élire sa sépulture en la chapelle du colliége de Dormans en la rue du Cloz Bruneau à Paris a costé de ma dame sa mère se elle trespasse en tel lieu que elle puisse estre apportée en la dite ville de Paris ». Par le même testament, cette dame « laisse et ordonne audit colliége la somme de cinq cent franz pour employer au prouffit de la dicte chappelle et du dit colliége selon l'advis discrécion et ordonnance de deux des maistres ou escolliers d'icellui et de ses diz exécuteurs ; et par ce lesdiz escolliers chappellains et autres d'icellui colliége seront tenuz de dire chacun mardi de chascune sepmaine unes vigilles et le merquedi ensuivant au matin une messe de *requiem* ou telz autres jours qu'il sera advisé par lesdiz exécuteurs avecques lesdiz du colliége (2). »

Jehan Notin, qui fonda un chapelain et deux boursiers en 1501, et qui voulut aussi être enterré dans la chapelle du collége, dont il avait été procureur, régla lui-même les détails de ses funérailles : « Item ledit testateur volt et ordonna s'il décède à Paris, estre enterré et en sépulturé en la chapelle dud. collége de Beauvais près le trésor, pour laquelle sépulture et pour son service il donne et

(1) *Arch. de l'Emp.* M. 88, N° 16.
(2) *Ibid.*

laisse à icelluy collége dix livres tournois pour une fois, et que sur le lieu on mette une tumbe et un épitaffe honneste contre le mur à la discrétion des susdits exécuteurs.... Item pour son convoy veult avoir les maistre, souzmaistre, chappellains et escolliers boursiers dudit collége, pour lequel convoy il veult estre poié aud. maistre cinq solz tournois et au soubzmaistre et chappellains à chacun quatre solz et à chacun des autres boursiers deux solz tournois. Item voult et ordonna son service estre faict en ladite chappelle le jour ou le lendemain de son dit trespas de troys haultes messes vigilles et recommandasses et trente basses messes, et pareil service au bout de l'an réservé les torches. Item pour son luminaire douze torches chacune de livre et demye et quatre cierge chacun d'une livre (1). »

Jean Vittement, qui illustra au xviie et au xviiie siècle le collége de Beauvais par ses talents et par ses vertus, et qui mourut en 1730, après avoir été recteur de l'Université, lecteur des Enfants de France et sous-précepteur du roi, est beaucoup plus modeste dans l'expression de ses dernières volontés. « Après avoir recommandé mon âme à Dieu, dit-il, je déclare que je veux être enterré en terre sainte, voulant que mon corps repose avec ceux des fidèles dans la communion desquels je veux mourir, et parce que la chapelle du collége de Beauvais est l'église que j'ai le plus fréquentée pendant ma vie, je veux y être inhumé, laissant à la disposition des maîtres du collége le choix de la place où on mettra mon corps (2). »

Parmi les personnages qui furent inhumés dans la chapelle du collége, il faut encore nommer Jean d'Auxoy, dit le Gallois, chevalier, seigneur d'Orville et de Goussainville, conseiller et chambellan du roi, fils de Jacque-

(1) *Arch. de l'Emp. Testament de Jehan Nolin.*
(2) *Arch. de l'Emp.* M. 89.

line de Paillart et, par conséquent arrière-petit-neveu du cardinal de Dormans, mort le 8 septembre 1482 (1); Raoul de Nesle, seigneur de Saint-Venant ; Robert le Jars, chapelain du collége, qui légua en 1499 au collége une maison située au Mont-Saint-Hilaire et six livres de rente, pour fonder à perpétuité trois messes par semaine, une du Saint-Esprit, une de Notre-Dame et une de *Requiem;* Pierre Chauvin, abbé commendataire de Saint-Maixent en Poitou, qui légua cent livres au collége pour la célébration d'un obit annuel, et qui mourut le 21 novembre 1500 ; Jeanne Berthoul : son mari, François de Montholon, docteur ès lois et avocat au Parlement, donna au collége, le 4 avril 1528, cent livres huit sols quatre deniers tournois, à la condition que l'on célèbrerait chaque année, le lendemain de la Nativité. un service solennel, et que l'on chanterait ensuite le *Libera* et le *De profundis* sur la tombe de cette dame ; Nicolas Queslain, conseiller au Parlement, président aux Enquêtes et chanoine de Paris, qui fonda le 24 mars 1538 une messe basse quotidienne, et deux obits dont l'un devait se célébrer à l'anniversaire de sa mort et l'autre « le vendredy du Lazare, qui est le vendredy devant le dimanche de la Passion » : il laissait pour les obits deux rentes de cinq livres tournois sur deux maisons de la rue Saint-Jean-de-Beauvais, et pour la messe quotidienne une somme de douze cents livres, ainsi qu'un calice, deux burettes, une boite pour mettre les pains à chanter et le « couvercle d'icelle servant de paix », le tout d'argent doré (2) ; Gabriel le Gentil, pro-

---

(1) *Histoire de Paris* par l'abbé Le Beuf, édition Cocheris, p. 699.

(2) Cette famille de Queslain paraît avoir été très-attachée au collége de Beauvais. Dans le même registre : *Beauvais, inventaire, minutes,* auquel nous empruntons cette longue liste des sépultures et des fondations, nous trouvons à la date du 17 mars

cureur du collége, qui laisse, par testament du 28 janvier
1653, une somme de 300 livres, pour assurer à Michel
Mercier, ancien régent, une chambre au collége, sa vie durant, et pour faire célébrer pour lui-même un service dans
la chapelle; Pierre Crin, chapelain du collége : par testament du 15 janvier 1654, il léguait trois cents livres pour
une messe basse de *Requiem* à dire tous les jours pendant
un an, cinq cents livres pour un obit annuel et perpétuel
composé d'une messe basse du Saint-Esprit, d'une messe
basse de la Sainte-Vierge et d'une grand'messe de *Re-*
quiem avec vigiles, quatre cents livres pour la fondation
perpétuelle de deux messes basses du Rosaire à dire le
premier dimanche de chaque mois, enfin trois cents livres
pour acheter un parement d'autel : il mourut le 26 janvier 1663 ; enfin Charles Coffin, le plus illustre principal du
collége après Rollin, auquel il avait succédé.

Indépendamment des prières fondées par ceux qui
choisissaient leur sépulture dans la chapelle du collége,
il faut enregistrer d'autres fondations, faites à diverses
époques par des personnes de toute condition, qui étaient
jalouses de s'assurer après leur mort les prières des écoliers, de leurs maîtres et des chapelains. La liste de ces
fondations est longue ; nous ne pouvons cependant nous
décider à l'omettre, parce qu'elle est la meilleure preuve
de la dévotion que l'on avait à cette chapelle, qui n'était
pourtant ni paroissiale, ni collégiale, ni monastique :
c'est, pour le bon esprit et la bonne tenue de notre collége,

d'un acte passé entre le collége et « M. Nicolas de Quelain, conseiller au Parlement, légataire universel et exécuteur du testament
de M. Michel de Quelain, sieur du Plessis, son oncle ; » ce dernier a légué au collége la somme de 2000 livres, pour lesquelles
le collége s'oblige de célébrer deux messes basses par semaine,
« outre les cinq qui se disoient déjà pour le repos des âmes de
MM. de Quelain, enterrés dans la chapelle du collége. »

un éloge d'autant plus éloquent qu'il fut constant durant plusieurs siècles.

Le 25 juillet 1388, Évrard de Thianges, seigneur de Marolles et de Ville-Thierry, amortit gratuitement un fief que le collége possédait à Voux, relevant de sa seigneurie de Ville-Thierry, à la condition que l'on célèbrera perpétuellement pour lui chaque année une messe solennelle ;

En 1389, Jean de Villeblouin, archidiacre d'Arras et chanoine de Paris, donne au collége cent francs, qui lui étaient dus par Miles de Dormans, et cinquante francs pour acheter des livres de philosophie, afin de participer aux prières qui se disent dans la chapelle ;

Nous avons parlé ailleurs de la fondation faite par le curé d'Arcueil, Jean Roland ;

En 1393, Jean de Manneville donne seize livres parisis, pour avoir part aux prières du collége ;

Par acte du 24 octobre 1400, le collége reconnaît avoir reçu de Jean Villequin, greffier au Parlement, pour un obit annuel, une bible, qui fut vendue quarante-cinq livres, et un exemplaire de la *Cité de Dieu* de saint Augustin ;

Le 4 décembre 1409, les héritiers de Pierre de Mondorge, évêque de Paris, remettent au collége un dictionnaire en quatre volumes, vendu sept ans plus tard au prix de quatre cents écus, et légué au collége par ce prélat pour la célébration annuelle d'une messe du Saint-Esprit et d'une messe de *Requiem* pour ses parents et pour lui : la veille de la Saint-Jean-Baptiste et du 3 janvier, jours marqués par lui pour la célébration de ces messes, le collége devait réciter, à la même intention, l'office des morts ;

Firmin Barbe, le chapelain que nous avons vu plus haut institué par Jeanne Baube, dame de Dormans, laisse lui-même, par son testament du 9 août 1418, quarante sous parisis de rente pour un anniversaire : mais il paraît que, faute de titres, le collége ne put jamais percevoir cette rente ;

Le 16 janvier 1451, Jean Richard, archidiacre de Soissons, qui fonda aussi deux petits boursiers, donne au collége vingt-deux livres dix sols tournois à prendre sur la terre de Charmezel en Brie, afin de participer aux prières ;

Le 11 septembre 1452, Simon Pelletin, prêtre, bénéficier de Notre-Dame de Paris, laisse au collége cinq quartiers de vigne *à la pièce*, au territoire d'Athis, pour fondation d'un obit ;

En 1460, la dame d'Orgemont et de Montjay veut que le prêtre qui célèbre chaque jour la grand'messe au collége récite ensuite le *De profundis :* elle laissa pour cela 10 livres parisis de rente ;

En 1472, le procureur Jean Barthélemy laisse environ la même somme pour le même objet ; cette rente fut dans la suite perdue pour le collége ;

L'année suivante, fondation de deux obits perpétuels par Guillaume Munglout, qui donne sa maison de Gentilly, vendue un peu plus tard quatre-vingts livres parisis ;

En 1475, fondation de deux obits perpétuels par Guillaume Vincent, qui laisse au collége vingt livres parisis de rente ;

En 1478, le principal Hugues Drouart laisse quinze livres quatre sous parisis pour fonder un obit ;

En 1485, même fondation par Robert Boursier, qui donne cent livres ;

Par son testament du 20 avril 1493, François Ferrebourg, greffier de la cour de l'évêque de Paris, laisse 32 sous parisis de rente pour la fondation d'un obit ; les héritiers y ajoutent une rente de 8 sous, à condition que le jour même de l'obit, le principal et le procureur célébreront une messe de *Requiem ;*

En 1506, fondation d'un obit par Étienne Mengois, notaire et praticien en cour d'Église, qui laisse à cet effet une rente de quatre livres parisis.

En 1509, même fondation pour une somme de 40 livres parisis donnée par Pierre Allard, curé de Gurges ;

En 1511, fondation définitive de douze obits annuels, un le premier mercredi de chaque mois, pour Pierre de Bellisor et ses amis : le fondateur, conseiller au Parlement, trésorier de Soissons et chanoine de Paris, avait rebâti à ses frais une des maisons du collége, voisine de la chapelle, et y avait dépensé 2,200 livres ;

En 1514, fondation d'un obit par Guillaume Évrard, qui laisse à cet effet divers objets vendus plus tard au prix de 97 livres 8 sous ;

En 1523, Colombe Boursier, veuve d'Étienne Mengois, laisse une rente de 6 livres 11 sous 4 deniers par., pour fondation de deux obits.

Le 5 août 1526, le collége accepte le legs de 12 livres par. de rente, qui lui est fait par Marie Anjorrant, et s'engage, selon l'intention de la défunte, à célébrer chaque année un obit le 2 mai, et à réciter le *De profundis* tous les soirs après l'oraison de la sainte Vierge ;

Le 14 avril 1527, le chapelain Charles Jacquillon donne 266 livres pour fondation de quatre obits ;

En 1570, Charles de Dormans donne au collége 8 livres tournois de rente, pour fondation perpétuelle de deux saluts de la sainte Vierge, que son père, Guillaume de Dormans, premier président de Bourgogne, petit-neveu du cardinal, avait coutume de faire célébrer dans la chapelle, chaque année, le premier jour de l'an et la veille de l'Annonciation ;

L'année suivante, un des plus illustres élèves du collége, Claude d'Espence, donne 100 livres tournois pour avoir part aux prières;

Deux ans après, Guillaume Avenet donne 200 livres pour fonder deux obits ;

En 1606, le collége reçoit pour la fondation d'un obit 600 livres, des héritiers de l'ancien principal Médard Bourgeotte ;

Le 5 juillet 1624, le chapelain Nicolas Le Nain donne au collége 3000 livres, pour reconstruire une des maisons ; en retour, le collége s'engage à célébrer à perpétuité un obit à l'anniversaire de la mort de Le Nain, et quatre autres les vendredis des Quatre-Temps ;

Un autre chapelain, Guillaume Dargonne, laisse en 1636 300 livres pour un obit ;

Le 4 octobre 1642, Renée de Pincé laisse une rente de 50 livres tournois pour quatre services annuels, le premier pour René de Pincé, son père, le second pour Marie de Dormans, sa mère, le troisième pour elle et le quatrième pour Jean Rigollet son mari ;

En 1643, le collége refuse une fondation offerte par Jean Perreau, lecteur et professeur ordinaire du roi en philosophie. Cette fondation est acceptée par le collége de Reims ;

En 1662, le collége reconnaît avoir reçu du chapelain Jean du Tartre la somme de 800 livres, et s'engage à célébrer pour lui deux obits annuels ;

Le 3 juillet 1673, le régent Laurent Couvay donne une rente de 55 livres 11 sous 2 deniers, et fonde un obit annuel pour son père, pour sa mère, pour l'ancien régent Nicolas Sevin, son oncle, et pour lui-même ;

En 1680, Robert l'Hermite, héritier d'un sous-maître du même nom, donne au collége 300 livres, à la condition que l'on donnera 12 livres chaque année à un ecclésiastique qui fera aux écoliers quatre sermons par an ;

En 1690, obit fondé par le chapelain Gilles Trippet, qui laisse une somme de 300 livres ;

En 1700, Me Genevaux, régent de sixième, s'oblige à

fournir à la chapelle du collége les livres de chant nouvellement imprimés à l'usage de Paris, savoir, trois antiphoniers, un graduel, trois missels, trois bréviaires, deux processionnaux et deux missels pour les messes des Morts, et de leur côté les officiers et boursiers s'obligent à réciter pendant un an, tous les soirs, après le salut, certaines prières pour l'âme de la mère du donateur ;

La même année, obit fondé par Nicolas Guénée, qui laisse à cet effet 300 livres ;

L'année suivante, le chapelain François Le Fort laisse au collége une rente de 50 livres, pour fonder une messe basse par semaine ;

En 1748, le procureur Laurent Waroquier laisse au collége 600 livres, et réclame une part aux prières des maîtres et des écoliers ;

Ce fut aussi le dernier vœu de Rollin, dont nous noterons plus tard les dispositions testamentaires, ainsi que celles de Coffin.

Lorsque le collége de Beauvais fut uni à celui de Louis-le-Grand, au milieu du xviiie siècle, les intentions des fondateurs furent soigneusement gardées ; on ne changea que certaines dispositions particulières, incompatibles avec le régime de Louis-le-Grand : encore s'appliqua-t-on à compenser par d'autres prières celles que l'on se trouvait obligé de supprimer. Enfin, comme certaines fondations se trouvaient abolies de fait, par la dépréciation successive des biens sur lesquels elles reposaient, l'administration de Louis-le-Grand tint au moins à conserver le nom des fondateurs : elle fit imprimer un Nécrologe, où tous les bienfaiteurs du collége étaient nommés les uns après les autres, et en tête duquel on rappelait aux boursiers, qu'ils étaient obligés de prier, pour ceux qui avaient contribué, par leurs aumônes, à la fondation ou à l'accroissement du collége (1).

(1) *Arch. de l'Emp.*

Ces fondations, en se multipliant, mettaient les chapelains et les écoliers dans l'alternative ou bien de s'en mal
acquitter, ou bien de négliger l'étude. Le 20 août 1714, on
crut trouver un moyen terme heureux et acceptable dans
la prescription suivante : « Attendu que la longueur des
obits ne permet pas aux boursiers de les chanter avec la
décence requise, et d'ailleurs les détourne considérablement de leurs études, au lieu de trois nocturnes il n'en
sera chanté qu'un, à l'effet de quoy il sera demandé à
Monsieur l'Archevêque son agrément (1). » Rien n'indique que l'archevêque se soit montré favorable à une
semblable innovation.

Quelquefois c'étaient des services isolés, qui se célé-
braient dans la chapelle de Saint-Jean de-Beauvais ; nous
en avons à la fois une preuve et un spécimen dans l'article suivant des comptes de 1517, par lequel nous termi-
nerons ce trop long chapitre. « Pour mise d'ung disner
qui fut faict et donné par le colleige le mercredi 26ᵉ jour du
moys de janvier an de ce compte à Monseigneur maistre
Arthur Dalloy, appelez avec luy jusques au nombre de dix
notables personnaiges, auquel jour fut faict en la chappelle
du dict colleige un obit pour les trespassés à l'intention
du dict Seigneur Dalloy et le dict jour le dict Seigneur
donna à la chappelle du dict colleige une chappelle fournye
de ornemens de vellours noyr à aufrois de vellours bleu
semé de larmes d'or et armoiriés des armes dudict Seigneur ; pour mises dudict disgner ii livres xiiii sols
iiii deń. par. iii esterl. (2). »

(1) Extrait d'un règlement donné par le Parlement. *Arch. de
l'Emp.*

(2) *Arch. de l'Emp.* M. 96.

CHAPITRE VIII.

Le collége de Beauvais est placé sous la haute direction du Parlement
de Paris.

Miles de Dormans avait régulièrement succédé à son
oncle dans le patronage et la haute direction du collége
par l'éminence de ses fonctions dans l'Église et dans l'É-
tat *(1)* et par les faveurs royales, il restait le plus illustre
représentant de cette famille, si promptement arrivée aux
plus grands honneurs ; d'ailleurs, il avait été personnellement choisi par le cardinal pour continuer son œuvre : au
lieu de lui en disputer la gloire, ses frères et ses parents
ne songèrent qu'à la partager avec lui. Mais après sa
mort, Guillaume, son frère, et sa mère Jeanne Baube, qui

(1) Dans son *Histoire généalogique de la France* (t. II, p. 275 et
t. VI, p. 242), le P. Anselme dit qu'avant de parvenir à l'épiscopat,
Miles de Dormans était chanoine et prévôt de Rheims, chanoine
de Saint-Quentin et archidiacre de Meaux, qu'il prit place avec
l'archevêque de Rheims et les évêques de Bamberg et de Paris au
festin royal donné par Charles V à l'empereur d'Allemagne et au
roi des Romains (1377), qu'il fit ses fonctions de pair au sacre de
Charles VI, enfin qu'il commanda, avec le duc de Bourbon, une des
ailes de l'armée royale à la bataille de Rosebecque, que per-
dirent en 1382 Philippe Artevelle et les Flamands.

avaient déjà contribué à la fondation du collége, et qui se promettaient d'en accroître encore par leurs bienfaits l'importance et la prospérité, ne purent se résigner à voir l'administration du collége de Dormans échapper à leur famille.

Les intentions du fondateur étaient nettement exprimées par son testament : Miles mort, l'abbé de Saint-Jean-des-Vignes de Soissons et ses successeurs à perpétuité devenaient de plein droit patrons, supérieurs majeurs et collateurs des bourses du collége ; et les prieurs des Carmes de la place Maubert avaient le privilége de visiter la maison, d'en corriger les abus et d'en vérifier les comptes. Les abbés de Saint-Jean-des-Vignes se montrèrent-ils jaloux de conserver dans son intégrité un privilége onéreux, qui les obligeait, sans profit pour leur communauté ni pour eux-mêmes, à de fréquents voyages à Paris, et qui leur imposait une responsabilité, d'autant plus grave qu'ils pouvaient exercer seulement de loin et à de rares intervalles leur influence et leur autorité sur le collége ? Les prieurs des Carmes semblent avoir fait encore moins de cas du témoignage de confiance, que le cardinal de Dormans avait voulu leur donner, en leur confiant l'inspection de son collége : on ne rencontre nulle trace de réclamations faites par eux, lorsqu'on trouva bon de leur enlever cette prérogative. Guillaume de Dormans eut donc facilement gain de cause quand il prétendit modifier l'ordre établi par son oncle. Après quelques pourparlers avec l'abbé de Saint-Jean-des-Vignes, on résolut de part et d'autre de rédiger, sous l'autorité du roi et du Parlement, un concordat qui établirait sur des bases solides l'administration supérieure du collége.

Cet acte, l'un des plus importants que nous ayons à enregistrer dans l'histoire du collége de Dormans, mérite d'être connu dans ses détails. On commence par y rappeler la fondation faite par le cardinal de Beauvais et l'in-

tention du fondateur, de laisser le patronage et le gouvernement de son collége aux abbés de Saint-Jean-des-Vignes
de Soissons après la mort de son frère Guillaume et de
son neveu Miles. Puis, après avoir fait remarquer combien les visites de l'abbé lui seraient onéreuses puisque,
dans l'intention du fondateur, il devait lui-même pourvoir
à ses frais de déplacement ; après avoir insinué que ces visites, faites dans de telles conditions, pourraient bien être
trop rares, et qu'ainsi les affaires du collége resteraient
plus d'une fois en souffrance, on raconte ce que la famille
de Dormans a fait pour cette fondation depuis la mort du
cardinal, la construction de la chapelle, plus belle que le
fondateur n'aurait pu sans doute l'espérer, ornée d'ailleurs
des tombeaux de Miles et de ses frères dont elle était déjà la sépulture, l'institution des chapelains et l'établissement dans ce sanctuaire de l'office de jour et de nuit :
œuvres si méritoires, et auxquelles Jeanne Baube, belle-
sœur du cardinal, et Guillaume de Dormans, son second
neveu, avaient pris une si grande part. Voulant donc,
ajoute l'acte, achever la fondation et l'organisation des
chapelains, régler les devoirs à rendre à la mémoire et
aux âmes des fondateurs, prévenir les dissentiments qui
pourraient s'élever dans les âges futurs, asseoir le collége
sur des bases inébranlables, et entourer d'une sécurité
constante et les pieux exercices des chapelains et les études des écoliers, Guillaume de Dormans, évêque de Meaux
et Jean de Châtillon, abbé de Saint-Jean-des-Vignes de
Soissons, assistés d'un grand nombre de personnages recommandables par leur prudence, se sont réunis au palais du roi ; et après avoir mûrement délibéré et pesé tous
les intérêts et toutes les raisons, ont d'un commun accord
arrêté ce qui suit :

1° A l'abbé et à ses successeurs, en qualité de vrais patrons du collége, appartiendra la présentation à toutes les
bourses de chapelain et d'écolier qui viendront à vaquer.

Si le premier candidat présenté est, aux termes des statuts, inapte à entrer en possession de la place vacante, l'abbé pourra en nommer un second. Si celui-ci ne remplit pas non plus les conditions requises, le collateur des bourses pourra lui-même nommer le nouveau boursier, sans la participation de l'abbé..

L'abbé ne pourra exercer son droit de présentation que par lui-même, ou par un délégué pourvu de lettres munies du sceau abbatial. Ce droit, l'abbé devra l'exercer dans les deux mois qui suivront la vacance ; sinon, il sera de plein droit dévolu au collateur des bourses.

2° Il est convenu que la collation des bourses, dont la présentation appartient à l'abbé de Saint-Jean-des-Vignes, sera laissée à messire Guillaume de Dormans, sa vie durant, et appartiendra après sa mort à la Cour du Parlement.

3° Il est convenu que l'audition des comptes, la visite de la maison, la punition, correction, suspension et destitution des boursiers, en un mot toute l'administration appartient à la Cour du Parlement et à l'abbé ou à son commissaire. Mais, comme la Cour est surchargée d'affaires, elle déléguera deux de ses membres à son choix, et leur confiera tous ses droits pour l'administration de ce collége.

Lorsque les deux membres délégués par le Parlement jugeront à propos de visiter le collége, de s'en faire rendre les comptes, de punir quelque boursier ou de corriger quelque abus, ils devront en donner avis à l'abbé de Saint-Jean-des-Vignes, si ce prélat réside de fait à Paris, ou bien à son commissaire. Ce commissaire de l'abbé doit être autant que possible du diocèse de Soissons, conseiller au Parlement et domicilié à Paris ou aux environs : il a dans le gouvernement du collége, les mêmes droits que les deux premiers membres du Parlement. Si l'abbé ou son commissaire, après avoir été dûment averti par les deux délégués du Parlement, ne se rend pas à leur invitation, ces dern iers pourront agir sans lui.

Messire Guillaume de Dormans est tenu, tant qu'il vivra, de faire tout ce que feront après sa mort les délégués du Parlement.

Que si la Cour venait à apprendre, par la voix publique ou autrement, quelque fait ou quelque difficulté qui reclamât une prompte décision, elle pourra confier cette affaire à ses deux délégués, ou bien à l'un d'eux assisté d'un autre de ses membres, ou même à deux conseillers qui ne seraient pas ses délégués ordinaires pour l'administration du collége. Mais s'il s'agissait de l'expulsion d'un membre du collége, il faudrait convoquer l'abbé ou son commissaire.

Comme les délégués du Parlement et l'abbé de Saint-Jean-des-Vignes ou son commissaire doivent, selon les statuts, se réunir deux fois par an pour la reddition des comptes, la visite et, s'il y a lieu, la réforme du collége, ils recevront chaque année des mains du procureur du collége soixante sous tournois. Ils jureront en présence de la Cour de s'acquitter fidèlement de leur commission.

4° Il est convenu qu'il appartient uniquement à l'abbé de Saint-Jean-des-Vignes, de conférer la bourse fondée par le cardinal en faveur d'un religieux de son monastère. Ce religieux sera d'ailleurs soumis aux mêmes règlements et passible des mêmes peines que les autres prêtres et boursiers du collége.

5° Les clercs, institués pour le service de la chapelle et des chapelains, sont tenus de réciter l'office canonial, et de dire en particulier celui de la Vierge. Ils ne doivent pas être dans les ordres sacrés ; ils ne doivent pas non plus posséder de bénéfice ecclésiastique. Ils sont à la nomination des chapelains, qui peuvent également les renvoyer, s'ils s'acquittent mal de leurs fonctions. Pour tout le resle, ils sont soumis aux mêmes règles que les autres boursiers.

Tel est en substance le concordat du 18 mai 1389. Le roi Charles VI voulut le sanctionner de son autorité. Après l'avoir cité tout entier dans des lettres, munies de son sceau et données à Melun le 13 septembre de la même année, le prince ajoute : « Pour assurer plus de force et de stabilité
« à cet acte et aux divers points qui y sont contenus, ledit
« évêque de Meaux (Guillaume de Dormans), l'abbé et le
« couvent de Saint-Jean-des-Vignes, le maître et les éco-
« liers du collége de Dormans et les exécuteurs testamen-
« taires de feu Miles de Dormans, naguère évêque de
« Beauvais et notre chancelier, nous ont humblement sup-
« plié de vouloir bien, en souvenir dudit cardinal, de feu
« Guillaume de Dormans son frère, l'un et l'autre chance-
« liers de France en leur vivant, et de feu Miles de Dor-
« mans, par grâce spéciale et de notre certaine science,
« louer, ratifier, approuver, confirmer et autoriser cet
« accord : nous donc, faisant droit à cette demande, après
« en avoir amplement conféré avec notre grand conseil,
« prenant d'ailleurs en considération le dévouement dont
« lesdits chanceliers et l'évêque de Meaux ont fait preuve,
« et les nombreux services qu'ils ont rendus à notre très-
« cher père et à nous, voulant assurer aux écoliers de ce
« collége la tranquillité et l'abondance (1), et mériter d'être
« compté parmi ceux qui leur ont fait du bien, de notre
« certaine science et autorité royale, déclarons avoir pour
« agréable tout ce qui est contenu en ce concordat, tant
« en général qu'en particulier, le louons, confirmons,
« voulons, approuvons, corroborons et autorisons ; décré-
« tons et ordonnons qu'à l'avenir il devra être inviolable-
« ment observé, révoquons et tenons pour non avenu
« tout ce qui pourrait être fait contre ce qui s'y trouve

(1) Scolares in requie opulentâ affectantes collocare.

« prescrit. Nous voulons de plus que les suppliants n'aient
« jamais à souffrir des violations qui pourraient en être
« faites. Et nous mandons à nos aimés et fidèles gens de
« notre Parlement, présents et à venir, de faire observer
« inviolablement tout ce qui est contenu dans cet acte, de
« l'enregistrer sans retard, de punir, s'il en est besoin,
« ceux qui oseraient y contrevenir et de réparer le dom-
« mage qu'ils auraient pu causer (1) ».

Le pape Clément VII, qui avait appris le différent soulevé entre Guillaume de Dormans et l'abbé de Saint-Jean-
des-Vignes, et l'heureuse issue de cette controverse, voulut
montrer combien il avait pour agréables les mesures
prises entre les deux prélats. Par une bulle donnée à
Avignon le 13 des calendes d'août de l'année 1392, il reconnaît que tout, dans cet acte, a été dicté par un véritable
dévouement au collége et aux études ; il en approuve le
contenu, et menace de l'indignation du Tout-Puissant et
des bienheureux apôtres Pierre et Paul quiconque refu-
serait de s'y soumettre (2).

(1) *Arch. de l'Emp.* M. 88. N° 13.

(2) *Ibid.* N° 15. — Le souvenir de cette grande affaire eut, même
dans des faits de minime importance, un retentissement singulier.
Neuf ans plus tard, on donnait encore au collége un festin solennel en mémoire de cet acte. On lit en effet dans les *Comptes de*
1397-1398 :

« Item pour cause de 1 disner qui fut fait au College le samedi
VII° de mars au conseil de monsseigneur de Meaulx et de monsseigneur labbé de Saint Jehan des vignes de Soissons amiables
compositeurs sur le fait de la collacion des bourses du College, et
y furent maistres Oudard des Molins, Jehan de Milly, Jehan le
Coq, Jehan Filleul et Jehan de Bethisy, messire Jehans de Courcelles avec plusieurs autres, et eut on lemproies avec plante de
gros poisson tant de mer comme de eaux doulce, et bon vin et
ypocras et de tout ce le vendredi enseuguant je comptay en sale
a messire Clement au soubz maistre et autres bourciers à XII
frans, valent IX *lb.* XII *s.* — (*Arch. de l'Emp.* H 2785).

C'est qu'en effet on ne pouvait prendre, pour la prospérité et l'avenir du collége de Beauvais, une détermination à la fois plus sage et plus heureuse. Que de désordres auraient pu s'y glisser à la longue, s'il n'eût eu qu'un supérieur éloigné et retenu d'ailleurs par d'autres préoccupations et par d'autres intérêts! Partager entre l'abbé de Saint-Jean-des-Vignes et le Parlement de Paris une autorité que le fondateur avait remise tout entière entre les mains du premier, donner même au Parlement la part la plus large et la plus directe dans l'administration, c'était anoblir en quelque sorte le collége en lui assurant un patronage aussi stable que puissant, en confiant ses intérêts, son honneur, et en attachant en quelque sorte sa fortune au premier corps du royaume ; c'était le placer sous la garde d'une sollicitude toujours présente et toujours attentive ; c'était aussi, pour l'avenir au moins, ouvrir ses portes aux fils de cette aristocratie parlementaire, dont le xive siècle ressentait déjà la naissante influence, et qui devait peu à peu acquérir dans les affaires de la France un rôle prépondérant.

Guillaume de Dormans mourut le 11 octobre 1405. Quelques semaines après sa mort, le 20 novembre, la communauté du collége voulut aller en corps présenter ses hommages au Parlement, sous le patronage et la direction duquel elle devait vivre désormais. Le récit de cette démarche, soigneusement enregistré dans les archives de cette cour, nous a été conservé par Dom Félibien, et nous le reproduisons ici, comme le souvenir authentique des premières relations du collége de Beauvais avec le Parlement de Paris.

« Du vendredy xx jour de novembre m. cccc. v. Mer-
« credy dernier passé qui fut xviii de ce mois, les maistre,
« procureur, escoliers et chapelains du collége de Dor-
« mans fondé à Paris au Clos-Brunel, des bourses des-
« quels la collation est nouvellement devoluë et venuë à

« la cour de céans par le trespas de messire Guillaume
« de Dormans jadis arcevesque de Sens, nepveu de mes-
« sire Jehan de Dormans en son temps chancelier de
« France et cardinal, au temps du règne du roy Charles-
« Quint père du roy présent, lequel cardinal fonda ledict
« collége; et aussy par le moyen de certain accord ou
« arrest faict et passé céans entre l'abbé et convent de
« sainct Jehan ez-Vignes lez-Suessons, d'une part, et
« lesdicts escoliers et ledict Guillaume, d'autre part, dont
« la teneur appert ou livre des ordonnances de céans,
« sont venus céans et ont faict révérence et obéissance a
« icelle cour, en suppliant qu'elle les eust pour recom-
« mandez; et ce ont requis estre enregistré (1). »

La mort de Guillaume de Dormans, en substituant le
Parlement de Paris à la famille du fondateur dans l'administration du collége, ne brisa point les liens qui les
unissaient. La famille de Dormans ne cessa jamais d'aimer le collége et de lui faire du bien : les fondations
énumérées au chapitre précédent en sont la preuve. Le
collége, de son côté, conserva pour ses bienfaiteurs et pour
leurs descendants une tendre gratitude, et saisit toujours
avec empressement l'occasion de leur témoigner son attachement. Nous trouvons la trace de ces rapports de courtoisie entre la famille de Dormans et le collége, dans cet
article des comptes 1482 : « Pour avoir receu, monsieur
Darsiz parent du fondateur dudict colleige venant visiter
icellui le dimanche IVᵉ jour de juillet, a esté paié XVI
den. par. 2 esterlins (2).

D'un autre côté, si le concordat de 1389 limitait les
pouvoirs donnés à l'abbé de Saint-Jean-des-Vignes par
le cardinal de Dormans, le collége tint toujours à honneur de le recevoir comme son patron et son premier

(1) *Hist. de Paris. Preuves et pièces justificatives.* T. II, p. 549.
(2) *Arch. de l'Empire,* M. 94.

supérieur lorsqu'il daigna venir le visiter. On lit en effet dans ces mêmes comptes de 1482 : « Pour les despens fais en la bienvenue et réception de R. P. en Dieu monsieur l'abbé de Sainct-Jehan-des-Vuignes de Soixons patron de cedict colleige et les suppost d'icelluy le dix-neuf-viesme iour de Juing IIII^xx an de ce compte a esté paié au disner de luy, ses gens et tous messieurs du colleige ledict iour la somme de vi l. xvi s. viii den. par. (1). »

Mais le supérieur réel était vraiment le Parlement de Paris, puisque sur trois administrateurs deux étaient pris dans son sein, et que l'abbé de Saint-Jean-des-Vignes, ne pouvant presque jamais s'occuper lui-même des affaires du collége, ne devait nommer pour son commissaire qu'un membre du Parlement. Aussi, était-ce cette cour qui, dans la personne de ses représentants, recevait des maîtres et écoliers du collége les plus fréquents témoignages de respect et d'attachement. Indépendamment de la rétribution de soixante sous tournois, stipulée par le concordat, en faveur des administrateurs du collége chaque année, le jour de la Chandeleur, Messieurs du collége leur présentaient des cierges; plus tard même, on y ajoutait des chapons (2) ; c'étaient droits de seigneurs. Quand ils venaient au collége, pour y faire leur visite ou pour y assister à la reddition des comptes, maîtres et élèves les complimentaient à l'envi en vers et en prose, en latin et en grec ; mais on avait soin de leur présenter aussi une collation ou tout au moins des raffraichissements, et dès 1517 nous trouvons au livre des comptes : « Pour pain, vin et fruicts présentés à messieurs Dorigny et Verier, conseillers en la Court, une après dignée, qui estoient venus en iceluy colleige de par la

---

(1) *Ibid.*

(2) *Délibérations du 5 janvier* 1765 *et du 6 avril* 1709, *Arch. de l'Em.d* M. 90.

Court pour visiter les comptes pour ce, ɪɪ sols ɪɪɪɪ deniers ɪɪ esterl. (1). »

N'accusons ni de honteuse obséquiosité les officiers du collége qui rendaient de tels honneurs à leurs supérieurs majeurs, ni de rapacité et de ridicule avarice ceux qui les recevaient : c'était plutôt gratitude respectueuse et sincère d'une part et bienveillante affection de l'autre. L'administration du Parlement fut l'honneur et le salut du collége de Beauvais. Des règlements dictés par lui, que nous avons déjà appris à connaître, et que nous rencontrerons plus d'une fois encore pour en admirer la sagesse et l'à propos, vinrent à des intervalles assez rapprochés, y ranimer l'ardeur de l'étude et y maintenir la sévérité de la discipline. Tandis qu'un grand nombre de colléges, placés à l'origine, comme finances et comme réputation, dans des conditions égales ou même supérieures, déclinèrent peu à peu, grâce à l'incurie ou au peu d'entente d'une administration éloignée, mal organisée ou divisée contre elle même, le collége de Beauvais au contraire vit chaque jour sa renommée s'accroître, le nombre de ses élèves augmenter, sa prospérité grandir ; et si plus tard son existence individuelle dut, comme celle des colléges de second ordre, s'évanouir et se perdre dans la vie d'un établissement plus célèbre et plus considérable, c'est qu'il abdiqua volontairement son indépendance ; encore conserva-t-il, même alors, son nom, qui décora, avec celui de Louis le-Grand, le chef-lieu de l'Université, et son personnel de professeur et d'élèves dont il enrichit le plus beau collège de Paris et de la France.

(1) *Arch. de l'Emp.* M. 96.

CHAPITRE IX

Les archives du collége de Beauvais, complètes quand il s'agissait de la fondation de la maison et de la chapelle, de l'institution des chapelains et des largesses faites à diverses époques par ceux qui voulaient contribuer à la prospérité d'un établissement si utile, ou qui réclamaient pour leur corps une tombe au pied des autels et pour leur âme les prières des boursiers, sont, durant les premiers siècles, d'un mutisme désespérant pour tout ce qui concerne la vie intime et les études. On trouve bien, dans les livres des comptes par exemple, les noms des maîtres, des sous-maîtres, des procureurs, des boursiers; mais ces noms sont inscrits là, simplement pour constater que ceux qui les portaient ont reçu tant par semaine et par année : quant à la valeur de ces noms, aux faits qui peuvent s'y rattacher, au mérite littéraire et moral de tel ou tel maître, de tel ou tel boursier, pas un mot. Nous nous trouvons ainsi réduit, pour les premiers siècles surtout, à glaner çà et là dans les historiens quelques noms signalés par eux au souvenir du lecteur, mais encore si brièvement, qu'on ne découvre pas toujours la raison de la mention particulière qu'ils en ont daigné faire.

Au xv⁰ siècle, c'est d'abord Guillaume Bouylle, qui fut élu procureur de la nation de France à trois reprises, savoir, le 23 septembre 1434, le 3 juin 1437, et le 18 novembre 1438. Il était depuis quelques années maître du collége de Beauvais, lorsqu'il fut revêtu de la dignité de recteur. Les lettres ne l'absorbaient pas tout entier ; il cultivait avec succès la science théologique, et la réputation qu'il s'y acquit porta la faculté de théologie à l'élire pour son doyen. Il était en outre doyen de l'Église de Noyon. Il prit part à une dispute fameuse. La vieille querelle des réalistes et des nominaux, soulevée avec tant d'éclat au xi⁰ siècle par Roscelin et Abailard, Guillaume de Champeaux et saint Anselme, avait été au xiv⁰ réveillée de son long assoupissement par le franciscain Guillaume d'Ockam. Les esprits les plus distingués entrèrent en lice. Les nominaux, que le *Docteur Invincible* était venu à propos tirer de leur humiliation, comptèrent bientôt dans leurs rangs les philosophes les plus en renom: Robert Holcot, Grégoire de Rimini, Jean Buridan, Pierre d'Ailly, Marsile d'Inghen, Albert de Saxe, Adam Dorp. Le réalisme baissait la tête. Ne pouvant vaincre par la doctrine, ses partisans se mirent en mesure de triompher par l'intrigue. On peignit à Louis XI, sous les couleurs les plus sombres, les divisions suscitées au sein de l'Université par les disciples d'Ockam, et le roi résolut d'en finir. Il chargea Jean Bochard, évêque d'Avranches et son confesseur, de réunir une commission dont les membres seraient choisis dans les deux partis, et qui terminerait, dans une conférence décisive, ces subtils et trop longs débats. Les réalistes ne demandaient pas autre chose :

l'évêque d'Avranches était un de leurs plus chauds
adeptes, et la résolution prise par le monarque était son
ouvrage. Maître de désigner les athlètes de cette lutte
suprême, il y appela les réalistes les mieux rompus à la
discussion ; il sut à la fois leur assurer la victoire et
ménager l'opinion publique, en leur donnant pour adversaires des hommes, qui jouissaient à la vérité d'un grand
renom de savoir, mais qui étaient nominalistes plutôt par
sympathie que par système, et que d'autres études avaient
laissés à peu près étrangers à ce genre de dispute. D'ailleurs le programme avait été arrêté d'avance par le parti,
et, pour plus de sûreté, l'affaire devait se débattre à huis
clos: ce n'était pas à un examen de doctrine que les disciples
d'Ockam étaient appelés, c'était dans un guet-apens que
les attiraient leurs rivaux. Ils furent vaincus, et une condamnation aussi rigoureuse que solennelle suivit de près
leur défaite. Par une ordonnance du 1er mars 1474, le roi
décréta que les maîtres prêteraient serment de ne point
enseigner le nominalisme, et que les livres qui conte-
naient cette doctrine, seraient remis entre les mains du
premier président du Parlement, ou enchaînés dans les
bibliothèques publiques, et soustraits ainsi à la téméraire
curiosité de la jeunesse. On craignait sans doute, écrivait
à ce sujet un des vaincus, que ces pauvres livres, pris
tout à coup de frénésie et devenus furieux, ne s'élanças-
sent sur ceux qui oseraient y arrêter un regard: traite-t-on
autrement les lions et les bêtes féroces (1)? Triomphe
honteux et misérable! Les réalistes n'en jouirent pas
longtemps. Le 29 avril 1481, le roi « fit décloüer et défer-
mer tous les livres des Nominaux qui jà piéça furent
sceellez et cloüez par M. d'Avranches. » et permit

____

(1) *Lettre de Robert Gaguin à Guillaume Fichet* ; dans du Boulay, t. V, p. 711.

« que chacun y estudiât qui voudroit (1) » Mais ce fut en vain que Louis XI délia les livres et la langue des Nominalistes ; leur doctrine avait perdu son prestige ; leur nom même tomba bientôt dans l'oubli avec celui de leurs adversaires (2). Le nom de Maître Jacques Bouylle figure dans l'édit de 1474, en tête de ceux des théologiens qui furent choisis pour arbitres de cette grande querelle (3). Un autre suppôt du collège de Beauvais y est aussi désigné parmi les représentants de la faculté des arts : c'est Jean Collin, qui fut élu recteur l'année suivante, le 23 juin 1475, mais que nous ne connaissons pas autrement.

Les insignes du rectorat, que le maître de Dormans-Beauvais avait eu l'honneur de revêtir en 1439, furent si chaudement disputés en 1445 à un autre officier du collége, que le résultat de la lutte semble être resté indécis. Pour faire comprendre cette lutte, il faut dire un mot de l'élection du recteur. Elle appartenait à la faculté des arts. Les maîtres de cette faculté, réunis à Saint-Julien-le-Pauvre, commençaient par désigner, au scrutin secret, quatre *intrants* ou électeurs, un de chaque nation, et c'était à eux qu'était confié le choix du recteur. Après avoir prêté serment, les délégués des quatre nations entraient en conclave. Leurs délibérations ne pouvaient pas se prolonger au delà de la fin du jour, et devaient se terminer par l'élection du recteur, dont le nom était proclamé par eux devant les nations réunies. Alors les nations se mettaient elles-mêmes en délibération, et finissaient par an-

____

(1) *Lettre adressée au nom du roi par J. d'Estouteville* « *à Monsieur le Recteur et à Messieurs de nostre mère l'Université de Paris* » ; dans du Boulay, t. V, p. 739.

(2) Du Boulay. *Hist. Univers. Paris.* T. V, p. 710 et p. 875. — *Dictionnaire des sciences philosophiques*, 8e livraison, p. 445. — *Joannis Bruckeri historia critiqua philosophiæ*, t. III, p. 911.

(3) Édit de 1474, dans l'*Addition à la Vie de Louis XI* de Gabriell Naudé, p. 203.

noncer qu'elles acceptaient ou qu'elles rejetaient l'élu des intrants. Si l'élu était agréé, le recteur sortant lui adressait un petit discours de félicitation, recevait son serment et lui posait sur la tête la barette, ou bonnet carré, symbole de la couronne de justice dont son front devait toujours être ceint, témoignage authentique de la dignité dont il était revêtu, gage de la force et de la prudence avec lesquelles il devait repousser tout ce qui pourrait être fait au préjudice des immunités universitaires. Puis il le revêtait de la mante fourrée d'hermine, plaçait entre ses mains le livre qui contenait les rites académiques et les serments des précédents recteurs, et lui mettait en écharpe un sachet de velours, renfermant le grand et le petit sceau de l'Université, avec la clef de la caisse commune : c'était avec ce cérémonial que le nouvel élu était inauguré, au nom du Père et du Fils et du Saint-Esprit. Ordinairement, il montait en chaire, remerciait l'Université de l'honneur qu'elle lui faisait et lui protestait de son dévouement, et les quatre nations le reconduisaient en procession jusqu'à son domicile (1).

Mais l'élection n'était pas toujours pacifique, et même quand elle l'avait été, les nations ne s'accordaient pas toujours pour accepter l'élu. C'est ce qui arriva le 18 décembre 1445. Deux noms sortirent de l'urne, celui de Martin Chaboz, bachelier formé en théologie de la société de Navarre, et celui de Jeoffroy Le Chauve du collége de Beauvais et de la tribu de Tours. Il paraît que le premier avait pour lui la nation de France et son intrant, Jean Fournelli; on en peut juger par ce qu'a écrit à cette même date maître Guillaume Nicolaï, procureur de cette na-

____

(1) Élection de Louis Bénet, professeur de philosophie au collége de Beauvais ; *Archives de l'Université*, reg. 43, f⁰ 35. — Élection de Rollin, principal du coll. de Beauvais; *ibid.*, f⁰ 22. — *Histoire de Sainte-Barbe*, par M. Quicherat, t. Iᵉʳ, p. 56.

tion : « Aujourd'hui, après de longs débats fut élu recteur vénérable et discrète personne maître Martin Chaboz, bachelier formé en théologie du collége royal de Navarre, à qui la nation de France et même toute la faculté des arts manifesta sa sympathie et offrit conseil et assistance. » Ces dernières paroles révèlent le peu d'entente qui avait présidé à cette élection ; et d'ailleurs du Boulay, qui nous a raconté ces circonstances, nous dit assez que toute la faculté des arts ne s'était point rangée au parti de Martin Chaboz, puisqu'il parle d'autres actes où l'on donne le titre de recteur à Jeoffroy Le Chauve (1).

Le xvᵉ siècle ne nous a point transmis d'autres noms. Avec le siècle suivant une ère nouvelle se lève pour les colléges de l'Université de Paris, et pour le nôtre en particulier. Il y avait longtemps que se manifestaient, parmi les professeurs et les écoliers, les symptômes avant-coureurs de la révolution dont nous avons à parler. La nécessité de se rendre aux cours de la rue du Fouarre, pour y étudier la grammaire, les belles-lettres et la philosophie, et l'exclusion de la maîtrise ès arts prononcée contre ceux qui ne seraient pas venus puiser la science à cette source privilégiée, semblaient insupportables. On avait fait plusieurs tentatives pour s'y soustraire et pour attirer les professeurs dans les colléges ; mais ces innovations avaient rencontré des adversaires aussi obstinés que puissants, et Louis XI avait, par un édit sévère, obligé maîtres et écoliers à garder les anciens usages. Cependant l'impulsion était donnée ; un esprit nouveau fermentait secrètement au sein de l'Université ; il fallait qu'il triomphât tôt ou tard. Il triompha en effet au commencement du xvɪᵉ siècle, et après quelques années sa victoire était complète. Les écoles de la rue du Fouarre étaient désertes ; les professeurs étaient dispersés dans les colléges, que l'on avait vus

(1) *Hist. Univers. Paris.* T. V, p. 291 et p. 906.

se disputer l'honneur de posséder les plus célèbres. Désormais un collége n'est plus une hôtellerie abritant quelques pauvres écoliers, et protégeant à l'ombre de ses murailles silencieuses la paix de leurs études : un collége devient le centre d'un enseignement, le foyer d'un esprit particulier et quelquefois exclusif, le théâtre dè luttes, de défaites et de triomphes, une sorte de personnalité vivace, complexe, mais dont les divers éléments s'unissent dans une commune passion et dans un commun désir : l'honneur du collége, et, s'il se peut, sa prépondérance sur tous les autres.

Disons-le d'ailleurs : la lassitude que ressentaient les maîtres à conduire chaque jour leurs élèves à la rue du Fouarre, pour leur faire entendre des leçons qu'il était plus facile de leur donner sans sortir de chez soi, n'était que la cause extérieure du changement dont furent témoins les premières années du xvie siècle. Ces innovations, les idées qui, en se développant peu à peu, avaient lentement travaillé à leur acquérir le droit de cité, avaient une racine plus profonde : depuis trois quarts de siècle, l'Université n'était plus que l'ombre d'elle-même. Les rois de France faisaient l'apprentissage du pouvoir absolu, et à mesure que grandissait leur puissance, les corps, dont l'autorité n'était pas liée intimement à l'autorité royale et ne pouvait pas lui servir d'instrument, voyaient leur crédit décliner et leur indépendance s'évanouir. L'Université surtout en fit la triste expérience. Peu à peu elle fut contrainte de courber le front sous des lois, qu'elle osait autrefois regarder en face et qui ne l'atteignaient point. Elle ne fut bientôt plus cette association puissante, fière de ses priviléges, dont il fallait ménager les susceptibilités et adoucir les colères. Son chef garda ses titres honorifiques, mais il perdit presque toutes ses prérogatives réelles ; on finit par s'offenser même de cette pompe, plus naïve que redoutable, dont il s'entourait aux fêtes académiques, et l'éclat des processions rectorales fut limité par de sévères règlements. L'Université s'appelait toujours la *Fille aînée des rois :* elle en était plutôt la sujette. Il est facile de suivre dans le cours du xv° siècle ce mouvement de décadence. Primitivement l'Université ne relevait que du roi et marchait de pair avec le Parlement: en 1445, Charles VII la soumet à la juridiction de cette cour. Jadis, lorsqu'elle se croyait offensée, même dans le plus humble de ses membres, elle exigeait. impérieusement des réparations, et si l'on hésitait à les lui faire, elle fermait ses classes et livrait la ville à une jeunesse oisive et insolente. Louis XI sollicita et obtint du pape Pie II, une bulle qui défendait au recteur d'interrompre les cours pour d'aussi futiles raisons. Louis XII restreignit encore en matière judiciaire les priviléges de l'Université, déjà si gravement compromis sous Charles VII. Et puis, c'étaient les universités nouvelles, fondées sur divers points de la France, qui, en dépeuplant celle de Paris, lui ravissaient ce précieux monopole du savoir et de l'enseignement, dont elle était en possession depuis des siècles. En même temps que la vieille Université perdait un à un ses priviléges, elle devait, on le comprend, perdre aussi cet instinct et cette force de cohésion, qui était auparavant un des éléments de sa puissance. A quoi bon se grouper autour d'un chef découronné ? A quoi bon, en particulier, revenir obstinément à ces réunions de la rue du Fouarre et se presser encore dans ces salles d'où elle régnait autrefois en souveraine sur les intelligences, où elle rassemblait avec orgueil et jalousie autour de ses chaires tant d'esprits d'élite, avides de ses leçons, mais du fond desquelles elle ne pouvait plus maintenant apercevoir que sa jeunesse dispersée et ses priviléges réduits en poussière? Il valait mieux fuir ces lieux jadis témoins de tant de puissance et de gloire, et, puisqu'en réalité il était plus commode d'ensei-

gner dans chaque collége , laisser s'en aller en dé·
suétude des règlements gênants et désormais sans but.

Les archives du collége sont muettes sur l'établissement des classes à Beauvais. Les historiens qui en parlent se contentent de dire qu'au commencement du
XVIe siècle, lorsque les professeurs, qui auparavant enseignaient dans les écoles de la rue du Fouarre, commencèrent à se retirer dans les colléges, celui de Beauvais
reçut des régents, que l'on y tint des écoles publiques, que
le maître prit le nom de principal, que le Parlement y
autorisa l'exercice public, qu'il y vint quantité de maîtres
habiles et que le collége devint un des plus florissants de
l'Université (1). Mais pas une date précise, pas un détail.
En donnant à entendre que toutes les classes ne se faisaient pas à Beauvais, parce que le collège n'avait pas un
personnel complet de professeurs, on n'indique pas même
celles qui s'y faisaient. Seulement, vous possédons les
noms de plusieurs régents d'humanités et de philosophie
qui y professèrent durant cette premiere période. On ne
sait ¡pas davantage la durée régulière des études. Du
Boulay montre bien, à l'année 1512, un certain Henri de
Charmolue, du diocèse de Soissons, maître ès arts, attes-
tant qu'il avait étudié pendant trois ans et demi à Beauvais, et qu'ensuite il avait régenté pendant deux ans à
Montaigu (2) ; mais rien ne prouve qu'il n'avait pas suivi
d'autres leçons avant d'assister à celles de Beauvais.

Le nom de Simon Ruffi, de la nation de Picardie, ouvre
pour ce siècle la liste des illustrations du collége. Il remplissait les fonctions importantes de greffier ou de secrétaire de l'Université, et du Boulay, sur la foi des registres officiels, l'appelle un homme habile dans les diverses
branches de la science. Il fut élu recteur le 16 décembre
1502. Il demanda alors trois choses à la faculté des arts qui

(1) Dom Félibien, *Histoire de Paris*, t. 1er, p. 670.
(2) *Historia Univers. Paris.* T. V, p. 859.

venait, par ses intrants, de l'honorer de ses suffrages : de
vouloir bien avoir son élection pour agréable, de lui prêter son appui pour l'accomplissement de ses nouveaux
devoirs, enfin de daigner l'accompagner au collége de
Beauvais, *vinum et species acceptura*. La docte compagnie
accepta à l'unanimité cette triple proposition (1). A quel
titre Simon Ruffi habitait-il à Beauvais ? Le collége avait-
il dès lors des professeurs, et Simon Ruffi était-il du
nombre ? Nous l'ignorons, mais il est certain qu'il était
très-galant homme.

Le premier professeur du collége qui nous soit connu
est un noble portugais, frère d'un chambellan du palais
royal de Lisbonne. Jean Ribeyro n'avait pas toujours cultivé les lettres. Il s'était d'abord adonné au commerce ;
ruiné dans un voyage qu'il fit en Abyssinie, il s'était
tourné du côté de l'enseignement, et était venu à Paris,
attiré sans doute par le renom de l'Université et par la
réputation dont y jouissaient plusieurs de ses compatriotes. L'un d'eux, Jean de Célaya, s'était alors acquis
sur la jeunesse un ascendant incomparable, moins peut-
être par l'incontestable facilité de sa parole et par la sub-
tilité de son enseignement, que par l'aplomb merveilleux
avec lequel il vantait l'illustration de son origine et faisait
les honneurs de son propre talent. Ribeyro s'attacha avec
passion à Jean de Célaya. Assidu aux leçons de dialectique que le maître donnait au collége de Coqueret, le
disciple les répétait à Beauvais. Mais quand Célaya quitta
Coqueret pour se donner à Sainte-Barbe, Ribeyro l'y
suivit, et l'y remplaça même après son départ pour le
Portugal. Ribeyro enseignait à Beauvais vers 1510 (2). Il
eut pour successeur dans la chaire de philosophie un
autre étranger, Pierre de Salamanque, nommé avec éloge

(1) Du Boulay, t. VI, p. 5.
(2) Quicherat, *Hist. de Sainte-Barbe*, t. Ier, pp. 119 et 139.

dans les registres de l'Université, et professeur au collége de Beauvais en 1512 (1).

Le principal Bertin Miss contribuait sans doute, par son mérite personnel, à attirer dans son collége des professeurs distingués. Le 23 juin 1528, il fut élu recteur et succéda dans cette charge à un descendant du fondateur de notre collége, Charles de Dormans (2).

Quelques années plus tard, les écoliers de Beauvais entendaient les leçons de deux jeunes régents, qui parvinrent l'un et l'autre à la célébrité, mais par des voies bien différentes. Le premier était un Navarrais nommé François Xavier; le second était Pierre Ramus. Après avoir étudié les lettres dans la maison paternelle, François Xavier quitta à dix-huit ans son pays, pour venir faire à Paris son cours de philosophie. Reçu maître ès arts en 1530, il entra au collége de Beauvais pour y enseigner Aristote : il avait alors vingt-sept ans. Du Boulay affecte de dire que son enseignement ne fut ni brillant, ni heureux (3), et qu'il ne présenta à la maîtrise qu'un très-petit nombre de ses élèves; boutade de vieil universitaire! Il n'en cite qu'un seul dont le nom ne doit point être passé sous silence, c'est Nicolas-Alphonse de Bobadilla (4), qui devint bientôt, avec son maître, une des pierres fondamentales de la Compagnie de Jésus, et qu'il faut ainsi compter parmi les disciples de saint François Xavier au collége de Beauvais.

On sait comment le caractère ardent du jeune professeur séduisit saint Ignace de Loyola; on sait aussi les efforts, longtemps impuissants, du saint pour l'amener à

(1) *Arch. de l'Univers.* Reg. 83, f° LXXV.
(2) Du Boulay, t. VI, pp. 212 et 976.
(3) *Ibid.,* p. 935.
(4) Cité par les Bollandistes. *Acta Sanctorum,* 31 juillet, p. 442*.

sacrifier sa gloire naissante au salut de son âme, le soin qu'il prenait de flatter son amour-propre en lui amenant de nombreux auditeurs, afin de gagner peu à peu sa confiance et son affection, et de l'enlever plus sûrement au monde et à la vanité. La conversion de saint François Xavier, son agrégation à la Société naissante, ses prodigieux travaux et ses conquêtes merveilleuses appartiennent à l'histoire de l'Église plutôt qu'à la nôtre ; nous ne les racontons pas, mais nous saluons avec joie, parmi les illustrations du collége, l'Apôtre des Indes et l'un des hommes les plus étonnants du xvi⁰ siècle par leur génie, par leur activité et par leurs vertus.

François Xavier s'attacha à Ignace dès 1534; mais il n'abandonna pas pour cela ses premières études. Depuis sa conversion il y joignit celle de la théologie, et le livre *de Fastis Rectoriis*, cité par du Boulay (1), le compte parmi les candidats de la nation de France de l'an 1536. C'est le 1ᵉʳ novembre de cette même année qu'il quitta Paris, pour suivre à Rome les premiers Jésuites et leur fondateur.

Le souvenir de Pierre Ramus est si étroitement lié au nom du collége de Presles et surtout du collége de France, que les historiens de cet illustre professeur ont oublié de dire qu'il avait régenté au collége de Beauvais. Lui-même cependant nous en donne la preuve irrécusable, dans sa fameuse diatribe contre Turnèbe (2). Il est vrai qu'il y cache son nom sous celui d'Omer Talon, son ami ; mais cette substitution était alors un fait public et qui ne trompait personne. « Rappelle toi, dit-il à son rival, quel fut ton enseignement à Sainte-Barbe, lorsque je commençai

(1) T. VI, p. 935.

(2) Guillaume Du Val, doyen du Collége de France, dans son *Collége royal de France ou institution, établissement et catalogue des Lecteurs et Professeurs ordinaires du Roy*, publié en 1644 (Bibl. Mazar. 18,408), nous apprend aussi que Ramus avait régenté plusieurs années au collége de Beauvais.

à faire la classe de première à Dormans..... A quoi passas-
tu l'année entière? A signaler des variantes et à proposer
des corrections. Il ne t'est pas arrivé une fois de dicter la
moindre matière de discours, ni d'épître, ni de vers ; tu
n'as pas corrigé un seul devoir ; de sorte que toute l'érudition étalée par toi me fit l'effet de couvrir un assez
mince bagage, et me donna le soupçon que tu t'abstenais
de tant de parties indispensables par impuissance plutôt
que par système. Je voulus vérifier ma conjecture. Un
jour que nos élèves devaient disputer ensemble, je re-
commandai à l'un des miens de te réciter une pièce de
vers de sa composition, où j'avais voulu, pour t'éprouver,
qu'il fît plusieurs fautes. Eh bien, tu as tout loué, tout
approuvé avec cet air doucereux qui te fait ressembler à
une petite fille modeste et embarrassée (1). »

Nous avons voulu citer tout ce passage, afin de montrer
en même temps jusqu'où pouvait aller l'antagonisme, pour
ne rien dire de plus, entre professeurs de différents colléges. Il est inutile d'ajouter que les colléges eux-mêmes
prenaient fait et cause pour leurs régents, surtout quand
ces régents avaient le renom et la valeur d'un Turnèbe et
d'un Ramus. Sainte-Barbe et Beauvais donnaient alors à
l'Université le spectacle d'une rivalité singulière; florissants tous deux, ils avaient l'un et l'autre pour régenter
en rhétorique un couple d'amis liés par les mêmes idées,
par les mêmes antipathies et par les mêmes luttes, enseignant simultanément dans la même classe, dont ils se partageaient le travail comme le salaire, comptés comme un
seul homme dans les cadres du collége où ils professaient :
Adrien Turnèbe et Léger Duchesne à Sainte-Barbe,
Pierre Ramus et Omer Talon à Beauvais ont laissé de
leur amitié un souvenir tel, qu'il fit longtemps pâlir dans

(1) *Admonitio Talæi*, cité par M. Quicherat, *Hist. de Sainte-
Barbe*, t. Ier, p. 247.

les esprits classiques de cette époque le souvenir de l'amitié proverbiale de Damon et de Pythias, d'Harmodius et d'Aristogiton; et le savant M. Quicherat prétend que c'est à ce souvenir qu'il faut faire remonter l'usage, adopté depuis dans les colléges des Jésuites et dans ceux de l'Université, de partager l'enseignement de la rhétorique entre deux professeurs (1).

Omer Talon mourut trop tôt pour partager tous les combats de son ami. Son nom devait être, cinquante ans plus tard, porté et immortalisé par son petit-neveu, avocat général au Parlement, et auteur de *Mémoires* où se révèle l'âme d'un grand magistrat et d'un excellent citoyen.

L'histoire de Pierre Ramus est connue. La noblesse de son origine, la pauvreté héroïquement bravée de son enfance, sa passion pour l'étude, la hardiesse de ses débuts, l'originalité de son intelligence et de ses travaux, les contradictions qu'il a rencontrées, sa mort tragique, tout s'est réuni pour lui faire un nom impérissable. Ce dut être peu après cette thèse, dans laquelle l'ancien domestique du collége de Navarre déclarait à vingt-et-un ans une guerre à mort aux doctrines péripatéticiennes, que le collége de Beauvais lui ouvrit ses portes. Jusqu'à quelle époque y enseigna-t-il? Nous n'en savons absolument rien. Mais il n'y régentait plus, lorsque, au mois de septembre 1543, parurent ses *Aristotelicæ Animadversiones*. Les premières attaques de 1536 avaient stupéfié et scandalisé les vénérables de l'Université, accoutumés à jurer par Aristote, et réduits au silence par l'incroyable faconde du fougueux débutant : ce second ouvrage, qui ne faisait que poursuivre l'œuvre commencée par le jeune professeur à son examen de maître ès arts, arma contre lui tout ce que Paris possédait de plus grave et de plus savant. Le recteur Jean Galland, principal de Boncourt et lecteur royal,

(1) *Hist. de Sainte-Barbe*, t. 1er, p. 249.

donna le signal, et les *Animadversiones* eurent à subir une nuée de répliques dans tous les styles. Guillaume de Montvelle, principal du collége de Beauvais, qui succéda le 10 octobre 1543 à Jean Galland dans les fonctions de recteur, eut recours à d'autres moyens. Dès le 20 octobre, il fit censurer le livre par la Faculté de théologie. Il ne s'en tint pas là. Qu'auraient pu en effet les censures des théologiens contre l'ardente curiosité d'une jeunesse avide de nouveautés, surtout quand ces nouveautés sont proscrites par ses maîtres? Il sollicita donc l'appui des magistrats : Ramus, cité devant le prévôt de Paris, s'y entendit accuser de corrompre l'esprit des jeunes gens par des doctrines nouvelles et pernicieuses; son livre fut confisqué et il y eut défense absolue d'en vendre aucun exemplaire; Le zélé recteur avait donné une trop forte impulsion pour que l'affaire s'arrêtât en si beau chemin : afin d'anéantir dans sa source le fléau qui menaçait l'Université, un décret royal ordonna que trois personnages d'un savoir reconnu examineraient à fond le livre, et que le novateur serait appelé à défendre devant eux les doctrines qu'il avait osé y exprimer. Il fut taxé de témérité, d'arrogance, et dans des lettres expédiées le 10 mars 1544 sur tous les points du royaume, François Ier signifia à ses sujets qu'ils eussent à fuir ces nouveautés comme la peste (1).

Guillaume de Montvelle signala encore son rectorat, par le zèle et le bonheur avec lesquels il défendit les priviléges et les intérêts de l'Université, compromis par un décret surpris au pape et confirmé par le roi. Il réclama hautement auprès du Parlement et auprès du roi lui-même, qui, reconnaissant! l'erreur qui avait été commise, rassura l'Université et lui rendit la liberté d'ac-

---

(1) Du Boulay, t. VI, p. 938. — *Ramus, sa vie, ses écrits, sa doctrine,* par Cb. Waddington, pp. 41 et 42. — *Hist. de Sainte-Barbe* p. 272 et suiv.

tion dont elle jouissait auparavant. Il s'agissait de bénéfices, dont elle récompensait d'ordinaire ceux qui avaient
bien mérité de la science, ou avec lesquels elle faisait
vivre de pauvres écoliers (1).

Vers cette époque, le collége de Beauvais donna encore
à l'Université plusieurs recteurs que nous devons nommer: Jean le Maire, du diocèse de Chartres et de la maison
de Sorbonne, élu le 16 décembre de la même année ;
Pierre Avenel, vice-principal du collége, élu le 10 octobre 1548, l'année de la grande affaire du Pré-aux-Clercs ;
et Nicolas Deu, du diocèse de Châlons, élu le 24 mars
1555 (2).

Il faut revenir à Pierre Ramus. Il est vrai qu'il n'appartient plus à notre collége ; mais nous ne pouvons
taire certains faits de sa vie, auxquels ont pris une part
active deux hommes qui sont à nous : Arnaud d'Ossat et
Nicolas Charton.

Arnaud d'Ossat, né à Larore-en-Magnoac, près
d'Auch, de parents pauvres, et nourri d'aumônes, étudia à
Paris les lettres et la philosophie, et devint ensuite à
Bourges l'élève de Cujas. Il paraît qu'il suivit à Paris
les leçons de Ramus, puisque c'est à titre de disciple
qu'il défendit plus tard le maître persécuté. Lorsqu'après
avoir étudié le droit, il revint à Paris, il se livra à l'enseignement ; et tous les historiens, qui parlent du collége
de Beauvais, le nomment parmi les plus illustres professeurs qu'ait possédés cette maison. Ses leçons eurent
du succès ; on affirme que son attachement à Ramus, et
le crédit de son adversaire Jacques Carpentier, l'empêchèrent seuls d'obtenir une chaire au Collége de France (3).
Les plus chauds partisans de Ramus n'ont refusé à Jac-

(1) Du Boulay, *ibid.*
(2) Du Boulay, t. VI, pp. 399, 978 et 979.
(3) *Ramus, sa vie, ses écrits*, etc., p. 109.

ques Carpentier ni l'intelligence ni le savoir : ils lui ont reproché seulement son amour pour l'argent, son caractère vindicatif, et cette aveugle passion pour les anciennes doctrines qui l'arma contre Ramus. Arnaud d'Ossat qui, sans partager toutes les nouvelles idées professées par son maître, reconnaissait son incontestable mérite et gardait de ses soins un souvenir plein de gratitude, ne craignit pas de se déclarer pour lui. Pendant que Jacques Carpentier ameutait contre son rival l'Université tout entière, Arnaud d'Ossat lui prêtait son nom pour répondre à ses adversaires. Il fit mieux encore ; il publia lui-même un écrit qui eut alors du succès, et qui irrita les partisans d'Aristote : *Expositio Arnaldi Ossati in disputationem Jacobi Carpentarii de methodo.* Carpentier répondit par des injures ; il appela Arnaud d'Ossat *Magistellus trium litterarum*, sot en trois lettres : une réplique spirituelle et incisive d'Ossat ne fit que provoquer un second volume d'injures (1). Arnaud d'Ossat qui, dans son enfance, avait connu tout ce que la pauvreté a de plus douloureux, devait s'élever par son mérite au sommet des honneurs et de la fortune. Ayant quitté sa chaire de professeur pour le barreau, il s'y fit bientôt un nom et fut nommé conseiller au Parlement. Conduit à Rome en 1584 par Paul de Foix, en qualité de secrétaire d'ambassade, puis chargé, après la mort de ce prélat, des affaires de la cour de France auprès du Saint-Siége, il eut la gloire de conclure la réconciliation de Henri IV avec l'Église et d'allier, dans les circonstances les plus difficiles, la politique avec la probité, la modestie et le désintéressement avec la grandeur. Nommé d'abord à l'évêché de Rennes, il fut créé cardinal en 1598, et fait évêque de Bayeux en 1601. Il mourut à Rome en 1604.

Le nom de Nicolas Charton ne fait pas autant d'hon-

____

(1) *Ramus, sa vie, ses écrits*, etc., pp. 119 et 159.

neur au collége de Beauvais, et c'étaient des liens moins
nobles que ceux de la reconnaissance qui l'unissaient à
Ramus. Le savant professeur ne se contentait pas d'in-
nover en philosophie et en grammaire : il voulut inno-
ver aussi en religion, et il se glorifie lui-même de
ce que son ardeur logique fit invasion dans le champ de
la théologie. D'abord attaché secrètement au protestantisme, il se déclara ouvertement le jour où fut promulgué l'édit de janvier (1562). Principal depuis 1545 du petit
collége de Presles, voisin de celui de Beauvais, il en avait
si bien formé les élèves que, le jour même de l'édit de jan-
vrier, ils vidèrent la chapelle du collége de ses statues,
dont plusieurs furent brisées dans l'opération. Nicolas
Charton, principal de Beauvais, et Jean Dahin principal
de Saint-Michel, n'étaient pas moins attachés que Ramus
au protestantisme ; leurs colléges à la vérité ne semblent
pas avoir été le théâtre des mêmes démonstrations antireligieuses : ils n'en furent pas moins signalés, comme le
principal de Presles, à la justice de l'Université et à la
méfiance des écoliers et du peuple. Ayant fini par se ré-
fugier au camp de Condé, ils furent condamnés par contumace et destitués de leur charge de principal. Enfin éclata
la Saint-Barthélemy. Ramus et Charton étaient rentrés
à Paris. On sait comment mourut le premier, poignardé,
par des assassins dans sa chambre du collége de Presles,
précipité par la fenêtre, traîné dans la boue et jeté dans la
Seine (1). Charton avait péri la veille, près de la porte
Saint-Antoine, sous les coups d'une autre bande.

Charton était médecin. Comme il n'était pas prêtré,
et que les statuts du collége exigaient que le principal
reçût cet ordre au moins dans l'année de sa promotion,
il eut à soutenir un long procès contre Nicolas Huë, qui

____

(1) *Ramus, sa vie, ses écrits*, etc., p. 254. — Audin. *Hist. de la
S. Barthélemy*, p. 286.

lui disputait le principalat. La cour décida qu'il se
présenterait à l'ordination: mais on ne voit pas qu'il ait
jamais songé a obéir à cette sentence (1).

Charton semble avoir été lié d'amitié avec le poëte
Jacques Grevin, protestant comme lui, et l'un des pères de
l'art dramatique en France. Le nom de Charton avec ceux
de d'Aurat, de Talon, de Ronsard, de Jodelle, de du Bellay
et de plusieurs autrres poëtes et littérateurs du temps se
trouve fréquemment dans les sonnets de Grevin. Peut-
être faut-il attribuer à cette amitié l'honneur qui revient
au collége de Beauvais, d'avoir prêté son théâtre aux premières représentations des comédies de Grevin. En tête de
la *Trésorière* on lit: « Ceste comédie fut faicte par le com·
mandement du roi Henri II pour servir aux nopces de Madame Claude duchesse de Lorraine, mais pour quelques
empeschemens différée, depuis mise en jeu à Paris au
collége de Beauvais après la satire qu'on appelle commu-
nément les veaux le V de février MDLXIII (2) » et en tête
des *Esbahis*: « Ceste comédie fut mise en jeu au collége de
Beauvais à Paris le XVIᵉ jour de février MDLX après la
tragédie de J. César et les jeux satiriques appelés commu-
nément les Veaux (3). » La morale n'avait rien à gagner à
ces représentations au moins licéucieuses. Quant à la tragédie de *César*, elle est pleine de sentiments républicains,
que l'on s'étonne de trouver à cette époque exprimés avec
tant d'énergie ; au point de vue littéraire, elle ne pouvait
exercer sur les écoliers de Beauvais qu'une heureuse
influence. La Harpe (4) a élevé cette pièce au dessus des
productions de Jodelle, qui passe cependant pour le véri-

---

(1) Du Breul. *Les Antiquitez de Paris*, liv. II, au chap. *du Collège de Beauvais.*
(2) *Le Théâtre de Jacques Grevin*, p. 47.
(3) *Id*, p. 113.
(4) T. V, *Poëtes tragiques avant Corneille*, p. 166.

table fondateur de notre art dramatique. Le savant critique en cite avec éloge, un fragment qui d'ailleurs n'est pas isolé dans la tragédie. C'est Brutus qui s'excite lui-même à débarrasser Rome de son tyran :

> . . . .
> Remetz devant tes yeux les sages Fabiens,
> Les Metelles vaillants et les Fabriciens,
> Et ces deux qui premiers pour le salut publique
> Se mirent au danger d'une meurtrière picque,
> Et osèrent mourir de propre volonté,
> Pourvu que par leur mort l'honneur fust racheté.
> Mais nous abastardis, trop indignes de naistre
> Du moindre successeur du moins vaillant ancestre,
> Nous endurons encor' au plus beau de nos ans
> Ressusciter l'orgueil des sept premiers tyrans.
> Brute, ressouviens-toy (puisque seul je demeure
> Qui veult plustost mourir que le tyran ne meure)
> Ressouviens-toy du nom que tu has, et retiens
> Encor' de la vertu de tous tes anciens :
> Hé, Brute ! retiens en tout au moins le courage
> Et ne te souille ainsi d'un indigne servage.
> Hé, Brute ! ton pays ne te peut-il mouvoir ?
> . . . .
> Le lyon que Lybie élève entre ses bras,
> Le taureau, le cheval ne prestent le col bas
> A l'appétit du joug, si ce n'est par contraincte :
> Faudra-t-il donc que Rome abaisse sous la crainte
> De ce nouveau tyran le chef de sa grandeur,
> Et face malgré soy ce qu'ils ont en horreur,
> Rome, effroy de ce monde ? . . . .
> Brute, montre toy donc, et d'une belle gloire
> Voüe aujourd'huy ta vie à la longue mémoire. . . .
> Brute, fais aujourd'huy, fay, fay que César meure,
> Afin qu'à tout jamais la mémoire demeure. . .
> Et quand on parlera de César et de Romme,
> Qu'on se souvienne aussy qu'il a esté un homme,
> Un Brute, le vengeur de toute cruauté,
> Qui auroit d'un seul coup gaigné la liberté.
> Quand on dira, César fut maistre de l'empire,
> Qu'on die quant-et-quant Brute le sut occire.

> ')uand on dira, César fut premier Empereur,
> Qu'on die quant et-quant Brute en fut le vangeur (1).

Claude d'Espense, dont le nom est lié inséparablement au souvenir des controverses avec les Calvinistes, fit sa philosophie au collége de Beauvais et sa théologie à celui de Navarre. Élu recteur de l'Université à l'âge de vingt-neuf ans, il devint ensuite précepteur de celui des Guise qui, sous le nom de cardinal de Lorraine, joue un si grand rôle dans l'histoire religieuse du xvie siècle. A Rome, où il avait suivi le cardinal, il refusa la pourpre que lui offrait Paul IV. Il eut la gloire de réfuter victorieusement Théodore de Bèze au colloque de Poissy. Il laissa beaucoup d'ouvrages marqués au coin d'un esprit judicieux, modéré, érudit, profondément versé dans la connaissance des saints Pères et des canons ; il écrivait en latin avec une dignité et une noblesse, que l'on ne connaissait plus guère de son temps. Censuré par la Faculté de Théologie pour son *Commentaire sur l'Oraison Dominicale*, il se soumit aussitôt. D'Espense mourut en 1571 (2).

Nous connaissons encore trois professeurs qui enseignèrent à Beauvais dans les dernières années du xvie siècle. C'est d'abord Jean le Maistre, docteur en théologie de la Société de Sorbonne, qui fut élevé sur le siége épiscopal de Lombez et qui mourut en 1561. Théodore Marcile, né en 1548 dans la Gueldre, docteur de Louvain, professeur à Toulouse, puis à Paris, ne cessa, depuis 1578 jusqu'à sa mort, d'enseigner en différents colléges, principalement dans ceux de la Marche, de Beau-

---

(1) *Le Théâtre de Jacques Grevin*, p. 13-15. Ce sont ces derniers vers qui ont mérité les éloges de La Harpe.

(2) *Mémoires pour servir à l'histoire des hommes illustres dans la république des lettres*, par le P. Niceron, t. XIII, pp. 183, 184, 194. — *Auteurs ecclésiastiques*, par Ellies Dupin, t. XXVII, pp. 540, 572, 584, 1457.

vais, de Sainte-Barbe, d'Harcourt, du cardinal le Moine, du Plessis, de Navarre, de Lisieux. C'était un petit homme, d'une physionomie spirituelle, d'un tempérament robuste, et si passionné pour l'étude qu'il fut, dit-on, dix années entières sans sortir du collége du Plessis, où il demeurait (1). Il mourut en 1617, et fut remplacé au collége de France par Jean Grangier, principal du collége de Beauvais. Vincent Raffar, ou Raphar, eut une existence fort agitée. Il enseignait la philosophie au collége de Justice, lorsqu'il fut élu doyen de la tribu de Bourges. Mais « en l'an 1588, suivant la licence du temps il s'avisa de se marier, étant lors régent de rhétorique au Collége de Beauvais (2). « L'année suivante, il fut nommé à la chaire de philosophie grecque et latine au Collége de France, en remplacement de Jacques-Marie d'Amboise, « non alio ullo meo merito, » dit-il lui-même modestement, « quam quod annos jam plurimos, non omnino repugnantibus musis et adversante Apolline, in Academia docuissem. » Mais l'Université, pour qui c'était encore chose inouïe qu'un régent marié, ne lui pardonnait pas cette faute : il fut destitué du décanat de la tribu de Bourges (3), et bientôt après, tout professeur royal qu'il était, obligé de sortir de Paris 1591. Il se réfugia à Poitiers, où il trouva bientôt de nombreux élèves, et où il se vit en quelque sorte obligé d'ouvrir un cours public de rhétorique et de philosophie. Il y goûtait une grande paix ; on louait à l'envi son talent ; l'abondance régnait sous son toit ; mais le souvenir de Paris, la ville par ex-

(1) *Memoires*, etc., par le P. Niceron, t. XXVI, pp 126, 127.

(2) *Factum contenant les moiens de la Faculté des Arts contre le mariage et bigamie des régens* p. 17 (*Bibl. Imp. Rec. Thoisy. Université*, t. I, fᵒ 97

(3) Autre *Factum* manuscrit contenu au même vol. des *Recueils Thoisy*, fᵒ 94. On y appelle Raffar « un personnage de grande réputation. »

cellence du travail et de l'étude, le poursuivait toujours, et il y revint enfin en 1594. Deux ans après, il prêtait serment entre les mains de Henri IV, et remontait dans sa chaire du collége royal. Il mourut principal du collége de Merci, au mois de juillet 1606 (1).

Le collége de Beauvais, bouleversé par les troubles religieux, put respirer enfin sous un principal dont la longue administration n'a peut-être été signalée par aucun fait éclatant, mais qui, dans les divers actes que les archives gardent de lui, apparaît comme un type de sagesse, de fermeté, de modération et de dévouement à la maison qu'il gouvernait. C'était François Moreau, du diocèse de Soissons. Il fut élu recteur le 23 juin 1576, et obtint du roi Henri III la confirmation des priviléges de l'Université. Du Boulay nomme encore deux actes de son rectorat : d'abord la confection d'un sceau, puis la mise en vigueur d'un sénatus-consulte du 6 mars 1524 contre les brigues qui troublaient trop souvent l'élection du recteur : il fut de nouveau arrêté que, pour être fait recteur, il fallait ou avoir enseigné en grammaire pendant six années, ou avoir achevé son cours de philosophie, ou être bachelier en théologie, ou bien encore avoir pris la licence en médecine (2).

En somme, le xvie siècle fut pour le collége de Beauvais un siècle de progrès. Il est vrai qu'il eut aussi à lutter contre plus d'une épreuve : nous avons déjà nommé les discordes religieuses. Longtemps avant que cette calamité vînt s'abattre sur le collége, un autre fléau l'avait visité à plusieurs reprises, la peste. Il avait fallu renvoyer maîtres et élèves. Ce sont encore les livres de compte qui nous mettent sur la trace de ces épreuves. On lit dans ceux de 1501 : « A Nicolas Tousé, pour avoir guardé la

(1) Goujet. *Mém. hist. sur le collége de France*, t. II, p. 79-83.
(2) Du Boulay, *Hist. Univers. Paris*. T. VI, p. 748.

porte dudict collége durant le temps de la peste que les maistres regens et escoliers estoient au village et avoient laissé leurs biens audict collége, durant lequel temps a vacqué l'espace de six sepmaines a esté paié tant pour sa peine que pour chandelle la somme de xxiiii s. par. ». En 1511, il fallut encore envoyer les maîtres et élèves « aux champs » et charger trois « poures escoliers de garder le collége, clorre la porte et verrous, nettoyer la court et prendre garde ès chambres de peur des larrons. » On leur donna pour leur peine et leur nourriture quatre livres seize sous parisis (1). En 1519, nouvelle invasion de la peste et nouvelle émigration à la campagne, où l'on demeura « l'espace de unze sepmaines. » Mais avant le départ un élève était mort, et les comptes de cette année nous donnent des détails minutieux sur la manière dont on purifia la chambre où il avait expiré. « Item pour avoir faict curer une chambre en icelluy colleige en laquelle estoit trespassé ung escollier, et par ce qu'il y avoit suspicion de peste pour éviter aux inconvénients qui s'en eussent peu ensuivre furent transportés tous les biens estant en icelle chambre hors d'icelluy colleige par le fossoyeur de la parroisse sainct Estienne auquel fut donné pour ce faire et pour curer la dicte chambre de mise faicte avec lui xvi sols par. — Item pour bois cotherest et bourrée pour faire feu en icelle chambre et pour vin aigre espandu dedans icelle pour corrompre le maulvais ayr fut payé iv s viii den. par. ». En 1521, on fut plus avisé. « Jean Lourcy, poure escolier, chappelain en la chappelle diceluy collége, estant griesvement malade, fut porté à l'hôtel-Dieu où il alla de vie a trespas ». Le collége paya vingt sous parisis pour le transport du malade à l'hôtel-Dieu et pour son inhumation (2).

(1) *Arch. de l'Emp.* M. 95.
(2) *Ibid.* M 96

La peste reparut encore en 1562 et en 1580. Cette dernière invasion du fléau fut terrible. M. Quicherat le décrit ainsi d'après Claude Hatton et du Boulay (1).

« Elle commença avec le printemps sous forme de coqueluche, puis se tourna tout d'un coup en cholérine pernicieuse. Il y eut tant de malades qu'il fallut improviser des ambulances dans la campagne autour de Paris ; on estime le nombre des personnes qui moururent à trente ou quarante mille. La frayeur se mit dans la population; ce fut un sauve-qui-peut général. La jeunesse surtout déserta. Vers la Saint-Jean on fut obligé de fermer les classes ; et comme le mal sévissait encore aux approches de l'hiver, non-seulement l'année fut perdue, mais la rentrée pour l'année suivante se fit dans les pires conditions. Depuis lors, il n'y eut plus d'interruption aux misères. Avec des impôts excessifs on eut la guerre civile, la disette, et une seconde épidémie, pour laquelle les colléges furent sur le point d'être fermés de nouveau en 1583. »

(1) *Hist. de Sainte-Barbe,* t. II, p. 66.

CHAPITRE X

Tout près du collége de Beauvais, à l'extrémité septen-
trionale de l'ancien Clos-Bruneau, et s'ouvrant sur la rue
des Carmes, était un petit collége que nous avons déjà
nommé plusieurs fois, et que nous devons maintenant
faire connaître à nos lecteurs, le collége de Presles. Il
était beaucoup plus ancien que celui de Beauvais. En effet,
dès le mois de janvier 1314, Philippe le Bel approuvait, par
des lettres spéciales, la fondation d'un nouveau collége
faite par Guy de Laon, trésorier de la Sainte-Chapelle et
par Raoul de Presles, avocat au parlement. Les deux
fondateurs n'avaient d'abord songé à créer qu'un seul
établissement ; mais de leur vivant, des querelles si vives
s'élevèrent entre leurs boursiers, qu'ils durent se résigner
à les séparer. Un mur divisa la cour en deux parties. Les
boursiers de Guy de Laon gardèrent les bâtiments qui
s'ouvraient sur la rue du Clos-Bruneau, et les quittèrent
ensuite en 1339, pour aller occuper, rue de la Montagne-
Sainte-Geneviève, une maison plus vaste qui venait de

leur être léguée par l'avocat général Gérard de Montaigu :
ils formèrent le collége de Laon. La maison abandonnée
par eux était cette maison *aux Images*, acquise plus tard
par Jean de Dormans pour fonder le collége de Beauvais.
Les bâtiments situés sur la rue des Carmes furent conservés par les boursiers de Raoul de Presles, réunis sous
le nom de collége de Presles. Ce collége contribua aussi à
la fondation de celui de Beauvais, par l'abandon qu'il fit
au cardinal de Dormans de sa maison dite *le Gago*, con-
tiguë à la maison *aux Images*, et de plusieurs autres petites
maisons voisines.

Raoul de Presles n'avait fondé que deux chapellenies
du titre de Notre-Dame et de Saint-Jacques, et quinze
bourses : rien n'indique que la fondation primitive ait été
accrue dans la suite. La principalité était unie à la chapelle de Saint-Jacques ; au bénéficier de cette chapelle
appartenait aussi le maniement des fonds de la communauté. La dotation des chapelains ne montait qu'à vingt
livres parisis de rente. Les boursiers recevaient quatre
sols parisis par semaine ; ils pouvaient jouir de leur
bourse pendant six ans, et si, au bout de ces six années
ils avaient pu passer maîtres ès arts, on leur en accordait
encore la jouissance pour six nouvelles années qu'ils
devaient consacrer à l'étude du droit ou de la théologie.
Ils devaient être pris dans les villages de Presles, Cys,
Ru, Saint-Marc et Boves, au diocèse de Soissons (1).

La réputation de Pierre Ramus avait donné, pendant
vingt-sept ans, une grande vogue au collége de Presles.
La fin tragique du savant principal replongea dans sa
première obscurité une maison qui avait trop volontiers
subi son influence, et qui gardait les traces toutes fraîches
de son sang. D'ailleurs c'était l'Université tout entière

(1) Du Breul. *Les Antiquitez de la ville de Paris*, p. 311 et 312.

qui avait été bouleversée par les querelles théologiques
et par les guerres religieuses ; les autres fléaux qui, dans
le cours de ce siècle, étaient venus à plusieurs reprises
accroître les maux dont les Parisiens étaient accablés, la
peste et la famine, avaient aussi largement contribué à la
désertion des colléges et à la désorganisation des études.
Il faut entendre dans quels termes douloureux un
écrivain contemporain (1) dépeint l'aspect misérable de
l'Université sous le règne de Henri III. « Elle ne conservait plus, dit-il, aucun vestige de son ancienne dignité.
Des soldats espagnols, belges et napolitains, mélés aux
paysans des campagnes voisines, avaient rempli les Asiles
des Muses d'un attirail de guerre, au milieu duquel erraient
les troupeaux. Où retentissait autrefois la parole élégante
des maîtres de la jeunesse, on n'entendait plus que les
voix discordantes de soldats étrangers, les bêlements des
brebis, les mugissements des bœufs ; en un mot les colléges étaient devenus infects comme les écuries d'Augias
et l'Université plus silencieuse qu'Amycla (2). »

Le collége de Beauvais, gouverné lui-même par un
principal dévoué au protestantisme et victime de la Saint-
Barthélemy, ne pouvait manquer d'avoir sa large part
des douleurs qui s'appesantissaient alors sur tous les colléges. Malgré la sage administration du principal François
Moreau, ses classes se repeuplaient trop lentement, et il
ne parvenait pas à retrouver le calme et la prospérité
dont il jouissait avant les guerres religieuses. C'est alors
que fut mis en avant le projet d'unir les deux colléges de
Presles et de Beauvais pour l'exercice des classes. On
espérait ainsi non-seulement leur rendre leur ancienne
prospérité, mais leur donner même une importance qu'ils

(1) Boutrais. *De rebus in Gallia gestis*, cité par M. Jourdain,
Hist. de l'Univers. de Paris, au xviie et au xviiie s., p. 2.
(2) Virgile. *Eneid.*, l. X, v. 564, Et tacitis regnavit Amyclis.

n'avaient jamais eue auparavant, puisque ni l'un ni l'autre n'avaient possédé jusque là le *plein exercice*. De qui vint cette heureuse pensée ? rien ne l'indique (1). Cette impor-

(1) Rien ne l'indique au moins dans les Archives M. Charles Jourdain possède un registre intitulé : *Beauvais, inventaire, minutes*, qu'il a bien voulu nous communiquer, auquel nous faisons de nombreux emprunts et qui raconte ainsi l'origine de cette union :

« Les colléges de Beauvais et de Presles, situés rue Saint-Jean de Beauvais, étaient contigus l'un à l'autre et les cours de ces deux colléges n'étoient séparées que par un mur de clôture. Cette proximité ne servit pas peu à entretenir l'amitié qu'il y avoit dans le XVIe siècle entre Omer Talou, principal du collége de Beauvais, et l'illustre Ramus principal de celui de Presles· Pour se voir plus commodément, ils firent ouvrir une porte de communication dans le mur de clôture ; bientôt toutes les personnes qui composaient les deux colléges, ayant la facilité de se voir à tout instant, s'unirent étroitement, et comme chacun de ces colléges n'étoit point assez spacieux pour pouvoir suffire à l'exercice de toutes les classes, Ramus enseignoit la dialectique dans le collége de Presles et Omer Talon enseignoit une autre science dans celui de Beauvais, et les écoliers de ces deux colléges suivoient successivement les leçons de ces deux maîtres.

« Après la mort de Ramus qui fut enveloppé en 1572 dans la cruelle catastrophe de la Saint-Barthélemy, les maîtres des deux colléges s'unirent ensemble pour fournir à tous les exercices qui avoient lieu dans les colléges de l'Université, et Me Etienne Bourgeotte, qui se trouva principal de ces deux colléges en 1597, ne contribua pas peu à cette association. Les deux communautés s'y prêtèrent d'autant plus facilement, que ces deux colléges sont fondés pour des sujets du diocèze de Soissons ; de sorte que l'exercice des classes devint commun entre les boursiers de ces deux colléges, qui cependant avoient leur habitation séparée, et cette association se fit de bon accord et sans qu'il en fût passé aucun acte. . . » (Art. : *Vo Liasse. Pièces relatives à l'association*, etc).

Ce récit, dû vraisemblablement à un économe du collége Louis-le-Grand, nous semble renfermer des choses peu exactes. Ainsi, nous n'avons trouvé nulle part le nom d'Omer Talon parmi ceux des principaux de Beauvais, et tout ce que nous savons de ce

tante affaire fut consommée l'an 1597. Presque tous les bâtiments des deux colléges venaient d'être reconstruits à neuf (1).Pour opérer la réunion, l'on n'eut qu'à renverser la muraille élevée au xvie siècle, qui partageait en deux la cour intérieure. Presles s'engagea à fournir quatre classes, Beauvais les quatre autres ; le collége uni possédant enfin toutes les classes jusqu'à la philosophie, fut proclamé de plein exercice et prit place à ce titre parmi les grands collèges de Paris. Mais le nom de Dormans, que le collége fondé par le célèbre cardinal de Beauvais avait pieusement gardé jusque là, disparut entièrement, sans qu'aucun des descendants du fondateur ait élevé la voix pour protester; le public, comme l'université, ne connut bientôt plus que le collége de Presles-Beauvais, *Prælles-Bellovacum*. Les deux colléges gardèrent cependant chacun leur principal ; ils eurent leur porte distincte, leur administration financière entièrement séparée, et bien que leurs boursiers entendissent les mêmes leçons, ils conservèrent toujours leur caractère, leur dotation et leurs règles spéciales. Dans la suite pourtant on fut frappé des inconvénients qui naissaient d'une double autorité ; la principalité des deux colléges fut bientôt réunie sur une seule tête, et leurs boursiers soumis pour la discipline générale aux mêmes règlements. Néanmoins on ne parvint jamais à fondre en un même esprit les deux communautés, et nous verrons le sage Rollin briser, après

savant professeur, mort trop jeune, c'est qu'il débuta en enseignant la rhétorique à Beauvais avec Ramus. Peu après il disparaît de l'histoire, et quand Ramus publie en 1543 ses fameuses *Aristotelicæ animadversiones*, c'est Guillaume de Montvelle, recteur de l'Université, et notre principal, qui le combat. Nous n'avons non plus trouvé nulle part la trace de cette porte de communication ouverte entre les deux colléges avant le contrat d'union.

(1) *Les antiquitez, chroniques et singularitez de Paris*, p. 121.

plus d'un siècle, une union devenue préjudiciable à
Beauvais.

Il y avait trois ans que les deux colléges étaient unis,
lorsque Jean Lemercier, vice-principal et régent de Beauvais, fut à deux reprises élu recteur de l'Université. Les
intrants voulaient le continuer encore dans cette charge;
mais Antoine Fusil, licencié en théologie, curé de Saint-
Barthélemy et de Saint-Leu-Saint-Gilles, forma opposition
à cette troisième élection, au nom des statuts qui ne permettaient pas que les fonctions de recteur fussent confiées
trois fois de suite au même candidat. Les nations soutinrent leur élu. Alors Fusil porta l'affaire au Parlement,
qui cassa l'élection et ordonna de procéder dans la quin-
zaine au choix d'un nouveau recteur, qui ne pourrait être
ni Fusil ni Lemercier (1). Cet incident contribua sans
doute à faire insérer, dans un règlement donné quelques
semaines plus tard à l'Université, un article qui ramenait
expressément aux anciens usages, et défendait de réélire
immédiatement le même recteur (2). Mais cette règle, si
souvent renouvelée, n'était plus respectée depuis longtemps, et la promulgation que l'on crut devoir en faire
alors fut aussi inutile que les précédentes.

Il est probable que le collége de Beauvais donna encore
en 1602, dans la personne de Claude Palliot, un recteur à
l'Université Ce fut en effet dans sa grande salle, et sous
la présidence de ce maître, que se tint l'assemblée convoquée pour décider à qui devrait être dévolue la qualité
de Doyen dans la Faculté des arts à l'Université de Bourges,
Cette compagnie, au sein de laquelle s'était élevée à ce
sujet une grande contestation, eut recours à l'Université

(1) Ch. Jourdain, *Hist. de l'Univers. de Paris*, p. 8.
(2) *Ibid* , p. 13.

13

de Paris comme à sa mère ; la décision qu'elle en reçut rétablit la paix dans son sein (1).

Quentin Hoyau, chanoine et grand archidiacre de Soissons, qui succéda à François Moreau, et gouverna longtemps notre collége, réunit le premier sur sa têtela double principalité de Presle et de Beauvais. Il est peu connu, et dans les rares souvenirs que nous avons pu retrouver de son administration, il n'apparaît guère que comme un homme faible, qui eut beaucoup à souffrir des tracasseries des chapelains et de l'esprit indiscipliné des écoliers. Il remplissait en 1611 les fonctions de recteur. Pendant son rectorat, l'Université de Paris reçut, en sa personne, de la part d'un religieux étranger, un hommage auquel elle se montra extrêmement sensible. Les Dominicains tenaient dans leur grand couvent de la rue Saint-Jacques leur chapitre général, et, selon l'usage du temps, il y avait à cette occasion de grandes joutes théologiques. Parmi tous les lutteurs se distinguait le Père Grégorio de Torrez, Espagnol, qui, le jour de la Pentecôte, soutint contre tout venant les thèses les plus savantes. Le roi Louis XIII, la reine-mère, plusieurs princes du sang, l'illustre cardinal Duperron, plusieurs évêques et abbés étaient présents. Le recteur était aussi venu, entouré de son cortége officiel, représenter à cette assemblée l'Université, de qui relevait, pour les questions d'enseignement, le collége fondé au couvent de Saint-Jacques pour les jeunes religieux de Saint-Dominique. Quelle fut sa joie, lorsque le docteur espagnol commença par lui offrir la dédicace des thèses qu'il allait soutenir ! Il fit plus ; il loua magnifiquement l'Université de Paris, et déclara qu'il l'associait dans ses affections à Saint-Thomas d'Aquin lui-même. L'Université fut vivement touchée de cette marque de déférence : elle voulut inscrire le dominicain espagnol au

(1) *Ibid.*, p. 30.

nombre de ses docteurs, lui décréta des éloges et chargea le recteur de publier à ce sujet un mandement spécial, qui serait transcrit aux registres de la compagnie (1).

Deux mois auparavant, les suppôts du collége de Beauvais avaient eu à présenter leurs félicitations au nouveau premier président du Parlement, leur supérieur majeur. L'illustre Achille de Harlay, parvenu à l'âge de quatre-vingts ans, avait renoncé à cette fonction, après l'avoir remplie pendant trente années, et on lui avait donné pour successeur Nicolas de Verdun, homme docte, capable et suffisant pour exercer une grande charge, dit Lestoile, qui ne lui reproche que son affection pour les Jésuites. Ce changement devait avoir pour notre collége des conséquences considérables. En effet le nouveau président ne se contenta pas de donner à l'institution dont il prenait le patronage, de vagues promesses de faveur ; il la prit réellement en affection et s'occupa avec zèle de son honneur et de ses intérêts. Il ne nommait le collége de Beauvais que *son collége*. L'état lamentable de la discipline et des études le frappa douloureusement ; il en chercha les causes ; persuadé qu'un principal instruit, ferme et zélé pourrait seul relever les ruines accomplies par les fléaux du siècle précédent, et que les efforts des

(1) *Arch. de l'Université*, Reg. xxv, fᵒ 299 et 300.—Cet hommage, rendu à l'Université par le P. Grégoire Torrez, ne pouvait cependant lui faire oublier les vives attaques dirigées, dans les mêmes solennités, contre ses doctrines traditionnelles par un dominicain allemand, Wibert Rosembach, qui ne craignit pas de soutenir que le Concile n'est en aucun cas au-dessus du Pape, et que le chef de l'Église ne peut errer ni dans la foi ni dans les mœurs. Cette thèse mit en grand émoi les vieux docteurs de Paris. Le Parlement s'en émut davantage encore, et le garde des sceaux s'interposa avec lui pour empêcher que la discussion ne continuât sur de pareils sujets (Ch. Jourdain, p. 63).

(2) *Journal de Louis XIII*, cité par M. Ch. Jourdain, p. 62.

deux derniers principaux n'avaient pu réparer, il résolut de trouver un homme capable de rendre enfin au collége son ancienne prospérité.

L'année précédente (1610), l'Université avait choisi pour recteur un homme jeune encore, mais qui déjà s'était acquis une grande réputation. Né à Châlons-sur-Marne en 1576, Jean Grangier était venu de bonne heure étudier à Paris, s'était fait ordonner diacre, et avait obtenu la prébende de théologal au chapître de Beauvais. Une vocation décidée pour l'enseignement l'avait bientôt poussé à renoncer à sa stalle de chanoine ; il revint à Paris en 1594 pour y suivre son attrait, et fut revêtu dès l'an 1605 de la double charge de professeur de rhétorique et de principal au collége d'Harcourt. Le président de Verdun connaissait Grangier depuis longtemps : il avait assisté autrefois aux paranymphes du jeune étudiant en théologie, avait applaudi à ses succès et lui avait ouvert sa maison. Rentré à Paris en qualité de premier président, après avoir exercé les mêmes fonctions à Toulouse, il trouva l'ancien candidat de la maison de Navarre dépassant les espérances qu'il avait autrefois données, et il songea aussitôt à l'attacher au collége de Beauvais, dont il voulait relever la fortune. Il lui offrit la classe de rhétorique, avec un traitement de huit cents francs. Mais Grangier avait conscience de son mérite. « Je le remerciai de l'honneur qu'il me faisoit, dit-il lui-même ; sur ce qu'ayant travaillé jà presque neuf ans entiers dedans l'Université en qualité de principal et Régent conjoinctement, et ayant quitté la prébende théologale de Beauvais pour ce faire, au temps auquel on avoit besoin d'hommes en ladite Université, ausquels la diligence et fidélité en enseignant eut acquis quelque créance parmy le monde, il ne seroit bien séant de m'enroler en une autre compagnie, pour de capitaine devenir soldat (1) ». On trouva moyen de tout concilier : le princi-

---

(1) *De l'estat du collége de Dormans,* etc.

pal Quentin Hoyau était rebuté de l'insuccès de ses efforts pour rétablir la discipline; le président de Verdun lui fit apprécier les avantages d'une retraite, qui lui conserverait presque tous les profits de sa charge, sans lui en laisser les désagréments ; l'abbé de Saint-Jean-des-Vignes accepta sa démission, et consentit à fermer les yeux sur ce qu'avait d'irrégulier le choix d'un principal qui n'était ni prêtre ni Soissonnais, et au mois d'avril 1615, Jean Grangier fut mis en possession de la principalité de Beauvais.

Les difficultés que le nouveau principal eut à vaincre dans son installation, l'activité et la fermeté de son administration, les améliorations considérables qu'il sut apporter dans les affaires temporelles et dans l'état moral de la maison dont il était devenu le chef, Grangier a pris la peine de raconter tout cela fort au long, dans un curieux mémoire que nous citons au chapitre suivant, et auquel nous renvoyons les lecteurs. En somme, c'était un homme habile, qui avait pris ses fonctions à cœur, et qui sut user à propos de sa réputation, de son influence dans l'Université et de l'affection que lui avait vouée le premier président, pour corriger une foule d'abus, s'entourer de professeurs distingués, et ramener la jeunesse dans les classes presque désertes de son collége.

Quentin Hoyau n'avait cédé à Grangier que la principalité de Beauvais, et avait gardé celle de Presles. C'était faire renaître les difficultés auxquelles on avait voulu obvier en lui confiant à lui-même la direction des deux colléges à la fois. Grangier ne fut pas le dernier à s'en apercevoir, et il ne se donna pas de repos, avant d'avoir obtenu que maître Hoyau renonçât aussi en sa faveur au titre et aux fonctions de principal du collége de Presles. Cette renonciation fut signée par devant deux notaires le 7 mars 1616. Il y est dit que « les partyes considérant que l'exercice des bonnes lettres qui a accoustumé d'estre

entretenu es colléges de Beauvais et de Presles conjoinctement requis ung seul principal duquel les régens des-
pendent immédiatement et lequel soit recongneu des
boursiers et escolliers desditz colléges pour chef de la
discipline et modérateur des actions et des fonctions,
scholastiques. A ces causes, le dict maistre Quantin Hoyau
principal dudict collége de Presles, désireux de voir fleurir
les bonnes lettres esdictz colléges ayant desja choisy la
personne dudict maistre Jehan Grangier pour la direction
et gouvernement dudict collége de Beauvais, s'est volontairement démis et démest de la maistrise et principaulté
dudict collége de Presles, et ce pour et au nom au profit
et en faveur dudict maistre Jehan Grangier ce acceptant,
pour estre par icelluy sieur Grangier pourveu de ladicte
principaulté et maistrise dudit collége, du consentement
de maistre Le Vasseur Chappellain de la chapelle Notre-
Dame fondée audict collége, maistre Antoine Moreau,
Claude Dolle, etc., etc., boursiers dudict collége de Presles
à ce présens et comparants. Cette démission faicte à la
charge que ledict sieur Grangier s'est obligé et oblige par
ces présentes en ceste qualité de principal dudict collége
de Presles à l'entretien de l'exercice pour l'honneur et
proffict d'icelluy, à loger gaiger et stipendier troys regens
dont deux en philosophie et ung en grammaire selon
l'exigence du temps, à gaiger le portier et fournir ce qui
sera nécessaire pour la porte, a cathéchiser et endoctriner
soigneusement les boursiers dudict collége et tenir la
main à ce que chascun vive selon les statuz et réglemens
tant dudict collége que de l'Université de Paris. Pour à
quoy satisfaire ledict Hoyau a ceddé quitte et délaisse du
consentement desdicts chappellains et boursiers audict
sieur Grangier ce acceptant le logis qu'il soulloit tenir
comme principal des appartenances et dépendances dudict
collége de Presles pour par luy en disposer à sa volonté,
soubz les statutz néantmoings et constitutions de ce col-

lége en tiltre d'appoinctement de principal. Et oultre a
le dict sieur Grangier recongneu et confesse avoir prins et
retenu desdicts chappellains et boursiers dudict collége
de Presles qui luy ont baillé et délaissé durant la vye
dudict sieur Grangier et le cours dicelle le grand corps
d'hostel dudict collége qui a son regard sur la rue Sainct
Jehan de Beauvais pour en jouir par ledict sieur Grangier
et fournir audict logement et aux gaiges des régents et
parties, auxquelz il est et sera tenu pour l'acceptation de
ceste charge.... Et entendent lesditz du collége de Presles
ceste union de la principaulté de Presles estre faicte en
la personne de maistre Jehan Grangier seullement, sans
que ceste faveur qui se faict en considération des bons
offices qu'espère le collége de la dilligence et fidellité
d'icelluy puisse estre tirée en conséquence à l'advenir ou
serve de préjudice au chapellain de Sainct-Jacques lequel
par la retraite ou par le décedz dudict sieur Grangier
rentrera en la principaulté de laquelle il n'entend alliéner
le droict lequel luy est donné par la fondation avec la
recepte et administration du bien dudict collége, demourant néanmoings ledict sieur Hoyau chappellain de la
dicte chappelle sainct Jacques, nonobstant ces présentes,
principal des bourciers dudict collége de Presles pour les
recepvoir ou démettre le cas y échéant et générallement
de faire les fonctions et actions de supériorité sur lesdictz
bourciers ensemble et pour la recepte et administration
des biens et revenus dudict collége, le tout suivant et
conformément aux statutz d'icelluy, auquel pouvoir cy
dessus réservé ledict sieur Grangier n'entend aulcunement
préjudicier audict sieur Hoyau, déclarant que le présent
contract de démission faict à son profflct de ladite principaulté n'est que pour l'entretien de l'exercice et actes de
scholarité (1) ».

(1) *Arch. de l'Emp.* M. 185

Grangier pouvait donc agir, sans craindre qu'une autorité rivale vînt contrarier ses projets. Le personnel du collége de Beauvais, plus complétement placé sous sa direction, devint aussi de sa part l'objet de soins plus assidus. Une de ses préoccupations les plus constantes fut l'amélioration de l'état des petits boursiers, dont le logement et la nourriture laissaient grandement à désirer. Il eut en particulier à déployer son zèle durant la peste de 1623. Obligé de licencier le collége, il y garda ceux des boursiers qui ne pouvaient pas retourner chez leurs parents, et les comptes de cette année contiennent deux articles que nous voulons citer ici comme un témoignage de sa sollicitude : « III l. II s. pour achat de quilles et boules de bouys pour récréer ceux qui estoient demeuré dans le collégè pendant la contagion. Item LIII¹ payés aux petits boursiers qui estoient demeuré dans le collége pendant la contagion, sçavoir chacun X sols oultre leurs gages ordinaires pour les aider à se bien nourrir pendant ledit temps. »

La conduite et l'enseignement de Grangier au collége de Beauvais accrurent encore la réputation dont il jouissait. En 1617 il succéda à Théodore Marcile dans la chaire d'éloquence latine au Collége de France, et dès lors son nom fut associé à celui des plus illustres professeurs du xvi⁰ siècle. On disait proverbialement dans l'Université : il n'y a qu'un Grangier pour dicter, un Bourbon pour écrire et un Marcile pour enseigner : traduction populaire de ce gracieux distique composé dans ce temps-là à la louange de ces trois maîtres :

> *Grangerius dicit ; scribit Borbonius ; unus*
> *Marcilius doceat ; cœtera turba tace.*

Le 3 avril 1637, on célébrait dans la chapelle du collége

(1) *Ibid.* M. 97.

de Beauvais un service solennel. Grangier avait perdu son protecteur, le président de Verdun, et il avait voulu que le collége tout entier, pour qui ce magistrat avait tant fait, s'associât à l'expression de sa reconnaissance et de ses regrets personnels. Lui-même, ce jour-là, prononça en latin une oraison funèbre du défunt qui lui mérita de grands éloges (1) . Cette perte ne diminua en rien son autorité ; il

(1) *Oratio funebris in laudem illustrissimi viri Nicolai Verdun equitis Torquati, et in curia Parisiensi Primarii Præsidis, habita in æde Collegii Prælei-Bellovaci a Joanne Grangierio, Regio eloquentiæ Professore,* III *Kal. Apr., An.* M.DC XXVII. (*Biblioth. Mazar.* Rec. 10332. C.).

Le même recueil contient l'éloge suivant, adressé à cette occasion à Grangier :

Doctissimo viro Domino Joan. Grangierio. Regio eloquentiæ Professore, et in Collegio Dormano-Bellovaco Primario dignissimo. Piis manibus Illustrissimi Viri Domini D. Nicolai de Verdun, Summi in Principe Curia Præsidis Pientissime parentanti deque eo funebrem orationem habenti.

EPIGRAMMA.

Grangieri, summo dum Summi Præsidis ornas
  Eloquio laudes, funeraque ampla facis;
Mira facis linguæ, et Pietatis munera : namque hoc
  Funere qui colitur, vivit ab ore tuo.

Son ami Morel, principal du collége de Rheims, lui adressa aussi en vers un éloge dans lequel il le compare à Cicéron.

Un élève du collége voulut unir ses louanges à celles que son maître adressait au défunt : nous citons ces quatre vers , les premiers qui nous soient parvenus des élèves de Beauvais :

*Memoriæ Illustrissimi Viri
Nicolai Verduni
Posuit Ludovicus Quatr'hommes
Classicus Prælco-Bellovacus.*

continua d'être un des chefs les plus respectés de l'Université, et l'un de ceux que cette compagnie choisissait avec le plus de confiance, quand il s'agissait de défendre ses droits ; seulement, par la mort du président de Verdun, la direction supérieure du collége de Beauvais passait, avec la charge de premier président, en des mains nouvelles, et les indisciplinés, que Grangier avait pu contenir, grâce à l'appui de M. de Verdun, relevèrent la tête et lui suscitèrent la querelle qui sera racontée au chapitre suivant.

Jean Grangier avait été une première fois recteur en 1610 ; il avait soutenu avec plus de zèle que de bonheur les prétentions de l'Université contre les Jésuites. Cette année-là, en effet, après de longues et infructueuses tentatives, ces religieux parvinrent à ouvrir un cours de philosophie dans leur collége de Clermont (1). Elu de nouveau en 1631, il eut encore à lutter contre les mêmes adversaires. Voici ce qu'en racontent les historiens de l'Université. Depuis longtemps les Jésuites voulaient agrandir leur collége, et cherchaient à faire l'acquisition du collége du Mans, voisin de celui de Clermont. L'Université, de qui dépendait ce collége, n'était pas d'humeur à se laisser dépouiller sans mot dire, par ceux qu'elle regardait comme ses plus mortels ennemis. Elle s'opposa si vaillamment aux envahisseurs qu'ils se tinrent tranquilles

Qui sibi non vixit, Gallis dum viveret, ecce
Nunc demum vivet sæcula cuncta sibi ;
Sic vivus moritur, vivit quoque mortuus idem,
At moritur terris, vivat ut usque polo. (*Ibid.*)

En même temps que l'oraison funèbre du président de Verdun, Grangier publia sous ce titre, celle qu'il avait prononcée six ans auparavant à la mort de sa femme : *Oratio funebris in laudem Carolæ de Guex, spectatissimæ feminæ, quam habuit in matrimonio N. Virdunius Princeps Senatus. Obiit* xv *Novembris, An. Chr.* M.DC.XXI. (*Ibid.*).

de ce côté pendant sept ans. Mais en 1631, M. de Beaumanoir, évêque du Mans, qu'ils avaient déjà puissamment
influencé à l'époque de leur première tentative, fut si ha-
bilement circonvenu, qu'il leur céda enfin, moyennant
trente-trois mille francs, tous ses droits sur son collége.
Le contrat fut ratifié par le roi, et dans les premiers
jours de novembre, deux Pères se présentèrent, escortés
de quelques soldats, à la porte du collége du Mans, et
sommèrent principal et boursiers de vider la place. A
cette nouvelle, l'Université se leva furieuse ; sentant
bien que si elle avait le dessous dans cette affaire, il
lui deviendrait impossible d'arracher à ses rivaux les
autres colléges qu'ils trouveraient à leur convenance, elle
résolut de s'opposer par tous les moyens à leur entreprise. Elle en appela aux statuts et aux intentions des fondateurs ; l'évêque du Mans fut taxé de simonie et la Faculté de théologie appela hautement le marché conclu
avec les Jésuites un trafic irrégulier, illicite, honteux,
contraire aux canons et à la justice, attentatoire aux
biens de l'église et des pauvres. Les Jésuites s'adressèrent
à Rome, mais l'Université y envoya en même temps ses
titres de possession ; et afin de mieux affirmer ses droits
sur le collége du Mans, elle y fit transporter les bancs qui
garnissaient la salle affectée à ses réunions au cloître des
Mathurins, et il fut décidé qu'elle y tiendrait désormais
ses assemblées. Cette résistance énergique lui permit de
garder encore pendant un demi-siècle son collége du
Mans, qui finit pourtant par passer aux Jésuites. Est-il
besoin de dire que dans cette lutte, le pamphlet fut l'arme
préférée des partisans de l'Université ? Le plus célèbre de
tous, intitulé *Première Jésuitique*, était si cruel que le recteur Grangier crut devoir en blâmer la violence, en pleine
assemblée des nations. Mais sa critique ne fut pas du
goût de ses confrères, et dans une réunion moins solennelle, on lui demanda tumultueusement ce qu'il avait

voulu dire dans son discours des derniers comices. Il répondit que son intention était simplement de rappeler que, si les Jésuites étaient les ennemis de l'Université, l'Évangile ordonne de garder la charité même à l'égard de ses ennemis (1). Au reste, malgré le zèle qu'il avait déployé dans les luttes de 1610, Grangier passait, aux yeux des universitaires avancés, pour favoriser secrètement les enfants de saint Ignace. D'abord il était l'ami et le protégé du premier président, dont les sympathies étaient connues ; et puis, n'avait-il pas écarté, toujours sous le prétexte d'une violence exagérée, certaines accusations que plusieurs membres de l'Université voulaient porter contre les Jésuites aux États généraux de 1614? L'âpre Richer, racontant ce fait dans son *Histoire de l'Université de Paris* (p. 591), ajoute avec amertume que, par ces honteux ménagements, Grangier briguait les faveurs du cardinal du Perron et des Jésuites. Tout cela n'empêcha pas notre principal de rester un des personnages les plus considérés du corps universitaire, et d'être nommé, le 10 octobre 1635, procureur de la nation de France.

Cette même année, dans deux actes du 23 juillet et du 12 septembre, nous trouvons à la tête du collége de Presles-Beauvais Maître Pierre Loysel, docteur en théologie. Par quel concours de circonstances Grangier se trouvait-il déchargé de ses fonctions ? Était-ce par une démission spontanée, ou bien avait-il succombé un moment aux intrigues de ses adversaires ? Rien ne nous l'indique. Même alors, il garde au collége tout son dévouement, et dans une affaire suscitée à cette époque à la maison, pour lui ravir un professeur que lui enviaient plusieurs autres colléges, Grangier, « ex-principal », veut être son avocat, et « fait en latin un plaidoyer très-élégant, qui obtient

_____

(1) Ch. Jourdain, p. 127, 128. — *Arch. de l Univers.* Reg. **xxvii**, f° 173.

gain de cause à sa partie, D'ailleurs l'abbé Gouget nous apprend que Pierre Loysel, ayant été sur ces entrefaites, pourvu de la cure de Saint Jean-en-Grève, Grangier reprit ses fonctions de principal (1).

Il faut maintenant parler d'une circonstance de la vie de Grangier, sur laquelle nous aurions voulu trouver des renseignements plus complets : nous voulons dire son mariage. On se souvient qu'il était diacre, et pourtant il est certain qu'il se maria : les historiens qui ont parlé de lui avec le plus d'éloges n'en font pas mystère. Guy Patin en glose à son aise dans ses lettres : « Le bonhomme Grangier que vous avez connu n'est plus principal de Beauvais : il s'est marié à sa servante, pour la décharge de sa conscience, de laquelle il avait déjà quelques enfants ; *et hæc humanitus contingunt melioribus* (2) ».

Du moins ce mariage, contracté sous de si tristes auspices, fut-il légitime ? On lit dans le Père Niceron: « Nous apprenons par une lettre de Nicolas Bourbon, (collégue de Grangier au collége royal), datée du 16 janvier 1635, que Grangier avait quitté depuis peu la Principalité du collége de Beauvais, et qu'ayant obtenu du Pape dispense des ordres sacrés, qu'il avoit reçus, il s'étoit marié à une femme dont il avoit déjà eu quelques enfans (3) ». L'abbé Gouget, qui écrivait environ un siècle après l'événement, est bien plus affirmatif au sujet de la dispense, par laquelle l'union contractée par le principal de Beauvais serait devenue légitime. « Pour contracter ce mariage, dit-il, avec la personne qu'il désiroit et qu'il fréquentoit depuis quelque temps, il fut obligé de demander une

---

(1) Goujet, *Mémoire historique sur le collége royal de France,* t. II, p. 142.

(2) Édit. 1846, t. 1er, p. 45.

(3) *Mémoire pour servir à l'histoire des hommes illustres dans la république des lettres,* t. XXXVII, p. 262.

dispense puisqu'il étoit diacre. Le pape Urbain VIII, qui le connaissoit et qui l'avoit vu plusieurs fois pendant qu'il étoit Nonce en France, la lui accorda et elle fut fulminée dans les différentes paroisses de la ville de Paris (1). ·

Mais si le mariage de Grangier a été si public, et que la dispense qui le rendait légitime ait été promulguée si solennellement, comment se fait-il que, des nombreux ouvrages qui parlent de notre principal, les *Mémoires* de Niceron et de Goujet soient les seuls à faire mention de cette dispense et de la publicité qui lui fut donnée. Une dispense de ce genre est chose tellement rare; d'ailleurs, au point de vue purement doctrinal, elle heurtait si profondément les doctrines gallicanes, alors plus vivaces que jamais, que le silence des historiens et des théologiens du temps, sur une pareille affaire, semble tout à fait incompréhensible. Il y a plus. Longtemps avant que l'abbé Goujet n'écrivît son *Histoire du collége de France*, et douze ans à peine après la mort de Grangier, l'Université vit s'élever dans son sein une grande querelle : il s'agissait de savoir si les régents et autres suppôts de l'Université qui étaient mariés, pouvaient y exercer des fonctions honorifiques. Naturellement, le nom de Grangier fut plus d'une fois mis en avant dans cette controverse, et aucun des nombreux factums et mémoires publiés à ce sujet ne parle de la dispense; tous au contraire laissent planer sur l'union contractée par le principal de Beauvais les soupçons les moins honorables ; ces soupçons se transforment sous certaines plumes en accusations positives, sans qu'aucun de ceux qui avaient intérêt à justifier Grangier, n'ait songé à citer cette dispense, dont on n'aurait pu perdre sitôt le souvenir, et dont ils eussent si naturellement profité pour leur thèse, si elle avait existé. D'ailleurs, dans

(1) *Mémoire historique sur le collége royal de France*, t. III p. 142.

toute cette discussion, on ne parle du mariage de Grangier que comme d'un secret, qui aurait été connu de ses
seuls amis : « A l'égard de Grangier, dit l'un de ces mémoires, le canonicat de Beauvais qu'il possédoit, l'ordre
de diaconat qu'il avoit, ostoient au public la pensée qu'il
fust marié. Et si des notaires, si quelques-uns de ses
affidez ont sceu la vérité de son mariage, au moins est-il
certain qu'on ne l'a pas sceu au commencement. Mais enfin tout le plus que peut prétendre Goudoïn de l'exemple
de Grangier, est que son mariage a esté connu, et que
néantmoins la nation de France ne l'a pas chassé du Décanat qu'il exerçoit avant son mariage. A quoy l'on peut
répondre que, comme *Turpius ejicitur quam non admitti-
tur hospes*, personne n'a réclamé. Et sans doute Grangier a
esté un homme d'un rare mérite et à qui l'Université a
de grandes obligations, ce qui l'auroit obligé de fermer
les yeux, quand mesme la chose auroit esté notoire (1) ».

A côté de ce mémoire, nous en trouvons deux autres qui
sont beaucoup plus affirmatifs. « Si Grangier, dit le premier, n'a pas laissé d'être doien de la tribu de Rheims
quoyqu'il fust marié, on respond qu'il n'est pas véritable,
sauf correction, que ledit Grangier ait esté fait doien
estant marié, mais bien qu'estant doien il s'est marié, et
n'a esté toléré dans le décanat que fort peu de temps, sans
toutefois qu'il se trouvast aux assemblées ; et on peut dire
que si quelqu'un eust contesté et réclamé, la nation quelque considération qu'elle eust de sa personne n'eust pu
empescher qu'il ne luy fust arrivé ce qui estoit arrivé à
M. Raphar, qui estoit un personnage de grande réputation (2) ». Le second mémoire va bien plus loin et arti-

____

(1) *Réflexions sur la régence des gens mariez,* p. 13. — *Bibl. de
la Sorbonne.* H. F. a. n. 44ᵇ.

(2) Mémoire manuscrit. *Biblioth. imp Recueil Thoisy.* T. 1ᵉʳ,
f° 94.

cule des faits. « Le mariage de Grangier, qu'il ait été véritable ou non *au commencement*, n'a jamais passé que pour un concubinage dans l'esprit mesme de ceux qui le connaissoient plus particulièrement. Ils sçavoient qu'il étoit diacre ; tout le monde avoit connoissance des bénéfices qu'il possédoit ou qu'il avoit possédez, et entr'autres la Théologale de Beauvais, d'un Canonicat de l'église Métropolitaine de Reims. Outre cela, il étoit principal du collége de Beauvais : et comme il vit que la fréquentation qu'il avoit avec sa prétendue femme ou concubine faisoit du bruit, il céda la principalité à M. Pierre Loysel, à l'an 1635 lors Recteur, et envoya sa femme à Sèvre où elle est morte et enterrée, après la mort de laquelle il reprit la principalité, et parce qu'il n'en pouvoit plus faire les fonctions, il prit pour coadjuteur le sieur Moreau, qui est aujourd'huy principal (1) ». Enfin, si la dispense dont parle l'abbé Goujet a existé et a été fulminée dans toutes les paroisses de Paris, comment se fait-il que lui-même soit si mal renseigné sur la date d'un mariage contracté dans des circonstances aussi extraordinaires, et dont la célébration se trouve liée à l'existence même d'une pièce trop rare, pour qu'on ait pu la perdre ou en oublier la date? Grangier, dit-il, se maria en 1631 ou 1636.

Quoiqu'il en soit de la légitimité du mariage contracté par Grangier, il ne vécut pas longtemps avec la femme qu'il avait épousée : elle mourut en 1640, le laissant père de deux fils, dont l'un se distingua plus tard dans l'état militaire. Au reste, Grangier était lui-même affaibli par ses longs travaux plus encore que par l'âge. Les persécutions qu'il eut à supporter à l'occasion de son mariage, et la perte de sa femme hâtèrent sans doute sa retraite, et peut-être sa mort. Le 13 décembre 1642 il put recevoir

(1) *Factum contenant les moyens de la Faculté des arts en faveur du célibat*, etc., p. 28. (*Bibl. imp. Rec. Thoisy*, t. Ier, fo 37.)

encore le recteur et les députés de l'Université qui venaient visiter son collége de Beauvais, et jouir des éloges
qui furent donnés aux élèves, aux professeurs et à lui-
même sur la bonne discipline de la maison et le progrès
des études (1); mais en cette circonstance même, il était
assisté d'Antoine Moreau, son coadjuteur et son futur successeur, qui est déjà nommé, dans l'acte de visite, principal du collége de Presles. C'est le dernier acte auquel
Grangier semble avoir pris part, bien qu'il ait gardé jusqu'à sa mort le titre de principal du collége de Beauvais.
Deux ans après, il se démit purement et simplement de
sa chaire du collége de France, en alléguant, pour faire
agréer sa retraite, ses longs services, ses infirmités et ses
soixante-six ans. Il mourut l'année suivante (1644).

Qui connaît aujourd'hui le nom de Jean Grangier ? Cependant peu d'hommes ont eu, dans le siècle où ils ont
vécu, une aussi grande réputation de savoir et d'éloquence,
et ont reçu de leurs contemporains des éloges aussi magnifiques. Qu'il suffise, pour en donner une idée, de citer
quelques phrases d'un opuscule, publié quelques mois
avant sa mort par le doyen même du Collége de France,
sur les professeurs qui y avaient enseigné jusque-là.
« Des cendres de Marcile voici un autre phénix qui re-
naist grand, fort et généreux comme un aigle, c'est le docte
et éloquent Grangier... Il fut tenu pour orateur excellent,
et le mieux disant latin de son temps : outre ses belles et
riches leçons et vraiment royalles où on couroit avec
affluence comme à un Orphée, il a fait de célèbres actions,
tant en ses Rectorats de l'Université, qu'en plusieurs Paranymphes, et belles harangues d'entrées au Collége-
Royal, et autres Rencontres. Il avoit la grâce de bien ha-
ranguer et se faisoit attentivement escouter, parce que

____

(1) *Arch. de l'Université*, Reg. 27, f° 308.

diserte loquendo docebat, docendo delectabat, delectando mo-
vebat. (1) »

Mais ce fut surtout le collége de Beauvais qui eut à se
louer du zèle, du savoir et de la réputation de Jean Grangier. De ce principal date vraiment la grandeur de notre
collége. Avant lui, il avait eu quelques beaux jours, bientôt suivis de longues périodes d'obscurité ; grâce à lui, il
prend parmi les plus célèbres colléges de Paris, Harcourt,
Montaigu, Navarre, Plessis, un rang qu'on ne lui dispu-
tera plus jamais.

« Ces grandes qualités, dit l'abbé Goujet, n'ôtoient pas
à Grangier un certain air de pédantisme qui déplaisoit à
plusieurs. C'est lui que Cyrano de Bergerac a en vue dans
sa comédie en prose intitulée le *Pédant joué*, que Cyrano
composa rhétoricien à Beauvais. » Tout le monde connaît l'auteur du *Pédant joué*, sinon par cette comédie, au
moins par ses *Histoires comiques des états et empires de la
lune et du soleil*, ou par ses *Entretiens pointus* : plus célèbre
d'ailleurs par ses exploits de ferrailleur intrépide, que par
ses œuvres littéraires. Les admirateurs de Grangier
Crevier entr'autres, n'ont point pardonné à ce « comique
pétulant » de l'avoir « joué ». De fait, l'enfant terrible
n'a pas même pris la peine de voiler les allusions; on dirait plutôt qu'il a voulu faire de l'histoire: son pédant
s'appelle *Granger*, variante du nom de Grangier, alors en
usage; c'est un vieillard avare et amoureux, et *la scène se
passe au collége de Beauvais*; on ne pouvait pousser plus
loin tant d'insolence.

La plus grande gloire du *Pédant joué* est assurémen

(1) *Le collége royal de France, ou institution, établissement
catalogue des lecteurs et professeurs ordinaires du Roy fondez à
Paris par le grand roy François I*er*, Père des Lettres,* par Guillaume Du Val, doyen du collége de France, p. 44 ; — *Biblioth
Mazar.,* Rec. 18,408.

d'avoir fourni à Molière deux des scènes les plus remarquables des *Fourberies de Scapin*, l'onzième du second
acte, où le vieux père avare, obligé de racheter son fils
des mains des Turcs, essaie d'une façon si comique de s'en
tirer sans bourse délier, et répète avec un désespoir ri-
sible : que diable allait-il faire dans cette galère ? et la
troisième du troisième acte. Mais dans cette dernière,
Cyrano nous semble, pour l'invention, supérieur à Molière qui l'a copié. Dans Molière, Zerbinette vient, en fei-
gnant de ne point connaître Géronte, lui révéler le bon
tour que lui ont joué son fils et son valet, et à son nez en
rire aux éclats : dans le *Pédant*, c'est Granger lui-même
que la malicieuse Genevote oblige, par complaisance pour
elle, à rire de sa propre mésaventure, et qui, partagé
entre sa passion pour Genevote et sa passion pour l'argent, accorde tantôt un éclat de rire à la gaîté de celle
qu'il aime, tantôt un soupir à la somme si ronde que son
fils vient de lui soustraire. Seulement, chez Molière le
dialogue a atteint cette incomparable perfection qu'on ne
se lasse point d'admirer, tandis que, dans Cyrano, si l'idée
comique abonde, on n'y trouve le dialogue qu'à l'état
d'ébauche. L'invention de ces deux scènes a été contestée
à Cyrano, et on l'a lui-même accusé d'avoir copié Molière; on a voulu justifier cette assertion par les relations
qui avaient existé entre Cyrano et Molière, à l'époque où
l'un et l'autre suivaient les cours du philosophe Gassendi,
et par l'échange d'idées qui avait pu se faire alors entre
les deux condisciples (1). Mais cette opinion est bien nouvelle; en outre, indépendamment de l'opinion plus ancienne et plus commune, dont Goujet s'est fait l'inter-
prète, et qui reporte la composition du *Pédant joué* au

____

(1) *Œuvres complètes de Molière*, édition augmentée d'une vie
de Molière et de notices sur chaque pièce, par Émile de la Bédol-
lière, in-fo.

temps même où Cyrano étudiait la rhétorique à Beauvais, il n'est pas difficile, en examinant les deux pièces, de reconnaître dans celle-ci la mine féconde, mais à peine explorée, qui a été si admirablement exploitée par le grand comique. Copier comme l'a fait Molière dans cette circonstance, c'est copier comme l'ont fait La Fontaine, Corneille et Racine : c'est presque créer.

Le *Pédant joué* est l'œuvre d'un élève du collége de Beauvais; il achève, bien qu'en forçant les couleurs, de dessiner la physionomie du principal Jean Grangier : cette comédie est donc pour nous une pièce historique. Aussi, tout en faisant la part des exagérations que l'esprit caustique de l'écolier n'a pas manqué de prêter à son maître, nous aimerions à en citer quelques fragments. Par malheur, il est impossible d'y rencontrer une seule page, où le comique ne tombe jusqu'au grivois et à l'obscène.

CHAPITRE XI

Il faut revenir maintenant sur nos pas, pour raconter une des plus grandes difficultés du principalat de Grangier. Lorsque le président de Verdun le mit en possession de cette charge, le collége était, au triple point de vue de la discipline, des études et des finances, dans un état déplorable. Choisi dans le dessein clairement avoué de réformer les abus, et sûr de trouver un appui dans celui qui l'investissait ainsi de sa confiance, le nouveau principal semble s'être trop naïvement donné le ton d'un vainqueur qui entre dans une ville conquise. Il mit sans ménagement la main sur les plaies les plus vives et les plus invétérées, et prétendit faire disparaître tout d'un coup des désordres qu'une patiente fermeté pouvait seule déraciner. Il était impossible qu'il ne fît pas de nombreux mécontents. La puissante protection que lui accordait le premier président les réduisit longtemps au silence; mais dès que M. de Verdun eut fermé les yeux, l'orage éclata avec d'autant plus de violence qu'il avait été plus longtemps comprimé. On ne se contenta pas de chercher, dans l'administration de Grangier, matière à accusation contre lui, on discuta même la légitimité de sa nomination à la charge de principal. On lui reprocha de s'être donné un complice de ses malversations et de sa tyrannie envers les suppôts du collége, dans la personne de son propre neveu, ou beau-frère, Gabriel le Gentil, ancien élève du collége (1), aussi incapable que Grangier lui-même d'en devenir officier, puisqu'il était comme lui du diocèse de Châlons. Les petits boursiers eussent été trop faibles pour formuler, avec quelque chance de succès, de semblables accusations ; d'ailleurs, sauf les mesures sévères prises par Grangier pour faire revivre au milieu d'eux la discipline et l'amour de l'étude, leur sort s'était réellement amélioré sous son administration, et presque tous étaient ses partisans. Mais c'était les chapelains qu'il avait profondément indisposés par ses réformes. Nous avons, en racontant leur origine, signalé le danger d'une fondation de ce genre au sein d'une maison d'étude, où la dignité de leurs fonctions devait être souvent méconnue, et où il pouvait arriver qu'on les regardât comme des bouches inutiles. Depuis plusieurs années, par suite des bouleversements que la France et l'Université avaient eu à subir, les rôles avaient un peu changé. Les études ayant baissé, l'influence des chapelains s'était accrue du même coup. Ils avaient profité de la faiblesse des principaux pour s'immiscer, plus que de droit et à leur avantage personnel, dans l'administration du collége, et pour se donner, quant à l'exercice de leurs fonctions, des franchises incompatibles avec les règlements. En arrivant au pouvoir, Grangier n'était pas homme à les ménager, et à leur faire espérer qu'il partagerait volontiers avec eux une autorité, sur laquelle ils ne pouvaient d'ailleurs élever aucune pré-

(1) *Arch. de l'Univers.*, Reg. 27, f° 204.

tention légitime : il leur fit trop vite et trop rudement sentir qu'il était leur supérieur, et ainsi, au lieu de les amener par la douceur et la confiance à devenir ses co-opérateurs dans la réforme qu'il méditait, il s'en fit des adversaires acharnés.

La première plainte portée contre Grangier est intitu-lée : *Demandes que mettent et baillent par devant vous Mes-sieurs du parlement, Messire Maurice-Emmanuel prince cardi-nal de Savoye, intendant et directeur des affaires de France au Sainct Siége Apostolique, abbé de l'Abbaye de Sainct Jean des Vignes de Soissons : et les prestres chappelains du collège de Dormans, dit Beauvais, demandeurs selon leur re-queste présentée à la Cour le septiesme jour d'aoust 1627. Contre maistre Grangier principal et maistre Gabriel receveur audit collége de Beauvais.* Nous n'avons pu retrouver cette pièce. Mais les principaux chefs d'accusation qu'elle renfermait sont reproduits dans la réponse que Grangier lui-même publia peu après sous ce titre: *De l'estat du collége de Dor-mans, dit de Beauvais, fondé en l'Université de Paris.* C'est un long mémoire de quatre vingt-dix-neuf pages in 4°, qui, malgré quelques détails prolixes, présente sous une forme pittoresque, originale, vive, digne de la répu-tation littéraire de Grangier, l'état du collége de Beauvais, et de beaucoup d'autres colléges de Paris à cette époque. Nous en donnons ici, faute de mieux, l'analyse et de nombreuses citations, qui permettront au lecteur d'ap-précier à la fois le fond du débat et le mérite de l'auteur.

Le chapitre premier n'est qu'une sorte d'introduction ou de préface, dans laquelle Grangier proteste et qu'il ne fait que céder à l'importunité de ses adversaires, en portant cette querelle sous les yeux du public, qu'il en espère au reste un grand bien pour le collége. « Je ne puis représenter le tout maintenant, dit-il, sinon comme racourcy dedans un petit tableau : mais si le succez de cest affaire est tel que je l'espère, je l'estendray tout au long avec le pinceau latin, Dieu aidant, priant un chacun de me permettre pour ce coup de me servir du François, afin de rendre mon discours intelligible à mes parties. On me permettra aussi d'y entremesler quelques trippes latines, puisque c'est une pièce qui sort du collége, et que d'ailleurs il n'appartient qu'aux bonnes plumes de la France de faire un tissu pur en nostre langue : joinct que tels entremets ont je ne sais quelle pointe pour tenir leur homme en appétit et portent quelquefois leur goust jusques au cœur. »

Après-avoir énuméré le genre de personnes qui composent le collége, arrivé aux chapelains, il les accuse d'avoir « toujours troublé le repos des maistre, sous-maistre et procureur par contentions litigieuses : sinon lorsque, pour les accoiser, on leur a fait curée de quelque augmentation de gages, à quoy ils tendent incessamment, comme aussi à se soustraire à l'obéissance d'un supérieur. » On avait ainsi « apaisé leurs tranchées »; mais Grangier ayant accru par son administration le revenu du collége, « ils commencèrent premièrement à gronder, comme à la veuë d'une certaine proye », puis ayant pensé que Grangier et le procureur le Gentil étaient les seuls obstacles à leurs désirs, « ils aboyèrent asprement contre eux, presqu'aussitôt après la mort de M. le président de Verdun qui les tenoit sous la baguette : et maintenant ils taschent de les mordre et mettre en pièces. » Grangier a essayé des moyens de conciliation; il a député aux mécontents le sous-maître Pierre Olivier, qui ne se trouvait pas mêlé à la querelle; le premier président luimême s'est interposé, mais vainement : le temps est donc venu d'en appeler à l'opinion publique par un exposé sincère de l'état des choses.

Sous ce titre : *De la fondation du collége et additions à icelle. De l'institution des chappelains : et de plusieurs règlemens faits par les seigneurs intendans jusques en l'an 1615,*

Grangier rappelle, au chapitre II, l'histoire qui nous est connue, et montre comment, en général, on a tenu à servir aux maître, sous-maître et procureur des honoraires supérieurs à ceux des chapelains.

Le chapitre III expose : « *l'estat du collége lorsque l'au-theur en a pris le régime et le gouvernement; celui où il est à présent : les moyens qu'il a tenus pour le restablir et ampli-fier : la poursuite des chappellains, la deffense des Maistre et procureur.* » Il commence d'une manière pompeuse : « Il est permis non-seulement à l'homme d'estat auquel Plutarque donne ce passe droit au livre où il montre comme on se peut louër soy-mesme sans répréhension : mais à quiconque la réputation est chère et précieuse, de dire quelque chose avantageusement de soy : spécialement à ceux ou contre ceux qui se montrent ingrats envers luy. C'est pourquoy je prie ceux qui liront ce chapitre ne trouver estrange, si pour ma justification je fais icy le dénombrement de mes actions en l'administration du collége, desquelles j'ay a espérer de la louange, puisque je n'ayque la voye et voix publique parmi les occupations journalières qui me tiennent attaché du matin jusques au soir à l'instruction de la jeunesse, pour dissiper les calomnies que mes adversaires ont tout loisir de répandre par la ville en leurs courses, allées et venues ordinaires. »

Alors il parle d'une conjuration ourdie contre le procureur et contre lui par les chapelains, des « horribles serments » par lesquels ils se sont engagés « à le despouiller de créance et pouvoir et bastir leur prétendue licence dedans les débris de l'authorité que doibt avoir un supérieur, pour la conservation de l'ordre et de la discipline. »

« Ils ont, dit-il, un compromis entre eux portant peine de cinquante escus payables par celuy qui se deportera d'une si maudite conspiration, c'est à-dire, qui se souviendra d'estre chrétien (chose punissable s'il en fut onques, en personnes ecclésiastiques, et qui tous les jours

mettent au plat de Notre-Seigneur des mains de Judas)
il m'est force de monstrer a un chacun, que la haine qu'ils
nous portent ne procède sinon du levain de la rancune
ancienne, qui les a rendus persécuteurs de tous les principaux, ou peu s'en faut : et du dépit qu'ils ont que nous
aymons mieux laisser le collége riche et fleurissant à ceux
qui viendront après nous, que de l'ensevelir dedans ses
ruines pour enfler nos bourses. Je me suis enquis des
anciens comment ils s'estoient comportez envers nos prédécesseurs, j'ai appris qu'ils ont vexé un principal nommé
Charton, lequel depuis s'estant laissé emporter par le tor-
rent des nouvelles opinions fut massacré à la porte Sainct
Antoine, comme il fuyait les dents et les griffes de la populace irritée : et dict on qu'il fut recommandé par ses
anciens ennemys ; Qu'ils ont tellement gourmandé son
successeur, qu'il n'osoit quasi mettre la teste à la fenestre
dedans sa maison, et qu'ils ont contraint maistre Oudart
Bourgeotte de se retirer du collége de Beauvais dedans
celuy de Presles et y faire sa demeure, pour trouver du
repos en la fin de son âge. Monsieur Hoyau personnage
d'honneur, grand Archidiacre de Soissons (qui est encore
vivant) auquel j'ai succédé immédiatement, m'a asseuré,
que s'il eust vescu plus longuement avec eux, il eust esté
réduict à l'extrémité : et qu'estant relevé d'une très-grande
maladie, en laquelle il avait esté plongé par l'ennuy que
lui causoient sans cesse telles harpies, il s'estoit retiré
pour mesnager sa vie : et me souvient que lorsqu'il me
veit en possession de la principaulté il me dit ce vers à
l'oreille :

Telis Phœbe tuis lacrymas ulciscere nostras,

et néantmoins je pensois les avoir vaincu de bons offices
et de courtoisie lorsque l'apostème qu'ils avoient tenue
cachée l'espace de dix ans s'est crevée tout à coup, et a

jeté la boue de leurs demandes qui feroit soulever l'estomac des gens de bien, quand nous en viendrons là. »

Amené ainsi à raconter son installation et celle du procureur le Gentil au collége de Beauvais, il rappelle qu'il
n'a fait que céder aux instances du premier président de
Verdun. Il avait lui-même mis en avant tout ce qui pouvait motiver son incapacité à remplir la charge de principal au collége de Beauvais, sa naissance au diocèse de
Châlons, sa résolution de n'être jamais prêtre à cause de
l'extrême faiblesse de sa vue qui ne lui permettrait point
de célébrer les saints mystères, les continuelles occupations que lui imposait l'enseignement des belles-lettres:
les supérieurs majeurs et l'abbé de Saint-Jean-des Vignes
avaient passé par dessus tous ces empêchements, et lui
avaient expédié ses lettres de principal en bonne et due
forme.

« Je fus reçeu sans contredit ni opposition quelconque
en l'an 1615 le second jour du mois d'avril par maistre
Nicolas Moynet, lors soubs-maistre dudit collége, qui
brusloit d'un extrême désir de me voir associé avec luy
pour le restablissement du collége, lequel pour vray dire,
s'en alloit en une extrême décadence, tant pour l'exercice
que pour le bien de la maison. Pour l'exercice, en ce qu'il
y avoit peu de Pédagogues ou Précepteurs, et pourtant
peu de pensionnaires et de forains un assez petit nombre
aussi : de vaunéants qui se retiroient dedans le collége il
n'y en avoit que trop. Les nerfs de la discipline estoient
relachez : les petits Boursiers si mal accommodez qu'il ne
restoit plus qu'à les faire loger sous les tuilles et vivre de
vents et pour ce n'avoient courage aucun d'estudier. Le
bien de la maison, pour estre chargé de debtes, tant par
constitution de rente que par avance des deniers qu'a-
voient faict les locataires des maisons du collége : pour
ce que les fermes des champs et maisons de la ville n'estoient au prix de loüage auquel elles devoient estre pour

les raisons que je déduiray en son lieu plus d'autant que
chacun tiroit à qui en auroit, et se faisoient tous les ans
des dépenses, ou inutiles tout à fait, ou desquelles on se
pouvoit passer pour un temps : mais surtout la ruine et
de l'exercice et de la maison estoit infaillible pour le peu
d'intelligence qu'il y avoit entre les suppost, et pour la
confusion que les Chappelains y mettoient, en intention
de faire du collége le Royaume de ce Roy auquel chacun
est le maistre.

« La première chose que je feis fut de demander au
Procureur, qui estoit lors maistre Robert Casier, la communication des affaires de la maison: et au soubs-maistre
dont j'ay parlé, qui estoit homme actif, vigilant, et qui
eust esté grandement laborieux si l'indisposition de son
corps n'eust rabattu les efforts de son courage, l'instruction de ce qui se pratiquoit pour et contre l'ordre et discipline scholastique : estant informé de l'un et de l'autre,
je fis une visite de toutes les chambres du collége, pour
faire la guerre à l'œil, et dresser un règlement pour la
discipline selon l'exigence des défauts que j'aurois re-
conneu. Je trouvai malencontre en la chambre de plus
d'un ancien chappelain, pour un certain présage de ce que
je souffre maintenant. Car il me demanda fièrement pourquoy j'estais entré dedans sa chambre (il ne restoit plus
qu'à dire sans congé) et ce que j'y cherchois. Le soubs-
maistre estoit avec moy, et luy estoit accompagné d'un de
ses compaignons chappelains. La vérité est que je pensois
que ce fust une feinte, quoy que je trouvasse ceste réception un peu estrange pour la première fois. Je lui res-
pondit doucement que je venois gouster si son vin estoit
aussi bon qu'il en avoit le bruit. Mais comme je veis qu'il
roulloit les yeux, et branloit la teste comme un bœuf que
le boucher n'a pas bien assené, et qu'il ne trouvait bon ce
que j'avois faict : je luy dits vertement, est-ce donc à bon
escient que vous parlez? Sachez que j'entreray dedans vos

chambres, et celles de vos compaignons, autant de fois qu'il
sera requis pour l'acquit de ma charge: et où je trouveray
de la résistance je me pourvoyrai selon que Dieu me con-
seillera. Je sortis, et après avoir bien remaché ceste action,
je conneus bien que je ne pouvois procéder au restablissement de nostre maison, si je ne faisois sonner la grosse
cloche, et *nisi commoverem omnia sacra*. Je suppliai donc
Monsieur le premier Président de Verdun d'interposer
son authorité, pour me donner pouvoir, force et vertu
contre les obstacles qui pouvoient traverser son très-
loüable dessein, duquel il vouloit que je fusse l'exécuteur. Aussi tost il se présenta au collége, et ayant faict
appeler les chappelains leur dist en présence des soubs-
maistre et Procureur des propos que je n'oserois insérer
icy, pour estre pleins d'excez de bienveillance en mon
endroict : n'estoit qu'il est nécessaire de ce faire, pour ce
que tels propos furent le fondement de mes actions en
nostre collége : et qu'en suitte d'iceluy fut faict par les
seigneurs intendans le règlement que j'ai à produire incontinent. Escoutez, dit-il, je vous ay donné un Principal
que je connais long-temps y a pour remettre sus tant
l'économie de ceste maison, que la splendeur de l'exercice.
Ne pensez pas le troubler selon qu'estes coustumiers de
faire la guerre aux Principaux. Car si vous le faites, je
vous traiteray selon vos démérites. Et afin que vous
soyez pleinement informez de ma volonté, sachez que
vous serez autant en mes bonnes grâces comme vous serez
aux siennes. Puis adressant sa parole particulièrement au
plus ancien dit, Dargonne, servez d'exemple à vos compagnons, puisqu'estes le plus aagé, et que le respect et
obéissance que vous rendrez à vostre Principal leur serve
d'enseignemens. Il promit de ce faire, et les austres mons-
trèrent par leur contenance qu'ils seroient autres qu'ils
n'avoient esté le passé. Je remerciay ce bon seigneur de
l'honneur qu'il me faisoit, et de la confiance qu'il avoit

en moy et luy promits que je n'abuserois du pouvoir qu'il luy plaisoit de me donner, ains l'employerois entière-ment au proffit de la maison, voire à mes despens. La Sainct Remy veint, qui est chef d'octobre, et du renou-vellement des estudes : il fallut mettre la main à l'œuvre, je commencay par la réformation des Escoliers, ausquels je dressay un formulaire de loix que voicy.

SCHOLÆ PRÆLEO-BELLOVACÆ

LEGES.

I. Ad Deum adeunto mature, atque caste : Sacrificio Missæ, Vespertinisque precationibus, omnes, meridianis et serotinis etiam omnes (exceptis Philosophiæ Alumnis) intersunto.

II. Dominicis festisque diebus in æde Collegii catecheseos expositionem audiunto : quod propositum fuerit, addiscunto : exigenti pensum reddunto.

III. Dierum solennium pervigiliis protreptico excitati confes-sione peccatorum labes expianto, pro captu vel ætate sacræ synaxeos inter solennia dierum participes sunto.

IV. Dei mandata servanto : quod sibi fieri nolint, in alios non faciunto.

V. Ne quem diris devovento : ne quem pulsanto : ne quem malefactis intersectantor.

VI. A turpi mendacio abstinento : res alienas invito domino non contrectanto.

VII. Castitatem atque puritatem verbis, factis, cogitationibus colunto.

VIII. Togâ amicti, zonâ succincti, pileo vel rotundo vel quadrato, pro discrimine ordinum, velati incedunto.

IX. Latine loquuntur : in vernacula linguâ locutos prolatis tesseris animadversio esto.

X. Sine Pedagogi tesserâ commeatus indice nemo egreditor è Gymnasio : tesseras cujusque diei janitor cum obseratarum forium clavibus ad Gymnasiarchum deferto.

XI. Munditiem et nitorem in cultu corporis et in habitatione accuranto.

XII. Naturam haud alibi quam in locis communibus levanto.

XIII. Magistros, sive Doctores, sive Pædagogos, et si quis natu grandior vel honestiore cultu in Gymnasium venerit, aperto capite salutanto.

XIV. A pictis chartis et vetita legibus alea abstinento.

XV. De pecunia in lusu ne certanto : victoris præmium honos, vel picta imago, seu quid simile esto.

XVI. E fenestris raro admodum foras prospiciunto : neminem prætereuntium, aut in vicis immorantium aquâ, sive illa pura sive immunda sit, aut maledictis conspergunto.

XVII. Statim ubi receptui cani jussum fuerit, ad suas quique stationes se recipiunto.

XVIII. Vagis discursibus, et ineptis clamoribus Gymnasii silentium non interpellanto.

XIX. Nomenclaturæ severius usus esto.

XX. In auditorium serius ne ingrediuntor, ante signum datum ne egrediuntor.

XXI. In auditorio ne dormiunto, ne fabulantor, ne nugantor, ne contendunto, ne ulla ratione Doctorem perturbanto.

XXII. Quæ Magistri præceperint sedulo exequuntor.

XXIII. Emendatas compositiones, et Magistrorum chirographo probatas, affecta hebdomade,Gymnasii præfecto aut subpræfecto monstranto.

XXIV. Septimo die quidquid per totos septem dies didicerint, in aula Gymnasii memoriter repetunto : librum integrum pari fide, atque memoria, ubi ad calcem ventum fuerit reddunto.

XXV. Memoriæ atque pronunciationis certamina sunto : victores ab agonothetis diligentiæ præmiis ornantor.

XXVI. Disputatio, quasi palæstra quædam ingeniorum, frequens instituitor : ne in rixas et odia abeat cautio diligens esto.

XXVII. In cubicula sodalium absque veniâ præceptorun ne veniunto.

XXVIII. Quos libros Ecclesia catholica impietatis levitatis

que damnaverit, aut magister improbaverit, eorum lectionem ceu pestilentiam fugiunto.

« J'ai donné lieu en ce chapitre à nos lois, tant pour vérifier la diligence que j'apportay à la réformation de la discipline et des mœurs que pour en faire part à ceux qui dans leur charge de principaux, auront pareil desseins que moy. La publication de ces loix fist sortir tout ce qu'il y avoit de frippons et vauneants dedans le collége de Beauvais, mais, pour ce qu'ils se retirèrent aux environs voire qu'aucuns d'eux se tenoient mussez dedans les chambres d'un boursier prestre du collége de Presles, lequel s'estoit frotté aux chappelains de Beauvais, et avoit humé l'esprit de rebellion contre ses supérieurs : et qu'ils s'assembloient tous les soirs pour voler des manteaux et chappeaux de la vente desquels ils faisoient argent pour fripponner, ce qui estoit capable de débaucher nos escoliers : je traictay avec Monsieur Hoyau, lequel estant principal des colléges de Beauvais et de Presles, ayant quitté la principaulté de Beauvais, s'estoit réservé celle de Presles, et avec Maistre Marin le Vasseur Chappelain de la Chappelle de Nostre-Dame audit collége de Presles, et encor avec leurs Boursiers pour la conjoinction des deux principaultez en ma personne, afin que comme j'avois déjà estendu mon bras droict sur le désordre de Beauvais, j'estendisse l'autre sur celui de Presles : estant impossible de faire réussir nos bonnes intentions, si les deux colléges qui s'estoient unis pour l'exercice, n'estoient régis et gouvernez par un seul principal, ainsi que *unius hominis corpus una anima unoque spiritu regitur* : leur déclarant que je n'entendois me mesler de leurs revenus, ny y prendre aucune part : et que je me contenterois de la sollicitude et de l'appoinctement qu'ils me voudroient faire pour satisaux charges ausquelles le collége de Presles estoit tenu par l'accord d'union avec celui de Beauvais.

Opposition faite à ce contrat par un soi-disant procureur du collége de Presles · qui est celuy les chambres duquel servoient de retraite aux desbauchez des deux colléges. Mais la Cour, dit Grangier, après m'avoir licencié de plaider ma cause, et ouy ledit le Roy en son opposition du consentement de Monsieur le procureur général homologua ledit contract en sa forme et teneur par arrest du 7 mars 1616, et eut la Cour grandement esgard à ce qui s'estoit passé l'hyver précédent, auquel le nombre des vauséants et des vagabonds, qui avoient intelligence avec leurs semblables restans encor dedans les dits colléges estoit si grand, faisoit tant de vols, et commettoit tant d'outrages non-seulement envers moy (car non contens de venir tous les soirs devant le collége de Beauvais, vomir furieusement tout ce que le vin et le venin de rancune leur mettoit en bouche, ils fracassèrent plusieurs fois mes vitres à grands coups de pierres, et attentèrent sur ma personne) mais aussi envers les voisins et les passans qui n'estoient assez forts pour résister à leurs insolences que lesdits voisins, qui en l'absence du Roy avoient les armes en main, furent contraincts, par la permission du capitaine du quartier, et à ma sollicitation, se jetter un soir sur une brigade de ces brigands : avec tel succez qu'aucuns d'eux furent blessez, les autres pris, et le reste eut telle espouvante, qu'ils deslogèrent bien vite et par ainsi donnèrent seuretés aux ruës qui environnent les deux colléges et à moy la tranquillité dont j'avois besoin pour conduire mon entreprise à une bonne fin. Je n'oublieray pas ici, que comme *spes prædæ injecta fuisset latruncularibus*, nous fusmes en l'hostel-de-ville, auquel fut arresté et conclud que la ville soustiendroit que lesdits bourgeois avoient faict ce dont il leur estoit enjoinct par les mandemens du Roy et de ladite ville du 21 janvier 1616, signé Clément. »

Libre de ce côté, le principal s'occupe d'embellir le collége, jette par terre un vieux bâtiment ruineux, élargit ainsi la cour, l'orne d'un pavé neuf et de balustres en briques peintes. « Monsieur de Verdun prist tant de plaisir en la proposition qu'il luy en feit, què pour authoriser la conduite de l'œuvre jusques à sa perfection, il voulut mettre luy-mesme la première pierre : ce qu'il fist en honorable arroy, assisté d'un bon nombre de messieurs du Parlement : et receu avec musique, force pièce de poësie grecque et latine, et un général applaudissement des maistres et escoliers du collége, cependant que ceux-là souspiroient dedans leurs chambres, ou crevoient presque dedans leurs panneaux, qui vont publiant maintenant que telle despence estoit inutile; par le moyen de laquelle le collége néantmoins est plus beau et plus salubre qu'il ne fut onques, au jugement d'un chacun. Mais quoy ! le soleil n'est pas aggréable à ceux qui ont la chassie : et bien que le pain des enfants soit de meilleur goust et plus sain que la viande des pourceaux, tels se trouveront *qui inventis frugibus glande vesci malint.* »

Comment Grangier a-t-il pu faire face à cette dépense? En usant, dit-il, « de soustraction et d'addition pour arriver à la multiplication ». L'addition, il en a usé en augmentant les revenus du collége par une administration plus intelligente et plus scrupuleuse. La soustraction a consisté à supprimer une foule de dépenses inutiles. Il en cite plusieurs exemples :

« C'étoit, dit-il, la coutume de boire et manger avec les ouvriers, lorsqu'on arrestoit leurs parties, et pour fournir aux despens, enfler le toisé et les Items. En certains jours de l'année disner et souper en communauté sur la bourse publique : et sur tout débattre des articles aux comptes sans raison, afin que la reddition d'iceux estant prolongée, on feist plus de repas et ay ouy dire aux plus anciens chappelains, qu'un obole de la recepte et omission duquel on s'escrimoit, *tanquam pro aris et focis*, coustoit tous les ans au collége plus de trente bonnes livres. J'ay introduict de toiser et arrester les parties sans frais : de se contenter d'un repas ès jours de récréation , qui son trois en l'année et non plus : et d'examiner les comptes en un jour, et aux despens d'un simple desjeuner pour les calculeurs des bourses, et d'un soupper honneste pour ceux qui ont droict d'estre à l'examen. Et pour éviter aux despens, qu'on pourroit entreprendre légèrement , j'ay fait arrester du consentement et presque de l'advis du procureur, que ledit procureur ne fera aucune despense excédant quatre francs, sinon après en avoir communiqué à la communauté et avoir tiré conclusion verbale, si la somme est petite, par escript, si la somme est grosse. »

Mais voici une réforme plus importante :

« Il n'y a chose qui ait esté plus nuisible au bien de la maison, que le seigneur Poitevin, je veux dire Pot de Vin : c'est celui qui faisoit bailler les maisons et fermes du collége à vil prix : et qui pis est lequel fomentoit les divisions entre les principal et procureur d'une part, et l'ancien chappelain d'autre part : pour ce que ces trois, outre la part qu'ils prenoient dedans le général, vouloient encore avoir leur posson chacun et ce à l'envy l'un de l'autre. Je scay, misérable Pot de vin, que pour cent trois escus et trois ou quatre demy muids de vin, tu as fait perdre en un seul bail d'une maison qui est proche le Louvre trois mille francs au collége en six ans. Je scay que pour deux pièces de serge et trois pistoles tu as esté cause que le collége ne recevoit de la ferme de Beauvais qu'un tiers de ce qu'elle devoit valloir : et je scay, pource qu'on me présenta l'honnesteté ordinaire (ainsi l'appelloit-on) au renouvellement du bail, que je renvoiay si rudement qu'on n'y est pas venu depuis. Aussi me suis-je imposé ceste loy inviolable, en laquelle j'ay ce bonheur d'estre secondé de notre Procureur de ne recevoir aucun présent de ceux qui tiennent du bien de nous non pas un poulet des champs, ny une bouteille de muscat en forme d'estrene de laville, en ceste qualité : et ne dicts qu'un mot à ceux qui me viennent prier pour obtenir ce qu'ils désirent, qui est qu'ils adressent leurs prières à eux mesmes et qu'ils tirent les recommandations de leur bourse; et qu'ils s'asseurent, s'ils sont gens de bien et solvables, en ayant bons respondans que faisans la condition du collège meilleur , ils auront toute sorte d'avantage. Je reviens au Seigneur Pot de vin : je l'ay banny avec ses enfans de nostre compagnie par la deffense que je feis d'en composer, et moins de le récevoir soubs-main ; avec protestation que si je descouvrois que quelqu'un se fust laissé gagner à luy je le priverois du droict de voix et suffrage tant que je seroys en charge je mesbahiroy comme je fus obéy, n'estoit que je scay qu'ils me prenoient pour l'organe de Monsieur le premier Président en tels réglemens) et au lieu de pot de vin j'ay fait vivre et valloir une composition amiable, après le prix faict du loüage, tenant lieu d'iceluy: des deniers de laquelle une troisième partie est employée pour achepter du bois aux petits boursiers contre la rigueur de l'hyver: et les deux autres servent à l'ornement et décoration de la Chappelle, et est bon de sçavoir que depuis l'an 1618 jusques à 1627 inclusivement nous avons receu en forme de Pot de vin la somme de douze cents quatre-vings cinq livres, de laquelle, après déduction de la susdite tierce partie, nous avons achepté linge, livres et autres choses dont estoit besoin en ladite Chappelle, à la réserve de quelques deniers qui sont pour commencement du fonds que nous prétendons faire pour avoir un ornement complet de couleur blanche pour les festes solennelles, et spécialement pour celles de la bien-heureuse Vierge mère de

Dieu et de nostre Patron sainct Jean l'Évangéliste. »

« Et, ajoute-t-il, nous sommes ainsi arrivés à la multi-plication », c'est-à-dire, nous avons pu, en multipliant les ressources de la maison, l'améliorer elle-même et du même coup la position de ceux qui l'habitent. C'est ainsi que les gages de tous les officiers et des boursiers se sont accrus (1) ; c'est ainsi que l'on a pu opérer, et sans trop

(1) Les chapelains répliquèrent à Grangier par un second mé-moire intitulé : *Moyens pour restablir le collége de Dormans, dit de Beauvais, en son premier estat, conformément à la fondation présentez par le patron fondateur et les chapelains dudit collége de Dormans, dit de Beauvais, demandeurs en règlement, contre les suppositions de maistres Jean Grangier et Gabriel le Gentil, défendeurs.* C'est une élucubration rédigée en un style lourd et diffus et hérissée de bizarres citations latines. Nous croyons qu'il est bon d'en citer en note quelques passages qui enchérissent sur la première accusation, et réfutent ou expliquent les raisons que donne Grangier pour se justifier. — Ici les chapelains reprochent au principal et au procureur de s'être fait la part trop belle dans l'augmentation générale des bourses :

« Maistre Jean Grangier principal et Gabriel le Gentil procureur, à présent regorgent en ce dont les autres ont défaut, qui en leur arrivée au collége ont emprunté cinq ou six mille livres ; et maintenant on ne leur voit que meubles précieux, tapisseries, vaisselles d'argent, carosse, prétoires en ville, prétoires aux champs, avec des conditions Attaliques et des magnificences Lu-culliennes ; ledit Grangier estant venu au collége *cum sorore bonæ mentis,* qui est l'aporie scholastique. Quant à Gentil procureur sera dit de luy :

Nuper in hanc urbem pedibus qui venerat albis.

Et qu'à l'opposite l'on voit des chappelains leurs confrères n'avoir pas leur vivre et vestier entier, *horreant in pruinosis pannis,* e que cependant ils supportent jour et nuict la fatigue de la plus favorable charge, qui est du service divin, première et principale intention des fondateurs : quelle pitié en une si grande pauvreté et pénurie de siècle, que des personnes ecclésias.iques soient réduits sains et malades à dix sols par jour? de mesme que les soldats Romains reprochoient autrefois dans Tacite, *denis in diem*

de dépenses, pour la surveillance de la porte et le bon ordre intérieur du collége, la réforme que Grangier raconte en ces termes :

« Du dix-septième février 1626, sur ce qu'un mauvais jeune homme qui n'osoit se trouver en son pays, pour ce qu'on le vouloit prendre au corps, s'estant retiré en la chambre de l'un des chapelains (1) au desceu du principal,

assibus animam et corpus suum æstimari. . . . Les chappelains demandeurs ne voudroient pas faire semblable querimonie audit Grangier ne luy porter envie de ce que ses estudes luy ont peu acquérir, seulement ils désireroient qu'il recogneust avec Sénèque, *nihil felicitati suæ deesse præter moderationem.* Car l'excez de son opulence l'auroit porté à les ravaller par toutes sortes de mépris, et menacer de les ranger à l'advenir, et les traicter avec toute sorte de rigueur : et de dire qu'à leur égard le collége *laborat in asino et bove.* »

(1) A cela les chapelains répliquent :

« Il est constant que ledit Grangier dans son livre accuse un escollier commis à la charge du plus ancien chappelain de plusieurs faicts calomnieux, croyant en cela diminuer l'honneur et réputatien des chappelains : sur quoy, pour repartir sera icy remarqué qu'il se trouve quelques informations contre cet escollier, lequel n'a commis aucun des faicts à lui imposez, elles ont esté faites par haine et vindicte, à la déposition de tesmoings practiquez et sollicitez : la poursuite desquelles ledit Grangier a délaissé et abandonné, pour crainte de succomber à la réparation, dommages et intérêts d'une faulse accusatien, telle qu'est celle dont il se veult prévaloir. »

Des désordres du même genre se renouvelèrent encore dans la suite sous le principalat de Grangier. Au mois de juin 1639, on porta plainte à l'assemblée générale de l'Université réunie au collége d'Harcourt, contre certains écoliers qui avaient poussé l'audace jusqu'à pénétrer avec des armes dans le collége de Presles-Beauvais, décidés à empêcher par la force que leurs camarades ne subissent la correction à laquelle ils avaient été condamnés, et se vantant très-haut qu'ils iraient ensuite faire la même chose dans les autres colléges. Il fut décidé que le président du Parlement serait averti de ces faits et prié de prendre des mesures en conséquence. (*Arch. de l Univers. Reg.* 27 fo 274.)

et attirant avec soy ce qu'il y avoit de pestes au collége,
couroit le soir, et après avoir yvrongné frappoit ceux qui
alloient à leur nécessitez jusques à porter l'épée dedans les
reins d'un grand Boursier, l'ayant pris parmy l'obscurité
de la nuit pour un des maistres, et sur les menaces que je
feis de punir tels excez, estoit entré en telle forcenerie,
qu'il couppa la corde de la cloche du collége et commit
choses indignes d'estre rapportées, lesquelles sont contenues aux informations sur ce faites à ma requeste, et sur
lesquelles j'obteins prise de corps contre luy, laquelle je
ne peuz faire valoir pour lors, pour ce qu'il fut caché ma-
licieusement ès chambres des Chapellains, seulement
nous trouvasmes son espée et une bouteille avec des verres
en une estude : et néantmoins le jour que monsieur le
soubs-maistre et moy avions faict la perquisition, et que
monsieur le commissaire Louvet s'estant transporté sur
les lieux s'estoit mis en toute peine de le trouver, comme
on estoit en classe, et pour ce le portier n'estoit à la garde
de sa porte, il sortit entre trois et quatre heures de rele-
vée à la veuë du soubs-maistre, se moquant tout haut de
ce qu'il s'en alloit avec impunité ; pour cest inconvénient
et austres notables, fut advisé que les portiers de Beauvais et de Presles, n'estudieroient plus, ains se tiendroient
depuis le matin jusques au soir à la garde de leurs portes
chacun : et que pour ce faire leur seroit donné de quoy
vivre aucunement. J'estois tenu par le règlement dont
j'ay faict mention cy dessus, de leur donner seize sols à
chacun par sepmaine : je présentay requeste à Nosseigneurs Intendans, ès fins de leur attribuer à chacun outre
lesdits seize sols, desquels je continuerais le payement,
les gages d'une bourse ; s'ils n'aimoient mieux affecter
mesme une bourse à la porte de chacun collége, et de
pourvoir aux inconvéniens qui naissoient du mespris des
loix scholastiques. Sur ma requeste, par ordonnance du
17 février de l'an 1626, signé de Verdun, Deslandes et de

Fortias, deffence fut faite aux chappelains de loger et hé-
berger dedans leurs chambres et logemens quelque personne que ce soit non comprise dedans les règlemens du
collége et de l'Université. Que si quelque vagabond, ou
autre non estudiant, y auroit esté receu par ses serviteurs
et domestique à leur desceu leur est enjoinct de le livrer entre les mains du Maistre ou soubs-Maistre du collége pour
estre procédé contre luy comme l'un d'eux ou lesdeux en_
semble jugeront nécessaire et ce soubs peine de privation
de leurs bourses et chappelles en cas qu'ils contreviennent
à ce décret : est dit qu'une bourse du collége de Beauvais
sera affectée à la nourriture du Portier, outre et par dessus les seize sols qu'il recevoit, et continuera de recevoir
par les mains du principal. Et néantmoins nos dits Seigneurs depuis arrestèrent que sans toucher aux bourses,
le portier recevroit trente sols par chacune sepmaine
par les mains du Procureur et des deniers du collége. »

Grangier continue en montrant quelles dettes il a acqui-
tées, quels procès il a terminés quelles constructions il a
entreprises à la ville et aux champs. « Ce qui nous a fait
tant bastir a esté en partie la nécessité, pour ce que nos
prédécesseurs avoient tousjours dilayé à remuer la tru-
elle craignant que leurs gâges n'en reçussent diminution,
dont les bastimens estoient presque tous ruineux: en partie la commodité, spécialement de l'eau des fontaines
publiques qu'il a pleu à Messieurs de là Ville nous octroyer par l'entremise et l'authorité de ceux dont fait mention l'inscription que j'ay fait graver dedans une belle
table de marbre, pour souvenance de la faveur que nous
avons receu et recevons tous les jours par leur moyen :
l'inscription est telle.

REGNANTE LUDOVICO JUSTO, INCLYTO, PIO.

Arbitro rerum rationumque hujus collegii N. DE VERDUN
principe senatûs,

Henricus de Mesme tunc proprætor et præfectus urbis, Inde Præses incuria Patrum, et Nicolaus de Bailleul
in. Proprætura et Præfectura urbis successor Memmii ambo genere, facundia, virtute meritisque in Regem et in
Patriam florentissimi, aquam e lympidis fontibus jugiter-
fluentem, electro puriorem, et nive frigidiorem perpetuo
deducendam in Musæum Dormano-Bellovacum donavere
Accesserunt egregii muneris assertores comprobatoresque
Prosper de la Mothe, Gulielmus Perier , Carolus Dolet,
Simon Marccs. Ornatissimi Ædiles urbis.

Laudavit benignitatem V. virorum Petrus Perrot cogni-
tor et actor urbicus.

Decretum perscripsit Gulielmus Clement actuarius.

Deducendo præfuit Augustinus Guillain curator fon-
tium publicè manantium.

Quorum omnium munificentiam benevolentiamque,
quamdiu salubres et divites aquas potabit, devotum
amplissimo Ordini Collegium celebrabit.

Potate felices Christianæ pietatis alumni, et benedicite.

An. R. S. M. DC. XXV.

« Plus a esté amplifié le logis des petits Boursiers (ja re
basty de fond en comble) d'une belle grande chambre,
dont nous avons gaigné la place sur un bucher qui a veüe
sur le jardin : laquelle amplification s'est faite par le
pouvoir à nous donné verbalement par Nosseigneurs
Intendans en exécution de leur ordonnance par escript du
24 février de l'an 1627. Quelqu'un pourra s'eshahir comment nous avons pu faire tant de bastimens, et fournir
néantmoins aux augmentations des gages, et autres despenses ordinaires sans rien aliéner du bien du collège, et
pensera que nons avons trouvé le secret après lequel tant
de galands hommes alambiquent leur pauvre cervele.
La substraction et l'addition que j'ay faict toucher au
doigt sont cause de nostre mieux. »

Grangier arrive enfin au détail des réclamations formulées par les chapelains. Aux premières: que le principal et le procureur se fissent ordonner prêtres, que le procureur donnât une caution suffisante, que l'abbé de Saint Jean-des-Vignes ou son vice-gérant fût prié d'assister à la reddition annuelle ou bisannuelle des comptes, que les gages du principal, du sous-maître, du procureur et des boursiers fussent réglés et proportionnés sur le pied de la fondation primitive, que toutes les réceptions des bour-siers petits et grands et des chapelains se fissent au son de la cloche, que l'on interdit au principal et à tout autre personne qui n'en aurait point le droit de s'ingérer dans la nomination des officiers et boursiers, que le principal fût tenu d'entretenir le portier du collége et de restituer à la communauté ce que jusque-là elle avait payé pour ce domestique, la réponse de Grangier était si facile, et defait elle fut si péremptoire qu'il est inutile de la rapporter ici.

Les articles troisième et quatrième concernaient les titres des biens et des revenus du collége, et l'on y exigeait que ces titres fussent réintegrés dans le trésor. Grangier répond :

« Laïs présente requeste à ce qu'il soit dict que Lucrèce ayt à vivre et se comporter en femme de bien. Les tiltres, papiers et enseignemens estoient dissipez au pouvoir des particuliers et mesme d'aucun chappellains, ès estudes des Procureurs de la Cour et du Chastellet pour le peu de soin que l'on avoit de les retirer : ceux qui estoient dedans le thrésor estoient couverts de poussière de moisissure, ou mangez en beaucoup d'endroicts des rats et souris. Nous avons retiré tous ceux dont nous avons eu connoissance, et les remettant au thrésor, nous avons tout fait nettoyer et mettre en bel ordre en la présence des adversaires: deux inventaires ont esté dressez à nostre diligence, dont l'un est audit thrésor l'autre entre les mains du Procureur: avons arresté que si ledit Procureur ou autre en tiroit quelque pièce, il mettroit au lieu sa reconnoissance et promesse de la restituer en présence de ceux qui en ont les clefs. Nous sommes prests à jurer que nous n'avons entre mains, et ne savons autres tiltres ou enseignemens appartenans au collége, sinon ceux que nous devons avoir chacun pour l'exercice de sa charge, desquels nous donnerons déclaration pardevant deux Notaires, quand on voudra. Nous jurerons outre plus sur les saincts ordres de nos adversaires que jamais nous n'avons connu plus hardis calomniateurs que les chappellains demandeurs. »

L'article neuvième, par lequel on réclamait un logement suffisant pour vingt-six boursiers, piqua au vif l'accusé qui répliqua avec colère :

« Il est vray que la calomnie a une langue impudente, mais elle n'en a point d'yeux ny de mémoire. Nos adversaires sçavent très-bien que lors que le logement qui restoit après ce qui estoit occupé me fut attribué, les pauvres petits boursiers n'avoient que deux chambres ausquelles je feis mettre vitres et fenestres, pour ce que lorsque je veins au collége ils estoient logés à l'enseigne des quatre vents. Où estoient donc les autres ? ils estoient pour la plupart serviteurs des Chappelains et leur rendoient encore de l'argent avec leurs bourses en les servant, et ne font encore lesdits Chappelains conscience de tirer dix-huict escus de chaque boursier, pour luy donner le couvert et le droict de faire cuire un morceau de chair dedans son pot, tant ils sont charitables. Depuis j'ay donné ausdits boursiers un petit corps d'hostel sur le jardin, et proche des aisances et commoditez pour les malades, et procuré l'adjonction d'une grande chambre de nouvelle construction. *Et adhuc arguor, quasi pecuniam in eorum habitatione intervertam* ! Je confesse que cest article et le suivant sont ceux qui m'ont outré jusques au cœur, pource que de malice délibérée ils ont esté mis pour tacher ma réputation. Hé Dieu ! Qui sont ces honnestes gens, qui sont aujourd'huy si soucieux du logement des petits boursiers ? ne sont ce pas ceux qui les haïssent de tout temps et qui se sont bandez contre moy pource que m'estudie à les faire nourrir : et qui les laisseroient mourir de nécessité, lorsqu'ils sont malades, si je ne tenois ferme contre la dureté de leur cœur. Mais nous n'entrerons pas en débat pour cest article, puisque je remets tous les logemens entre les mains de Nosseigneurs Intendans, pour en disposer à leur volonté : et lors on verra ce que le collége y proffitera. »

Mais rien ne l'irrita plus fort que le dixième article, par lequel on le sommait de rapporter au collége une sorte d'auge en pierre, qu'on l'accusait d'avoir fait transporter dans sa maison de campagne de Sèvres.

« C'est icy, s'écrie-t il (1), la pierre de chopement et non

---

(1) Les chapelains firent la curieuse réplique qu'on va lire :

« On requiert contre luy qu'il ayt à faire rapporter dans le jardin du collége une grande pierre creuse, de six ou sept pieds de long, dans laquelle on souloit mettre l'eauë pour a rrouser ledit jardin,

Torreret agros cum surius ardor,

et laquelle ledit Grangier de son authorité privée auroit faict enlever, pour la mettre en son jardin de Sesvre.

« La dessus maistre Jean Grangier dict qu'il se sent tellement offensé de ceste demande qu'il n'a point de response en la bouche, qui est néantmoins un beaucoup moindre sujet que celuy sur lequel la Royne de Saba, voyant la magnificence de Salomon, *non habuit ultra spiritum.*

« En ce spasme donc il fait parler le Procureur du Collége pour luy qui dict que ce n'est pas icy la pierre de touche, ainsi la pierre de scandale ou d'achoppement : que c'estoit une pierre inutile qui ne valloit pas quatre francs, qu'en récompense d'icelle il a baillé une chasuble à la chappelle et des tableaux de plus grande valeur

« A quoy la repartie sera que ce n'est ny pierre de touche ny des

la pierre de touche pour esprouver la pureté de l'or. Jamais on n'oüit parler de pareille ingratitude et effronterie. C'est pourquoy je me suis contrainct de sortir hors les termes de modestie pour obtenir la punition d'une telle

scandale, c'est *manalis lapis* Festus dict que c'estoit une certaine pierre hors la porte Capene, près le temple de Mars, et quand il faisoit une trop grande sécheresse on la rouloit en la ville, qu'alors incontinent il tomboit de la pluie, *eumque quod aquas manaret, lapidem manalem dictum* : c'est la pierre qu'on demande.

« Et en danger que les déités jardinieres ne s'en vengent sur maistre Jean Grangier, d'avoir frustré les arbres et les plantes, les herbes et les fleurs de ce jardin, de ce doux arrousoir, de ce cher abbreuvoir qui les faisoit végetter et reverdir, jetter boutons, feuilles et fruicts, lorsque tout fenissait par les trop violentes sécheresses de l'esté : maintenant tout y est en tristesse et déso- solation.

> *Et cornix magna pluviam vocat hic proba voce.*

Si c'eut été si peu de chose, on ne l'eut fait transporter à deux lieuës au jardin de Sesvre, que l'on tasche d'esgaller à celuy des Hespérides, puisque c'est le Tivoly de maistre Jean Grangier qui a conceu ce vœu,

> *Tybur argæo positum colono*
> *Sit meæ sedes utinam senectæ.*

« Mais soit ainsi, pourveu qu'il ne l'enrichisse point des despouilles d'un autre de plus grande efficace : si on voulait enlever ceste pierre, fallait que ce fust du consentement de tous les officiers du collége. Et quant aux chasubles et tableaux dont parle le dit Grangier, Gentil, son beau-frère, procureur, a compté au collége du prix de ces tableaux, et lui auroit esté alloüé : force donc seroit qu'il en rendist l'argent, autrement ce serait chopper deux fois contre mesme pierre.

« A la clameur des Nayades se sont esveillées les Hamadryades, qui se plaignent de ce que le procureur auroit aussi fait arracher plusieurs arbres fruictiers, et iceux fait enlever Le pauvre vieillard Silène se formalise aussi d'une treille emportée, qui rendoit auparavant cinquante ou soixante septiers de verjus et mainte-

demande, qui autrement seroit capable de faire perdre courage à quiconque se mesle des affaires des communautez. Il y avoit une pierre dedans le jardin, qui autrefois avoit servi à mettre rafraîchir le vin lorsqu'on grenoüilloit aux despens du collége, et non pour arroser le jardin. Comme nous faisions mettre le jardin au niveau, nous ne savions où mettre ceste pierre, et la plupart des assistans concluoient à ce qu'elle fust rompuë et mise en pièces. Je m'advisay qu'elle pourroit servir d'esgoust en un petit logis que j'ay au village de Sevre, pource qu'elle estoit à l'épreuve de la Lune et de la gelée, et demanday qu'on me la donnast, à charge que la chappelle en amenderoit : elle me fut accordée. Pour m'acquitter de ma promesse, je priay nostre Procureur, qui peut disposer de tout ce qui est en mon pouvoir, de faire présent en ceste considération d'une chasuble à chanter Messe, qui vaut environ cinquante francs, laquelle vient de feu son oncle monsieur Blanzy, jadis docteur en théologie de la maison de Sorbonne. Il fut plus prompt à la donner

nant on n'en peut pas recueillir le quart : les lois *arborum furtim cæsorum* sont-elles point contre cela ? et quelle pitié,

Mala vites incidere falce novellas.

« Les Payens portoient révérence aux arbres et aux plantes, attendu que le temps ne les produict, et ne leur donne accroissement que par la longue suitte d'années, et s'ils voyaient quelque bocage touffu, quelque vieil chesne branchu,

Credebant illi numen inesse loco,

se donnoient bien de garde d'y mettre la main, ny la coignée, autrement craignoient une prompte vengeance, dont les exemples des poëtes sont notoires : la conclusion est donc de rapporter le tout, ou de réparer le dommage insigne fait au collége. Et icy finiront les treize premières demandes.

Claudite nymphæ
Dictææ nemorum, læsos hic claudite saltus.

que je ne fus à luy demander. Je pensois estre plus
que quitte de ceste part, et voicy que des Prestres,
qui n'ont contribué avec nous à la décoration de la
chappelle, comme j'ay remarqué cy dessus, non seulement me la redemandent en justice mais la redemandent
de six ou sept pieds de long : et néantmoins elle n'a que
deux pieds quatre poulces dans œuvre, sur dix poulces
de creux, qui a esté évalué à une pistole pour le plus.
Quoy donc ? j'ay avancé dix-huict cents livres pour les
deux colléges avant que j'eusse touché un denier de mes
gages, dont je n'ay pas esté remboursé bientost. J'ay faict
accommoder proprement le logement du Principal, et faict
natter les chambres, et apposer des estudes de neuf au
pavillon de Beauvais, pour plus de trois cents livres, de
ma bourse. J'ay faict plusieurs poursuites contre les
infracteurs de la discipline à mes dépens. J'ay remply
tout le chœur de la chappelle de tableaux par ma sollicitation ou par mon exemple : j'ay employé pour plancher
les chambre et estude du Principal des aiz pour environ
cent francs : peu s'en fallut que je n'aye procuré l'union
de l'Abbaye de Sainct Jean de Laon au collége de Beauvais à perpétuité, et de toute la poursuitte que j'en ay
faict en Cour, il n'en a pas cousté un sol à nostre communauté. Je laissois aussi au collége environ quatre mil
livres que j'ay employé pour le bastiment d'un logis
proche de la chappelle à charge seulement que mon beau-
frère et ma sœur en jouyroient leur vie durant; et vous,
ô Chappelains, amateurs et grands zélateurs du bien de
la maison, vous me redemandez une pierre qui est payée
six fois plus qu'elle ne vaut ? C'est icy où *bonorum omnium clamo, postulo, obsecro, oro, ploro atque imploro fi-
dem*, et où je mets fin à ce chapitre, tant pource que l'un-
ziesme et dernier article des demandes plus que civiles
et sacerdotales est de pareille substance que le septiesme,
et est itéré, pource qu'il tend à sapper l'authorité du Prin-

cipal : que pource que l'indignité de ce que je souffre me faict tomber la plume des doigts. »

Au chapitre IV, « *des défauts ausquels il seroit bon remédier pour la perfection de l'ordre et de la discipline, selon le temps présent* », le principal commence par avouer que lui-même a trop de charges dans la maison pour se pouvoir acquitter convenablement de chacune. Après avoir insinué quelques améliorations à apporter dans la condition et aussi dans la conduite du sous-maître et du procureur, il arrive aux chapelains :

« Les chappelains (sans passion) s'acquittent mal de leurs devoirs, excepté Maistre Nicolas le Nain qui est assidu, et chante ordinairement. Pleust à Dieu qu'il s'habillast honnestement comme il en a le moyen ; il serviroit de flambeau, comme il est maintenant le pilier de la Chapelle. Les autres sont absens fort souvent : et s'ils sont présens, ils se reposent pour le chant, au moins la plupart, sur les deux clercs de la Chapelle. l'un desquels mérite bien d'estre récompensé d'une chappelle à la première vacance. Il y a tantost trois ans entiers que Maistre Pierre Crain faict des absences les unes de trois mois, les autres de six, pour esprouver s'il se trouvera bien dedans une Cure qui ait le clocher tourné à sa fantaisie. Maistre Pierre du Tartre a rendu plus de service à l'Église Saint Honoré dedans laquelle il avoit une bonne chappelle, qu'à la chappelle de Beauvais (1) : maintenant il se rend plus assidu,

(1) Pierre Crain et Nicolas Dutartre ne se convertirent pas pour cette fois. Le 29 juin 1632, nous voyons encore Grangier, secondé cette fois par les chapelains Olivier, Dargonne, Lenain et Duchâtel, porter plainte contre eux : depuis six ans, ils ne paraissent plus que pendant deux mois à la chapelle du collége et passent les dix autres dans leur cure, « pourquoy le service de ladite chapelle souvent n'auroit esté bien et deument faict, et particulièrement aux grandes festes de l'année, contre l'intention des fondateurs, et au deshonneur et scandal des voisins. » Ils ont été

mais le malheur est que sa voix met en discord tout le
chœur. Maistre Eloy d'Argonne n'en a point du tout,
quand il en faut avoir : pour son oncle Maistre Guillaume
d'Argonne l'aage qui apporte souvent des indispositions
du corps le doibt dispenser (1) : lorsque je suis présent (2),

souvent avertis, engagés à abandonner leurs cures ou leurs chapelles, mais toujours sans résultat ; enfin les plaignants supplient
les supérieurs majeurs de les rappeler à leur devoir ou de
déclarer « impétrables leurs bourses et chapelles. » Les intendants
du collége ordonnèrent en effet, le 5 juillet de la même année
« que les dits Crain et du Tartre feroient leur résidence continuelle au collége, et faulte de ce faire seroient privés de leurs
bourses. » (*Arch. de l'Emp.*, M. 92).

(1) Les chapelains : « Il y a cinquante ans que le plus ancien
(chapelain) est en charge, jamais n'a esté formé contre luy ne
contre les autres aucune plainte ni reproche : il a esté plusieurs
fois honoré des commandemens du feu Roy Henry troisiesme,
lors qu'il estoit son chappelain ordinaire, et employé en ces autres
fonctions honoraires de grand-vicaire Nostre-Dame de Paris et de
visiteur du mesme diocèse; dans lesquelles charges il s'est tousjours sincèrement comporté : les autres se sont conservez en la
réputation et renommée que leur bonne vie et mœurs leur ont
acquis : et c'est à tort que Maistre Jean Grangier (par un traict de
raillerie) dict que Maistre Pierre Crin, le second des chappellains,
s'est absenté quelques mois, afin d'user des mesmes termes, pour
esprouver s'il se trouvera bien dans une cure qui ait le clocher
tourné à sa fantaisie : en ce que depuis un an et plus que le
procez est intenté, ledit Grangier et le procureur son beau-frère,
par conspiration faite entre eux de se vanger, retiennent ses
gages, et par ce moyen l'ont contraint de se retirer pour quelque
temps en la ville de Compiègne, vers ses parens, en attendant que
Nosseigneurs les Intendans réforment ces abus et entreprises ; ce
qu'il a fait par congé et permission de la communauté à laquelle
il s'est tousjours soubzmis : de sorte que les calomnies inventées
contre lesdits chappellains se dissipent d'elles-mêmes, joinct qu'il
ne réussit jamais bien à ceux qui, selon le dire du poète :

Lambunt degeneres alienæ vulnera prædæ.

(2) Les chapelains : « Il y a un autre inconvénient, qu'en l'absence des principal et procureur, l'insolence et semille des jeunes
16

je m'efforce de modérer la psalmodie au mieux qu'il m'est possible (2), autrement c'est grand pitié : sinon aux bonnes festes, ausquelles Dieu est un peu mieux servy, et de ce j'atteste les voisins. C'est chose estrange aussi que de cinq chappellains Prestres qu'ils sont, je ne puis estre soulagé d'un seul pour les cathéchismes et exhortations ; ains me

escholiers trouble le divin service, au grand regret et desplaisir desdits chappellains, qui jusques à huy nonobstant leurs plaintes n'auroient pu y faire donner ordre : et toustefois selon Varron, ès mystères des Payens la formule estoit, *pescito linguam*, ou ceste autre du poëte, *sint ora faventia sacris*.

« Leur regret est, outre le bruit des escholiers, lorsqu'ils sont à l'autel que Maistre Jean Grangier auroit fait bastir à grands frais du collége plustost une gallerie que jubé, ou doxal, en la chappelle, par où passent et repassent les serviteurs, filles et servantes de ses alliez, pour aller de maison en autre, ce qui les offense fort, tant pour l'irrévérence que pour l'interruption qu'ils reçoivent durant le service,

> *Cornua quod vincatque tubas.*

(2) Les chapelains :

> « *Leves dolores loquuntur, ingentes stupent.*

« Icy la douleur est grande, *nec stupet, sed loquitur*, et concluent les demandeurs, à ce que défenses soient faictes au principal de les plus injurier, outrager ny scandaliser en la chappelle, ny en classe, ny partout ailleurs, selon son ordinaire ; et mesmement le mardy 23 may, il fit arrester les escholiers en la chappelle, pour vomir et par manière de dire *obvagulari* en leur présence contre les chappelains *quidquid suggessit splendida bilis*.

« Ceste contumélie est doublement atroce, et en ce qu'elle tend à violer les statuts et règlements, par lesquels il est enjoinct au principal de faire respecter les chappellains par les maistres et escholiers : l'autre, qu'elle s'adresse aux gents ecclésiastiques, portant le charactère de sacerdoce, et qui attirent à soy toute vénération, *L. atrocem C. de injuriis*. Et sans doute c'est un droict des gens, qui auroit faict dire à Plaute le comique *in rudente*,

> *Quis homo est tanta confidentia*
> *Qui sacerdotem audeat violare ?*
> *Ædepol homo infortunio damnabilis.*

:onvient employer un Régent ou quelque forain lorsque
l'ay des occupations. Cela procède de ce qu'ils n'ont
pas estudié en théologie ou en droict canon, comme ils y
iont obligez par les statuts, et qu'ils aiment mieux employer le temps qu'ils ont à souhait, à toutes autres
:hoses, fors qu'à celles qui regardent et concerne la pro-
ession ecclésiastique. J'en excepte Maistre Eloy d'Argonne
equel à ce qu'on m'a dit se mettra sur le banc pour res-
iondre en Théologie, quand Messieurs les examinateurs
'en auront jugé digne, selon la coustume. Les Boursiers
ie sont pas tenus assez de court: pour ce qu'on est con-
raint de leur donner congé d'aller à la provision pour
eur nourriture, et beaucoup abusent de ce congé : ils se
lcencient parfois dans leurs chambres de boire et de jouer
iour ce qu'ils n'ont là personne qui les retiennent. Les
ucuns d'eux mangent en un jour ce qui debvroit servir
iour la sepmaine, et puis sont en queste au lieu d'estu-
ier. C'est chose pitoyable d'eux, quand ils sont malades :
ous taschons de les secourir, mais il y faut pourvoir à
on escient. Les Régents font bien leur devoir dedans
iur classe, mais ils ne contribuent pas ce qu'ils doivent,
t ce qu'ils pourroient à la discipline publique : puisqu'ils
ntendent parler François, et voyent en leur présence
iire chose qui sont contre les loix du Collége, sans re-
rendre ou chastier les délinquants comme si chacun d'eux
'y avoit pas un notable intérest, et n'estoit principal en
iste part. Les Pédagogues et Précepteurs pour la pluspart
e sout assez soigneux d'empescher que leurs pensionnai-
es regardent oysivement par les fenestres qui sont sur
s ruës, et jettent de l'eau ou des pierres sur les passans:
e sont assez diligens de les faire retirer le soir dedans
urs estudes, puis les faire coucher après la prière, et
s faire lever le matin au moins au son de la cloche: et ne
rendent assez sujets à leur servir d'exemple, tant cha-
un jour à la Messe, et spécialement ès Festes et Diman-

ches en la chappelle du collége, qu'ès communions aux bonnes festes de l'année : plus donnent trop souvent congé et permission d'aller en ville, et tant les Régents que les Précepteurs trempent tous en ce deffault, qu'ils n'exercent pas assez leurs Escoliers et pensionnaires en la langue latine. Au reste, ils sont tous de louable et honneste vie et conversation. Pour les Escoliers pensionnaires ils estudient le moins qu'ils peuvent, et le plus que nous pouvons pour les deux tiers : l'autre tiers, qui preste l'oreille a nos enseignements et a le courage de les mettre en exécution se forme très-bien ès bonnes lettres, ès mœurs chrestiennes, et en la civilité et accortise. J'espère que si nos seigneurs les Intendans daignent se relâcher au soin de notre petite république scholastique, nous ferons une pépinière de bons chrestiens catholiques, de gens sçavans, et d'honnestes citoyens. Les forains apportent un grand destourbier aux pensionnaires par les nouvelles dont ils leur font part, et l'envie qu'ils leur donnent de se mettre en la liberté de laquelle ils jouissent, ne profitent pas pour eux tant qu'ils devroient pour ce qu'ils sortent pour la plupart au premier coup de la sortie des leçons, et pourtant n'apprennent la langue grecque, ou n'assistent aux corrections des compositions, mesmes rendent peu souvent ce qu'on leur a donné à faire sans que nous ayons peu jusques icy mettre un bon ordre, pour ce que l'exercice se faisant en plusieurs colléges ils se rendent, au moins ceux qui ne sont de ceste ville, oyseaux passagers, ou font des stations aux quatre saisons de l'année, quand ce ne seroit que pour priver leurs Régens des droicts de classe, dont ils tirent le payement de leurs pères ou parens jusques à la dernière maille, et cependant cela sert d'instrument à leurs desbauches. Tels sont à peu près les deffauts de nostre discipline, pour ausquels remédier je prie qu'on trouve bon que je mette en avant les poincts d'une bonne réformation : pour estre admis ou rebutez, chan-

gez, augmentez, diminuez, modérez, et habillez **comme il**
plaira à Nos seigneurs les Intendans. »

Le chapitre V, «*Des règlemens, pour remedier aux deffauts
qui empeschent, ou peuvent empescher, la perfection de la
discipline*», contient à peu près les règles ordinaires du
collége; et s'il y a quelque chose de nouveau, comme ce ne
sont là que des projets, et que rien ne prouve que le Parlement leur ait jamais accordé force de loi, il est inutile de
les reproduire ici.

Grangier termine enfin par cette péroraison vraiment
éloquente :

« Je me suis acquitté de ma promesse : c'est à vous
maintenant, Nosseigneurs, de terminer nos différens : et
s'il vous plaist en prendre la peine, faire mourir la mauvaise graine de dissension, qui ne cesse de faire naistre
de temps en temps les meschantes herbes, que vous pouvez arracher ceste fois pour un jamais. Le principal de
l'affaire gist a ranger un chacun soubs l'obéissance d'un
supérieur : à faute de ce tout s'en ira en confusion. Je ne
demande ny recherche ambicieusement de tenir le dessus
en nostre communauté. Déchargez-moy de l'obligation de
maintenir les droits d'un supérieur, je feray voir à un
chacun que je sçay mieux obéir que commander. Je
n'affectionne non plus que mainteniez nostre Procureur
sinon en tant que je connois qu'il est utile a la maison.
C'est mon allié, il est vray: mais s'il ne se rendoit recommandable par sa fidélité preud'homme et diligence, je serois
le premier a lui jetter la pierre. C'est chose estrange que
nos adversaires n'ont autre plainte: sinon que luy et
moy sommes en bonne intelligence, veu que nous ne
pourrions estre en discord qu'au grand dommage de la
maison. Ce seroit a eux de monstrer que nous nous enten-
dons ensemble pour faire nostre proffit particulier, et non
celuy du collége comme nous pourions prouver que si nous
les eussions voulu ouyr, nous eussions tous les ans mis

chacun en nos bourses quelques deniers soubs des mises et despences pour le collége, fausses et supposées. Ils ne peuvent nier que lorsque je veins au collége, les seigneurs intendans de Verdun premier Président, de Courtin et Faye Conseillers du Roy au parlement, ne m'ayent faict offre de huict cents livres par an pour les gages de Principal et de premier Régent, avec telle instance, que sur le refus que je feis de la moitié, le seigneur Courtin me dist : prenez, car aussi bien on ne vous en saura gré. Vous sçavez, Mes seigneurs Deslandes et de Fortias, que la dernière fois que vous honorastes nostre collége de vostre présence, sur la proposition de l'augmentation des gages aux grands boursiers, vous me demandastes si je désirois du surcroist, et qu'estiez encor plus désireux de me l'octroyer, que je ne serois de l'accepter : et peut estre vous souvenez-vous encor que je vous feis response, que mon travail me suffisoit de quoy satisfaire à ma despense sans que je chargasse le collége : et que pour le présent, je me contentois de l'honneur de vos bonnes grâces. Or il y a treize ans que je suis en ce collége, j'aurois cinq mil deux cents livres en mon coffre par l'octroy libéral de l'intendance que je n'ay voulu accepter. Quelle apparence y auroit-il que j'eusse courageusement mesprisé et refusé une telle somme, pour mesnager avec nostre Procureur les menus proffits de quelques honteuses grivelées ? S'il est permis de faire comparaison des choses grandes avec les petites, et de la personne d'un grand Capitaine avec celle d'un Principal, je finiray par une qui ne viendra pas mal pour nostre subject. Comme Scipion faisoit les préparatifs pour passer en Afrique et porter la guerre, dont l'Italie estoit presque au derniers soupirs, dedans le sein de ceux de Carthage, l'envie et la calomnie luy dressèrent une telle partie au Sénat, qu'il fut conclud et arresté qu'on envoyeroit dix députez, deux tribuns du tiers Estat, et un Edile pour s'informer de ses déportemens : et le saisir au corps et rame-

ner à Rome, si on trouvoit que tout ce dont on le chargeoit
fut véritable. Quand Scipion les veit, après les avoir reçeu
honorablement, il se justifia non par paroles, mais d'effects.
Il leur monstra l'armée de terre, et la flotte qu'il avoit mis
sus : leur feit voir les magasins d'armes, les greniers et
munitions, ensemble tout son autre équipage de guerre :
les députez admirèrent tellement toutes ces choses tant
en bloc que par le menu, qu'ils entrèrent en asseurance que
par ce chef et par telles forces, les Carthaginois seroient
vaincus, où jamais ne le seroient : et s'en retournèrent
aussi joyeux et contens en leur esprit, que s'ils deussent
rapporter à Rome non un si magnifique appareil de guerre,
ains la victoire desjà obtenue. Aujourd'huy que la calomnie par la bouche de nos adversaires tâche à noircir la candeur des actions de nostre Procureur et des miennes :
prenez la peine (et de ce je vous conjure par la saincte
affection que portez au public) de vous transporter en votre
collége ; après le devoir, auquel nous nous mettrons de
vous recevoir selon vos qualitez et mérites, nous vous ferons voir la Chapelle mieux ornée qu'elle ne fut oncques :
les bastimens en très-bon estat ; les classes plus belles
qu'elles n'estoient auparavant : la cour plus spatieuse et
mieux exposée au soleil levant, que lorsque nous sommes
venus en charge : le jardin en meilleur ordre, et plus aggréable disposition : le collége acquité de toute sorte de
debtes : le revenu augmenté comme j'ay monstré cy
dessus, l'exercice digne, ou peu s'en faut, de l'honneur de
vostre Intendance, et de la protection de la Cour : enfin
toutes choses presque à souhait, au moins selon la condition du temps où nous sommes ; dont nous espérons non
seulement de la loüange de vos bouches ; mais aussi un
chastiement exemplaire sur un ou deux des mutins,
lesquels aymeroient mieux vivre dedans la bourbe et les
eaux croupissantes de la fainéantise, que dedans l'eau
courante d'un exercice de bonnes lettres par laquelle

sont arrosées et croissent à veuë d'œil les plantes de force beaux esprits pour fructifier un jour en l'Église et dedans l'estat: qui sont les deux poincts sur lesquels jusques à ce jour j'ay fait rouller toutes mes intentions. »

Le mémoire de Grangier n'avait pas encore paru qu'un des chapelains, Nicolas le Nain, se désista juridiquement de son accusation. Dans leur réplique les autres chapelains s'en plaignirent, ainsi que de la joie manifestée par le principal de ce que l'un d'eux avait «faussé compagnie». On l'avait gagné, dirent-ils, «par practique secrette et violente intimidation.» Ils ajoutent que «l'on a tasché à gaigner le reste de mesme: mais le bien public du collége plustost que leur consentement particulier les a fait persévérer en leur droite volonté sans avoir que faire de celuy *qui abiit ut taurus in sylvam* (1)».

(1) *Biblioth. Mazar.*, Rec. n° 18408.

CHAPITRE XII.

Antoine Moreau succéda naturellement à Jean Grangier, dont il était déjà coadjuteur. Qu'était-il ? Quelles
avaient été ses occupations antérieures ? Par quel genre
de mérite avait-il attiré l'attention et fixé le choix de
Grangier ? A quelle époque précisément fut-il associé par
lui au gouvernement du double collége de Beauvais et de
Presles? Nous n'avons pu trouver aucune réponse certaine à ces questions. Le *Factum contre le mariage et la
Bigamie des Régents*, que nous avons déjà cité, nous apprend seulement que, tout en gardant le titre de principal, Grangier en confia les fonctions à Antoine Moreau,
lorsque son mariage l'eut mis hors d'état de les remplir
par lui-même. D'un autre côté, le compte-rendu de la visite faite par l'Université au collége de Presles-Beauvais,
le 13 décembre 1642, signale la présence simultanée de
maître Jean Grangier, qui s'y trouve nommé simplement
principal de Beauvais, et de maître Antoine Moreau, qua-

lifié principal de Presles : ce qui montre que dès lors Grangier s'était démis de la principalité de ce dernier collége en faveur de son coadjuteur. Enfin, la supplique qu'Antoine Moreau adressa au Parlement le 23 octobre 1677, pour être déchargé des fonctions de principal, qu'il remplissait, dit-il, depuis quarante ans (1), donne à entendre qu'il était entré en charge dès 1637, c'est-à-dire dès l'année qui suivit le mariage de Grangier.

Durant le principalat de Jean Grangier, le Parlement n'avait fait pour le collége que des règlements partiels et de circonstance (2). Sans doute l'habileté reconnue du principal rassurait suffisamment les intendants, et d'ailleurs le succès de son administration leur permettait de se reposer absolument sur lui du soin de réglementer la petite république. Après sa mort, ils crurent qu'ils devaient, par un acte solennel, confirmer les anciens statuts et y ajouter quelques clauses, réclamées par l'accroissement que prenait le collége et le progrès qu'y faisaient les études.

Ils commencent par régler la discipline. Une communication ayant été ouverte entre les deux colléges de Presles et de Beauvais à l'époque de leur réunion, le bon ordre pouvait en souffrir ; mais on défend au principal de donner passage à qui que ce soit par l'intérieur des deux colléges, et l'on ordonne d'ailleurs aux deux

(1) *Arch. de l'Emp.*, M. 91.

(2) Dans un de ces règlements, donné le 24 février 1627, on trouve cette clause remarquable : « Sur l'advis qui nous a esté « donné qu'au bout de la rue Saint Jean de Beauvais il y a ung « logis que l'on dict appartenir à une femme de mauvais renom « qui se nomme la Delacroix auquel y a filles et femmes des- « bauchees qui pourroient apporter de la corruption parmi la « jeunesse qui demeure ou va prendre ses leçons aud. collége, « ORDONNONS que le commissaire du quartier en vertu de nostre « présente ordonnance fera vuider promptement le mauvais levain « qui peut estre aud. logis... » (*Arch. de l'Emp.*).

portiers de veiller avec soin. Aucun des écoliers ne pourra sortir sans l'*exeat* du principal ou du sous-maître, et chaque soir le portier présentera les congés qu'on lui aura remis en sortant. Les portes du collége s'ouvrent à cinq heures en été et à six heures en hiver; elles se ferment à neuf heures en été et à huit heures en hiver, et l'on en dépose les clefs chez le principal. Après que chacun s'est retiré chez soi, le principal doit se promener dans la cour et dans la maison, pour voir par lui-même si rien ne se passe de contraire au bon ordre. Il doit aussi se tenir dans la cour au moment de l'ouverture des classes pour tenir en respect les externes. Pendant les leçons, c'est le sous-maître qui se promène dans la cour « pour relancer dans les classes ceux qui en sortent», et le principal visite les chambres de peur qu'il n'y ait quelque écolier qui «jouë ou demeure esdites chambres pendant que les régens sont en classe». A la fin des leçons, le sous-maître et les régents se rassemblent dans la cour avec le prin cipal, « pour communiquer sur-le-champ de ce qui se passe en chacune de leurs classes, et prendre les ordres du principal », s'il y a lieu. Le sous-maître est toujours là « pour prêter main-forte aux régens contre les refractaires ». Si le principal fait une classe, il est défendu au sous-maître d'en faire une, afin que le collége ne reste jamais sans surveillance. L'obligation de parler latin est maintenue pour les écoliers, ainsi que l'usage de les examiner chaque année à la Saint Remy, pour juger s'ils peuvent passer dans une classe supérieure. On prescrit même des examens hebdomadaires et une sorte d'examen quotidien; l'article onzième contient en effet ces dispositions: « Fera ledict principal trouver aux graces chacun jour à midy en la salle du dict collége les boursiers et pensionnaires grammairiens, où se trouvera le régent en sepmaine qui connoistra exactement du *Symbolum* pour correction de la langue latine. Et chacun samedy le soubs-maistre présidera aus dictes grâces lesquelles finies demandera compte aux enfans des textes qu'ils auront veus pendant la sepmaine et autres fonctions scholastiques, et alors fera recherche exacte des actions d'un chacun». La propreté de la maison est de nouveau et instamment recommandée, aussi bien que la modestie dans les vêtements. Les officiers du collége sont invités à dénoncer par écrit aux Directeurs et Intendants les boursiers paresseux, insoumis ou peu propres aux études, afin qu'ils soient renvoyés. Le lever des boursiers est fixé à cinq heures et leur coucher à neuf heures: le sous-maître doit visiter leurs chambres tous les jours.

Nous connaissons déjà les statuts contenus dans ce règlement touchant le culte divin, l'instruction religieuse des boursiers, l'usage des sacrements et les prières de fondation: nous en avons parlé au chapitre des chapelains, ainsi que des règles qui leur étaient prescrites (1).

On s'occupa aussi des finances. Les fameux *pots de vin*, si chaleureusement anathématisés autrefois par Grangier, furent de nouveau absolument proscrits du collége. Depuis un certain nombre d'années, les affaires temporelles de la maison avaient prospéré, et les officiers, ainsi que les chapelains, en avaient profité pour s'attribuer certains droits d'assistance aux offices des fêtes solennelles et aux assemblées du samedi, ce qui constituait pour chacun d'eux une augmentation de gages d'environ quatre cens livres par an. Les petits boursiers eux-mêmes avaient eu leur part de ces bienheureuses aubaines; mais le religieux boursier de Saint-Jean-des-Vignes en avait toujours été exclu. On laisse les choses dans l'état où on les trouve; mais on accorde au religieux boursier la moitié des nouveaux profits que s'attribuaient les officiers et les chapelains.

(1) Voir page 136 et suiv.

On assigne à chacun des quatre régents logés par le collége l'usage de deux chambres. Les gages des deux premiers sont fixés à deux cents francs «au plus par an selon la qualité et mérite de la personne employée à ce subject». « Quant aux gages pour un régent troisiesme, y sera pourveu en temps et lieu, ceux de la communauté préalablement ouis et entendus »

Telles sont les principales règles données, le 17 juillet 1646, au collége de Beauvais par le premier président Matthieu Molé et les conseillers Jules Panarre et Dreux Hennequin. Le principal était tenu d'en donner lecture publiquement à la chapelle chaque année le jour de Saint-Remi, et de veiller à ce qu'on y fût fidèle (1).

On n'avait pas oublié, sans doute, en 1646, les discordes intestines qui avaient troublé l'administration de Grangier, et l'on crut devoir les prévenir, dans le règlement de cette année, par les dispositions suivantes:

« Après les principal, soubs-maistre et procureur les chapelains auront rang dans ledit collége selon l'ordre de leur réception, et après lesdits chapelains le religieux boursier, et après ledit religieux les regens marcheront selon le degré de leurs classes. Les religieux boursier et chapelains se comporteront avec honneur et respect envers les dits principal soubs-maistre et procureur; et eux respectivement rendront le respect deub auxdits chapelains et religieux boursiers, et leur feront porter par les regens, pedagogues, escolliers et autres. (Art. XXIX)»

Mais c'était en vain; la rivalité entre les chapelains et les suppôts du collége qui se consacraient à l'instruction de la jeunesse tenait trop réellement et trop profondément à l'état même des choses et des personnes, pour que, en dépit des précautions les plus sages, elle n'éclatât pas tôt

(1) *Arch. de l'Emp.* M. 88, n° 23. — Dom Félibien, *Hist. de Paris*, t. V, p. 127 et suiv.

ou tard. Dès 1669, on en eut une preuve manifeste. Malgré l'article XXIX du règlement de 1646, emprunté luimême à un règlement promulgué en 1611, il paraît que les deux professeurs de philosophie étaient distingués des autres régents et que « de temps immémorial», ils prenaient place à la chapelle immédiatement après le procureur, et par conséquent avant les chapelains. Un jour, le chapelain Claude Fautroys résolut d'en finir avec un usage qu'il regardait comme abusif. La communauté se rendait à la chapelle pour le service divin: il passa bravement devant maître Olivier Héroult, second professeur de philosophie, et prétendit gagner la stalle supérieure; mais il éprouva une si vigoureuse résistance qu'il se vit obligé de rebrousser chemin. Alors il porta plainte au Parlement; il parla « des mauvais traitements qu'il avoit receu dans la chapelle du collége de la part d'Olivier Héroult qui l'avoit poussé et empêché de passer à son stalle ». Malheureusement, il trouva un adversaire redoutable en maître Roger Omoloy, licencié en théologie, qui jouissait dans l'Université d'une réputation méritée de savoir, et qui, enseignant la philosophie au collége depuis quarante ans, tenait à maintenir, pour l'honneur de sa classe, des traditions qu'il y avait toujours vu observer. Le principal lui-même se tourna contre lui, et profita de cette circonstance pour formuler, contre les prétentions des chapelains, des plaintes multipliées: longtemps on s'était résigné au silence, les récriminations n'en devaient être maintenant que plus vives.

D'abord, le principal accusait les chapelains de vouloir s'élever au dessus de la condition qui « *leurs* » appartenait de *boursiers* et *d'écoliers*, pour la prêter au principal, au sous-maître et au procureur, contrairement à la pensée des fondateurs.

C'est dans le même esprit, ajoutait François Moreau, "qu'aucuns des chapelains portent depuis quelques années

pendant l'hiver des camailles drapés à longues queües,
et qu'ils demandent présentement à estre receus à porter
des surplis pendant l'été allant à la chapelle, et encore
qu'ils introduisent tous les jours des nouveautés et des
changemens dans la célébration du service divin, en intention de s'ériger en forme de chanoines et corps de chapitre, et de se soustraire par ces vains moiens du respect
et de l'obéissance qu'ils doivent comme boursiers et escoliers au principal du collége leur supérieur. » Leurs am-
bitieuses prétentions s'étaient ouvertement manifestées à
l'occasion du service funèbre du premier président Molé,
mort quelques années auparavant: n'avaient-ils pas eu
l'audace dé faire signer au principal, la veille même de
ce service, «un escript par lequel ils lui faisoient dire que
de leur consentement il feroit le service»! Le lendemain,
le principal, revenu de sa surprise, avait redemandé
« l'escript»; mais les chapelains avaient refusé de le lui
rendre, et il avait été ainsi forcé de s'abstenir de faire le
service. Enfin, les chapelains étaient accusés de s'absenter
fréquemment de l'office, et d'omettre des messes d'obligation, pour lesquelles ils recevaient néanmoins une rétribution.

Le Parlement saisi de cette querelle dès le mois d'août,
rendit le 26 septembre l'arrêt qu'on va lire:

« Tout veu et considéré, NOUS INTENDANS, DIRECTEURS ET
RÉFORMATEURS SUSDITS AVONS ORDONNÉ ET ORDONNONS :

« QUE les Regens de Philosophie prendront leurs places
ordinaires pendant le service divin dans le fond de
la Chapelle au costé gauche ensuitte et immédiatement
après le Procureur dudit collége;

« QUE les Chapellains demeureront dans les costez du
chœur devant leurs pulpitres;

« QUE celui d'entre eux qui sera officiant portera le
surplis et les autres seront en soustane: et si ils sont gra-
duez, porteront la Robbe de leur Profession et des Ca-

maux cours en temps d'hyver à la façon des prestres
habituez dans les Paroisses; deffense à eux d'en porter en
manière de chappe, ny à queüe;

« FERONT les encensemens suivant la coustume receuë
en la chapelle dudit collége;

« COMMENCERONT le service divin aux heures portées par
nos réglemens; assisteront tous à toutes les heures, et sera
commis l'un d'entre eux par le principal pour picquer les
absens qui seront privés de partie de leurs gaiges à proportion de leurs absences;

« DIRONT les messes fondées etc .. Faisons deffences au
Procureur d'en payer la distribution que sur les certifficats
signez de deux desdits Chapellains et paraphez par le
Principal.

« FERONT lesdits Chapellains Diacre et soubs-Diacre ès
grandes Messes des Festes solennelles, du Jeudi Sainct, et
encore ès Messes des obits, et porteront chappes esdits
jours sans pouvoir s'en décharger sur les Clercs de chapelle à peine d'être privez de leurs distributions;

« VEILLERA le principal à ce que tout le service divin
soit bien et deuement fait et aux heures portées par nos
réglemens, et ne souffrira pas qu'il y soit apporté aucun
changement;

« A l'esgard de la discipline scholastique, tant en la
Chapelle qu'en la Court et au dedans des classes et des
chambres, nous en chargeons et en rendons responsable
le principal, les soubs-Maistre et Procureur, lesquels ou
l'un des trois nous en rendra compte tous les mois, afin
d'apporter ce qui sera nécessaire pour rendre l'exercice
florissant.

« Nous enjoignons ausdits Chapellains et Régens de vivre
en sorte les uns avec les autres que la jeunesse en soit
édifiée, et de porter par eux le respect deub au Principal,
et audit Principal de se souvenir, arrivant vacances des
classes, des chapellains qui auront des degrez et qui se

seront dignement acquittez de leur devoir, et pareillement se souvenir des petits Boursiers qui auront atteint la capacité, et se seront rendus recommandables par leurs estudes et bonnes mœurs (1).»

En somme les chapelains étaient battus. Ils n'obtinrent satisfaction que sur un point; ils s'étaient plaints de ce que, contrairement aux statuts, les assemblées de la communauté se tenaient, non pas dans la salle du collége consacrée à cet usage, mais dans la sacristie «ou revestiaire » ou même dans la chapelle; le principal reçut ordre de réformer cet abus (2).

Ils furent plus heureux dans une nouvelle campagne, entreprise contre les régents sept ans plus tard : cette fois le principal marchait à leur tête. Les motifs du différend, et les résolutions prises pour y mettre fin, tout cela est contenu dans un acte de délibération de la communauté, dont on eut soin de faire dresser par un notaire au Châtelet une copie authentique. En voici la teneur :

« En l'assemblée de nostre communaulté tenue à l'ordinaire ce jourd'huy samedy trente décembre mil six cens soixante et treize, les Chappelains du collége ont remontré qu'encore que par les arrêts de la Cour et les règlemens de Nosseigneurs les Directeurs et Administrateurs du collége, il soit porté en termes exprès que lesdits Chappelains qui sont prestres fondés pour le service divin et administration des Sacremens dans ledit collége, précéderont les Regens, qui ne sont fondés, ains admis pour l'instruction de la jeunesse seulement, Néantmoins qu'aucuns desdits Regens tâchent depuis peu par tous moiens et autant qu'ils peuvent de devancer lesdits Chappelains, que le jour de Noël dernier l'un des petits boursiers Acolites avoit par ignorance ou autrement

(1) *Arch. de l'Emp.* M. 88 et M. 92.
(2) *Arch. de l'Emp.* M. 88.

17

presenté la paix à baiser à l'un desdits Regens avant que
de la presenter à l'un des Chappelains qui estoit en son
stalle, et qu'il estoit encore ci devant arrivé que le Chappelain en semaine et officiant en la chappelle un jour so-
lemnel ayant baillé de l'encens à l'un des autres Chappelains qui estoit en son stalle avant que d'en donner à l'un des Regens, ledit Regent avoit à la sortie
du service dit des injures audit Chappelain officiant,
et que pour éviter pareils emportemens lesdits Chappelains se seroient adressé à la communauté, reque-
rans que ledit Regent en fut civilement admonesté,
et que les petits Boursiers Acolites fussent advertis
de ne s'y meprendre une autre fois. Sur quoi nous
ayans pleine cognoissance des arrests et reglemens de
Nos seigneurs de la Cour Directeurs et Administrateurs
du collége et encore de l'usage, avons esté d'advis, et
arresté que les boursiers Acolites seront advertis de leur
debvoir, ce manquement estant aparemment arrivé de
ce qu'ils sont nouveaux receus et ne scavent pas encore
les regles et seront pareillement les arrest et les reglemens du collége communiqués à Messieurs les Regens
affin qu'ils n'en ignorent et ont lesdits sieurs Chappelains
présens et demandans acte de leur remonstrance signé
les présentes. Faict en nostre dicte communaulté lesdits
jour et an que dessus. Ainsy signé Moreau *principal*,
L'hermitte *Sous-maistre*, Guénée *Procureur*, Lefort,
Trippet, Delamare, Durand (1).»

Si, dans ces différends soulevés à l'occasion de faits in-
signifiants mais exagérés par l'esprit de parti, le Parlement jugeait que son intervention n'était point superflue,
de plus graves pensées préoccupaient ceux de ses membres
à qui il avait confié la direction du collége de Beauvais.

(1) *Arch. de l'Emp.* M. 92, et reg. MM. 363, f° 44.

La fondation du cardinal de Dormans avait bien changé
d'aspect depuis la mort de ce prélat. Le collége n'était
plus seulement un asile ouvert à quelques enfants pauvres du diocèse de Soissons, que l'amour de l'étude
amenait à Paris: c'était un établissement considérable
où, à côté des boursiers fondés par le cardinal, se pressait
une jeunesse nombreuse, venue de tous les points de la
France et même de lointains pays, habituée souvent aux
jouissances du luxe, et désireuse de trouver, dans l'étude
des lettres, le chemin de la fortune et de la gloire. Où
était la modestie si impérieusement recommandée par
le fondateur ? Et que devenaient, au milieu de ces
habitudes nouvelles et de cet esprit tout mondain, les
espérances qu'il exprimait si naïvement dans ses actes
de fondation, de faire des clercs des écoliers de son collége? Les réformateurs du collége comprirent que, sans
en fermer les portes à une jeunesse qui en faisait l'honneur et la fortune, ils devaient prendre des mesures, pour
élever les boursiers dans les habitudes et dans l'esprit de
la fondation primitive. Depuis longtemps ils songeaient
à les isoler des pensionnaires et des externes, avec lesquels ils suivraient seulement les cours du collége, et à
les réunir en Séminaire. Ils réalisèrent enfin ce projet
en 1666, et dictèrent à cette occasion le règlement qu'on
va lire :

RÈGLEMENS POUR LE SEMINAIRE DU COLLÈGE
DE BEAUVAIS.

« Nos Seigneurs les premier Président, et Conseillers,
Directeurs et Réformateurs du collége de Dormans dit de
Beauvais: Ayant il y a quelques années ordonné que les
vingt-cinq petits Boursiers y fondés demeureroient tous

ensemble, et vivroient en commun, Et qu'à cet effet seroit construit un corps de logis sur le jardin séparé des Pensionnaires propre pour ériger un séminaire : c'est ce qui a été éxécuté. Et le séminaire érigé, les Principal, Soubs-Maistre et Procureur ont de leur part fait ce qui leur a été possible pour y faire reluire la piété, et tenir les dits Boursiers dans une bonne discipline ; mais dans la crainte que cette première ferveur ne vînt à se ralentir, et que par succession de temps la discipline ne vînt aussi à s'y relascher, les dits Principal, Soubs-Maistre et Procureur ont dressé par le commandement exprès des dits Seigneurs Directeurs les articles qui suivent tirés en substance des fondations, des Règlemens et bonnes mœurs dudit Collége pour être gardez tant par les dits Principal Soubs-Maistre et Procureur, que par les dits Boursiers.

POUR LA PIÉTÉ

« I. Le Soubs-Maistre tiendra la main à ce que tous les dits Boursiers se levent chacun jour à cinq heures du matin, et qu'ils descendent au quart en la salle commune pour assister à la prière qui se commence audit quart, laquelle finie se retireront tous en leurs Chambres ou Études particulières sans qu'ils puissent rester en ladite salle, ny divaguer de part ny d'autre, et sera fait billet par le Boursier Semainier, contenant le nom des absens qui sera baillé audit Soubs-Maistre pour en connoistre et en faire correction, et se trouvera ledit Soubs-Maistre à la dite prière le plus souvent qu'il luy sera possible.

« II. Les dits Boursiers assisteront tous chacun jour à la Messe ordinaire : à la grande Messe, et aux Vespres des Festes et Dimanches : aux premières Vespres des dits jours : à l'office des Morts qui se chante chacun Dimanche à l'issue des Vespres, et au Salut du soir chacun

jour : et sera fait par le Semainier billet contenant le nom
des absens; qui sera baillé a celui des Principal, Soubs-
Maistre et Procureur qui sera présent.

« III. Les Théologiens seront tenus d'observer les absens
à leur tour et d'en faire le billet. De cette fonction seront
seulement exempts le Doyen, les Maistres ès Arts, et ceux
qui seront constitués dans les ordres sacrés, comme
aussi d'estre escrit par le Nomenclateur sur le dit billet
des absens, estant laissé au soin particulier desdits Principal, Soubs-Maistre et Procureur de veiller à leur conduite et déportemens, de leur demander raison de leurs
absences et de la mulcter de partie de leurs gages ou
autrement pour leurs absences, à moins qu'ils n'eussent excuse légitime ou demandé congé au Soubs-Maistre.
Et à l'esgard du chant de la chappelle les Maistres ès Arts
descendront à l'Aigle au temps que l'on y chantera les
Traits, Proses, Antiennes et Respons pour aider à sous-
tenir le chant, et au surplus psalmodieront comme les
autres Boursiers.

« IV. Tous les dits Boursiers seront tenus de se confesser tous les jours des Festes annuelles et les premiers Dimanches des mois, et d'en donner billet au Confesseur,
sous peine arbitraire du Principal. Et pour cet effet sera
employé des Ecclesiastiques seculiers scavans et zelez
pour faire les Exhortations et entendre les Confessions,
tirez tant du dedans que du dehors du collége.

CONDUITE POUR LE BOIRE ET LE MANGER

« V. Tous les dits Boursiers se trouveront a mesme
heure au diner et au souper : scavoir à onze heures du
matin pour le diner et à six heures du soir pour le souper : et sera fait billet des absens a la manière que dessus. Et la lecture qui se fait de la vie des Saints pendant
les dits repas sera continuée par le Boursier Semainier.

L'on pourra aussi quelquefois faire la dite lecture du Manuel de Grenade ou autres OEuvres spirituels, et aucun des dits Boursiers, mesme Maistres ès Arts, ou constituez aux Ordres sacrez, à l'exception du Doyen, ne sera dispensé de faire la dite lecture à son tour. Et afin d'en garder le silence et le respect, le Soubs-Maistre y sera présent : et dînera et soupera avec lesd. Boursiers autant qu'il pourra, à moins d'indisposition, ou qu'il lui survint affaires.

« VI. Et pour tirer aussi plus de fruit de la lecture, celui qui aura lu pendant la semaine si il est Théologien, Philosophe, ou Rhetoricien, fera un Discours le Dimanche suivant à l'issue des Vespres dans la Salle de la Communauté en présence des autres Boursiers contenant en substance les choses les plus remarquables de chaque lecture faite pendant la semaine, les dits Principal, Soubs - Maistre et le Procureur présens ou l'un d'eux.

« VII. Aucun des dits Boursiers ne poura prendre ses repas dans sa Chambre ou Estude particulière s'il n'y a nécessité de maladie comme chose nommément deffendue par la fondation. Et ne pourront coucher personne a leur Chambre avec eux pour quelque cause que ce soit, ne donner entrée à leur dite Chambre à leurs Compagnons, ni a personnes étrangères pendant le jour ou la nuit si ce n'est avec permission.

« VIII. Pourvoiront a leurs nécessitez de pain, vin et autres choses dont ils ont besoin pendant le repas, et pour les quels ils envoyent les serviteurs en Ville, de manière que toutes les dites nécessités soient apportées, et préparées à onze heures pour le diner et à six heures pour le souper, sans qu'il soit loisible à aucun des dits boursiers d'envoyer les dits serviteurs en Ville pendant les dits repas, d'autant que ces soins pris a contre temps troublent la lecture, et interrompent l'attention de ceux qui l'entendent.

« IX. Ne pourront envoyer le matin les serviteurs en Ville pour querir vin, patisserie ou autre choses pour déjeuner, d'autant que les matinées qui sont propres et particulièrement destinées à l'étude se perdent souvent sous ces prétextes, sans aucun fruit.

RETRAITE

« X. Les Boursiers se retireront tous en leurs Chambres le matin au sortir de la Messe : à midi, à l'issue des Grâces : et le soir après le souper ; sçavoir les Humanistes à sept heures, Philosophes et Théologiens à sept heures et un quart ; Descendront à neuf heures dans la Salle pour faire la prière dans la quelle le mesme ordre sera gardé qu'en la prière du matin. Et seront tous couchés à neuf heures et demie, sans qu'aucun puisse courir par le Collége, ni aller aux Chambres des Pensionnaires ou Caméristes sans congé, à peine de correction, et sera incessamment avisé au moyen de faire une porte au bas de l'entrée de l'escalier commun fermante à clef, qui sera portée a l'issue des Prières, chacun soir, au Soubs-Maistre par le Semainier, et ouverte le matin à l'issue des Prières.

« XI. Les dits Boursiers, Grammairiens et Philosophes ne pourront sortir hors le Collége sans le congé exprès du Soubs-Maistre, et en son absence du Principal ou du Procureur, ainsi qu'il se pratique par la bonne intelligence que gardent entre eux lesd. Principal, Soubs-Maistre et Procureur.

« XII. Le Semainier Boursier qui va à la Boucherie et au Marché avec le serviteur ne pourra sortir qu'avec le dit serviteur et aux heures ordinaires pour acheter les nécessitez hors le quel cas ne lui sera permis de sortir sans congé. Et sera tenu d'aller en classe et d'assister au Service Divin comme les autres Boursiers, et les Théologiens et Maistres ès Arts seront Semainiers à leur ordre.

« XIII. Le Doyen des dits Boursiers sera exempt d'estre Semainier a cause de la charge qu'il a de veiller aux déportemens des autres de prendre soin de les faire retirer aux heures, et d'avertir ledit Soubs-Maistre des choses qui tombent sous sa connaissance, et afin que le dit Doyen ne soit point méprisé en faisant les fonctions cy-dessus, les Principal Sous-Maistre et Procureur ou l'un d'eux qui en sera averti, en fera punition exemplaire, et en l'absence dudit Doyen le plus ancien selon l'ordre de réception prendra sa place.

POUR L'EXTÉRIEUR

« XIV. Et à cause que le fondateur recommande s ur toutes choses, *Quod unusquisque de dicto Collegio viv at in bona simplicitate et humilitate mentis et corporis tam intus quam extra etc. etc. Et quod omnes Bursarii induti Tunica et Capucio de Panno azurino bruno, et simplicis coloris incedant cum tali habitu,* soit au dedans, soit au dehors dudit Collége, *humiliter bini ac boni habentes tonsuras rasas, ita quod notoriè appareat quod ipsi sint Clerici tonsurati et in fraternitate ejusdem Collegii numerati.* Il est aisé a voir que cet illustre et pieux fondateur destine les dits boursiers à l'Estat Ecclésiastique. Et partant il ne sera aucunement souffert que les dits Boursiers portent des habits de couleur apparente, ni des rubans rouges, ou autres de couleur sur leurs habits, ni sur leur chapeau. Ne sera non plus souffert qu'ils aient des pourpoints ouverts et des manches de chemise bouffantes, ni de grands collets, ains porteront des habits noirs, ou de couleur brune, et le pourpoint à manches fermées et de longueur jusques au poignet. Auront les cheveux cours, et se comporteront dans le reste de leurs actions avec une telle humilité et modestie que l'on reconnaisse qu'ils sont de la fondation et Séminaire dudit Collége. Et quand ils converseront ensemble aux heu·res permises, sera avec civilité, et en se gardant un mutuel respect les uns aux autres.

POUR LES ESTUDES

« XV. Les Boursiers Humanistes auront fait leur thème, ou composition de Classe, les jours de leçons a huit heures du soir, et les jours de congé, ou de Dimanches et Festes à pareille heure ; auquel temps le Soubs-Maistre se trouvera en la Salle commune et les fera appeller par Classe pour voir et corriger lesdits thèmes et compositions, et en cas d'absence, affaires ou indisposition dudit Soubs-Maistre, le Principal ou Procureur se trouvera en la dite salle aux mêmes fins, attendu qu'il ni a point de moyen plus puissant pour déterminer ou contraindre les dits Humanistes à se retirer de bonne heure après le repas, que la nécessité de représenter et corriger les dites compositions à une heure reglée et certaine ni de voie plus propre pour exciter en eux une louable émulation.

« XVI. Rendront pareillement compte de leurs textes et les diront par cœur audit Soubs-Maistre chacun jour de leçon le matin à sept heures et demie, et les après-diné à la demie avant l'entrée des classes, et la punition de celuy qui aure esté négligent a faire son devoir dépendra de la discrétion et prudence du dit Soubs-Maistre. A l'égard des Philosophes et Théologiens ils rendront tous compte de leurs écrits et études audit Soubs-Maistre, a telles heures et autant de fois qu'ils en seront par luy requis.

« XVII. Et afin de pouvoir certifier Nos seigneurs les Di-

recteurs de la capacité et des mœurs des dits Boursiers
au désir des Arrests et Reglemens, sera fait chacune
année trois examens de la capacité desdits Boursiers, tant
Philosophes que Grammairiens, par les Principal, Soubs-
Maistre et Procureur dans la salle des dits Boursiers;
scavoir le premier examen, la seconde et troisième
feste de Noel ; le second, la seconde et troisième feste de
Pasques ; et le troisième, les premiers samedi et Dimanche du mois d'Aoust, depuis trois heures après midi
jusques à six, et sera dressé et signé un cahier double
par les dits Principal, Soubs-Maistre et Procureur, contenant les noms des dits Boursiers, avec déclaration de
leur capacité et de leur conduite, qui sera porté ausdits
Seigneurs Directeurs, ou à l'un d'Eux, pour prendre leur
ordonance de faire pourvoir des enfans capables, diligens
et de bonnes mœurs, en la place de ceux qui n'auront
profité de leur Bourse ou qui auront esté reconnus dis-
coles et de mauvaises mœurs.

« Les articles cy-dessus au nombre de dix-sept ont été·
proposez par Monsieur de Refuge, l'un de Nosseigneurs
les Directeurs aux petits Boursiers tous assemblez en la
Salle de leur Communauté, présens les Principal, Soubs-
Maistre et Procureur ; auquel lieu le dit Seigneur s'est
exprès transporté le samedy sixième mars mil six cens
soixante-six, avec injonction ausdits Boursiers d'obéir.
Et ausdits Principal, Soubs-Maistre et Procureur, de garder les dits Articles.

« Et le Vendredy douzieme dudit mois de Mars audit an
mil six cens soixante-six, lesdits Principal, Soubs-Maistre
et Procureur ont fait lecture ausdits Boursiers, congre-
gez en la dite Salle de leur Communauté de tous les dits
Articles distinctement, afin qu'aucun n'ignore de son
devoir et ne contrevienne au contenu ausdits Articles.

« Nous, Guillaume de Lamoignon, Chevalier, premier Président, Clau·le Menardeau, et Henry de Refuge conseil'ers du Roy en sa Cour de Parlement, Directeurs et Réformateurs du Collége de Dormans, dit de Beauvais, après avoir veu et examiné les Articles cy dessus, Nous avons iceux approuvez et autorisez, approuvons et autorisons, et en conséquence ordonné que lesdits Articles seront executez de point en point selon leur forme et teneur : Enjoint aux Boursiers d'y obéir et aux Principal, Soubs-Maistre et Procureur, de tenir la main à l'exécution d'iceux, et de nous en certifier tous les mois. Fait sous nos seings le huitiesme avril mil six cens soixantesix. Ainsi signé. : De Lamoignon. Menardeau. De Refuge.

« Registrée en Parlement les dits jours et an que dessus (1). »

La réforme imposée aux boursiers par le règlement de 1666, semble avoir été préparée longtemps auparavant au sein même de la communauté proprement dite du collège, composée, on le sait, du principal, du sous-maître, du procureur, des chapelains et du religieux boursier. Malgré les querelles soulevées trop souvent au milieu de ces hommes qu'on aimerait à voir moins préoccupés de rivalités misérables, on y faisait vers la paix, l'union et la régularité, des efforts sérieux. Les assemblées du samedi, dans lesquelles se traitaient en commun les questions de discipline, d'étude et d'intérêt, étaient tenues avec plus d'exactitude; et, d'un consentement unanime, on avait réglé que ceux qui ne s'y rendraient pas dès que la cloche en aurait donné le signal, non-seulement perdraient leur droit à la rétribution que recevaient dans ces sortes de réunions les membres de la communauté,

(1) *Arch. de l'Emp.* M 88, n° 23.

mais encore « seroient mulctés d'une amande telle que la communaulté arbitreroit (1).»

On résolut aussi d'être plus exact à inscrire, dans un registre consacré à cet usage, les questions traitées dans ces assemblées. Le samedi sept fevrier 1654, on décida qu'un «livre couvert en basanne, demeureroit et seroit gardé en l'une des armoires du revestiaire fermant à clef, pour insérer et escrire les conventions de ladite communauté; et à cet effect, l'on choisit et eslut la personne de maistre Jean Oyon, l'un des chappelains, pour secrétaire de ladite communauté, ès mains duquel à l'instant l'on déposa ledit livre avec la clef de ladite armoire, sans qu'il fut loisible à personne de rien rayer, deschirer n'y adjoulter audict livre ny auxdictes conclusions qui ne fût approuvé par les signes manuels (des membres), à peine de nullité des dictes ratures ou additions, et d'estre mulcté ou privé du suffrage, selon qu'advisera ladicte communauté (2)».

Ce registre, que l'on peut voir encore aux archives de l'Empire, fournit sur le régime intérieur du collége des détails intéressants; nous y avons souvent puisé, et c'est encore lui qui donne la clef de ce mouvement prononcé vers une réforme, qui se manifeste au sein du collége à l'époque dont nous nous occupons. Ainsi, nous voyons la communauté décider que l'un de ses membres « se transportera avec le procureur du collége aux chambres du dedans dudict collége deux fois par chacun an, sçavoir, le jour de Saint Remy et le lundy de la semaine saincte pour les visiter et faire mémoire par escrit de l'estat des dictes chambres qui sera signé par celui qui tiendra et

(1) *Arch. de l'Emp.* Reg. MM. 363, *Délibérations*, f° 32.
(2) *Ibid.* f° 6.

demeurera en icelles, et ce faict rapporté le premier samedy suivant à la communauté(1) ».

Mais de toutes les résolutions prises dans le sens de la réforme, la plus remarquable est sans contredit celle du samedi 31 juillet 1655.

«Ce jour a esté avisé en notre assemblée pour conserver la charité et l'amour qui doit estre entre nous que si aucun de la compagnie, par promptitude, chaleur ou autrement, se laissoit emporter à dire des paroles picquantes et injurieuses aux uns et aux autres de la dicte compagnie et ses résolutions soit en communeaulté ou ailleurs, que sur la plainte qui en sera faicte ladite communeaulté mulctera de quelle peine elle trouvera à propos ou mesme privera pour un temps de suffrage celuy qui aura offensé, les voix au préalable prises d'un chacun par Monsieur le Principal, et conclusion à la pluralité en la manière accoustumée, le tout soub l'authorité de Nosseigneurs les Directeurs (2) ».

Sans doute, on ne parvenait pas par ces résolutions à empêcher toutes les querelles; mais nous y trouvons au moins une preuve de la bonne volonté qui animait le plus grand nombre des membres de la communauté, et de leur désir sincère de vivre unis et paisibles.

La réforme de 1666 paraît n'avoir pas été également bien acceptée par tous les boursiers. Peu de temps après la promulgation du règlement qui les réunissait en séminaire, le 29 et le 30 janvier 1668, nous nous heurtons à un épisode quasi-tragique, qui montre combien il s'en fallait que tous les esprits se fussent soumis au nouveau régime. Le fait est relaté en une phrase unique de vingt-deux pages et demie, écrite de la main d'un officier public,

---

(1) *Arch. de l'Emp.* MM. 363, *Délibérations,* f° 7.
(2) *Ibid.,* ibid., f° 8.

dont nous croyons devoir faire grâce au lecteur et pour laquelle nous le renvoyons volontiers aux archives (1).

Le lundi trente janvier le sieur «Hierosme Daminoire, commissaire enquesteur et examinateur pour le Roy en son Chastellet de Paris, ancien préposé pour le faict de Police au quartier de la place Maubert et rues adjacentes, fut requis de se transporter dans le collége de sainct Jean de Beauvais» par le principal, le sous-maître et le procureur, pour constater par lui-même le délit dont venaient de se rendre coupables quatre petits boursiers, et en référer au procureur du Roi. Voici ce dont il s'agissait.

Les boursiers Hornes, Fourret, Pannier et Tonnerre donnaient depuis un an les plus graves sujets de mécontentement. Ils avaient récemment battu le serviteur de leur communauté, et ils venaient encore de donner un scandale inouï à leurs camarades, en interrompant, par des chansons obscènes, la lecture de la vie des Saints qui se faisait au réfectoire pendant le souper. Après le repas, ils s'étaient rendus, comme les autres petits boursiers, dans la salle de leur communauté, et alors seulement les supérieurs avaient été instruits de ce qui s'était passé au réfectoire. Il était neuf heures. Aussitôt le principal et le sous-maître chargèrent le procureur de leur amener les délinquants dans la chambre du principal. Le procureur se rendit en effet dans la salle des petits boursiers, et somma séparément chacun des quatre inculpés de le suivre et de venir rendre compte de sa conduite. Ils s'y refusèrent insolemment, et répondirent que si le principal et le sous-maître avaient des observations à leur adresser, ils pouvaient bien se déranger pour venir les trouver où ils étaient, que d'ailleurs ils ne voulaient

(1) *Arch. de l'Emp.* M. 92.

point se séparer. Le procureur revint avec cette réponse; et Antoine Moreau se rendit en effet avec son sous-maître à la salle des boursiers. Les coupables n'y étaient plus; ils s'étaient retirés tous les quatre dans une de leurs chambres et en avaient barricadé la porte. En vain on les somma de l'ouvrir; il fallut que le procureur les menaçât de la faire enfoncer; ils cédèrent alors; mais ils se présentèrent avec une attitude et des gestes qui montraient bien qu'ils étaient décidés à se défendre. Après quelques débats, ils consentirent cependant à suivre le principal et ses deux assesseurs dans la salle de leur communauté, où les autres boursiers se trouvaient encore réunis. Alors maître Moreau leur représenta « avec douleur» la conduite détestable qu'ils menaient depuis si longtemps, la patience des supérieurs dont ils abusaient, leurs remontrances dont ils ne tenaient aucun compte, les promesses qu'ils avaient si souvent faites et si souvent violées. Il appuya particulièrement sur ce qui venait de se passer au réfectoire, et finit en leur ordonnant « de se mettre en état de recevoir la correction ». Hornes, Fourret et Pannier s'écrièrent aussitôt qu'ils préféreraient renoncer à leur bourse. Le principal leur ordonna de sortir et de se retirer dans leur chambre. Tonnerre, qui était plus jeune que ses compagnons de rébellion, semblait se résigner au sort qui l'attendait, et déjà le portier se mettait en devoir de lui administrer la correction réglementaire, quand tout à coup les trois autres mutins, que l'on croyait partis, rentrent dans la salle : « c'est à ce coup icy qu'il en faut découdre !» crie Pannier en montrant le poing. Furieux, ils se précipitent ensemble sur le malheureux portier, le prennent aux cheveux, lui déchirent son rabat, le jettent par terre, l'accablent de coups, le foulent aux pieds. Ils l'auraient assommé sans l'intervention du principal, du sous-maître, du procu-

reur. Enfin, après avoir tiré un coup de pistolet par la
fenêtre, ils sortent de la salle, laissant maîtres et élèves
stupéfaits de tant d'audace. Cependant le calme se rétablit; on fait faire aux boursiers la prière du soir, et
chacun se retire chez soi. Mais voici que vers onze
heures le collége est réveillé par un nouveau tumulte: ce
sont les quatre rebelles qui sortent de leurs chambres,
descendent dans la salle déjà témoin de leurs révoltes,
en ferment et en barricadent les portes, allument un
grand feu qu'ils alimentent avec tout ce qui leur tombe
sous la main, appellent à grands cris leurs camarades:
« Réthoriciens et autres» et chantent les chansons les plus
infâmes. A minuit ils commencent même à sonner la
cloche du collége et à tirer des coups de pistolet. Le voisinage, déjà mis en éveil par le premier coup de feu tiré
deux heures auparavant, s'émeut; on accourt; on « demande ce que c'estoit, à qui l'on en vouloit, que cela
n'estoit pas bien de tirer ainsi». Le bruit n'en continue
pas moins, et se prolonge jusqu'à six heures du matin; à
six heures, les rebelles sonnent de nouveau la cloche et
se décident enfin à évacuer la salle. C'est alors que « les
nommés Defassé et Husson, serviteurs de la ditte communauté desdits boursiers estant entrés en laditte salle»
purent juger des dégâts commis par les mutins: ils trouvèrent en particulier la serrure de la porte complétement endommagée par des morceaux de bois qu'on y
avait introduits, et une marmite remplie d'un liquide
dans lequel il ne leur fut pas possible de reconnaître des
larmes (1). Enfin, vers sept heures les quatre mutins

(1) DANDIN.
Tirez donc. Quels vacarmes !
Ils ont pissé partout.
L'INTIMÉ.
Monsieur, voyez nos larmes.
(RACINE, *les Plaideurs*, acte III, sc. III.)

sortirent ensemble du collége. Lorsqu'ils y rentrèrent,
une heure plus tard, ils portaient fièrement l'épée au
côté, et déclaraient qu'ils venaient vendre leurs meubles.
Ils se faisaient donc justice, et se fermaient eux-mêmes
les portes du collége: aussi n'était-ce pas pour être déli-
vrés de leurs insolences que le principal, le sous-maître
et le procureur eurent recours au sieur Jérôme Lami-
nois. Mais toutes « ces actions, déportemens, allées et
venues avoient causé et causoient encore grand scandal
et mauvais exemple aux autres boursiers et jeunesse du
collége qui en pouvoient faire la même chose s'il n'y
estoit pourveu par autorité de justice », et le principal,
son sous-maître et son procureur, ne se sentant pas de
force à calmer à eux seuls les esprits agités de leurs
élèves, avaient voulu appuyer leur autorité sur la force
publique.

CHAPITRE XIII

L'histoire littéraire du collége de Beauvais, pendant
la période comprise entre le commencement du xvii°
siècle et la retraite de François Moreau, est loin de manquer d'intérêt, et l'on y voit poindre, à l'ombre des murs
du collége, plusieurs noms destinés à briller un jour
dans les lettres françaises. Ce siècle, si grand pour notre
pays, ne s'était pourtant point ouvert pour Beauvais
sous de fortunés auspices. Jean Girard Pillière, prêtre et
bachelier en théologie, qui y enseignait alors la philosophie, avait si peu d'élèves que sa classe ne pouvait le
faire vivre, et qu'il se vit obligé de l'abandonner pour
solliciter une cure de peu d'importance, celle de Saint-
Vincent de Vassé. Encore, si humble qu'il fût, ce poste
lui fut-il disputé par un certain François Burdelot, « soi-
disant » bachelier en droit canon. Mais il obtint facilement
gain de cause, dès que les maîtres de l'Université, inter-

venant en sa faveur, eurent affirmé, « pour la conservation de leurs priviléges, que iceluy Pillière estoit bien
fondé aux offres qu'il avoit faict de quitter le bénéfice li-
tigieux, au cas que ledit Burdelot pourroit lire en droict
canon, voir mesme en son Brevière et tourner du latin en
françois, sans autre exposition, ce qui se présenteroit
à l'ouverture fortuite et casuelle qui en seroit faicte en la
face de la Cour, ou de tel de Messieurs qu'il leur plairoit
députer à ceste fin, ainsi que pourroit faire un enfant escolier d'une cinquiesme ou sixiesme classe en la dite Université de Paris (1) ».

Sous le principalat de Grangier, les choses changè-
rent promptement de face. Déjà lui-même s'était acquis
la réputation de professeur habile au collége d'Harcourt,
dont il avait été principal et où il avait en même
temps enseigné la rhétorique. Il cumula également au
collége de Beauvais cette double fonction, et son enseignement y attira à la fois des élèves et des maitres d'une
grande valeur. Sa promotion à la chaire d'éloquence latine
au collége royal acheva la réputation et la fortune du
collége dont il était principal.

Vers 1620, Grangier s'adjoignit, pour l'enseignement de
la rhétorique à Beauvais, un homme destiné à exercer
comme lui une grande influence au sein de l'Université,
et dont la réputation s'éleva si haut, qu'il fut désigné en
1643 pour être précepteur du jeune roi Louis XIV. Il s'appelait Jean Auber. Ayant été, par une exception aussi
rare qu'honorable, maintenu pendant deux années entières en possession de la dignité de recteur, il sut en
profiter pour dresser, en quatre parties et par ordre
alphabétique, un inventaire complet des titres de l'Université. Mais ce qui lui valut surtout l'estime et la sym-

_____

(1) Rec. Thoisy, t. 1er, f° 4.

pathie de ses collègues, ce fut l'ardeur et le succès avec lesquels il entreprit plusieurs fois la campagne contre les Jésuites (1). Il a attaché son nom à deux grandes œuvres : la *Bible polyglotte* de Gui-Michel le Jay, à laquelle il collabora pour la partie grecque, et l'édition en grec et en latin des *OEuvres de S. Cyrille d'Alexandrie*. Cette dernière publication, qui fut achevée en 1638, et qui comprend sept volumes in-folio, exigea de l'auteur un travail considérable, puisqu'un grand nombre de traités et de discours n'avaient pas encore été traduits. Auber en retira aussi beaucoup d'honneur. Non-seulement le clergé de France accueillit favorablement cet ouvrage, mais il engagea avec instance le savant helléniste à poursuivre des travaux si utiles, et à préparer une édition de saint Jean Damascène. Auber entreprit en effet cette nouvelle publication, mais il mourut avant d'avoir pu l'achever. Il occupa la chaire de grec au collége de France de 1648 à 1650, époque de sa mort. Il avait aussi enseigné la rhétorique à Calvi. Lorsqu'il mourut, il portait le titre de chanoine de Laon (2).

Quatre ans après que Jean Auber eut déposé la toge rectorale, un autre professeur du collége de Beauvais, Nicolas Le Maistre, la revêtait à son tour. Un événement, bien triste au gré de l'Université, signala tout d'abord son administration : les Jésuites reconstruisaient leur collége de Clermont, et ils avaient eu la bonne fortune de voir le prévôt des marchands et quatre échevins assister à la cérémonie de la pose de la première pierre. Or le bruit se répandit que « Messieurs de la ville, qui s'étoient opposés à l'établissement des Jésuites en 1564, étoient devenus les patrons du collége de Clermont et le

----

(2) Ch. Jourdain, *Hist. de l'Univ.*, p. 108.
(1) Goujet. *Histoire du Coll. de France*, t. Ier, pp. 198 et 199.

rebâtissoient aujourd'hui de leurs propres deniers. »
Il n'en fallait pas tant pour alarmer l'Université. Dès le
lendemain de la cérémonie, le 9 août 1628, elle tint au
collége de Beauvais une assemblée, dans laquelle le recteur exhala sa douleur avec amertume. Le jour suivant,
il se rendit, en grand uniforme et accompagné des docteurs et des doyens, chez le prévôt des marchands, pour
lui exprimer ses appréhensions et celles des autres maîtres des vieilles écoles de Paris. Le prévôt, pour le rassurer, lui affirma que ses collègues et lui n'avaient paru
à Clermont que comme simples particuliers, et il le renvoya avec de bonnes paroles. Mais en réalité à quoi aboutissaient ces protestations et ces assurances ? Ces magistrats, il est vrai, n'avaient rempli au collége des Jésuites aucun rôle officiel : ils y avaient paru uniquement
parce que leurs enfants étudiaient à Clermont : hélas !
n'était-ce pas assez pour justifier les craintes de l'Université ? N'était-ce pas cette préférence donnée à des
rivaux qui, en s'accroissant chaque jour, devenait pour
elle une source de cuisants chagrins?

Le Maistre était encore recteur, quand arriva à Paris la
nouvelle de la prise de la Rochelle, et quand le roi lui-
même rentra victorieux dans sa capitale. L'Université
s'associa chaudement à la joie publique et aux éloges
prodigués de toutes parts à Louis XIII. Le Maistre, entouré
de régents choisis dans les différents colléges et revêtus
de robes rouges, lui adressa un compliment dont Quin-
taine vante l'éloquence, et que le monarque parut d'ailleurs écouter avec plaisir : pour l'Université déchue de
ses anciens priviléges, c'était une faveur à laquelle elle
se montra sensible, et qu'elle enregistra soigneusement
dans ses chroniques.

Au commencement de l'année 1629, le vote des intrants
continua à Le Maistre ses fonctions de recteur. Il en profita pour essayer de populariser dans les écoles de Paris

le culte de l'empereur Charlemagne : c'était, dans sa pensée, un moyen de ramener à l'Université l'affection des rois, qui verraient avec plaisir un de leurs ancêtres y être vénéré au double titre de fondateur et de patron. Un mandement du recteur ordonna de célébrer la mémoire de saint Charlemagne par une fête spéciale, et accorda à cette occasion des vacances aux écoliers, mais ce fut en vain: la gloire de faire du fondateur de l'Université de Paris un de ses patrons les plus aimés, devait être réservée à l'historien du Boulay (1).

Après Le Maistre, nous voyons encore deux régents de Beauvais appelés aux fonctions de recteur. Le premier, Claude de la Place, professeur de rhétorique et doyen de la tribu de Paris, fut élu en 1652. Son rectorat fut signalé par un acte qui devint funeste à l'Université, porta le dernier coup à son influence politique et la priva de son plus cher privilége. La fille aînée des rois, maltraitée depuis longtemps par ceux qui lui avaient autrefois donné un nom si doux et si glorieux, venait de montrer, pendant les troubles de la Fronde, une sagesse et une modération dignes des plus grands éloges. Les inimitiés semblaient s'apaiser, les partis se rapprocher, et la France, accablée par deux années de guerre civile, commençait à respirer enfin. Un dernier acte de vigueur venait d'affermir la paix: le turbulent cardinal de Retz avait été arrêté au Louvre et emprisonné à Vincennes. Paul de Gondi, archevêque de Paris, crut qu'il devait à son nom et à son église, de demander au roi la grâce de celui qui était son neveu, son coadjuteur et son futur successeur. L'Université eut la malencontreuse idée d'intercéder aussi pour le coupable. Une assemblée fut convoquée par le recteur au collége de Beauvais, pour déterminer l'ordre dans lequel on se rendrait chez le roi et les termes que

____

(1) Ch. **Jourdain.** *Hist. de l'Univ. de Paris*, pp. 123, 124.

l'on emploierait pour apaiser son ressentiment. Une pareille démarche ne pouvait qu'être désagréable au jeune
monarque, et se tourner contre ceux qui avaient la témérité de l'entreprendre. Ils ne s'en aperçurent que trop.
C'est le recteur de la Place lui-même qui, dans un rapport
dicté par lui et transcrit quelques jours plus tard dans
les registres de l'Université, nous a conservé le souvenir
et raconté les circonstances de cette cruelle mésaventure.
Nous le reproduisons ici, non-seulement à cause de l'importance du fait qu'il rappelle, mais comme un spécimen
de la littérature du collége de Beauvais, à laquelle nous
avons consacré ce chapitre.

« Entrans dedans le Louvre en corps, sans avoir demandé
audience ni ordre, selon nostre ancien privilége, comme
nos bedeaux avoient déjà assez avancé sous la porte, et
nous, qui allions deux à deux, y pouvions être entrés
huict ou dix, nous fusmes arrestés par les gens de la
porte, qui nous prièrent d'attendre que l'officier fust
venu, qui n'y estoit pas lors et n'en estoit pas loing.
Comme il fust venu et qu'il eut veu que c'estoit l'Université, il nous dit que nous pouvions passer librement, avec
civilité. Je luy fis pourtant plainte d'avoir esté arresté de
la sorte, attendu nostre privilége d'avoir toujours eü
l'entrée de la maison des roys ouverte, toutes fois et
quantes que l'Université a eu à parler à Leur Majesté ;
ce qu'il ne sçavoit pas. Nous montasmes après jusque
dans l'antichambre du roy, où nous attendismes fort
longtemps. Quelque temps après nostre arrivée en ce
lieu, le mesme exempt et officier de la porte me vint
parler particulièrement et me dire qu'il venoit d'estre
fort réprimandé et traité bien aigrement (je pense qu'il
usa mesme du mot de gourmandé) de ce qu'il nous avoit
laissé entrer sans ordre et sans avoir demandé audience ;
il adjousta mesme que, comme on lui avoit dit qu'il ne
nous avoit pas deu permettre d'entrer, et qu'il avoit re

parti qu'il eust donc fallu qu'il nous eust laissé attendre à la porte, sur le pavé ; qu'on lui avoit dit qu'il l'avoit deu faire ; je lui repartis que nous étions en possession, de tout temps, de ce privilége d'entrer à toute heure chez le roy, et que nous ne recevions nos refus d'audience, ou renvois que de la bouche de Sa Majesté ; le priant d'excuser et de nous pardonner ce malheur, qu'il eust soufert et esté ainsi maltraité pour nostre sujet ; et de ce mauvais traitement, il m'en fit par plus de trois fois la plainte dans nostre discours, m'avertissant de n'y plus venir une autre fois sans ordre et sans avoir demandé audience, cela ne nous estant accordé, ce disoit-il, que quelques jours de l'année. Et moy, j'insistay tousjours, en le priant de nous excuser de ce desplaisir qu'il avoit receu, sur nostre ancien privilége, dont nous avions tousjours jouy sous les prédécesseurs de Sa Majesté.

« Un assés grand temps après, M. de Chaumont vint à entrer dedans cete antichambre, lequel, l'ayant aperçu, j'allay joindre vers le milieu, à cause de nostre connoissance. Il cherchoit où estoit le Roy, lequel estoit à la messe dans Bourbon quand nous estions entrez. Dans nostre entretien, sur la plainte que je faisois de nostre arrest à la première porte, notamment à cause de ce que l'officier m'étoit venu dire comme dessus, et sur l'instance que j'alléguois tousjours de nostre ancien privilége, il m'en tesmoigna estre estonné, me remarquant qu'il avoit veu, de sa connoissance, que le feu roy, père de Sa Majesté, n'avoit jamais renvoyé l'Université, sans l'avoir escoutée très-favorablement, mesme dans des rencontres où l'on avoit fort préoccupé l'esprit de Sa Majesté à l'encontre de l'Université m'en spécifiant quelques unes, comme dans les affaires contre les Jésuites, et qu'il y avoit veu venir l'Université jusques à trois et quatre fois en un jour, sans que le roy eust manqué de l'écouter fort favorablement. Il se retira par après et alla voir où pourroit estre le roi, qui n'estoit point remonté en sa chambre.

« Après un assés grand temps, un certain, qu'on dit estre un secrétaire du cabinet de la reyne, natif de Rouen, vint dedans l'antichambre où nous estions; lequel demandant M. le recteur, je m'avançay de la fenestre opposite de la porte, où nous estions, jusques vers le milieu, et luy allay au rencontre, entouré aussitost de toute la compagnie, où il m'aborda d'une manière bien hautaine, et avec des paroles fort aigres, me disant ainsi: « Le roy trouve estrange que vous soyés entrez dedans son Louvre sans avoir eu d'ordre, ni avoir demandé audience.» A quoi je répartis que les roys, prédécesseurs de Sa Majesté, avoient tousjours honoré l'Université de cette faveur et privilége, de luy en permettre l'entrée, toutes les fois qu'elle venoit vers eux, sans luy avoir refusé de l'entendre que par eux mesmes. « Mais que prétendez-vous donc, ce dit-il, que voulés-vous à Sa Majesté?» Moy, n'ayant pas voulu m'ouvrir davantage, je lui dis que nous demandions d'avoir l'honneur de saluer Sa Majesté. Après quoy il se retira; et, de là, à quelque peu de temps, il revint et me dist publiquement et au mesme lieu comme devant: « S'il n'est question que de saluer le roy, Sa Majesté vous mande que vous l'avez salué à son arrivée dans Paris, et que vous n'aurez point d'audience. » A quoy je repartis que les rois avoient tousjours les bras ouverts pour les suppliants. Il reprit la parole: « Et bien, expliquez-vous davantage, ce dit-il, ou vous n'aurez point du tout d'audience.» Lors je luy dis que, puisqu'il m'estoit nécessaire de m'ouvrir et faire entendre, nous venions pour supplier Sa Majesté en faveur de M. le cardinal de Retz. Sur quoy, il retourna de rechef et revint un peu après avec un meilleur visage et de meilleures paroles, me disant que puisque c'estoit pour parler pour M. le cardinal de Retz, le roy nous donnoit

audience, et tout présentement que je le suivisse, et
qu'il m'alloit mener vers Sa Majesté, comme il fit dedans le cabinet de la reyne où il estoit assis ayant près
de luy Mgr le duc d'Anjou, son frère, debout, et la
reyne assise à sa gauche, avec MM. les chancelier et
garde des sceaux, de costé et d'autre des deux. Là
nous luy fismes la harangue qui suit, et qui fut merveil-
leusement bien escoutée et receue, contre toute nostre
attente:

« Sire, la clémence est une vertu tellement royale et
« divine que les payens, dans les ténèbres de l'infidélité,
« n'ont pas laissé de recognoistre que leur souverain
« monarque des dieux et des hommes n'estoit très-grand
« que parce qu'il estoit très-bon; et nous, dans l'Église de
« Jésus Christ, nous confessons par foy et par humilité
« que le Dieu vivant, le vray Dieu que nous adorons et
« servons, a cete perfection propre et particulière, qu'il
« est tousjours miséricordieux et qu'il pardonne. Pour cela,
« Sire, l'Université, qui voit l'image de Dieu empreinte
« dans Vostre Majesté et dessus votre face, espère qu'à ses
« très-humbles prières et intercessions, elle verra partir
« de vos yeux et de vostre doux visage quelque rayon de
« quelque esclair de cette divine perfection en faveur de
« M. le cardinal de Retz, contre lequel Vostre Majesté a
« tesmoigné de l'indignation et du courroux. Permettez-
« nous, sire, de vous représenter avec respect et de vous
« faire entendre que c'est une personne sacrée dans
« l'Église de Dieu; c'est, dis-je, une personne sacrée dans
« ce sainct et auguste corps de l'espouse de Jésus-Christ
« dont vous estes le fils aisné. En tout cas, Sire, ah!
« c'est assés de luy avoir fait reconnoistre et ressentir la
« vertu de vostre souverain pouvoir. Les tonnerres du
« ciel donnent de la terreur et se font entendre, mais ils
« ne frappent pas tousjours. Rendez-le nous; desjà l'Église
« de Paris vous l'a demandé comme son évesque; celle de

« Rome sans doute le demandera comme son cardinal;
« et voici l'Université de Paris, ce corps célèbre, sur qui
« tous les sages et les sçavants du monde ont les yeux
« attachez avec vénération, qui vous le demande comme
« un grand docteur en théologie, l'un de ses membres et
« de son corps. Tant de si puissantes prières ne fléchi-
« ront-elles pas Votre Majesté à luy faire grâce, par imi-
« tation de la bonté divine, et nous la donner par vertu
« et générosité de roy? Cette clémence a aussi esté l'une
« des rares vertus de Henri IV, vostre grand père, ce
« Mars invincible, ce foudre de guerre, la terreur de toute
« l'Europe. Il pardonnoit à tous ses plus grands enne-
« mis. Elle revit dans vous, Sire, elle pullule et germe
« dans vos veines, avec le sang royal qu'il y a mis. Faites
« qu'on en voie aujourd'huy esclorre la fleur à ce beau
« sujet. Nous l'arouserons plustost de nos larmes, et
« l'échauferons des soupirs et sanglots ardents de nos
« cœurs, dans la consternation d'esprit où nous sommes
« tous; pourveu qu'il vous plaise de nous octroyer cette
« grâce, comme nous en faisons les très-humbles prières
« et supplications à Vostre Majesté. »

Le roy s'estant levé de son siége, et tenant son chapeau en main, nous dit qu'il avoit fort agréables nos
prières, et que M. le Chancelier nous respondroit. Ce qu'il
fit, nous disant ce qui suit, en substance, autant que
j'ay pu le retenir et m'en souvenir : « Que la clémence
estoit véritablement une vertu royale, mais qu'elle avoit
des bornes et des limites ; que quand elle en sort, elle
dégénère en inhumanité; que nous ne debvions point douter que le roy n'eust le pouvoir, sur tous ses sujets, de les
arrester quand il estoit à propos, sans distinction ; qu'il
n'entroit pas dans la discussion des causes pour lesquelles
Sa Majesté avoit arresté M. le Cardinal de Retz, mais que
nous n'avions point sujet de nous plaindre ; que la
liberté publique ne nous estoit point ostée; que nous

avions un archevesque pour son coadjuteur; que le roy le tenoit entre ses mains; toutesfois que les temps pourront estre tels que Sa Majesté aura esgard à nos prières. »

« Trois jours après, M. de Sainctot me vint trouver et dire de la part du roy que je n'eusse plus à venir au Louvre sans avoir eu ordre et sans avoir demandé audience; et que l'affaire avoit esté traitée au conseil d'en haut, où il avoit esté ainsi ordonné, ne me restant de libre que le jour de la Purification pour présenter le cierge au roy sans avoir demandé audience. Sur quoy, luy tesmoignant de recevoir avec respect tout ce qui venoit de la part de Sa Majesté, je ne laissay pas de contester avec luy de nostre droit et privilége, comme n'ayant pas esté ouys, quand on avoit ordonné ce qu'il me venoit de signifier.

« Et me souviens qu'au sortir du Louvre, ce jour là que nous fusmes escoutez, un seigneur de condition que je ne connus point, mais qui estoit de grande apparence, et qui sembloit m'estre venu aborder comme pour nous conduire, m'ayant accompagné depuis le pont du Louvre jusques à la porte dehors (mais ce qui me fit juger que non, fut parce qu'il sortit du Louvre à mesme temps que nous et n'y retourna pas). Il s'enquist de moy pour lors de nostre droit, quel il estoit, disant qu'il ne s'estoit trouvé auparavant personne chez le roy qui eust sceu quel estoit ce droit et privilége que nous prétendons avoir; je l'en éclaircis par nostre ancienne jouissance et possession sous tous les roys prédécesseurs de Sa Majesté, qui nous avoient toujours gratifié des mesmes priviléges et droits des enfants de France (1) ».

Les instrants nommèrent pour succéder au recteur de

(1) *Arch. de l'Univ.* Reg. 28, f° 86 et s.

a Place, un professeur de philosophie au collége de Mon-
aigu, nommé Guillou. Mais les doyens lui firent si
mauvais accueil, qu'il crut devoir donner sa démission.
près quelques jours, et, selon la tradition, le recteur
ortant fut replacé à la tête de l'Université Ce second
ectorat de Claude de la Place ne fut signalé par aucun
ait important que nous ayons à relater ici. Dès que son
rimestre fut expiré, la Place quitta Paris et se retira dans
une cure qu'il possédait en Picardie, et où il termina ses
ours. Il a laissé deux ouvrages touchant la discipline
ecclésiastique, le premier contre la pluralité des béné-
ices, le second sur la nécessité de la résidence des pas-
eurs dans leurs églises : Dupin en fait à la fois l'analyse
t l'éloge (1). Au dire de cet auteur, ces deux ouvrages au-
aient soulevé contre la Place de si violents orages, qu'il
rut devoir s'abstenir de publier plusieurs autres opus-
ules composés par lui sur les mêmes matières.

En 1660, c'est le professeur de rhétorique Pierre de
anglet qui revêt la toge rectorale. Il prit une part ac-
ive à la dispute soulevée à cette époque au sein de l'U-
iversité entre les chirurgiens et les barbiers (2). Mais le

(1) *Biblioth. des auteurs ecclésiastiques du* XVIIᵉ *siècle; partie* 2°;
es auteurs qui ont fleuri depuis 1630 *jusqu'à* 1650; p 362 et suiv.
(2) Guy Patin (t. III, p. 178), parle de ce débat en médecin : « Il
e plaida le 21 de ce mois une cause à la grand'chambre entre les
médecins et les chirurgiens de cette ville. L'avocat des chirurgiens
it bien des choses qui ne servoient de rien à son fait, comme
ntre autres, que Rome avoit été trois cents ans sans médecins et
ue les Romains avoient chassé Archagathus ; mais il n'ajouta pas
e qu'en dit Pline, que c'étoit à cause de sa cruauté à brûler et à
ouper, car les juges eussent reconnu par là que c'étoit un chi-
urgien. Il conclut enfin et pria la cour de permettre aux chirur-
iens de porter la robe et le bonnet, pour marque de l'honneur
u'ils méritent par leur doctrine en chirurgie, quoiqu'ils n'aient
oint de littérature. Ne voilà-t-il pas une demande bien ridicule

pompeux discours latin qu'il prononça à cette occasion, lui fit moins d'honneur que l'élégante harangue adressée par lui à Louis XIV et à Marie-Thérèse, le jour où le monarque fit, avec sa jeune épouse, son entrée dans sa capitale. « Venez, Sire, disait-il en terminant ; venez, Madame, venez jouir de votre gloire tout entière dans la capitale de vos Estats; venez régner sur des cœurs où vous avez mis la joye; venez recevoir les justes hommages de vos sujets, dont nous faisons une partie, non pas, à la vérité, la plus heureuse et la plus puissante, comme autrefois, mais toujours la plus zélée, la plus constante et la plus fidèle pour le service de ses roys. » Entre ce style et celui de Claude de la Place, ne dirait-on pas qu'il y a un siècle ? Le roi répondit : « Je remercie l'Université de l'affection qu'elle a témoignée en ce rencontre à exécuter mes ordres; je m'en souviendrai dans les occasions La royne, pour n'entendre la langue françoise, ne peut luy répondre (1). »

Le collége de Beauvais eut à cette même époque plusieurs autres professeurs qui, pour n'avoir jamais été recteurs, n'en jouissaient pas moins dans l'Université d'une considération méritée. A leur tête il faut placer Nicolas Sevin, qui fut longtemps doyen de la tribu de Paris, et qui mourut au mois de juin 1661 après avoir

et une conclusion bien extravagante ? Avez-vous jamais vu doctrine sans littérature ? Mais tout est bon dans la bouche d'un avocat, qui tâche de rendre bonne une cause qui ne vaut rien. Aussi n'est-ce pas sans raison qu'Aristote a appelé cette profession *l'art de mentir*. Dès qu'il eut fini, M. Langlet, recteur de l'Université, a harangué pour l'Académie de Paris contre les chirurgiens, les a traités comme ils méritent, et a conclu qu'ils n'eussent ni robe, ni bonnet, ni aucune autre qualité que de *manœuvres* -chirurgiens, sous la direction et intendance des médecins. Tout ce qu'il a dit a été fort bien reçu, bien prononcé et fort écouté. »

(1) *Hist. de l'Université*, par M. Ch. Jourdain, p. 207.

té pendant plus de cinquante ans professeur de troi-
ième. L'habileté avec laquelle il régentait cette classe
tait si connue, qu'un grand nombre d'enfants quittaient
es autres colléges pour venir à Beauvais passer sous sa
direction leur année de troisième. Un tel professeur était
pour notre collége une véritable illustration et une recommandation puissante: il était en même temps pour
es autres un objet d'envie, et ils ne devaient négliger
aucun moyen pour l'attirer à eux. Beauvais ne s'en aperçut
que trop au mois de juillet 1635. C'était l'année même
où Jean Grangier, cédant aux persécutions de ses adversaires, ou plutôt n'osant braver le scandale qu'avait excité son mariage, s'était démis du principalat en faveur
du recteur Jean Loysel. On craignait, paraît-il, que la
discipline ne souffrît de son départ ; car Sevin ne promit
au nouveau principal de continuer son cours à Beauvais, qu'à la condition que lui-même assisterait aux
classes, pour tenir par sa présence les élèves en respect.
Loysel avait consenti à tout; mais quand il fallut en venir
au fait, il ne tint pas sa promesse, et Sevin, se jugeant
lui-même dégagé de sa parole, accepta l'offre qu'on lui
faisait depuis longtemps de professer la seconde au collége de la Marche. A cette nouvelle, Beauvais poussa les
hauts cris. L'affaire fut portée au conseil de l'Université :
on ne pouvait faire à Beauvais un tort plus considérable;
et puis, Sevin s'était engagé d'honneur. Grangier, nous
l'avons dit, se souvint dans cette circonstance du collége
pour lequel il avait tant fait ; il plaida pour lui en latin,
et si éloquemment qu'il finit par lui obtenir gain de
cause. Sevin fut engagé à tenir la parole qu'il avait donnée
à Pierre Loysel, et à continuer de diriger au collége de
Beauvais une classe dans laquelle il avait acquis une
véritable célébrité. On priait en même temps le principal de se montrer généreux et plein d'égards pour un

homme qui en était si digne, et de ne point lui donner lieu de se plaindre à l'avenir. Cette affaire, la sentence qui la termina et surtout les termes dans lesquels tout cela est raconté aux registres officiels de l'Université (1), disent assez de quelle estime Sevin jouissait parmi ses collègues.

Bien que nos recherches ne nous aient pas amené sur ce point à une certitude absolue, nous hésitons à peine à affirmer que le collége de Beauvais eut seul le privilége de posséder Sevin comme professeur. C'est aussi dans notre collége qu'auraient étudié trois hommes, qu'un certain biographe du temps lui donne pour élèves et nomme avec emphase « les Le Maistre, les Patru et les Gauthier », et qui s'acquirent en effet, dans le siècle où ils vécurent, une grande réputation d'éloquence.

Antoine Le Maistre, né à Paris en 1608, était par sa mère neveu des Arnaud, si célèbres dans l'histoire du Jansénisme. Préparé dès l'enfance aux travaux du barreau, il y débuta à l'âge de vingt ans avec un succès merveilleux, et fut bientôt nommé conseiller d'état par le Chancelier Séguier; par une préférence affectueuse, ce ministre le choisit même pour prononcer au parlement le discours de présentation de ses lettres de chancelier. Dès 1637, Le Maistre abandonna une carrière qui lui promettait la plus grande fortune, pour se retirer à Port-Royal, où il mourut à l'âge de cinquante ans. L'infidélité d'un domestique avait permis à des contrefacteurs de donner ses plaidoyers au public : il en parut deux éditions, en 1651 et en 1653. Mais, imprimées sur des notes tronquées, et comprenant plusieurs discours qui n'avaient jamais été prononcés et qui n'étaient que de simples ébauches, ces deux éditions ne sauraient donner une

_____

(1) *Arch. de l'Univ.* Reg. 27, f° 245.

idée vraie du talent de Le Maistre. Celle de 1657 (1), préparée et publiée sous ses yeux, fait seule autorité. Critiqué à l'excès par Voltaire (2), par Marmontel (3) et par M.
Saint Beuve (4), il a trouvé un juge plus équitable dans La
Harpe (5) qui a tenu compte, pour apprécier ses œuvres,
de sa grande jeunesse et de l'état des lettres et de l'éloquence à l'époque où il vivait. En somme, si l'on rencontre dans ses discours des figures peu naturelles, une
allure souvent déclamatoire et une profusion regrettable
de citations profanes et sacrées, on y trouve aussi un
langage noble, des idées élevées et des accents pleins
d'éloquence. Un bon juge en pareille matière, d'Aguesseau, recommandait à son fils la lecture de Le Maistre (6).

Le nom d'Olivier Patru n'est pas aussi complétement
oublié que celui de Le Maistre, son émule. Sa parole
était cependant moins éloquente et il plaida beaucoup plus
rarement. Mais le talent avec lequel il défendait certaines causes, les rendit pour longtemps inabordables aux
avocats contemporains, et d'ailleurs le soin extrême
avec lequel il écrivait ses discours et sa susceptibilité
singulière pour tout ce qui, dans ses œuvres ou· dans
celles des autres, blessait la pureté de la langue ou le bon
goût, firent de lui comme l'oracle de la littérature : oracle inexorable, dont les sentences étaient prononcées

---

(1) *Les plaidoyers et harangues de M. Lemaistre*, par M. Issal
advocat au Parlement de Paris.

(2) *Siècle de Louis XIV.*

(3) *Principes d'éloquence*. T. Ier, p. 88, 89, 308 et suiv.

(4) *Port-Royal*. T. Ier, p. 384-395.

(5) *Lycée*. T. VII, p. 236-247.

(6) *Études pour servir à l'histoire de l'ancienne magistrature
française*, par M. Sapey. — *De l'éloquence judiciaire au* XVIIe *siècle*,
par M. de Vallée.

avec si peu de ménagement, que Boileau écrivait à Racine, en le consultant sur un ouvrage : *Ne sis Patru mihi !* oracle qui n'était pas non plus infaillible, puisqu'il voulut détourner Boileau de composer son Art poëtique et La Fontaine d'écrire des fables après Phèdre. On a comparé les services rendus par Patru à la prose française à ceux que Malherbe venait de rendre à la poësie, et l'on a dit de l'un et de l'autre qu'ils étaient des *pescurs de mots.* Patru entra à l'académie en 1660 ; et personne n'ignore que son discours de remerciement fut si agréable à la docte compagnie, qu'elle imposa depuis aux nouveaux immortels l'obligation d'en prononcer un du même genre le jour de leur réception. Quiconque a eu l'inappréciable avantage d'être guidé, dans ses premiers essais littéraires, par un maître sage et modéré, comprendra que Sevin n'était point étranger au genre de mérite qui a fait la gloire de Patru.

Malgré la terreur qu'il inspirait à ses adversaire, l'avocat Gauthier serait aujourd'hui complétement oublié sans ces deux vers de Boileau :

> Dans vos discours chagrins, plus aigre et plus mordant
> Qu'une femme en furie ou Gauthier en plaidant. (*Sat IX*e)

Brossette raconte qu'on le surnomma *Gauthier-la-Gueule,* et que quand un plaideur voulait effrayer sa partie, il le menaçait de *lui lâcher Gauthier.* La solennité des audiences et l'animation des débats échauffaient son imagination et faisaient jaillir de ses lèvres des flots d'éloquence impétueuse et caustique, mais trop souvent aussi emphatique, triviale, assaisonnée d'injures grossières et surchargée de citations ridicules. Rentré dans son cabinet, la fougue s'était évanouie, et s'il entreprenait d'écrire un discours qui venait de soulever l'audience, il n'en reproduisait que les défauts. Aussi ses plaidoyers imprimés (1) n'eurent-ils aucun succès.

Sevin « passoit, dit M. de Boze (2), pour l'homme du monde qui jugeoit le mieux de l'esprit des jeunes gens » ; il avait annoncé à Le Maistre, à Patru et à Gauthier une avenir glorieux : celui de ses élèves qui lui donna le plus d'espérances, et qui justifia le plus complétement les prévisions de son maître, fut assurément Boileau Despréaux. Comme tant d'autres enfants, il avait quitté le collége d'Harcourt pour venir à Beauvais faire sa troisième sous Sevin. Si le professeur, fier des talents naissants (3) et des progrès de son élève, ne craignit pas de lui promettre les gloires du Parnasse, l'élève de son côté n'oublia pas les leçons et l'affection de son maître, et le collége dans lequel il l'avait connu, garda aussi une place dans ses souvenirs et dans sa gratitude. Devenu l'oracle de la poësie et du bon goût, Boileau ne dédaigna

(1) 2 volumes in-4°, 1662 et 1669.

(2) *Mém. de l'Acad. des Inscriptions*, t. III, *Éloge historique de M. Despréaux.*

(3) Boileau lui-même n'a pas dédaigné de publier dans ses *OEuvres* (édit. 1713) un de ses premiers essais qu'il intitule : CHANSON À BOIRE *que je fis au sortir de mon cours de philosophie, à l'âge de dix-sept ans.* Par sa date, elle appartient encore au collége et nous a copions sans crainte :

> Philosophes resveurs, qui pensez tout sçavoir,
> Ennemis de Bacchus, rentrez dans le devoir :
>   Vos esprits s'en font trop accroire.
> Allez, vieux fous, allez apprendre à boire.
>   On est sçavant quand on boit bien.
>   Qui ne sçait boire ne sçait rien.

> —

> S'il faut rire ou chanter au milieu d'un festin,
> Un Docteur est alors au bout de son latin :
>   Un goinfre en a toute la gloire.
> Allez, vieux fous, etc.

pas l'invitation que lui fit le principal de Beauvais, de
venir visiter les lieux témoins de ses premiers essais et
de s'asseoir à la table du collége. Ce principal s'était
acquis lui-même dans les lettres et dans la poësie latine un nom destiné à lui survivre : ç'était Coffin. A
l'arrivée de Boileau, il lui adressa une ode charmante,
où les ouvrages du poëte étaient loués avec autant de
sel que de délicatesse, et dans laquelle les qualités de
l'homme n'étaient pas non plus oubliées (1). L'illustre satirique s'était, de parti pris, déclaré l'ennemi de la poësie latine moderne : on ne voit pas qu'il ait protesté
contre des vers si gracieux et qui le louaient si bien.

(1) CLARISSIMO DOCTISSIMOQUE VIRO
NICOLAO BOILEAU-DESPRÉAUX
Cum in ædibus Bellovacis, ubi olim litteris humanioribus operam
dedit, prandio exciperetur die XII *Decembris anno Dominî*
M. DCC. I.

ODE.

Qui plurimo Urbem defricuit sale,
Qui bella dixit ludicra, vatibus
  Præcepta qui seris reliquit,
    Æmulus ille poeta Flacci ;

Io ! Bolæus Bellovacam domum,
Musis amicus quam coluit puer,
  Subire dignatur vocatus
    Nec tenuem facilis recusat

Conviva mensam. Quis mihi splen-
                 [dido
Largè reponet ligna foco super ?
Adeste. Lances, cantharique
  Munda viro niteat suppellex.

Dulcem elaboret simplicior cibus
Olli saporem : ne macilentior
  Extans superbo mentiatur
    Gallus avem teneram catino.

Adultus alvum ne gracilem offerat
Palumbus : acri ne male pertinax
  Gallina responset palato,
    Neve gravem det oliva odorem

Vates ineptos ludere quam vafer
Insulsa risu spargere tam bonus
  Convivia, explorat severo
    Idem epulas numerosque gustu

Tuque ô, Remensi, quæ domitum tegi
Prælo racemum, nobilis Amphora
  Ne parce prandenti Bolæo
    Fundere limpidiora vina.

Non ille, quanquam grandia Priu
                 [cipi
Facta ordinat, te negliget horridus
Quin impetus addes calenti
  Magnum ad opus generosiore

(*Œuvres de Ch. Coffin*, t. II, p. 149)

Cependant les impressions que Despréaux avait gardées de son séjour à Beauvais n'étaient pas toutes également heureuses, et Crevier, toujours susceptible pour ce qui pouvait blesser l'honneur de son cher collége, lui a reproché amèrement d'avoir immortalisé par un trait satirique un de ses anciens professeurs (1). Ce professeur n'était autre que le recteur Claude de la Place, qui nous a lui-même raconté plus haut sa maladroite intervention en faveur du coadjuteur. Le trait reproché au poëte, le voici : il est pris des *Réflexions critiques sur quelques passages de Longin* (2), dans lesquelles l'Aristarque accuse avec tant de virulence un littérateur fameux de son temps d'avoir traduit les auteurs de l'antiquité, et particulièrement Homère, de manière à les faire paraître aussi « sots (3) » que lui. « Je ne sçaurais, dit-il, m'empescher de rapporter, à propos de cela, l'exemple d'un maistre

(1) *Hist. de l'Université.* T. 1, p. 472.

(2) *Réflexion* IX.

(3) D'où vient que Cicéron, Platon, Virgile, Homère
 Et tous ces grands Auteurs que l'Univers révère,
 Traduits dans vos Escrits nous paraissent si sots ?
 P** c'est qu'en prestant à ces esprits sublimes
 Vos façons de parler, vos bassesses, vos rimes,
  Vous les faites tous des P**
   (*OEuvres de Boileau.* Edit. 1713, 1re partie, p. 319.)

L'implacable satirique, dans une autre épigramme à la même adresse, avait déjà exprimé cette pensée avec non moins de méchanceté :

 Pour quelque vain discours sottement avancé
 Contre Homère, Platon, Cicéron ou Virgile,
 Caligula partout fut traité d'insensé,
 Néron de furieux, Hadrien d'imbécile.
  Vous donc qui dans la même erreur,
 Avec plus d'ignorance et non moins de fureur,
 Attaquez ces héros de la Grèce et de Rome,
  P** fussiez-vous Empereur,
  Comment voulez-vous qu'on vous nomme ? (*Ibid.*)

de rhétorique, sous lequel j'ay estudié, et qui seurement ne m'a pas inspiré l'admiration d'Homère, puisqu'il en estoit presque aussi grand ennemi que Monsieur P**. Il nous faisoit traduire l'oraison pour Milon ; et à un endroit où cet orateur dit, *obduruerat et percalluerat Respublica, la République s'estoit endurcie, et estoit devenue comme insensible*; les escoliers estant un peu embarrassez sur *percalluerat,* qui dit presque la même chose qu'*obduruerat,* nostre régent nous fit attendre quelque temps son explication ; et enfin ayant défié plusieurs fois Messieurs de l'Académie, et surtout Monsieur d'Ablancourt, à qui il en vouloit, de venir traduire ce mot : *percallere,* dit-il gravement, vient du cal et du durillon que les hommes contractent aux pieds, et de là il conclut qu'il falloit traduire : *obduruerat et percalluerat Respublica : la République s'estoit endurcie, et avoit contracté un durillon* ».

Jacques Boileau, qui fut plus tard docteur en Sorbonne, grand vicaire de Sens et chanoine de la Sainte-Chapelle, et qui a laissé dans plusieurs ouvrages, composés sur des matières ecclésiastiques, l'empreinte d'un esprit érudit mais singulier, avait précédé son frère Despréaux sur les bancs du collége de Beauvais. Ce fut peut-être en souvenir de son vieux professeur de troisième qu'il accorda sa protection au jeune François Sevin, chassé du collége des Trente Trois, mais recommandé par lui à l'abbé Bignon, et devenu bientôt membre et pensionnaire de l'académie des inscriptions, conservateur des manuscrits de la bibliothèque du roi, auteur de plusieurs savants ouvrages et l'un des hommes les plus érudits du xviiie siècle.

Les petites aventures de collége, les épreuves et les joies, les revers et les succès, les châtiments et les récompenses, les affections et les rivalités, tous ces événements importants du jeune âge qui sont venus interrompre la monotonie du régime scolaire, laissent dans la mémoire de profonds et chers souvenirs : jusque sous les glaces de la vieillesse, nous aimons à revenir par de douces pensées ou par des récits interminables sur ces premiers apprentissages que nous avons faits de la vie. Mais ce sont des réminiscences que nous gardons pour les conversations du foyer, pour les épanchements intimes; et lors même que nous voudrions raconter dans un livre notre propre histoire, nous n'oserions point initier nos lecteurs à des faits dépourvus d'intérêt pour quiconque n'en a pas été l'acteur ou le témoin. Nous venons cependant de voir Boileau évoquer, dans une des discussions qui lui tinrent le plus à cœur, ses souvenirs de collége. Un élève qui l'avait précédé à Beauvais de quelques années seulement, est entré sur son propre séjour dans cette maison dans des détails beaucoup plus intéressants.

« Ma mère, dit-il, se donna la peine de m'apprendre à lire : après quoi on m'envoya au collége de Beauvais à l'âge de huit ans et demi. J'y ai fait toutes mes études, ainsi que tous mes frères. Mon père prenoit la peine de me faire répéter mes leçons le soir après soupé, et m'obligeoit de lui dire en latin la substance de ces leçons. Cette méthode est très-bonne pour faire entrer les étudiants dans l'esprit des auteurs qu'ils apprennent par cœur. J'ai toujours été des premiers dans mes classes, hors dans les plus basses, parce que je fus mis en sixième, que je ne savois pas encore bien lire. J'aimois mieux faire des vers que de la prose, et les faisois quelquefois si bien que mes régens me demandoient souvent qui me les avoit faits. J'ai remarqué que ceux de mes compagnons qui en faisoient bien ont continué d'en faire : tant il est vrai que ce talent est naturel et se déclare dès l'enfance.

« Je réussis particulièrement en philosophie : il me suffisoit souvent d'avoir fait attention à ce que le régent dictoit pour le savoir et pour n'avoir pas besoin de l'étudier ensuite. Je prenois tant de plaisir à disputer en classe que j'aimois autant les jours où on y alloit que les jours de congé. La facilité que j'avois pour la dispute me faisoit parler à mon régent avec une liberté extraordinaire et qu'aucun autre des écoliers n'osoit prendre. Comme j'étois le plus jeune et un des plus forts de la classe, il avoit grande envie que je soutinsse une thèse à la fin des deux années: mais mon père et ma mère ne le trouvèrent pas à propos, à cause de la dépense où engage cette cérémonie. Le régent en eut tant de chagrin, qu'il me fit taire lorsque je voulus disputer contre ceux qui devoient soutenir des thèses. J'eus la hardiesse de lui dire que mes arguments valoient mieux que ceux des Hibernois qu'il faisoit venir, parce qu'ils étoient neufs, et que les leurs étoient vieux et tout usés. J'ajoutai que je ne lui ferois point d'excuse de parler ainsi, parce que je ne savois que ce qu'il m'avoit montré. Il m'ordonna une seconde fois de me taire. Sur quoi je lui dis en me levant, que puisqu'il ne me faisoit plus dire ma leçon (car en ce temps-là les philosophes disoient leur leçon tous les jours, comme les autres écoliers, et c'est un grand abus de les en avoir dispensés), qu'on ne disputoit plus contre moi, et qu'il m'étoit défendu de disputer contre les autres, je n'avois plus que faire de venir en classe. En disant cela, je lui fis la révérence, et à tous les écoliers, et sortis de la classe. Un de mes amis nommé Beaurin, qui m'aimoit fort, et qui s'étoit en quelque sorte rangé auprès de moi, parce que toute la classe s'étoit déchaînée contre lui sans savoir pourquoi, sortit aussi et me suivit. Nous allâmes de là au jardin du Luxembourg, où ayant réfléchi sur la démarche que nous venions de faire, nous résolûmes de ne plus retourner en classe parce qu'il n'y avoit plus à profiter: tout le temps ne s'employant qu'à exercer ceux qui devoient répondre: et nous nous mîmes à étudier ensemble.

« Cette espèce de folie fut cause d'un bonheur : car si nous eussions achevé nos études à l'ordinaire, nous aurions apparemment chacun de notre côté passé le tems à ne rien faire. Nous exécutâmes notre résolution, et pendant trois ou quatre années de suite, M. Beaurin vint presque tous les jours deux fois au logis, le matin à huit heures jusqu'à onze et l'après-dîné depuis trois heures jusqu'à cinq. Si je sais quelque chose, je le dois particulièrement à ces trois ou quatre années d'études (1). »

Voilà des révélations complètes, aussi louangeuses pour celui qui les a écrites qu'elles le sont peu pour notre collége : ne dirait-on pas qu'en écrivant ces lignes, l'auteur était redevenu écolier ? Le professeur si maltraité par lui était Roger Omoloy, homme recommandable par la gravité de son caractère et par l'étendue de son savoir, qui posséda dans l'Université la dignité de doyen de la nation d'Allemagne. Le nom de Beaurin est mort avec lui. Quant à l'enfant terrible qui nous a si bien révélé les petits mystères de sa vie de collége, il a attaché son nom à des œuvres qui ont charmé nos premières années : c'est l'auteur des *Contes des fées*, Charles Perrault. Certes, on l'eut grandement surpris, cet écolier phénoménal, naturellement poëte, philosophe presque malgré son maître, si on lui avait prédit que, de tous ses ouvrages, celui-là serait le seul qui lui survivrait. Avocat distingué, premier commis de la surintendance des bâtiments du roi, l'un des principaux organisateurs des académies des inscriptions, des sciences, de peinture, sculpture et architecture, membre lui-même de l'académie française, il n'avait point osé publier ces contes sous son propre nom, mais il les avait signés de celui de son fils, alors âgé de huit ans. Il n'en a pas moins été l'un des littérateurs

(1) *Mémoires* de Charles Perrault, p. 1-5.

les plus estimés de son temps. Ses fautes mêmes ont concouru à l'immortaliser. Ayant eu la malencontreuse idée, dans ses deux ouvrages, *Les hommes illustres du* xvii*e siècle* (Paris, 1696-1701), et *Parallèle des anciens et des modernes*, de comparer à Homère, à Pindare, à Virgile, à Platon, à Cicéron, à Tite-Live, les Chappelain, les Pradon, les Scudéry, et de leur préférer ces derniers, il souleva contre lui tout ce que le xvii*e* siècle a possédé de plus grands écrivains. Boileau surtout lui déclara une guerre terrible, et c'est Perrault que l'on trouve désigné dans ses épigrammes par l'initiale P**. Les *Réflexions critiques sur quelques passages de Longin*, où Perrault se trouve désigné de la même manière, et très-maltraité, sont la réfutation du *Parallèle des anciens et des modernes.*

Claude Perrault, frère de Charles, s'était assis comme lui sur les bancs du collége de Beauvais ; médecin de profession, architecte par goût et par génie, il s'est immortalisé par la construction de la magnifique colonnade du Louvre. C'est lui aussi qui a construit l'Observatoire. Ses ouvrages, *Traduction de Vitruve; Ordonnance des cinq espèces de colonnes, selon la mode des anciens; Essais de physique ; Mémoires pour servir à l'histoire des animaux ; Mémoires*, portent l'empreinte de ses préoccupations d'architecte et de médecin, et révèlent autant de savoir que d'intelligence. Ayant pris une part active aux querelles de son frère Charles en faveur des écrivains contemporains, il éprouva, comme lui, les effets de la colère du grand satirique français. C'est Claude Perrault que Despréaux a voulu peindre dans cette injuste épigramme :

> Oui, j'ay dit dans mes vers qu'un célèbre assassin,
> Laissant de Galien la science infertile,
> D'ignorant médecin devint maçon habile ;
> Mais de parler de vous je n'eus jamais dessein ;

Lubin, ma muse est trop correcte,
Vous êtes, je l'avoue, ignorant médecin,
Mais non pas habile architecte.

(Édit. 1713, première partie, p. 317.)

Cette famille des Perrault a enrichi le collége de Beauvais d'excellents élèves. Avant Charles et Claude, il aurait fallu nommer leur frère aîné, Pierre, qui devint receveur général des finances, et qui fut auteur d'un *Traité de l'origine des fontaines*.

Parmi les élèves qui étudièrent au collége de Beauvais durant cette période, figurent encore deux hommes dont le nom occupe une place considérable dans l'histoire des lettres, et surtout dans les discussions religieuses du XVIIe siècle, c'est Antoine Arnaud, surnommé par les siens le *grand Arnaud*, et son neveu Isaac Le Maistre de Saci, frère puiné de l'avocat Antoine Le Maistre. Antoine Arnaud, qui a laissé des *Mémoires* sur sa vie, et qui y parle de son séjour au collége de Calvi-Sorbonne, ne dit pas qu'il ait passé par celui de Beauvais. Son biographe Larrière, qui écrivait peu de temps après sa mort, n'en dit rien non plus. Nous l'apprenons plutôt à l'occasion de Le Maistre de Saci, qui, plus jeune que son oncle d'une année seulement, partagea toujours son éducation et ses études, comme il devait plus tard partager ses erreurs. C'est un des fidèles de Port-Royal, qui nous a pieusement conservé les souvenirs de l'enfance de ces deux saints de la secte. M. de Saci, dit Thomas du Fossé, « avoit fait les études pendant quelque tems avec M. Arnaud au collége de Beauvais, sous un précepteur nommé M. Oger. Son esprit paraissoit dès lors ce qu'il fut depuis, c'est-à-dire plein de feu et de lumière, et d'un certain agrément et enjouement, dont il voulut bien se dépouiller dans la suite, quand il reçut les ordres sacrés, mais qu'il lui étoit facile de reprendre dans les occasions, s'il le jugeoit à propos. Je voudrois avoir quelques pièces de ce genre que j'ai vues. Il ne se pouvoit rien ajouter à la gentillesse et au tour d'esprit qui s'y remarquoient, et à la beauté tant de la prose que des vers, moitié picards, moitié françois, qu'il entremeloit agréablement l'un à l'autre et qui composoient un tout que l'on pouvoit regarder comme quelque chose d'achevé dans son espèce (1). »

Ce que le naïf du Fossé regrettait de n'avoir point gardé des premiers essais poétiques de son maître, un autre solitaire, ami, secrétaire, serviteur de Saci, Fontaine, pour tout dire en un mot, nous l'a soigneusement conservé.

« J'ai la première pièce qu'il fit, dit-il, et je la veux mettre ici, parce qu'elle fait voir, par ces prémices, de quoi il pouvoit être un jour capable. Madame leur mère ayant un jour envoyé aux quatre, chacun une bourse de sa façon où l'or brilloit de toutes parts, M. de Sacy fut chargé de la part de Messieurs ses frères de lui en faire leur remerciement. Le voici :

« Madame ma mère, Je me contenterai de vous dire que comme vos présens ne se peuvent assez louer, notre joie aussi est excessive et qu'il n'y a point de paroles qui ne soient au dessous de nos ressentiments. Aussi quel miracle de l'art ou de la nature a jamais égalé le chef-d'œuvre que vous nous avez envoyé ! Nous y voyons dans un petit espace le plus illustre prisonnier du monde, et vos mains y ont enchaîné celui qui dispose de la liberté de tous les hommes :

> Ce superbe métal à qui tant de mortels
> Consacrent tant de vœux, élèvent tant d'autels,
> Fils du soleil des cieux, et soleil de la terre,
> Qui produit dans le monde et la paix et la guerre,

(1) *Mémoires pour servir à l'histoire de Port-Royal*, par M. du Fossé, p. 103.

Qui porte son empire au bout de l'univers,
Qui met l'esclave au thrône et les Rois dans les fers :
Qui règle les états, qui fait la destinée,
Qui tient en son pouvoir la fortune enchaînée,
Est vaincu par vos mains, et captif à son tour,
Ne voit pas seulement la lumière du jour.
Mais il règne toujours dans cet heureux servage .
La liberté vaut moins qu'un si doux esclavage.
Il est environné des ombres de la nuit,
Sa prison brille plus que le jour qui nous luit.
Et s'il se voit captif, il voit avecque joie
De si riches liens et des chaînes de soie.

« Il faut avouer que nous fûmes surpris quand nous vîmes ces belles bourses, et que toutes dans leur beauté différente furent admirées également ; de sorte que, quand il les fallut choisir, on n'en pouvoit prendre une sans avoir regret de quitter les autres :

Ainsi dans ces jardins dont la vive peinture
Fait admirer ensemble et l'art et la nature,
Dans un riche parterre, entre mille couleurs
Qui composent l'émail et la pourpre des fleurs,
Le mélange d'attraits dont la terre est pourvue,
Nous charme en même temps et nous trouble la vue.
L'œil confond les objets et l'âme son désir :
Pour avoir trop à prendre on ne saurait choisir.

« Celle que je vis la première, ce fut la bleue et blanche, que je croyois sans doute la plus belle, et dont les couleurs me ravirent dans leur agréable mélange :

Ainsi quand le soleil dans un sombre nuage
Cache pour quelque temps l'or de son beau visage,
On voit une blancheur qui pare en mille lieux
Ce grand voile d'azur qui couvre tous les cieux.

« Mais véritablement je n'admirai pas moins la seconde, dont l'incarnat et le blanc sont mêlés ensemble avec tant d'artifice :

Comme lorsque le lis, dont toute fleur adore
Le diadême blanc dans l'empire de Flore,
Unit son teint d'argent, et mêle sa blancheur
 Au pourpre mervcilleux de cette belle fleur,
Dans cet heureux mélange on les voit embellis ;
Ils redoublent tous deux leurs beautés naturelles,
Le lis pare la rose, et la rose le lis.
Chacun donne et reçoit mille grâces nouvelles.

« La troisième n'est pas moins naturelle que les deux autres, et son blanc et jaune ont un je ne sais quoi que l'on ne sauroit exprimer que par le langage des dieux :

Ainsi lorsque l'hiver a fait de sa froidure
Le tombeau des beautés qui parent la nature,
Et qu'un voile de neige en cette âpre saison
Couvre les champs déserts d'une blanche toison;
Si le soleil jaloux de conserver sa gloire
Lance quelques rayons dessus ce mol yvoire,
On voit des pointes d'or sur ce grand fond d'argent
Étaler à l'envi leur éclat différent.
Le jaune brille plus quand le blanc l'environne,
L'une et l'autre couleur, l'une et l'autre couronne.

« Que si ces trois premières sont ravissantes, la dernière est incompréhensible. On ne voit rien d'égal à cette riche confusion de bleu, de blanc et d'incarnat, et sans faire le poëte :

Comme quand le Dieu de lumière,
Sur la fin de la nuit sortant du fond de l'eau,
Rappelle ses clartés, rallume son flambeau,
Et paré des rayons de sa splendeur première
Aux portes d'Orient plus pompeux et plus beau
 Va recommencer sa carrière ;
 On voit à la pointe du jour
La belle messagère épandre à son retour
Sur un nuage blanc mille roses vermeilles,
Où par son vif éclat le ciel s'éclaircissant

> Mêle encor de l'azur au rouge pâlissant :
> Ainsi ces couleurs non pareilles
> Confondent leurs beautés, et joignent leurs merveilles.

« Enfin, j'admirerai toujours ces bourses comme des merveilles, et je les aimerai comme mes petites sœurs, puisqu'elles sont en quelque sorte vos filles, et que je suistrès-véritablement votre très-humble et très-obéissant fils, DE SACI (1).

Certes, il fallait être mère, et vivre au temps où triomphait *la Pucelle* pour trouver cela complétement beau. On doit cependant reconnaître dans l'imagination de l'enfant une grâce et une fécondité peu communes, et même dans son style une simplicité et une fermeté d'autant plus méritoires qu'elles étaient plus rares alors, et que les rhétoriciens en sont d'ordinaire moins prodigues.

Le « petit oncle » qui étudiait avec « messieurs Le Maître », ses neveux, n'était pas non plus un écolier vulgaire. « S'appliquant à autre chose, il n'étudioit jamais ses leçons ; il attendoit pour les apprendre à les entendre réciter avant lui à ses neveux, et il les disoit sans faute (2). » On sait ce qu'il devint. Si l'indomptable opiniâtreté du sectaire exerça sur les opinions religieuses de son temps une grande influence, la trace laissée par les ouvrages de l'écrivain dans les lettres n'a pas été moins profonde. C'est encore, en général, la manière pesante de ses devanciers et de ses contemporains ; mais on y trouve en abondance des qualités précieuses: netteté de l'expression, sobriété des détails, rigueur de la logique. Le jansénisme, dont il était le chef le plus puissant, a répandu sur tous ses écrits la sécheresse et la froideur qui lui semblent naturelles : il les a d'ailleurs condamnés à n'être jamais

(1) *Mémoires pour servir à l'histoire de Port-Royal*, par M. Fontaine, t. 1ᵉʳ, p. 87-90.
(2) *Ibid.*, p. 127.

lus. Le Maistre de Sacy n'a pas eu, comme écrivain et comme sectaire, une moindre influence. Son nom est pour jamais uni à une traduction de la *Bible*, qui serait complétement belle, si les erreurs du traducteur avaient pu ne point déteindre sur son style. La *Vie de Dom Barthélemy des Martyrs*, qu'il a écrite en collaboration avec Fontaine, a longtemps passé pour un chef-d'œuvre, et se lit encore aujourd'hui. Nous ne disons rien des ouvrages classiques, composés par l'oncle et le neveu pour les écoles de Port-Royal, qui font tant d'honneur non-seulement à leurs auteurs, mais encore aux solides leçons qui avaient formé leur enfance : la *Grammaire générale*, le *Jardin des racines grecques*, la *Logique ou l'Art de penser*, sont des œuvres qui ne périront point.

Il est impossible de clore cette liste des illustrations du collége de Beauvais au xviiᵉ siècle, sans nommer le professeur Pierre Barbay, qui y enseigna la philosophie. Il a laissé, dit M. Jourdain, des commentaires sur Aristote qui, si l'on en juge par le nombre des éditions, ont joui d'une certaine vogue; en voici les titres : *Commentarius in Aristotelis logicam*, editio 4ᵃ, Parisiis 1684 ; *in Aristotelis physicam*, edit. 2ᵃ, Paris. 1676 ; *in Aristotelis metaphysicam*, edit. 3ᵃ, Paris. 1680 ; *in Aristotelis moralem*, edit. 3ᵃ, Paris. 1680 ; *in universam Aristotelis philosophiam introductio*, edit. 6ᵃ, Paris. 1700. Dans le commentaire sur la logique, le savant historien relève la déclaration suivante, remarquable, dit-il, de la part d'un péripatéticien : « Nos quamquam authores dogmaticos veneremur, præsertimque Platonem, Aristotelem et Sanctum Thomam, in nullius tamen verba juramus ; quippe amici omnes, magis tamen amica veritas ; philosophi quidem est mentem ratione potius quam authoritate confirmare. »

Cette indépendance d'esprit du professeur de philosophie faillit un jour lui devenir préjudiciable. Il devait

présider, le 27 août 1662, à Beauvais, une thèse publique,
et il n'avait pas craint d'y faire entrer les questions suivantes, auxquelles les divisions soulevées par les doctrines cartésiennes donnaient alors une portée considérable : « Qui démontrera que l'âme rationnelle ne tire pas
son origine de la matière? Qui démontrera que l'âme rationnelle est immortelle? Certainement il est incertain
que l'esprit de l'homme puisse acquérir par voie d'expérience une connaissance certaine de la nature. » La Faculté des arts s'émut de ces hardiesses, dit encore M. Jourdain, à qui nous empruntons ces détails; elle y vit un péril
pour l'orthodoxie, ou du moins pour la bonne renommée
de son enseignement. Le régent suspect fut mandé devant
elle et invité à rétracter ou à corriger sa thèse. Un mandement du recteur défendit de présenter à l'avenir comme
problématique aucune proposition qui fût contraire, en
quelque point, aux décisions de la sainte Église, revêtues
de la sanction du Roi Très-Chrétien (1).

Ce chapitre est intitulé : *Histoire littéraire du collége
de Beauvais au* XVIIe *siècle*; nous en atteignons la fin,
et cependant aucune œuvre littéraire, appartenant proprement au collége, n'a passé sous nos yeux. Tout au
plus avons-nous pu lire quelques vers d'un goût douteux
commis par un élève; les maîtres eux-mêmes sont sté-
riles; les ouvrages des professeurs Auber et Barbay, malgré leur valeur incontestable, n'intéressent point les
lettres, et nous ne trouvons, en dehors d'elles, que quelques discours d'apparat, indignes d'être comparés aux
grandes œuvres du temps. Nous nous persuadons aisément
qu'en lisant ce titre, on n'a jamais songé qu'il pût renfermer le nom d'écoliers illustres : il n'y a pas d'écoliers
illustres; le collége ne produit que des essais; les maîtres,
par un travail obscur, lent, pénible, y ébauchent des

(1) *Histoire de l'Univ. de Paris*, p. 219 et note 1re.

hommes; et si, plus tard, une intelligence d'élite, long·
temps nourrie de leurs leçons et patiemment développée
par leurs soins, vient à s'épanouir au grand soleil des
lettres, de la philosophie ou des arts, dans ce génie nouveau, ils saluent avec un naïf et affectueux orgueil le fils
de leurs douleurs. Ils ont raison. Si haut qu'ils s'élèvent,
si oublieux et si ingrats que la fortune puisse les rendre,
ces esprits garderont toujours l'empreinte des mains qui,
après la main de Dieu et celle de leur mère, les auront
pétris avec le plus d'amour ; et le collége qui a guidé
leurs premiers travaux, encouragé leurs premiers succès,
extirpé des défauts qui, en grandissant, pouvaient tout
perdre, garde sur leurs œuvres et sur leur gloire à venir
un droit de paternité incontestable.

Quant aux maîtres eux-mêmes, si leurs noms ne figurent nulle part à côté de tous les noms immortels
du grand siècle, en ferons-nous un reproche à ces
hommes dévoués? Irons-nous pour cela révoquer en
doute l'étendue et l'élévation de leur intelligence? Nous
ferons plus justement en glorifiant leur silence et leur
obscurité par ces belles paroles de M. CharlesJourdain (1):
« ils ont subi la destinée commune à la plupart de ceux
qui se consacrent à l'éducation de la jeunesse; les labo-
rieuses fonctions qu'ils remplissent absorbent pour ainsi
dire toutes les facultés de leur nature, et leur laissent
trop rarement le loisir de s'adonner à des travaux moins
obscurs et plus attrayants, qui eussent servi peut-être à
honorer leur nom et leur pays. »

Quel changement s'est opéré dans notre collége depuis
un demi-siècle ! Nous avons vu, au commencement de
ce chapitre, un professeur de philosophie obligé de renoncer à sa classe, qui ne le faisait pas vivre : aujour-
d'hui, grâce à des maîtres comme Grangier, Sevin,

(1) *Hist. de l'Univ.* p. 136.

Omoloy, Barbay, les classes regorgent d'écoliers; plusieurs de ces écoliers, après avoir pris au collége le goût du beau, consacrent leur vie à la culture des lettres, et s'y acquièrent une gloire qui rejaillit sur les premiers maîtres et assure à l'institution qui a posé les fondements de leur renommée une longue prospérité. Nous trouvons une preuve de cet accroissement considérable du collége de Beauvais dans une délibération de la communauté du 20 février 1672. On avait établi depuis long-temps que les régents de philosophie recevaient un traitement, outre les chambres qui leur étaient concédées dans la maison. Mais on pouvait craindre que les autres professeurs, alléguant le surcroît de travail que leur im-posait le nombre toujours croissant de leurs élèves, ne vinssent réclamer le même avantage, contrairement aux statuts. Pour prévenir ce danger, la communauté pro-teste qu'elle ne paie pas de traitement aux régents, ajou-tant d'ailleurs, tant est grande sa confiance dans la prospérité actuelle et future de la maison, « que l'on trou-vera d'habiles gens pour faire les écolles, sans exiger de gages » (1).

Nous avons vu plus haut qu'une thèse devait être soutenue publiquement au collége de Beauvais sous la présidence du professeur de philosophie Barbay. Ce genre d'exercices était relativement nouveau au collége, sinon pour le fond, au moins quant à la forme et à la so-lennité dont on les environnait. Les thèses étaient comme le résumé et le couronnement des travaux de l'année en-tière: elles étaient en même temps le témoignage authen-tique de la sollicitude des maîtres, de l'application et des progrès des élèves. Aussi en préparait-on le succès avec un soin jaloux. L'habitude qui s'introduisit vers la même

(1) *Arch. de l'Emp.* MM. 363, fo 38.

époque de mettre en présence, dans ces sortes de concours,
des élèves de différents colléges, vint encore augmenter
l'ardeur de l'étude et l'intérêt de la dispute. D'ailleurs le
sujet de la thèse, avec le nom du répondant, était d'ordinaire affiché à la porte du collége quelques jours avant la
solennité (1); chacun en pouvait prendre connaissance ;
les parents et les amis des jeunes lutteurs, intéressés
en quelque sorte à leur triomphe, aiguillonnaient encore
leur zèle ; et puis est-ce donc, pour des jeunes gens et
des enfants, un médiocre sujet d'émulation que cette
espèce de publicité donnée à leur nom et à leurs travaux?
Les combattants étaient fêtés à l'envi ; nous verrons
les professeurs eux-mêmes faire assaut de rimes, pour
chanter les athlètes de ces luttes pacifiques. Le collége
de Beauvais, construit à une époque où l'on n'espérait
pas pour lui une si haute fortune, et où les mœurs scholastiques étaient aussi plus simples, n'avait pas de salle assez
vaste pour réunir à la fois les combattants et les témoins
de leur valeur. Les supérieurs majeurs furent obligés de

(1) Nous avons retrouvé, par hasard, dans les archives du collége, une de ces affiches que nous reproduisons ici comme spé
cimen :

CUM DEO

JOANNES D'ARBOULIN,

Parisinus,

In Rhetorica auditor

Rhetorices præcepta ex Quintiliani Institutio-
nibus deprompta exponet exempla vero repetet
ex Demosthenis quidem Olynthiacis cum se-
lectis ex ejusdem oratione de corona locis :
Ex Ciceronis autem Orationibus pro Milone
In Pisonem, in Verrem de Suppliciis.
Exercitationi præludet lectissimus condiscipulus

JOACHIMUS BRUNO DE CHATAUVILLARD

Gratianopolitanus.

Die veneris duodecima mensis Augusti, anno Dni 1729
à tertia ad sesqui quintam.

IN COLLEGIO

DORMANO BELLOVACO.

le constater, dans la visite qu'ils firent du collége le 24
avril 1670 : ils ordonnèrent en conséquence que la salle
que possédait la maison serait agrandie du bûcher des
boursiers et de la classe de quatrième, qui étaient voisins,
« afin de rendre par ce moyen ladite salle plus commode
pour y faire les actes publiques (1) ». La nécessité de conserver au moins à cette seconde pièce sa destination primitive, aura sans doute empêché de réaliser complétement
ce projet, car nous trouvons un peu plus loin, au même registre des *Délibérations de la Communauté*, cette résolution,
en date du samedi, 13 août 1672 : « Arresté qu'il sera baillé
au portier autant de fois qu'il ostera la grande cloison
d'aix de la salle aux actes à la charge de la remettre, la
somme de vingt sols, jusqu'à ce que l'on ait advisé au
moien de mettre lesdits aix dans des coulisses où il n'y
aura pas grande peine, à commencer ledit payement du
premier juin dernier que les actes ont commencé et sans
tirer à conséquence pour l'advenir » (2).

Ce genre d'exercices faillit un jour devenir fatal au
régent Charles Boileau, c'était le 24 juin 1671. Le jeune
Isaac de Saint-Fort, fils du célèbre ministre Claude, dont
l'éducation avait été apparemment confiée aux maîtres du
collége de Beauvais, soutenait une thèse en sabbatine,
sous la présidence du professeur de philosophie, maître
Guillaume Guenon. Le régent Boileau devait l'attaquer,
et il voulut, selon l'usage, lui adresser tout d'abord un
petit discours de félicitation et d'encouragement. Mais
comment s'en acquitta-t-il? Au grand scandale de l'assemblée; car il eut l'audace de féliciter l'enfant d'appartenir à un
père si illustre, qui avait si bien défendu la foi; car, pour
comble de scandale, après s'être incliné vers le président
de la thèse, comme pour lui demander la permission de la

(1) *Arch. de l'Emp.* Reg. MM. 363, fo 25.
(2) *Arch. de l'Emp.* Reg. MM. 363, fo 40.

combattre, il ne craignit pas de saluer ensuite M. Claude lui-même en disant: *si jusserit Illustrissimus Ecclesiœ Princeps*. Décidément Boileau était calviniste.

Le surlendemain, les nations s'assemblèrent tumultueusement à St-Mathurin; et Boileau, sommé de comparaître, ne s'étant point rendu à l'appel qui lui avait été adressé, fut condamné par contumace, et son nom rayé du catalogue des maîtres ès arts.

Là semaine suivante, le malheureux condamné sollicita et obtint la convocation d'une assemblée extraordinaire de l'Université, devant laquelle il pût rendre compte de ses doctrines et surtout de sa conduite. Là, après avoir demandé la parole au recteur, il déclara qu'il ne pouvait pas rester sous le poids d'une accusation déshonorante et d'une sentence injuste, prononcée en son absence. S'il ne s'était pas présenté au tribunal de l'Université, c'est qu'il lui avait été absolument impossible de venir à Saint-Mathurin, et il priait les régents de l'en vouloir bien excuser. Mais aujourd'hui, il prétendait se justifier, même par serment, des erreurs et de la faute qu'on lui imputait. Non, ce n'était pas sérieusement qu'il avait appelé le ministre Claude *Illustrissime Prince de l'Eglise*: pourquoi n'avait-on pas voulu voir que la majesté de l'assemblée l'avait troublé, qu'à sa timidité naturelle s'ajoutait en lui une certaine difficulté pour s'exprimer, et que si, dans son trouble, il avait en effet prononcé la parole que l'on incriminait si fort, il s'était repris aussitôt. Quant aux compliments adressés au jeune Isaac de Saint-Fort sur le mérite et les écrits de son père, peut-on lui en faire un crime? Voici ce qu'il a dit à l'enfant: lorsqu'on va combattre, il faut se souvenir du nom de ses aïeux; et si, lorsqu'il s'agissait de Catilina, qui mourut avec tant de courage en portant les armes contre sa patrie, un historien a pu dire avec élégance: belle mort s'il était mort pour son pays ; ainsi, ceux qui lisent les écrits de votre père sont obligés de s'écrier: magnifiques œuvres, si elles défendaient la foi? Que si, par distraction, il a laissé échapper quelque autre parole capable de contrister l'Université, il la prie de l'excuser, et lui promet au surplus de ne jamais rien écrire ou dire contre la foi. Après ce discours du régent Boileau, les nations se retirèrent pour délibérer; on fut unanime à reconnaître son innocence et à décider qu'il serait réintégré lorsqu'il aurait fait réparation publique; mais les nations de Normandie et d'Allemagne voulaient qu'il restât privé de son grade pendant trois mois; le recteur ayant voté avec les nations de France et de Picardie, qui opinaient pour la réintégration immédiate, ce dernier avis l'emporta. Ainsi Boileau reprit son rang dans la Faculté des arts; on y mit seulement cette condition, qu'aux premiers actes publics qui se célébreraient à Beauvais, il donnerait les mêmes explications et ferait les mêmes excuses qu'à l'assemblée de Saint-Mathurin, et cela en présence du secrétaire de l'Université, qui coucherait le tout sur son regsitre.

Le procès-verbal qui contient le dernier acte de ce singulier petit drame est assez curieux pour qu'on le lise: en voici la traduction.

« Du dimanche, 5 juillet, conformément à la décision prise le 17 juin dernier par l'Illustre Faculté des arts en ses Comices généraux à S. Mathurin, je, secrétaire de l'Université, avec l'Amplissime seigneur recteur, ai assisté, dans la grande salle du collége de Presle-Beauvais aux actes publics, que soutenait Jean-Charles Marquette de Laon pour le Baccalauréat ès-Arts, sous la présidence de maître Olivier Héroult, Bachelier en théologie et Professeur de philosophie. Là, pour obéir à la sentence de ladite Illustre Faculté, Charles Boileau du collége de Beauvais, avant d'attaquer les propositions, publiquement et en présence d'une très-nombreuse assemblée, fit assez longuement sa profession de foi catholique, apostolique et romaine, et pria les auditeurs de se souvenir qu'en ce même lieu, en l'assemblée qu'on appelle sabbatine, préludant aux objections qu'il allait faire à la thèse du fils du ministre Claude, il avait comparé ce ministre à Catilina, mourant avec courage en combattant contre sa patrie, et méritant qu'un écrivain ait dit de lui: *pulchre, si pro patriâ cecidisset*, et qu'il avait appliqué ces paroles au père de l'écolier, dont on ne saurait en effet lire les œuvres sans dire: *pulchre, si pro fide*. Ledit Boileau a déclaré ne point connaître ce ministre; il ne pensait donc point à lui rendre un hommage sacrilége quand il a dit, en se tournant par hasard de son côté: *si jusserit Illustrissimus Ecclesiœ Princeps,* paroles qui lui ont échappé par distraction et qu'il s'est hâté de corriger par celles ci: *si jusserit, inquam, clarissimus Philosophiœ Professor.* Cette déclaration, faite avec autant de sincérité que d'élégance, nous a paru capable de faire disparaître tout soupçon d'hérésie, et par conséquent satisfaire aux conditions prescrites. C'est ce que moi, secrétaire, délégué par la susdite Illustre Faculté pour assister aux actes et recueillir ses paroles, j'atteste à tous ceux qui peuvent avoir quelque intérêt à le savoir (1). »

Le président de cette thèse funeste, Guillaume Guenon, eut lui même, peu de temps après, à se justifier d'une accusation non moins flétrissante. Il avait, prétendait-on, délivré à Joseph de Montesquieu, de Bordeaux, des lettres qui attestaient que ce jeune homme avait étudié sous sa direction, et cependant, on prouvait qu'il ne l'avait jamais eu pour élève. Joseph de Montesquieu s'était présenté avec ces lettres à la Faculté des arts, et il avait, grâce à elles, obtenu le grade de maître ès arts. En vain Guillaume Guenon voulut nier : c'était bien son écriture et sa signature. Il supplia du moins l'Université de faire examiner ces lettres par des experts. L'Université y consentit, et

_____

(1) *Arch. de l'Univ.* Reg. 32, f. 69, 70, 71.

voici ce que l'on découvrit. Précédemment Guenon avait donné des lettres testimoniales à un de ses élèves nommé Joseph Montesqu, d'Auteuil : c'était ces lettres que Joseph de Montesquieu avait frauduleusement présentées à l'Université de Paris, et un examen attentif montrait avec évidence qu'une main étrangère avait inséré la particule *de* et la désinence *ieu*, pour transformer Joseph Montesqu en Joseph de Montesquieu. Mais quel était le coupable ? C'était Nicolas Dennwair, ancien professeur de philosophie et ancien recteur: lui-même finit par l'avouer, aussi bien que Joseph de Montesquieu. Il fallait délibérer sur cette grosse affaire et frapper les coupables d'un châtiment digne de leur faute. Le 30 juillet 1671, la Faculté des arts convoqua au cloître des Mathurins ses comices généraux, déclara nulle la promotion au grade de Maître obtenue par Joseph de Montesquieu au moyen d'une fraude indigne, et renvoya le régent Guillaume Guenon pur de tout soupçon et libre de toute peine. Quant à Dennwair, on discuta longtemps sur le châtiment qu'on lui infligerait. La nation de Germanie, à qui il appartenait, voulait que l'on pardonnât à un ancien recteur ; la nation de Normandie lui laissait trois mois pour se retirer lui-même de la compagnie. Mais les nations de France et de Picardie, plus jalouses de l'honneur du corps universitaire, considérant que Dennwair en était depuis longtemps devenu la honte par son avidité, son intempérance, la crudité rustique de son langage, et qu'il venait encore de la déshonorer par un faux, voulait qu'il fût immédiatement dépouillé de tout grade. Le vote du recteur donna gain de cause à cette dernière opinion (1).

Ce Guillaume Guenon s'attira une autre affaire désagréable, dont il ne se tira pas à aussi bon compte: on

(1) *Arch. de l'Univ.* Reg. 32, f° 73.

l'avait convaincu d'avoir écrit sur ses collègues des choses injurieuses : la plupart des professeurs les plus vantés ne devaient, avait-il dit, leur réputation, qu'au renom des colléges dans lesquels ils enseignaient. La susceptibilité ombrageuse de l'Université l'obligea à une réparation publique. Vainement il prétendit échapper à une sentence si rigoureuse, en obtenant un sénatus-consulte qui lui accordait le droit de décliner, pour cette affaire, la compétence du recteur ; il fut obligé de s'exécuter (1).

(1) *Ibid.* Reg. 33, f° 20.

CHAPITRE XIV

Principalat de Nicolas Boutillier. — Jean Vittement, successivement
boursier, chapelain, professeur de philosophie et coadjuteur du principal. — Il devient recteur de l'Université et sous-précepteur des enfants
de France. — Sa mort, ses vertus, son testament.

Antoine Moreau gouvernait depuis quarante ans, comme
coadjuteur ou comme principal, le collége de Beauvais ;
il était plus qu'octogénaire ; les infirmités avaient courbé
son corps ; ses forces trahissaient son zèle, et il ne pouvait
plus vaquer aux fonctions de sa charge avec autant de
vigueur et d'application qu'il l'aurait voulu (1). Il présenta donc une requête au Parlement à l'effet d'obtenir un
coadjuteur, qu'il désignait lui-même au choix des supérieurs majeurs, dans la personne de « Maistre Nicolas
Boutillier, Prestre du diocèse de Noyon, docteur ès-arts,
sous-principal du Plessis depuis plusieurs années, capable et expérimenté au fait et gouvernement de la jeunesse ». Le président Guillaum e de Lamoignon et le conseiller Édouard Grangier au nom du Parlement, Henri
de Refuge au nom de l'abbé de Saint-Jean-des-Vignes ac-
cueillirent favorablement la requête du vieux principal,
et le déchargèrent de ses fonctions sur Nicolas Boutillier,

____

(1) *Arch. de l'Emp.* M. 92.

à qui ils assurèrent un traitement annuel de six cents livres. Moreau gardait jusqu'à sa mort « les honneurs, prérogatives, gages, fruits et émolumens attachés » à la principalité du collége. Cette affaire fut conclue le 23 août 1677.

Nicolas Boutillier n'a attaché son souvenir à aucun fait important, ni dans l'administration du collége de Beauvais, ni dans les affaires générales de l'Université; son nom n'apparaît guère que dans l'acte de sa promotion à la coadjutorerie du collége, et dans les trois actes par lesquels ses propres fonctions de principal furent plus tard confiées à Vittement, à Rollin et à Coffin. Le collége, si florissant depuis plus d'un demi-siècle, semble avoir perdu entre ses mains quelque peu de sa splendeur. Crevier lui-même, l'infatigable panégyriste de la maison qui l'avait connu élève et professeur, n'hésite pas à en faire l'aveu.

Nous rencontrons pourtant le nom de Boutillier dans une affaire désagréable dont il faut parler ici : non qu'elle ait une grande importance, mais elle nous donne une idée précise de l'importance du collége de Beauvais au moment où il passa aux mains du principal Boutillier, et de plus, elle soulève une question intéressante touchant les droits du principal et des supérieurs majeurs d'un collége sur les régents qui y enseignaient. Jacques Rouhault, qui devint plus tard doyen de la tribu d'Amiens, examinateur, censeur, procureur et questeur de la nation de Picardie, et qui mourut principal du collége de Boncourt (1), avait été nommé par l'Université régent de troisième au collége de Beauvais, le 16 décembre 1677. Moreau était encore principal. Le nouveau professeur « régentoit sa classe avec la dernière exactitude, et avec tant de progrès de ses écoliers, que le principal en faisoit monter tous les ans en rhéto-

____

(1) *Biblioth. de l'Univ.* H. F., a. u., 22⁴.

rique quinze ou vingt sans les faire passer en seconde, où ils ont toujours été des premiers ». C'est au moins le témoignage que se rendait à lui-même maître Jacques Rouhault. Mais voici que le nouveau principal, maître Boutillier, veut par mille taquineries l'obliger à renoncer à sa régence ; n'y pouvant parvenir par ce moyen, il surprend, le 8 avril 1683, au premier président une signature, en vertu de laquelle ce magistrat autorise, comme intendant du collége de Beauvais, l'installation de Claude Lorey dans la chaire de troisième. Et quel prétexte allègue le principal, pour se débarrasser d'un régent qu'il ne peut souffrir ? il l'accuse d'avoir exigé de l'argent d'un de ses élèves qui était pauvre : or Jacques Rouhault affirme que c'est le principal qui a furtivement détourné l'argent envoyé par la mère de cet écolier au régent de son fils. Mais peu lui importe cette accusation ; ce qui préoccupe avant tout le régent expulsé, c'est une question de droit : c'est la question de savoir si le premier président peut destituer un régent et lui en substituer un autre. Les chartes de fondation du collége de Beauvais lui donnent à la vérité tout pouvoir sur les boursiers, mais aucun sur les régents, dont elles ne parlent même pas. En général, c'est l'Université qui nomme les régents ; les régents sont dans les colléges ses représentants officiels, puisque c'est d'eux seuls qu'elle reçoit les certificats d'études : qu'on cherche, à Beauvais en particulier, un régent qui ait été nommé, non par l'Université, mais par le Parlement Les régents ne font pas partie de la communauté des colléges, dans lesquels la plupart ne mangent même pas. Ils sont externes. Si le principal exerce et possède quelque droit à leur égard, ce ne peut être que le droit de présentation (1). Telle fut en substance la défense de Rouhault, et la question soulevée par lui ; il nous a été malheureusement im-

(1) *Biblioth. de l'Univ.* H. F., a. u., 44.

possible d'en connaître la solution : Claude Lorey, qui fut recteur en 1703 et en 1710, enseigna la rhétorique à Beauvais, mais nous ignorons l'époque à laquelle il faut rapporter son entrée dans notre collége.

Quelques années après la mort du principal Moreau, les portes du collége de Beauvais s'ouvraient à un enfant destiné à en devenir la gloire la plus pure, sinon la plus éclatante. Il s'appelait Jean Vittement. Né en 1655 de parents pauvres, il avait rencontré à Dormans, sa patrie, un ecclésiastique charitable, qui l'avait pris en affection, et sous la direction duquel il avait fait ses premières études. Enfin il venait d'obtenir une bourse dans le collége fondé par le cardinal de Beauvais en faveur de ses compatriotes. Il entrait en troisième. Ses succès furent aussi brillants que soutenus. Ayant achevé ses classes avant l'expiration des six années pendant lesquelles, aux termes des statuts, il pouvait jouir des fruits de sa bourse, il commença son cours de théologie sans abandonner sa petite chambre du collége. Sa bourse ne pouvait cependant le conduire jusqu'à la fin de ses études, et le 13 juillet, encouragé sans doute par ses maîtres, il se décida à en demander la prolongation par cette requête, où brillent la franchise et la simplicité de son caractère :

« A Nos Seigneurs les Premier Président et Conseillers administrateurs et Intendants du Collége de Beauvais.

« Supplie humblement Jean Vittement, l'un des petits boursiers dudict Collége, natif de la Ville de Dormans, estudiant en Théologie pour sa seconde année, disant qu'ayant soustenu des thèses à la fin de sa philosophie et s'estant en mesme temps faict passer maistre ès arts, il auroit faict une despense considérable au delà de ses forces, secouru en cela par les charités de ses amis et qu'estant présentement à la fin de la jouissance de sa bourse, il lui reste encore une année pour achever son cours de Théologie et que n'ayant aucune faculté pour y

pouvoir subvenir, il est contrainct de recourir à vous Nos
Seigneurs pour lui estre pourveu en un besoing si important pour son avancement et la perfection de ses estudes.
Ce considéré, Nos Seigneurs, il vous plaira de vos grâces
et charités ordonner audict suppliant prorogation d'une
année de sa dicte bourse pour pouvoir achever son cours
de Théologie et ledict Vittement sera obligé pendant
toutte sa vie de prier Dieu pour vos prospérités et santés.

« J. Vittement. »

Il paraît que le pauvre écolier avait profité d'une visite
faite au collége par les seigneurs intendants pour leur
présenter sa requête; car on lit au bas ces paroles :

« Accordé pour un an finissant au dernier juillet de
l'année mil six cens soixante et quinze ; faict le 13 juillet 1674 au dit collége.   Delamoignon (1). »

Le succès éclatant de la thèse par laquelle Vittement
couronna ses études théologiques vint prouver aux administrateurs du collége qu'il avait dignement usé de leur
générosité. Libre enfin, il accepta avec joie la chaire de
philosophie, laissée vacante par la retraite de celui qui avait
été son professeur ; un lien plus étroit l'attacha en même
temps à ce collége de Beauvais, qu'il regardait comme une
autre maison paternelle : il y obtint une place de chapelain. Son enseignement eut bientôt un retentissement tel,
que le ministre Louvois demanda que le jeune professeur
lui fût présenté. Vittement ne parut point au ministre in-
férieur à sa réputation ; celui à qui la France entière
obéissait, voulut que Vittement donnât à l'abbé de Louvois (2), son fils, des leçons de philosophie. Vittement se

(1) *Arch. de l'Emp.* M. 92.

(2) « Un homme d'esprit, dit le duc de Saint-Simon, savant, aimable, que les jésuites, ajoute ce grand médisant, empêchèrent
d'être placé, et qui eût été un très-digne évêque, et qui auroit
honoré et paré l'épiscopat. » (*Mémoires*, T. XVII, p. 52). St-Simon
rend encore ailleurs le même témoignage à l'abbé de Louvois :

rendit aux désirs du ministre, et le collége de Beauvais, flatté d'une pareille distinction accordée à celui qui lui appartenait à tant de titres, aima dès lors à faire reposer sur la tête de Vittement ses plus chères espérances. Le principal Boutillier surtout, qui commençait à sentir le poids des années, résolut d'assurer à son collége les lumières et l'appui d'un homme pour qui la vie s'ouvrait sous de si heureux auspices, et le 10 mars 1696, il obtint du Parlement un arrêt qui nommait Jean Vittement son coadjuteur perpétuel et irrévocable et son futur successeur (1).

C'est à ce titre que Vittement eut à recevoir, le 4 avril suivant, au collége de Beauvais, la visite du recteur Charles Rollin et des dignitaires de l'Université, désignés par elle pour juger de l'état et, au besoin, opérer la réforme des colléges de Paris. « Tout d'abord, dit le procès-verbal de cette visite, maître Jean Vittement, professeur de philosophie en ce collége et successeur désigné du principal Nicolas Boutillier qui gouverne cette maison depuis longues années avec un zèle irréprochable et qui a si bien mérité de l'Université, prêta serment entre les mains

« Il n'étoit pas sans mérite, dit-il, il avoit de l'esprit, du monde, du savoir, et remplissoit par lui-même et avec réputation, la belle place dans les lettres de bibliothécaire du roi. » Mais ici, il dit plus clairement pourquoi l'abbé de Louvois avait été exclu des dignités ecclésiastiques : « A peine commençoit il, à poindre lors de la mort de son père, qui étoit perdu bien auparavant Barbezieux, crossé par le roi comme un jeune homme des débauches et des disparates auquel il étoit très-souvent mécontent, n'eut pas le loisir de mûrir et de s'accréditer assez pour vaincre auprès du roi les soupçons que les jésuites et Mme de Maintenon, par Saint-Sulpice, lui donnoient sans cesse de l'éducation ecclésiastique du neveu de l'archevêque de Reims, que les jésuites avoient toujours regardé comme leur ennemi, et donné, par conséquent, pour un dangereux janséniste. Ce manége avoit perdu l'abbé de Louvois dans l'esprit du roi, et quelques bagatelles de première jeunesse, qu'en ce genre il ne pardonnoit jamais. » (T. XV, p. 138).

(1) *Arch. de l'Emp.* M. 92.

de l'Amplissime Recteur. Celui-ci félicita le collége du
choix qui avait été fait et exhorta maîtres et boursiers à
observer avec scrupule les sages réglements que le Parlement leur avait donnés. » Après avoir pris conseil de ses
assesseurs, le recteur régla en particulier les points suivants : qu'on lui présenterait l'inventaire des titres et des
meubles ainsi que les comptes du collége; que jamais les
femmes n'entreraient dans les chambres; que les pensionnaires dépendraient du principal pour la discipline générale; que, dès qu'une bourse serait vacante, on en pro-
clamerait la vacance à Dormans et aux autres lieux qui
pourraient avoir droit à cette bourse; enfin que l'on aurait
à lui présenter les titres de fondation (1).

Bientôt l'Université tout entière se plut à reconnaître et
à couronner le mérite de Vittement. Il avait à peine achevé l'éducation de l'abbé de Louvois, que le vote des intrants
l'appela à succéder au recteur Arthus. Il fut élu le 10
octobre 1697, et l'acte de son installation lui donne la
double qualité de professeur émérite de philosophie et de
principal au collége de Beauvais (2).

L'élévation de Vittement à la dignité de recteur fut une
véritable fête pour le collége qui l'avait nourri. Personne
ne s'en réjouit plus sincèrement que le vieux principal.
Il lui avait déjà confié la plus grande partie de son autorité: il voulut la lui abandonner tout entière, heureux de
remettre son collége entre les mains d'un homme dont le
mérite et la capacité étaient désormais universellement

(1) *Arch. de l'Univ.* Reg. 39, f° 46.
(2) Il y avait dans le langage officiel de l'ancienne Université
des nuances qu'il est difficile de rendre en français, celle-ci par
exemple, *primarius collegii* et *primarius in collegio* : cette seconde dénomination, appliquée à Vittement, avait l'avantage et
peut-être le but de ne point exclure Boutillier, qui restait en
titre *principal du collége*.

appréciés. Les archives gardent en effet (1) un acte rédigé
le 16 novembre 1697, par lequel « Nicolas Boutillier
maître et principal du collége de Beauvais, à cause de
son grand aage de soixante et douze ans et ses infirmitez
continuelles qui ne luy permettent plus de s'acquitter des
fonctions de sa charge de Maistre et Principal dudit collége avecq autant de soins et de vigilance qu'il désireroit
et qu'il seroit nécessaire pour y maintenir le bon ordre et
la discipline, se démet en faveur de Jean Vittement,
prestre du diocèse de Soissons, bachelier en théologie,
chapelain et ancien professeur de philosophie et coadjuteur perpétuel irrévocable avecq future succession dudit
sieur Boutillier suivant l'arrest de ladite cour du 10 mars
1696; et consent que ledit sieur Vittement entre des apré-
sent en possession et libre exercice des fonctions de
maistre et principal.... à la charge que le sieur Boutillier
jouira pendant sa vie de tous les honneurs fruits profits
revenus et emolumens dépendant de ladite maitrise et
principalité. »

Nous n'avons point à parler des actes de Vittement
comme recteur, et d'ailleurs nous avons hâte d'arriver au
fait qui devint, pour l'humble professeur, le point de départ
d'une fortune inespérée. Le traité de Ryswick venait d'être
signé; tous les corps de l'État s'empressèrent de complimenter le roi. « Le cardinal de Polignac ne dédaigna pas,
raconte Saint-Simon, de paroître devant le roi à la tête
de l'Académie française, à la suite de tous les corps qui
le haranguèrent sur la paix. Ses grâces, ses charmes, et
son bien-dire, si odoriférant et si flatteur, céda toutefois
à la justesse et à l'éloquence mâle et naturelle du recteur
de l'Université, qui enleva tous les suffrages avec tant de
violence, qu'il fut interrompu par les applaudissements
et que le roi lui fit une réponse pleine de l'admiration d

(1) M. 92.

son discours (1). » Une copie du discours de Vittement
existe encore aux archives impériales (2) : M. Charles
Jourdain, qui l'y a trouvé, l'a publié le premier (3); ce
discours appartient à trop de titres à l'histoire du collége
de Beauvais, pour qu'on ne doive pas l'y rencontrer. Le
voici :

« Sire, la paix que Dieu vient d'accorder aux vœux de
« vos peuples, en inspirant à Votre Majesté des sentiments
« de modération au milieu de ses victoires, sera l'un des
« événements de votre règne glorieux qui en fera le mieux
« connaître la grandeur. Jamais on n'a soutenu la guerre
« avec autant de gloire, jamais on ne l'a terminée avec
« autant de générosité. Que les autres princes, insen-
« sibles aux larmes de leurs sujets, ne fassent la paix
« que quand ils manquent de ressources pour soutenir la
« guerre, ils ne suivent en cela que les règles de la poli-
« tique humaine. Votre Majesté, renonçant à des con-
« quêtes assurées pour le repos de ses États, fait bien
« voir qu'elle se conduit par des maximes bien différentes.
« Plus elle a vu de courage, de force dans ses ennemis,
« de zèle et d'amour dans ses sujets, plus la tendresse pa-
« ternelle l'a pressée de donner la paix à un si bon peuple.
« L'Europe, après avoir publié que jamais roi ne fut
« mieux servi, se voit obligée d'avouer, à la gloire im-
« mortelle de Votre Majesté, que jamais peuple ne fut
« tant aimé. La guerre, il est vrai, n'avait point empêché
« les sciences et les belles-lettres de fleurir dans votre
« royaume. Pendant que, d'un côté, vous le défendiez avec
« tant de succès contre les puissances confédérées, vous
« étiez occupé de l'autre à le réformer par la sagesse de
« vos lois, et à l'embellir par la politesse des mœurs,

(1) *Mémoires*, édit. Hachette, t. X, p. 393.
(2) MM. 242.
(3) *Hist. de l'Univ. de Paris*, p. 277.

« dont Votre Majesté donnoit elle même un exemple plus
« fort que les lois. Mais si, pendant le tumulte des armes,
« vous avez su faire régner la justice, et vous opposer,
« avec toute la vigueur du fils aîné de l'Église, aux nou-
« veautés toujours dangereuses, quel bonheur pour l'État,
« quelle protection pour cette même Église ne devons-nous
« pas attendre de la paix ! Dans ces espérances, Sire, vos
« sujets, qui passent de la joie de la victoire en celle de la
« paix, augmenteroient leur zèle et leur reconnoissance, si
« l'on pouvoit ajouter quelque chose à l'amour sincère,
« respectueux et fidèle, qu'ils ont témoigné, pendant la
« guerre, pour Votre Majesté. Pour nous qui, dans l'exer-
« cice de nos paisibles emplois, prenons un intérêt par-
« ticulier à la paix, la mère des beaux-arts, nous espérons
« voir bientôt votre Université, l'ouvrage glorieux des
« rois vos prédécesseurs, rétablie dans son ancienne splen-
« deur par la magnificence royale de Votre Majesté. Heu-
« reux si, consacrant nos soins à l'instruction de vos
« jeunes sujets, nous pouvons leur apprendre à craindre
« Dieu, à respecter leur prince, à servir leur patrie, per-
« suadés que de l'accomplissement de ce devoir dépend
« la sûreté des États, la puissance des monarques et la
« tranquillité des peuples. Les vôtres, Sire, n'ont plus rien
« à souhaiter, sinon que votre Majesté, au milieu d'une
« auguste et nombreuse famille, puisse voir longtemps
« les enfants de ses enfants, et leur apprenant par son
« exemple le difficile art de régner, jouir elle-même et
« faire jouir les autres de la paix qu'elle vient de rétablir
« dans l'Europe. »

Certes, il y a loin de ce discours à la requête qu'adressait autrefois au Parlement l'écolier du collége de Beauvais pour obtenir un morceau de pain pendant une année;
il y a même loin de ce discours à la plupart des harangues
ampoulées, froides, interminables, que l'on avait alors la
coutume de faire subir aux rois : cette pièce se place par

l'élévation des pensées, la sobriété des détails, la grâce sévère et la perfection de style, au niveau des plus belles œuvres du grand siècle. Personne ne s'y méprit, et les applaudissements de la foule, et les suffrages du roi lui-même apprirent à la France qu'elle pouvait compter un grand écrivain de plus.

Est-il besoin de dire la joie qui accueillit Vittement lorsqu'il rentra dans son cher collége de Beauvais ? C'était pourtant ce brillant succès qui allait l'en arracher: non pas que Vittement ait trouvé l'empressement de ses élèves et de ses collaborateurs indigne de lui, après les applaudissements qui venaient de saluer ses éloquents débuts: « Il ne s'en éleva pas davantage, dit Saint-Simon, n'en demeura pas moins renfermé dans la poussière des colléges, et ne cultiva personne ; mais, ce qui ne s'est peut-être jamais vu, et dans une cour comme elle étoit alors, sa harangue ne sortit point de la mémoire du roi. Elle y surnagea, chose encore plus extraordinaire, à tout ce qui le pouvoit rendre suspect sur la doctrine, et des mœurs trop pures et trop austères pour le goût d'alors ; cette harangue seule et qu'on crut oubliée avec tant et tant d'autres prévalut à tout, et le fit deux ans après sous-précepteur du roi d'aujourd'hui (Louis XV) par le souvenir toujours présent qu'en avoit conservé Louis XIV. On verra en son temps, ajoute le même auteur, que ce fut le seul bon choix qu'il fit pour l'éducation de ce jeune prince, qui eut aussi le sort ordinaire de ce qu'il y a de meilleur dans les cours (1). »

Seulement, l'historien grand seigneur se trompe lorsqu'il dit que Vittement devint deux ans après son discours sous-précepteur de Louis XV, puisque ce prince ne naquit que treize ans plus tard. La vérité est, et Saint-Simon la raconte lui-même ailleurs (2), que, sur la proposition du

(1) *Mémoires*, t. X, p. 393.
(2) *Ibid.*, t. II, p. 128.

duc de Beauvilliers, gouverneur des petits-fils de Louis XIV, Vittement fut nommé lecteur de ces princes, en remplacement de l'abbé de Langeron, qui venait d'être sacrifié aux haines de la cabale ennemie de Fénelon. Ce fut à la fin de juin 1697, quelques mois par conséquent après son discours, que Vittement entra au service du duc de Bourgogne et de ses deux frères, les ducs d'Anjou et de Berry.

Ses nouvelles fonctions étaient évidemment incompatibles avec l'administration du collége de Beauvais; il dut chercher un homme capable de maintenir dans cette maison, qui lui était si chère, les traditions de la religion et de l'étude. Son choix témoigne tout ensemble de la sûreté de son jugement et de son amour pour son collége: Charles Rollin fut le candidat qu'il présenta aux suffrages du Parlement.

Quelle fut sa conduite dans la position difficile où la confiance du grand roi l'avait placé? Un seul fait suffit pour le révéler. Il y avait deux ans que Vittement prodiguait aux princes ses soins et son savoir, lorsque le testament de Charles V appela le duc d'Anjou à occuper le trône d'Espagne. Le nouveau roi qui, durant deux années, avait pu apprécier la piété et le dévouement de son lecteur, voulut l'emmener avec lui. Vittement suivit donc son royal élève au delà des Pyrénées ; mais la cour d'Espagne le vit aussi simple dans ses habitudes et aussi modeste dans ses désirs que l'avait vu Versailles. Philippe V voulait l'attacher à son nouveau royaume et à sa personne par des liens indissolubles: il lui offrit l'archevêché de Burgos, avec une pension de huit mille ducats ; Vittement ne voulut accepter ni l'un ni l'autre, heureux seulement de contempler la puissance et de partager les épreuves de celui qui savait si bien honorer son vieux maître.

Rentré en France, il fut attaché à la personne du jeune

roi Louis XV en qualité de sous-précepteur. Saint-Simon, à qui rien n'a échappé des grandeurs, des mesquineries ou des singularités des deux cours où il vécut longtemps, n'a pas dédaigné d'entrer en certains détails sur la vie de Jean Vittement à Versailles. « On a parlé ailleurs, dit-il, de l'abbé Vittement, que son seul mérite fit sous-précepteur du roi, chose bien rare à la cour, et sans qu'il y pensât ni personne pour lui. Il y vécut en solitaire, mais sans être farouche ni singulier, et s'y fit généralement aimer et fort respecter. Il vaqua en ce temps-ci une abbaye de douze mille livres de rente. M. le duc d'Orléans proposa au roi de la lui donner et de le lui apprendre lui-même. Le roi en fut ravi, l'envoya chercher sur-le-champ et le lui dit. Vittement lui témoigna toute sa reconnaissance, et le supplia avec modestie de le dispenser de l'accepter. Il fut pressé par le roi, par le régent, par le maréchal de Villeroy qui étoit présent. Il répondit qu'il avoit suffisamment de quoi vivre. Le maréchal insista, et lui dit qu'il en feroit des aumônes. Vittement répondit humblement que ce n'étoit pas la peine de recevoir la charité pour la faire, tint bon et se retira.

« Cette action, qui a si peu d'exemples et faite avec tant de simplicité, fit grand bruit et augmenta l'estime et le respect même, que sa vertu lui avoit acquis. Mais elle incommoda M. de Fréjus (1), qui voyoit croître l'affection du roi pour Vittement. Dès que celui-ci s'en aperçut, il compta sa vocation finie, d'autant plus que, s'il avoit su se faire aimer et goûter, il n'en espéroit rien pour le but qu'il avoit uniquement en vue. Bientôt après, M. de Fréjus, qui s'inquiétoit de lui, lui conseilla doucement la retraite. Il la fit sur-le-champ avec joie à la Doctrine chré-

(1) Depuis cardinal de Fleury.

tienne, d'où il ne sortit plus, et où il ne voulut presque recevoir personne.

« On a de lui une prophétie aussi célèbre que surprenante dont on a vainement cherché la clef, et que Bidault m'a contée.... Bidault fut mis auprès du roi dès son enfance, et quand il commença à avoir quelques livres. Cela lui donna du rapport avec Vittement et les lia bientôt d'amitié et de confiance. Bidault venoit chez moi quelquefois et voyoit Vittement dans sa retraite. Effrayé des premiers rayons de la toute-puissance de Fréjus, devenu tout nouvellement cardinal, il en parla à Vittement qui, sans surprise aucune, le laissa dire. Bidault, étonné du froid tranquille et silencieux dont il étoit écouté, pressa Vittement de lui en dire la cause. « Sa toute-puissance, « répondit-il tranquillement, durera autant que sa vie, et « son règne sera sans mesure et sans trouble. Il a su lier « le roi par des liens si forts, que le roi ne les peut jamais « rompre. Ce que je vous dis là, c'est que je le sais bien. « Je ne puis vous en dire davantage; mais si le cardinal « meurt avant moi, je vous expliquerai ce que je ne puis « faire pendant sa vie. » Bidault me le conta quelques jours après, et j'ai su depuis que Vittement avoit parlé en mêmes termes à d'autres. Malheureusement il est mort avant le cardinal et a emporté ce curieux secret avec lui. La suite n'a que trop montré combien Vittement avoit raison (1).

« Jamais, depuis sa retraite, il n'a songé à voir le roi ni à visiter personne. Il a vécu dans la Doctrine chrétienne, dans la pénitence et dans la médiocrité la plus frugale,

---

(1) Les éditeurs des *Mémoires* de Saint-Simon citent ici ce passage des *Mémoires* manuscrits du marquis d'Argenson : « J'oubliois de dire que l'abbé Vittement disoit à ses amis à qui il confioit ce secret, que, s'il survivoit au cardinal, il diroit quel étoit ce lien indissoluble entre le roi et le cardinal. »

dans une séparation entière, dans une préparation continuelle à une meilleure vie, et il y est saintement mort au
bout de quelques années. Le maréchal de Villeroy l'alloit
voir quelquefois malgré lui, et en revenoit toujours charmé, quoiqu'il y trouvât toujours des morales courtes mais
bien placées, que peut-être il n'y cherchoit pas (1). »

Dès que Vittement fut établi dans sa retraite, « au fond
du jardin des Religieux de la Doctrine chrétienne, sur les
fossés des faubourgs Saint-Marcel et Saint-Victor (2) », un
de ses premiers soins fut de rédiger son testament. C'était
comme un suprême adieu au monde qu'il quittait. On y
trouve à la fois la trace d'un noble esprit et d'une âme
profondément religieuse, et le témoignage de l'oubli absolu où il vivait des grandeurs au milieu desquelles il venait
de passer de longues années. Mais ce qui y éclate peut-
être davantage, c'est le souvenir affectueux qu'il gardait
de son cher collége de Beauvais. On en jugera par les passages suivants :

« Au nom du Père et du Fils et du Saint-Esprit.

« N'étant presque plus occupé que des pensées de la
mort, dont Dieu me donne de continuels avertissemens,
tant dans la personne de mes amis qui sont enlevés à
mes yeux, que dans mon propre corps où je crois entendre une réponse de mort par une notable indisposition
que j'ai sujet de croire être mortelle quoiqu'elle ne pa
roisse pas être mortelle, j'ai cru devoir employer le bon
et sain jugement qu'il plaît à Dieu de me conserver à
déclarer en peu de mots ma dernière volonté, que je
souhaite être fidèlement exécutée après ma mort, n'ayant
point en cela de vues que je ne croie conformes à la volonté
de Dieu.

« I. Je déclare que je veux vivre et mourir dans le sein

(1) *Mémoires*. T. XVII, pp. 200, 201 et 202.
(2) *Testament de Villtement, Arch. de l'Empire*, M. 89.

de la sainte Église catholique, apostolique et romaine, la reconnoissant pour ma véritable mère, espérant que par Elle j'aurai Dieu pour Père. C'est dans ces dispositions qu'après avoir recommandé mon âme à Dieu, je déclare que je veux être enterré en terre sainte, voulant que mon corps repose avec ceux des fidèles dans la communion desquels je veux mourir, et parce que la chapelle du collége de Beauvais est l'église que j'ai le plus fréquentée pendant ma vie, je veux y être inhumé, laissant à la disposition des maîtres du collége le choix de la place où on mettra mon corps.

. . . .

« IV. Je laisse au collége de Beauvais fondé en l'Université de Paris la somme de six mille livres qui seront employées à la fondation perpétuelle d'une bourse dans ce collége aux conditions cy-dessous mentionnées.

« V. Je laisse au même collége la somme de trois mille livres une fois payée, qui sera employée à augmenter de cent francs par an les apointemens de M. le Sous-Maître, ce qu'il reçoit du collége n'étant pas suffisant pour le faire subsister honnestement. Ma vue est d'attacher dans cet emploi un homme de mérite qui soit capable d'élever et de conduire les boursiers dans la piété et dans la science.

« VI. Je laisse au même collége trois mille autres livres pour faire un fond qui servira à aider les pauvres boursiers de Dormans et non autres, particulièrement quand ils viendront s'établir dans leur bourse, Mrs. les Curé et Principal de Dormans indiqueront aux Mrs. du collége de Beauvais les enfants qui auront besoin de ce petit secours.

« VII. Je laisse au même collége la somme de cinq mille livres pour rendre à cette maison ce que je peux en avoir reçu pendant tout le tems que j'y ai joui de quelque revenu en qualité de Boursier et de Chapelain; je souhaite seulement que sur cette somme le collége s'oblige 1° à donner à la veuve Dedai, qui m'a servi pendant plusieurs années, une rente viagère de deux cents livres par an, qui retournera après sa mort au profit dudit collége ; 2° que le collége prenne sur cette somme ce qui sera nécessaire pour la fondation d'un obit à perpétuité, qui sera dit dans la chapelle tous les ans le jour de mon décès ; j'espère qu'en considération de ma bonne volonté, on voudra bien me recommander à toutes les prières qui se feront dans la chapelle. Je voudrois pouvoir faire à l'égard de tous les officiers du collége ce que je fais à l'égard de M. le Sous-Maître ; mais mes facultés ne vont pas jusque là ; si Dieu me laissoit encore quelques années sur la terre pour y faire pénitence, et que j'y fusse payé des apointemens que le Roi a la bonté de me donner, j'en pourrois employer une partie à augmenter les bourses de quelque chose : les pauvres ont trop de peine à y subsister.

. . . .

« . . Après avoir prié Dieu de me pardonner toutes mes fautes qui sont en grand nombre, de bénir mes bonnes intentions et de m'accorder la grâce d'une bonne mort dans le sein de l'Église, dans la communion des fidèles, et dans la repentance de mes péchés après avoir reçu les sacremens de l'église, j'ai signé le présent testament ce jourd'hui à Paris dans la maison des Pères de la Doctrine Chrétienne de saint Charles où se fait ma résidence. *Signé*, J. VITTEMENT. »

Qui ne sera touché en lisant ces lignes, écrites avec tant de simplicité, de piété, de charité, surtout si pleines du souvenir de son enfance et de sa jeunesse, des souffrances qu'il y avait endurées, des bienfaits qu'il y avait reçus ! Quelques jours plus tard, il ajouta à son testament le règlement de la bourse qu'il fondait au collége de Beauvais.

« Suivent les conditions auxquelles je fonde dans le collége de Beauvais la bourse dont j'ai parlé dans mon testament. Ce sera une bourse de théologie, et commençant à la première année de théologie, elle conduira celui qui en sera pourvù jusqu'au bonnet de Docteur exclusivement. Le sujet qu'on y nommera sera actuellement boursier dans le collége de Beauvais où il finira sa bourse en finissant son cours de Philosophie.

« Il sera au choix de la communauté du collége composée de Mrs. les principal, sous-maître, procureur et chapelains; ces messieurs choisiront le plus digne par raport aux qualités nécessaires pour correspondre à mon intention.

« Il aura une grande innocence et pureté de mœurs ; il aura donné pendant le tems de sa bourse des marques d'une solide piété et le succès de ses études tant dans les Humanités que dans la Philosophie fera juger qu'il sera capable de réussir dans les sciences supérieures : on considérera cette nouvelle bourse comme une prorogation de l'ancienne, et il ne sera mis en possession qu'en vertu d'un arrêt du Parlement semblable à celui qui sert de provision aux autres bourses. J'espère que Nosseigneurs du Parlement le voudront bien recevoir sous leur protection comme les autres, avec cette seule différence que la provision des autres s'expédie sur la présentation de M. l'abbé de Saint-Jean-des-Vignes de Soissons, et que celle du nouveau boursier s'expédiera sur la présentation de la communauté du collége.

« Le collége donnera au boursier ainsi pourvu la place qu'il jugera convenable soit dans la Communauté des Boursiers, soit dans la Chapelle, et lui donnera aussi une chambre si on ne lui laisse celle où il se trouvera lors de la nomination ; il sera en tout traité comme les autres Boursiers, et pour cet effet le collége prendra sur les trois cents livres qui feront le revenu de sa bourse

trois livres par chaque semaine, le reste sera conservé
par M. le Principal pour fournir aux frais de ses Examens
et de ses Thèses.

« Il prendra les degrés de Maître ès-Arts à ses dépens ;
mais on lui fournira pour les autres degrés ce qui restera
du revenu de sa bourse après qu'on aura pris les trois
livres pour sa nourriture par chaque semaine.

« Il ne perdra pas de temps dans le cours de ses études,
je veux dire qu'après les trois années de Théologie il su-
bira ses deux Examens pour le Baccalauréat et soutiendra
sa tentative.

« Si dans l'intervalle des deux ans entre la tentative et la
licence il veut aller au Séminaire, on lui donnera autant
qu'il aura reçu dans le collége pour sa nourriture, et le
reste sera pareillement réservé pour fournir aux frais de
ses Examens et de ses Thèses.

« Le sujet qui sera choisy étant pris d'entre les boursiers
sera par conséquent toujours du diocèse de Soissons,
avec préférence pour ceux de Dormans, s'ils étaient *ad
æqualia* avec d'autres : mais s'ils se trouvoient inférieurs
dans aucune des qualités mentionnées, ils ne jouiront
d'aucun privilége ; et cette même préférence des enfants
de Dormans sur ceux du reste du diocèse, je souhaite
que mes parents, s'il s'y en rencontroit, l'ayent sur ceux
de Dormans ; il soutiendra dans toute sa conduite la
bonne opinion qu'on aura eue de lui, car si on s'aperce-
voit de quelque dérangement dans ses mœurs ou dans ses
études, il faudroit en mettre un autre à sa place, ce
qui est laissé au jugement de ceux-là mêmes qui le nom-
meront.

« Il rendra compte tous les ans à la fin de l'année des
études qu'il aura faites : M. le Principal priera quelques
Docteurs de ses amis de l'examiner devant la Communauté
sur les deux traités qu'il aura pris pendant l'année, et il
prendra la même précaution toutes les fois qu'il aura un

examen à subir ou une thèse à soutenir, c'est-à-dire que par des examens particuliers il s'assurera qu'il est en état de s'en bien acquitter.

« Il aidera M. le Soumaître dans les fonctions de sa charge et prendra soin des Etudes des Philosophes et des Théologiens; Mr. le Principal pourra aussi l'employer à la place de Mrs les Régents quand ils seront indisposés ou absents, me proposant de former un sujet qui soit propre à tous les exercices du Collége, et qui puisse un jour remplir dignement non-seulement une place de Régent, mais encore la place de Sous-Maître et de Principal, et c'est là ma fin principale dans cette petite fondation. Je ne saurois voir sans déplaisir qu'on soit obligé d'aller chercher dans d'autres diocèses des sujets pour la charge de principal dans le Collége de Beauvais, et j'espère qu'on remédiera à cet inconvénient en donnant à un bon sujet le moyen de faire un bon cours d'Etudes et de se rendre habile dans toutes les sciences où il faut instruire la jeunesse dans un Collége. Car je suppose qu'ayant les qualités mentionnées, il ne se contentera pas d'apprendre deux traités par chacune année de théologie, mais qu'il donnera une partie de son temps à apprendre les langues saintes et par ce moyen se rendra habile dans l'étude de l'Écriture sainte. Je n'ai pour lors d'autre chose à dire sur cet article ni sur aucun autre de mon testament…..

« J'ai signé la présente addition étant grâce à Dieu sain d'esprit et de corps autant que la constitution de mon tempérament le peut permettre, dans ma cellule de S. Charles a Paris. *Signé*, J. Vittement. »

Il y avait longtemps que Vittement jouissait des douceurs de la retraite, et il était parvenu à un âge avancé, lorsqu'il fut saisi d'un vif désir de revoir le village de Dormans où il avait reçu le jour. Malgré ses infirmités, il se mit en route. Mais arrivé à Dormans, il tomba dangereusement malade. Voyant sa fin approcher, il voulut se dépouiller de tout ce qu'il possédait, et expirer pauvre à l'ombre du clocher qui l'avait vu naître pauvre. Il mourut de la mort des justes, le 31 Aout 1731, à l'âge de 77 ans.

La fin de cet homme passa inaperçue dans l'Université, dont il avait été la gloire; au lieu qu'elle enregistrait avec soin les noms et les mérites de ceux de ses membres et de ses anciens recteurs qui s'étaient le plus distingués et que le trépas venait lui ravir, c'est à peine si elle inscrivit dans ses registres officiels la date de la mort de Jean Vittement. On ne sait à quoi attribuer un pareil silence, sur une pareille tombe. Les querelles du jansénisme étaient loin d'être apaisées; l'Université n'avait point dissimulé ses tendances : peut-être ne pardonnait-elle pas à Vittement son éloignement pour des nouveautés qu'il croyait pernicieuses, et la prudente réserve qu'il avait gardée au milieu des disputes, où tant de docteurs et elle-même avec eux avaient été gravement compromis.

En revanche, le collége de Beauvais réclama la dépouille de celui qui, depuis son enfance, l'avait honoré par ses talents, ses vertus et son fidèle amour, et qui avait désiré reposer dans l'église témoin des plus doux épanchements de sa piété de jeune homme. Sa mort fut, pour ceux qui l'avaient connu, une nouvelle occasion de se rappeler les plus beaux jours de sa vie de collége, son application au travail et à la prière, sa modestie, sa régularité. On aimait redire certains traits de désintéressement et de générosité qui avaient été, dans la vie du jeune professeur, les signes avant-coureurs de cette modération et de ce détachement des biens du monde, qui devaient plus tard briller avec éclat au sein de la fortune et de la grandeur. Un jour, c'était le 27 octobre 1696, quatre-vingt-neuf livres seize sols, un petit trésor pour un homme si pauvre, pour un débutant dans la vie, lui étaient dus par le collége sur ses honoraires de chapelain : il les abandonne pour l'ornementation de la chapelle, et souscrit avec joie à la pro-

position faite en communauté d'employer cette somme à
« construire un contretable au maître-autel, avec un lambris de menuiserie des deux côtés jusques aux tombeaux
des fondateurs. (1) » Une autre fois, trois ans plus tard, le
collége constatait qu'il était redevable à Jean Vittement
de seize cents livres, deux sols et cinq deniers : il paraît
que l'on connaissait déjà bien son désintéressement, que
l'on comptait sur sa patience, et que l'on ne craignait pas
de laisser s'accumuler les dettes avec un tel créancier :
Vittement ne voulut rien toucher de cette somme, il en fit
don au collége (2). C'était bien celui que l'on devait voir
un jour repousser les dons du roi lui-même et se contenter,
à la cour la plus brillante du monde, du strict nécessaire.
Il avait fait vœu, disait-on, de ne recevoir aucun revenu
ecclésiastique tant qu'il aurait de quoi subsister (3). L'on
comptait avec admiration les titres dont il avait été honoré,
les charges qu'il avait remplies, les abbayes, les évêchés,
les bénéfices qu'il avait refusés, les dignités qu'il avait
fuies, l'académie française où il n'avait pas voulu s'asseoir (4) : il était la gloire du collége, l'ornement de l'U-
niversité, le modèle des élèves et des maîtres, un des
hommes les plus remarquables et les plus modestes, les
plus pieux et les plus indépendants de son siècle. Et pendant que son éloge était sur toutes les lèvres, on inscri-
vait avec amour son nom au nécrologe du collége, on
creusait son sépulcre au pied des autels qu'il avait aimés,
et Coffin gravait sur sa tombe cette belle épitaphe, qui
est l'abrégé de sa vie :

VIR OMNI VIRTUTUM AC DOCTRINÆ GENERE EXCELLENS

JOANNES VITTEMENT, PRESBYTER SUESSIONENSIS,

DORMANI OBSCURO LOCO NATUS.

(1) *Archives de l'Emp.* Reg MM 363, f° 69.
(2) *Ibid.* M. 99.
(3) *Dictionn.* de Feller, art. VITTEMENT.
(4) *Ibid.*

GENERIS HUMILITATEM INGENTI SPLENDORE ILLUSTRAVIT.
TRANSLATUS STATIM A PUERO PARISIOS
IN COLLEGIO DORMANO-BELLOVACO
ALTERAM QUASI PATRIAM NACTUS EST.
IBI INTER BURSARIOS ADSCRIPTUS,
INDUSTRIA DUCE, MAGISTRA PAUPERTATE,
STUDIIS QUAM ACRITER TAM FELICITER INCUBUIT.
MOX IBIDEM PHILOSOPHIAM DOCUIT
MAGNA CUM CELEBRITATE.
EVECTUS AD SUPREMUM UNIVERSITATIS REGIMEN,
SUB FINE RECTORATUS.
A MAGNIFICO MERITORUM ÆSTIMATORE
LUDOVICO MAGNO
REGIORUM NEPOTUM INSTITUTIONI LECTOR ADJUNCTUS EST :
QUO TOTO TEMPORE,
QUAMVIS IN IPSA AULA AULÆ LUCEM FUGITARET,
REGI TAMEN, PRINCIPIBUS, OMNIBUS AULICIS
IN AMORE ET PRETIO FUIT.
SECUTUS IN HISPANIAM ALUMNUM REGEM,
PHILIPPUM QUINTUM,
EODEM POSTEA QUAMQUAM INVITO, CONCEDENTE,
PRIVATOS APUD LUTETIAM LARES LÆTUS REPETIIT.
INDE POST ALIQUOT ANNOS REVOCATUS IN PALATIUM,
INSTITUENDÆ LUDOVICI XV INFANTIÆ
ADMOTUS EST PROPRÆCEPTOR.
PERFUNCTUS AUGUSTO MUNERE,
IN DESIDERATAM DIU SOLITUDINEM EVOLAVIT,
UNI DEO VACARE CERTUS.
OBLATA NON SEMEL OPIMA BENEFICIA
CONSTANTER RECUSAVIT,
OPUM SPLENDIDE CONTEMPTOR
NISI QUAS IN PAUPERES EROGARET.
DIUTURNOS MORBI ET SENECTUTIS ANGORES
LEGENDO, PRECANDO, MEDITANDO LENIIT.
ICTUS DESIDERIO REVISENDÆ PATRIÆ
DORMANI IN GRAVIOREM MORBUM INCIDIT
IBIQUE PARTIBUS EGENIS AC PRÆSERTIM POPULARIBUS SUIS
QUAS SUPERARANT OPES

IN AMATÆ SINU PAUPERTATIS, QUOD OPTABAT IPSE,

CONQUIEVIT

DIE XXXI AUGUSTI, AN. 1731. ÆTATIS 77ᵉ

Les espérances qu'avaient pu concevoir pour les lettres françaises ceux qui applaudirent au beau discours de 1691, Vittement ne les réalisa point. Non pas que son intelligence ait subi quelque déchéance : les hautes fonctions qui lui furent confiées et le succès avec lequel il s'en acquitta sont des preuves manifestes du contraire. Non qu'on doive davantage l'accuser de s'être tenu, par indifférence ou par paresse, en dehors du mouvement littéraire, philosophique et religieux de son temps : il s'y intéressa vivement, et consacra ses loisirs à approfondir, dans le silence et la réflexion, les grands problèmes qui divisaient alors les esprits. Dès qu'il fut libre, il s'y appliqua tout entier. Sa retraite fut laborieuse ; il y écrivit des *Commentaires* sur plusieurs livres de l'Ancien Testament, des *Entretiens* sur diverses questions théologiques, un *Traité sur la Grâce*, des *Opuscules* sur les affaires de l'Église et sur la constitution *Unigenitus*, pour laquelle il professe le respect dû par un chrétien à une loi dogmatique, une *Réfutation du Système impie de Spinosa*, et quelques écrits philosophiques (1). Si l'on demande pourquoi le public ne put jamais lire ces ouvrages, on trouve la réponse à cette question dans l'article 12 de son testament, par lequel il laisse à son neveu et exécuteur testamentaire, Pierre Vittement, vicaire de Damery, « généralement tous ses manuscrits, qui pour la plupart, dit le testateur, contenant des réflexions que j'ai faites pendant les dernières années de ma vie sur l'Écriture Sainte et particulièrement sur le Nouveau Testament, pourroient lui être utiles dans son ministère qui doit être principalement la parole de Dieu ; qu'il prenne garde seulement, ajoute-t-il,

____

(1) *Dictionn.* de Feller, art. VITTEMENT.

dans la lecture qu'il en fera, qu'en beaucoup d'endroits j'ai plutôt donné l'essor à mon esprit pour voir jusqu'où on pourroit porter certains principes, que je n'ai prétendu dire mon sentiment ni celui de l'Église à laquelle je soumets très-sincèrement et de tout mon cœur tout ce que j'ai jamais écrit ou pensé. C'est dans ces sentiments que je veux vivre et mourir et que je m'en vais signer le présent testament. »

Une modeste défiance de ses propres lumières lui avait fait fuir les hasards de la publicité et le tumulte des luttes qui déchiraient alors l'Église de France; l'indifférence de son légataire, peut être la nature même de ses œuvres, composées la plupart sur des questions dont l'engouement passa vite, ont condamné ses travaux à l'oubli.

CHAPITRE XV

Nous avons vu Jean Vittement obligé d'abandonner la direction du collége de Beauvais pour devenir lecteur des Enfants de France, et demandant pour dernière grâce au vieux
principal Boutillier et au Parlement de lui donner Rollin
pour successeur. On s'empressa d'acquiescer à la demande
de Vittement, moins encore pour complaire à un maître re-
gretté, à un homme que le roi honorait de son souvenir et de
sa confiance, que pour sauvegarder les intérêts du collége et
relever sa fortune un moment chancelante. Le nom de
Rollin était dès lors, à Paris et dans la France entière, le
synonyme de savoir, de modestie et de dévouement absolu
à l'éducation de la jeunesse. L'obscurité de sa naissance,
l'éclat de ses études au collége de Plessis, où le célèbre
Hersan, son professeur, l'appelait *le divin*, l'admiration de
ses condisciples, la protection affectueuse du ministre
Lepelletier, l'honneur qu'il avait eu de succéder à vingt-
deux ans à son maître, et le progrès qu'il avait fait faire
aux études, sa promotion à la chaire d'éloquence au Col-

lége royal, les travaux historiques qu'il avait commencés, surtout un rectorat prolongé pendant deux années et qui avait été fécond pour l'Université, sa piété, la douceur et la fermeté de son caractère, tout cela formait autour de Rollin comme une auréole de vénération et de confiance, et présageait un avenir prospère au collége dont il daignerait prendre la direction.

Mais ce ne fut pas sans peine qu'il se décida à accepter une charge, dont il sentait mieux que personne la responsabilité. D'ailleurs il chérissait la retraite ; et bien que l'amour de la jeunesse occupât toujours dans son cœur la première place, il ne croyait pas la pouvoir mieux servir que par des études silencieuses, et par la préparation d'ouvrages dont il avait lui-même longtemps et douloureusement senti l'absence : c'était pour cela qu'il avait quitté depuis plusieurs années sa chaire de rhétorique du collége de Plessis, gardant toujours celle qu'il possédait au Collége royal, afin de revenir de temps en temps se réchauffer en quelque sorte au contact de ces jeunes intelligences, mais consacrant en réalité ses meilleures heures à des travaux plus obscurs, qui devaient leur être plus utiles dans la suite. On venait déjà de l'arracher pendant deux années au silence de son cabinet pour le faire recteur : était-ce au moment où il allait reprendre ses chères études, que l'on aurait le cœur de l'en arracher encore, et pour un temps indéfini ? Et puis, réussirait-il dans l'art difficile de gouverner une maison considérable ? Saurait-il tenir la balance égale entre une foule d'exigences également impérieuses, souvent contradictoires, presque toutes légitimes ou se flattant de l'être ? Qui l'avait préparé à cette nouvelle mission ? On peut avoir été un bon régent, et faire un très-mauvais principal. Ces objections n'émurent point ceux qui aimaient à faire reposer sur Rollin les espérances du collége de Beauvais, et leurs instances devinrent si pressantes qu'il finit par céder.

Il ne tarda pas à se trouver en face des difficultés qu'il avait prévues et redoutées. Il succédait à un homme excellent, mais faible. Ceux qui ont appris de quels éléments disparates se composait le double collége de Beauvais et de Presles, et qui ont été témoins des luttes soutenues par Jean Grangier et Antoine Moreau, comprendront quel chaos présentait, après plusieurs années d'une administration débile, ce mélange de chapelains et de régents, de boursiers et de pensionnaires, de pédagogues et de surveillants, et par dessus tout cette juxta-position de deux colléges, qui avaient souvent encore chacun leur principal et qu'on n'avait d'ailleurs jamais pu fusionner entièrement. Si forte qu'on suppose une âme, un pareil spectacle était fait pour l'abattre. Il semble en effet que le nouveau coadjuteur fut tout d'abord découragé. A la première nouvelle de sa promotion il avait vu accourir un grand nombre d'élèves, éloignés du collége par les défauts du régime précédent ; cet empressement, loin de le rassurer, augmentait ses angoisses avec le poids de sa charge, et il écrivait à l'abbé Duguet, qui l'avait plus efficacement pressé d'accepter la coadjutorerie de Beauvais : « Vous m'avez comme forcé de me charger d'un emploi important et difficile : vous êtes obligé de m'aider à en porter le poids. J'ai à instruire sur la religion une jeunesse qui devient nombreuse ; c'est à vous à me fournir les instructions et les lumières que je dois leur distribuer. » Duguet répondit à l'appel de Rollin ; il devint son conseiller le plus assidu et son plus ferme appui ; il lui apprit à ne se point trop émouvoir des premières résistances et de l'insuccès du début. Nous ferons bientôt plus ample connaissance avec ce personnage, en parlant des ouvrages qu'il a composés, à la prière de Rollin, pour l'amélioration de notre collége.

D'ailleurs, à mesure que Rollin s'avançait au milieu des obstacles, il en étudiait les causes. Il n'eut pas de peine à se convaincre que l'une des plus regrettables était l'union contractée au siècle précédent avec le collége de Presles. Comment, en effet, maintenir l'ordre et la discipline au sein d'une institution qui manquait essentiellement d'unité? Même quand la principalité des deux colléges était réunie sur une seule tête, l'autorité du principal en titre ne pouvait atteindre les boursiers de Presles que pour la discipline scolastique ; le gouvernement de la communauté proprement dite de ce collége relevait uniquement du chapelain de Saint-Jacques, qui en était principal-né, et qui ne se croyait pas toujours strictement obligé à la concorde avec le principal de Beauvais. Ainsi cette communauté devenait facilement un foyer d'opposition plus ou moins ardente, où les mécontents de Beauvais, boursiers, chapelains, régents ou pédagogues, venaient exhaler leurs plaintes, échauffer leurs ressentiments, ourdir de petits complots, saper, en somme, l'autorité du principal ou en rendre l'exercice impossible. La communication ouverte entre les deux colléges n'était pas une cause de moindres désordres : quelle surveillance exercer dans une maison qui avait des portes ouvertes sur deux rues opposées ? Le portier de la rue Saint-Jean de Beauvais était bien l'œil du principal, toujours ouvert, selon la recommandation des règlements, sur les allées et venues des boursiers et des pensionnaires; mais on échappait facilement à sa vigilance en se glissant par la porte de la rue des Carmes, dont le gardien était à la discrétion du collége de Presles, et par conséquent de tous les mécontents et de tous les indisciplinés. Rollin avait trop à cœur la bonne tenue de son collége, sa conscience était trop vivement intéressée à faire disparaître ces désordres, pour qu'il ne songeât pas tout d'abord à rompre une union, qui avait pu dans l'origine être avantageuse aux deux maisons, mais qui maintenant était devenue également funeste à l'une et à l'autre.

Il fallait, pour y réussir, surmonter bien des obstacles. Il fallait se heurter à une puissance avec laquelle il est impossible de ne pas compter en ce monde, l'habitude et la routine : il y avait un siècle que l'union subsistait ; elle n'avait point empêché le collége de prospérer entre les mains de gens habiles ; Rollin aurait-il la prétention de trouver mal ce qu'avaient fait ses devanciers ? Surtout il fallait de l'argent. Pour rompre l'union des deux colléges, il était nécessaire de relever la muraille qui les séparait autrefois, ce qui entraînerait dans des frais considérables; de plus, Rollin entendait garder dans son collége l'exercice complet des classes, et pour cela, il fallait à tout prix amener le collége de Presles à céder les deux corps de logis, attribués depuis un siècle aux quatre classes et aux quatre régents dont il avait la charge. Or Rollin était pauvre Il s'ouvrit de ses projets et de ses désirs à ses amis, qui l'encouragèrent chaudement. Son vieux maître, Hersan, fit mieux : étranger aux intérêts d'une maison à laquelle il n'avait jamais appartenu à aucun titre, mais par-dessus tout dévoué à l'éducation de la jeunesse et jaloux de relever, dans un des plus illustres colléges de Paris, la discipline et l'amour des bonnes études, fier d'ailleurs du savoir et des vertus de son élève, heureux de le seconder dans un dessein si honorable, il mit à sa disposition une somme de six mille livres.

Pour Rollin le pas difficile était franchi. Une fois qu'il put présenter l'argent nécessaire pour exécuter la réforme qu'il méditait, il lui devint facile de faire goûter son projet au premier président et aux deux conseillers qui partageaient avec lui le patronage du collége. Quant à la communauté de Presles, qu'il convenait de ménager, il sut si bien disposer toutes choses, qu'elle sembla elle-même avoir pris les devants pour obtenir la rupture du contrat d'union. Le 10 juillet 1699, cent deux ans après la signature de l'acte qui avait fait une seule institution des deux colléges de Presles et de Beauvais, fut signé un autre acte où il est dit que « Les sieurs du collége de Presles désirant contribuer de tout leur pouvoir comme leurs prédécesseurs ont fait de tout temps à l'exercice des bonnes lettres estably et entretenu es deux colléges dont ils ont toujours pour le bien de la paix laissé l'administration et la conduite au principal du collége de Beauvais, Et voulans néantmoins à l'avenir demeurer deschargez du logement des quatre régens et des classes qu'ils sont tenus de fournir à cause de l'union des deux colléges pour ledit exercice, Ont de leur bon gré ceddé quitté et transporté ceddent quittent et transportent tant pour eux que pour leurs successeurs audit collége et promettent garantir de tous troubles debtes hypothecques et autres empeschemens généralement quelconques auxdits sieurs principal coadjuteur sous maltre et procureur chappelains et boursiers dudit collége de Beauvais Pour en jouir Eux et leurs successeurs en toute propriété, LA PARTYE de leur collége qui fait face d'un costé sur la rue des carmes et de l'autre sur la cour dudit collége de beauvais consistant en deux corps de logis l'un où est apresent la chappelle dudit collége de presles et l'autre ou sont les deux classes de seconde et de rethorique avec partye du petit corps de logis ancien ou est la porte dudit collége...., Pour estre lesdit deux corps de logis unis à perpétuité et faire partye des bastimens dudit collége de beauvais ensembles portions de la cour dudit collége de Presles mises de niveau avec celle dudit collége de beauvais aux frais et dépens diceluy collége de beauvais... (1) »

De son côté, le collége de Beauvais s'engageait par le même acte à prendre à sa charge tout l'exercice des classes, à relever le mur de séparation qui devait rester «metoyen» et contre lequel on ne devait appuyer aucune con-

(1) *Arch. de l'Emp.*, et *Arch. de l'Univ.* Reg. 39.

struction, à payer au collége de Presles cinq cents livres et à acquitter en son nom une somme de quinze cents livres que la communauté de Presles avait empruntée à constitution de rente au denier vingt à maître Buchet, curé d'Estrepilly, au diocèse de Meaux. Il présentait pour caution « le sieur Hersan, natif de Compiègne, prestre, prieur commandataire de Larey près Dijon, cy devant lecteur et professeur en éloquence au collége royal ».

Quelques semaines après la conclusion de cette grande affaire, Nicolas Boutillier, en sa qualité de principal du collége de Beauvais, Charles Rollin son coadjuteur, et Pierre Babeuf, principal du collége de Presles, se présentèrent à l'assemblée générale de l'Université, réunie au collége de Plessis-Sorbonne sous la présidence du recteur Billet ; et ils y rendirent compte de la détermination prise par les deux colléges, et des motifs qui les avaient amenés à briser une union contractée depuis plus d'un siècle. Ils dirent aussi quel puissant appui ils avaient trouvé pour cette affaire dans l'approbation du Parlement et dans la générosité d'Antoine Hersan. Quand ils eurent fini de parler, les doyens et les procureurs se levèrent pour les féliciter, et voulurent que le souvenir d'un acte si avantageux au progrès des études fût relaté dans les registres officiels. Puis il fut résolu que les trois procureurs des nations de France, de Picardie et de Normandie, iraient au nom de l'Université, remercier Hersan, dont on connaissait depuis longtemps les talents et les vertus, mais qui venait d'ajouter à tous les titres qu'il possédait déjà à la reconnaissance des écoles de Paris, un titre nouveau et plus glorieux que tous les autres, en comblant de ses bienfaits un des plus célèbres colléges de l'Université et en donnant l'exemple d'une munificence d'autant plus méritoire qu'elle devenait plus rare. Le recteur, accompagné des doyens et des procureurs, alla de son côté rendre grâces

au premier président de l'appui qu'il avait bien voulu prêter au contrat passé entre les deux collèges (1).

En retour du don considérable qu'il faisait au collége,
Hersan s'était contenté d'exprimer un double vœu : que
s'il restait quelque chose des six mille livres données par
lui, on plaçât ce surplus « en fonds d'héritages ou en rentes
au profit du collége, et que, sans augmenter le nombre des
boursiers déjà fondés, on affectât deux des vingt-quatre
petites bourses aux enfants de la ville de Compiègne de la
même manière et avec les mêmes droits attribués à ceux
de la même ville fondées audit collége par Maître Jean
Notin en l'année mil cinq cent un (2)». Seulement il
voulait que l'on obtînt pour cela le consentement des habitants de Dormans, principalement intéressés dans la distribution légale des bourses; et il pensait d'ailleurs que
l'accomplissement d'un vœu si simple ne souffrirait aucune difficulté, Compiègne étant alors, aussi bien que Dormans, compris dans le diocèse de Soissons, et ce diocèse
tout entier étant , au défaut de Dormans , appelé à jouir du bienfait de l'instruction au collége de
Beauvais. On ne voit pas que ces vœux aient été jamais accomplis. Mais le collége garda de son bienfaiteur un tendre
souvenir: il y avait au collége un appartement qui s'appelait *les chambres de M. Hersan* (3), soit qu'après sa retraite à
Compiègne, on ait songé à lui offrir à Paris un pied-à-terre
dans la maison qui lui devait tant, soit que l'on ait simplement voulu perpétuer, par cette appellation, le souvenir d'un bienfaiteur insigne. De plus, quand Hersan
mourut, son nom fut pieusement inscrit au nécrologe du
collége.

Il semble qu'après leur séparation, les deux maisons

(1) *Arch. de l'Univ.* Reg. 39, f° 86.
(2) *Arch. de l'Emp. Acte de cession* du 10 juillet 1699.
(3) *Arch de l'Emp.* Reg. MM. 363, f° 84.

aient vécu assez longtemps en paix. Le 8 janvier 1701,
Rollin convient que Beauvais s'étant rendu acquéreur
« de deux corps de logis sur la rue des Carmes qui forment
environ la moitié du pourtour primitif du Collége de Presles », il doit payer à la décharge de ce collége la somme de
quarante-six livres seize sols: c'étaitla moitié de la somme
que la ville exigeait du collége de Presles « pour entretien
des bouës et lanternes publiques (1)». Mais en 1709, il y eut
un petit orage, dont nous trouvons la trace dans
une pièce intitulée : *Mémoire instructif pour le collége de
Presles* (2). Après avoir rappelé la fondation du collége de
Presles, son union avec celui de Beauvais, la rupture
de cette union et les conditions dans lesquelles les deux
maisons s'étaient unies, puis séparées, le mémoire
ajoute :

« Pour faciliter au collége de Beauvais l'entier exercice,
le collége de Presles lui céda pour toujours l'usage et
la propriété d'un grand corps de logis à trois étages où
estoit la chapelle du collége de Presles, qui fait aujour-
d'hui la classe de Philosophie dudit collége de Beauvais,
lequel pour cette cession ne donna à celui de Presles que
la somme de deux mille livres dont une partie fut employée à édifier une nouvelle chapelle pour le dit collége
de Presles, ladite transaction fut signée par feu M. le
premier Président et MM. les Conseillers cy dessus
nommés.

« En 1709 M. le Principal du collége de Beauvais demande
au collége de Presles une cuisine basse et les quatrième
et cinquième étages pour loger des pensionnaires. On luy
loua cet appartement à luy comme particulier par un
bail passé devant notaire pour l'espace de trois ans, avec
cette clause que de ladite cuisine il ne pourroit point

---

(1) *Arch. de l'Emp.*
(2) *Arch. de l'Univ.*, carton 21, n° 5.

faire une classe, et cela pour ne point contrevenir à la dernière transaction.

« Aujourd'hui ledit sieur Principal du collége de Beauvais sollicite avec empressement une sale dudit collége de Presles pour en faire une classe, et se flatte d'obtenir facilement de M. le premier Président la réunion des deux colléges si on lui refuse cette sale.

« Le collége de Presles ne peut point abandonner cette sale qui luy reste seule et qui lui est nécessaire pour les exercices des boursiers, pour faire les conférences de Philosophie et de Théologie et pour y tenir les assemblées ordinaires de la maison ; d'ailleurs il est déchargé par la dernière transaction de fournir des classes et des logemens au Collége de Beauvais, et ledit Collége de Beauvais a des maisons qui luy sont contiguës et qui luy appartiennent où il trouvera tous les secours qu'il demande au collége de Presles.

« Fondé sur ces motifs, ledit collége de Presles demande à Mgr le Premier Président qu'il impose silence à M. le Principal de Beauvais sur les menaces qu'il fait de faire ordonner la réunion des deux colléges, que ledit Sieur Principal se contente de ce qu'il a loué dudit collége de Presles pour le temps que durera le bail seulement, et que s'il a besoin de s'étendre et de s'aggrandir il tourne ses vues sur les autres maisons qui sont voisines et qui appartiennent audit Collége de Beauvais. »

Ce principal exigeant et envahisseur n'était autre que notre Rollin, débordé, mis aux abois par le nombre prodigieux de pensionnaires, qu'attiraient dans son collége le bruit de son savoir et de sa prudence et le succès de son gouvernement.

C'est que, par sa rupture avec le collége de Presles, Rollin s'était délivré du principal obstacle qui entravât l'exercice de son autorité et rendît inutile ses efforts pour relever la discipline et raviver les études. Une fois maître

de la position, il s'était si heureusement appliqué à améliorer son collége, que cette maison avait bientôt acquis
une réputation et pris une importance qu'elle n'avait jamais eues, même aux plus beaux jours de Jean Grangier et
d'Antoine Moreau. Nous ne voulons pas entrer dans les
détails de cette administration minutieuse, vigilante,
dévouée, inspirée et soutenue par un sentiment unique :
l'amour de l'enfance et le désir de lui faire du bien ; il
vaut mieux renvoyer le lecteur aux pages admirables que
Rollin a écrites, au livre septième de son *Traité des Etudes*,
sur le gouvernement intérieur d'un collége. Il y a là, sur
l'éducation des enfants, sur la manière d'étudier leur
caractère, d'entrer dans leur confiance et dans leur cœur,
de les reprendre, de les corriger, de les exciter, de les
encourager, de les récompenser, de leur faire aimer l'é-
tude et goûter la religion, des réflexions si simples, si
élevées et si pratiques, qu'elles devraient toujours être
présentes à l'esprit de ceux qui, à quelque titre que ce
soit, s'occupent de diriger l'intelligence et l'âme des enfants : et ce sont ces réflexions qui ont constamment inspiré Rollin dans le gouvernement du collége de Beauvais.
D'ailleurs, « il s'est peint lui-même, sans le savoir, nous
dit Crevier (1), dans le tableau qu'il a tracé » un peu plus
loin « d'un excellent principal, si ce n'est peut-être, ajoute
le reconnaissant disciple, qu'il n'a mieux fait encore qu'il
n'a dit ».

Il y a pourtant, dans cet ensemble, certains traits particuliers qui doivent trouver ici leur place et être mis en
saillie dans une histoire du collége de Beauvais. Comment ne point dire, par exemple, l'importance donnée par
Rollin à l'étude de la religion et de l'Écriture sainte dans
son collége ? Déjà, pendant qu'il était recteur, il avait in-
sisté pour que toutes les maisons de l'Université adop-

(1) *Hist. de l'Univ.* T. II, p. 474.

tassent l'usage, introduit dans quelques-unes, de commencer la classe par la récitation et l'explication de quelques versets de l'Écriture. Ce fut pour rendre l'adoption de cet usage plus facile et plus attrayante que, devenu principal, il fit lui-même un recueil des passages les plus propres à fixer l'attention, à toucher l'âme et à émouvoir l'imagination des enfants. La même pensée l'inspirait encore, quand il pressait ses amis et ses collaborateurs, Duguet et Mésenguy, de composer pour les élèves de Beauvais les ouvrages dont nous aurons à parler bientôt.

Parmi les moyens d'émulation qu'il avait adoptés, celui qu'il préférait à tous les autres était la distribution publique et solennelle des prix. Il n'épargnait rien pour entourer cette cérémonie de la plus grande pompe. Il est vrai qu'il en avait banni un usage généralement admis dans l'Université, celui des tragédies (1), qui lui semblait

(1) On trouve à la Bibliothèque Mazarine (18824 Z²³) l'analyse imprimée d'une pièce de théâtre ayant pour titre : LE MARTYR DE SAINCT HERMÉNEGILDE, *tragédie qui se representera sur le théâtre du collége de Beauvais, le* 19 *may, à deux heures après midy* M. DC. XLVII. Cette tragédie est en cinq actes. Le fait historique qu'elle met en scène est trop connu pour que nous songions à le raconter. Mais voici la liste des personnages et des acteurs :

Herménégilde, fils de Lévigilde. :   M. de la Saussaye, parisien.
Indegonde, fille de France et es-
   pouse de Herménégilde :   Jean François de Chalancy, de
                                     Bourg.
Orcas, favory d'Herménegilde :   Jean Guérin, de Soissons.
Rigide, gentilhomme d'Indegonde: Jean-Louis Moreau, de Soissons.
Osiandre, enfant d'honneur :   Germain de Beaurains, parisien.
Mérinde, gentilhomme d'Indegonde: Nicolas Roger, parisien.
Lévigilde, Roy d'Espagne :   François du Tot, de Bourg.
Goisinthe, espouse de Lévigilde,
   Reyne d'Espagne :   Christophe Blanchet, parisien.
Réçarède, frère d'Herménégilde :   Hugues Lambert, parisien.
Fernand, prince d'Espagne :   Denis Thevenin, parisien.
Le capitaine des gardes :   François Moreau, de Soissons.

onéreux aux maîtres, inutile et quelque fois même per-
nicieux pour les écoliers, et qui répugnait d'ailleurs à
cette âme honnête, ennemie de tout ce qui était feinte et
déguisement. Mais il savait en faire oublier l'absence

L'exempt :	Robert de Fenouillères, de Coustance.
Le commissaire :	Jean Hébert, de Meaux.
Les juges :	1 Nicolas Benoist, de Coustance. 2 Robert de Fenouillères, de Coustance.
Les officiers de Séville :	1 Germain de Beaurains, parisien. 2 Nicolas Roger, parisien.

Cette analyse, ou programme, était sans doute distribuée aux
assistants avant la représentation. On lit, en tête, la dédicace suivante au président de la fête :

« A Monseigneur, Monseigneur le prince de Conty.

« MONSEIGNEUR,

« Ceux qui cognoissent vostre mérite et les particulières obligations que vous a toute l'Université, accuseroient d'ingratitude le
collége de Beauvais (que vous honorastes l'an passé d'une de vos
visites) si ayant quelque chose à mettre au jour, il ne la faisoit
parestre sous les glorieux auspices de vostre nom. Mais comme
ce ne sont que des Roys et des Princes qui doivent aujourd'huy
représenter la tragédie de l'Illustre martyr sainct Hermenegilde
aussi auroient ils besoing de tels spectateurs et des plus illustres
naissances de l'Europe. Ils n'en cognoissent point de plus assurée
que vous, MONSEIGNEUR: la Cour ne cognoist que trop le mérite de
vostre esprit, Paris vostre sincérité, un chacun la candeur de vos
loüables actions, vostre vie est le miroir sans tache d'un Prince
digne du sang de la Royalle maison des Bourbons, aussi la générosité avec la douceur, et la modestie que vostre Altesse a faict
parestre en plusieurs occasions font une telle impression sur les
esprits de tous les hommes que les plus sages ne considèrent vos
actions que pour les admirer. C'est ce qui faict espérer à ces
Illustres Martyrs, qu'ils ne pourront manquer d'être bien receus,
veu la gloire et l'espérance qu'ils ont de vous avoir pour tes-
moing et pour juge tout ensemble de leurs actions : Le choix
qu'ils font de vostre Altesse est très juste, puisque vostre esprit,

par d'intéressants exercices de rhétorique qui charmaient
à la fois les élèves et leurs parents. Les contemporains ne
ne nous ont pas laissé ignorer l'entrain merveilleux que
Rollin savait donner à ces grandes fêtes de la jeunesse, la
part qu'il prenait à la joie des vainqueurs, les larmes
qu'il répandait en les pressant dans ses bras, son enthousiasme, les applaudissements dont il donnait lui-même le
signal, surtout quand le lauréat était un boursier, « un
enfant de la maison » : l'âme du vieux cardinal de Dormans devait se pencher avec complaisance vers celui dont
le cœur répondait si bien à son cœur, qui gouvernait si
admirablement son collége et qui avait pour ses enfants
d'adoption une affection si tendre.

Au reste, le collége était devenu toute la vie de Rollin.
Durant son principalat, il n'entretint aucune relation au
dehors ; c'était à ses chers enfants, à ses chers collaborateurs, à ses chères études qu'il consacrait tous ses instants.
Il avait même rendu en quelque sorte contagieux son
amour pour son collége, et son zèle pour tout ce qui pouvait contribuer à y promouvoir le goût des belles-lettres :
chaque semaine, on y voyait accourir des officiers et des
régents d'autres colléges, avec d'autres hommes distingués,
l'abbé d'Asfeld, le frère du chancelier d'Aguesseau, l'abbé
Duguet, qui venaient prendre part à des conférences littéraires organisées par Rollin pour ses professeurs. Lui-
même nous a laissé, dans son *Traité des Etudes* (1) un sou-

à qui rien ne peut estre caché, pourra mieux découvrir leur
innocence, et voir briller leur vertu, dans l'obscurité d'une prison où le malheur avoit jetté nostre sainct Martyr, laquelle néantmoins n'a jamais esté plus esclatante, qu'en ce jour, qu'ils vous
en offrent le triomphe, ny eux plus illustres qu'en se disant par
respect,

      • MONSEIGNEUR,

        « Vos très-humbles et très-obéissans serviteurs. »

(1) Liv. VII, 2ᵉ partie, chap. II, art. 4. *Des études que doivent
faire les maîtres.*

venir de ces conférences, le récit de leur origine et un spécimen des travaux auxquels il les avait consacrées :

« Je me souviens, dit-il, d'avoir lu il y a longtemps presque toutes les vies de Plutarque, avec un ami habile et d'excellent goût. Chaque semaine nous consacrions une après-midi à cette petite conférence, qui se faisoit en se promenant quand le temps le permettoit. On observoit de part et d'autre ce qu'on avoit trouvé de plus beau et de plus remarquable. Chacun proposoit ses difficultés, et souvent on étoit étonné d'avoir passé trop légèrement sur des endroits qu'on avoit cru entendre, et qu'on n'entendoit point effectivement. Je ne sache rien de plus agréable pour des personnes d'esprit et qui se piquent de littérature, que ces sortes de promenades et d'entretiens.

« Le Tite-Live s'est lu tout entier, il y a quelque temps, dans de pareilles conférences, qui se tenoient une fois chaque semaine au collége de Beauvais, où quelques professeurs d'autres colléges aussi vouloient bien se trouver quelquefois ; et quoique chaque séance ne fût pas bien longue, parce qu'elle se tenoit après la classe du soir, cependant, au bout d'un certain nombre d'années, l'auteur s'est trouvé fini et le travail achevé. M. Crevier, régent pour lors de seconde au collége de Beauvais, et maintenant de rhétorique, tenoit la plume, et étoit chargé de faire les remarques, pour les donner dans la suite au public avec une nouvelle édition de l'auteur. Les deux premiers tomes paroissent depuis peu, et ils seront suivis des autres, qui sont tout prêts. Je crois qu'on en sera fort content. »

On comprend de quelle utilité étaient pour les professeurs de semblables conférences, et quel fruit en retiraient les élèves. Ce travail en commun, sous un maître excellent et vénéré, avait un avantage plus grand peut-être encore, celui de prévenir les antipathies et les divisions que nous avons plusieurs fois rencontrées entre régents, d'unir les cœurs comme les esprits, de grouper toutes les forces et de les mieux rassembler pour ainsi dire dans la main du chef, qui savait les diriger vers le grand but de l'instruction et de l'éducation de la jeunesse. Le regard de Rollin avait-il surpris entre deux régents les premiers indices d'une de ces petites querelles, qui grandissent quelquefois, et dégénèrent insensiblement en rancune? Aussitôt il les invitait à s'asseoir chez lui à un repas frugal, assaisonné de bienveillance et de cordialité; bientôt les âmes s'ouvraient en d'aimables épanchements provoqués par le bon principal; on se disait ses mécontentements, on s'avouait réciproquement ses torts, et l'on se séparait meilleurs amis que jamais. Ces tête-à-tête avaient quelque chose de si doux, qu'il arriva plus d'une fois à de jeunes professeurs de simuler une fâcherie pour être invités à dîner par le principal: Rollin finit par découvrir la ruse; mais il aimait à être victime d'une innocente tromperie, qui lui donnait l'occasion d'entrer encore plus avant dans l'affection et dans la confiance de ses collaborateurs.

Un jour, le 11 juillet 1709, l'Université eut l'occasion de rendre publiquement hommage au collége de Beauvais et à l'homme éminent qui en était devenu l'âme, elle n'y manqua pas, et voici ce qu'elle écrivit en ses registres officiels:

« Aujourd'hui, visite du collége de Dormans-Beauvais; ont comparu devant le tribunal de l'Université, Maîtres Boutillier et Rollin, principaux, le sous-maître, les chapelains, excepté Maître Vittement qui est absent, et Maître Chastelain qui, dit-on, souffre de la colique, huit professeurs, dix-sept boursiers et des pensionnaires en si grand nombre que le collége peut à peine les contenir tous: jeunesse florissante qui, semblable à une cire molle entre les mains de maître Rollin, reçoit avec docilité ses excellentes leçons et se forme, sous sa direction, aux bonnes mœurs.

Tout d'abord boursiers et pensionnaires prononcèrent et offrirent à pleines mains à l'Université des compliments, dignes de la réputation d'élégance et de délicatesse que s'est acquise cette maison. Puis on a procédé à l'interrogatoire habituel, et, des réponses faites en particulier par chacun des habitants du collége, nous avons conclu que l'amour de la piété et de la science y fleurit, en même temps qu'y règne la discipline la plus exacte. Seulement nous avons dû recueillir une plainte d'un genre tout nouveau, une plainte inouïe jusqu'ici : le principal, Maître Rollin, reproche à ses régents de travailler au delà de leurs forces, et d'un autre côté, les régents supplient leur principal de se ménager, et craignent qu'il ne s'épuise en des soins et en des travaux qui remplissent toutes ses journées et qu'il prolonge encore pendant la nuit. Pour faire droit à ces graves dénonciations, l'Amplissime recteur et ses assistants n'ont pu qu'exhorter principal et professeurs à marcher toujours dans cette voie d'une noble émulation à servir la jeunesse studieuse (1). »

S'étonnera-t-on, après cela, de l'empressement des familles à confier à un pareil homme l'éducation de leurs enfants. Ainsi que l'Université elle-même l'avait reconnu dans sa visite du mois de juillet 1709, le collége n'y suffisait plus. C'est cette même année que Rollin, espérant obtenir du collége de Presles de quoi s'étendre un peu, lui avait suscité la querelle dont nous avons parlé plus haut. Dès l'année précédente, dans une réunion extraordinaire de la communauté convoquée par lui, il avait exposé la nécessité où se trouvait le collége de s'agrandir, ou bien de fermer sa porte à une foule d'excellents sujets qui sollicitaient la grâce d'y être admis. Il proposait de réunir au collége une maison de la rue des Carmes qui lui appartenait : pour opérer cette réunion, on n'avait qu'à en murer.

(1) *Arch. de l'Univ.* Reg. 41, fol. 85.

la porte ouverte sur la rue et à percer une autre ouverture sur le collége. Il se chargeait lui-même des frais. Une proposition à la fois si raisonnable et si généreuse fut acceptée unanimement (1). Mais il paraît que le collége de Beauvais était clément propriétaire : c'était le lundi, 13 février 1708, qu'il avait pris la résolution de rentrer en jouissance d'une maison qui lui devenait indispensable ; les locataires, qui s'y trouvaient bien, n'en voulurent pas sortir, et dans sa réunion. du 21 avril suivant, le collége résolut de renoncer à son projet, et de laisser tranquilles ces braves gens en considération de leur probité et de la paix qui avait toujours régné entre eux et la communauté (2).

Cependant les demandes d'admission arrivaient toujours : comment parvint-on à créer de la place ? Tout le monde connaît ce trait d'un gentilhomme de la province qui, attiré par la réputation du principal de Beauvais, venait le prier de se charger de son fils. Vainement Rollin voulut lui faire entendre que le collége avait déjà trop de pensionnaires, et qu'il ne pouvait pas en recevoir un de plus ; vainement, pour l'en mieux convaincre, il lui montra les dortoirs combles : « Je suis venu, lui dit le père, exprès à Paris pour vous amener mon fils ; je partirai demain et je vous l'enverrai avec un lit. Je n'ai que lui. Vous le mettrez dans la cour, à la cave, si vous voulez ; mais il sera dans votre collége, et de ce moment-là, je n'en aurai plus d'inquiétude. » Rollin fut obligé de se rendre ; mais ce fut dans son propre cabinet qu'il établit le nouveau venu, en attendant qu'il pût lui donner place avec les autres écoliers (3).

(1) *Arch. de l'Emp.* Reg. MM. 363, fol. 85.

(2) *Ibid.* fol. 86.— Quelques mois plus tard, le collége renonçait à six bourses fondées par testament du président Cousin, parce que les conditions en étaient trop onéreuses (*Ibid.*, fol. 87).

(3) *Notice sur Rollin,* par M. Bousson de Mairet.—C'est à cette no-

On pouvait espérer qu'un principal si habile et si justement apprécié resterait longtemps à la tête du collége de Beauvais pour y continuer et y accroître encore le bien qu'il y avait heureusement commencé ; à voir l'ardeur avec laquelle Rollin avait lui-même embrassé les obligations d'une charge difficile, et le succès qui couronnait ses efforts, il était permis de croire qu'il avait absolument surmonté ses premières répugnances, renoncé à ses projets de retraite et de travail silencieux, et peut-être ne songeait-il plus qu'à mourir au service d'une maison, où il pouvait appliquer lui-même une partie de ses théories sur l'instruction et l'éducation de la jeunesse, et qui prospérait admirablement entre ses mains. Il devait néanmoins, par sa faute, en sortir bientôt, non par une démission volontaire, mais frappé d'une destitution humiliante; la passion peut y avoir eu une part regrettable, mais il faut avouer que, si le procédé fut violent et le coup douloureux, le parti que l'on prit contre Rollin était aussi prudent que juste.

Si Rollin, en effet, avait possédé à un plus haut degré que Vittement l'art de gouverner une maison composée d'éléments multiples et contraires, et s'il avait eu, mieux que lui, l'énergie nécessaire pour rompre avec tout ce qui pouvait entraver le libre exercice de son autorité, il n'avait pas su gouverner aussi bien son propre esprit au milieu des discordes religieuses de son temps. Quel attrait fit pencher vers le jansénisme cette belle et droite nature ? Y fut-il entraîné par des spéculations théologiques, auxquelles son esprit doux et pratique semble avoir été peu enclin ? Peut-être fut-il séduit plutôt par l'austère morale affichée par les chefs de cette dangereuse faction : seul motif capable d'enchaîner à cette erreur hypocrite les

tice, placée en tête de l'édition de Besançon, que nous avons emprunté la plupart des faits qui forment ce chapitre.

âmes honnêtes, et qui effectivement gagna aux novateurs un grand nombre de disciples. Rollin professait l'admiration la plus vive pour le chef du parti, le docteur Arnaud. Quesnel, qui reçut, comme on sait, le dernier soupir d'Arnaud, le remplaça dans l'affection de Rollin; une correspondance active s'établit entre eux, et en 1702, ce sectaire exilé ayant exprimé le désir de revenir à Paris, non-seulement le principal de Beauvais lui offrit l'hospitalité de son collége, mais il ne craignit pas de lui laisser célébrer la messe dans la chapelle.

Ce grand secret serait resté enseveli dans le cœur de quelques amis de Rollin et de l'hôte dangereux auquel il avait ouvert sa porte, si, pour le malheur de l'un et de l'autre, le Père Quesnel n'avait été arrêté par les gens du roi à son retour dans les Pays-Bas. L'inspection de ses papiers, où l'on trouva des lettres de Rollin, mit sur la trace de la faute commise par le principal de Beauvais. Rollin ignorait le triste dénouement de ce voyage, quand, un jour, il vit un exempt se présenter à la porte du collége et lui déclarer, de la part du roi, qu'il venait visiter son appartement et ses papiers. Ce fut pour Rollin un coup de foudre : la Bastille était là, béante, et avec la Bastille, le déshonneur pour lui et la ruine pour son collége. L'imminence et la gravité du péril enseignèrent la ruse à celui qui n'avait jamais auparavant connu l'art de feindre. Tout en accueillant l'exempt avec sa politesse ordinaire, il lui fit observer que l'apparition subite d'un officier de police au milieu de la cour du collége, où les écoliers prenaient alors leur récréation, ne manquerait pas de produire un effet désastreux pour la maison, et il lui demanda la permission de le précéder pour faire rentrer les enfants dans leurs salles et prévenir ainsi des frayeurs et des méfiances inutiles. L'exempt se rendit volontiers à un désir si légitime. Mais Rollin ne se contenta pas de faire disparaître les écoliers; il courut à sa chambre, et jeta au feu des papiers, qui se trouvaient épars sur son bureau, et dont la découverte aurait tout perdu. Cette perquisition n'eut donc point de résultat; et Rollin put à son aise se poser en victime, et se plaindre d'avoir été gratuitement exposé à un procédé aussi injuste qu'odieux. D'ailleurs il trouva, en cette malencontreuse affaire, une protection aussi puissante qu'inespérée dans l'intervention du Père Lachaise, confesseur de Louis XIV : ce fut ce jésuite qui sauva Rollin, sans obtenir de la secte d'autre témoignage de reconnaissance qu'un redoublement d'injures et de calomnies.

Le principal de Beauvais avait pu échapper au danger qui le menaçait; néanmoins le collége eut beaucoup à souffrir de ce malheureux incident. Quelques précautions que l'on eût prises, l'affaire s'ébruita; les familles commencèrent à s'effrayer d'une maison hantée par les exempts, et le nombre des élèves eut à subir une diminution notable. Mais rien ne pouvait arrêter Rollin dans la voie funeste où il s'était engagé : l'esprit de secte, aveugle, obstiné, tyrannique, l'emportait désormais dans son cœur, même sur cet amour de la jeunesse, qu'il possédait à un si haut degré. Ainsi le vit-on, en 1707, au risque d'achever la ruine du collége, y donner asile et y confier des fonctions importantes à plusieurs prêtres, que leur attachement excessif au jansénisme avait fait interdire des fonctions ecclésiastiques et qui, par suite, avaient été obligés de quitter leur diocèse : à leur tête se trouvait le célèbre Mésenguy, que Rollin fit gouverneur de la chambre commune des rhétoriciens. Cet acte, au moins imprudent, qui bravait ouvertement l'autorité des évêques, ajouté à l'affaire de Quesnel et aux assiduités depuis longtemps connues des abbés jansénistes d'Asfeld et Duguet, mit le comble aux méfiances. Le roi lui-même s'en émut. Il voulut en finir avec Rollin. Heureusement il se trouva encore, pour pallier la faute du coupable et pour obtenir sa grâce un homme puissant, un de ses anciens condisciples au collége de Plessis, le fils de son protecteur, son ami d'enfance, Louis le Pelletier, devenu premier président, et à ce titre intendant du collége de Beauvais; il calma le roi, lui affirma qu'il pouvait compter sur Rollin comme sur lui-même, et parvint encore à conjurer l'orage.

L'orage cependant devait finir par éclater. Le Père Le Tellier avait remplacé auprès du roi le Père Lachaise. On l'accusa d'avoir été l'instigateur d'un complot, aussi odieux qu'insensé, ourdi par les chapelains et par quelques boursiers, pour obtenir l'expulsion de Rollin, le renvoi des régents, l'abolition de l'exercice des classes, et ramener ainsi le collége à son état primitif. Ce plan ne réussit qu'à moitié. Les chapelains furent vertement tancés par le premier président; les classes furent maintenues, ainsi que leurs régents; mais, au mois de juin 1712, Rollin reçut, de la part du roi, l'ordre de sortir du collége. On lui laissait pourtant la liberté d'y rester jusqu'aux vacances : concession hypocrite, crièrent tout d'une voix les jansénistes et l'Université, nouvelle ruse inventée pour consommer la ruine d'un collége trop florissant. Il est certain que la permission donnée à Rollin cachait un piége. Sur le nom de Rollin reposait presque toute la fortune du collége de Beauvais: attendre à l'époque des vacances pour apprendre aux familles qu'on lui enlevait son principal, c'était les exposer à d'inévitables méfiances à l'égard d'une administration nouvelle, inconnue ou sans expérience, et leur donner la tentation de confier leurs fils à d'autres maisons gouvernées par des principaux qui eussent fait leurs preuves; en un mot, c'était ruiner le collége de Beauvais. Rollin le comprit, et il résolut de se retirer immédiatement; mais auparavant il voulut pourvoir son collége d'un supérieur capable d'y maintenir jusqu'à la fin de l'année scolaire la discipline et les études, et de relever ainsi la confiance des familles. Son choix fut bientôt fait. Il avait

pour professeur de rhétorique un homme déjà connu,
malgré sa jeunesse, dans le monde des lettres, son ami,
son disciple, héritier de ses théories sur l'éducation et
l'enseignement, partageant même ses erreurs en théologie,
seulement sachant mieux en atténuer l'expression, c'était
Charles Coffin. De concert avec le vieux principal Boutillier, qui vivait encore, et avec le nouveau premier président, Antoine de Mesme, il fut réglé que Coffin prendrait
la direction du collége et des classes, sans avoir d'abord
de titre régulier, afin de n'éveiller aucun soupçon.

« Il ne fallut que peu de jours, dit Crevier, pour prendre
ces mesures ; et lorsqu'elles furent concertées, le dimanche 5 juin, M. Rollin, dans une courte instruction qu'il
fit après vêpres, parla de sa situation actuelle, mais en
termes couverts, et qui ne furent entendus qu'après
l'événement : car le secret avoit été exactement gardé. En
commentant le psaume XXII, il représenta un chrétien
soumis à la conduite de la Providence, et qui, chargé
par elle d'une bonne œuvre, s'y attache avec une affection
où il entre peut-être quelque chose de trop humain : un
coup de houlette du souverain pasteur l'avertit de quitter
son poste, et il se soumet avec résignation, consolé même
par la confiance qu'il a dans la bonté paternelle de celui
qui l'afflige. Le lundi 6, M. Rollin exécuta sa résolution ;
et après avoir été dans la chapelle faire son sacrifice à
Dieu, il sortit sur les cinq heures du soir, sans bruit et
sans que personne dans le collége, excepté M. Coffin et
peut-être quelques-uns des principaux maîtres, en eût connaissance. Pendant le souper, le bruit s'en répandit parmi les écoliers, et après les grâces, M. Coffin notifia la
triste nouvelle. C'est alors qu'il parut jusqu'à quel point
M. Rollin étoit aimé de la jeunesse qu'il instruisoit. Dès
que l'on sçut avec certitude qu'il étoit sorti du collége
pour n'y plus rentrer, ce ne furent que pleurs et sanglots.
La récréation devait suivre le souper ; au lieu de jouer,

es écoliers se promenèrent tristement dans la cour pen·
dant quelques moments, fondant tous en larmes comme
s'ils eussent perdu un père. Bientôt ils se retirèrent chacun
dans leurs chambres, sans ordre, pour se livrer plus librement à leur douleur. Les boursiers qui avoient des obligations particulières au principal ne firent pas entendre
des regrets moins touchants. On s'étoit servi de leur
nom pour calomnier Rollin ; on avait osé l'accuser de né-
gligence à leur égard. Afin de réparer autant qu'il étoit
en eux une injustice dont ils étoient l'occasion innocente, ils
lui écrivirent une lettre, et signèrent tous un acte que
l'on a retrouvé depuis dans ses papiers, et qui est le monument du respect le plus sincère et de la reconnaissance
la plus tendre pour le meilleur des maîtres. »

La destitution de Rollin le réduisait pour vivre aux mo-
diques ressources de sa chaire du Collége de France, et à la
petite pension attachée au titre de professeur émérite, qu'il
avait eu la prudence de se faire décerner peu de temps
avant sa disgrâce (1). Le premier président de Mesmes,
qui l'aimait, sollicita pour lui, à son insu, une pension sur un bénéfice ecclésiastique. Dès qu'il eut l'espoir
de l'avoir obtenue, il se hâta d'apprendre à Rollin une si
bonne nouvelle ; mais il n'en reçut que cette réponse,
où une fierté amère se fait peut-être autant sentir que le
désintéressement : « A moi, Monseigneur, une pension !
Hé ! quel service ai-je rendu à l'Église pour posséder
des revenus ecclésiastiques ? » Le premier président insista néanmoins ; il lui fit remarquer que ses travaux
pour l'éducation de la jeunesse n'avaient pas été moins
utiles à la religion qu'à l'État. Il lui représentait d'ailleurs
l'aisance où il avait vécu au collége de Beauvais et la
pauvreté où le réduisait sa retraite : devait-il, dans de
telles conjonctures, rejeter le secours qui lui était offert ?

(1) Ch. Jourdain, *Hist. de l'Univ.*, p. 298.

« Monseigneur, finit par lui répondre Rollin, je suis plus riche que le roi. »

Rollin avait gouverné le collége pendant quinze ans: heureux si l'amour de la jeunesse, qu'il possédait à un si haut degré, n'eût pas été un jour balancé dans son cœur par la funeste passion des querelles théologiques; en se plaçant à la tête d'un parti, il limitait forcément son influence, et amoindrissait le cercle dans lequel il l'avait jusque-là si admirablement exercée. Dès lors, pouvait-on sans imprudence laisser cet homme à la tête d'une institution qui devait, pour rester fidèle à son but, non pas inscrire sur sa bannière le cri de guerre de telle ou telle secte, mais aimer et professer uniquement la vérité? Il s'en fallut toutefois que le remède employé fût pleinement efficace. Les poursuites exercées contre Rollin n'amenèrent ni ses disciples ni lui à renoncer à leurs erreurs; son successeur, non moins passionné que lui, mais moins naïf, s'apprêtait à les maintenir avec autant d'opiniâtreté que d'adresse; d'ailleurs Rollin laissait après lui au collége plusieurs professeurs jansénistes qu'il y avait attirés, et qui ne devaient en sortir que longtemps après. Enfin, quoiqu'il lui fût interdit d'entrer au collége, et qu'il n'ait pu en effet s'y montrer qu'après la mort de Louis XIV, il s'y introduisait en secret, et quand même il n'y pouvait pas venir, il en restait l'âme par les conseils qu'il prodiguait à Coffin et aux professeurs. La maison ne pouvait qu'y gagner au point de vue des études; en revanche, elle en éprouva, sous un autre rapport, un dommage considérable; car elle resta aux yeux du public comme un des foyers les plus ardents du jansénisme.. Quoiqu'il en soit de cette influence persévérante de Rollin sur le collége, son histoire se sépare dès maintenant de la nôtre. Nous n'avons donc pas à parler de son humble et laborieuse retraite dans sa petite maison de la rue Neuve-Saint Étienne, ni de la publication du *Traité des Etudes* et de l'*Histoire Ancienne*. Tous ces travaux n'empêchaient pas Rollin de rester mêlé aux funestes querelles qui tenaient désormais dans sa vie une part considérable. En 1718, son discours pour l'appel au prochain concile général, la lettre du roi cassant son élection à la charge de recteur, et ordonnant que son discours fût « rayé et biffé », si on l'avait déjà transcrit aux registres de l'Université ; en 1734, la maison de l'ancien recteur soupçonnée de renfermer l'imprimerie des *Nouvelles Ecclésiastiques* et fouillée dans tous les sens par les officiers de la police, les plaintes de Rollin, et la lettre par laquelle le cardinal de Fleury, en relevant ses reproches, lui réplique « qu'un homme de son mérite et de sa capacité ne devroit pas être exposé au juste soupçon que donnent contre lui ses assiduités à tout ce qui se passe d'indécent et de ridicule à S. Médard » ; enfin, en 1739, lorsque le prince abbé de Rohan-Ventadour étant parvenu au rectorat eut amené l'Université à se soumettre à la bulle *Unigenitus*, la protestation de Rollin, la sentence qui l'excluait, lui et ses amis, des assemblées générales et particulières de l'Université, tous ces faits, sur lesquels nous devons passer, prouvent surabondamment combien fut prudente la détermination qui éloigna Rollin du collége de Beauvais.

Deux ans après sa dernière disgrâce, il mourut âgé de plus de quatre-vingts-ans. A la différence de la plupart des jansénistes, qui avaient emprunté à l'esprit de la secte une rigidité outrée de mœurs et de caractère, Rollin conserva jusqu'à sa dernière heure cette douceur et cette affabilité que l'on avait toujours admirées en lui. Ses disciples et ses amis étaient accourus autour de son lit de mort et fondaient en larmes : Je ne veux point voir de larmes, dit-il, ni de marques d'affliction, c'est ici un jour de fête.

Les historiens ont répété les uns après les autres qu'il reçut avec une dévotion singulière les sacrements de l'Église, mais ils ne disent point de quelle main il les reçut.

Ses dernières années surtout avaient été signalées par une grande piété. Bien que simple clerc, il récitait régulièrement l'office de l'Église ; il assistait tous les jours à la messe et communiait tous les Dimanches. Chaque année, le jour anniversaire de sa naissance, il visitait l'église Saint Jean-en-Grève et y renouvelait les promesses de son baptême. Jamais il n'abandonna la pieuse habitude, qu'il avait prise au collége de Beauvais, de prier chaque jour Jésus enfant pour les jeunes gens, la sainte Vierge pour les mères et saint Joseph pour les pères et pour les maîtres.

Ce fut avec un véritable regret que l'Université apprit la mort de celui qui l'avait tant honorée par son caractère, ses vertus et ses talents. On en trouve la preuve dans les quelques lignes inscrites aux procès-verbaux officiels, en dépit de la disgrâce encourue par le vieux recteur. Après avoir rappelé ses longs services et les fonctions qu'i a remplies, le secrétaire ajoute : « Toute sa vie et toutes ses pensées n'ont eu qu'un objet, former la jeunesse aux belles-lettres et aux bonnes mœurs ; pour arriver à ce but, les paroles et les leçons lui paraissant insuffisantes, il a voulu composer ses immortels écrits qui ont été accueillis avec tant de faveur par tous les peuples de l'Europe, et qui resteront, pour les âges futurs, comme un témoignage éclatant de ce qu'il fut.

« Le lendemain de sa mort, 15 septembre 1741, l'Amplissime recteur et les procureurs des nations, avec les grands officiers de l'Université, tous en grand habit, précédés des appariteurs de la faculté des arts qui portaient leurs masses voilées de noir, assistèrent aux funérailles de Maître Charles Rollin. Au convoi, le poële était soutenu par trois anciens recteurs et par un des anciens procureurs de la nation de France. Le défunt, selon son désir, fut enterré au cimetière de la paroisse Saint-Étienne-du-Mont, dans la fosse commune, avec le petit peuple et les pauvres (1). »

L'autorité, qui avait fermé à Rollin les assemblées de l'Université, n'avait pas voulu ravir à ses anciens collègues la consolation de rendre à sa dépouille les derniers honneurs. Mais elle défendit de prononcer aucun discours sur la tombe : le nom de Rollin était trop populaire ; il était, alors au moins, trop étroitement lié à la cause janséniste ; les motifs de sa récente disgrâce étaient encore trop capables d'émouvoir les esprits, et les souvenirs que l'on n'aurait pas manqué d'évoquer sur cette tombe étaient trop dangereux : on aima mieux étouffer dans un silence prudent des passions faciles à réveiller.

Mais dans l'intérieur du collége, rien ne put faire taire la reconnaissance et l'affection. Le plus cher disciple de Rollin, Crevier, prononça en présence des élèves et des professeurs un éloge, qui fait autant d'honneur à son cœur qu'il en voulut faire à la mémoire du maître, et qui a été publié dans son *Histoire de l'Université*. L'Académie des inscriptions et belles-lettres, dont Rollin était devenu membre pendant qu'il était principal de Beauvais (1702), voulut aussi payer sa dette d'admiration à l'illustre défunt : après s'être résignée aux restrictions imposées par les méfiances de l'autorité, la docte compagnie put entendre, de la bouche de M. de Boze, son secrétaire, un éloge funèbre digne de Rollin.

Depuis, les passions se sont apaisées autour de ce nom ; car les querelles auxquelles il avait été mêlé sont pour jamais éteintes. On n'a plus aperçu en Rollin que le type inimitable du maître de la jeunesse : Voltaire lui a donné une place d'honneur dans son *Temple du goût ;* Louis XVI a fait dresser la statue de l'humble recteur à

(1) *Archiv. de l'Univ.* Reg. 45, f° 29.

côté de celles des Bossuet et des Turenne. Dans notre siècle, les éloges se sont élevés plus haut encore, et l'on a été jusqu'à absoudre entièrement le disciple obstiné de Quesnel, pour accuser sans miséricorde les auteurs, réels ou prétendus, de ses disgrâces. D'autres, en louant uniquement le maître et l'écrivain, ont trouvé le moyen d'être toujours justes, même dans les louanges les plus accentuées. Qui n'a lu avec attendrissement la page émue inspirée à l'auteur du *Génie du christianisme* par le souvenir de Rollin? De nos jours, un écrivain illustre, qui fut en même temps un professeur éminent, a voulu, après tant d'autres, présenter à la jeunesse l'éloge de Rollin, et, tout en maintenant des réserves nécessaires, nous voulons terminer en le citant, ce long chapitre consacré à la plus grande et à la plus populaire illustration du collége de Beauvais :

« Qu'il me soit permis, Messieurs, disait M. Villemain, peut-être en expiation de mon enseignement, et de bien des choses qui m'échappent, de m'arrêter sur l'éloge, c'està-dire sur la vie, sur les écrits, sur la vocation unique et touchante de ce maître si cordialement ami de la jeunesse, si vertueux par bonté de nature et par goût des lettres, véritable saint de l'enseignement, qui, mieux que personne, a consacré l'alliance des bonnes études et des bonnes mœurs, des belles-lettres, comme on disait alors, et des beaux sentiments.

« Aujourd'hui, nous sommes tous profanes, même dans notre dévouement à l'instruction de la jeunesse : notre esprit est préoccupé, distrait par mille autres pensées, ambition, vanité littéraire, succès de monde ou de parti. Mais pour Rollin, l'éducation de la jeunesse, et par elle le progrès des mœurs publiques, était toute sa pensée. Personne ne fut meilleur citoyen, sans le dire, sans le savoir. Le mélange naïf de l'antiquité et du christianisme, les vertus républicaines de ces grands hommes de Plutarque, les vertus soumises et douces de l'Evangile, l'enthousiasme pour le beau littéraire dans l'Écriture sainte, dans Homère, dans Bossuet, la tendresse attentive et paternelle pour l'enfance, l'affection grave et pleine d'espérance pour la vive jeunesse, toutes ces émotions réunies dans une âme sainte et pure, au milieu de la vie la plus simple, de la plus décente pauvreté, voilà comment s'est formé Rollin, écrivain inimitable sans être un écrivain de génie. Sa gloire même, sa gloire qui nous est chère, est la dernière et la plus utile leçon qu'il nous ait donnée. Elle montre jusqu'à quel point les dons de l'esprit s'accroissent et fructifient par les vertus, et quelle puissance l'amour du bien ajoute au talent (1). »

En finissant, n'oublions pas de dire qu'une des dernières pensées de Rollin fut pour son cher collége de Beauvais : « Je légue, dit-il dans son testament, à la communauté du collége de Beauvais la somme de quinze cents livres en fond que j'ay, constituée en rente sur ledit collége. Je prie qu'on veuille bien se souvenir de mon frère et de moy à la messe le jour de s. Charles (2). »

(1) Villem. *Litt. au* xviiie *s.* T. 1er, p. 224, 225.
(2) *Arch. de l'Emp.* M. 99.

CHAPITRE XVI

Quoique d'un caractère absolument différent, Charles
Coffin fut en tous points le digne successeur de Charles
Rollin. Tout le monde connaît les traits de Rollin : cette
tête vénérable, cette physionomie si profondément empreinte de dignité et de bienveillance, a été conservée
aux sympathies de la postérité par une gravure que l'on
trouve partout, et au bas de laquelle la piété de son disciple Coffin a écrit ces beaux vers :

> Ille est formandæ solers cupidusque Juventæ,
> Assiduus morum cultor et ingenii.
> Vivus adhuc hominum volitat regnatque per ora,
> Famæ idem testis spretor et ipse suæ.
> Unica pertentat generosum gloria pectus :
> Spargere doctrinæ quas cumulavit opes

Quant à Coffin, ce n'est pas seulement le burin : c'est
la plume amie de Crevier qui nous a conservé les

principaux traits de son caractère et de sa physionomie (1) : c'est un janséniste modéré qui loue un
janséniste ardent.

« M. Coffin avoit la taille médiocre, l'air noble et imposant, des yeux pleins de feu. Poëte sans caprice, sçavant
sans ostentation, sérieux par réflexion, gai par caractère
et d'une humeur très-douce : toujours le même au milieu
des occupations les plus dissipantes et des circonstances
les plus épineuses ; rien ne troubloit la paix et la tranquillité de son âme. A l'inhumanité près, il réalisoit le
Sage des Stoïciens ; mais sa sagesse partoit d'une source
plus noble et plus pure, d'une piété tendre, sincère, et
d'autant plus solide que la Religion lui étoit mieux connue.

« Cet écrivain, dont la plume et l'imagination étoient si
fécondes, n'étoit point grand parleur. Quoique vif et spirituel, il n'aimoit point la dispute. Il disoit modestement
son avis, mais on pouvoit l'attaquer sans crainte, et avec
un peu d'opiniâtreté, on étoit sûr du triomphe. Sévère
pour lui-même, indulgent pour les autres en littérature
comme en morale, il haïssoit la médisance et la satire, et
paroissoit toujours content de la conduite et des productions d'autrui, à moins qu'il n'eût quelque obligation de
les corriger ou d'y veiller : c'est contre lui seul qu'il s'ar-
moit de toute la sévérité de l'Évangile et de la critique. Son
goût exquis le rendoit fort difficile sur ses compositions.
Il corrigeoit et polissoit jusqu'à ce que l'ouvrage eût acquis toute sa force et sa précision, et que l'expression rendît cette idée du beau, que la nature lui avoit donnée.
Soit raison, soit penchant, il méprisoit cette politesse
apparente qui masque souvent les vices les plus contraires à la société ; et laissant aux autres les vaines

----

(1) *Eloge historique de M. Coffin,* placé en tête de ses *OEuvres;*
p. XXIX-XXXI.

démonstrations, il se chargeoit noblement du soin d'agir. Sous un air de sécheresse et d'austérité, il avoit un cœur bon et compatissant, qui ne se bornoit pas même à plaindre le sort de ceux qui souffroient. Les secours étoient prompts, secrets et procurés peut-être avec plus de joie qu'ils n'étoient reçus. »

Ce n'était pas trop de ces détails, pour nous faire connaître tout d'abord un homme destiné à jouer un si grand rôle dans cette histoire. Charles Coffin était né le 4 octobre 1676 à Buzanci, au diocèse de Reims. D'abord élève du collége de la ville de Beauvais, il vint en 1693 achever ses études à Paris, au collége du Plessis. Ce collége était alors dirigé par l'un des hommes les plus renommés à cette époque par leur savoir et leur habileté, Thomas Durieux, qui sut distinguer Coffin et voulut l'attacher à sa maison. N'ayant pas de chaire à lui donner immédiatement, il lui confia ses pensionnaires, et trouva ainsi une occasion d'apprécier mieux encore les talents du jeune maître.

Aussi, lorsqu'en 1701, le principal de Beauvais, Rollin, offrit à Coffin la chaire de seconde de son collége, Durieux résista longtemps et ne finit par céder à Rollin qu'en lui disant : Je ne vous le donne point, je vous le prête. Peu de temps après, la chaire de rhétorique était vacante au Plessis; Durieux voulut redemander son professeur, mais Rollin refusa de le rendre. Dès lors Coffin appartint sans contestation au collége de Beauvais, dont il devait mourir principal plus de quarante-cinq ans après.

Le talent et les œuvres de Coffin sont trop connus pour que nous devions y insister ; notre intention n'est pas, d'ailleurs d'énumérer les productions diverses dues à la plume de l'humaniste et du poëte, et les circonstances qui le faisaient sortir de son silence. Il est pourtant difficile de taire absolument sa lutte fameuse avec maître Grenan, professeur au collége d'Harcourt, sur les qualités

du vin de Bourgogne et du vin de Champagne. Les vers
échangés à ce sujet entre les deux professeurs firent alors
grand bruit dans le monde lettré ; et encore aujourd'hui,
que le goût de ces combats charmants semble pour jamais anéanti parmi nous, on ne lit pas ces compositions
si savantes et si délicates, ces odes si pleines de sel et de
verve, sans se reporter aux plus beaux jours de la poësie
latine. Coffin n'avait pas provoqué la lutte ; il écrasa son
rival, et sa victoire acheva sa réputation. Longtemps
la ville de Reims tint à honneur d'envoyer chaque année,
au poëte qui avait si bien soutenu sa gloire, un panier
de ses meilleurs vins ; lorsqu'on invitait Coffin à un
·repas, le vin de Champagne ne manquait pas d'y avoir
sa place d'honneur, et on le saluait presque toujours de ces
deux strophes devenues presque populaires :

Cernis micanti concolor ut vitro
Latex in auras, gemmeus aspici,
   Scintillet exultim; utque dulces
    Naribus illecebras propinet
Succi latentis proditor habitus ;
Ut spuma motu lactea turbido
   Crystallinum blando repentè
    Cum fremitu reparet nitorem (1).

De plus graves préoccupations allaient bientôt s'imposer
à Coffin et remplir toute sa vie. C'était en 1711 qu'il vengeait en si beaux vers l'honneur du vin de Champagne :
ce fut à la fin de l'année suivante que Rollin dut quitter
le collége de Beauvais, et que Coffin fut désigné pour le
gouverner à sa place. Il n'eut d'abord, on s'en souvient,
aucun titre officiel ; mais le vieux principal, Nicolas Boutillier, étant mort le 26 janvier 1713, on s'empressa de

(1) *Campania vindicata sive Laus Vini remensis a poëta Burgundo eleganter quidem, sed immerito culpati.—OEuvres de Coffin*,
t. II, p. 166.

conférer le titre de principal à celui qui en remplissait déjà la charge, et qui, pendant une année, avait su montrer qu'il était aussi habile administrateur que littérateur accompli.

Le mérite de Coffin, mérite rare et inappréciable dans un homme doué d'une grande valeur personnelle, fut de rester fidèle, même dans les détails, aux traditions pédagogiques et administratives fondées à Beauvais par son prédécesseur et son maître : on a vu, au chapitre précédent, comment Rollin, quoique justement banni d'une maison à laquelle il avait su donner une vie nouvelle, continua longtemps de la gouverner par son influence et ses conseils. Aussi, au lieu des désertions que l'on avait redoutées à la chute de Rollin, ce fut une faveur et une prospérité toujours croissantes qui signalèrent le principalat de Coffin, et pour répondre aux demandes d'admission qui arrivaient de toutes parts, il fallut non-seulement louer une partie plus considérable encore du collége de Presles, mais franchir même la rue des Carmes, et placer des pensionnaires jusque dans les bâtiments du collége de Laon, situé en face de celui de Beauvais (1).

On se souvient qu'une des premières fonctions du principal était l'instruction religieuse des boursiers et des autres élèves du collége. L'auteur de l'*Éloge historique* de Coffin nous parle du zèle et du talent avec lequel ce ministère était accompli à Beauvais par le successeur de Rollin.

« La religion, dit-il, qui est l'âme de l'éducation, fut toujours son objet capital. Ce qui devoit l'inspirer efficacement, c'est qu'il ne recommandait rien qu'il ne pratiquât lui-même. Les instructions étoient simples et solides : simples, pour l'âge de ses auditeurs ; solides, parce que ses auditeurs, quoique jeunes, avoient une raison qu'il

(1) *Eloge historique*, p. XIII.

falloit éclairer et satisfaire. A l'exemple de saint Paul, il
prenoit ses auditeurs par leurs propres lumières, et parlant à une jeunesse familiarisée avec les écrivains de l'antiquité, aux passages de l'Écriture et des Pères, il joignoit
à propos les plus beaux traits de Platon, de Cicéron, de
Sénèque, etc. (1). »

Aucune de ces instructions ne nous a été conservée ;
mais on a publié plusieurs discours qui, adressés aux
élèves dans des circonstances plus solennelles, à la rentrée des classes par exemple, nous révèlent surtout dans
Coffin l'éducateur de la jeunesse. On nous pardonnera de
traduire ici l'un de ces discours : le principal de Beauvais
semble s'y être peint tout entier. Le sujet est : *Que les
charmes et le plaisir du travail ne le cèdent point aux joies
des vacances* (2).

« Personne ici, je pense, n'est revenu au collége avec
chagrin et malgré lui ; néanmoins, comme il vous arrive
presque toujours de jeter sur ces heures écoulées des vacances un regard de mélancolie, bien concevable à votre
âge, je veux aujourd'hui vous adresser quelques paroles
pour adoucir votre tristesse, et pour vous montrer comment nos travaux de l'année ont plus d'utilité, vous le
savez déjà, et peut-être autant de charmes que les vacances.

« Et d'abord, j'en conviens avec vous, elles sont charmantes nos vacances de septembre. Pour les enfants, et
même pour les hommes de tous les âges et de tous les
états, qu'elle est délicieuse la campagne, surtout cette
année que nous n'avons eu à souffrir ni d'une chaleur
excessive, ni d'un froid importun, que nous avons pu respirer à pleins poumons un air pur et tempéré ! qu'elle
était belle cette nature, non plus seulement ornée de ver-

(1) *Éloge historique*, pp. xi et xii.
(2) *Les œuvres de M. Coffin*, t. Ier, p. 159.

dure et de fleurs, gages trop fragiles d'une fécondité souvent trompeuse, mais couverte de récoltes aussi riches
qu'assurées ! Ces vignes s'inclinant sous le poids de raisins
aussi rouges que la pourpre ; ces vendanges, et ce vin
coulant en flots d'écume, quel spectacle ! Mais je ne veux
rien dire de ces joies-là : être en vacances, n'est-ce pas
déjà le bonheur ?

« Oui, prendre son essor et s'élancer loin de cette prison
du collége, revoir la maison paternelle, vers laquelle se
sont envolés si souvent vos rêves et vos désirs d'enfants,
n'être plus éveillé, le matin, par les accents inexorables de
la cloche, n'avoir plus cette contrainte de la règle et des
heures, jouer, se promener, dormir, converser quand bon
vous semble, n'avoir plus à redouter un maître, sa face,
sa voix, son œil, sa main, ne voir plus se dresser autour
de soi ces sombres murs à l'ombre desquels on ne peut
jamais faire une faute sans être puni, en un mot jouir du
plus grand bien de la vie humaine, la liberté et l'indépendance : quel bonheur ! Quel est l'enfant qui ne s'est
pas fait de tout cela comme un idéal chéri de la félicité ?
Mais, moi qui veux vous consoler de vos vacances écoulées, n'ai-je pas à craindre, en vous les rappelant ainsi,
de vous les faire regretter davantage, et de raviver des
plaies mal fermées ?

« Pourtant, il faut que vous m'en fassiez franchement
l'aveu, en général les vacances ne vous ont pas donné tout
le bonheur que vous en espériez. Les premiers jours,
votre cœur semblait trop étroit pour le bonheur qui l'i-
nondait ; mais bientôt l'habitude fait tomber ces premiers
transports ; bien plus, par cela même que vos vœux sont
réalisés, peu à peu l'ennui vous gagne. Au collége, vous
soupiriez après les champs ; aux champs, malgré les délices que vous y goûtez, vous ne tardez pas à regretter
vos compagnons absents et vos relations de tous les jours
avec vos amis. A quelques-uns même, elle finit par sem-

bler pesante, cette liberté qu'ils ont.si vivement désirée. Enfin, il y en a qui ont trouvé démesurément longues les journées des vacances, non pas par amour du travail, mais par un indéfinissable ennui de l'état où ils se trou-vaient, et s'ils l'osaient, ils l'avoueraient eux-mêmes : tant il est vrai qu'ici-bas ce n'est pas précisément la possession et la jouissance d'un bien'qui nous charment; c'en est plu-tôt le désir et l'espérance.

« Vous le voyez, mes chers enfants, si pendant le mois dernier vous avez pu vous amuser un peu, je n'épargne point les raisonnements pour vous arracher à ce souvenir. C'est que, à la place de joies qui n'ont duré qu'un mois, et dont il ne vous reste rien, j'ai à vous offrir d'autres joies qui seront sans mélange et qui dureront tout une année. Que les paresseux, que les enfants sans courage et sans cœur la voient arriver avec épouvante, cette fête de saint Denis, ce jour abhorré, qu'ils voudraient voir effacé du calendrier des élèves, parce qu'il leur apparaît comme le signal des calamités sans fin, je le conçois : mais je parle ici à une jeunesse qui, sans fuir les plaisirs permis, sait aussi, quand il le faut, revenir à l'étude, qui est sensible aux attraits de la gloire véritable, qui comprend la néces-sité d'acquérir de la science pour ne pas faire dans le monde un personnage ridicule, et qui prétend acquérir dès maintenant des connaissances capables de lui assurer une place d'honneur parmi les hommes faits et les vieil-lards. Non, à de tels jeunes gens la fin des vacances n'ap-porte point de regrets : eh ! un soldat, s'il est brave, pleure-t-il donc, parce qu'après s'être reposé l'hiver, il lui faut reprendre les longues marches, la vie de campement, les exercices militaires, et affronter l'ennemi ?

« Au collége, il est vrai, vous avez tant d'attention à donner, tant à lire, tant à écrire, tant à apprendre par cœur ! Mais d'abord, cette variété dans vos travaux ne leur enlève-t-elle pas, à elle seule, ce qu'ils peuvent avoir de pénible? Dans le travail, la variété repose. Puis, quelle récompense trouve un enfant bien né dans le témoignage que sa conscience lui rend, qu'il a bien rempli son devoir ! De plus, l'étude des belles-lettres n'a rien d'âpre, rien de difficile : c'est un champ semé de fleurs. Et les applaudissements de vos maîtres, et leur affection, et leurs récompenses, et, si vous avez du cœur, vous y êtes surtout sensibles, leurs éloges ! Rappelez-vous donc la joie profonde que vous goûtez quand, après avoir sérieusement travaillé un devoir, vous le lisez en classe, et que votre professeur vous interrompt à chaque instant pour dire : bien! très-bien ! parfait ! ou encore quand, dans les compositions ordinaires, vous avez pu être le premier : comme vous êtes heureux d'apprendre cette bonne nouvelle à vos amis, à tout le collége, de vous jeter dans les bras de vos parents, de recevoir leurs baisers, leurs caresses, leurs félicitations et les largesses dont ils savent si bien les assaisonner ! Rappelez-vous ces moments fortunés, et comparez ces joies, conquises par votre intelligence et votre travail, aux jouissances des paresseux et des ignorants : celles-ci sont vaines et passagères, souvent même troublées par le remords ; celles-là sont solides, constantes, sans trouble et sans amertume.

« D'ailleurs, vous font-ils donc absolument défaut, même dans le cours de l'année scolaire, ces amusements destinés à détendre l'esprit? Est-ce que, chaque jour, les jeux ne succèdent pas au travail ? et les jeux, j'en suis certain, sont d'autant plus agréables qu'ils sont plus courts : car c'est un fait incontestable que le désir est, en toute espèce de plaisir, un attrait de plus. Qu'un homme soit pendant des journées entières assis à une table chargée de mets succulents, la seule vue de ces mets lui soulèvera le cœur; mais si son appétit a été aiguisé par quelques heures d'attente, surtout s'il a travaillé pour pouvoir manger, son estomac affamé trouvera délicieuse même la nourriture la plus grossière.

Il en est absolument de même d'une récréation interminable ; dès que vous n'en prévoyez pas la fin, elle languit ; combien sont plus vives, au contraire, les jouissances que vous procurent ces récréations courtes, achetées par le travail, prises à la hâte et comme dérobées aux occupations sérieuses ! Tels sont les jeux auxquels vous vous livrez chaque jour après le dîner et le souper. Comme elles sont bonnes alors, ces conversations sérieuses ou badines entre camarades ! Et ces parties qui s'organisent : ici, la balle lancée soudain dans l'espace avec tant d'adresse qu'elle brave la course agile de l'adversaire ; là, les palets d'argent ou de plomb atteignant leur but sous le regard exercé qui les guide ; et le jeu des noix : la main qui les contient, les balançant longtemps pour arriver plus sûrement à les faire tomber dans le trou en nombre pair. Au milieu de tous ces jeux, quelle animation dans la cour ! L'activité et l'allégresse deviennent bientôt contagieuses et vont croissant toujours : on trépigne, on bavarde, on rit, on court çà et là, jusqu'à ce qu'enfin, les forces du corps s'étant réparées par la nourriture et celles de l'esprit par le jeu, chacun revienne vaillamment à son devoir.

« Lorsqu'arrivent le mercredi et le samedi, les jours de congé si chers aux écoliers, ce sont encore de nouveaux plaisirs. On part. Le jardin du Luxembourg est si proche, qu'il reste la promenade préférée ; et puis, pour ceux qui aiment la solitude, la Chartreuse est là. S'il fait beau, si l'on a du temps et des forces à dépenser, l'on pousse jusqu'aux Champs Élysées, jusqu'aux coteaux de Chantilly, voire jusqu'au bois de Vincennes ou de Boulogne. Là, on fait bourse commune, et l'on organise de ces petits banquets, où l'élégance et la délicatesse n'ont, il est vrai, point de place, mais où la liberté, la gaîté, les joyeux propos, même le bruit, offrent des charmes inconnus dans les plus brillants festins. Et ces fêtes si fameuses et si goûtées dans notre petit état, la Sainte-Catherine, les deux Saint-

Nicolas, et ces autres jours auxquels on rêve si longtemps à l'avance, que l'on accueille avec tant de plaisir et par de si joyeux ébats, ai-je besoin de vous les rappeler ? O douces, ô innocentes délices, capables de rendre jaloux les rois eux-mêmes ! O trop heureux, s'ils savaient apprécier leur bonheur, non pas les laboureurs, qui sans cesse domptent la terre sous le poids du soleil, des vents, des pluies, mais vous-mêmes, enfants des colléges, qui trouvez ici des occupations si agréables et si nobles, assaisonnées de tant de charmes, et qui d'ailleurs pouvez vous délasser en des récréations et en des jeux si variés !

« Un temps viendra, où vos souvenirs se reporteront délicieusement vers ces douces heures ; vous comprendrez alors que vos plus beaux jours ont été vos jours de collége. Eh bien, mes chers enfants, jouissez donc du bonheur que Dieu vous donne ; ces joies, prenez-les, saisissez-les avidement : elles s'évanouiront si tôt ! Vivez au jour le jour du sort qui vous est fait ; et puisque c'est le travail qui vous prépare vos plus délicieux plaisirs des récréations et des vacances, pour pouvoir vous amuser beaucoup, commencez par travailler beaucoup. »

Quel est l'écolier qui aurait pu écouter sans frémir un pareil discours ? Qui n'aurait pas chéri une maison où l'on apprenait si bien à unir à un travail assidu des récréations charmantes ? Coffin faisait plus encore : non content d'inviter ses élèves à aimer leur collége, il leur apprenait aussi à en être fiers. Il savait profiter des circonstances les plus solennelles, pour évoquer à leurs yeux les grandes figures des fondateurs, des élèves et les maitres illustres, leurs devanciers, leurs ancêtres. Dès lors le collége n'était plus seulement, pour cette jeunesse, un asile où elle venait puiser la science : il leur apparaissait comme une patrie, comme une famille, comme un autre foyer domestique, sanctuaire béni de traditions vénérables, de souvenirs glorieux, dont il fallait à tout prix se montrer digne.

Comment n'auraient-ils pas été fiers, ces jeunes gens, quand ils voyaient l'Horace français venir s'asseoir à la table du collége en qualité d'ancien élève, ou quand ils entendaient leur principal complimenter les députés du Parlement par ces beaux vers ?

> Non tectis splendet Dormana Palestra superbis,
>   Non ritu assurgunt atria celsa novo;
> Doctrinæ sed enim pueris morumque magistra,
>   Sat, proceros, vobis undè probetur habet.
> Quamquam, si titulos velit et præclara sonare,
>   Nomina, nec tali nobilitate caret :
> Dormanus pater est, quem summa insignia fasces,
>   Quem latiæ ornabat purpura sacra togæ.
> Sed quid ego hæc ? Nobis suprema est curia mater :
>   Hoc summi semper culmen honoris erit (1).

C'était particulièrement par la reconnaissance qu'il prétendait enchaîner ces jeunes cœurs aux grands souvenirs du passé. On ne saurait lire sans émotion cet éloge du vieux cardinal de Dormans, prononcé en présence du collége et de l'Université en corps, dans cette chapelle qu'il avait fondée depuis de longs siècles :

« Nos prières, disait l'éloquent principal, vont retentir en ce sanctuaire, où l'on ne voit pas briller l'or, ni s'étaler les beautés d'une architecture majestueuse, élégante ou confortable, mais où tout est l'œuvre d'une pensée religieuse, où tout respire la haute piété de son illustre fondateur, de cet homme qui, élevé aux premières dignités de l'Église et de l'État, évêque, cardinal, chancelier de France, à ces titres glorieux préféra celui de père des pauvres, et qui, en effet, là mieux que dans la splendeur de sa naissance et dans l'éminence de ses fonctions, a trouvé la source de la véritable et solide gloire.... Il possédait des richesses immenses pour son temps ; il était tout-puissant

____

(1) *Les œuvres de M. Coffin,* t. II, p. 182.

auprès de ce prince qui, parmi tous nos rois, sut par ses vertus ajouter à son nom de Charles le nom de sage ; il pouvait s'adonner au luxe et à la bonne chair ; il pouvait accorder à ses yeux et à ses oreilles toutes les délices imaginables : mais cet homme vraiment magnifique, plus soucieux du bien de l'Église et de sa patrie que de ses plaisirs, jugea qu'il s'honorerait davantage en réprimant des désirs qui vont se multipliant à l'infini, surtout chez les grands, afin d'arriver à répandre plus de bienfaits. Content pour lui-même d'une maison honnête et modeste, ce qu'une parcimonie généreuse lui faisait retrancher de sa propre dépense, tant de richesses, il a voulu, non pas en projets qui devaient se réaliser seulement après lui, non pas même sur le bord de la tombe, mais dans la force de l'âge, les consacrer à nourrir et à élever de pauvres écoliers : il a voulu que des jeunes gens, choisis dans le pays soissonnais où il était né lui-même, vinssent puiser à l'Université de Paris aux sources de la piété et de la science, pour aller ensuite répandre sur cette région les richesses fécondes et inépuisables de leur savoir. Ce n'était donc point un palais superbe qu'il voulait édifier, c'était une maison humble et petite, mais qui pût éternellement s'enorgueillir d'abriter les pauvres du Christ, et qui, fondée par la charité, élevée par les mains de la bienfaisance, bravât l'effort des tempêtes, le souffle de l'aquilon et le poids des siècles.

« Voilà bientôt quatre cents ans qu'il a quitté cette terre : mais il vit par le souvenir ineffaçable et toujours jeune de ses bienfaits. Ni la pourpre, ni les autres insignes de ses hautes fonctions ne l'ont suivi dans la mort : les fruits de sa munificence s'attachent à lui-même au delà du tombeau, et chaque jour le montrent vivant encore à l'Église, à la patrie, à l'Université. Depuis longtemps elle s'est éteinte cette race des Dormans, la seule qui ait donné trois chanceliers à la France ; de cette tige généreuse, il ne reste pas même un rejeton : mais lui, cet homme vraiment sage, il s'est créé une race impérissable, cette famille qui, engendrée par l'effort d'une libéralité féconde, toujours identique à elle-même bien que se renouvelant sans cesse, soutiendra jusque dans la postérité la plus reculée le nom et la gloire de son noble ancêtre, et, devant les hommes comme devant Dieu, le sauvera pour jamais de l'oubli (1). »

.D'autres fois, c'étaient des gloires plus récentes que Coffin évoquait autour du nom vénéré de Jean de Dormans, et qu'il proposait à l'émulation de son collége. Un jour que la procession de l'Université était encore venue s'arrêter et prier sous les voûtes de la jolie chapelle de Saint-Jean, le principal disait à ses professeurs, à ses élèves et à leurs savants visiteurs : « Permettez-moi de féliciter ce collége, à qui revient la meilleure part de cette fête. Et certes, il est bien juste que l'Université honore quelquefois de sa présence une maison qui lui a donné tant d'hommes, devenus plus tard ses appuis et sa gloire. Pour ne rien dire de ceux qui sont ici, et en tête desquels il faudrait nommer cet homme qui a si bien mérité de l'Université pendant plus de cinquante ans et qui n'est pas moins vénérable par sa sagesse et ses vertus que par son grand âge (2), qui ne se souvient avec attendrissement de ce maître distingué (3) autrefois professeur ici, et recteur, que Louis XIV, toujours si habile à distinguer le vrai mérite, a arraché à l'obscurité de la vie privée pour le produire au grand jour de la cour, et lui confier ce qu'il avait le plus à cœur, l'éducation des Enfants de France. Et que dirai-je de l'aimable frère de notre amplissime recteur, sorti lui aussi de cette maison (4), de cet

(1) *Les œuvres de M. Coffin*, t. Iᵉʳ, p. 255-259.
(2) Le vieux principal Boutillier.
(3) Vittement.
(4) Lorey.

homme incomparable pour sa délicatesse, son intelligence et son savoir, dont la mort aurait rendu l'Université à jamais inconsolable, si, en contemplant dans son frère la vivante image de ses vertus, nous n'y trouvions en même temps une consolation à notre douleur? Voilà les véritables gloires de ce collége, celles qui sont vraiment à lui. Nous pourrions, il est vrai, parler avec orgueil de Charles V qui a posé de sa main la première pierre de ce temple, de la famille des Dormans qui eut l'honneur unique de donner trois chanceliers à la France et qui a fondé cette communauté, de l'auguste Parlement de Paris que nous avons pour suprême administrateur: mais ce sont là des titres de noblesse dont nous nous glorifierions vainement, si à l'honneur qu'ils nous donnent, nous n'ajoutions nos propres mérites (1). »

Après avoir vu Coffin à l'œuvre, après avoir entendu ses discours et ses exhortations, et avoir été témoin de ses efforts pour enraciner dans l'âme des élèves l'amour de leur collége et l'amour de leurs devoirs, on n'est plus surpris des félicitations qu'il reçoit. Le 8 mai 1716, le recteur Demontempuys s'étant rendu à Beauvais pour la visite signa aux registres officiels le procès-verbal suivant:

« Aujourd'hui, 8 mai, à une heure après-midi, le tribunal académique procéda à la visite du collége de Dormans-Beauvais, où ce qui constitue un collége bien dirigé et florissant, les études, les mœurs, la discipline, l'administration des biens, la récitation de l'office divin, tout a été unanimement jugé digne de l'auguste protection du Parlement, qui est supérieur du collége. Aussi l'amplissime recteur et les députés n'ont eu qu'à exhorter le principal, maître Coffin, chacun des professeurs, les chapelains, les boursiers et les pensionnaires à suivre toujours la même voie, et à persévérer dans le bien afin de se rendre de plus

____

(1) *Les œuvres de M. Coffin*, t. II, p. 139-141.

en plus dignes de la bienveillante affection de l'Université (1). »

Un mérite si réel et justifié par des succès si éclatants, ne pouvait manquer d'ouvrir à Coffin le chemin des dignités universitaires. En effet, le 10 octobre 1716, les procureurs des nations étant entrés en conclave, vinrent, après quelques instants de délibération, annoncer qu'ils avaient élu recteur de l'Université maître Charles Coffin, et le procès-verbal de l'élection signale l'enthousiasme avec lequel le choix de cet homme éminent fut accueilli par les nations et par chacune des tribus (2). Le principal de Beauvais justifia complétement les espérances de l'Université, et l'année suivante, à pareil jour, les électeurs voulurent, sans délibération préalable, répondre au vœu unanime de l'Université: ils proclamèrent par la bouche de Rollin qu'ils entendaient conserver la dignité rectorale à maître Coffin pendant une année encore, et même au delà, s'il était possible. Cette déclaration ne fut pas accueillie avec moins d'empressement que la première élection (3).

Les fonctions de recteur n'arrachèrent point Coffin à son collége; l'influence qu'il s'y était depuis longtemps acquise ne put que grandir, en même temps que s'affirmaient plus publiquement son mérite et sa supériorité. Mais nous avons désormais à le suivre hors de cette maison, dont il restait l'âme, et à constater son action dans les affaires générales de l'Université. Ce n'est point sortir de notre sujet : Coffin nous appartient toujours ; Beauvais enregistre avec orgueil les actes de son principal devenu chef des écoles de Paris, et l'histoire du collége doit aussi le contempler dans cette nouvelle phase de sa carrière,

(1) *Arch de l'Université.* Reg. 42, fol. 59.
(2) *Ibid.*, ibid., f. 142.
(3) *Ibid.*, ibid., fo 192.

pour applaudir à ses grandes qualités et pour déplorer ses fautes.

Son premier rectorat fut signalé par une révolution à jamais mémorable et dans laquelle il eut la part la plus active : l'établissement de l'instruction gratuite dans l'Université. La nécessité s'en faisait depuis longtemps sentir. Les maîtres, laissés à la merci des parents dont ils attendaient, avec leur salaire, leur pain de chaque jour, obligés plus d'une fois à des réclamations ou à des discussions où leur considération et leur dignité n'avaient rien à gagner, étaient dans une situation intolérable. L'établissement du collége des Quatre-Nations, où le cardinal Mazarin avait voulu que l'instruction fût gratuite, et le succès prodigieux des Jésuites, qui ouvraient aussi gratuitement leurs classes aux écoliers, achevaient de rendre la lutte impossible. « La multitude d'écoliers, dit la *Vie de Philippe d'Orléans,* qui fréquentoient le collége des Jésuites pour y apprendre les humanités chagrinoit depuis longtemps M. le recteur et ses suppôts. En effet la disproportion étoit étonnante et avoit quelque chose de bien humiliant. Six ou sept professeurs, la plupart trop jeunes pour être prêtres, faisoient seuls plus que les professeurs de l'Université, tous maîtres ès arts, presque tous barbons (1). » Coffin ne fut pas le moins ardent à s'en plaindre. « L'Université, disait-il au régent, souhaiteroit, et j'ose le dire, il seroit peut-être à souhaiter pour l'État que le nombre de ses disciples fût plus grand, et que l'impuissance où elle est de faire des leçons gratuites ne servît pas de prétexte et même de raison véritable à un grand nombre de pères, pour mener leurs enfants à des sources beaucoup moins anciennes et qui certainement ne seront jamais plus pures (2). »

(1) T. II, p. 64.
(2) *Les œuvres de M. Coffin,* Discours du 1 février 1719, p. 49.

Les deux recteurs qui l'avaient précédé avaient fait les plus louables efforts (1) pour obtenir du gouvernement une dotation, qui plaçât l'Université au dessus du besoin et la mît à même de tenir tête à toutes les rivalités. Ils avaient obtenu des promesses. Coffin fut plus heureux ; il eut le bonheur d'arracher au régent une résolution suprême et de conclure cette grande affaire. Par quelles combinaisons on arriva à créer à l'Université un patrimoine honorable, sans léser aucun droit et sans compromettre aucun intérêt, nous n'avons point à le dire. C'était le 1er février 1719 que Coffin avait porté le dernier coup aux hésitations du duc d'Orléans, et le 14 avril suivant furent données les lettres patentes qui assuraient à l'Université un revenu annuel de 150,000 livres, et ordonnaient que l'instruction de la jeunesse serait faite gratuitement dans les colléges de plein exercice (2), sans que, sous quelque prétexte que ce fût, les régents desdits colléges pussent exiger aucun honoraire de leurs écoliers (3).

Il serait difficile de dire la joie qui accueillit cet heureux événement. Coffin l'annonça à l'Université entière

(1) Son prédécesseur immédiat, Michel Godeau, lui avait instamment recommandé, en l'installant, de poursuivre avec zèle et ardeur ce qui avait été commencé pour l'établissement de l'instruction gratuite; il lui rappelait d'ailleurs les promesses, faites à plusieurs reprises par le régent, de réaliser ce projet le plus promptement possible, non pas tant pour le bon plaisir de l'Université que pour le bien de tout le royaume (*Arch. de l'Univ.* Reg. 42, fo 142).

(2) Ils étaient au nombre de dix : Harcourt, Le Plessis, Navarre, le cardinal Le Moine, La Marche, Montaigu, Beauvais, Lisieux, les Grassins et Mazarin.

(3) *Hist. de l'Univ.*, par M. Ch. Jourdain, *pièces justif.*, p. 168. — « Nous sera-t-il permis, dit ailleurs le même historien, de demander où sont aujourd'hui les écoles publiques, lycées ou colléges, qui ouvrent leurs portes à la jeunesse sans exiger d'elle aucune rétribution ? Qu'est devenu l'établissement de l'instruction gratuite, fondée il y a un siècle et demi, aux applaudissements de nos

dans un mandement remarquable qui se terminait par ces belles paroles :

« Nous déclarons donc que tous les professeurs de l'Université de Paris n'exigeront plus de leurs écoliers autre chose que le travail et la modestie, et qu'on a commencé à y enseigner sur ce pied depuis le premier jour d'avril.

« Nous invitons toute la jeunesse sage et bien née à venir dans nos classes avec toute la joie et tout l'empressement dont elle est capable, y prendre de bonne heure l'heureuse habitude de jouir des bienfaits d'un Roi de leur âge, pour qui on les élève et qu'on élève pour eux, et commencer dès à présent à le reconnoître pour leur père commun par l'éducation gratuite qu'il leur procure.

« En attendant que nous en rendions à Dieu des actions de grâces plus solennelles, nous ordonnons que dans tous

pères, et qu'ils croyaient devoir durer toujours ? Cette création généreuse de l'ancienne monarchie a été emportée par le flot des révolutions ; et en un siècle qui se dit l'âge des lumières et du progrès, on a vu abroger de fait et annuler par des règlements rigoureux les édits qui venaient ménager aux écoliers de toutes les conditions, petits et grands, pauvres et riches, l'accès des hautes études. Peut-être cette libéralité manquait-elle de prévoyance ; peut être allait-elle créer un danger pour l'État, en développant outre mesure l'étude des lettres, et en poussant au hasard vers les professions libérales beaucoup de jeunes gens sans patrimoine et sans vocation, qui pouvaient n'y recueillir que des mécomptes. Mais il y a des périls que les gouvernements s'honorent d'affronter, surtout quand le but est l'amélioration morale du peuple. Aussi parmi tant de reproches qui peuvent être élevés contre la mémoire de Louis XV, ce sera pour ce monarque, ou plutôt pour le régent, un sujet d'éternelle louange, d'avoir voulu propager et mettre libéralement à la disposition de toutes les familles par les soins désintéressés de l'Université de Paris, ces pures traditions de la littérature et du goût, sans lesquelles l'éducation de l'homme ne saurait être complète. » *Hist. de l'Univ.*, p. 334.

les colléges de plein exercice on chante le *Te Deum*, avec le psaume *Exaudiat* pour la conservation du roi, qui vient de donner des marques si éclatantes de sa bonté ; que pleins de reconnoissance on prie aussi pour Monseigneur le Régent : et qu'enfin on supplie avec toute l'ardeur et le zèle possible l'auteur de tout bien de répandre sur les maîtres l'esprit de science et de piété, plus précieux que tout l'or du monde, et d'enseigner aux disciples la vertu et la sagesse, *lui qui seul est le docteur et le maître de tous*.

« Il y aura congé lundi et mardi prochains (1). »

Le roi de son côté « non content d'avoir facilité à ses jeunes sujets les moyens de cultiver leur esprit, en leur fournissant lui-même des maîtres, crut devoir accorder quelque chose à leur inclination en donnant trois jours de congé à tous les étudiants. Dans une grâce, remarque flatteusement Coffin, qu'il étoit si facile et si naturel à un prince de son âge d'étendre plus loin, Sa Majesté à sçu, par un discernement supérieur, montrer de la bonté en permettant un délassement légitime, et de la modération en le réduisant à de justes bornes. Ainsi, connoissant déjà tout le prix du temps, Elle s'est contentée de donner un intervalle suffisant pour prendre quelque relâche, mais sans favoriser le penchant à la dissipation et à la paresse.

« En expliquant donc, ajoute le sage recteur, les inten-tions de Sa Majesté par son exemple et par sa conduite même, nous ne jugeons point à propos que ces trois jours de congé soient continus, de peur que par une in-terruption trop longue de l'exercice des classes, les jeunes gens, comme il arrive, ne se laissent insensiblement sé-duire par les charmes dangereux de l'oisiveté. Nous sou-haitons que ces jours soient répandus dans le cours de plusieurs semaines. C'est même le moyen de ménager la

(1) *Les œuvres de M. Coffin*, p. 78 et s.

grâce du Prince, et d'en mieux goûter la douceur, en la faisant durer plus longtemps, et en y revenant à plusieurs reprises avec une satisfaction toujours nouvelle (1). »

Pendant qu'à l'intérieur des colléges on s'associait à la joie publique par des harangues, des chants et des vers (2), l'Université se rendait en corps auprès du roi, du régent, et du garde des sceaux pour leur offrir ses actions de grâce; elle organisait la plus belle procession que l'on eût vue depuis longtemps ; et, présidée par le cardinal de Noailles, passait sous les fenêtres du Louvre, d'où le jeune roi voulut bien l'honorer de ses regards, devant le Palais-Royal, où le régent, la duchesse d'Orléans et le duc de Chartres, leur fils, l'attendaient également, entrait à Saint-Roch, y entendait la messe du cardinal et un nouveau discours du recteur. A la fin de l'année, la joie et la reconnaissance ne s'étaient point encore ralenties : dans une assemblée générale de l'Université, au cloître des Mathurins, Rollin prononça ce fameux discours sur l'instruction gratuite (3), dont il développa plus tard les pensées dans son *Traité des Etudes.*

Néanmoins, il était à craindre qu'en voulant assurer aux professeurs une vie indépendante avec une rémunération certaine et honorable, on n'eût tari parmi eux la source du travail et de l'émulation. Personne ne le dit plus haut que les ennemis de l'Université. Mais l'Université se l'était dit avant eux, et elle avait résolu d'y pourvoir efficacement par la réforme générale de sa législation. Le gouvernement de la régence avait, sinon provoqué, du moins accueilli avec empressement le projet d'une ré-

(1) *Les œuvres de M. Coffin.* T. II, p. 86 et s.

(2) A Beauvais, le poëte de la circonstance fut François Guérin, dont nous parlerons au chapitre xvii. Les pièces composées alors dans les divers colléges ont été recueillies en une brochure in-4o.

(3) *Opuscules de feu M. Rollin.* T. I, p. 400 et s.

forme. Coffin y faisait allusion quand, en félicitant le
régent, il lui disait :

« Nous espérons d'y réussir (à justifier les bienfaits du
prince) avec le secours des nouveaux règlements que vous
songez à nous donner pour affermir le bien que vous avez
fait. Cet ouvrage n'est pas indigne, Monseigneur, d'avoir
place dans l'histoire d'une régence, dont les événements,
qui semblent sortir de l'ordre naturel, font aujourd'hui
l'étonnement de toute l'Europe. La dernière réformation
de l'Université porte le nom respectable de Henri IV, votre
Auguste Bizayeul. Il était juste que celle que nous atten-
dons fût l'ouvrage d'un Prince, qui joint aux éminentes
qualités de Henri le Grand, un goût exquis pour les lettres;
et qu'après les avoir relevées par la magnificence de ses
dons, il les soutînt par la sagesse de ses lois (1). »

Personne ne souhaitait plus ardemment cette réforme
que Charles Coffin. Mais il était impossible que ces projets fussent également du goût de tout le monde, dans un
corps où le moindre obstacle que pourrait rencontrer leur
réalisation était la routine, partout si difficile à vaincre.
Aussi, en avouant ses tendances, Coffin eut bientôt perdu
dans l'Université la popularité qu'il s'était acquise par les
derniers événements; et quand vint l'époque de l'élection
du recteur, celui à qui peu de temps auparavant on voulait élever une statue (2), ne fut pas même jugé digne
d'être réélu.

Coffin se montra sensible à cet échec. Il put toutefois
s'en consoler dans le choix qui fut fait de maitre Gibert,
non moins dévoué que lui à la réforme, et dans la protestation douloureuse que fit entendre la nation de Normandie, indignée de l'injure infligée en cette circonstance à un
homme de la valeur de Coffin, qui avait si bien mérité de

(1) *Les œuvres de M. Coffin.* T. II, p. 103.
(2) *Éloge historique de M. Coffin,* p. XXIII.

la Faculté des arts, qui, par l'éminence de son esprit, son éloquence, ses vertus, son activité infatigable,avait relevé cette Faculté, et qui surtout avait eu une si grande part dans l'établissement de l'instruction gratuite (1).

Coffin avait été élu recteur pour la première fois en 1718. Remplacé par Rollin au mois d'octobre 1720, il fut réintégré dans ses fonctions, lorsque la célèbre lettre de cachet du quinze décembre suivant vint annuler l'élection précédente, et il garda sans interruption jusqu'au mois de juin 1721 le titre de recteur qui lui avait été ainsi rendu. Les loisirs qu'il retrouva dans la vie privée, lui permirent de se consacrer plus complétement encore que par le passé au gouvernement de son collége, et à la composition de ces belles et pieuses hymnes du bréviáire de Paris (2), qui mirent le comble à sa réputation littéraire. A cette époque de repos appartient aussi le discours prononcé par lui en Sorbonne, au nom de l'Université entière, à l'occasion de la naissance du dauphin,fils de Louis XV. Le portrait du roi, qui s'y trouve tracé avec une grâce incomparable, fut universellement admiré, et le roi lui-même, qui se le fit lire à Marly par Helvétius « s'y reconnut et, en parut fort content (3) ». Ajoutons qu'il ne

(1) *Arch. de l'Univ.* Reg. XI *bis*, f° 333.

(2) Il ne dédaignait point, dans cette œuvre, les conseils et l'assistance de ses collègues, ni même de ses élèves, et parmi ces derniers, l'écolier Combault serait l'auteur de deux des strophes de l'hymne magnifique de la fête de saint Pierre.

(3) *Éloge histor. de M. Coffin*, p. xxv. Voici ce portrait, si justement admiré : « Dicam, auditores, non adultorie sed vere : congesta sunt in Ludovicum decimum quintum ea naturæ præsidia atque ornamenta quæ et Regem arguant, et deceant Patrem. Suscipite illud celsæ et explicatæ frontis decus , illam blande fulgentium oculorum vim, illum vigorem vultus, illa Borbonii oris lineamenta, illam membrorum dignam Imperante conformationem, illam denique totius corporis mixtam ac temperatam conciliatrice animorum gratia dignitatem. Huc accedit conveniens tam nobili

resta pas étranger aux travaux provoqués par lui et continués sous son successeur au sein de la Faculté des arts pour la réforme projetée.

En 1739, une circonstance mémorable ramène le nom de Coffin a côté celui de Rollin dans l'histoire générale de l'Université Les doctrines jansénistes, qui dominaient depuis longtemps dans les écoles de Paris, et qui comptaient au nombre de leurs partisans les maîtres les plus recommandables par leur âge, par leurs talents, par leurs services et même par leurs vertus, commençaient néanmoins à perdre de leur influence; les jeunes docteurs se ralliaient de plus en plus à la bulle, et l'on pouvait prévoir le jour où s'engagerait une lutte décisive entre les vieux appelants de 1720, et les nouvelles recrues auxquelles l'Université ouvrait ses portes. Cette crise suprême fut hâtée par l'élection au rectorat d'un jeune homme à peine sorti des rangs des écoliers, mais à qui une naissance princière, une grande fortune, beaucoup d'esprit et de dextérité, des manières polies, gracieuses, séduisantes, assuraient à l'avance un ascendant auquel les plus ridiges ne pouvaient que difficilement se soustraire. Porté au rectorat par des hommes aussi puissants que désireux d'abattre le jansénisme (1), maître Armand de Rohan-Ventadour arrivait

hospitio domitor infinitæ potestatis ac frenator animus ; excelsa mens et candida, nihil prætexens moribus suis ; altum ac secretorum capax pectus ; rarus sermo, sed aptus et sensu tinctus ; nihil superbum, nihil arrogans, nihil incompositum ; imprimis summus æterni Numinis metus, summa Religionis observantia, summa reverentia sacrorum. » (*Les œuvres de M. Coffin*, t. Ier, p. 210 et s. (Louis XV méritait alors tous ces éloges, mais depuis !.....)

(1) « D'abattre et *d'enterrer* l'Université en même temps que le jansénisme, murmuraient les mécontents. Quelques jours avant l'élection, on fit circuler dans Paris un billet ainsi conçu : « M., vous êtes prié d'assister au convoi et enterrement de très-haute et très-puissante dame, Mme l'Université de Paris, fille ainée du roi, décédée en son hôtel des sciences, le 2 mars 1739. Son

à cette charge avec la pensée nettement avouée par ses
partisans de faire cesser la longue rebellion de l'Université contre l'église romaine, en l'amenant à rétracter
spontanément son appel au futur concile général et à accepter la bulle. Rien ne fut épargné pour assurer à l'avance
le succès d'une entreprise si importante, et les jansénistes ont raconté qu'à l'occasion de l'installation du noble
recteur, « les repas où la confusion ne régnait pas moins
que la délicatesse, les entretiens affectueux, les égards,
les politesses, les mets exquis, les vins d'élite, tout étoit
artificieusement dirigé au succès de la grande affaire (1)».

Dès que les esprits eurent été suffisamment disposés,
un mandement du recteur convoqua extraordinairement
l'Université en assemblée générale pour le onze mai.
Après avoir exprimé en excellents termes son respect et
sa gratitude pour l'Université, le prince-recteur aborda la
question difficile franchement, mais avec une modération
qui lui gagna bientôt les esprits indécis; et lorsqu'enfin il
conclut à une soumission absolue aux décisions du siége
apostolique, en conformité avec tous les autres corps du
royaume, qui, sans exception, les avaient déjà adoptées,
avec le roi lui-même et avec la catholicité tout entière,
il s'était si bien emparé de l'assemblée, que les protestations de l'ancien recteur Gibert, écoutées avec un silence
respectueux, ne trouvèrent néanmoins d'écho nulle part,
sinon chez quelques vieux maîtres comme Rollin et Coffin,
Mésenguy et Demontempuys. Les conclusions du recteur furent accueillis par de chaleureux applaudissements, et lui-même, au sortir de l'assem-

corps sera déposé dans l'église des révérends pères jésuites pour
y attendre la résurrection du bon sens en France. *Requiescat in
pace.* Son éloge funèbre sera prononcé le même jour dans l'hôtel
de Soubise, par M. l'abbé de Ventadour, son unique héritier par
droit de confiscation. »

(1) *Nouvelles ecclésiastiques,* p. 135.

blée, fut reconduit jusqu'à sa maison de la rues des Maçons-Sorbonne pour un cortége triomphal de plus de quatre cents maîtres : le jansènisme était vaincu, {et les rues de l'Université voyaient ses funérailles. Personne ne s'y trompa , les derniers partisans de la secte moins que personne: Coffin, qui était censeur de la nation de France, et qui devait, à ce titre, en rédiger les conclusions, n'attendit pas même la fin de la séance; il aima mieux se démettre de sa charge que de prêter sa plume à la rédaction d'un acte contre lequel il avait résolu de s'inscrire en faux avec une persévérance digne d'une plus juste cause. Pour le même motif, Rollin avait refusé de présider la tribu de Paris dont il était doyen. Leur résistance ne put arrêter la chute du jansénisme. En vain ils tentèrent de soulever au sein du Parlement une opposition en faveur de la secte, qui y comptait des partisans en grand nombre ; ils furent prévenus par Fleury et d'Aguesseau ; Gibert fut exilé à Auxerre, et Rollin, Coffin, Mésenguy, Demontempuys, avec soixante-seize autres maîtres, qui avaient protesté avec eux, furent exclus de toutes les assemblées de l'U niversité La sentence était du 14 mai. Rollin mourut dix-huit mois après (septembre 1741).

Coffin lui survécut huit années, consacrées tout entières au gouvernement intérieur et à l'amélioration de son collége : à peine avons-nous à signaler, dans ce laps de temps, un acte qui n'ait pas pour objet l'avantage spécial du collége de Beauvais, L'Université, d'accord avec le Parlement, venait en 1746, d'inaugurer les concours généraux fondés par le chanoine Legendre; Coffin voulut contribuer pour sa part à développer une institution, dont nul ne comprenait mieux que lui l'immense utilité pour le progrès des études. En 1749, il donna cinquante livres de rente pour fonder deux prix de version latine en seconde (1).

(1) *Arch. de l'Univ.* Reg. 456, f° 23.

Il n'eut pas le bonheur de couronner lui-même les jeunes lauréats qui les premiers reçurent les récompenses qu'il leur destinait : avec quelle joie il aurait vu l'ardeur apportée par son collége à disputer aux autres maisons de l'Université des prix qui semblaient n'appartenir qu'à Beauvais (1) ! mais dès le vingt juin, quelques semaines après avoir réglé cette fondation, le vieux principal était mort.

Le jansénisme, dont il avait voulu rester le partisan obstiné, vint finalement déshonorer sa dernière heure et ses funérailles. Si ouvertement qu'ils se fussent déclarés contre l'Église romaine, et si indigne qu'ils se proclamassent de participer aux choses saintes, les jansénistes ne se résignaient pas à quitter ce monde sans avoir donné, par la réception ostensible des sacrements, un gage extérieur d'une foi que leur vie entière avait démentie, mais hors de laquelle un homme d'honneur ne croyait pas alors pouvoir mourir tranquille. Aussi, sans cesse des prêtres jansénistes parcouraient en secret les divers quartiers de Paris, recevaient les aveux des mourants de la secte ; puis, après une absolution telle quelle, on appelait le curé, on le priait d'administrer les sacrements à un malade contrit, confessé, absout, et le tour était joué. Par tous les moyens possibles, il fallait interdire à ces prêtres l'exercice d'un ministère qu'ils n'avaient plus le droit ni le pouvoir d'exercer, et empêcher ainsi que cet acte suprême de religion ne devînt une profanation sacrilège. Il fut donc statué par l'autorité diocésaine, que le viatique ne serait donné à aucun malade qui n'aurait pas fait acte de soumission à l'église et reçu l'absolution d'un prêtre approuvé : un billet, délivré par le confesseur, devait être le témoignage authentique des sentiments orthodoxes du

(1) Voir le programme des lauréats du grand concours, *Arch. de* l'*Univ*.Reg. 456, f. 91, etc.

mourant. Il y avait déjà plusieurs années que cette sage mesure avait été prise à Paris, et qu'elle s'y maintenait malgré les cris des sectaires et les persécutions du Parlement, lorsque Coffin, sentant approcher sa dernière heure, réclama les sacrements. Mais le curé de Saint-Étienne-du-Mont ne peut obtenir de lui le billet de confession ; il se vit ainsi obligé de lui refuser sa demande, et le principal de Beauvais mourut dans son entêtement.

La conséquence du refus des sacrements était le refus de la sépulture ecclésiastique. On eut en effet beaucoup de peine à engager le curé de Saint-Étienne à ouvrir à la dépouille de l'ancien recteur les portes de son église. Il finit par y consentir ; et après le service, le corps fut porté avec une solennité extraordinaire à la chapelle du collége de Beauvais pour y être enterré. Le recteur, et les quatre procureurs, en grand habit, les élèves du collége, rangés deux à deux et chantant le *De profundis* et le *Miserere*, une foule d'étudiants, de professeurs et de magistrats, les quatre derniers recteurs portant les coins du poële (1), tout cela formait autour du mort une appareil sympathique et pompeux, dont ses amis triomphèrent sans doute, mais qui ne pouvait rassurer les vrais chrétiens sur le sort de ce malheureux sectaire, et qui ne console pas l'historien de sa persévérante et impardonnable obstination. Toutefois, les jansénistes ne se tinrent pas pour satisfaits; dès qu'ils eurent achevé les funérailles de Coffin et gravé sur sa tombe l'élogieuse épitaphe (2) composée par Crevier, ils portèrent plainte contre le curé

(1) *Arch. de l'Univ.* Reg. 45 *b.*, f. 39.

(2) D. O. M.

Hic resurrectionem expectat
CAROLUS COFFIN, clericus Remensis,
Antiquus Academiæ Parisiensis Rector,
Hujus collegii primarius,
Qui domum hanc, quam per sex

devant le Parlement. Cette cour était, grâce aux errements personnels d'un grand nombre de ses membres trop disposée à les écouter ; elle comptait d'ailleurs parmi ses conseillers un neveu du défunt, chargé lui-même de présenter et d'appuyer la plainte. D'un autre côté, quatre consultations signées de soixante avocats vinrent établir que le refus des sacrements constituait une injure, dont

et triginta rexit annos,
gloria auctam,
Ingenti discipulorum multitudine
frequentatam,
Studiis doctrinæ et pietatis insignitam
postremo etiam legato
non mediocri per testamentum adjutam,
æternum sui memorem merendo fecit.
Magni ROLLINI successor et æmulus.
Cœteras ejus laudes certatim prædicant
bonæ artes
quas orator idem et poeta egregius
Latio plaudente coluit,
Academica juventus,
Cujus studia novi præmii accessione
stimulavit,
Academia princeps
Quam justissima Regis optimi Lud. XV.
munificentia
dotandam curavit ;
denique ecclesia Parisiensis
Cui pios dulcesque Hymnos Christianus vates cecinit,
Viro bonis omnibus dum viveret
carissimo
bene post mortem precentur omnes boni.
Vixit annos LXXII. menses VIII. dies XVI.
Obiit die vigesima secunda Junii
anni 1749
quo die anniversarium pro se sacrum
in perpetuum celebrari precepit.
REQUIESCAT IN PACE.

la réparation pouvait être poursuivie par les familles devant les juges séculiers. Le procès allait s'engager sérieusement, lorsqu'un arrêt du Conseil imposa silence aux accusateurs et interdit au Parlement de s'immiscer en ces sortes d'affaires.

Coffin aimait trop son collége pour ne lui avoir pas donné place dans son testament. Au reste, il n'avait pas attendu à cette heure suprême pour lui faire du bien par ses largesses. La famille de Coffin, loin de s'opposer à l'exécution de ses dernières volontés en faveur du collége, s'y prêta au contraire avec la plus grande générosité. Ses trois sœurs renoncèrent à la succession, et l'une d'elles donna même une somme de cinq cent cinquante huit livres huit sols pour faciliter l'accomplissement des vœux du défunt. Lambert Coffin, son frère, ancien professeur au collége, puis successivement libraire juré de l'Université et receveur des tailles à Guise, ne se montra pas moins généreux, et chargea le libraire Charles Saillant de traiter toute cette affaire. Le collége reçut ainsi une rente de deux cent cinquante livres, et une autre de deux cents livres, ainsi que la remise d'une rente de deux cent quarante livres qu'il devait à Coffin. En outre, mille livres étaient laissés au collége par l'ancien principal, pour couvrir les frais d'héritage. De son côté, conformément au vœu du défunt, le collége dut prendre l'engagement de faire célébrer chaque année un obit solennel pour l'âme de Charles Coffin à l'anniversaire de sa mort, d'y faire certaines distributions aux officiers et aux boursiers, et d'employer tous les ans cent livres à fournir aux plus pauvres boursiers, de l'avis du principal, du procureur et du sous-maître, des livres et autres objets qui leur seraient plus nécessaires (1).

____

(1) Reg. intitulé: *Beauvais, inventaire, minutes,* à l'article : *Fondations pies.*

CHAPITRE XVII

Malgré l'ordre du roi, qui depuis dix-huit ans tenait
Coffin et les compagnons de son obstination éloignés des
assemblées de l'Université, les maîtres de l'École de Paris avaient tenu à rendre au recteur disgracié les honneurs funèbres les plus magnifiques. Le greffier relata
aux registres officiels sa mort, ses funérailles, et fit précéder cette relation d'un éloge historique où tous les
genres de mérite du défunt sont loués sans restriction,
sauf bien entendu son entêtement contre la bulle, dont il
n'est point dit un mot (1). Le recteur qui signa ce procès-
verbal s'appelait Paul Hamelin. Il occupait depuis plusieurs années la chaire de philosophie au collége Mazarin. Son amour pour les libertés, de plus en plus violées,
de l'Université de Paris, et son ardeur persévérante à les
revendiquer, avaient éclaté le jour où il s'était vu, pour la
première fois, appelé par le choix de ses collègues à rem-

(1) *Arch. de l'Univ.* Reg. 45*, f° 39.

plir une fonction publique. C'était en 1742; il s'agissait de
nommer un successeur au recteur Jean Josse, mort en
charge, et les usages semblaient appeler Philippe Poirier,
professeur au collége de la Marche et ancien recteur, à
prendre part à l'élection comme intrant de la nation de
France, dont il était procureur. Or, dans l'Université,
aucun nom n'était plus impopulaire que le nom de Philippe Poirier. Imposé jadis comme chef aux écoles de Paris par les ordres souverains de Louis XIV, et, malgré les
sourds mécontentements, maintenu en charge pendant
quinze mois, à ce premier et impardonnable tort d'avoir
été contre les immunités du corps universitaire l'instrument d'une volonté tyrannique, il avait ajouté lui-même le
tort, non moins impardonnable aux yeux de ses collègues,
de ne point détester les Jésuites, et même de faire publiquement leur éloge. Aussi, le grand roi était à peine des-
cendu dans la tombe, que les colères, longtemps contenues,
avaient éclaté. Le vieux syndic Pourchot, qui avait ex-
horté ses collègues à courber la tête sous un orage pas-
sager, se leva, invoqua les droits inaliénables de la liberté, et dénonça avec une véhémence impitoyable « les
ennemis secrets qui faisoient arriver d'une autre Caprée
des dépêches » odieuses; le recteur fut cassé, les insignes
de sa dignité violemment arrachées de ses épaules (1), ses
actes blâmés sévèrement, lui-même obligé de s'enfuir, dépouillé, seul et honteux, d'une assemblée qu'il entendait
présider encore et qui venait, pour comble d'ignominie,
de lui interdire le rang et le titre traditionnels de *vir rec-
torius* (2). Le parti Rohan-Ventadour avait ramené Philippe Poirier sur le champ de bataille : c'est le même
parti qui déjà l'avait présenté au roi pour la charge de
recteur; mais si l'on avait souffert que Philippe Poirier

(1) Barbier, *Journal*, t. II, p. 230.
(2) *Hist. de l'Univ.*, par M. Ch. Jourdain, pp. 305, 306, 309 et
suiv.

reparût dans les assemblées avec la dignité de procureur de la nation de France, ce que l'on ne voulait souffrir à aucun prix, c'était qu'il eût à l'élection du chef de l'Université une part quelconque. Paul Hamelin fut donc nommé intrant pour la nation de France; et bien qu'il n'eût pas encore trente ans et que le droit de voter semblât appartenir plutôt à celui à qui appartenait déjà le titre de procureur, double cause qui régulièrement annulait le choix qui venait d'être fait d'un intrant, Hamelin soutint avec audace le droit qu'entendait lui conférer sa nation, résista au recteur sortant qui voulait rappeler les anciens usages, affirma qu'en le choisissant la nation de France n'avait fait qu'user d'une liberté légitime, et, par ses protestations opiniâtres, fit ajourner indéfiniment l'élection du recteur. Ce fut seulement après deux années d'indécisions et de luttes que, le Parlement lui ayant donné gain de cause et ayant écarté maître Poirier, l'élection se fit régulièrement et porta au rectorat Pierre Fromentin (1).

Nul doute qu'un homme de ce caractère, parvenu à son tour aux fonctions rectorales, n'ait voulu faire encore, des solennités funèbres dont il entoura les dépouilles de Charles Coffin, une protestation contre le châtiment dont ce maître était frappé depuis dix ans. Peut-on douter davantage de l'intention du Parlement de Paris, qui choisit Paul Hamelin pour succéder à Coffin dans la principalité de Beauvais ? Évidemment cette cour, si profondément attachée au jansénisme, et qui venait encore, dans le procès suscité au curé de Saint-Étienne-du-Mont, de donner des preuves non équivoques de son dévouement à la secte, tenait à ce que le collége de Beauvais, placé sous sa haute direction, restât au point de vue des doctrines religieuses autant au moins qu'au point de vue

(1) *Hist. de l'Univ.* par M. Ch. Jourdain, pp. 377 et 378.

pédagogique, fidèle aux traditions fondées par Rollin et maintenues obstinément par son successeur.

Nous n'avons d'ailleurs aucun détail sur l'installation du principal Hamelin ni sur son administration. Rien n'a été écrit à ce sujet. Les esprits étaient alors trop vivement préoccupés par un événement considérable, qui causait à l'Université plus de joie qu'elle n'en voulait laisser paraître : l'expulsion des Jésuites. Ce n'est pas ici le lieu de raconter cette catastrophe, l'affaire du Père Lavalette qui en fut l'occasion, les haines qui s'acharnèrent à perdre une Compagnie dont les vertus mêmes étaient autant de crimes aux yeux d'une foule passionnée, les juges transformés en ennemis, la fermeté de ces religieux, qui aimèrent mieux fermer leurs maisons et quitter la France que de s'y maintenir en achetant, par de honteuses complaisances, la faveur d'une Pompadour. Disons toutefois qu'en face d'un événement auquel il lui était difficile de rester étrangère, et malgré ses vieilles et ardentes rancunes, l'Université sut garder, au moins dans sa conduite extérieure, une modération digne de tout éloge. En vain un grand nombre de ses maîtres les plus respectés, et même plusieurs magistrats appelés à prononcer dans cette grande affaire, vinrent la presser de prêter son concours à la ruine d'adversaires contre lesquels elle avait soutenu des luttes si longues et si douloureuses : le tribunal académique répondit qu'à la vérité il était impossible à l'Université de rester muette en pareille circonstance, qu'elle croirait par son silence renier ses ancêtres, que l'intervention qu'on réclamait d'elle l'honorerait infiniment, mais qu'en somme, cette intervention étant pour le moment tout à fait superflue, elle aimait mieux attendre (1).

Il lui était facile de faire parade de générosité à l'égard d'un ennemi qu'elle voyait de toutes parts accablé de coups

(1) *Arch de l'Univ*. Reg. 56, f° 57 et f° 60, v°.

mortels. Le 6 août 1761, le Parlement avait ouvert la
brèche, en déclarant que les Jésuites n'avaient jamais eu
en France d'existence légale, qu'ils avaient abusé de toute
manière de la tolérance accordée à leur institut, que
l'ordre public exigeait qu'ils fermassent leurs noviciats et
leurs colléges et qu'ils cessassent d'enseigner. Trois ans
plus tard, au mois de novembre 1764, la grande affaire se
terminait par un édit du roi qui supprimait la Société de
Jésus dans tout le royaume.

Dès le 31 mars 1762, les Jésuites avaient fermé leur collége Louis-le-Grand, qui ne comptait plus que cent soixan-
te-cinq élèves, dont quinze externes. Qu'allaient devenir
les vastes bâtiments qu'ils laissaient vides en quittant la
rue Saint-Jacques? Ils ne pouvaient être vendus, comme
la plupart des biens des Jésuites, pour payer les dettes de
la Compagnie: l'intention formelle du Parlement était que
ces bâtiments gardassent exclusivement leur destination
primitive. Les Génovéfains émirent alors un avis qui fut
accueilli avec faveur. L'église Sainte-Geneviève commençait à sortir de terre ; on voulait l'entourer d'une place
qui répondît par son ampleur à la majesté du nouveau
monument, et il était pour cela nécessaire de sacrifier les
constructions du collége de Lisieux. Les chanoines propo-
saient donc de transporter ce collége dans les bâtiments
abandonnés de Louis-le-Grand. Ce projet ne trouva d'opposition que parmi les amis des Jésuites, qui ne désespé-
raient pas de les voir rentrer en possession de ce magnifique établissement ; malgré leurs plaintes, un arrêt du
Parlement, du 7 septembre 1762, ordonna que les classes
du collége de Lisieux seraient ouvertes, dès le 1er octobre
suivant, dans les bâtiments du collége Louis-le-Grand.

C'était pour l'Université une grande victoire. Elle voulut en profiter pour mettre à exécution un double projet
qu'elle nourrissait depuis longtemps. Le collége Louis-
le-Grand était assez vaste pour servir à la fois de refuge

au collége de Lisieux et de chef-lieu à l'Université de Paris, qui y aurait ses salles de réunion, ses archives, sa bibliothèque, et qui ne se verrait plus obligée de réclamer, comme elle le faisait depuis des siècles, l'hospitalité du couvent des Mathurins. Rien n'était plus facile que d'exaucer un désir si légitime, et le 9 septembre 1763, le recteur s'installa avec son tribunal à Louis-le-Grand.

Le second projet avait une portée plus haute, et à diverses reprises il avait été déjà mis en avant par plusieurs grands esprits, notamment par le cardinal de Richelieu (1) et par le chancelier d'Aguesseau (2). Sur trente-six colléges que possédait la capitale, dix seulement étaient de plein exercice ; les autres, fondés avec des ressources insuffisantes, mal administrés, endettés ou en procès, végétaient depuis longtemps, et se trouvaient réduits à un tel état de misère que, sur trois cent quatre-vingt-quatre bourses comprises dans leur fondation primitive, cent quatre-vingt-seize seulement étaient remplies en 1762. La plupart avaient été amenés à aliéner par des locations ou même par des ventes une partie de leurs bâtiments : nous en avons eu un exemple dans les colléges de Presles et de Laon, occupés presqu'entièrement par les pensionnaires de Beauvais. Les études et la discipline étaient généralement au niveau des finances. On proposait donc de supprimer tous les petits colléges, et d'en fondre à Louis-le-Grand les boursiers et les revenus. Lisieux leur donnerait ses professeurs, et ils fonctionneraient sous la haute surveillance d'un double bureau d'administration et de discipline, de qui relèveraient le maniement des finances, le choix des régents, les règlements d'étude et la police intérieure. L'exécution de ce plan dépendait d'une foule d'intérêts divers et complexes qu'il convenait de ménager ; il ne put

(1) *Hist. de l'Univ.*, par M. Ch. Jourdain, p. 130.
(2) *Ibid.*, p. 404.

être pleinement exécuté que le 21 novembre 1763, lorsqu'une commission nommée à cet effet et composée du recteur en exercice et de cinq anciens recteurs, parmi lesquels nous trouvons Paul Hamelin, eut élucidé toute l'affaire, résolu toutes les objections, imposé silence aux susceptibilités et aux jalousies immédiatement excitées par le sentiment de la position exceptionnelle qui allait être faite au nouveau collége. Mais le Parlement ne voulut pas attendre jusque-là pour montrer combien il approuvait le projet de réunion : dès que la translation du collége de Lisieux à Louis-le-Grand eut été résolue, il ordonna qu'à la réouverture des classes tous les petits colléges sans exception commenceraient à en suivre les cours (1).

L'installation de Lisieux à Louis-le-Grand présageait, pour un avenir prochain, à l'Université sa propre installation dans ce même collége, à l'ombre de ces murs, où si longtemps ses rivaux avaient bravé ses impuissantes colères : aussi en fit-elle l'occasion d'une fête ou plutôt d'un triomphe sans pareil. Quand la remise des bâtiments fut achevée, les délégués du Parlement, le recteur, le tribunal académique, tous les principaux et les boursiers des colléges de Paris se rendirent à la chapelle, et le principal de Lisieux entonna le *Te Deum* qui fut achevé au milieu de l'émotion et des larmes de joie de l'assemblée (2). Les méchantes allusions ne furent pas non plus épargnées aux vaincus : quand, à la messe qui suivit, les chantres commencèrent l'*Introït*, choisi à dessein : *Exurgat Deus et dissipentur inimici ejus, et fugiant qui oderunt eum a facie ejus*, tous les cœurs, sinon toutes les lèvres, nommèrent secrètement les Jésuites(3).Triomphe éphémère! l'Université n'est depuis longtemps que l'ombre d'elle-même ; encore trente

<hr>

(1) *Arrêt du 7 septembre* 1672.
(2) *Arch de l'Univ*. Reg. 47, fo 10.
(3) *Hist. de l'Univ* , par M. Ch. Jourdain, p. 404.

ans, et elle tombera pour ne plus se relever. Les vaincus au contraire sont ressuscités de leurs cendres ; les bannis sont revenus en foule, et ils ont relevé sur tous les points de la France des colléges plus florissants que jamais.

Cependant Lisieux ne subissait que comme une disgrâce et un châtiment le sort nouveau qui lui avait été fait. Son existence et sa vie individuelles disparaissaient dans ce collége formé de la réunion de tant d'autres colléges ; ses illustrations, s'il en possédait quelqu'une, au lieu de rester son bien propre, allaient se perdre dans les illustrations des colléges réunis ; éclipsé par le nom de Louis-le-Grand, que les Jésuites avaient rendu trop célèbre pour qu'on pût l'oublier, son nom n'était plus prononcé par personne. D'ailleurs le voisinage du tribunal de l'Université, qui désormais partageait son toit, la surveillance du bureau de discipline sur les boursiers des petits colléges confiés à son enseignement, tout cela troublait son repos et lui faisait craindre pour son indépendance. Des plaintes silencieuses il passa bientôt aux réclamations positives; il se fit appuyer par ses supérieurs majeurs, l'abbé de Fécamp, qui était alors l'archevêque de Reims, et l'évêque de Lisieux : il fallut songer à chercher un autre collége qui consentît à prendre sa place à Louis-le-Grand. Il paraît que Lisieux lui-même fit des avances à Beauvais (1) ; et à ce collége « non moins ancien, dit M. Quicherat (2), aussi riche et plus célèbre que celui de Lisieux, fut trouvé de meilleure composition ».

Le procès-verbal de la délibération de la communauté au sujet de la translation du collége à Louis-le-Grand existe encore. On voudrait y trouver la trace de sentiments larges et élevés, et constater ainsi qu'en consentant

(1) *Arch. de l'Emp. Acte des 2, 4, 7 avril* 1764, par lequel la translation est acceptée. M. 90.

(2) *Hist. de Sainte-Barbe*, t. II, p. 237.

à rompre avec ses traditions et son histoire individuelles, pour fondre ses efforts, ses succès et sa vie, dans une œuvre qui lui sera désormais commune avec d'autres colléges, et où son nom n'apparaîtra plus, le collége de Beauvais avait uniquement en vue le bien immense qui en devait résulter pour l'Université, pour les études et pour le pays. Mais non ; après quelques phrases banales de respect pour le roi et pour son gouvernement, après une protestation plus banale encore d'attachement pour le collége, qui ne pourra, dit-on, que gagner au nouvel état de choses, ce qui surnage en tout cela, c'est l'amour des membres de la communauté pour leur intérêt personnel et pour leur repos. On les indemnisera largement : il suffit ; le collége fondé depuis bientôt quatre siècles par le cardinal de Beauvais, illustré par les Ramus, les François Xavier, les Grangier, les Vittement, les Patru, les Boileau, les Perrault, les Arnaud, et récemment encore par les Louis Racine, les Bougainville, les Galissonnière, les Rollin, les Coffin, les Crevier, les Thomas, ce collége cessera d'être.

L'acte est inséré au registre ordinaire des *Conclusions de la communauté du collége de Dormans-Beauvais* (1) ; il est du 1er avril 1764. Le voici dans son entier :

« Ce jourd'hui nous nous sommes assemblés extraordinairement à l'effet de délibérer sur le projet de la réunion du collége à celui de Louis-le-Grand à nous communiqué de la part de Messieurs les Commissaires chargés par le Roi de tout ce qui concerne le collége Louis-le-Grand.

« Après mure délibération, il nous a paru 1° qu'un projet de cette nature, émané d'une source aussi respectable ne pouvoit manquer d'aller au bien public, c'est-à-dire à un but digne des hautes lumières qui l'ont enfanté.

(1) *Arch. de l'Emp.* Reg MM. 364, pp. 58 et 59.

« 2° Que nous manquerions aux sentimens qui nous ont animés jusqu'à présent, sentimens les plus vifs et les plus respectueux non seulement pour le monarque bien-aimé qui gouverne la France, mais encore pour le sénat auguste, dépositaire fidel et exécuteur zélé de ses volontés, si nous ne concourions pas autant qu'il est en nous à un dessein qui ne peut manquer d'être avantageux à la religion et aux lettres.

« 3° Que nous aurïons d'autant plus mauvaise grâce de nous refuser à ce projet, que d'une part les enfants qui jusqu'à présent nous ont été confiés ne peuvent qu'y gagner, et que de l'autre les magistrats en nous le fesant proposer annonçoient en même tems la disposition la plus décidée à nous indemniser pleinement du sacrifice volontaire que nous étions prêts à faire des titres, places et prérogatives dont nous avons joui jusqu'à présent en qualité d'officiers de ce collége.

• 4° Qu'au moïen des indemnités proposées à chacun de nous, sçavoir 3000 fr. au moins pour le principal et maître, sans comprendre dans cette somme l'émérite qn'il s'est acquise par ses travaux dans l'Université, de 2000 fr. pour le sous-maître et de 1500 fr. pour le procureur, exigibles chaque année de trois mois en trois mois notre vie durant sur la caisse commune de Louis-le-Grànd en vertu de l'ordonnance de Messieurs les commissaires, homologuée en Parlement, sans que pour raison de ce nous soions obligés d'être domiciliés à Paris, nous consentirions à l'extinction de nos places et offices ; pour être les revenus à nous accordés, convertis en bourses à notre mort au profit des enfants de Dormans, Compiègne ou autres paroisses du diocèse de Soissons, conformément aux premières fondations. HAMELIN. CUNEAUX. SIMON. »

Nous ne savons si l'on avait à craindre que les membres de la communauté de Beauvais ne subissent quelqu'influence capable de les faire revenir sur leur décision pre-

mière, mais l'affaire de la translation fut conduite avec
une promptitude qui donne à penser. La pièce que nous
venons de citer est du 1ᵉʳ avril. Le 3, le même acte était
renouvelé par les mêmes personnes en présence des notaires Lecouturier et Guéret, avec cette particularité
néanmoins que les pensions viagères réclamées par le
principal, le sous-maître et le procureur devaient reposer
non plus seulement sur les biens du collége de Beauvais,
mais *subsidiairement* sur ceux du collége Louis-le-Grand.
On demandait aussi «que le collége de Dormans n'eût
pas de propriété dans les bâtimens du collége de Louis-le-
Grand, mais que les boursiers y fussent logés gratuitement sans préjudice de la contribution telle que de droit
aux dépenses nécessaires des maîtres et sous-maîtres,
mais subsidiairement aux dépenses nécessaires pour les
dits boursiers et l'entretien des biens dudit collége ». Le
4, en présence des mêmes notaires, maître Martin Tingry,
prêtre du diocèse de Soissons, licencié en théologie de la
maison et société de Sorbonne, professeur émérite en l'U-
niversité de Paris, déclare qu'en qualité d'ancien procureur
du collége de Beauvais, et ayant encore la survivance du
sieur Simon, procureur actuel, il accepte et adhère au
projet de translation, a la condition que, s'il survit, il recevra les honoraires du procureur. Enfin, le 7, « maître
Adrien-Nicolas Rolland, prêtre, licencié en théologie, professeur en philosophie, maître Pierre-Adrien Turquet,
aussi professeur de philosophie, maître Antoine Maltor,
professeur de rhétorique, maître Léger Desmalles, professeur de seconde, maître Nicolas Naguettes, professeur
de troisième, maître Alexis Boutillier, professeur de quatrième, maître Marc Triquer, professeur de cinquième et
maître Jean-Jacques-Sauveur Maltor, professeur de sixième, en qualités de professeurs du collége de Beauvais,
acceptent la translation et prient les conseillers du
roi notaires de leur obtenir la permission de prendre

le titre de professeurs du collége Louis-le-Grand (1) ».

Or, ce même jour, 7 avril, le recteur s'ouvrait pour la première fois au tribunal académique du désir de **MM.** de Lisieux de sortir de Louis-le-Grand, et du projet de mettre **MM.** de Beauvais à leur lieu et place (2). Et ce même jour, étaient données à Versailles les lettres patentes du roi, qui décrétaient la translation du collége de Beau vais en celui de Louis-le-Grand, bien qu'en en différant l'exécution jusqu'au mois d'octobre suivant. Rien ne nous fait mieux connaître que ces lettres les conditions dans lesquelles s'opérait ce grand changement : aussi les donnons-nous ici tout entières.

« Louis, par la grâce de Dieu, roi de France et de Navarre, à tous ceux qui ces présentes lettres verront : *Salut.* Nous aurions bien voulu par nos lettres patentes du 21 novembre dernier, agréer les arrangements qui avoient été pris entre les abbés et chanoines réguliers de l'Abbaye Royale de Sainte-Geneviève et les supérieurs du collége de Lisieux, pour l'indemnité des terrains et bâtiments qu'il occupoit et qui se trouvoient nécessaires pour la nouvelle église de Sainte-Geneviève ; les mêmes motifs nous avoient engagé à autoriser la translation de l'exercice dudit collége dans celui de Louis-le-Grand, afin que les boursiers des colléges de Paris où il ne se trouvoit plus de plein exercice, que nous avions jugé à propos de réunir dans le collége de Louis-le-Grand , pussent y trouver les instructions nécessaires pour leur éducation ; mais les supérieurs majeurs et collége de Lisieux nous ayant fait plusieurs représentations à ce sujet, et nous ayant proposé, de concert avec les administrateurs dudit collége de Louis-le-Grand, de leur laisser la liberté d'établir le collége de Lisieux dans tel autre lieu de notre

(1) *Arch. de l'Emp.* M. 90.
(2) *Arch. de l'Univ.* Reg. 47, f° 8.

bonne ville de Paris, qui seroit par nous agréé, et dans
lequel ils fussent plus à portée de remplir l'esprit et les
vues de leurs fondateurs, nous nous serions porté d'autant plus volontiers à y déférer, que la précaution que
lesdits supérieurs et administrateurs avoient prise en
même temps de s'arranger avec les directeurs du collége
de Dormans-Beauvais de notre bonne ville de Paris, de
manière qu'il pût être substitué sur le champ à celui de
Lisieux, rendoit ce changement sans inconvénient, n'ap-
portoit aucune interruption aux exercices du collége de
Louis-le-Grand et ne faisoit qu'accélérer l'exécution de
nos lettres patentes du 21 novembre dernier ; il Nous a
même paru que le bien public que nous avons uniquement en vue par ces lettres et que nous désirons voir
promptement rempli, seroit d'autant plus assuré, que par
ces arrangements le collége de Beauvais et tout ce qui en
dépend, se trouveroit tellement incorporé avec ledit collége de Louis-le-Grand, qu'il n'existeroit plus qu'un seul
et même collége desservi par les mêmes maîtres, soumis
aux mêmes règles, à la même discipline, et à une seule
et même administration, toujours plus utile pour le maintien d'une bonne police et pour l'avantage tant desdits
boursiers réunis que des pensionnaires et des externes
qui y feroient leurs études. Nous adopterons donc avec
d'autant plus de satisfaction un arrangement si simple,
que notre Cour de Parlement, sous la direction immédiate
duquel se trouvoit ledit collége de Beauvais, ne perdra
par cette incorporation aucun de ses droits et prérogatives, puisque le bureau d'administration que nous avons
établi par nos dites lettres patentes pour la conduite du
collége de Louis-le-Grand se trouve composé de plusieurs
membres de notre dite Cour, et que les comptes de la
régie des biens du collége de Beauvais seront toujours
rendus en la manière accoutumée. A ces causes, et autres
à ce Nous mouvans, de l'avis de notre conseil, et de notre

certaine science, pleine puissance et autorité royale, **Nous** avons par ces présentes signées de notre main, ordonné et ordonnons voulons et nous plaît ce qui suit :

ARTICLE PREMIER.

« Le collége de Dormans-Beauvais de notre bonne ville de Paris sera et demeurera incorporé à perpétuité avec celui de Louis-le-Grand, en telle sorte qu'il ne fasse plus qu'un seul et même collége, soumis à la même discipline et à la même administration, à l'effet de quoi l'instruction publique qui se faisoit dans ledit collége de Beauvais sera transférée dans celui de Louis-le-Grand et tous les biens et effets appartenant audit collége de Beauvais seront régis et administrés par le bureau d'administration dudit collége de Louis-le-Grand.

II

« Les boursiers du collége de Beauvais demeureront pareillement incorporés avec ceux des autres colléges réunis dans ledit collége Louis-le-Grand, et y seront logés, nourris et élevés, ainsi qu'il est porté par nos lettres patentes du 21 novembre dernier, le tout sans avoir par lesdits boursiers et collége de Beauvais, dans les bâtiments dudit collége de Louis-le-Grand, aucune propriété distincte et séparée des autres boursiers y réunis.

III

« Les places de principal, sous-maître et procureur du collége de Beauvais seront et demeureront supprimées ; voulons toutefois qu'il soit payé par le receveur du bureau d'administration du collége de Louis-le-Grand, sur les revenus du collége de Beauvais, subsidiairement sur ceux du collége de Louis-le-Grand, une pension viagère de trois mille livres par an audit principal, non compris la pension d'émérite dont il jouit, une de deux mille livres au sous-maître et une de quinze cents livres audit procureur, lesquelles pensions leur seront payées de trois mois en trois mois, à compter du premier octobre prochain ;

et sera ladite pension de quinze cents livres, en cas de décès dudit procureur, payée à celui qui avoit reçu la survivance de ladite place, jusqu'à son décès.

IV

« Les professeurs et régents dudit collége de Beauvais occuperont dans le collége de Louis-le-Grand les logements qu'occupent les professeurs et régents du collége de Lisieux et ce suivant l'ordre de leurs classes.

V

« Le pensionnat qui avait lieu dans le collége de Beauvais pourra continuer d'être tenu dans celui de Louis-le-Grand, ainsi qu'il sera réglé par ledit bureau d'administration dudit collége, et l'instruction continuera d'y être gratuite et ouverte à tous externes, ainsi que dans les autres colléges de plein exercice de notre dite Université.

VI

« Ce qui concernera la discipline, la police et les études dudit collége, ainsi que la régie de ses biens et revenus, sera réglé en la forme prescrite par nosdites lettres patentes du vingt-un novembre dernier, sans préjudice toutefois des droits, priviléges, et juridiction du tribunal de notre Université de Paris lesquels demeureront conservés en leur entier.

VII

« Il sera par le grand-maître temporel dudit collége de Louis-le-Grand rendu compte de la recette et dépense par ledit collége de Beauvais, et ce, en la forme et manière accoutumée, et ledit compte arrêté sera par lui remis au bureau d'administration du collége de Louis-le-Grand.

VIII

« L'emplacement et les bâtiments dudit collége de Beauvais seront vendus et adjugés en la forme portée par nos dites lettres patentes du 21 novembre dernier, et les deniers qui en proviendront seront employés en augmentation de bourse au profit des personnes en faveur *desquels* les bourses dudit collége de Beauvais ont été fondées, et ce, en la forme prescrite par lesdites lettres.

IX

« Les fondations bien et duement établies dans le collége de Beauvais et qui étoient acquittées dans la chapelle dudit collége, le seront à l'avenir dans celles de Louis-le-Grand, et ce, conformément à l'article XXXVIII de nos dites lettres patentes.

X

Et pour ne pas interrompre le cours de l'année classique voulons que la translation du collége de Beauvais en celui de Louis-le-Grand ne soit effectuée qu'au premier octobre prochain ; permettons néanmoins aux professeurs et régents du collége de Beauvais de se qualifier dès à présent de professeurs et régents du collége de Louis-le-Grand.

XI

Et voulant donner aux supérieurs majeurs et collége de Lisieux, le temps qui pourroit être nécessaire pour acquérir les maisons et terrains, où sous notre agrément ils jugeront à propos d'établir ledit collége à demeure, voulons que les terrains et bâtiments occupés par le collége de Beauvais soient donnés à bail audit collége de Lisieux pour trois années seulement par le bureau d'administration du collége de Louis-le-Grand, à raison de trois mille livres par an, à l'effet de transporter dans ledit collége de Beauvais, dans le courant du mois de septembre prochain au *plûtard*, les principal, professeurs, régens et autres offiçiers nécessaires pour la *déserte* de celui de Lisieux, ainsi que ses boursiers et pensionnaires, et d'y reprendre ses exercices au premier octobre suivant.

XII

« En cas que les terrains et bâtiments du collége de Beauvais fussent vendus avant l'expiration des trois années dudit bail, lesdites ventes ne pourront être faites qu'à la charge de laisser jouir le collége de Lisieux jusqu'à la fin dudit bail ; et où ledit collége de Lisieux seroit transporté ailleurs dans le courant desdits trois années, ledit bail demeurera résolu sans qu'il puisse être prétendu aucunes indemnités par ledit collége de Louis-le-Grand, pourvu toutefois qu'il ait été averti six mois auparavant.

XIII

« Les administrateurs du collége de Lisieux ne pourront demander, ni faire aucun changement, ni reconstruction dans ledit collége de Beauvais, si ce n'est à leurs frais et dépens, et de l'agrément du bureau d'administration du collége de Louis-le-Grand.

XIV

« Les frais de la translation dudit collége de Beauvais seront pris sur les revenus du collége de Louis-le-Grand, et ceux de la translation du collége de Lisieux le seront sur les deniers destinés à la construction de la nouvelle Église de Sainte-Geneviève.

XV

« Les boursiers et collége de Beauvais jouiront des dons remises et priviléges portés par l'article XLVI de nos lettres patentes du vingt-un novembre dernier.

XVI

« Voulons au surplus que nos lettres du vingt-un novembre dernier soient exécutées en tout leur contenu en ce qui ne sera pas contraire aux dispositions de nos présentes lettres, qui seront exécutées selon leur forme et teneur dérogeant a tout ce qui seroit contraire. Si donnons en mandement à nos amés et féaux conseillers les gens tenant notre cour de Parlement à Paris, que ces présentes ils ayent à faire lire, publier et registrer, et le contenu en icelles garder, observer et exécuter de point en point selon leur forme et teneur aux copies desquelles collationnées par l'un de nos amés et féaux conseillers secrétaires,

voulons que foi soit ajoutée comme à l'original. Car tel
est notre plaisir. En témoin de quoi Nous avons fait mettre
notre scel à cesdites présentes. Donné à Versailles le septième jour d'avril l'an de grâce mil sept cent soixante-
quatre et de notre reigne le quarante-neuvième. LOUIS.
Par le roi Phelypeaux. »

Après la promulgation de ces lettres, il restait encore à
régler une foule de détails. Le 2 juin, par devant deux
notaires au Châtelet, se présentèrent d'une part le sieur
Laurès, au nom de « très-haut, très-puissant et très-ex-
cellent seigneur et religieux monseigneur Ignace-Robert
Solar de Breille, Bailly d'Arménie, chevalier grand-
croix commandeur de l'ordre de Saint Jean de Jérusalem,
abbé commandataire de l'abbaye royale de Saint Jean des
Vignes, en cette qualité patron et supérieur du collége de
Dormans-Beauvais, gentilhomme de la·chambre du roi
de Sardaigne et son ambassadeur auprès du roi » de
France, « et des sieurs prieur claustral, sous-prieur, procureur et chanoines réguliers et profès de l'Église et Abbaye de Saint Jean des Vignes de Soissons »; d'autre part
les administrateurs du collége Louis-le-Grand représentés
par cinq conseillers au Parlement, deux prêtres docteurs,
deux laïques et maître Guy Antoine Fourneau, ancien
recteur et grand-maître temporel de Louis-le-Grand. Ils
se réunissaient pour assurer d'un commun accord l'exécution des lettres patentes du 7 avril, et sauvegarder en
même temps les intentions des fondateurs.

Ils commencèrent par accepter officiellement les lettres
patentes et leur contenu, la translation du collége de
Beauvais à Louis-le-Grand pour le mois d'octobre suivant,
l'extinction des places de principal, sous-maître et procureur, et par conséquent l'extinction du droit que possédait
l'abbé de Saint-Jean-des-Vignes de nommer à ces places.
On exprimait toutefois le désir que le nom du collége de
Beauvais trouvât sa place dans l'inscription qui devait

être placée sur la porte de Louis-le-Grand, vœu légitime auquel on fit droit en arrêtant l'inscription suivante :

COLLEGIUM LUDOVICI MAGNI
IN QUO ACADEMIÆ PARISIENSIS ÆDES ALUMNIQUE
ET COLLEGIUM DORMANO-BELLOVACUM,
EX MUNIFICENTIA LUDOVICI XV,
REGIS DILECTISSIMI, 1764.

On régla ensuite l'établissement de vingt petites bourses, dans les conditions des fondations primitives. Les revenus particuliers du collége de Beauvais s'étant accrus dans la suite par l'extinction des pensions viagères payées aux anciens membres de la communauté et par l'excellente administration de ses biens, le nombre des petites bourses fut, en 1775, porté à quarante-trois.

On établissait également deux grandes bourses. Le titulaire de la première était toujours un religieux de Saint-Jean-des-Vignes, qui restait soumis aux obligations anciennement prescrites par la fondation. Seulement, il était loisible à l'abbaye d'envoyer ou de ne pas envoyer de religieux boursier : si elle n'en envoyait point, elle en désignait cependant un qui touchait le revenu de la bourse et acquittait dans son monastère les deux messes prescrites pour chaque semaine. La seconde grande bourse conservait son titre de *bourse Villement*, du nom de son fondateur, et son titulaire gardait les priviléges et les obligations qui nous sont déjà connus.

Les chapelains avaient été abolis le 4 janvier 1736, et bien que le collége de Beauvais, tout en faisant remplir par d'autres leurs obligations, réalisât chaque année une économie de mille deux livres quatre sols (1), on décida qu'ils seraient rétablis conformément aux titres de la fon-

(1) *Arch. de l'Emp*, Reg. MM. 364, p. 29 et s.

dation primitive. Des lettres patentes du 20 août 1787
les supprimèrent tout à fait ; on adjugea à chacun
d'eux une pension viagère qui ne s'éleva d'abord qu'à
trois cents, mais qui fut ensuite portée à quatre cents
livres.

L'abbé de Saint-Jean-des-Vignes et son monastère furent maintenus dans leur ancien droit de présentation aux
bourses, et le bureau de Louis-le-Grand substitué pour la
nomination à la bourse Vittement à la communauté du
collége de Beauvais qui se trouvait supprimée.

Le droit de présentation de l'abbé et du monastère de
Saint-Jean des Vignes devait s'étendre même aux bourses
qu'il serait possible de créer plus tard avec les économies
que l'on espérait réaliser : au reste, ces bourses seraient
absolument dans les mêmes conditions que les bourses
primitives.

Il fut réglé que les archives du collége de Beauvais seraient transportées à Louis-le-Grand, classées et rangées
dans une armoire à part.

Les biens du collége devaient être, à partir du 1er octobre, régis par le grand maître temporel de Louis-le-Grand,
qui devait présenter ses comptes d'abord au bureau d'administration, puis à ceux qui avaient anciennement le
droit d'examiner les comptes du collége de Beauvais : mais
ce dernier article fut supprimé par des lettres patentes du
20 août 1767, qui assimilèrent absolument sur ce point les
comptes du collége de Beauvais à ceux des autres colléges
réunis, et en réservèrent la connaissance exclusivement
au bureau d'administration.

Le collége de Beauvais dût prendre sa part des frais de
logement, de nourriture et d'enseignement imposés aux
autres colléges réunis.

Chaque grande bourse fut fixée à 500 livres. Le grand-
maître temporel de Louis-le-Grand devait retenir sur ces
bourses une somme égale à la valeur des petites bourses,

pour l'entretien au collége de leurs titulaires, et leur abandonner le surplus (1).

Telles furent en résumé les points principaux sur lesquels on crut devoir attirer l'attention des anciens supérieurs de Beauvais et de la nouvelle administration dont il allait dépendre à l'avenir. Conformément au vœu exprimé par les contractants, le roi lui-même voulut la confirmer de son autorité par lettres patentes du mois de juin enregistrées au Parlement le 19 juillet suivant (2).

Enfin tout était réglé à souhait, et maîtres et élèves pouvaient attendre en paix que le jour de l'exécution suprême ayant lui, le collége de Beauvais cessât d'être. En l'attendant, on trouva bon de faire appel à la poësie pour célébrer le noble désintéressement et les aimables qualités du principal démissionnaire. Un élève de philosophie nommé Alexandre Bourdet, qui depuis quatre ans représentait avec honneur son collége aux concours généraux (3), offrit à maître Paul Hamelin une longue pièce de vers, dont nous publions ici un fragment : c'est le dernier soupir poëtique du collége de Dormans-Beauvais.

> Te vidisse juvat festis, Hameline, diebus
> Cum ruit hinc illinc pubes, fremituque secundo
> Circum omnes densi trepidant, tibi dulce laborum,
> Carmina, vectigal, sinceraque vota ferentes.
> Affusis medius libas, Pater, oscula natis
> Prodigus ipse tui. Si quem sua musa fefellit
> Asperior, flecti impatiens, suspensus et anceps
> Patronum cupit ille, timetque accedere, creber
> It, redit, amplexum tacitus suspirat amicum.
> Promovet illum Amor, invitum Pudor amovet : ire
> Imperat officium ; cur carmina, Musa, negasti ?

(1) *Arch. de l'Empire*, M. 90.
(2)   *Ibid.*   *Ibid.*
(3) En troisième : 1er prix de thème latin, 2e prix de vers latins, 6e accessit de version latine ; en seconde : 2e accessit de thème

At tu respiciens, dubitanti et pone latenti
Blandior occurris, timidumque amplexus alumnum,
Castigas molli alloquio risuque timorem ;
Ora manu palpans, lætos attollere vultus
Lætior ipse jubes : verum puer anxius hæret
Lumine dejecto ; stringunt trepidantia corda
Lætitiæ, Patrone tuæ. Tum gaudet amatus,
Mœret amans, etenim non tempore maluit ullo
Debita ferre tibi vivacis piguora flammæ,
Interdum premit, ut potís est, suspiria longa,
Et silet ; at dubio sublucet lacryma vultu
Pendula, et arcanos prodit beneperfida sensus.

    His plenum me sæpe duos juvat inter amicos
Alternis audire tuas et dicere laudes.

latin, 1er prix de version latine (prix Coffin) ; en rhétorique (nonv.) :
sixième accessit de vers latins et de version latine ; enfin l'année
suivante, comme vétéran de rhétorique : 1er accessit de discours
latin, 6e accessit de discours français, et 6e accessit de vers
latins.

Nous aimons à signaler, en passant, les procédés courtois que
savaient garder entre eux, au milieu de leurs luttes d'écoliers, les
élèves de Beauvais. Les vers suivants étaient adressés en 1763 à
Alexandre Bourdet par Michel Bénière, son condisciple et son
émule :

In tanta procerum cœtu, quam dulce fuisset
His cingi manibus quibus æquam Gallia lancem
Credidit, et Regni Ludoix permisit habenas ;
Illaque complecti labris felicibus ora,
Per quæ sancta Themis sua mundo oracula reddit.
Sed cur vana gemens incuso immitia fata,
Præreptosque meo capiti queror æger honores ?
Ille tibi debetur honos, insignis amice,
Hanc tibi mercedem meruere, et nobile carmen
Quod nuper sublime sonans de Pace canebas,
Et curæ vigiles, insopitique labores.
Ergo veni, meritas nectat tibi gloria lauros.
Invictumque caput felicia pondere curvent.
Non equidem invideo. Tibi læta plaudere dextra
Fas mihi sit, lacrimisque piis aspergere lauros.

    (*Biblioth. de la Sorbonne.* H. F. a. u N° 50).

Ambo pares virtute, pares florentibus annis ;
Una ambo coluere pari cum laude Camœnas.
Amborum quoties cinxisti tempora lauro !
Amborum quoties palmas, viridesque coronas
Tractavi lætis manibus, lacrymisque rigavi !
Illorum in premio memores effundere sensus
Usque placet. blandis abeunt sermonibus horæ.
Ambo permoti, suffusi fletibus ambo
Dant mihi complexasque manus et brachia circum,
Miscentes lacrymis lacrymas, mutique cohærent,
Dum simul erumpat nostro de pectore nomen,
O Patrone, tuum, dilectis dulce Camœnis,
Dulcius ah ! miseris, credant mihi sæcula, nomen (1)

· Mais le dernier soupir de la communauté du collége sent l'argent. Dans l'universelle distribution des faveurs accordées aux officiers du collége qui avaient fait l'immense sacrifice de leur position, un fonctionnaire important avait été oublié, le portier : pourquoi, lui aussi, n'aurait-il pas eu sa part de la bonne aubaine? Il s'appelait Jean Blanchefort ; né au diocèse de Saint-Flour, et installé solennellement à Beauvais le 13 décembre 1760, il n'était sans doute point venu à Paris pour perdre l'occasion de faire un petit profit. Il trouva d'ailleurs la communauté disposée à seconder ses désirs. Le premier octobre, le jour même de sa dissolution, elle constata que Jean Blanchefort « avoit toujours (il n'y avait pas encore quatre ans) fidèlement servi le collége et se voyoit sans état par la réunion du collége à celui de Louis-le-Grand.» En conséquence, d'un consentement unanime, il fut décidé que Jean Blanchefort serait gratifié d'une somme de douze cents livres « en récompense de son zèle constant pour les intérêts du collége (2). » C'est par ces mots que

(1) *Biblioth. de la Sorbonne*, H. F. a. u. Nᵒ 97.
(2) *Arch. de l'Emp.* Reg. MM. 364, f. 66.

se clôt le registre des *Conclusions de la communauté du collége de Dormans Beauvais*.

Paul Hamelin, l'ex-principal de Beauvais, était né sous une heureuse étoile. Comblé de louanges pour le désintéressement avec lequel il avait résigné ses fonctions, gratifié en même temps d'une pension de retraite de trois mille livres, sans compter la pension attachée au titre de professeur émérite, pourvu d'ailleurs d'une prébende en l'église Saint Benoît et de la profitable qualité de receveur de l'Université, il eut encore le bonheur d'échanger cette dernière charge contre celle de bibliothécaire (1), et, s'il ne fut pas assez heureux ensuite pour décider l'Université à acquérir en bloc pour dix mille livres une bibliothèque qu'il collectiónnait depuis longtemps et où fourmillaient les doubles et les volumes dépareillés, il eut du moins l'adresse de la lui vendre presque tout entière en détail. Ce n'était point encore assez pour la fortune de notre ex-principal, et l'Université ne pouvait laisser sans fonctions actives un homme d'une aussi grande valeur et d'un dévouement si reconnu : la principalité du beau collége de la Flèche lui fut dévolue en 1767. Il la garda neuf ans. Puis, en 1776, ce collége ayant été cédé aux doctrinaires, Hamelin revint à Paris, où ses fonctions de bibliothécaire, remplies en son absence par le sous-bibliothécaire Maltor, l'attendaient toujours.

Depuis sa retraite du collége de Beauvais, les honneurs n'avaient pas plus manqué à Paul Hamelin que les profits. Les concours pour l'agrégation ayant été fondés par lettres patentes du 3 mai 1766, en tête des juges du concours désignés par le premier président et le procureur général au Parlement de Paris, nous trouvons le nom de

(1) Ces deux places valaient l'une et l'autre mille livres de rente (Lettres patentes du 3 mai 1766).

Paul Hamelin, pour la philosophie ; l'année suivante, le 10 octobre, il reçut, pour les garder encore pendant une année entière, les insignes du rectorat.

Ce n'est pas que l'intrépide lutteur de 1742 ne se fût encore permis plus d'une licence condamnable. C'est ainsi qu'il osa combattre les lettres patentes du mois d'août 1767, dans lesquelles le roi publiait un nouveau règlement qui ôtait presque toute influence à l'Université sur l'administration et la discipline du collége Louis-le-Grand. Un écrit intitulé: *Réflexions d'un universitaire, sous forme de mémoire à consulter, concernant les lettres patentes du 20 août 1767* (1), dont il était l'auteur et qu'il fit circuler en secret, relevait avec véhémence les atteintes portées aux droits de l'Université, à ses intérêts dans l'ordre temporel, à son autorité et à son honneur dans l'ordre moral. Le bureau d'administration du collége Louis-le-Grand était accusé de tendre à se rendre maître de l'instruction publique. « Il s'est proposé, s'écriait Hamelin, non de mettre le collége Louis-le-Grand dans l'Université, mais l'Université dans le collége Louis-le-Grand ; il s'est proposé non de faire de Louis-le-Grand une dépendance de l'Université, mais de l'Université une dépendance de Louis-le-Grand ; en un mot il a voulu concentrer, ou plutôt fondre l'Université dans le collége Louis-le-Grand, afin qu'étant maître du collége, l'Université fût aussi sous sa domination. Le libelle fut condamné au feu par le Parlement, comme « calomnieux, séditieux, injurieux à la majesté royale, et tendant à soulever l'Université contre l'autorité du roi et les arrêts de la cour » ; mais l'anonyme fut si inviolablement gardé, que l'auteur ne reçut aucune atteinte des flammes qui dévorèrent son livre. La même année, la même précaution préserva encore Hamelin de l'indignation de l'Université, soulevée contre lui par un

(1) *Biblioth. de l'Univ.;* rec. H. F. a. u. 10

mémoire contre le collége de Lisieux, dont nous aurons bientôt à citer la plus grande partie.

Cet homme heureux mourut le 15 avril 1777, *magno totius Universitatis luctu* (1). Le tribunal académique honora de sa présence ses funérailles, célébrées à Louis-le-Grand. Hamelin léguait, en mourant, trente-neuf elzévirs à la bibliothèque de l'Université.

Comme dernier souvenir donné à notre cher collége de Beauvais, nous voudrions suivre aussi ses derniers professeurs dans les diverses phases de la vie qui va leur être faite après la réunion du collége à celui de Louis-le-Grand, montrer le régent de rhétorique, Antoine Maltor, qui avait déjà honoré son collége en obtenant en 1770 le grand prix d'éloquence et en méritant d'être choisi l'année suivante pour prononcer le discours d'usage à la distribution des prix du concours général, lui faisant encore honneur après sa suppression , devenant en 1780 recteur de l'Université et présidant à ce titre à l'organisation du concours pour l'agrégation, succédant enfin à Paul Hamelin dans la charge de bibliothécaire de l'Université, après avoir été longtemps sous-bibliothécaire. Nous pourrions voir aussi le second régent de philosophie, Pierre Turquet, au nombre des juges du concours des agrégés. Mais ce serait là un travail interminable, médiocrement intéressant peut-être pour le lecteur, et qui d'ailleurs sort trop complétement du cadre de cet ouvrage pour que nous devions l'entreprendre. Il vaut mieux revenir sur nos pas, pour énumérer les gloires littéraires du collége que l'histoire des trois derniers principaux ne nous a point permis de saluer en passant.

(1) *Arch. de l'Univ.* Reg. 47, f. 88.

CHAPITRE XVIII

Les noms de Rollin et de Coffin signalent la phase la
plus brillante de l'enseignement des lettres au collége de
Beauvais. Nous avons vu Rollin à l'œuvre; nous savons
que son successeur suivit fidèlement ses traditions, et
d'ailleurs nous avons entendu Coffin lui-même, dans
un langage dont notre traduction n'a pu rendre les
beautés, exhorter les enfants au travail, évoquer devant
eux le souvenir de leurs plus illustres devanciers et
exciter ainsi dans leur âme une noble émulation. Aussi
n'est-ce point de ces maîtres qu'il faut parler maintenant,
mais plutôt du mouvement intellectuel qu'ils ont créé au
collége, des collaborateurs excellents qu'ils se sont donnés,
et des hommes, célèbres à des titres et des degrés divers,
qu'ils ont formés par leurs premières leçons.

Le mouvement intellectuel, créé au collége par ces deux éminents instituteurs, se résume tout entier dans un fait raconté à peu près en ces termes aux procès-verbaux des séances de la Faculté des arts :

« L'an du Seigneur 1738, le 2 août, à l'assemblée mensuelle tenue chez l'Amplissime Recteur (Nicolas Piat) au collége de Plessis-Sorbonne, s'est présenté Maître Charles Coffln, ancien recteur, principal du collége de Dormans-Beauvais. Il amenait avec lui un enfant, Bertrand du Guesclin, agé de douze ans à peine, mais brûlant déjà de marcher sur les traces de ses aieux. L'année dernière, étant élève de troisième à Beauvais, il a soutenu un examen public sur l'Iliade et l'Odyssée d'Homère, sur l'Enéide de Virgile, la Cyropédie, Quinte-Curce et sur le *de Officiis*, le *de Senectute* et le *de Amicitia* de Cicéron: aujour-d'hui il vient offrir au tribunal académique le programme d'un exercice public, pour le 9 de ce mois, dans lequel il s'engage à expliquer toutes les vies de Plutarque, ainsi que la première et la seconde décade de Tite-Live. Après avoir adressé à l'enfant les plus grands éloges, on lui donna un Plutarque, et, en présence de toute l'assemblée, il en expliqua avec une facilité merveilleuse plusieurs passages à livre ouvert. Aussi, pour honorer un si rare mérite, l'Amplissime Recteur fut prié d'inviter plusieurs docteurs à se rendre, au nom de l'Université, à l'exercice, pour y interroger le noble enfant (1). »

Mais un fait plus significatif, parce que ce n'est point une exception ni un fait personnel, le résultat des concours généraux, peut mieux que tout le reste nous donner le niveau intellectuel du collége. Dès la première année, Beauvais prend avec honneur sa place parmi les dix colléges appelés à concourir ; voici en effet dans quelles proportions furent partagées les récompenses :

[1] *Arch. de l'Univ.*

	Prix.		Access.
Le Plessis	8	—	10
Grassins	5	—	10
Beauvais	5	—	6
Harcourt	4	—	7
Mazarin	2	—	15
Lisieux	0	—	3
La Marche	0	—	3
Montaigu	0	—	1
Navarre	0	—	0
Cardinal Lemoine. .	0	—	0
	24		55 (1)

Les années suivantes, Beauvais ne fut pas moins heureux (2) et dès la quatrième année (1759), l'élève Alexandre

(1) Victor Chauvin, *Histoire des colléges et lycées de Paris*, p. 232.

(2) En 1748, 7 access.; en 1749, 3 prix et 7 access.; en 1750, 5 prix et 12 access.; en 1751, 5 prix, parmi lesquels les deux prix Coffin, et 5 acc.; en 1751, 4 prix et 5 access.; en 1752, 4 prix et 12 access.; en 4753, année où Thomas, alors professeur de grammaire à Beauvais, remporta le grand prix, 10 access. et 7 prix, entr'autres le prix d'honneur remporté par Henri Athanase Truchi, de Paris, qui obtint également le second prix de discours français et le premier prix de version grecque; en 1754, 1 prix et 8 access.; en 1755, 2 prix et 9 access.; en 1756, 7 access. : cette année, Antoine Maltor, professeur de rhétorique à Beauvais, avait obtenu le grand prix d'éloquence; en 1757, 1 prix et 10 access. A partir de 1758, un arrêt du Parlement admet les trois premières classes, à prendre part aux luttes et aux récompenses du grand concours; elles furent dotées de quatre prix chacune; les trois classes supérieures reçurent également, la rhétorique quatre nouveaux prix, et la troisième deux. Dans ces nouvelles conditions, Beauvais obtint en 1758, 3 prix et 10 access.; en 1759, que Jacques Delisle, alors professeur au collége, obtint le grand prix Coguard, 6 prix et 13 access.; en 1760, 5 prix et 17 access.; en 1761, 4 prix et 17 acc.; en 1762, 4 prix et 16 access.; enfin en 1763, 1 prix et 12 access. (*Arch. de l'Univ.* Reg. 45ᵃ, fᵒ 89; Reg.

Claude le Jau de Chamberjot, de Paris, obtint le prix ardemment convoité de discours latin.

Avant de nommer les maîtres qui préparaient ces succès par leurs leçons et leur sollicitude, il faut faire connaître deux hommes qui ne prirent à l'enseignement littéraire qu'une part indirecte, mais dont l'influence sur la tenue générale et sur l'esprit du collége fut néanmoins trop réelle et trop profonde, pour que nous puissions nous dispenser d'en parler.

Le premier était ce fameux Duguet, ou du Guet, dont les instances avaient vaincu les répugnances de Rollin et l'avaient décidé à accepter la coadjutorerie de Beauvais. Il jouissait de son temps d'une grande considération, surtout dans le parti janséniste, dont il était pourtant l'un des moins imprudents adeptes. Saint-Simon, dont on n'ignore pas les sympathies, et qui avait connu Duguet à la Trappe, où ils allaient l'un et l'autre se retremper dans la solitude auprès de M. de Rancé, l'appelle un homme « célèbre par ses ouvrages, par la vaste étendue de son esprit et de son érudition qui se peut dire universelle, par l'humilité sincère et la sainteté de sa vie, et par les charmes et la solidité de sa conversation ». Il le nomme aussi parmi « les gens très-sages, très-précautionnés, très-savants, très-pieux, d'un génie sublime », qui s'intéressaient à une certaine Mlle Rose, récemment chassée du diocèse de Paris par le cardinal de Noailles, « célèbre béate à extases, à visions, à conduite fort extraordinaire, qui dirigeoit ses directeurs, et qui fut une vraie énigme..., vieille gasconne, ou plutôt du Languedoc, qui en avoit le parler à l'excès, carrée, entre deux tailles, fort maigre, le visage jaune, extrêmement laid, des yeux très vifs, une physionomie ardente, mais qu'elle savoit adoucir, vive, éloquente, savante, avec un air prophétique qui im-

45b, fo 16, fo 65 et fo 91 ; Reg. 45c, fo 13, fo 38, fo 60 ; Reg. 45 d fo 18, fo 40 fo 61 ; Reg. 46, fo 2, fo 35, fo 79 ; Reg. 47. fo 58).

posoit. » Duguet produisit sur ce juge difficile la plus heureuse impression. • J'en fus charmé, dit-il. Nous nous promenions tous les jours dans le jardin de l'abbatial ; les matières de dévotions, où il excelloit, n'étoient pas les seules sur lesquelles nous y en avions ; une fleur, une herbe, une plante, la première chose venue, des arts, des métiers, des étoffes, tout lui fournissoit de quoi dire et instruire, mais si naturellement, si aisément, si couramment, et avec une simplicité si éloquente, et des termes si justes, si exacts, si propres qu'on étoit également élevé des grâces de ses conversations, et en même temps épouvanté de l'étendue de ses connaissances, qui lui faisoient expliquer toutes ces choses comme auroient pu faire les botanistes, les droguistes, les artisans et les marchands les plus consommés dans tous ces métiers (1). »

Parmi les œuvres volumineuses de Duguet, nous devons faire ici une mention spéciale de son grand et beau *Commentaire sur l'ouvrage des six jours et sur la Genèse.* M. du Guet, dit Goujet, avoit commencé cette explication vers 1700 à la prière du célèbre M. Rollin, qui étoit pour lors principal du collége de Beauvais à Paris, et qui ayant résolu d'expliquer l'Écriture aux jeunes gens élevés dans son collége, engagea d'abord M. du Guet à lui marquer par des notes et par de courtes réflexions ce qu'il devoit dire principalement dans ses instructions, et ensuite à faire un commentaire complet, littéral et moral, comme plus utile parce qu'il instruisoit davantage (2). »

Mais bien que l'ami, le conseiller de Rollin, et son collaborateur dans l'instruction religieuse des enfants, Duguet n'eut jamais sur le collége qu'une action indirecte et passagère. François-Philippe Mésenguy, autre janséniste, beaucoup plus ardent et d'un bien moindre mérite, contribua plus longtemps à y maintenir les doctrines de

(1) *Mémoires*, édit. Hachette, t. III, p. 77 81.
(2) *Eloge historique de du Guet.*

la secte. Obligé de quitter le diocèse de Beauvais, à cause
de son obstination, il avait été, nous l'avons dit, accueilli
par Rollin, et chargé de surveiller la chambre commune
des rhétoriciens. Nous avons dit aussi comment la confiance accordée à Mésenguy et à quelques autres réfugiés
de la secte avait hâté la disgrâce du coadjuteur de Beauvais, avec lequel ils durent quitter le collége. Trois ans
plus tard, Mésenguy fut rappelé par Coffin, institué par
lui sous-principal, et chargé de faire le catéchisme aux
grands écoliers, aux petits et aux domestiques. Il donnait
en outre des leçons de géographie chaque jour après le
dîner et après le souper. Le caractère et le succès de son enseignement, surtout dans les matières religieuses, répondirent si parfaitement aux
vues de Coffin, qu'on finit par le débarrasser des
fonctions purement matérielles de sa charge de sous-principal, pour l'appliquer exclusivement à l'instruction des
écoliers. Ce changement dans les occupations de Mésenguy
lui fournit l'occasion de composer un ouvrage, qui montre
dans quel funeste esprit la jeunesse était élevée à Beauvais depuis Rollin. Coffin s'était réservé les instructions
des dimanches et des fêtes, en abandonnant tout le reste
au sous-principal. Pour se rendre à lui-même plus facile
la tâche qu'il s'était attribuée, il pria Mésenguy de lui
communiquer les cahiers ou il avait depuis longtemps
écrit la matière de ses instructions aux élèves du collége :
ce n'étaient que des plans et de courtes notes ; Mésenguy
les revit, les compléta, et les publia sous le titre d'*Exposition de la Doctrine chrétienne*. Le livre fut condamné a
Rome, par un bref particulier du 14 juin 1761. Longtemps
avant cette catastrophe, dès 1727, la violence avec laquelle
Mésenguy s'élevait contre la bulle *Unigenitus* avait obligé
l'autorité à l'écarter du collége ; il y rentra au carême de
l'année suivante, mais finit par renoncer absolument à sa
charge. Logé avec sa nièce dans un petit appartement en

face du collége, il vivait dans un état voisin de la misère, soutenu néanmoins par Coffin, qui payait le loyer et mettait le pauvre ménage en train en y envoyant le pain et le vin. Il s'établit en 1730 dans la rue Neuve-Saint-Étienne et en 1741 dans la cour de l'abbaye Sainte-Geneviève, et il rendait quelques services à la paroisse Saint-Étienne-du-Mont. Mais en 1748, le curé Bonettin, le même qui devait l'année suivante signaler sa fermeté dans l'affaire des funérailles de Coffin, retira à Mésenguy les fonctions qu'il remplissait dans son église. Le vieux janséniste se retira alors à Saint-Germain, où vint l'atteindre la nouvelle de sa condamnation à Rome. Frappé d'apoplexie le 29 janvier 1763, ce sectaire impénitent mourut trois semaines après, à l'âge de 85 ans et demi, avec la suprême consolation d'apprendre que le roi Louis XV s'était intéressé à son mal !

Longtemps avant la publication et la condamnation du livre de la *Doctrine chrétienne*, Mésenguy avait composé pour le collége de Beauvais un manuel d'*Exercices de piété tirés de l'Écriture-Sainte et des prières de l'Église*. Son *Abrégé de l'histoire de l'Ancien Testament* avait été ébauché dans les leçons d'histoire sainte qu'il faisait au collége ; il l'acheva et le publia sur les instances de Rollin, qui l'engagea aussi à donner au public un *Abrégé de l'Ancien Testament*. Tous ces ouvrages sont plus ou moins entachés de jansénisme. Mésenguy était aussi un liturgiste plus habile qu'orthodoxe ; mais nous n'avons point à faire ici mention de sa *Défense* du Bréviaire de M. de Vintimille, de sa seconde édition de ce Bréviaire, de son *Missel* de Paris, du *Bréviaire* et du *Missel* de Beauvais, du *Processionnal de Paris*, dont il composa le chant et la liturgie, du *Chant des offices propres* du diocèse de Paris, ni enfin du *Supplément* au Missel publié par Colbert (1).

----

(1) *Biographie universelle. — Mémoire sur la vie et les ouvrages de Mésenguy.*

Il vaut mieux parler maintenant des professeurs qui eurent à cette époque de notre histoire la plus grande part dans la prospérité du collége. Le premier qui se présente à nous est Louis Bénet, natif de Rouen, professeur de philosophie à Beauvais, et recteur de l'Université du 20 mars 1728 au 9 octobre 1730. Son installation comme recteur est racontée aux procès-verbaux officiels avec des détails inaccoutumés, auxquels nous avons nous-même emprunté précédemment la description de la cérémonie de l'installation des nouveaux chefs de l'Université, et l'explication des divers rits qui s'y observaient (1). Le long rectorat de Louis Bénet fut d'ailleurs signalé par plusieurs faits dignes de remarque. La naissance du dauphin, fils de Louis XV et de Marie Leckzinzka, fut fêtée au sein de l'Université par une profusion de discours et de pièces de vers, et par une explosion de joie, dont le recteur semble avoir donné le signal dans le beau mandement où il dit :

« Non irritas ad Deum preces Galli fudimus : non cassis regina nostra votis ad primarias hujus urbis aras supplex procubuit. Postquam longiore mora et suspensa expectatione desideria nostra exploravit atque acuit Omnipotens, ecce tandem Augustas Ludovici et Mariæ nuptias mascula proles fecundat... Nascitur in ipso pacis sinu, lætissimum ipse pacis omen ac vinculum, Augustus infans. Assident regalibus cunis, fidæ pacis comites, religio, pietas, caritas populorum, et vagientem delphinum amabili satellitio stipant, ac festo plausu circumstrepunt. Quin et audent artes nostræ nobili sese choro inserere, intueri venerabundæ teneros vultus, arridere delicio nunc suo, mox alumno, et ex blando dulcissimæ frontis aspectu felicia futuræ sortis auguria captare. (2) ».

(1) Voir page 171.
(2) *Arch. de l'Univ.*, reg. 43ª, fº 83, et *Hist. de l'Univ.*, par M. Ch. Jourdain, p. 350.

C'est aussi sous son rectorat, au mois de mai 1730, que la faculté de théologie, pour complaire au roi, lui fit parvenir l'expression de la stupeur dont elle venait d'être saisie, en apprenant que le pape Benoit XIII avait osé introduire dans le bréviaire un office nouveau et naturellement odieux aux princes qui abusent de leur puissance, l'office du pape saint Grégoire VII (1).

Mais ces flatteries, qui cachaient mal les manœuvres par lesquelles le parti janséniste expirant prétendait se relever au sein de l'Université, ne lui réussissaient point. En dépit de ces coupables complaisances, on continuait de sévir contre les professeurs appelants, sans pitié pour les immunités réelles ou prétendues de l'Université. Deux régents de philosophie du collége du Plessis venaient d'être, pour ce motif, dépossédés de leur chaire : en vain le recteur Louis Bénet s'était fait l'organe de la Faculté des arts, avait représenté au cardinal de Fleury que les professeurs n'avaient jamais été dépouillés de leur titre que pour des fautes reconnues juridiquement, qu'en agissant autrement on favorisait toutes les fausses accusations de la jalousie et de la haine et qu'on s'exposait d'ailleurs à jeter le découragement parmi les maîtres ; en vain il avait allégué les longs services de ces deux maîtres et leur capacité bien connue ; le cardinal de Fleury se contenta de répondre que le roi, comme père de l'Université, avait de droit une inspection spéciale sur tous ses membres, qu'il avait d'ailleurs un intérêt général à ce que la jeunesse de son royaume fût élevée dans des sentiments de respect pour les décisions de l'Église, que les deux condamnés étaient notoirement des appelants obstinés et scandaleux, et que, quand le roy se déterminait à faire de pareils exemples, ce n'était qu'après avoir pris les informations les plus exactes (2).

(1) *Hist. de l'Univ.*, par M. Ch. Jourdain, p. 353.
(2) *Ibid*, p. 354.

— 439 —

L'Université se vengeait de ces disgrâces sur ses éternels rivaux, les Jésuites, dont l'influence grandissait tous les jours, et chez qui les écoliers étaient obligés de retenir une chambre un an à l'avance, tandis qu'autour de Louis-le-Grand, tant de colléges étaient vides. Malheur aux établissements de l'Université qui ne partageaient pas assez ouvertement ses antipathies pour les enfants de saint Ignace ! Les Irlandais avaient eu la simplicité de faire afficher dans Paris l'avis suivant· « Aux âmes dévotes à saint Patrice. Vous êtes avertis que vendredy, 17 mars 1730, on célèbrera la fête de saint Patrice, apôtre d'Irlande, dans la chapelle du collége des Lombards, rue des Carmes ; la grand'messe s'y dira à dix heures précises; la prédication ensuite par le R. P. de Tournemines de la Compagnie de Jésus, et les vespres après. » Sur la requête de Pourchot, dit M. Jourdain, le recteur Louis Bénet signifia au principal la défense la plus expresse de laisser le prédicateur monter en chaire (1), et prépara ainsi la fameuse résolution, prise le 30 décembre 1732, d'interdire absolument aux Jésuites l'exercice d'aucune fonction sacrée ou profane dans tous les colléges de l'Université (2).

On sut gré sans doute à Bénet d'avoir si vaillamment bataillé contre l'ennemi commun ; car, s'il ne fut pas appelé de nouveau au rectorat, du moins dix-huit mois après en avoir quitté les insignes, il eut la joie de se voir élu questeur général (3).

Jean-Baptiste-Louis Crevier n'obtint point dans l'Université des fonctions aussi relevées ; mais il honora davantage encore notre collége, à qui il appartenait d'ailleurs à plus de titres, qu'il aima et qu'il défendit toujours avec une jalouse et touchante susceptibilité. Né à Paris en 1693,

(1) *Hist. de l'Univ.*, par M. Ch. Jourdain.
(2) *Ibid* , p 358.
(3) *Arch. de l'Univ.*, reg. 43ᵃ, fᵒ 150.

fils d'un ouvrier imprimeur, il devint au collége de Beauvais l'un des élèves les plus distingués et les plus chers de Rollin, qui le jugea bientôt digne de prendre place parmi ses maîtres et lui donna la chaire de rhétorique. Dans le chapitre consacré à Rollin, nous avons parlé des conférences organisées pour les professeurs de Beauvais, la part qu'y prit Crevier en qualité de secrétaire, et nous avons entendu Rollin faire l'éloge de l'édition de Tite-Live qui en fut un des heureux résultats. Elle parut en 1747 et 1748, sous le nom de Crevier, qui avait rédigé les observations des conférences, et qui, en s'aidant ainsi des lumières de ses collaborateurs, enrichit le texte de l'historien de Rome de « notes judicieuses et savantes » et le fit précéder « d'une préface ingénieuse et trop oratoire peut-être, mais toujours élégante » : c'est le jugement qu'en porte Michaud. Cette édition fut d'ailleurs acceptée avec la plus grande faveur par les savants étrangers, qui n'en parlent qu'avec la plus grande estime. La continuation de l'*Histoire Romaine* de Rollin, mieux digérée, mais moins bien écrite que celle du maître ; l'*Histoire des Empereurs*, composée avec très-peu de matériaux, et qui accuse par conséquent de grandes recherches et un rare mérite de disposition et d'agencement ; trois *Lettres sur le Pline du P. Hardouin* ; l'*Histoire de l'Université de Paris*, abrégé peu élégant, mais, plein d'intérêt, du grand ouvrage de du Boulay ; les *Observations sur l'Esprit des Lois de Montesquieu*, dont Voltaire s'est moqué, mais qui n'en est pas moins l'œuvre d'un esprit juste et solide ; les *Remarques sur le Traité des Études* de Rollin ; la *Rhétorique française*, qui eut un succès si grand et si légitime, et que l'on n'a point oubliée même de notre temps ; la publication des œuvres de Coffin et l'*Éloge historique* qui les précède ; la révision de l'*Antilucrèce* du cardinal de Polignac, soumis par l'auteur au jugement de Crevier en même temps qu'à celui de Coffin et de Lebeau, enfin un nombre consi-

dérable de discours et de pièces de vers français, latins ou
grecs composés à l'occasion des événements publics ou
pour de simples fêtes de collége, et où l'on retrouve à la
fois la fécondité, l'élégance et la délicatesse des maîtres
qui l'avaient formé : toutes ces œuvres prouvent à la fois
la grande valeur de Crevier et son application constante
à l'étude ; et quand on songe qu'il enseigna pendant vingt
ans la rhétorique à Beauvais, on se demande comment il
a pu tant produire au milieu des préoccupations de l'enseignement.

Comme la plupart de ses maîtres et de ses collègues
de Beauvais, Crevier était janséniste, mais si modéré
que rien dans ses écrits ne pourrait faire soupçonner son
attachement à la secte. Même dans l'*Éloge historique* de
Coffin et dans le récit de la disgrâce de Rollin, où il était
à craindre que le cœur de l'ami ne s'échappât quelquefois en révélations indiscrètes, il a su, avec un tact inappréciable, éviter tout ce qui aurait pu donner à penser sur
les sentiments de ses héros ou les siens touchant les erreurs et les querelles religieuses de son temps. D'ailleurs,
après le culte des lettres, le culte passionné du corps illustre auquel il appartenait et dont il écrivit l'histoire, et
spécialement l'amour de la maison qui pour lui l'emportait sur toutes les autres dans l'Université de Paris : toute
la vie de Crevier est là. Pour ce qui regarde le collége de
Beauvais en particulier, il aurait voulu, en en conservant
les gloires récentes et en le maintenant au niveau élevé
où l'avaient placé ses derniers principaux, y voir revivre
en même temps les vieux usages que le temps avait peu à
peu détruits. Il regrettait, en particulier, que l'on eût abandonné le modeste uniforme prescrit par le fondateur. L'a-
vocat Poncelin s'est moqué de ce pieux amour pour les
choses du passé : « M. l'abbé Crevier, dit-il, se fâche sérieusement de ce que l'on s'est dispensé de cette pratique
depuis plusieurs années ; comme si la modestie pouvoit

consister dans un attachement servile à un uniforme gro-
tesque, que la diversité des modes expose chaque jour au
ridicule (1). »

Crevier mourut à Paris le 1er décembre 1765. La nouvelle de sa mort se trouve officiellement relatée au *Registre des délibérations du Bureau d'Administration du collége Louis-le-Grand* (2) : c'est qu'après la suppression du
collége de Beauvais, à laquelle Crevier ne semble d'ailleurs avoir eu aucune part, il avait dû échanger son titre
de professeur émérite au collége de Beauvais contre celui
de professeur émérite au collége Louis-le-Grand. « Messieurs, est-il dit au procès-verbal de délibération, sont
informés de la perte que les lettres et l'Université ont faite
dans la personne de M. Crevier ancien professeur du collége de Beauvais»; et après avoir fait l'éloge de sa dernière
publication, sa rhétorique, que l'on appelle « un ouvrage
précieux, presque neuf dans son genre », on ajoute :

« M. Crevier, élève de M. Rollin, étoit fait sans contredit
pour commencer à entrer dans une carrière indiquée par
ce grand homme dans son *Traité des Études*, et il faut espérer que son exemple sera suivi..... Il eut été à souhaiter
que la santé de M. Crevier, affaiblie par ses travaux, lui
eût permis de perfectionner encore son ouvrage ; mais
la Providence en ayant autrement ordonné, le Bureau
d'Administration ne peut que s'empresser de donner à
cet illustre mort les marques de reconnaissance qu'il est
d'usage dans chaque collége d'accorder à ceux qui en ont
été membres. Sur quoi le Bureau a arrêté qu'il sera célébré
dans la chapelle du collége de Louis-le-Grand, au jour et
à l'heure qui sera fixée par le Bureau de discipline, un
service pour M. Crevier. »

A Jean Heuzet le collége de Beauvais doit l'honneur de

(1) *Hist. de Paris*, t. III, p. 289.
(2) *Arch. de l'Univ.* Reg. 47, fo 3.

voir son nom et son souvenir inséparablement attachés à
deux ouvrages populaires dans les classes, le *Selectæ* et le
Conciones. Jean Heuzet, né à Saint-Quentin vers 1660 et appelé par Rollin au collége de Beauvais, fut bientôt admis
aux conférences, dont il devint l'une des plus précieuses
lumières. Une circonstance particulière vint, après plusieurs années d'enseignement, le ravir au collége. Louis XV
ayant accordé à l'Université un privilége de cinquante ans,
pour faire imprimer les livres classiques et particulièrement une suite d'auteurs grecs et latins avec des notes et
des tables, Heuzet dut se consacrer à ce grand travail et
quitter sa classe en 1718. Les conférences du collége de
Beauvais n'existaient plus ; mais l'impulsion avait été donnée, l'esprit de Rollin présidait toujours aux études, et ce
fut par l'inspiration et les conseils de ce maître (1) que
Heuzet publia, en 1721, en 1726 et en 1727, son *Conciones*

(1) « Un ancien professeur de l'Université, dit Rollin lui-même,
à qui j'ai communiqué mes vues, a bien voulu composer de ces
sortes d'histoires tirées de l'Écriture sainte pour l'usage des enfans qui commencent à étudier la langue latine, ou qui sont dans
les premières classes. J'espère que le public aura lieu d'être content de ce petit ouvrage, et que l'approbation qu'il lui donnera
portera l'auteur à en composer un second dans le même goût,
mais d'un genre différent, où l'on ramassera les histoires et les
maximes de morale tirées des anciens auteurs, et composées
pour l'ordinaire de leurs propres termes, mais dégagées de toutes
les difficultés, et proportionnées à la faiblesse des commençans. »
(*Traité des Études*, liv. I, chap. III, Des premiers éléments de la
langue latine). Et dans une édition postérieure, Rollin ajoute, au
même endroit : « Ce second ouvrage a paru depuis la première
édition du mien, et l'approbation du public a ratifié mes conjectures. En effet, je ne sache point de livre qui puisse être plus
utile et en même temps plus agréable aux jeunes gens. On y a
ramassé avec beaucoup d'ordre et de choix des principes excellens de morale, et sur chaque matière des traits d'histoire très-intéressans. Je connois des personnes fort habiles qui avouent
que la lecture de ce petit livre leur a causé un très-grand
plaisir. »

sive orationes ex Sallustii, Livii, Curtii, et Taciti historiis collectæ, son *Selectæ è Veteri Testamento historiæ*, et son *Selectæ è profanis scriptoribus historiæ*. Dans ce dernier ouvrage, que l'auteur n'eut du reste point le temps de revoir, puisqu'il mourut en 1728, on a critiqué les changements que Heuzet avait faits, de l'avis de Rollin, dans le texte original des auteurs, afin d'en rendre l'intelligence possible aux enfants auxquels on le destinait. L'Allemagne accueillit cette critique, et tout en gardant le *Selectæ*, rétablit les textes dans leur intégrité; mais en France, en dépit de quelques tentatives dans le même sens, nous avons toujours le *Selectæ* de Heuzet. Le savant humaniste prépara en outre une édition de Quinte Curce publiée en 1721, et une édition de Salluste publiée en 1729, l'une et l'autre avec des notes. Barbier dit en parlant de ce second ouvrage : « La préface qui se lit en tête de ce volume contient une notice pleine d'érudition sur la vie et les ouvrages de Salluste. Les notes ont en général plus d'étendue et d'importance que celles du Quinte-Curce. Le *Journal des Savants* rendit à l'éditeur une pleine justice lorsqu'il dit, en 1731, que ces notes étaient courtes, faciles, sensées et proportionnées à l'intelligence des jeunes écoliers pour qui elles étaient faites (1) ».

A côté de ces noms, celui de Dominique-François Rivard tient une place honorable. Né à Neufchâteau en Lorraine, en 1697, il professa la philosophie au collége de Beauvais pendant quarante ans. Modeste, savant, tout à ses études et à ses élèves, il eut la gloire d'introduire dans l'Université de Paris l'étude des mathématiques. Il a laissé plusieurs ouvrages estimés: *Institutiones philosophicæ*, publiées après sa mort par son ami le P. Monniotte et qui est le plus remarquable de ses écrits ; *Éléments de mathématiques*, dont il fit lui-même six éditions; *Éléments de géométrie ; Traité de la*

---

(1) *Examen critique et comparé des dictionnaires historiques.*

sphère ; *Gnomique* ; *Table des sinus* ; *Trigonométrie recti-*
ligne. Rivart mourut en 1778.

Jean Vauvilliers, né à Noyers en Bourgogne, élève du
collége de Noyers, puis de celui d'Harcourt à Paris, professa au collége de Beauvais d'abord la troisième, puis la
seconde, et enfin, en 1746, succéda à Crevier dans la chaire
de rhétorique qu'il garda dix ans. Il là quitta le 27 juin
1756, pour prendre possession de la chaire de langue grecque au collége de France. Il mourut en 1766. On trouve
plusieurs discours académiques de Jean Vauvilliers composés sur les grands événements de son époque, notamment un sur la bataille de Fontenoy, qui lui valut beaucoup d'éloges. Il donna aussi l'édition in-8° du *Schrevelii
lexicon græco-latinum,* en collaboration avec son fils (1),
que nous aurons bientôt à nommer parmi les élèves célèbres du collége.

Parmi les maîtres qui laissèrent à cette époque la trace
de leur passage au collége de Beauvais, il faut encore
nommer : Claude Lorey, professeur de rhétorique, élu recteur en 1703 et en 1709, dont nous avons entendu Coffin unir
l'éloge à celui de son frère, aussi professeur du collége (2) ;
François Guérin, professeur de rhétorique, dont la muse
féconde chanta pendant trente ans tous les événements
heureux de l'État et du collége, auteur d'une traduction de
Tite-Live et de Tacite, mais qu'il ne faut point confondre
avec Nicolas-François Guérin, ancien élève des Jésuites,
professeur à Sainte-Barbe, puis au Plessis, élu chef de
l'Université en 1750 et en 1773 : « rhéteur dans toute la
force du terme, dit M. Quicherat, à ce point qu'il tint
plus tard une officine publique de harangues, discours
d'apparat, compliments en vers et en prose, et il gagna
beaucoup d'argent à ce métier (3) » ; Antoine Levasseur,

(1) Gouget. *Histoire du Collége royal de France,* p. 215 et 216.
(2) Voir p. 387.
(3) *Hist. de Sainte-Barbe,* t. II, p. 314.

professeur de seconde, qui remplit dans l'Université la
charge de procureur de la Nation de Normandie, et qui
fut élu le 4 novembre 1719 coadjuteur du questeur général avec future succession, après avoir eu dans cette
circonstance la joie d'entendre le tribunal académique
faire et insérer dans ses registres officiels l'éloge public
de ses vertus et de son zèle à remplir ses fonctions (1) ;
Lambert Coffin, frère du principal de Beauvais, qui y
professa lui-même les belles-lettres avec un charme et
un savoir que l'Université se plut à reconnaître, et qui,
le 27 février 1720, quitta sa chaire pour devenir, à sa
propre sollicitation, l'un des vingt-quatre imprimeurs-
libraires jurés de l'Université (2) ; Gaspard Poitevin,
professeur de philosophie et procureur de la Nation de
Normandie en 1732 (3) ; Lagrange, d'abord boursier,
puis maître de quartier au collége de Beauvais, qui devint plus tard précepteur du fils du baron d'Holbach,
entreprit, d'après les conseils de Diderot, une traduction
de Lucrèce et publia ensuite celles des *Antiquités de la
Grèce* de Lambert Bos et des *OEuvres de Sénèque le philosophe*, et mourut en 1775 ; le poète Jacques Delille qui,
après avoir achevé ses études au collége de Lisieux, professa la grammaire à Beauvais, jusqu'à l'expulsion des
Jésuites, dont il alla prendre une des chaires de littérature au collége d'Amiens (4). Le fameux Baltazar Gibert,
professeur de rhétorique à Mazarin pendant cinquante

(1) *Arch. de l'Univ.* Reg. 42, fo 193
(2) *Ibid* Reg. 43, fo 2.
(3) *Ibid.* Reg. 43ᵃ, fo 152.
(4) Pendant son séjour à Beauvais, il a donné au public : *Epitre
à M. Laurent, chevalier de l'ordre de S. Michel, à l'occasion d'un
bras artificiel qu'il a fait à un soldat invalide* (Biblioth. de la Sorbonne, H. F. a. u., 66, Nº 26), et : *Ode à Mgr le Premier Président
à l'occasion de la naissance de M. de Champlatreux* (*Ibid.* Nº 77).

ans, trois fois recteur, l'un des plus ardents défenseurs
des priviléges et de l'honneur de l'Université, mais aussi
l'un des plus obstinés adeptes du jansénisme pour lequel
il alla mourir en exil chez l'évêque d'Auxerre, avait commencé par professer pendant quatre ans la philosophie
au collége de Beauvais. Il faut citer encore Jean-Baptiste
Lesbroussart qui fut d'abord élève du collége, et qui y
fut nommé professeur de rhétorique à vingt ans. Son
enseignement ayant eu du retentissement jusqu'en Belgique, il reçut de la part de l'Autriche des offres qu'il
accepta, devint professeur à Gand et à Bruxelles, membre
de l'Académie royale de cette dernière ville, et mourut
en Belgique en 1818. Il avait en 1781 remporté le prix de
l'Académie de Châlons par un mémoire sur cette question:
*Quels sont les moyens de perfectionner l'éducation dans
les colléges de France ?*

Mais il est un nom qui doit nous arrêter davantage.
Est-il un enfant qui, à l'heure où le sentiment littéraire
commençait à s'éveiller en lui, n'a pas frémi à la lecture de l'*Éloge funèbre de Marc-Aurèle*, pleuré avec
Apollonius, et, en voyant Commode agiter tout à coup sa
lance d'une manière terrible, les Romains pâlir, Apollonius se voiler la face, le peuple consterné suivre en silence la pompe funèbre, compris que Marc-Aurèle était tout
entier dans le tombeau ? Les défauts même de l'auteur
contribuaient à le faire grandir devant nos jeunes imagi-
nations, et le nom de Thomas est pour les écoliers un nom
aimé et populaire. Or, ce nom est une des gloires les
plus hautes et les plus pures de notre collége.

Né à Clermont-Ferrand le 1er octobre 1732, et fils d'une
mère qui avait à élever dix-sept enfants, Antoine-Léo-
nard Thomas vint à dix ans au collége du Plessis et, ses
études achevées, poussé par un instinct invincible, accepta au collége de Beauvais une classe de sixième.

malgré les résistances de sa mère qui le destinait au barreau ; elle comptait par là trouver en lui un appui pour l'éducation de ses plus jeunes frères. Il avait été un brillant écolier et un des lutteurs les plus heureux des concours généraux ; à vingt-et-un ans, il soutenait avec éclat sa thèse de maître ès arts sur ce sujet : *Quantum in societatibus hominum litteratorum ad mutuam utilitatem mutua prosit amicitia*. Sa place était à Beauvais, où le souvenir des conférences de Rollin n'était pas mort. D'ailleurs un de ses frères y enseignait en même temps que lui, et par une méthode dont il était l'auteur, facilitait singulièrement aux jeunes écoliers l'intelligence de la grammaire. Thomas eut le malheur de le perdre en 1755.

« J'ai eu un frère, écrit-il lui-même, dont j'étais fort aimé, que j'aimais beaucoup, à qui je dois le peu que je suis ; je l'ai vu mourir il y a douze ans entre mes bras. Il me semblait que je restais seul dans le monde ; tout me paraissait désert autour de moi. Je parcourais tous les lieux où je l'avais vu, où j'avais entendu sa voix ; je le redemandais partout, et j'avais du plaisir à sentir couler mes larmes comme s'il en eut été le témoin (1). »

Thomas obtint bientôt au collége la chaire de troisième. Tout entier au culte et à l'enseignement des lettres, occupé à enfler, à cadencer et à limer les phrases de ses Éloges, en même temps qu'à former le goût de ses écoliers, ce travail exagéré, prolongé pendant des nuits entières, affaiblit sa santé, et le collége de Beauvais, après avoir vu avec un légitime orgueil son professeur de troisième obtenir cinq fois le prix d'éloquence (2) et une

____

(1) Cité, p. 3, par M. de Saint Surin dans sa *Notice sur Thomas*, à laquelle sont empruntés la plupart de ces détails

(2) Pour les oraisons funèbres du maréchal de Saxe, 1759, de d'Aguesseau, 1760, de Duguay-Trouin, 1761, de Sully, 1763, de Descartes, 1765.

fois celui de poésie (1), après l'avoir vu s'asseoir à l'Académie française, eut la douleur de voir s'éloigner un maître qui faisait sa gloire. Thomas renonça à l'enseignement ; mais il garda avec ses anciens collègues et avec ses anciens élèves les relations les plus amicales, et il écrivait à l'un de ces derniers, en 1766, ces paroles qui montrent quel maître il était : « Je me rappelle avec un intérêt bien tendre ce temps de votre enfance où j'ai eu le bonheur de vous être utile. Ce souvenir m'est trop précieux pour qu'il s'efface jamais (2). »

Ne craignons pas de faire connaître un homme qui fit à notre collége tant d'honneur par son talent et tant de bien par l'influence de ses vertus.

« Lorsque Thomas entra dans le monde, dit M. de Saint-Surin (3), les mœurs de son siècle lui causèrent une surprise pénible, et furent sans danger pour les siennes qui étaient d'une pureté virginale.... D'une gravité douce mais recueillie, il parlait fort peu ; sans contribuer à la gaîté de la conversation, il y souriait quelquefois. Les sujets qui lui étaient analogues pouvaient seuls l'exciter à prendre la parole ; encore fallait-il que ce fût dans l'intimité d'une société choisie et peu nombreuse. Alors il étonnait par l'abondance de son élocution, par l'énergie de ses pensées, par la diversité de ses aperçus.... Son caractère indulgent ménageait toutes les fautes sans en partager aucune. Étranger aux petites passions, il mettait de la dignité dans les moindres actes de sa vie. Son âme peu expansive ne montrait pas ordinairement dans l'amitié une extrême sensibilité, mais il y apportait toutes les attentions qu'admet une tête fortement occu-

(1) Pour son *Ode sur le Temps*, 1762.
(2) A M. Gaspard de Toustain de Richebourg : voir la *Notice sur Thomas*, p LXXVII.
(3) *Notice sur Thomas*, p. LXXVII.

pée et tous les procédés que l'on doit attendre d'un cœur noble. »

« M. Thomas, dit de son côté madame Necker (1) n'est pas grand ; son air est simple et modeste, sa figure et ses traits peuvent s'accorder avec la célébrité et ne l'annoncent pas. On dirait que la nature ait voulu lui ménager en tout le plaisir d'étonner : c'est elle qui, dès sa naissance, le doua des vertus et du génie ; c'est elle qui le créa sublime et grand. Sa taille l'élevait au dessus des autres hommes ; il voulut monter sur un piédestal, et se mettre loin de notre vue. Ainsi ses idées pures devinrent sévères ; son style noble et majestueux s'ennoblit trop peut-être, et ses défauts en tout genre furent l'excès de la perfection. »

Son caractère était aussi fier et indépendant que son imagination était noble, brillante et pompeuse. Il s'est peint lui-même dans ces beaux vers de son *Ode sur le Temps* :

> Si je devais un jour, pour de viles richesses,
> Vendre ma liberté, descendre à des bassesses,
> Si mon cœur par mes sens devait être amolli,
> O Temps, je te dirais : préviens ma dernière heure,
> Hâte-toi, que je meure :
> J'aime mieux n'être plus que de vivre avili.
>
> Mais si de la vertu les généreuses flammes
> Peuvent de mes écrits passer dans quelques âmes,
> Si je puis d'un ami soulager les douleurs,
> S'il est des malheureux dont l'obscure innocence
> Languisse sans défense,
> Et dont ma faible main puisse essuyer les pleurs ;
>
> O Temps, suspends ton vol, respecte ma jeunesse ;
> Que ma mère, longtemps témoin de ma tendresse,

(1) Mélanges extraits de ses manuscrits, cités par S. Surin.

Reçoive mes tributs de respect et d'amour,
Et vous, Gloire, Vertu, déesses immortelles,
    Que vos brillantes ailes
Sur mes cheveux blanchis se reposent un jour.

Les larmes que nous l'avons vu verser sur la tombe de son frère, celles qu'il répandit en perdant sa mère, morte à quatre-vingt-deux ans, sa constante affection pour ses anciens élèves, surtout sa tendre amitié pour Ducis, disent quel était son cœur. Il mourut en 1785, chez l'archevêque de Lyon, Montazet, à Oullins, dans une maison aujourd'hui consacrée à l'éducation de la jeunesse, et où l'on est fier de garder son souvenir. A un ami commun Ducis écrivait, le surlendemain de la mort de Thomas (1) :

« Qu'importe sa gloire ! Ah ! une seule consolation me reste : notre religion unit ce que la mort sépare. Mon ami, dont l'âme était si chrétienne, m'a laissé le souvenir de la fin la plus édifiante ! Il s'est confessé avec toute sa raison. Son confesseur, qui est un ange de piété et de charité, l'a vu trois fois dans la même nuit ; il ne peut en parler sans larmes. Il a reçu ses sacrements avec une résignation, une douceur qui nous faisait tous sangloter. Est-il vrai, mon Dieu ! je ne le verrai plus ! »

Il paraît cependant qu'il avait donné aux *philosophes* les gages d'une fin plus digne de leur amitié ; mais, dit La Harpe (2), « si Thomas était philosophe, la philosophie de ses ouvrages n'a jamais offert même l'apparence de l'impiété, et sa mort fut celle d'un chrétien, et le fut si authentiquement, que la secte *philosophique* en fut consternée et prit le parti de n'en pas parler, pour ne pas blesser l'archevêque de Lyon, notre confrère à l'Acadé-

(1) *OEuvres de Ducis*, t. II, p. 143.
(2) T. XX, *De la philosophie du* XVIIIe *siècle*, chap. II, p. 243.

mie, qui lui-même avait administré à Thomas les derniers secours de la religion. »

La vraie gloire de ces maîtres, ce furent leurs élèves.
Louis Racine en ouvre la liste. C'est encore à la plume
d'un contemporain que nous empruntons des détails sur
l'enfance de celui qui devint plus tard l'auteur des
poëmes de *la Religion* et de *la Grâce*, de celui qui était
fils du grand Racine (1) :

« Ce bon père lui avoit assuré une excellente éducation
en le recommandant à M. Rollin, alors principal du collége de Beauvais. Sa mère le mit de bonne heure entre les
mains de cet habile maître qui par ses écrits est devenu
celui de toute la jeunesse françoise. Il eut encore l'a-
vantage de recevoir les instructions et de voir de près les
exemples de M. Mésenguy, un des plus vertueux et des
plus savants ecclésiastiques du royaume (2). Ce fut sous
des yeux si éclairés que M. Racine fit ses études, et qu'il
se fortifia dans les principes de la sagesse et du goût. Il
faisoit des vers, mais il falloit se cacher de sa mère :
restée veuve d'un des plus grands poëtes de France, avec
un bien très-médiocre, elle n'étoit pas prévenue en faveur de la poésie : elle redoutoit les Muses comme des
Sirènes, qui n'étoient environnées que de naufrages.
Boileau lui-même, par une sorte de trahison, le détour-
noit de leur commerce. Depuis que le monde est monde,
lui disoit-il, on n'a point vu de grand poëte fils d'un
grand poëte ; et d'ailleurs vous devez savoir mieux que
personne à quelle fortune cette gloire peut conduire.
Ces remontrances furent inutiles ; il falloit qu'un aiglon
prît l'essor, et que le fils de Racine fît des vers. »

(1) *Histoire de l'Académie des Inscriptions*, t. XXXI, p. 358, Éloge
de M. Racine.
(2) Éloge de Mésenguy trop significatif pour qu'on n'y devine
pas les opinions religieuses de celui qui en fut l'auteur.

Un des condisciples de Louis Racine à Beauvais, le marquis de la Galissonnière, devait faire rejaillir sur ses maîtres et sur son collége une gloire d'un autre genre : successivement gouverneur-général du Canada et lieutenant-général des troupes navales en France, il mourut après avoir défait l'amiral Bing devant Minorque. Crevier, qui avait été aussi son condisciple et son ami, lui a consacré une page trop touchante pour qu'elle ne doive pas trouver ici sa place.

« Le jour même où j'écris ceci, j'apprens la mort de l'un des plus illustres élèves du collége de Beauvais, M. le marquis de la Galissonnière, lieutenant général des armées navales, qui vient d'acquérir tant de gloire par la victoire remportée sur l'amiral Byng, et par la conduite qu'il a tenue pour faciliter la conquête de l'Isle Minorque sur les Anglois. J'avois fait avec lui mes dernières années d'études. Il m'aimoit : je l'aimois avec cette tendresse qui accompagne les amitiés de l'enfance, et qui ne connoît point la distinction des conditions. Cette amitié a duré jusqu'à sa mort : et le sentiment s'en conservera dans mon cœur autant que je vivrai. Toute la France, qui l'a connu tard, le pleurera. Pour moi, je l'ai connu dès l'enfance, et je n'ai jamais vu personne qui rassemblât autant de grandes parties. Un génie supérieur, un esprit d'observation, une vigilance, une activité, un courage dont il a été la victime. Cette campagne, si glorieuse pour lui, a épuisé par la fatigue un corps délicat, et que toute la sagesse d'une vie passée sans aucune sorte d'écarts n'a pu garantir de l'impression funeste d'un travail outré. Il réunissoit tout. Habile à manier la plume comme l'épée, il n'étoit pas moins capable de démêler dans une conférence les chicanes des ennemis de son pays, que de les battre à la tête de la flotte Françoise. Son mérite seul l'a élevé, sans que l'ambition ni l'intrigue aient eu aucune part à son avancement; et si son élévation a excité l'envie, sa modestie l'a fait taire même avant sa mort. Simple jusqu'à être méconnu de ceux dont l'œil ne sait pas percer une première écorce, il avoit trop de mérite pour vouloir emprunter les dehors dont les génies vulgaires ont besoin. Mais à qui se donnoit la peine de l'étudier, quelle noblesse de sentimens ne montroit-il pas, quelle élévation d'âme, quelle étendue de connoissances, quelle justesse et quelle fermeté de décision ? La douceur, l'égalité, la franchise, toutes les qualités aimables l'ont toujours fait adorer de ceux qu'il a commandés : et le sauvage en Canada, comme l'officier en France, a trouvé en lui un père digne de tout son attachement. La différence des états, ses emplois, ses voyages sur mer, m'ont empêché de jouir de tant de vertus, autant que je l'aurois souhaité. Mais je n'oublierai jamais qu'il m'a aimé jusqu'à la fin de sa vie : et je ne me consolerai qu'en pensant qu'une probité parfaite, un grand respect pour la Religion, une piété sans fard, me flattent de l'espérance que je ne l'ai pas perdu pour toujours, et que je puis me promettre de le rejoindre dans le sein de la félicité éternelle (1) »

Un marin plus illustre encore, Louis-Antoine de Bougainville, doit être nommé après la Galissonnière, bien que le collége de Beauvais ne l'ait vu que longtemps plus tard s'asseoir, non plus parmi les condisciples, mais parmi les élèves de Crevier. Il ne nous est d'ailleurs resté aucun souvenir de sa vie de collége. Nous savons seulement qu'il ne quitta Beauvais qu'à vingt-deux ans. D'abord étudiant en droit, et avocat, pour complaire à sa famille, puis mousquetaire noir et en même temps auteur d'un *Traité du calcul intégral, pour servir de suite à l'Analyse des infiniment petits* du marquis de Lhopital, l'expédition du Canada, où il se distingua comme aide - de - camp de

---

(1) *Hist. de l'Université*, t. II, p. 480.

Moncalm et où il fut élevé au grade de colonel, lui révéla
sa vocation pour la marine, et bientôt sa famille et son
collége, avec la France entière, purent applaudir à ce
voyage autour du monde, dans lequel le savant et hardi
navigateur découvrit un grand nombre d'îles et donna son
nom au détroit qu'il explora le premier.

Son frère Jean-Pierre de Bougainville, qui devint plus
tard secrétaire de l'Académie des inscriptions et de l'Académie française, fut l'un des hommes de son temps les
plus versés dans l'histoire de l'antiquité. Plus âgé que
Louis-Antoine de sept ans, il le précéda aussi au collége.
Ses succès d'écolier, et les difficultés qu'eurent à vaincre
ses maîtres pour lui inspirer l'amour du travail, n'ont
point été oubliés dans l'Éloge qui fut lu après sa mort à
l'Académie des inscriptions.

« Jean-Pierre de Bougainville naquit à Paris le 1ᵉʳ décembre 1722 de Pierre-Ives, notaire et échevin, avec les
dispositions les plus heureuses ; une pénétration vive,
une imagination féconde étoient accompagnées d'un esprit
fin et délicat, qui, d'un coup d'œil aussi sûr que rapide,
découvroit dans chaque sujet les beautés qui s'y trouvoient renfermées... M. de Bougainville montra d'abord,
dans son enfance, une vivacité qui sembloit le rendre
incapable de toute application ; un maître intelligent, au
lieu d'étouffer par la contrainte cette flamme pétillante,
en laissa évaporer le superflu ; il lâcha la bride à son
élève et lui donna toute liberté , excepté celle d étudier
avec ses camarades. Au bout de quelques jours, cette
activité frivole étant épuisée, le jeune enfant produisit
la première réflexion qu'il eût faite de sa vie ; il se tint
outragé d'être exclu du travail commun, il demanda
avec larmes la grâce d'y être admis, et dès ce premier pas
il s'élança dans la carrière des lettres avec tant d'ardeur
qu'il devança toujours de bien loin tous ses concurrents.
Ses études, qu'il fit au collége de Beauvais, furent cou-

ronnées des succès les plus éclatants ; je l'ai vu à la fin de sa Rhétorique, dans un exercice public, rendre compte des leçons qu'il avoit reçues d'un habile maître, nourries de ses propres réflexions : l'étendue de ses connoissances, la fécondité de son esprit, la facilité et les grâces de son expression annonçaient dès lors qu'il étoit né pour tenir un rang honorable dans la république des Lettres (1) ».

En même temps que les Bougainville, le collége de Beauvais admettait à ses cours un enfant dont l'intelligence restait obstinément fermée aux leçons de ses maîtres, et qui dut plus tard apprendre le latin et le grec, lorsque, parvenu à l'âge d'homme, il eut reconnu la nécessité de ces deux langues pour l'œuvre funeste et insensée qu'il méditait, la ruine du christianisme. Il s'appelait Nicolas-Antoine Boullanger. Sa vie et ses travaux sont ainsi résumés par La Harpe (2) :

« Boullanger fut un des plus grands ennemis du christianisme, et s'en repentit amèrement à sa mort qui fut prématurée. Il mourut à trente - cinq ans. On convient que son érudition était fort embrouillée. L'envie de trouver partout des preuves du système qu'il s'était fait de l'antiquité indéfinie du globe terrestre, le portait à étudier précipitamment beaucoup de livres et de langues, et toute cette nourriture, dévorée à la hâte, devait être très-mal digérée. Les athées encyclopédistes, qui, en prenant de sa main quelques articles d'économie politique pour leur Dictionnaire, lui avaient tourné la tête d'amour-propre et d'impiété, et dont, en mourant, il détestait les leçons, cherchèrent à lui faire une réputation que ses ouvrages ne soutinrent pas, et se servirent de son nom, après sa mort, pour le mettre à la tête des

____

(1) *Hist. de l'Académie des Inscriptions*, t. XXX, p. 368
(2) T XVI. *Fragments, sur Boullanger.*

plus scanduleuses productions. Mais Voltaire, qui ne ménageait pas toujours les athées, surtout quand ils l'ennuyaient trop, se moqua beaucoup de l'*Antiquité dévoilée* de Boullanger, qu'il appelait l'*Antiquité voilée*, et il avait raison. »

Au XVIIe siècle, le collége de Beauvais avait préparé les succès des avocats fameux. Le Maistre, Patru et Gauthier : au XVIIIe, il donne encore au barreau français les Secousse, les Gerbier, les Linguet, les Dupaty. C'est Jean-Pierre de Bougainville qui a raconté à l'Académie des Inscriptions l'enfance de Secousse et ses études à Beauvais.

« Denys-François Secousse naquit à Paris le 8 janvier 1691. Son père, avocat célèbre, joignoit au savoir du jurisconsulte, aux talents de l'orateur, les vertus de l'homme de bien et les qualités de l'homme sociable.....

« Sa passion pour les livres s'annonça dès l'âge le plus tendre. A six ans, il avoit copié de sa main la plus grande partie du Télémaque de M. de Cambrai. Avec de pareilles dispositions, il méritoit de trouver un Mentor, et il le trouva dans la personne de M. Rollin. Il fut un des premiers élèves de cet homme respectable, qui voué par état, par principe et par sentiment, à l'instruction de la jeunesse, ennoblissoit par l'élévation de ses vues, un emploi déjà si noble, et jouissoit dès lors de cette estime générale qu'il s'est depuis assurée par des écrits qui respirent l'amour de la patrie et de l'humanité. Cet hommage de ma reconnaissance est inutile à sa mémoire ; mais il n'est pas étranger dans l'éloge de M. Secousse. M. Rollin se faisoit honneur de le citer au nombre des gens de lettres citoyens, que son école a produits, et de son côté M. Secousse se félicita toujours de l'avoir eu pour maître.

« Ses études eurent le succès qu'un esprit sérieux, juste et pénétrant devoit retirer d'une application méthodique

et continuelle. Les heures destinées au travail ne lui suffi-
soient pas ; il prenoit sur le temps du sommeil. En vain
essayoit-on de réprimer cette ardeur si louable et si peu
commune : son ardeur excitée par les obstacles éludoit
les défenses et savoit se soustraire aux regards les plus at-
tentifs. Les passions sont fécondes en ressource et surtout
indociles. M. Secousse étoit entraîné par la sienne avec
une impétuosité opiniâtre, qui avoit en partie son principe dans la fermeté de son caractère, plus vrai que
souple, capable de céder par raison ou de se plier par
égard, mais inflexible à tout autre motif, singulièrement
jaloux de l'indépendance, et ne résistant jamais aux impressions de son naturel, que lorsqu'elles lui sembloient
combattues par le devoir. Ses inclinations étoient droites,
ses vues saines, ses désirs sages, ses goûts solides ; et
cette rigidité de caractère, qui jointe à des défauts, en
eût fait des vices, s'alliant à des qualités estimables, servit à les fortifier.....

« Son père, témoin de ses progrès, en tiroit un augure
favorable aux desseins qu'il avoit sur lui. Il espéroit de
se voir bientôt devancé dans la carrière par un fils qui
l'auroit fait revivre au Barreau. Mais ce fils auquel son
nom devra plus qu'il ne le croyoit peut-être, n'étoit pas
né pour l'état qu'on lui destinoit. Dès l'âge de quatorze
ans, il s'étoit fait le plan de vie qu'il a depuis constamment suivi ; et s'il ne l'embrassa pas sur-le champ, c'est
que trop jeune encore pour disposer de lui-même, il devoit le sacrifice de ses propres idées à l'autorité de son
père..... M. Secousse fit par déférence les premiers pas
dans la carrière qui lui étoit marquée ; et quoiqu'il ne
se prêtat que pour un temps il parut se livrer avec ardeur:
le charme que le devoir a pour les âmes bien nées, ôtoit
à ses efforts l'air de la contrainte (1). »

(1) *Hist. de l'Acad. des Inscript.* t. XXV, p. 289. *Éloge de M. Se-*

Secousse plaida peu, mais toujours avec succès. Bientôt il se laissa absorber par l'étude des lois et de l'histoire de France et par la culture des lettres. Il publia cinq volumes du *Recueil des Ordonnances des rois de France* dont l'avait chargé d'Aguesseau, et deux volumes de *Mémoires pour servir à l'histoire de Charles-le-Mauvais*. Les *Mémoires de l'Académie des Inscriptions* contiennent aussi de lui plusieurs savantes dissertations. Il y avait deux ans qu'il était aveugle, quand il mourut en 1754.

Pierre-Jean-Baptiste Gerbier, *l'aigle du barreau*, né à Rennes d'une famille d'avocats distingués, et élevé sous les yeux de son père par des maîtres que l'on avait fait venir pour lui de Hollande, fut envoyé au collége de Beauvais pour y terminer ses études sous Coffin et Rivard. Reçu avocat à vingt ans, mais longtemps retenu dans le silence par son père, il n'entra qu'à vingt-huit ans dans une carrière semée pour lui de nombreux et brillants triomphes. Le barreau n'avait entendu rien de plus éloquent depuis Cochin. Aussi les causes les plus importantes lui furent-elles confiées ; il faut citer surtout celle des frères Lyoncy contre le P. Lavalette et les Jésuites, qui servit de premier prétexte à l'expulsion de ces religieux. Son attachement à Maupeou, pendant l'exil du Parlement, fut exploité méchamment par un autre avocat célèbre, Linguet, comme lui ancien élève du collége de Beauvais et son rival au barreau, qui se vengea sur lui de ses propres disgrâces, et lui suscita des méfiances et des antipathies auxquelles l'âme bonne et affectueuse de Gerbier ne sut point résister. Il mourut le 26 mars 1788, lentement miné par la tristesse, et pleuré d'ailleurs par le barreau, dont il était la gloire et qui venait de le

cousse, prononcé dans l'assemblée publique du 12 novembre 1754, par M. de Bougainville.

nommer bâtonnier. La *Biographie universelle* de Michaud fait en ces termes l'éloge de son talent :

« La nature, qui voulut en faire l'orateur le plus séduisant, l'avait comblé de ses dons ; il en avait reçu une figure noble, un regard plein de feu, une voix étendue et pénétrante, une diction nette, une élocution facile, une grâce infinie, un charme inexprimable répandu dans toute sa personne ; son teint brun, ses joues creuses, son nez aquilin, son œil enfoncé sous un sourcil éminent, faisaient dire de lui que l'aigle du barreau en avait la physionomie. Le caractère dominant de l'éloquence de Gerbier était l'insinuation et le pathétique ; il en trouvait les principales ressources dans son âme, et personne ne justifiait mieux que lui cette maxime de Quintilien : *Pectus est quod disertos facit.* Il narrait avec un grand intérêt, disposait ses preuves avec infiniment d'art ; et il excellait particulièrement dans les causes d'inductions et de présomptions. L'action surtout, cette partie si nécessaire et si victorieuse de l'art oratoire, était admirable en lui. Ceux qui l'ont vu plaider (car il fallait le voir) ne croient pas que sous ce rapport aucun orateur ait été plus accompli : toute l'habitude du corps était parfaite ; se tenant droit mais avec aisance ; ferme sans roideur, flexible sans balancement ; la tête élevée avec une espèce de fierté ; la figure expressive, et qui s'animait au gré de son discours ; le geste rare et toujours noble : souvent on le voyait, dans la discussion, tenir les bras croisés, comme se jouant de sa matière ; puis lorsque quelque trait de sentiment ou de mœurs l'y sollicitait, lorsque l'indignation l'arrachait à ce calme imposant, il se déployait, il s'élevait, il s'enflammait ; son accent devenait impérieux ou déchirant, et sa belle voix, qui allait au cœur, ne manquait pas, quand il le voulait, de faire couler des larmes. »

Simon-Nicolas-Henri Linguet, fils d'un professeur et

sous-principal de Beauvais que son attachement au jansénisme fit exiler de Paris, naquit à Reims en 1736. Lui-
même parle ainsi de ses premières années :

« Je suis né sans fortune, et loin d'en rougir. Fils d'un
homme estimé, persécuté, que j'ai eu le malheur de
perdre dans le plus bas âge, il ne m'a guère laissé que
son nom et sa destinée. Il auroit pu dans ses derniers
moments, me dire comme Enée :

> Disce, puer, virtutem ex me verumque laborem,
> Fortunam ex aliis . .

« Engagé, je ne sais comment, dans les folies du *Jansénisme* ; témoin, je ne sais pas plus comment, d'un miracle du bienheureux *diacre*, il fut martyr du despotisme *exileur*, comme son fils l'a été du despotisme
rayeur. Il perdit en conséquence sa place de professeur
à l'Université de Paris, se fixa à Reims, s'y maria ; ainsi
je suis né sous les auspices d'une *lettre de cachet.* »

« Ce récit est exact, ajoute le biographe de Linguet, qui
le cite. Cette *lettre de cachet* exiloit le père de M. Linguet
à 30 lieues de Paris : sa belle-sœur demeuroit à 33 de
distance dans la ville de Reims : il s'y retira, y épousa
la fille d'un Procureur, y devint greffier de l'élection, et
quelque autre chose.

« Son père envoya aussi le jeune Linguet faire ses
études à Paris, à ce même collége de Beauvais, où il
avoit professé. Le jeune Linguet s'y distingua d'une
manière éclatante , en remportant les trois premiers
prix de l'Université, en 1751 (1). »

Il fit plus d'honneur à son collége par son talent que
par son caractère. Après avoir hésité longtemps dans le

---

(1) *Notice pour servir à l'histoire de la vie et des écrits de S N.
H. Linguet.* Liége, 1781, in-8º.

choix d'une carrière, d'abord emmené en Pologne par le duc de Deux Ponts, puis attaché au prince de Beauveau comme secrétaire et aide-de-camp dans la guerre de Portugal, puis écrivain, auteur d'une *Histoire du siècle d'Alexandre*, aspirant à un fauteuil à l'Académie et se vengeant du refus qu'il éprouve par de furieuses diatribes contre les académiciens et particulièrement contre d'Alembert, son ami, à trente ans, il se décide enfin pour le barreau. Sa parole vive, hardie, mordante, emportée, lui assura des succès brillants ; il ne perdit que deux procès : « encore, disait-il, j'ai bien voulu les perdre. » Mais ses sarcasmes, peut-être aussi ses succès, lui firent beaucoup d'ennemis, et en 1774, il fut rayé du tableau. Un *Journal Politique* l'occupa ensuite, mais le fit exiler d'abord, puis en 1780 enfermer à la Bastille. Il n'en sortit que pour reprendre le chemin de l'exil. Un moment en faveur auprès de Joseph II qui lui donna une gratification de mille ducats, il sut encore perdre cet appui par son ingratitude. La France le revit en 1791, plaidant à l'Assemblée constituante pour la colonie de Saint-Domingue. Il fut enfin jeté en prison pendant la Terreur et, le 9 messidor 1794, condamné à mort pour n'avoir pas été assez ingrat envers les *tyrans* de Vienne et de Londres, ses bienfaiteurs. Au milieu d'œuvres assez volumineuses, on est surpris de trouver, sous le titre d'*Histoire impartiale des Jésuites,* une apologie de ces religieux qui venaient d'être supprimés.

La Harpe, dont il était d'ailleurs l'ennemi personnel, l'a jugé sévèrement :

« Linguet, dit-il, n'a pas mérité la renommée d'écrivain qu'on a voulu lui faire : il n'a pas non plus mérité sa mort, ni comme honneur ni comme supplice. Il était né avec du talent ; mais au lieu de le nourrir par le travail, il le corrompit par son caractère ; et l'on ne voit dans ses volumineux ouvrages que la facilité d'écrire sur tous les sujets sans connaissance, sans réflexion et sans goût ; un esprit ardent et faux dont toute l'audace est en déraison et toute la force en injures ; et l'on sait trop qu'il finit par n'être qu'un écrivain mercenaire, qui vendait des libelles à tous les partis, à toutes les puissances, et qui était payé partout en argent et en mépris (1). »

Le président du Paty, d'abord avocat-général à Bordeaux, doit être nommé avec ces avocats célèbres du xviiie siècle. Il fut l'un des élèves les plus chers et les plus distingués de Thomas. Ses succès au barreau, son intégrité comme magistrat, ses talents comme homme de lettres lui méritèrent de ses contemporains les plus grands éloges. La Harpe a loué en ces termes son caractère et son talent :

« Un magistrat de la province, dont personne ne doit plus regretter la perte que les malheureux dont il s'était fait le protecteur, descendait dans des cachots pour en tirer des accusés sans défense, consacrait à leur salut son temps, son talent, sa fortune, et attaquait avec toute l'énergie d'une belle âme les vices de notre procédure criminelle. Si l'ardente impétuosité de son zèle, qui portait un peu d'exaltation dans sa tête, ne laisse pas voir dans ses écrits la maturité, la mesure et le goût que la critique sévère peut y désirer, du moins les pleurs qu'il fit répandre au peuple assemblé, dans les tribunaux de Rouen, prouvaient en lui le talent de la parole et le respectable usage qu'il en savait faire (2). »

Plusieurs des élèves qui suivirent à cette époque les cours du collége de Beauvais, s'adonnèrent exclusivement à l'étude de l'histoire et la culture des lettres. A leur tête

(1) T. XV, *De la philosophie du* xviiie *siècle*, liv. III, chap. ii, p. 269.

(2) T. XIV, *Éloquence du barreau*, p. 15.

il faut placer l'abbé Jacques Tailhié, né à Villeneuve
d'Agen au commencement du xviiie siècle, élève reconnaissant de Rollin, dont il voulut populariser l'histoire
en en publiant un abrégé. Il a laissé aussi une *Histoire
de Louis XII*, une *Histoire de la Compagnie de Jésus,*
des *Remarques sur la loi du silence,* une *Histoire des
entreprises du clergé sur la souveraineté des rois,* un
Traité de la nature et du gouvernement de l'Église.

Adrien-Guillaume Cailly, né en 1727, après avoir été
l'un des plus brillants élèves et le plus heureux lauréat
du collége de Beauvais, alla se battre comme volontaire
à Fontenoy, et chanta ensuite les gloires de cette
grande journée. Il se consacra bientôt à la littérature. Admis aux soirées que la duchesse du Maine donnait à Sceaux, il composa pour ces fêtes royales mais
licencieuses ses *Divertissements,* qu'un critique contemporain a appelé un recueil « de pièces fugitives charmantes mais graveleuses (1) ».

Pierre-Jean-Baptiste Choudard Desforges déshonora
aussi par ses écrits licencieux et par sa conduite dissipée
les leçons de son collége. Né à Paris en 1746, fils d'un
riche marchand de porcelaines, d'abord élève du collége
de Mazarin, puis de celui de Beauvais, où il eut Delille
et Lagrange pour maîtres de quartier, Thomas pour
professeur de quatrième et de troisième, Dupaty pour
condisciple et pour ami, il faisait dès l'âge de neuf ans
de petites tragédies, *Tantale et Pélops, Mort de Jérémie.*
Après avoir essayé des études médicales, puis de la peinture, il se vit, par la ruine de son père, obligé, pour vivre,
de traduire des ariettes italiennes à douze francs la pièce.
Enfin en 1768, sa vocation se décide par le succès de
Bon chat, bon rat ; il devient auteur comique et acteur
aux Italiens. Plusieurs villes de France et Saint-Péters-

______

(1) *Le tribunal d'Apollon,* 2 vol. in-18.

bourg l'entendirent aussi. A son retour de Russie, il renonça à la scène pour se livrer uniquement aux lettres. Outre ses pièces de théâtre, quelques romans, et plusieurs opuscules révolutionnaires, il a laissé des *Mémoires*, que l'on a appelés Mémoires d'un libertin, et qui ont mérité à leur auteur ces trois vers :

> Fuis, auteur dangereux, fuis, écrivain obscène,
> Ton nom seul fait rougir la pudique beauté :
> Va porter ton encens à l'immoralité.

Il mourut en 1806.

En dépit des longues années qu'il passa dans la dissipation et l'incrédulité, Jean-François Vauvilliers, converti en 1786 par un songe qu'il a raconté lui même, reste une gloire de notre collége. Fils de Jean Vauvilliers, que nous avons vu récemment professeur au collége de Beauvais et au collége de France, et supérieur à son père dans la connaissance de la langue grecque, il lui succéda au collége de France en 1766, et devint en 1782 membre de l'Académie des inscriptions. Nommé en 1789 président de la commune et chargé des subsistances, il sauva Paris de la famine ; mais ayant eu le courage de publier un mémoire intitulé : *Le témoignage de la raison et de la foi contre la constitution civile du clergé*, il ne dut son salut qu'au conventionnel Musset, son ancien élève, fut atteint par le décret de déportation du 18 fructidor, s'enfuit en Suisse, puis en Russie, et y mourut en 1801. On a de lui plusieurs ouvrages historiques et littéraires.

Les savants n'ont pas plus manqué à Beauvais que les littérateurs durant la période dont nous nous occupons. Trois enfants, destinés à devenir des médecins ou des pharmaciens éminents, y étudiaient ensemble au temps de la disgrâce de Rollin et de l'installation de son successeur. Le plus ancien, Claude Lorry, était un brillant élève, dont on a retenu ces vers ingénieux sur les *Embarras du jour de l'an* :

Hæc est illa dies quá plebs vesana furensque
Se fugiendo petit seque petendo fugit.

Praticien aussi modeste qu'habile, il devint médecin de Louis XV, qu'il soigna dans sa dernière maladie. On lui doit des expériences heureuses contre la mélancolie avec l'ellébore et le quinquina. Il a laissé sur son art des ouvrages nombreux et estimés.

Jacques-François Demachy entra au collége de Beauvais quand Rollin en sortait ; il y brilla surtout dans les sciences. Il cultivait aussi les lettres avec amour, et, les jours de congé, il allait au Jardin des Plantes faire des vers et suivre les cours de Rouelle. Quelques morceaux qu'il publia dans l'*Almanach des Muses* et dans le *Mercure* indiquent que les lettres le retinrent quelque temps ; mais il finit par se livrer tout entier à l'étude de la pharmacie, entra à l'Hôtel-Dieu, d'abord comme apprenti, puis comme professeur, et y enseigna pendant vingt-cinq ans. Lorsqu'il mourut en 1803, il était directeur de la pharmacie centrale et censeur royal.

Né à Braguelogne en 1729, et d'abord élève du collége de Tonnerre, Jean-Charles Desessarts ne vint à Beauvais que pour y finir ses études. On dit que les Jésuites, témoins de ses succès, essayèrent de l'attirer dans leur ordre. Quoi qu'il en soit, il se livra à l'étude de la médecine, et pour s'entretenir à Paris, donna en même temps des leçons de mathématiques. Retenu longtemps en province par la modestie de sa fortune et de ses goûts, il fut appelé à Paris par l'estime de ses confrères, obtint une chaire de chirurgie, puis de pharmacie, devint doyen de la Faculté et fut un des premiers membres de l'Institut. Il mourut en 1811. Crevier fit son éloge.

C'est l'étude et l'enseignement de la géographie qui
immortalisèrent le nom d'Edme Mentelle, professeur à
l'École militaire, un des premiers membres de l'Institut
et, après la Révolution, professeur au collége de France,
savant, passionné pour le travail et se levant chaque
jour à trois heures du matin afin de pouvoir donner
plus de temps à l'étude, zélé pour l'instruction de la jeu
nesse, mais irréligieux jusqu'à oser, dans son *Précis
d'histoire naturelle*, traiter Jésus-Christ d'imposteur.
Récemment, M. Sanis, auteur du géorama de Montrouge,
a tiré de l'oubli et peut-être sauvé de la destruction les
fameux globes de Mentelle, curieux instrument qui re-
présente à la fois la cosmographie, la géographie physique, la géographie politique ancienne et la géographie
politique moderne. Louis XVI, à qui Mentelle avait proposé le plan de cet ouvrage, s'était chargé lui même de
la partie mécanique (1). Mentelle a laissé un grand
nombre d'ouvrages scientifiques. Dans sa première jeunesse et principalement au collége, il avait cultivé avec
passion, et non sans succès quelquefois, les lettres et la
poésie. On cite de lui quelques essais dramatiques,
entr'autres une comédie intitulée : l'*Amour libérateur*,
qu'il avait composée en collaboration avec son condis ·
ciple Desessarts. Ses études au collége de Beauvais,
ses tentatives vers la littérature, l'amilié que lui portait Crevier, tout cela est raconté en ces termes dans
l'éloge qui fut lu après sa mort à l'Académie des Inscriptions et Belles-Lettres :

« Edme Mentelle naquit à Paris le 11 octobre 1730,
d'une famille honnête, mais peu favorisée de la fortune.
La vivacité d'esprit et les dispositions naturelles qu'il
montra dès ses premières études lui méritèrent une
bourse au collége de Beauvais, où professait alors l'édi-

(1) Voir le journal l'*Union* du 25 janvier 1868.

teur de Tite-Live, M. Crevier. Les succès de M. Mentelle et plus encore la douceur et l'aménité de son caractère inspirèrent le plus vif intérêt au savant professeur, qui lui continua ses leçons et ses conseils bien longtemps après que l'élève fut sorti du collége.

« Si M. Mentelle avoit pu suivre avec assiduité ces études si heureusement commencées, et indispensables pour compléter l'éducation d'un homme que son penchant entraîne vers la littérature, on ne peut guère douter qu'il ne se fût distingué de bonne heure par quelqu'une de ces productions solides, empreintes du double caractère du savoir et du jugement, dont il avoit dû prendre le goût dans les entretiens de l'éditeur de Tite-Live. Mais les circonstances commandoient impérieusement; il falloit obéir, et renoncer pour le moment à des études chéries pour prendre dans les fermes un petit emploi qu'il se trouva heureux d'obtenir.

« Cet emploi le mit en rapport avec un homme qui avoit su concilier les affaires avec les lettres, poëte aimable, recommandé dans la société pour la grâce et la vivacité de son esprit (1) : son exemple et ses conseils ranimèrent dans M. Mentelle le penchant naturel qui le portoit vers la poésie, penchant que M. Crevier avoit, au contraire, toujours cherché à détruire, parce qu'il ne le trouvoit pas soutenu par un talent assez décidé (2). »

Enfin, pour que Beauvais recueillît de ses anciens élèves successivement tous les genres de gloire, Charles-François Viel, qui vint au collége quinze ans après Mentelle, et qui y prit un goût prononcé pour les mathématiques et la physique, devint un architecte renommé.

(1) M. Pesselier : c'est là un des plus beaux éloges que l'on ait faits de ce poëte oublié.

(2) *Mémoires de l'Académie des Inscriptions*, T. VII, p. 212. *Notices hist. sur la vie et les ouvr. de M. Mentelle*, lue à la séance publique de juillet 1819.

Paris lui doit le Mont-de-Piété, l'hôpital Cochin, la pharmacie des Miramiones, le grand bâtiment de la Pitié, le grand amphithéâtre de l'Hôtel-Dieu, le grand égout de Bicêtre, que l'on a comparé aux plus magnifiques ouvrages que les Romains ont laissés en ce genre Viel avait aussi gardé de sa première éducation littéraire une habileté et une élégance, que l'on retrouve dans les ouvrages qu'il a publiés sur son art.

L'histoire littéraire du collége durant la dernière période de son existence serait incomplète si, après avoir énuméré tous ces savants maîtres et tous ces élèves si dignes d'eux, nous ne nommions l'Institution Savouré. Née des disgrâces du jansénisme en 1734, et fondée, en face de la maison de Rollin, par un professeur de Sainte-Barbe, qui avait eu la prudence de quitter ce collége célèbre un an avant que les ordres du cardinal de Fleury n'en dispersassent la communauté, elle trouva dans son illustre voisin des conseils pleins d'expérience et des recommandations qui la mirent, dit M. Quicherat, en bonne odeur au collége de Beauvais, dont ses élèves suivirent les cours (1). Un lien d'une autre nature unit bientôt cette maison au collége de Beauvais : après la retraite de l'abbé David qui l'avait fondée avec Jean-Louis Savouré, mais qui la quitta deux ans après, l'abbé Sanson, jeune prêtre d'un grand mérite, qui avait fait de brillantes études dans notre collége, devint aumônier de l'Institution (2). Jean-Louis Savouré avait inscrit en tête du règlement de sa maison ces paroles significatives : « L'esprit de la maison est la religion et la piété, sans négliger le progrès dans les études. » Pour ses collaborateurs et pour lui-même il y avait aussi écrit ces belles

____

(1) *Hist. de Sainte-Barbe*, t. II, p. 309.
(2) *Notice historique sur l'institution Savouré*, par Louis Lacroix ancien élève.

maximes : « Un maître n'a de libre et de temps, dont il peut disposer à son gré, à titre de conscience, que celui où les écoliers sont au collége. Tout autre temps leur appartient, et les écoliers ne doivent pas être un instant sans leur maître. Il est garant devant Dieu et devant les hommes de leurs actions et de leurs mauvais discours; car c'est pendant ces sortes d'absence que le diable fait son œuvre. La présence d'un maître attentif et occupé de son devoir arrête tout. En un mot il doit être l'ange gardien visible de tous ceux qui lui sont confiés... » Et un peu plus loin : « Nous sommes le miroir des enfants qui nous sont confiés; nous leur devons le bon exemple. » Avec de tels principes, l'Institution Savouré ne pouvait manquer d'amener aux cours du collége de Beauvais d'excellents élèves.

Après la translation du collége à Louis-le-Grand, Jean-Baptiste-Louis Savouré, qui avait succédé à son père, resta fidèle à ses traditions comme à ses principes, et continua d'amener ses élèves à la rue Saint-Jean-de-Beauvais. Ils y vinrent jusqu'à ce que la Révolution y eût anéanti le collége de Lisieux avec l'Université tout entière; seulement, depuis 1764, une partie des élèves s'arrêtait aux cours de Montaigu. Bien que le collége de la rue Saint-Jean-de-Beauvais puisse revendiquer comme siennes les gloires littéraires de la pension Savouré, on sent bien que nous ne voulons point énumérer ses lauréats des concours généraux, et ceux de ses disciples qui se frayèrent plus tard, par leur talent et leur travail, le chemin de la renommée ou des hautes fonctions : un autre devait le faire et l'a fait.

Après avoir recueilli les plus vieux souvenirs de l'un de ses devanciers les plus anciens et les plus illustres, de l'amiral Baudin, élève de rhétorique en 1798, la main d'un ancien élève les a pieusement transcrits pour ses condisciples, et pour ceux qui viendront après lui s'asseoir aux leçons et au foyer de la même pension, car elle vit encore. Transplantée en 1779, sous le second des Savouré, de la rue Neuve-Saint-Étienne dans la rue de la Clé, elle vient, grâce à de récentes démolitions, d'être établie à Ménilmontant par le cinquième représentant de cette modeste et forte race, toujours et justement fière de garder à la fois le nom et les nobles traditions de travail et d'enseignement que lui ont légués ses aïeux.

CHAPITRE XIX

Avant de quitter l'histoire du vieux collége de Beauvais pour n'y plus revenir, nous croyons à propos de le montrer maintenant sous un jour qui nous est jusqu'ici resté inconnu, au moins dans son ensemble; nous voulons parler du patrimoine du collége, de ses revenus et aussi de ses charges. Il y a là plus d'un fait intéressant à recueillir sur les habitudes et la manière de vivre de nos aïeux, et d'ailleurs il ne faut pas que ce chapitre fasse défaut dans un travail destiné à montrer sous tous ses aspects la fondation du cardinal de Dormans.

Telle qu'elle est contenue dans les chartes de fondation, l'énumération des biens assignés par le cardinal à son collége serait longue, sans intérêt, fastidieuse. Nous en trouvons au surplus, dans les comptes de 1375 (1), un résumé d'autant meilleur, qu'il nous donne aussi le revenu de ces biens.

« Ce sont les rentes ordinaires de la fondation de ce présent collége traictes des livres et registres princi·

(1) *Arch. de l'Emp.* Reg. H. 2785¹, f° XVII.

paulx depuiz Noel mil ccc lxxv, procureur du collége
messire Nycholas le Qumart prestre curé de Sainte Jame,
sur lezquellez rentes ledit procureur a et doit exercer le
fait de la dicte ptinacion jouxte les status dycellui.

PARIS.

« Premièrement en la ville de Paris sus plusieurs maisons qui sont cy dessoubz particulièrement désignées
pour les iiii termes cestassavoir

A Noel xx *l.* xix *s.* iii *d.*, à Pasques xx *l.* xix *s.* iii *d.* à
la saint Jehan xx *l.* xix *s.* iii *d.* à la saint Remi xxii *l.* i *s.*
iii *d.* — Somme toute à Paris iiii^{xx} iiii *l.* xix *s.*

MONTDIDIER.

« En la ville de Montdidier chacun an iie . iii *libvres* x
s. vi *d.* qui se paient ainsi cestassavoir c *l.* qui furent
messire mouton de Blainville et se paient par la main et
congié du recevoir de Vermandois en ii termes cestassavoir a la tous Sains xl *l.* et a lascension mess. lx *l.* et
furent acquises par le fondeur si près de son deces que
lui vivant il ne chey aucun terme ou paiement.

« Les autres c iii *l.* x *s.* vi *d.* furent monseigneur de
Dormans et se paient par la dicte ville à cause de la
terre de la tornelle a paiement à vi *s.* pour jour que len
deffault en ii termes, cestassavoir a Saint Remi et Chandeleur.

TORCY.

« A Torcy pres de Laigny en cens rentes prés basse
justice et vinage qui est a ferme muable que Jehan
Montelin tient a present pour xxxiii frans a un terme
cestassavoir saint Martin valent xxvi *l.* viii *s.*

LISY.

« A Lisy et es villes de Cancro et de Mery de plusieurs
terres et aucunes rentes et maisons mal retenuez qui sont
declarriez es livres originaulx toutes lesquelles choses
tient a ferme muable a xii ans comm eucans à la saint

Martin ccc lxxv Boileaue de Lisy pour la somme de
xxiiii *l. p.* Et il doit employer xxx frans en réparations
qu'il devoit d'arrérage avant ladicte ferme. Item il a environ ix^{xx} arpent de bois qui sont hors de sa ferme et
ont grant aage et onques ne furent copez du tems de ce
collége.

CHOISY.

« A Choisy sur sainne a plusieurs terres et vignes en
censive une petite yle en saussoie et n'y a point de maison
tout a ferme a G. Briesche pour xx sextiers blef. et avoyne
x sextiers deux chretées de feurre et xii torches dosières
au terme Saint Martin rendus à Paris.

NANTEAU.

« A Nanteau et a Trusy en Gastinois ledit Nanteau est
en toute seignourie est en toute justice et noblesse et est
tout baillé a ferme a J. Frebant..... a telle condicion
que ledit fermier rendra audit collége iiii^{xx} frans franchement chacune an et x autres frans seront convertis es
réparations de la terre et des maisons. Somme venant en
cette recepte ordinaire lx iiii *l.*

SERMOISES.

« A Sermoise en Beausse a rentes en grain tenues en
ferme. … valent ix *l.* xvi *s.*

« Toutes lesquelles rentes adunies et requeillues
valent par an en somme toute environ iiii^c x *l. p.* »

Nous avons dit comment ce patrimoine primitif du
collége s'accrut peu à peu par des fondations succes-
sives. Il est vrai que, par ces fondations, les charges de
la maison s'augmentaient en même temps que ses biens,
mais elle n'en recevait pas moins une plus grande importance et une plus grande prospérité (1).

(1) Il se faisait pourtant des fondations d'une importance si minime, qu'on les oubliait presque aussitôt après les avoir acceptées.
Nous en trouvons dans les comptes de 1430 un exemple, qui est
en même temps un trait de mœurs :

En somme, en 1621, le collége avait onze mille cinq
cent vingt-neuf livres seize sols six deniers de rentes,
et ses charges montaient à huit mille cent soixante-neuf
livres dix-sept sols sept deniers (1). Les rentes sont ainsi
classées aux comptes de cette année :

MAISONS. 1° La maison St-Christophe, rue
St Germain-l'Auxerrois. . . 850 *l.*

2° La maison de la Tour d'argent,
même rue . . . . 1200 *l.*

3° La maison du Sabot, même
rue (reçu en deux fois). . . 600 *l.*

4° La maison des Grosses Pate-
nostres, rue Darnetal . . . 100 *l.*

5° Maison rue St-Jean de Beauvais, près le collége . . . . 500 *l.*

6° La maison Ste-Catherine, rue
du Mont St-Hilaire . . . . 200 *l.*

« Pour un obit et une messe à feu Reverend pere en Dieu monseigneur Pierre Dorgemont evesque de Paris qui l'an iiii^c et xi
laissa au college son beau diccionaire en quatre volumes pour
celebrer pour lui chascun an un obit solennel de vigiles, com-
.mendaces, messe de Requiem le tiers jour de janvier et une
messe solennele le lendemain de la nativité de St Jehan Baptiste
du St Esprit. Esquelz services soient tenuz estre les escoliers et
autres estudians ou dit college, et vendu le dit livre iiii^c escus qui
.ont este despenduz depuis l'an iiii^c et xvi pour les bourses des
bourciers et autres affaires du college qui n'avoit de quoy aller
avant pour la malice du temps, lesquelx obit et messe ont esté
accoustumez estre faiz esdiz jours à chacun desquelx deux ser-
.vices le college a accoustumé de bailler vi s. de distribucions
pour les diz chapellains et clercs. Na riens esté fait comme dessus.
Ainsi pour ce Riens.

« Et est a noter que de ce se plaignent lesdis chapellains, et
requierent remede et provision, car lesdis trespassez sont frus-
trez. » (*Arch. de l'Emp.* H. 2785¹; comptes de 1430 à 1432, f. xlvi
verso.)

(1) *Arch. de l'Emp.* M. 97.

7° La maison ·Rouge, rue des Carmes . . . . 200 *l.*

8° La maison de la Cage, rue Maubuée . . . . 45 *l.*

9° La maison rue Frépanel, derrière St-Martin des-Champs . 8 *l.*

Total pour les maisons. . 3793 *l.*

RENTES SUR DES MAISONS.

1° La maison du Gris Vestu, rue des Lavandières, près Ste-Opportune . . . 10 *l.*

2° La maison de l'Ours rue St Denis. . . · 12 *l.* 10 *s.*

3° La maison de la Selle, rue du Serf. 3 *l.* 2 *s.* 6 *d.*

4° La maison et jeu de paulme de Ste-Geneviève , rue Montorgueil. . . 50 *s.*

5° La maison de l'Asne rayé, rue du Meurier , paroisse St-Jean en Grève . . . . . 3 *l.* 2 *s.* 6 *d.*

6° La maison de l'Orme , sise au Mont St - Gervais. 16 *s.* 6 *d.*

7° La maison de l'Empereur, size à l'opposite de l'Hôtel Dieu de Paris . . 6 *l.* 5 *s.*

8° La maison de la Huchette, rue de la Huchette. . . . 40 *s.*

9° Maison, place de Grève, comprenant deux corps d'hostel. — 3 *l.* 6 *s.* 3 *d.*

10° La maison du Petel, rue des Noyers . . — 50 *s.*

11° Maison, rue des 3 portes, près la place Maubers . . . . — 3 *l.* 15 *s.*

Total. . . . — 52 *l.* 17 *s.* 6 *d.*

RENTES DIVERSES. Sur l'hostel de ville de Paris. Il est à noter que estant deues quelques années d'arrérages dont l'on sera payé quand il plaira au Roy ce rendant compte sera seulement de l'année qui se paye et pour le regard des aultres années suivantes, elles demeureront tousjours deubs par le Roy. Sur le party de sel. . . . . — 33 *s.*

(Rente perçue chaque année par le collége en échange d'une maison ayant pour enseigne l'image St-Jean, rue de la Cosson. proche les Halles cédée à la ville le 20 décembre 1553.) Item sur le party du sel. . . . — 12 *s.* 6 *d*

(Pour une autre maison rue St-Victor également cédée à la ville en 1553,

mais ce n'étoit pas le
mesme jour.) Item sur le
party du sel . - . .   51 *s.*   8 *d.*
(Pour une maison, rue
de Jouy, cédée à la ville
à la mesme date.) Item
sur le party du sel . .   6 *l.*   5 *s.*
(Pour la maison, rue de
la Vennerie, de l'Ours et
du Lion cédée à la ville
en 1553.) Item sur le
party du sel, pour un
obit (l'obit de feu Michel
Quelin) . . .   . .   10 *l.* 11 *s.*
Item sur le party du sel,
pour la même cause. .   20 1. 16 *s.*   8 *d.*
Item sur les Aides. . .   10 *l.*

                        Total . . . .   73 *l.*   7 *s.*   3 *d.*

FERMES DES CHAMPS. Terre et seigneurie de
Nanteau - sur - Lunain
(Toute justice haulte
moyenne et basse avec
prévosté ressortissant à
Melun; droicts de rivière,
moulin, four banal et
aultres droicts seigneu-
riaux.) . . . . . .   130 *l.*
Espegard en Normandie
pour droicts de dixme .   100 *l.*
Liancourt en Normandie
et lieux circonvoisins
pour droicts de dixmes .   410 *l.*
Silly en Mulcien . . .   136 *l.*

Vigne d'Athye sur Orge . 3 *l.* 10 *s.*
Prés et autres droicts à
Lagny et Torcy . . . 310 *l.*
Sermaize (à cause de six
muids de blé métel et
quatre muids seize mines
d'avoine, mesure de Ser-
maize, que ledit collége
a droict de prendre sur
tous les revenus que
possèdent audit Ser-
maize les Abbé et Reli-
gieux de Saincte - Co-
lombe lez Sens) . . . 200 *l.*
Le moulin de la Tour
près Voux, avec le petit
fief du Chasteau Roart,
bois taillis, trois arpents
de terre labourable et
aultres droicts seigneu-
riaux. . . . . . . 70 *l.*
Seigneurie du Plessis
l'Evesque . . . . . 735 *l.*
Pour certains droicts
cens rentes vinages à
Damery. . . . . 21 *l.*
La ferme du bois des
Escholiers . . . . 243 *l.*
La ferme de Lisy. . . 220 *l.*
Quelques terres rentes
et cens à Brie Comte
Robert . . . . . : 210 *l.*
Droicts sur la ville de
Montdidier. . . . . 254 *l.* 8 . 2 *d.*
Droict d'Aulnage en la

	ville de Beauvais. . .	1000 *l.*		
	Montreuil sur le bois de Vincennes, Bagnolet et Espiais	36 *l.*		
	Terre, prez, iles et saulsaye à Choisy et Thiais .	120 *l.*		
	Total	4227 *l.*	18 *s.*	2 *d.*
Rentes foncières aux environs de paris.	A Chelles, 8 à 9 arpens de prés, lieu dict les Nonailles		45 *s.*	
	A Vitry, cinq quartiers de vignes	8 *l.*		
	A Jury, 2 maisons, cours, jardins et vignes.	3 *l.*	10 *s.*	
	A Jury, plusieurs pièces de vignes		25 *s.*	
	A Jury, vignes. . . .		35 *s.*	
	A Jury. vignes. . . .		105 *s.*	
	A Jury, vignes. . . .		7 *s.*	6 *d.*
	A la Celle, maison et 5 arpens de terre . . .		50 *s.*	
	A Montrouge, trois quartiers de vignes. . . .		7 *s.*	6 *d.*
	A Fontenay, un quartier de terre.		6 *s.*	8 *d.*
	A Thiais, ozeraye, ormes et saulsaye.		20 *s.*	
	A Choisy, maison et jardin		20 *s.*	
	Total	29 *l.*	16 *s.*	8 *d.*

RENTES
DIVERSES. . . . . 3352 *l.* 16 *s.* 11 *p.*

Les dépenses de l'année 1620 se répartissaient de la
manière suivante :

CHAPITRE Despenses à cause des
Ier. rentes annuelles que
doibt ledit collége.
Au religieux de St Jean
des Vignes et au chape-
lain de la chapelle St
Jacques . . . . . . 6 *l.* 5 *s.*
Droict du collége de Laon
sur celui de Beauvais . 12 *l.* 18 *s.* 9 *d.*
Droict des chanoines de
St-Benoist . . . . . 6 *s.* 8 *d.*
Droict de la communauté
de l'Église St-Benoist. . 25 *s.*
Droict de l'Evesque de
Paris . . . . 6 *l.* 8 *d.*
Droict de cens du mesme
Evesque. . . . . . 51 *s.* 3 *d.*
It . . . . 3 *s.* 9 *d.*
It . . . . 6 *l.* 16 *s.* 3 *d.*
Droict des chantre et
chanoines de St-Médéric. 2 *s.* 6 *d.*
Droict de la mesme
Eglise . . . . . . 10 *d.*
Droict de l'abbé de St-
Magloire . . . . . 32 *s.* 6 *d.*
____
Total . . . . . 311 *l.* 15 *s.* 11 *d.*
Tapisseries pour les 2
festes Dieu. . . . . 7 *l.* 15 *s.*
Apothicaire (pour cette
année 1620) . . . . 250 *l.*

Chapitre IIᵉ.	Despenses à cause des petits boursiers, clercs de chapelle, religieux de St-Jehan, chapellains, procureur, soubsmaistre et principal	3463 *l.*
Chapitre IIIᵉ.	Despenses à cause des obits célébrés en la chapelle dudit collége et aultres despenses à cause de la dite chapelle . .	542 *l.* 7 *s.*
Chapitre IVᵉ.	Despenses à cause des affaires et procez . . .	118 *l.* 18 *s.* 2 *d.*
Chapitre Vᵉ.	Despenses à cause des réparations des maisons et aultres nécessitez .	3734 *l.* 2 *s.* 6 *d.*

En 1734, le revenu du collége monta à dix-huit mille quatre cent trente-deux livres cinq sols. Les charges subissaient des variations analogues, et il arrivait souvent que le montant des bourses était augmenté ou diminué en proportion de la propriété de la maison. Même, à certaines époques de pénurie extrême, on suspendit pour un temps un certain nombre de bourses (1). D'ailleurs, en

(1) Les archives nous fournissent plusieurs exemples des efforts faits par le Parlement pour maintenir toujours, au moyen d'une sage pondération, les revenus au niveau des charges indispensables. Dans un règlement du 24 février 1627, on lit : « Et sur la requeste à nous faicte par les chappelains dud. collége à ce qu'il nous plaise augmenter leurs gaiges, en considération de la cherté des vivres... avons advisé de surseoir la prétendue augmentation pour un temps ; plus nous voulons que la somme de trente sols paiée par chascune sepmaine au portier dud. collége par le procureur dudict collége *soit suspendue* jusques à ce que aultrement y ayons pourveu. » En 1705, vu l'état de gêne du collége, le Parlement supprime pour huit années les huit bourses qui expireront

devenant moins rare, le numéraire avait perdu peu à peu de la valeur qu'il avait à l'époque de la fondation du collége; par contre, le prix des subsistances s'était accru dans la même proportion, et sans manquer aux intentions du fondateur, on s'éloigna insensiblement des règles qu'il avait fixées à l'origine.

Il est curieux de suivre ce mouvement progressif du prix des bourses. On se souvient du taux qu'avait fixé le fondateur. Or, le dimanche 23 mars 1561, « vu la requeste des maistre, soubs-maistre, procureur, chapelains et boursiers, tendant à fin de leur ordonner augmentation de bourses et pensions attendu la modicité d'ycelles chereté et difficulté du tems et augmentation du revenu annuel du collége», les administrateurs ordonnent que l'on doublera la pension des petits boursiers, en la portant de 13 à 26 livres tournois, que le religieux recevra aussi 32 livres 10 sols, au lieu de 16 livres 5 sols, que le principal aura 45 livres 10 sols, le sous-maistre 29 livres 5 sols (il n'avait que 19 livres 10 sols), le procureur 34 livres 6 sols, 3 deniers, chacun des chapelains 45 livres, sans compter les distributions manuelles accoutumées. Ce règlement est signé de Charles de Dormans, conseiller au Parlement. En 1624, le 1 septembre, « et ce, à cause de la chereté des vivres », MM. les

à partir du 28 avril. Enfin, le 20 août 1714, « les Directeurs du collége, ayant reconnu le mauvais état de ses affaires temporelles, à quoi il convient de pourvoir pour soutenir la communauté et maintenir l'exercice public des classes, ordonnent ce qui suit : ... Suppression de cinquante livres par an sur les deux mille livres du principal ; suspension pour six ans de la bourse du religieux de St Jean des Vignes ; suppression de la gratification » attribuée au régent de rhétorique ; amendes exigées des chapelains négligents et dont le collége fera son profit ; suppression de la rétribution faite d'ordinaire aux boursiers et régents le jour de saint Jean-Porte-Latine.

Intendants accordent aux petits boursiers 10 sols outre les
20 qu'ils recevaient par semaine. En 1631, c'est un secours momentané de 525 livres à distribuer entre les
maîtres et les boursiers. Deux ans après, à la requête des
chapelains, les administrateurs assignent une somme
de 1220 livres pour l'augmentation des bourses pendant
trois ans : les petits boursiers et les clercs de chapelle recevront une augmentation de 10 sols par semaine, et le
reste sera partagé, dans la proportion ordinaire, entre
les officiers, les chapelains et le religieux boursier ;
seulement les administrateurs exigent que ceux qui
bénéficient de cette augmentation s'engagent à y renoncer dans le cas où les affaires du collége ne permet-
traient plus de la leur payer. Aux rentrées de 1696, la
communauté se trouvait dans un grand embarras; les
loyers des maisons avaient diminué de mille livres; le
collége avait été obligé de contribuer pour des sommes
considérables à des travaux de voirie ordonnés par la
ville en plusieurs rues où il possédait des maisons; en
résumé, les dépenses dépassaient de plus de mille livres
les recettes annuelles, et, d'un autre côté, il était difficile
de retrancher quelque chose des bourses. On se décide
enfin: le maître et tous les grands boursiers recevront
chaque année 25 livres de moins ; on retranchera 50
livres au professeur de rhétorique, et 10 sols par semaine
à chacun des petits boursiers; seulement, pour que ces
derniers puissent vivre convenablement avec cette diminution, on les obligera à faire bourse commune. En 1720,
on déclare suspendue pour trois ans la bourse du religieux de Saint-Jean-des-Vignes. Cinq ans plus tard, on
constate que les dépenses l'emportent sur les recettes de
1988 livres 16 sols; le collége doit d'ailleurs 23,000 livres
à ses ouvriers et à ses divers fournisseurs, et il demande
encore à emprunter 6,000 livres. Il est pourtant impossible
de rien diminuer des 45 sols que reçoivent par semaine

les petits boursiers, car ils sont pauvres et tout est cher. On se décide en conséquence à maintenir la suspension de la bourse de Saint-Jean-des--Vignes et de cinq petites bourses alors vacantes (1).

Il est facile de voir que le boursier de Saint-Jean-des-Vignes pâtissait le plus souvent de ces diminutions, sans avoir toujours l'heureuse chance d'obtenir sa part des augmentations. Le 22 juillet 1620, Antoine Sergent, titulaire de cette bourse, ne recevait chaque année que 175 livres; il n'obtient qu'à force de sollicitations un accroissement de bourse de 25 livres, bien qu'un accroissement analogue ait été accordé depuis plusieurs années aux autres officiers et boursiers du collége. En 1644, c'est Frère François Husson qui réclame contre la communauté: on lui doit sept mois de sa pension, et on refuse de la lui payer; de son côté, la communauté se plaint de ce que Frère François Husson est sorti du collége « sans congé », et que d'ailleurs il n'est pas exact aux offices de la chapelle: le Parlement rappelle au religieux les obligations attachées à sa bourse et ordonne qu'on lui paie ce qu'il réclame. En 1661, la communauté refusait absolument de recevoir comme boursier Frère Nicolas de Brye. Celui-ci en appela au Parlement, qui, après l'avoir instruit des devoirs inséparables de sa bourse et avoir aussi formulé ses droits, ordonna que sa bourse courrait à partir du jour où il s'était présenté, et députa un de ses membres, Henri de Refuge, pour l'installer lui-même « dans une chambre commode pour ses estudes » (2).

La valeur des bourses des chapelains et même leur existence étaient soumises à de semblables vicissitudes; de

(1) *Arch. de l'Emp.* M. 92.
(2) *Ibid.*

1430 à 1457, il n'y eut que deux chapelains, qui célé-
brèrent l'office avec le principal (1).

Un despoints sur lesquels le régime financier du collége
varia le plus, c'est la rétribution des domestiques et
autres gens de service. En 1521 «à maistre Nicole Gillant,
despensier du colleige pour les guaiges à lui ordonnés
par messieurs du colleige qui sont de XLXIII *s. p.*
par terme», on paie pour toute l'année IX *l.* XII *s.*
p.; « à Geoffroy Lessignier jardinier pour avoir taillé
et lyé les trailles desd jardins et pour les avoir
labouré a esté paié XXII *s. p.*, plus XVI *s. p.* pour le
bois et osiez quil a convenu mettre esd. trailles ». La
même année. « Stéphaine, lavandière», recevait XXXVIII *s.*
VIII *d. p.* pour avoir blanchi les nappes et serviettes dela
communauté et XI *s.* pour avoir blanchi le linge de la
sacristie. Les « serviteurs de la salle dud. colleige.
pour avoir curé et netoyé par chascune semaine les
salles et la court et les montées dud. colleige et pour
avoir fait dévaller les eaues au temps de pluye de devant
la porte » reçurent « come il est de coustume VI *s. p.*»
Enfin cette même année « à Robert Germain cuisinier
et a une feme nomée Colette pour avoir servi en la cuisine
dud. colleige a esté payé cestassavoir a lad. Colette X *s.*
VIII *d. p.* et aud. Germain XLIII *s.* VIII *d p.* (2). Or,
pour ne parler que de ce dernier et important fonctionnaire, dans les dernières années du collége, on décida
que l'on donnerait au cuisinier 200 livres de gages, parce
qu'on ne pouvait autrement avoir un homme qui fut
à la fois habile, laborieux et honnête; il n'avait auparavant que 149 livres, sur lesquelles il devait se nourrir

(1) Regist. intitulé : *Beauvais, inventaire, minutes.* appart. à
M. Ch. Jourdain.
(2) *Arch. de l'Emp.* M. 96.

pendant les vacances et se faire blanchir pendant toute l'année (1).

La valeur et le revenu des propriétés étaient aussi sujets à des fluctuations auxquelles le collége ne trouvait pas toujours son profit. La terre et la seigneurie de Nanteau, une des plus belles et des plus anciennes propriétés du collége, achetée dès le 25 août 1354 par Jean de Dormans, alors simple avocat au Parlement, au prix de quatre mille huit cents livres (2), et plus tard attribuée par lui à la dotation de son collége, consistait en « tous droits de hautte, moyenne et basse justice, droict de cens lotz et vente deffaux saisine et amendes quand le cas y échet et autres droits seigneuriaux avec toutes les mouvances des fiefs et arrière-fiefs et dépendants, en bois vulgairement appelés la Forest et en la Garonne, les bois contenants quinze arpens quinze perches; item en un moulin à eaue avec tous les droicts aulnois aisances et appartenances diceluy avec les droicts de lad. rivière du Luvin pesches et chasses en icelle terre et seigneurie; item au droict de four appartenant à ladite terre. »

(1) *Arch. de l'Emp.* MM. 364. *Reg. des délibérations de la commun.*, fo 13.

Il y avait beaucoup d'autres charges qui s'imposaient au collége à titre d'usage et qui durent augmenter en d'autres temps. Nous avons parlé ailleurs des hommages gracieux, cierges, chapons, etc., offerts par lui aux membres du Parlement qui étaient ses supérieurs majeurs. Sa qualité de grand propriétaire l'obligeait aussi envers ses subordonnés. En 1387, le fils d'un de ses fermiers se marie; il faut à la jeune épouse un cadeau de noces, et nous trouvons aux Comptes (H. 2785³) : « Pour demie douzaine descuelles fines destaing données à la femme du fils Briaiche à ses noces le dimanche matin la saint Barnabé, pour ce x s. p. » Aujourd'hui, et dès le siècle dernier, six écuelles d'étain fin coûteraient davantage, et ne seraient pas un présent digne de la fille du plus petit fermier.

(2) *Arch. de l'Empire.* MM. 356, pièces 7ᵉ et 10°, ff. xi vo et XVIII.

En 1656, le roi avait singulièrement augmenté la valeur
de ce domaine en l'exemptant, par un privilége spécial,
de loger les troupes en temps de guerre (1) ; le collége
lui-même avait agrandi sa propriété de Nanteau en
faisant l'acquisition d'une maison et de quelques terres
de sa mouvance. Cependant, on finit par reconnaître que
Nanteau est pour le collége une véritable charge : les
baux sont peu avantageux ; il faudra bientôt se décider à
bâtir pour loger les fermiers et les officiers du collége,
qui sont de temps en temps obligés de s'y rendre pour
surveiller la propriété ; c'est une grosse dépense. Ces
voyages même à Nanteau, bien qu'indispensables, sont
fort dispendieux. Le collége possède près de lui, à droite
de la chapelle, une vieille et petite maison menaçant

(1) *Arch. de l'Emp.* M. 90. Voici la copie de ce privilége :

« Le roy voullant conserver et exempter de tous logemens et
courses de ses gens de guerre le village de Nanteau près Nemours
appartenant à la communauté des boursiers du collége de Beauvais de cette ville, Sa Majesté défend très-expressement à tous
chefs et officiers commandant et conduisant ses gens de guerre de
quelque qualité et nation qu'ils soyent, de loger ny souffrir estre
logés aucuns d'eux dans ledit village, si ce n'est par ordre et dep-
partement exprès de sa majesté, ny en iceluy prendre, enlever ou
fourrager aucune chose, à peine aux chefz et officiers d'en respondre en leurs propres et privés noms, et aux soldats de la vie,
d'autant que Sa Majesté a pris et mis led. village en sa protection
et sauvegarde spécialle par la présente signée de sa main, par
laquelle elle mande et enjoint au premier prévost des mareschaux
ou juges sur ce requis, de se saisir des contrevenants à la présente, et en faire une si sévère punition qu'elle serve d'exemple
à l'advenir, et pour tesmoignage de la volonté de Sa Majesté, elle
permet de faire mettre et apposer aux principales advenues et
endroitz dud. village que bon semblera ses armoiries panonceaux
et bastons royaux à ce qu'aucun n'en prétende cause d'ignorance.

Fait à Paris, ce 10 mai 1656.

Signé : Louis.
Petit sceau de
cire rouge.

Le Tellier.

ruine, avec un terrain y joignant : en vendant la seigneurie de Nanteau, le collége pourrait se bâtir, rue Saint-Jean-
de-Beauvais, « trois maisons doubles sur le devant et
trois petits corps de logis sur le derrière, avec leurs
cours et aisances séparés. » Le revenu de Nanteau serait
ainsi doublé, « outre que ce seroit un revenu à leur porte
et assuré, ce qui seroit beaucoup plus avantageux pour
le collége que d'avoir une terre de cette qualité. » Le
Parlement examina l'affaire et finit par consentir à ce
que la seigneurie de Nanteau fût vendue avec tous ses
droits à « messire Claude Gallard, seigneur de Couvance
et de Dampierre, conseiller du roi en ses conseils et président en sa Chambre des Comptes, demeurant à Paris,
rue du Chaulme, paroisse Saint-Nicolas-des-Champs,
moyennant le prix et somme de vingt mille livres tz
francs deniers. » (1). Cette affaire fut conclue le 13 avril
1668.

En 1734, le collége était encore obligé, pour l'entretien
de ses maisons de Paris, d'emprunter douze mille livres
à constitution de rente au denier vingt, et à cette occasion la bourse de Saint-Jean-des-Vignes était de nouveau
suspendue pour six ans.

En 1736, la suppression des Chapelains vint augmenter
de 1002 livres 4 s. p. les revenus du collége, déduction
faite des frais nécessités par les fondations que l'on faisait acquitter d'ailleurs exactement. Voici, d'après les
comptes dressés en avril 1760, quels étaient les avantages
dont jouissaient annuellement les Chapelains à l'époque
où on les supprima (2) :

1° Pour les gages des cinq Chapelains à raison de 250 *l.* à cha-
 cun. . . . . 1250 *l.* 0 *s.* 6 *d.*

(1) *Arch. de l'Emp.* M. 98.
(2) *Ibid.* Reg. MM. 364, p. 29 et s.

2° Pour les rétributions accordées
aux cinq Chapelains à cause des
obits et fêtes solennelles, à raison
de 69 *l.* 2 *s.* 11 *d.* à chacun, déduction faite de ce qui doit revenir à
MM. les officiers, aux petits boursiers et au boursier de Saint-
Jean-des-Vignes, et encore des
disributions pour les obits de MM.
Vittement et Coffin dans lesquels
les Chapelains n'ont aucune
part. . . . . 245 *l.* 14 *s.* 9 *d.*

3° Pour les messes après matines
et celles fondées par MM. Queslain et Lepard, dont les honoraires ont toujours fait partie des
revenus des Chapelains. . . . 460 *l.* 0 *s.* 0 *d.*

4° Pour le bo's accordé aux Chapelains à raison de 37 *l.* 10 *s.* à
cause de 300 *l.* qu'ils partageaient
avec MM. les officiers. . . . . 187 *l.* 16 *s.* 0 *d.*

5° Pour le sel qu'ils partagent également avec MM. les officiers à
raison de 13 *l.* 5 *s.* à chacun, pour
les cinq . . . . 66 *l.* 7 *s.* 0 *d.*

6° Pour les bougies, à raison de
seize livres à chacun, pour les
cinq. . . . . 80 *l.* 0 *s.* 0 *d.*

7° Pour les assemblées à raison
de 13 *l.* à chacun . . . . . . 65 *l.* 0 *s.* 0 *d.*

Total général
du revenu des cinq Chapelains
monte à la somme de . . . 2454 *l.* 11 *s.* 9 *d.*

En résumé, malgré quelques moments difficiles, le collége de Beauvais a toujours été un des plus riches établissements de l'Université de Paris. Quelques années après sa fusion avec Louis le-Grand, le bureau d'administration rendait ainsi compte de son état financier :

« 1° On se contentera de remarquer..... que dans le moment de la réunion ce collége n'avait que vingt mille neuf cent quarante une livres de revenu, et qu'actuellement il jouit de vingt-huit mille deux cent trente-neuf livres ; que ses charges ordinaires, y compris deux mille huit cents livres de pension qu'il paie à ses anciens officiers, ainsi que les trois cents livres auxquelles le montant de ses réparations a été fixé par délibération du 3 mai 1781, sont de vingt-sept mille neuf cent quatre-vingt-deux livres ; qu'en conséquence l'excédant de ses revenus sur ses charges n'est que de deux cent cinquante sept livres, que cependant il avoit en caisse au 1ᵉʳ octobre 1780 la somme de neuf mille quatre-vingt dix sept livres.

« 2° Qu'il devoit en 1763 soixante-sept mille trois cent cinquante-quatre livres, et qu'il ne doit plus que trois mille six cents livres, dont deux mille quatre cents livres dues aux héritiers de M. Coffin, et qui ne sont pas remboursées, parce que M. Coffin les a déléguées à un ancien domestique pour en jouir sa vie durante à titre de rente viagère ; on attend l'extinction de cette rente pour rembourser ces deux mille quatre cents livres, ils sont dus aux héritiers de M. Rollin, qui nè se sont pas encore présentés pour en recevoir le principal ni les arrérages.

« 3° Qu'il n'y avait alors que vingt boursiers et qu'il en existe actuellement quarante-cinq (1), y compris les bour-

(1) « Et ce nombre, ajoute de son côté Poncelin (t. III, pp.

siers de Saint-Jean-des-Vignes, pour lesquels on paie à cette maison cinq cents livres d'après l'article III des lettres patentes du 14 février 1779. »

Pour être complet, le rapporteur du bureau d'administration aurait dû ajouter, à la rubrique des charges, un obit solennel et mille soixante treize messes basses à faire célébrer chaque année, en vertu des fondations faites à diverses époques (1).

293-4), le plus considérable qu'aucun collége puisse offrir, s'augmentera successivement par les épargnes que le Bureau ne cesse de faire des revènus provenans de ses fondations. Un arrêt du Parlement du 25 juin 1775 a réduit à vingt sept les bourses affectées à la ville de Dormans, et a autorisé l'évêque de Soissons, comme abbé de Saint-Jean des-Vignes, à choisir pour les autres bourses des sujets dans les autres parties de son diocèse. »

(1) Registre intitulé : *Beauvais, inventaire, minutes,* appart. à M. Ch Jourdain, art *Observations sur les fondations pies.*

CHAPITRE XX

L'avocat Poncelin (1) résume en ces termes l'histoire
de la fondation du collége de Lisieux :

« Ce collége comprend deux fondations différentes. Il
doit son origine primitive à Gui de Harcourt, évêque de
Lisieux, qui, par son testament de l'an 1336, légua une
somme de mille livres, avec une rente de cent livres pour
l'entretien et le logement de vingt-quatre pauvres écoliers de son diocèse, étudians dans la faculté des Arts. On
loua rue des Prêtres Saint-Séverin, et à côté du Pres-
bitère, une maison pour y placer ce collége. Dans la suite,
et au commencement du XVᵉ siècle, trois frères de l'illustre maison d'Estouteville, l'un, évêque de Lisieux,
l'autre, abbé de Fécamp, et le troisième, seigneur de
Torchi, fondèrent un autre collége, auquel on réunit le
premier. Le testament de l'Evêque est du 8 décembre
1414, et celui de l'Abbé son frère du 8 octobre 1422.

« L'ancien collége de Lisieux n'ayant point de maison
en propriété, les frères d'Estouteville en achetèrent une

(1) *Hist. de Paris*, t. III. p. 203.

dans la rue Saint-Étienne-des-Grès, où ils transportèrent
leur fondation. Le testament de l'abbé de Fécamp ordonne
qu'il y aura dans ce collége douze Théologiens et vingt-
quatre Artiens. La cherté des vivres, jointe à la modicité
ordinaire des revenus, porta dans la suite le Parlement
à les réduire à trente-six Boursiers, qui doivent être pris
dans le Diocèse de Lisieux et dans l'exemption de Fécamp,
ou dans le pays de Caux. »

Encore, l'état financier du collége de Lisieux s'était-il
considérablement amélioré depuis un siècle et demi; car
le P. Du Breuil, qui donne aussi pour cause de la diminution du nombre des boursiers fondés au XVe siècle, «la
cherté des vivres, des vestements et autres choses nécessaires à l'homme, l'entretenement des bâtiments devenues vieils et ruineux, et le revenu distraict et aliéné
tant par mauvais mesnage que par personnes de mauvaise foy », nous apprend que de son temps il n'y avait
plus que neuf grands boursiers et autant de petits.

Rien n'est simple et monotone comme l'histoire du collége de Lisieux: c'est à peine si, dans le cours de plusieurs
siècles, quelques événements importants viennent en relever l'intérêt. Sa fortune ne fut pas non plus constamment brillante, et en 1717, le recteur Demontempuys, dans
un mémoire où il proposait la suppression ou la fusion en
d'autres colléges, des maisons de l'Université qui n'avaient
pas en elles-mêmes des éléments de vie suffisants, désigne le collége de Lisieux parmi ceux dont les classes
délaissées offraient l'image de la solitude.

Il s'en faut qu'il ait, autant que Beauvais, donné à
l'Université des maîtres renommés, ou préparé aux
lettres des noms fameux. Pourtant, à l'époque où nous
rencontrons sur notre chemin le collége de Lisieux, il
pouvait se souvenir d'avoir vu le grand Arnaud s'asseoir
dans ses classes avec Saci, et Barbier d'Aucour, l'avocat
Sacrus, donner des leçons à ses écoliers ; il pouvait ap-

plaudir au renom de science d'un de ses anciens boursiers, l'abbé Le Beuf, surnommé déjà le *Pausanias français*, et dans le littérateur Thomas , d'abord son élève,
puis professeur dans un autre collége, et porté enfin
d'une chaire d'humanités au fauteuil de l'Académie française, saluer un des écrivains les plus brillants et l'un
des hommes les plus estimables du XVIIIᵉ siècle.

Mais depuis l'an 1762, le collége de Lisieux était en
veine de malheur et de mécontentement. D'abord, on
l'avait engagé à aliéner son local primitif, en le leurrant
du vain espoir d'une position et d'une importance excep-
tionnelles à la tête des petits colléges réunis, et dans les
plus vastes et les plus magnifiques bâtiments qui pussent
dans l'Université s'ouvrir à une communauté et à des
écoliers ; puis s'étant vite aperçu qu'on l'avait trompé,
que, sous des apparences séduisantes, la position qu'on
lui avait faite ne tendait à rien moins qu'à le mettre en
contradiction avec tout son passé, en lui ravissant sa vie
propre et individuelle, son indépendance et jusqu'à son
nom, il s'était vu obligé d'aller mendier la faveur d'être
remplacé à Louis-le-Grand, et ce qui était plus douloureux
encore, d'aller mendier un toit sous lequel il pût abriter
ses pénates errants et éperdus. Le collége de Beauvais,
il est vrai, avait accepté volontiers de prendre sa place à
Louis-le Grand, et le roi, en agréant ce changement,
avait poussé la clémence jusqu'à assurer à Lisieux un
asile pour trois années dans les bâtiments ·abandonnés
de Beauvais ; mais quel asile ! et comment une commu·
nauté et des écoliers comme ceux de Lisieux pouvaient-
ils s'abriter, même pendant trois ans, dans des murs à
l'ombre desquels le collége de Dormans - Beauvais vé-
gétait obscurément depuis quatre siècles? Il fallait sortir
de cette enceinte étroite et malsaine et, pour relier digne-
·ment l'avenir du collége avec son passé, franchir, s'il était
nécessaire, le fleuve et les limites traditionnelles de l'Uni-

versité, et lui créer une position et une influence sans égales : Lisieux aurait ainsi l'honneur de réaliser le premier un projet depuis longtemps discuté et chaudement appuyé par les maîtres les plus en renom dans les écoles de Paris, de fonder au delà de la Seine, avec un nouveau centre d'instruction pour la jeunesse, un nouvel élément d'influence pour l'Université.

Ces plaintes, ces projets et ces prétentions couvaient et s'alimentaient depuis longtemps en silence dans la communauté de Lisieux, quand le principal Le Seigneur résolut de sonder et, s'il se pouvait, de convaincre l'opinion publique, par la publication du mémoire suivant :

MÉMOIRE

sur la translation du Collége de Lisieux (1).

« La reconstruction de l'Église de sainte Geneviève a obligé le Collége de Lisieux d'abandonner le vaste et beau terrein qu'il occupoit sur le haut de la montagne sainte Geneviève, et de se refugier dans le Collége de Beauvais. La vente annoncée des Bâtimens de ce dernier Collége, mal situé, mal aéré, et dont la vétusté exigeroit une reconstruction totale, et par conséquent très-dispendieuse, qui même, à cause des limites du terrein, ne pourroit se faire sans préjudicier aux Exercices de l'Instruction, force celui de Lisieux de se pourvoir d'un autre emplacement; mais il n'en est pas des Colléges comme des particuliers qui peuvent toujours trouver à se loger, et pour le prix qu'ils veulent : il faut à un Collége un terrein considérable, de vastes Bâtimens pour la tenue des classes et pour les Exercices publics, une Eglise pour la célébration du service divin, de l'air pour

____

(1) *Hist. de Paris*, t. III, p. 203.

la santé des enfants, et un accès facile et commode pour les Externes qui fréquentent le Collége. La modique somme qui revient au Collége de Lisieux de la vente de son emplacement, dont on lui a offert jadis le double et plus, ne permet pas à ce Collége d'acheter un terrein pour le bâtir. Il s'est donc déterminé à traiter des Bâtimens de la Maison Professe rue Saint Antoine, et les Supérieurs osent se flatter d'avoir pris le parti le plus avantageux et au Public et à l'Université.

« Depuis la fondation des Colléges dans le Quartier, qui seul étoit jadis habité, la ville de Paris s'est considérablement aggrandie; mais cet aggrandissement, en procurant l'embellissement de la Capitale, n'a pas multiplié les secours que les citoyens doivent trouver pour l'Education de leurs Enfans ; plus de la moitié de la Ville n'est pas à portée de profiter de l'Instruction publique, à moins que les Parens ne prennent le parti de mettre leurs Enfans en Pension dans le quartier de l'Université. Mais cette Pension est couteuse pour les Parens, dont les Enfans trouvent la nourriture dans la maison paternelle, sans augmentation de dépense. Aussi voit-on beaucoup de personnes préférer de faire élever leurs Enfans chez eux sans les envoyer dans les classes de l'Université; ils sentent d'ailleurs que trois quarts d'heure pour se rendre du fond du Marais au Collége, et trois quarts d'heure pour rentrer à la Maison, forment par jour, à cause de deux classes, trois heures de tems prises sur l'Etude. Ils sentent encore que des Enfans qui essuient quelquefois pendant trois quarts d'heure de chemin la pluie ou la neige, l'humidité des pieds ou la chaleur excessive, ne sont pas en état d'entrer dans une classe, sans courir des risques pour leur santé.

« Ceux que des raisons particulières empêchent de faire élever leurs Enfans chez eux, ignorant le prix de l'Emulation, que l'on ne trouve que dans les Colléges, et consultant un modique intérêt pécuniaire, font apprendre les Humanités à leurs Enfans dans ces Pensions qui étant hors des Barrières, sont à meilleur compte. Le peu de progrès qu'on fait dans ces Pensions met les Ecoliers hors d'état d'achever leurs cours d'Etude et de prendre leurs degrés, en sorte que si quelques-uns d'entre eux viennent par la suite faire leur Philosophie dans l'Université, ils ne sont pas en état d'entendre leurs cahiers, et ils restent sujets fort médiocres dont l'Eglise et l'Etat ne peuvent tirer aucune utilité. Combien cependant se trouve-t-il dans ces Pensions de sujets qui ont du génie et de la disposition, qui, s'ils avoient les secours qu'on trouve dans l'Université, deviendroient utiles à la Patrie.

« Par la translation du Collége de Lisieux dans la rue Saint-Antoine, ces inconvéniens cesseront pour une partie considérable de la Capitale. Les Parens de ce Quartier et les Pensions qui y sont établies n'auront plus de prétexte pour éluder les statuts donnés à l'Université par Henri IV, et pour ne pas envoyer leurs Enfans dans les classes de l'Université, y puiser l'Education qu'on y vient chercher du fond des Provinces les plus éloignées.

« Si l'intérêt public fait désirer cette translation, l'intérêt particulier de l'Université ne peut y mettre d'obstacle. Elle acquerrera de nouveaux sujets, elle multipliera le nombre de ses Enfans, et sa splendeur croîtra à proportion de l'utilité qu'en retirera un plus grand nombre de Citoyens. L'absence du Collége de Lisieux dans le quartier de l'Université profitera à quelques autres Colléges voisins, où les Externes qui fréquentent les classes reflueront et dédommageront de la perte de quelques Ecoliers, qui du quartier du Marais viennent dans ces Colléges. Quelque grands, quelque sensibles que soient les avantages que l'Université et le Public doivent retirer de

cette transplantation, on pourroit cependant proposer
quelques objections qu'il est nécessaire de prévenir.

« 1° Il est, dira-t-on, contre les loix de l'Université,
d'avoir des Colléges hors de l'enceinte du quartier qui
porte son nom, *extra Pomæria Universitatis.*

« Mais le Collége des Dix-huit qui étoit près de Notre-
Dame, le Collége des Bons-Enfans Saint-Honoré, celui
de Saint Nicolas du Louvre, aujourd'hui Collégiale, et
celui du Mans, encore subsistant, sont autant de preuves
que l'on n'a jamais regardé l'Université comme devant
avoir d'autres limites que celles de la Capitale.

« 2° C'est une incommodité, dira-t-on, pour des Gens de
lettres, qui ont besoin de se communiquer leurs lumières,
d'être éloignés les uns des autres.

« Mais c'est un mal déjà subsistant dans l'Université,
puisque le Collége Mazarin est fort éloigné de tous les
autres, et notamment de celui du Cardinal Le Moine.
D'ailleurs ce mal est commun entre tous les autres Corps
et Compagnies établies dans Paris, Magistrats, Finan-
ciers, Académiciens, Avocats, Procureurs, etc, tous sont
dispersés; et cependant ils ont des relations d'affaires,
qui les obligent de se déplacer. C'est l'inconvénient des
grandes villes.

« 3° Des Assemblées, soit de l'Université, soit des
Nations, etc, seront souvent privées, dira-t-on, de la présence des Maîtres de Lisieux, si éloignés du reste de
l'Université.

« Mais les Facultés de Théologie et de Médecine tiennent des Assemblées très-fréquentes; les Docteurs de ces
Facultés sont disposés dans la ville et faubourgs de Paris,
cependant ils vont aux Assemblées; les Docteurs en
Théologie même résidans dans la banlieue s'y rendent,
président aux Thèses, remplissent les fonctions de Cen-
seurs et d'Examinateurs. L'éloignement n'est pas pour

eux un obstacle parce que le zèle les anime. L'éloignement ne sera pas davantage un obstacle pour les Membres du Collége de Lisieux.

« 4° Mais, dira-t-on, les Docteurs des Facultés supérieures ne sont pas comme les Professeurs de la Faculté des Arts, astreints à deux Classes par jour, dont il n'est pas possible de déranger l'heure. Comment pourra-t-on assister aux Assemblées s'il faut un tems considérable pour s'y rendre et s'en retourner ? Il faudra donc, ou prendre sur le tems de la Classe, ou donner congé aux Ecoliers.

« Cet inconvénient n'est pas nouveau, même dans l'état actuel de l'Université: le tems est souvent trop court, soit entre la Messe et la Classe, soit entre la Classe et le dîner, pour tenir des Assemblées, d'où résulte souvent, ou l'abbréviation de la Classe, ou le Congé. Ainsi l'éloignement ou la proximité du Collége de Lisieux ne peut ni augmenter ni diminuer cet inconvénient, auquel l'Université pourra toujours remédier efficacement quand elle le jugera à propos, en rétablissant l'ancien usage, constaté par les Actes de cette Compagnie, de tenir ses Assemblées les jours de festes et de Dimanches. Il seroit facile aux Nations d'y faire transférer quelques fondations de Messes, après lesquelles elles auroient tout le tems de délibérer jusqu'à midi.

« Au surplus les inconvéniens qu'on vient de discuter ne sont rien en comparaison des avantages qui doivent résulter de la translation proposée d'un Collége utile à l'État et cher à l'Université, qui cependant se trouvoit par la fatalité des circonstances, dans le cas d'être perdu pour elle et pour le Public, ou de se placer dans le voisinage d'un autre Collége, où il ne seroit pas à beaucoup près de la même utilité. »

Si volontiers que Paul Hamelin eût fait à son repos et à sa fortune le sacrifice de Beauvais, il ne put souffrir que l'on traitât si dédaigneusement une maison qui l'avait eu pour principal. Il aiguisa sa plume, et répondit à la communauté de Lisieux par un véritable pamphlet, dont le titre (1) était déjà une satire. Après avoir dit que la communauté de Lisieux n'a pas bien plaidé sa cause, ni mis en lumière tous les arguments capables de la faire triompher, il veut, dit-il, suppléer à ce que son *Mémoire* laisse à désirer. Alors il se moque sans pitié de ce que Messieurs de Lisieux n'ont pas su profiter de la position vraiment exceptionnelle qui leur avait été faite à Louis-le-Grand, des craintes chimériques que leur inspirait le voisinage des autorités universitaires, de l'empressement avec lequel ils se sont *réfugiés* dans les bâtiments de Beauvais dès que ce dernier collége eut consenti à être incorporé à Louis-le-Grand. Puis il ajoute :

« Le Collége de Beauvais est mal situé, mal aéré et d'une trop grande vétusté; sa situation désavantageuse causoit une solitude affreuse dans les classes. Le mauvais air, les funestes exhalaisons qu'on y respire mettoient en danger de périr, des personnes qui jusques là, placées au sommet d'une montagne, étoient accoutumées à un air plus subtil. D'ailleurs la trop grande vétusté des bâtimens de ce collége exige une reconstruction totale.

« Il est vrai que cette situation n'étoit devenue désavantageuse que pour Messieurs de Lisieux. Avant eux les classes étoient des plus nombreuses de l'Université. Mais pour peu qu'on soit instruit, on en sent aisément la raison. Le mérite égal ou même supérieur n'a pas toujours le même vernis, et le vernis fait beaucoup.

« A l'égard de l'air, quoiqu'il ne fût pas aussi malsain pour ses premiers habitans que pour Messieurs de Lisieux, on n'en peut rien conclure contre le moyen qu'en tirent ces derniers. Ceux-là respiroient un air analogue à leur

(1) *Supplément au mémoire pour la nouvelle translation du collége de Lisieux. Biblioth. Mazar.* Rec. 10371, S.

tempérament, à leur manière d'être ; les exhalaisons, même des tombeaux, étoient pour eux d'une odeur aussi salubre qu'agréable. On n'est donc pas surpris qu'ils y vécussent jusqu'à soixante-quinze et quatre-vingts ans. Les enfans qu'on y mettoit en pension apportoient en naissant une constitution qui exigeoit la même température. Messieurs de Lisieux ne sont pas ainsi disposés ni par la nature ni par l'habitude ; il leur faut un air léger, purifié, exalté même : ne soyons donc pas surpris que dans cette demeure ils se trouvassent exposés au plus grand danger.

« Enfin les bâtimens du collége de Beauvais, quoique très-vieux, ne paroissoient pas encore menacer une ruine prochaine. Messieurs les Administrateurs de Louis-le-Grand étoient fort tranquilles sur l'état de ces bâtimens. Mais il est facile de s'endormir sur le péril des autres; surtout quand on n'est pas porté d'inclination pour eux, il n'est rien tel que de voir le péril de près, et d'y être exposé soi-même. D'ailleurs combien de malheurs ne voit-on pas arriver chaque jour ? Peut-on oublier sitôt la scène tragique de la rue de la Huchette ? Enfin pour rester plus longtemps ou s'établir en demeure au collége de Beauvais, il faut encore traiter avec des Lions dont on craint les griffes. Même embarras pour s'établir dans quelqu'un des petits colléges, ou ils sont trop vieux, ou ils dépendent de la même autorité. Il n'est donc pas possible de trouver dans l'enceinte de l'Université un terrein et des bâtimens convenables au collége de Lisieux; d'où il résulte en dernière analyse, qu'il faut le placér à la maison Professe rue Saint-Antoine.

« Il faudroit être bien difficile pour ne se pas rendre à de pareils raisonnemens. Quiconque fera attention à l'avantage qui en doit résulter pour le Public et pour l'Université même, ne pourra que applaudir au parti que prennent Messieurs de Lisieux.

« Le public y trouve son compte : 1° parce que les *parens du quartier Saint-Antoine* pourront garder leurs enfans chez eux, et cependant les envoyer commodément au Collége en qualité d'externes. Par ce moyen ils seront dispensés de payer des pensions très-chères, et leurs enfants ne seront pas assujettis à une règle et à une discipline qui leur coûtent tant de larmes quand ils sont Pensionnaires des Colléges. 2° Les pensions qui sont à l'extrémité du faubourg Saint-Antoine ne pourront plus se dispenser de venir dans les Classes de l'Université ; le collége de Lisieux sera à leur portée.

« L'Université y trouvera aussi son avantage. La somme des Écoliers qui fréquenteront les classes de l'Université sera bien plus considérable. Il faut qu'il y ait quatre ou cinq cens enfans qui peuplent les pensions du faubourg Saint-Antoine. Ils viendront tous au Collége de Lisieux ; aucune distance ne pourra plus les dispenser, fut-elle de trois quarts de lieue. Désormais le règlement de Henri IV ne pourra être éludé : et comment le seroit-il ? Les maîtres de Pension n'auront-ils pas un très-grand intérêt à envoyer leurs élèves à Lisieux, et par conséquent dans les classes de l'Université ? Il est vrai que le Collége de Lisieux, par sa nouvelle situation, privera les autres Colléges d'un grand nombre de Pensionnaires. Qu'ils s'en consolent ; ils seront bien dédommagés par le nombre d'Écoliers que son changement d'habitation va faire refluer dans leurs classes ; le vuide immense qu'on voyoit dans ces Écoles sera rempli par la nombreuse et brillante jeunesse qui surchargeoit le Collége de Lisieux.

« Je traite sommairement tous ces avantages, parce qu'ils sont détaillés dans le Mémoire du collége de Lisieux, et qu'ils y sont mis dans un jour que rien ne peut obscurcir. Mais je n'ai rien dit encore de ceux qu'attend sans doute le collége de Lisieux de sa translation. Je ne le félicite pas de conserver son existence presque anéantie *par la fatalité des circonstances*, c'est un avantage qui n'a puéchapper à personne; je ne parle pas non plus de la sécurité dont il va jouir dans la distance où il sera de ceux qui vouloient l'envahir. Mais qu'il me permette d'abord de le féliciter du bon air qu'il va respirer, en comparaison de l'air contagieux qu'il respire depuis trois ans. Il n'aura pas à craindre qu'aucun vent fâcheux vienne corrompre celui dont il va jouir. Enfermé de tous côtés par des édifices très-élevés, nul vent ne pourra pénétrer dans son enceinte. Je ne le félicite pas moins de ce qu'au lieu du sombre et triste réduit où il étoit relégué, il habitera un riant et superbe palais. Que de richesses vont à l'envi rendre son état encore plus heureux ! Je vois déjà une jeunesse nombreuse demander à être admise dans un si bel asyle; rien ne l'arrêtera, ni le prix de la pension, ni la sévérité de la discipline. Une basilique digne du cœur de nos rois, et encore plus, la pompe et la régularité de l'Office Divin, des instructions intéressantes et multipliées, attireront un peuple nombreux, déjà accoutumé à fréquenter ce saint lieu. Les chaises de l'église ne pourront manquer d'apporter au collége un produit considérable. Quantité de bonnes âmes, par respect pour leurs anciens conducteurs, demanderont, à force d'argent, à partager avec Messieurs de Lisieux, la douce consolation de reposer dans les caveaux, et à côté des paisibles cendres de leurs Révérences. Si doncce collége s'épuise pour l'acquisition qu'il est près de faire, en peu d'années son épuisement sera réparé Il n'aura plus à regretter ni le vaste et beau terrein dont on lui avoit autrefois offert *le double* de ce qu'on lui en a donné depuis, ni les riches et brillants avantages dont il étoit en possession au collége de Louis-le-Grand. »

Le reste est sur le même ton; l'auteur y met davantage encore en saillie la ridicule prétention du collége de Lisieux à se poser en martyr et en antagoniste juré de ces projets d'oppression, de tyrannie et d'envahissement qu'il attribuait au tribunal académique, et, après avoir donné à Lisieux des conseils pour arriver plus sûrement à vaincre l'ennemi, même de loin, il finit par ce dernier trait.

« J'établirois une voiture roulante aux dépens de l'Université pour servir aux personnages éloignés du centre, brûlans du zèle de la liberté, et capables de l'inspirer aux autres. Ces personnages viendroient quatre fois par semaine, ou même plus souvent, quand les circonstances le requèreroient, pour veiller de près l'ennemi, avertir de sa position, de ses desseins, faire et ordonner tous les mouvements capables de le tenir sur la défensive, et l'empêcher par ce moyen de rien entreprendre ou exécuter contre la patrie.

« Avec ces précautions, il semble qu'on n'auroit rien à craindre; que l'ennemi n'auroit aucun avantage à tirer des détachemens qui se pourroient faire; qu'on le harcelleroit continuellement, comme on a fait avec tant de succès jusqu'à présent. On peut encore présumer qu'une résistance aussi continuelle le décourageroit enfin, et lui feroit prendre le parti du repos, non moins à désirer pour lui, que pour l'Université. »

La raillerie était trop sanglante, le mémoire peignait trop vivement au public les dissentiments qui déchiraient le sein de l'Université, surtout il renouvelait trop méchamment le souvenir des vieilles sympathies du collége de Lisieux pour les Jésuites, pour que l'Université, tout en en partageant les idées, ne se crût point obligée de le condamner: la nation de France, dit M. Ch. Jourdain(1), le réprouva avec une apparente indignation, comme

(1) *Hist. de l'Univ.*, p. 445.

injurieux à l'Université. Mais le coup était porté, et lorsqu'enfin, le 22 mai 1767, le tribunal de l'Université se fût réuni à Louis-le-Grand pour statuer sur le projet du collége de Lisieux, les réclamations du syndic Guérin en faveur des anciens statuts et des anciennes limites des écoles de Paris, furent accueillies avec une joie marquée. Le tribunal ne voulut pas néanmoins prendre un parti décisif: il arrêta seulement que l'on consulterait les ministres et le Parlement, pour savoir d'eux s'il leur plairait que l'un des colléges de l'Université s'établît hors de son enceinte, dans la maison professe de la rue Saint-Antoine, et qu'ensuite, comme si l'on eût été d'avance assuré de la réponse, on prierait le roi de ne point permettre que les bâtiments de Beauvais fussent aliénés, avant que le collége de Lisieux ne se fût procuré un domicile assuré.

En vertu de cette décision, le 25 mai, les recteur, doyens, procureurs et grands officiers se rendirent chez le comte de Saint-Florentin et chez M. de L'averdy. Ils arrivaient trop tard. Ils y apprirent en effet que par lettres patentes enregistrées ce jour-là même au Parlement, le roi avait cédé la maison des *soi-disants* Jésuites aux chanoines réguliers de la congrégation de France, pour leur prieuré de la Culture-Sainte-Catherine, autrement du Val-Des-Écoliers (1). Les ministres se chargeaient d'ailleurs d'exprimer au roi les vœux de l'Université relativement aux bâtiments de Beauvais, et ils pensaient que

(1) Le monastère de la Culture-Sainte-Catherine devait être détruit pour faire place à un marché. — Lisieux n'avait pas été le premier à convoiter la belle maison des Jésuites de la rue Saint-Antoine. La Faculté de médecine, logée misérablement dans ses vieilles constructions de la rue de la Bûcherie, avait présenté, dès le 4 décembre 1762, un mémoire au Parlement pour obtenir la translation de ses écoles à la maison professe. (*Arch. de l'Univ.*, Reg. 47, fol. 23 et suiv.).

l'on devait compter sur la bienveillance de Sa Majesté pour sa fille aînée (1).

Lisieux avait radicalement perdu son procès. Il ne lui restait plus qu'un parti à prendre, se résigner au sort que les événements lui avaient fait, et plutôt que de s'exposer à de nouveaux ridicules par des visées impossibles, rester dans ces pauvres bâtiments de Beauvais, si chétifs et si étroits qu'ils fussent. C'est ce qu'il eut la sagesse de faire.

Le terme, au delà duquel la communauté de Lisieux devait acheter le collége de Beauvais ou chercher un gîte ailleurs, approchait; le 24 avril, le 8 et le 23 mai 1767, des affiches avaient été mises aux portes des principales églises de Paris, pour annoncer que, le 2 juillet suivant, le collége de Beauvais serait vendu aux enchères (2) ; or, le 1er septembre la cloche de la communauté retentit dans les cours, dans les salles et le long des corridors de Beauvais: Messieurs de Lisieux étaient convoqués extraordinairement, et s'assemblaient dans la chapelle de Saint-Jean l'Évangéliste pour délibérer sur leurs affaires temporelles. Étaient présents :

« Messieurs les principal et boursiers du collége de Lisieux comparants par maître Antoine Le Seigneur, prêtre, docteur en théologie de la maison et société de Sorbonne, principal dudit collége de Lisieux,

« Maître Nicolas Antoine Le Seigneur, clerc du diocèse de Rouen, grand boursier dudit collége,

« Maître Jacques Philipes Aubry, clerc du diocèse de Rouen, aussi grand boursier dudit collége, demeurant au collége de Beauvais,

« Et maître Jacques Guillaume Le Chevalier, docteur de la Faculté de théologie de Paris, chanoine de S.

(1) *Arch. de l'Univ.* Reg. 47ᵃ, f. 115 et 116.
(2) *Ibid.* S, 6234, 35.

Honoré y demeurant cloître et paroisse S. Honoré, grand-vicaire de Mgr l'évêque de Lisieux, au nom et comme fondé de pouvoir à l'effet des présentes des supérieurs et proviseurs du collége de Lisieux, savoir Mgr Jacques Marie de Caritat de Condorcet, évêque et comte de Lisieux et Mgr Charles Antoine de la Roche-Aymon, archevêque duc de Rheims en qualité d'abbé commandataire de Fécamp. »

Étaient aussi présents quatre conseillers du roi, « administrateurs du collége Louis-le-Grand, particulièrement chargés de l'administration des colléges de Beauvais et de Presles incorporés et réunis à Louis-le-Grand, et maître Guy Antoine Fourneau, prêtre, ancien recteur de l'Université, grand-maître témporel du collége Louis-le-Grand, tous conjointement nommés et autorisés par délibération du bureau d'administration de Louis-le-Grand en date du 6 août. »

Avec l'agrément du roi et de messieurs du Parlement (1), on allait procéder à un grand acte, auquel Lisieux avait dû se résigner : la vente à ce collége des bâtiments de Beauvais.

Outre les bâtiments du collége proprement dit, on abandonnait à Lisieux :

« La faculté concédée par la ville par acte du 18 décembre 1621 de trois lignes d'eau de la fontaine d'Arcueil, de laquelle concession mention est faite sur un marbre noir étant dans la cour dudit collége à côté de la grande et principale porte, sans cependant par rapport auxdites eaux d'autres garanties de la part desdits sieurs vendeurs que leur fait et promesses.

(1) Exprimé par lettres patentes données à Compiègne, le 20 août, et enregistrées le 31 du même mois. Il y est dit, entr'autres choses, que le roi est « heureux de voir rendre à l'instruction des bâtiments qui y étoient originairement destinés. »

« Plus une maison attenante à la chapelle dudit collége de Beauvais, rue Saint-Jean-de-Beauvais;

« Plus une autre maison, même rue tenant à la maison précédente ;

« Plus une autre maison, même rue , mais d'autre côté ;

« Plus une autre maison, rue des Carmes, aboutissant par derrière aux anciennes écoles de droit ;

« Toutes lesquelles appartiennent au collége de Beauvais, comme faisant partie de la fondation primordialle ou en vertu d'autres fondations faites dans ledit collége ou des acquisitions faites depuis plus de trois siècles.

« Étant laditte maison appelée le collége de Beauvais et dépendances en la censive de l'archevêque de Paris, ainsi que la maison attenante à la chapelle ;

« Les trois autres maisons susnommées en la censive du chapitre S. Benoît. »

Le collége de Lisieux se rendait également acquéreur de tout le mobilier laissé dans la maison par le collége de Beauvais, comme tableaux, bancs, chaires, etc.

Il s'obligeait : 1° à acquitter et payer tous droits royaux ou seigneuriaux ou autres frais occasionnés par l'acquisition qu'il faisait; 2° à acquitter, à partir du mois d'octobre suivant, les cens, rentes et autres charges des bâtiments ; 3° à continuer les baux et locations, sauf indemnité ; 4° à renoncer aux loyers jusqu'au mois d'octobre, mais à prendre immédiatement la charge des réparations.

La cinquième condition était « que toutes les fondations faites dans les colléges de Beauvais et de Presles, et notamment la messe de la faculté de théologie fondée par Fr. Guillaume Duport, religieux profès de l'abbaye de Saint-Jean-des-Vignes, seraient célébrées et acquittées dans la chapelle du collége Louis-le-Grand sans que les acquéreurs pussent prétendre aucune sorte de droits sur ces fondations, ni sur les distributions y attachées. »

« Seront néanmoins, ajoute l'acte, tenus lesdits sieurs acquéreurs de conserver et laisser en place les tombes, épitaphes et inscriptions des fondateurs et bienfaiteurs étant dans la chapelle dudit collége de Beauvais, se réservant lesdits sieurs vendeurs et leurs successeurs à perpétuité la faculté de faire enlever lesdites tombes, épitaphes et inscriptions, même de faire exhumer les corps desdits fondateurs et bienfaiteurs enterrés dans ladite chapelle, pour les faire transporter dans celle du collége Louis-le-Grand, en rétablissant les dégradations que pourroient occasionner lesdits enlèvements et exhumations. »

Le prix total fut arrêté à deux cent cinquante mille livres francs deniers, savoir : cent mille livres pour la maison du collége de Beauvais, cinquante mille livres pour la maison du collége de Presles, et le reste pour les quatre maisons appartenant au collége de Beauvais.

On devait faire remise aux acquéreurs « de l'état des titres, papiers et renseignements au soutient de la propriété des maisons et biens cy-dessus ».

Enfin les acquéreurs avaient la faculté de revendre à tel prix que ce fût, sans avoir rien à remettre aux anciens propriétaires (1).

Les lettres patentes du 20 août, qui autorisaient l'acquisition des bâtiments de Beauvais par le collége de Lisieux, lui accordaient aussi, selon le désir qu'il en avait exprimé, la permission d'acquérir trois maisons jusqu'à la rue des Noyers, « pour avoir une entrée plus commode ». Ce projet ne semble pas avoir été entièrement réalisé ; nous n'avons trouvé la trace que d'une nouvelle acquisition faite par le collége de Lisieux, celle de la maison de messire Le Roi de Valmont, trésorier de

(1) *Arch. de l'Emp.* S. 6464.

France au bureau des finances de Paris, seigneur d'Au-
try-la-Ville, Sautou, Champmorin et autres lieux, et
d'une autre maison, rue des Noyers, donnant par une
cour de derrière sur une cour de l'ancien collége de
Presles (1) ; cette acquisition est du 14 juillet 1768. Surtout, il ne paraît pas que le collége de Lisieux ait jamais
ouvert une nouvelle porte sur la rue des Noyers.

Le prix de l'acquisition du terrain et des bâtiments de
Lisieux par l'abbaye de Sainte-Geneviève avait été fixé par
une commission d'experts à cent soixante-six mille trois
cent vingt livres pour le terrain, et à deux cent cinquante mille neuf cent quatre-vingt-quinze livres pour
les bâtiments ; de plus le roi avait voulu que, pour la
convenance, on complétât la somme de quatre cent mille
livres, à prendre sur les deniers destinés à la construction de l'église Sainte-Geneviève. Le collége de Lisieux
avait donc largement de quoi pourvoir à son installation
définitive dans les bâtiments de Beauvais : malheureusement il ne put jamais toucher la somme qui lui était
due ; on se contentait de lui en payer la rente à cinq
pour cent. L'avocat Poncelin (2), de qui nous tenons ces
détails, se plaint amèrement de ce retard, et semble lui
attribuer la diminution constatée par tout le monde
dans le pensionnat du collége de Lisieux. Il maugrée à
son aise contre le mauvais état des bâtiments de Beauvais, qu'il dit pourtant avoir été réparés depuis 1762,
contre la chapelle, qu'il trouve petite et fort peu ornée,
contre la bibliothèque absente, dont on ne rencontre, dit-
il, pas même le germe, pas même de place pour en
mettre une.

Quoiqu'il en soit de ces plaintes, après son installation
définitive dans la rue Saint-Jean-de-Beauvais, le collége

(1) *Arch de l'Emp.* S. 6464.
(2) *Histoire de Paris*, t. III, p. 204 et suiv.

de Lisieux semble avoir pris son parti, et jusqu'à la Révolution, aucun fait saillant n'attire les regards dans le cours paisible et monotone de son histoire. Malgré la diminution de son pensionnat, il conserve, parmi les colléges de Paris, une place remarquée, et par l'habileté de ses professeurs, et par les succès de ses élèves et même par le nombre de ses écoliers. Sur les cinq mille écoliers, boursiers et externes, qui peuplaient les colléges de Paris vers 1789, le collége Mazarin en comptait environ onze cents, le Plessis huit cents, Harcourt cinq cents, Navarre quatre cents, Lisieux quatre cents, Montaigu trois cents, les Grassins, le Cardinal Lemoine et La Marche deux cent cinquante, enfin Louis-le-Grand sept cents (1).

Cependant les États généraux venaient d'être convoqués, et une ère nouvelle s'ouvrait pour la France. Nous n'avons rien à dire ici du désappointement de l'Université, qui se vit exclue de la représentation nationale, de la résignation simulée avec laquelle elle voulut supporter ce suprême attentat commis contre ses anciens priviléges, des pompeux discours par lesquels, à plusieurs reprises, elle crut devoir exprimer « son admiration respectueuse pour les lumières, le zèle et le patriotisme des représentants » de la nation et de la commune de Paris (2). C'est Lisieux qui nous occupe uniquement. Mais les documents nous font presque complétement défaut sur cette époque critique de notre histoire.

Il est néanmoins incontestable que les idées de l'époque avaient été chaudement adoptées à Lisieux par les écoliers et par plus d'un maître. Le lendemain du jour où les membres de l'Assemblée ont les premiers

----

(1) *Hist. de l'Univ.* par M. Charles Jourdain, p. 473.
(2) *Ibid.*, p. 481.

prêté le serment civique, le 5 février 1790, la montagne
Sainte-Geneviève est en feu ; sur l'invitation des autorités du district, vers onze heures du matin, presque
tous les colléges sont évacués, et les écoliers, accom-
pagnés de leurs maîtres, du comité du district, des gre-
nadiers et de l'état major, organisent une procession
délirante qui parcourt le quartier en s'arrêtant à
chaque place pour répéter le serment. La population qui
borde les rues et remplit les fenêtres répond par des
acclamations. La nouveauté de cette fête, digne des républiques anciennes, dit un chroniqueur (1), l'ivresse de
cette jeunesse ardente et tumultueuse, espoir de la nation, ses cris de joie, la confusion même inséparable de
son âge, tout contribuait à rendre ce spectacle vraiment
touchant.

Quelques jours plus tard, les écoliers de Lisieux, mêlés à la jeunesse des autres colléges, obtenaient les
éloges des représentants mêmes de la nation :

« Les représentants des jeunes élèves de l'Université
de Paris ont offert un don patriotique et ont prononcé le
discours qui suit :

« Nosseigneurs,

« Vous voyez les représentans des jeunes élèves de
l'Université de Paris ; ils viennent mêler leurs offrandes aux
dons libres et désintéressés de tous les citoyens. Vous
êtes les pères de la Patrie, nous en sommes les enfants.
Nous espérons que nos dons, offerts par le respect et l'a-
mour, seront accueillis avec une indulgence et une bonté
paternelle. Déjà nous avons prononcé le serment qui lie
tous les bons citoyens ; déjà nous avons juré à la nation,

____

(1) Cité par M. Ch. Jourdain, *ibid.*, p 482.

à la loi et au roi, une fidélité inviolable. Mais il est un autre serment non moins sacré pour nous, et que nous venons prêter entre vos mains : c'est celui d'une éternelle reconnaissance. Oui, Nosseigneurs, nous vous jurons à tous un entier dévouement, nous vous le jurons au nom de tous nos frères ; et cet hommage est à leurs yeux leur plus précieuse offrande. Signé : Bresson, Nouvel, du collége de la Marche ; Farges, Jaccaz, de Lisieux ; Aubé, d'Arcis, de Mazarin; Lemée, Doulcet, de Navarre ; Mimault, Lafite, des Grassins; Laurendeau, Leclerc, du Cardinal le Moine ; Broché, Jullien, de Montaigu.1 «

Mais voici venir l'anniversaire d'un grand jour, du jour où la Bastille a été prise et détruite. Les colléges de Paris députent quelques-uns de leurs écoliers pour obtenir des représentants de la commune que l'ouverture des vacances soit fixée au 14 juillet, et qu'ainsi, « dans ce jour mémorable, il soit donné aux enfants de se voir réunis à leurs parents, et de leur exprimer les sentiments qui animent toute la capitale ». Leur demande est renvoyée aux autorités universitaires, mais en même temps appuyée par l'autorité municipale. On dut, bon gré malgré, céder au désir des écoliers.

Il s'en fallut que les derniers jours destinés à l'étude s'écoulassent paisiblement. La grande fête de la Fédération se préparait ; elle devait se célébrer au Champ de Mars, et un appel avait été fait aux citoyens afin de disposer toutes choses pour cette solennité nationale : il s'agissait surtout de niveler le Champ de Mars. La population parisienne se prêta à ce rude travail avec un entraînement indescriptible; pendant sept jours et sept nuits, des milliers de personnes de toutes classes, armées de pelles, de pioches, ou conduisant la brouette, travaillèrent sans

(1) Séance du jeudi, 18 fév. 1790, au soir. *Procès-verbaux de l'Ass. nation.* T. XIII,

relâche; le roi lui-même parut au milieu des travailleurs, tenant son fils par la main. La jeunesse des écoles ne pouvait manquer de répondre à l'appel fait à la population parisienne, et l'on a rétenu ce mot d'un collégien : « Si je ne puis offrir que ma sueur à ma patrie, je la répands de grand cœur. » Lisieux ne fut pas le dernier à la tâche. On vit même les lexoviens, avec les élèves d'autres colléges, envahir un matin les classes du Plessis, qui semblait montrer moins d'ardeur, interrompre les cours, enrégimenter les écoliers et les conduire triomphalement au Champ de Mars. Le préfet de Sainte-Barbe, dont les élèves suivaient les cours du Plessis et s'étaient vus entraînés comme les autres, leur fit au retour un accueil sévère et parla de châtiment. Les lexoviens l'eurent à peine appris, qu'ils exhortèrent les barbistes à infliger à leur *tyran* « le châtiment honteux auquel il les avait si souvent condamnés (1) ». La résolution en était prise ; mais au dernier instant, le courage manqua aux conjurés, et quatre barbistes furent chassés. Mais le préfet trop sévère fut lui-même obligé de se démettre de ses fonctions et de sortir du collége.

Navarre eut aussi, pour la même cause, à compter avec la jeunesse républicaine des autres colléges et particulièrement avec Lisieux. Le bruit s'était répandu que des élèves de Navarre avaient conspué et foulé aux pieds la cocarde nationale. Il est vrai qu'on les avait vus, les premiers jours, accourir avec ardeur au Champ de Mars et y prendre leur part des travaux de nivellement ; mais le 8 juillet, ils ne s'y étaient rendus que tard et en très-petit nombre. Alors, l'insulte faite à la cocarde, un instant oubliée, avait été de nouveau rappelée et commentée ; les têtes s'échauffèrent, et le soir même les écoliers de Montaigu, des Grassins, de La Marche, du cardinal Le Moine

_____

(1) *Histoire de Sainte-Barbe*, par M. Quicherat, t. II, p. 390.

et de Lisieux, armés de pelles et d'épées, envahirent le
collége de Navarre, en demandant à grands cris le principal Dubertrand, et en l'appelant *aristocrate*. Le lendemain, deux écoliers de Navarre furent députés au district, pour laver leur collége des accusations portées contre lui. Les accusateurs étaient présents. Les députés de
Navarre racontèrent l'aventure de la cocarde : rien n'é-
tait plus simple. Un domestique de la communauté portait à son chapeau une cocarde fort malpropre; un écolier
s'en aperçut, se prit à en rire, la lui arracha en plaisantant, et la jeta par terre ; quelques autres écoliers prirent
part à ce jeu, inconvenant peut-être, mais auquel on ne
saurait prêter une intention contre-révolutionnaire. Quant
au retard ou à l'abstention des écoliers de Navarre, que
l'on accusait de ne point prendre aux travaux du Champ
de Mars une part assez active, les députés rappelèrent
l'ardeur avec laquelle grands et petits avaient travaillé
les trois jours précédents. Le 8, les compositions des prix
les avaient retenus au collége toute la matinée, et s'ils
étaient venus moins nombreux qu'auparavant, c'est que
leurs plus jeunes condisciples, harassés de fatigue,
étaient hors de combat, et que d'ailleurs un certain nombre avaient été rappelés dans leurs familles. Les députés
tinrent également à justifier leur principal, lui qu'on appelait aristocrate, que l'on accusait de manquer de patriotisme, et qui pourtant avait donné de son patriotisme
des preuves éclatantes, soit en encourageant ses écoliers à
contribuer généreusement par leurs *dons* à éteindre la
dette publique et en leur donnant le premier l'exemple,
soit en préparant dans son collége cinquante lits pour les
députés de la Fédération. Ces explications entendues, les
accusateurs se tinrent pour satisfaits ; on s'embrassa, et
un acte signé: LANDRIEUX, *au nom des écoliers de Montaigu* ; DEROY, *au nom des écoliers des Grassins*; BAUDOT
L., *au nom des écoliers de la Marche* ; MARTEL, *au nom*

des écoliers du cardinal-le-Moine ; LETELLIER, *au nom
des écoliers du collége de Lisieux,* fut délivré à ceux de
Navarre en témoignage de réconciliation. L'assemblée du
district de son côté, en ayant délibéré, déclara « qu'elle
tenait pour de très-bons citoyens MM. les écoliers du
collége de Navarre et leur respectable chef dont l'honnêteté et le zèle étaient connus de tout le district », et elle
ordonna que toute cette affaire, racontée en un petit écrit
intitulé : *Réponse des étudiants du collége de Navarre
aux reproches que leur ont fait des étudiants de quelques
autres colléges* (1), serait publiée en son nom.

Cependant les sentiments antireligieux de l'Assemblée
s'affirment chaque jour avec plus d'énergie. Le 13 février
1790 avait paru le décret pour la constitution civile du
clergé ; le 27 octobre, les évêques et les prêtres présents
à l'Assemblée sont mis en demeure de prêter le serment.
L'abbé Grégoire donne l'exemple ; le recteur Dumonchel
le suit à la tribune, pour prononcer à son tour le serment
qui le sépare de l'Église catholique (2). Les adhésions sont
trop lentes; le 4 janvier 1791, pendant que la populace en-
toure la salle des réunions en vociférant : mort aux
prêtres ! on adresse aux membres du clergé une dernière
sommation de prêter le serment ou de renoncer à leurs
fonctions; presque tous demeurent fermes. Malgré ce magnifique exemple, le 8, un certain nombre de professeurs
de l'Université se présentent en corps à l'Assemblée, avec
la prétention de prononcer le serment, non pas seulement
en leur nom personnel, mais au nom de l'Université tout
entière. Aucun des professeurs de Lisieux ne figurait
parmi eux. Il s'en faut pourtant que notre collége ait été
exempt de la contagion du schisme : le principal Bergeron
et les professeurs Aubry et Léger prêtèrent le serment ;

(1) *Bibl. Imp.* L. 6⁴⁰ 325.
(2) *Procès-verbaux de l'Ass. nation.* T. XLII.

mais le procureur Vallée et les professeurs Legrand, Marchand, Grenet, Girault et Pépin le refusèrent avec une constance d'autant plus méritoire, qu'ils n'ignoraient point à quelles persécutions ils s'exposaient par leur résistance (1). Peut-être gardèrent-ils quelque temps au collége leurs premières fonctions, ou du moins l'asile qu'ils s'y étaient créé par leur savoir et leur dévouement à la jeunesse ; mais le 11 juin, un arrêté du directoire du département vint les en priver d'une manière absolue et définitive.

Deux mois auparavant, une autre décision avait été prise. Le 16 avril et les jours suivants, les autorités de la section avaient ordonné la fermeture des églises et chapelles de leur circonscription. Voici le procès-verbal relatif à notre chapelle (2):

« … Nous nous sommes transportés 1° au collége de Lisieux en plein exercice, avons notifié à M. Bergeron

(1) Malgré les trois défections signalées parmi les maîtres de Lisieux, il y eut des colléges qui montrèrent moins de fermeté. A Montaigu, le principal avec six professeurs ; à Navarre, le principal avec trois professeurs ; aux Grassins, le principal et un professeur ; à la Marche et au Cardinal Lemoine, trois professeurs ; au Plessis, deux ; à Louis-le-Grand, trois ; à Mazarin, le sous-principal et six professeurs ; à Harcourt, le sous-principal et cinq professeurs prêtèrent le serment. Il fut refusé, à Montaigu, par un ancien principal, le procureur et trois professeurs ; à Navarre par le coadjuteur du principal et par neuf professeurs; aux Grassins, par deux ; au Cardinal-Lemoine par le grand-maître et dix professeurs et maîtres, parmi lesquels figure Lhomond ; au Plessis, par le principal, le sous-principal et quinze professeurs ; à Mazarin, par le grand-maître et un professeur ; à Louis-le-Grand, par le grand-maître, le principal, les deux sous-principaux et trente-quatre professeurs ; à Harcourt, par onze professeurs, et à La Marche, par le principal. — Il ne faut pas oublier que la plupart des colléges avaient un nombre plus ou moins considérable de professeurs laïques.

(2) *Arch. de la Préfecture de police. (Panthéon* 1790 à 1793).

principal dudit collége l'art. 7 dudit arrêté, portant que l'exception prononcée par l'article 6 en faveur de la chapelle de son collége n'aura lieu qu'aux conditions suivantes, que ladite chapelle ne devant servir qu'à l'usage particulier de sa maison ne sera en aucun cas ouverte au public, qu'aucune fonction ecclésiastique ne pourra y être exercée que par ceux qui auront à cet effet une mission particulière de l'évêque de Paris visée par le curé de la paroisse, laquelle mission n'aura pu être accordée que sur la demande de lui supérieur de ladite maison.

« Avons pensé que pour la pleine et entière exécution de ladite condition, il était à propos de tenir fermée pendant le tems du service divin la porte extérieure dudit collége, nous en rapportant à cet égard à la prudence de mondit S. Bergeron dont le civisme est connu, lesquelles conditions mondit S. Principal a promis exécuter et faire exécuter et a signé avec nous commissaire et le secrétaire greffier. BERGERON, principal de Lisieux. MENU. ARNOULD. TURQUET, commissaire de police. BROUET, Secrét. »

Les nombreux projets de réforme à apporter dans l'enseignement, qui furent présentés à l'Assemblée dans le cours des années 1790, 1791 et 1792, ne concernent point cette histoire ; la première effervescence révolutionnaire que nous avions signalée dans la jeunesse des colléges et particulièrement à Lisieux semble s'être ralentie ; les exercices classiques se poursuivent sans incidents remarquables, et nous sommes amenés ainsi au 3 juillet 1793.

..La tête du roi est tombée, les échafauds couvrent la France, la terreur règne. Les frontières, attaquées de toutes parts, sont défendues avec un courage gigantesque par des hommes arrachés la veille aux travaux des champs ou de l'industrie et lancés sans solde, sans vivres et sans souliers contre les ennemis de la patrie. La jeunesse s'émeut à ce grand spectacle, et le 3 juillet, « les élèves des colléges de Paris demandent que les sommes employées à l'achat des livres pour la distribution des prix soient employées au soulagement des veuves et des orphelins des braves volontaires. La Convention nationale décrète qu'il sera distribué à chacun des élèves des colléges de Paris qui auront obtenu les prix qu'il est d'usage de leur distribuer, une couronne de chêne et un exemplaire de la Constitution, qui sera fourni par l'Imprimerie nationale ; et que le lendemain de la distribution, ils seront admis aux honneurs de la séance, ainsi que les instituteurs dont ils ont reçu les leçons ». (1)

Le 4 août, jour fixé pour la distribution des prix est arrivé. Ce n'est plus l'antique Sorbonne, c'est la salle des Amis de la liberté et de l'égalité, plus célèbre encore par le club des Jacobins, qui ouvre ses portes à cette solennité littéraire. Une députation de la Convention nationale, le tribunal de cassation, le tribunal criminel extraordinaire, tous les corps administratifs et judiciaires du département, l'assemblée électorale et les commissaires de sections de Paris rehaussent par leur présence la magnificence de la fête. Le citoyen Dufourny, ingénieur, président du département, choisi pour présider aussi la cérémonie, prend la parole : « Enfants de la patrie, le jour de gloire est arrivé. Au bruit des acclamations des citoyens, et par la main des représentants de la nation, vos talents vont être couronnés. Oui, c'est à vos seuls talents que les couronnes sont déférées. Que vos âmes, enfants de l'égalité, ne s'effraient donc pas de ce que vos fronts seront un moment ceints de couronnes, car ces couronnes ne sont point celles de l'orgueil, ni celles de la tyrannie : ce sont les couronnes de l'émula-

(1) *Procès-verbaux de la Convent. nation.* **T. XV**, p. 83.

tion, des talents qui ont fondé, illustré les républiques...
Dignes enfants de la patrie, vous qui sucez chaque jour
dans l'histoire des héros antiques le lait de la liberté,
voyez avec transport, dans la déclarations des droits, les
principes sublimes qui seuls peuvent rendre heureux. Tous
les hommes sont libres, tous les hommes sont égaux : les
vertus et le talent forment la seule différence.

« ... Réunis dans peu, par vos parents, à la mère commune (la nation), vous recevrez cette éducation politique
qui seule peut rétablir l'unité, l'égalité et le bonheur.
Qui d'entre vous, purs comme la nature, a jamais distingué dans son camarade le fils d'un sans-culotte ; et
s'il l'a distingué, enfant généreux, n'était-ce pas pour l'en
aimer davantage?.... »

Les applaudissements des élèves, aussi bien que des
« citoyens et citoyennes » qui remplissaient la salle, inter-
rompirent souvent l'orateur, et l'obligèrent à répéter plusieurs fois des phrases qu'on lui donnait à peine le temps
d'achever. C'était surtout aux mots : *enfants de la patrie,
liberté, égalité, république,* que l'on voyait les écoliers
faire éclater des transports de joie et manifester un enthousiasme dans lequel les témoins de cette fête recon-
nurent « les présages certains des vertus républicaines
qui régnaient déjà dans leurs cœurs ». Le doyen de la députation de la Convention nationale, Boucher-Saint-
Sauveur, qui succéda au fauteuil à Dufourny, les en
félicita : « Jeunes citoyens, s'écria-t-il, vous avez tres-
sailli au nom d'enfants de la patrie : vos transports
annoncent que vous êtes dignes d'un si beau nom. »

Puis, le principal du collége du Panthéon (Montaigu),
Crouzet, ayant lu un poëme sur la liberté, et le citoyen
Dufourny en ayant réclamé l'impression aux frais de la
nation, le recteur Binet lut les noms des lauréats, et
chacun d'eux se présenta devant le président de la
députation de la Convention nationale, qui lui posa la

couronne sur la tête, en lui donnant « le baiser paternel ».

Lisieux fut heureux à ce dernier concours. Pour la rhétorique seulement, un troisième accessit en discours latin, le premier prix, le premier et le troisième accessit en discours français, le premier et le troisième accessit en vers latins, le second prix, le second et le septième accessit en version latine, le premier, le quatrième et le sixième accessit en version grecque démontrèrent surabondamment que Lisieux gardait toujours une place honorable parmi les colléges de Paris (1).

Les joies de cette fête furent les dernières du collége

---

(1) Il nous semble qu'il serait intéressant pour le lecteur de savoir la force comparative des colléges de l'Université de Paris, au moment de leur suppression. Nous avons fait connaître plus haut le nombre de leurs élèves. Lisieux obtint donc en rhétorique 2 prix et 10 acc., en seconde 1 prix et 1 acc., en troisième 1 acc., en quatrième 2, en cinquième 1 et en sixième 2. Outre le prix d'honneur, Navarre obtint en rhétorique 2 prix et 3 acc., en seconde, 3 prix et 3 acc., en troisième 3 prix et 14 acc., rien en quatrième, en cinquième 2 prix et 1 acc , rien en sixième. Harcourt eut en rhétorique 2 prix et 9 acc., en seconde 3 prix et 8 acc., en troisième 2 prix et 2 acc., en quatrième 4 acc., en cinquième 2 prix et 3 acc., en sixième rien. Le collége Mazarin, ou des Quatre-Nations, eut en rhétorique 3 prix et 3 acc., en seconde, en troisième et en quatrième 1 acc., en cinquième rien, en sixième 2 prix et 6 acc. Le Plessis obtint en rhétorique 2 prix et 2 acc., en seconde 2 prix et 7 acc., en troisième 1 prix et 3 acc., rien en quatrième, en cinquième 3 acc., en sixième 1 prix et 3 acc. Le collége des Grassins eut en rhétorique 1 prix et 2 acc., en troisième 2 acc., en quatrième 1 prix et 3 acc., il n'eut rien en seconde, en cinquième et en sixième. Louis-le-Grand, affublé du nom de Collége de l'Égalité, eut deux prix en rhétorique, mais rien dans les autres classes. Le Cardinal-Lemoine n'eut rien en rhétorique, ni en seconde, ni en troisième, il obtint seulement en quatrième 3 prix et 2 acc., en cinquième 1 acc., en sixième 1 prix et 3 acc. La Marche n'eut que 2 acc. en cinquième, et Mon

de Lisieux et de la vieille Université de Paris. « Enfants de la patrie, avait dit Dufourny, vous êtes les derniers des jeunes Français qui auront eu le malheur de ne développer leurs talents qu'au milieu des préjugés. » Qui donc les représentait, les préjugés, à cette heure suprême ? l'Université sans doute. On le lui fit bien voir. Le 15 septembre 1793, la Convention nationale décida « qu'indépendamment des écoles primaires, il serait établi dans la République trois degrés progressifs d'instruction, le premier pour les connaissances indispensables aux ouvriers et aux artistes de tous les genres; le second pour les connaissances ultérieures, nécessaires à ceux qui se destinent aux autres professions de la société ; et le troisième, pour les objets d'instruction, dont l'étude difficile n'est pas à la portée de tous les hommes ». Les nouveaux établissements devaient être mis en activité le 1er novembre suivant. C'était supprimer d'un seul coup l'Université avec ses facultés, ses maîtres et ses colléges.

Le collége de Lisieux avait alors pour principal le prêtre assermenté Bergeron ; voici les noms de ses professeurs : en philosophie, Landri et Demanson ; en rhétorique, Lepitre; en seconde, Decoussy ; en troisième, Oudard ; en quatrième, Léger ; en cinquième Boucheseiche ; en sixième, Tilliaux (1).

taigu, nommé sous le nouveau régime le Panthéon français, un seul accessit en troisième.

(1) *Hist. de l'Univ. de Paris*, par Ch. Jourdain, p. 294 et 295.

CHAPITRE XXI

Le seul témoignage que nous ayons de la valeur littéraire du principal Le Seigneur, c'est ce *Mémoire pour la translation du collége de Lisieux* que nous avons cité au chapitre précédent. Quant à son successeur Bergeron, dernier principal de Lisieux, nous ne connaissons de lui que la faiblesse qu'il eut de prêter, en 1791, le serment schismatique à la constitution civile du clergé. Mais pendant les trente années que le collége de Lisieux vécut dans les murs de l'ancien collége de Beauvais, il eut quelques professeurs dont le nom mérite d'être cité.

Jacques-Nicolas-Marie Deguerle avait été à Montaigu un élève laborieux et singulièrement ami des vers. Il devint maître de quartier à Lisieux. Enfermé à l'Abbaye pendant la révolution, mais sauvé par un ancien condisciple, il prit le chemin de l'émigration. De retour en France, il devint l'un des habitués de l'hôtel de Thélusson, où il rencontra Legouvé, Laya, Baour-Lormian, et où il lisait ses vers. Successivement professeur de grammaire générale à Anvers, de belles-lettres à Compiègne, de rhétorique au Prytanée impérial, puis au lycée Bonaparte, d'éloquence française à la Faculté des lettres de Paris, enfin censeur des études à Louis-le-Grand, il mourut en 1824.

L'abbé Grenet, né en 1750, donnait à Lisieux des soins assidus à l'enseignement de la géographie, publiait un atlas, imaginait des sphères plus simples que celles de Mentelle et travaillait à une géographie, lorsqu'il disparut pendant la révolution, sans qu'on ait su depuis ce qu'il était devenu. Il fut un des professeurs du collége qui s'honorèrent par leur courage à refuser le serment.

Mais le professeur qui, à cette époque, jetait le plus d'éclat et attirait le plus d'élèves à Beauvais, c'était Charles Dupuis. Après l'avoir vu achever ses études à Harcourt de la manière la plus brillante, et remporter en rhétorique cinq prix au concours général, l'Université lui avait donné sans examen le diplôme de maître ès arts et lui avait par acclamations ouvert les rangs de ses agrégés. Quatorze jours après, il était mis en possession de la chaire de rhétorique au collége de Lisieux : c'était en 1766 ; il n'avait que vingt-quatre ans. Son enseignement à Lisieux eut tout le succès que l'on pouvait attendre d'un maître aussi distingué, et le souvenir plein de gratitude que gardèrent de lui ceux de ses élèves qui parvinrent dans la suite à la célébrité, est le plus bel éloge qu'on en puisse faire. Sa classe obtint trois fois le prix d'honneur : ce fut en 1769 Néel, de Rouen, en 1778. Cauchy, aussi de Rouen, et en 1785 de Niéport, de Dieppe, qui donnèrent cette joie à leur professeur et à leur collége. Mais nous voulons citer ici un spécimen des talents littéraires que savaient développer les soins assidus du jeune professeur. Marie-Antoinette ayant donné au roi et à la France un premier Dauphin, la naissance du royal enfant fut fêtée au sein de l'Université par le concert accou-

. tumé de louanges en prose et en vers. Le 25 janvier 1782, Nicolas Richard de Belfort, vétéran de rhétorique à Lisieux, offrit à la reine, sous ce titre : *Ad Reginam, in ortum Serenissimi Delphini,* un petit poëme en latin et en français, dont l'épître dédicatoire était ainsi conçue :

> Reine, dont les vertus égalent les attraits,
> Ma Muse, jeune encore, de ses premiers essais
> Vous offre l'hommage sincère.
> L'âge, il est vrai, n'a pas d'un coloris brillant
> Orné les faibles traits de mon pinceau tremblant ;
> Mais lorsqu'aux Dieux les mortels veulent plaire,
> Lorsqu'au retour de la belle saison,
> Ils vont présenter leurs offrandes,
> Attendent-ils, pour tresser des guirlandes,
> Que la Rose tardive, entr'ouvrant sa prison,
> Étale dans les champs sa richesse naissante
> Et de son sein vermeil la pourpre éblouissante ?
> Non, rampante sur le gazon,
> L'humble, la simple violette
> Est offerte sur leurs autels,
> Et suffit pour orner la tête
> De ces Dieux amis des Mortels (1).

Dupuis eut lui-même, à plusieurs reprises, l'occasion de signaler au public ses talents littéraires. Le 7 août 1775, il s'acquitta de la façon la plus heureuse, et aux applaudissements de tous, d'une tâche difficile qui lui avait été confiée. Ce jour-là, le Parlement, rappelé récemment de l'exil par Louis XVI, assistait à la distribution des prix du grand concours; Dupuis avait été chargé de prononcer, *sur la vraie et la fausse gloire,* le discours d'usage; il parlait au nom de l'Université qui n'avait que trop manifesté ses sympathies pour ce conseil, auquel le peuple avait donné le nom dérisoire de Parlement Maupeou, et que le nouveau roi venait de renverser, en rappelant le Parlement véritable. Il était impossible que

(1) *Bibl. de l'Université,* H, F., a. u., 5925.

l'orateur ne complimentât point les exilés de leur retour,
et bien difficile qu'il le fît sans blesser les susceptibilités
et sans compromettre l'honneur du corps qui lui avait
confié la parole. Il se tira admirablement de ce pas difficile, et les registres officiels de l'Université constatent
que son discours était très-conforme aux événements et
aux conjonctures et qu'il fut très-applaudi (1). Quelques
années plus tard, il ne montrait pas moins de dextérité,
pour dissimuler ses opinions antireligieuses, dans un
discours où les pensées chrétiennes devaient naturellement tenir une place considérable, l'éloge funèbre de
l'impératrice Marie-Thérèse d'Autriche, qu'il prononça
au nom de l'Université dans les écoles extérieures de la
Sorbonne, le 12 juin 1781 (2).

La culture et l'enseignement des belles-lettres laissaient à Dupuis des loisirs qu'il consacrait à d'autres
études. Il prit le grade de licencié *in utroque*, et sans
quitter sa chaire de rhétorique, se fit recevoir avocat en
1770. Il s'appliqua aussi aux mathématiques et à l'astronomie et devint l'ami de Lalande, dont il suivait les
cours. En 1778, il inventait un télégraphe, faussement
attribué à Linguet; il s'en est longtemps servi pour correspondre avec le sculpteur Fortin, son ami, mais au
commencement de la Révolution il le détruisit, de peur
de passer pour suspect. C'est seulement quinze jours

(1) *Arch. de l'Univ*. Reg. 47ᶜ, fᵒ 5?.
(2) *Bibl. de l'Univ*. H. F., a. u., 69, nᵒ 9. — Dans le titre de ce
discours, Dupuis est qualifié : Eloquentiæ professor in collegio
Lexovæo, in utroque jure licenciatus necnon in supremo-senatu
Parisiensi Patronus. — L'abbé de Bonnevie, son ancien élève, en
parlant de ce discours, qu'il avait entendu, disait qu'à la vérité
les sentiments religieux dont il est empreint n'étaient pas ceux
de Dupuis, mais qu'il s'était souvenu qu'il parlait au nom du
corps universitaire, chrétien alors : il parlait aussi au nom de ce
corps lorsqu'il enseignait, et peut-on croire qu'il n'ait jamais manifesté à ses élèves ses déplorables sentiments sur la religion ?...

après avoir installé son télégraphe, qu'il découvrit son système d'astronomie. Quel qu'ait été ce système, on sait avec quelle faveur il fut accueilli, et comment, quelques années plus tard, Chaumette s'en servit pour sauver de la destruction l'église de Notre-Dame, en faisant croire au peuple que Dupuis en avait trouvé le secret dans les sculptures du grand portail. Ce fut aussi à cette époque que Dupuis fut invité à se rendre à Berlin, pour devenir membre de l'Académie que Frédéric y avait fondée; mais à ce titre, il préféra celui de professeur émérite en l'Université de Paris, et pour l'acquérir, il aima mieux garder sa chaire du collége de Lisieux. Il ne la quitta qu'après vingt-deux ans de professorat, au moment où il venait d'être nommé professeur d'éloquence latine au collége de France et membre de l'Académie des Inscriptions. La Révolution éclata peu après. Envoyé à la Convention nationale, dans le procès de Louis XVI Dupuis vota la détention, comme mesure de sûreté générale. Cette modération ne l'empêcha point de siéger encore à l'Assemblée des Cinq-Cents et au Corps législatif. Il mourut à Is-sur-Thil, dans la vie privée, le 26 septembre 1809. Il s'était marié en 1772 : c'est de sa veuve que nous tenons la plupart des détails reproduits dans cette courte biographie. Nous ne parlons pas de l'*Origine de tous les cultes* de Dupuis, œuvre impie, où une érudition indigeste ne rachète point l'incohérence et l'absurdité du système. Quand ce livre, heureusement oublié, parut, il y avait un an que le collége de Lisieux n'existait plus.

En 1801, en tête d'un ouvrage intitulé : *Fêtes et courtisanes de la Grèce,* où il s'apprêtait à braver toutes les bienséances, un ancien élève de Dupuis reconnaissait lui devoir « sinon des talents, au moins une raison ferme, indépendante, exempte de préjugés. » Pierre Chaussard, c'était lui, faisait ainsi à son maître un mauvais compliment, peu mérité, nous aimons à le croire. Né à Paris en 1766, Chaussard devint avocat, embrassa avec enthousiasme les principes révolutionnaires, prêta sa plume au journal *la Sentinelle* soutenu par Rolland et inaugura l'usage de changer de nom, en prenant lui-même celui de Publicola. Envoyé en Belgique par Lebrun en qualité de commissaire du pouvoir exécutif, un jour qu'avec cette gravité théâtrale, qui était alors de mise pour tant de fonctionnaires improvisés, il reprochait à un officier général de faire le vizir : Allez, M. Chaussard, lui répondit l'officier, je ne suis pas plus vizir que vous n'êtes Publicola ! Rentré à Paris, il dénonça Dumouriez comme un traître, reçut en récompense les fonctions de secrétaire de la mairie de Paris, et pour plaire à Laréveillère-Lépeaux, son patron le plus puissant, prêcha le culte des théophilanthropes dans la chaire de Saint-Germain-l'Auxerrois. On le fit, en 1803, professeur au lycée de Rouen et en 1805, à la Faculté de Nîmes. La Restauration lui retira toute fonction. Chaussard avait de l'instruction et un talent facile; son ode l'*Industrie et les Arts* obtint un grand succès. Dans son ouvrage de l'*Éducation des peuples*, il expose un système politique qui est une pure utopie, et qui consisterait à diviser sans effort les fortunes colossales, par exemple en faisant adopter des enfants pauvres par les riches, et à faire ainsi disparaître, avec la trop grande disproportion des fortunes, la source inépuisable des jalousies, des haines et des abus.

Un autre élève de Dupuis, qui garda toujours le souvenir de son maître et qui l'honora mieux par son caractère et son talent, c'est Jean-Louis Laya, né à Paris en 1761. Séduit d'abord par les principes de la Révolution, son fameux drame l'*Ami des lois*, représenté pour la première fois dix-huit jours avant la mort de Louis XVI, vint montrer que ses opinions étaient changées, et qu'il osait le dire. On sait les orages suscités par l'apparition

de cette pièce, célèbre plutôt par son à-propos que par
son mérite intrinsèque, le peuple maudissant les Jacobins; la Convention nationale faisant fermer les théâtres,
et pointer le canon contre la salle où l'on réclamait une
nouvelle représentation, au surlendemain de la première;
le *Moniteur* disant: « il serait à désirer que cette pièce
fût jouée promptement dans toute la France; on sent
à chaque vers que ce n'est pas l'ouvrage d'un homme
de parti, mais d'un citoyen vertueux, d'un poëte sensible,
honnête, qui veut l'affermissement de la liberté par les
lois, le retour de l'ordre après une agitation nécessaire. » Il
avait osé dédier son ouvrage à la Convention; on y lisait
ce vers:

Aristocrate, soit; mais avant, honnête homme !

« Je demande, s'écrie Prieur à la tribune, comment on
peut être aristocrate et honnête homme ? » Et Chasles
« C'est une œuvre détestable. » La représentation est in-
terdite. Laya demande à comparaître; il vient en effet, le
14 janvier, à la Convention; mais il s'aperçoit bien vite
qu'il risque inutilement sa vie, et il se retire. Cependant
le peuple réclame toujours la pièce; on répond à ses réclamations par l'arrêt suivant: «Attendu que *l'Ami des Lois*
ne peut être considéré que comme une pomme de dis-
corde jetée au milieu des citoyens pour allumer la fureur
des partis, le ministère public entendu, le conseil général ordonne que *l'Ami des lois* ne sera pas représenté. »
Laya succéda à Delille dans la chaire de poësie française
et d'histoire littéraire au collége de France. En 1817 il
fut reçu à l'Académie française, et Louis XVIII l'en
félicita par ces paroles significatives: «M. Laya, l'Académie, en vous nommant, a acquitté une dette que la nation
avait contractée avec vous depuis longtemps. » Il mourut en 1833. Laya avait débuté dans le monde littéraire
par les *Essais de deux amis*, publiés en collaboration

avec un de ses compagnons d'études à Lisieux, dont la vie de collége nous est ainsi racontée par un contemporain :

« Gabriel-Marie-Jean-Baptiste Legouvé, né à Paris le 23 juin 1764, reçut la première éducation littéraire de Jean-Baptiste Legouvé, son père, l'un des avocats les plus célèbres du barreau de Paris, l'émule des Gerbier, des Tronchet, des Elie de Beaumont....

« Entré bien jeune encore au collége de Lisieux, Legouvé ne tarda pas à s'y faire distinguer dans la poësie latine. La nature toutefois ne put développer sans quelques obstacles, le talent véritable dont elle l'avait doté. Elle lui fit payer, par un travail opiniâtre, l'apprentissage d'une haute célébrité. Ses essais dans la poësie française furent presque désespérants. Ils étaient empreints de cette emphase scolastique, de cette raideur pédantesque des jeunes lauréats qui s'imaginent posséder toutes les qualités qu'exige Apollon, parce qu'ils sont familiers avec les poëtes latins de l'antiquité.

« Heureusement Legouvé, guidé par de sages avis, ne tarda pas à sentir l'influence du goût sur les productions de l'esprit, et la nécessité de sacrifier aux grâces. L'amitié vint le seconder dans cette résolution: il trouva dans ses condisciples deux jeunes favoris des muses, dont les heureux penchants répondaient aux besoins de son âme expansive; et bientôt il sortit de cette routine qui, comme le dit un écrivain célèbre, *n'est que la voie des sots.*

« Le premier de ses amis fut Demoustier, dont l'aimable candeur, le style frais et brillant, un peu prétentieux peut-être, et cet abandon d'un cœur aimant et pur offraient à la fois un commerce si profitable et si doux..... On peut juger de l'attachement de Legouvé, par les vers qu'il a gravés sur la tombe de celui-ci (1). Il y règne une teinte

____

(1) Legouvé. *OEuvres complètes,* t II, p. 239. *Aux mânes de Demoustier.*

si mélancolique, l'expression d'une douleur si vraie,
qu'on ne peut se défendre d'une émotion qui honore à
la fois et l'ami qui n'est plus et l'ami qui le pleure.

« Le second émule dont Legouvé ne cessa d'éprouver
le tendre attachement, depuis l'adolescence jusqu'au
tombeau, son premier compagnon de voyage aux rives
du Permesse, celui qui le guida dans ses travaux les plus
importants par un savoir profond, une franchise austère,
et cette dignité d'homme qui donne tant de vigueur à la
pensée, ce fut le bon, l'honorable Laya... Legouvé le chérissait et le redoutait tout à la fois; ce n'était jamais
qu'en tremblant qu'il lui communiquait ses ouvrages,
parce que toujours il lui fallait supporter la critique la
plus sévère. Mais aussi quel avantage ne retirait-il pas
de cette franchise si rare, lui désignant tel oubli, telle
imperfection ? Oh! qu'alors l'amour-propre était faible à
côté de la reconnaissance !... »(1)

De ces trois amis de collége, Demoustiers, bien que
descendant à la fois de Racine et de La Fontaine, fut le
moins remarquable. Il s'assaya d'abord au barreau; mais
il y renonça bientôt pour les lettres, et signala son entrée
dans cette nouvelle carrière par les fameuses *Lettres à
Emilie sur la Mythologie,* où il a donné un spécimen complet de tous ses défauts comme de toutes ses qualités.
Dès lors, il avait conquis dans les lettres son titre, peu
glorieux, de rival de Marivaux, et ce titre, il mérita, par
ses autres œuvres, de le garder toute sa vie. Il a travaillé
surtout pour le théâtre, et quelques-unes de ses pièces
lui ont survécu.

Un auteur dramatique d'une plus grande valeur avait
fait presqu'en même temps ses études à Lisieux. Tout le
monde connaît au moins quelques scènes de l'*Optimiste et
des Châteaux en Espagne* de Collin d'Harleville. La Harpe,

(1) *OEuvres de Legouvé,* t. III. — *Notice sur sa vie.*

qui en a fait une critique sévère (1), ne manque pas aussi de louer le style pur et correct de l'écrivain, l'art avec lequel la pièce est conduite à son dénouement, la gaîté, le naturel et l'élégance du dialogue. Andrieux nous donne sur l'enfance, sur les premières études et sur le caractère de Collin d'Harleville des détails intéressants.

«Jean François Collin-Harleville, fils d'un avocat au bailliage de Chartres, était le huitième de onze enfants; il naquit à Maintenon le 30 mai 1755, et à partir de sa cinquième année alla demeurer à Chartres chez sa grand'mère, qui le confia aux Frères des écoles chrétiennes (2). Il entra très-jeune au collége de Lisieux comme boursier.

«Il fut dans toutes ses classes, dit Andrieux, un très-bon écolier. Il lui arriva, au collége, à l'âge de dix à onze ans, un accident terrible. Ayant fait la lecture, suivant l'usage, au réfectoire, pendant le dîner, et voulant des-

(2) Tome XIII, *fragments*, p. 462-474.

(1) De son séjour à l'école des Frères, Collin Harleville conserva un souvenir constant et un précieux avantage ; un souvenir constant, car il ne rencontrait jamais un Frère sans lui ôter son chapeau, un précieux avantage, celui d'une belle écriture qui lui permettait de recopier lui-même ses ouvrages : et se recopier, dit Andrieux, est pour un auteur un excellent moyen de se corriger. Quant à son séjour au foyer de sa grand'mère, lui-même a voulu en raconter les charmes modestes et pieux dans ces jolis vers de *Florville* :

> Je le dirai tout bas,
> Car d'autres en riraient, mais vous n'en rirez pas ;
> J'ai passé quatre hivers auprès de mon aïeule ;
> Jamais, jamais au soir je ne la laissai seule ;
> Je faisais sa partie ; ensuite je lisais ;
> Je l'écoutais surtout, enfin je l'amusais ;
> Et moi j'étais heureux en la voyant heureuse :
> Sa mémoire à la fois m'est chère et douloureuse.

cendre ou sauter, en étourdi, en bas de la chaire, il tomba d'assez haut et resta sur le coup sans connaissance: on crut qu'il s'était tué.

«Dans une réponse adressée à un de ses anciens camarades de collége, qui, en lui écrivant, lui avait rappelé cet accident, je trouve ce passage:

« Vous étiez donc présent à la chute que je fis du haut
« de la chaire! vous partageâtes l'effroi général, puis la
« joie si naturelle de voir un camarade sauvé:

Cruelle chute, hélas! présage malheureux
Pour un auteur de comédie!
Une bien longue maladie
M'attira des docteurs un arrêt rigoureux.
Je n'aurais, dirent-ils, ma guérison complète
Qu'en perdant la raison. J'en vais faire l'aveu:
Ils se trompèrent de bien peu,
Car je suis demeuré poëte.

« On lui fit interrompre, à cette époque, ses études ; il alla passer six mois à la campagne, chez son père. Il m'a dit depuis que, pendant cette vacance, il ressentait dans la tête un bourdonnement continuel, qu'il était comme étourdi et à demi-ivre, que cet état dura plusieurs mois; il m'ajoutait qu'il croyait qu'il s'était fait alors un changement dans ses facultés intellectuelles, et que peut-être, sans ce coup qui manqua de le tuer, il n'aurait jamais été poëte.—Encore vaut-il mieux, lui répondais-je, être poëte que mort.

« Lorsqu'il fut rétabli il retourna au collége, reprit ses études et les continua comme il les avait commencées, c'est-à-dire avec beaucoup de succès.

« Notre première connaissance date des compositions de l'Université.

« Les dix colléges qu'on appelle *de plein-exercice* envoyaient, à la fin de l'annèe, à un concours général pour les prix, chacun un certain nombre d'élèves dans chaque

classe. Le travail des compositions se faisait dans les
salles que prêtaient les Jacobins de la rue Saint-Jacques
pour les hautes classes, les Mathurins pour les classes
inférieures.

« Ce fut aux Mathurins que je vis Collin pour la première fois.

« On entremêlait les concurrens de manière que deux
élèves du même collége ne se trouvassent point à côté l'un
de l'autre, et cela pour éviter qu'ils ne communiquassent
ensemble et ne s'entr'aidassent. Nous n'étions point du
même collége, Collin et moi (1). Le sort, ou l'ordre du
professeur qui présidait à la composition, nous plaça
plusieurs fois à côté l'un de l'autre. La séance durait six
ou sept heures, et même davantage ; on ne pouvait travailler si longtemps sans quelque repos et quelque distraction ; on disait tout bas des mots à son voisin ; on se
rendait mutuellement de petits services, comme de se
prêter un dictionnaire, un auteur, etc. Ces conversations
d'un moment nous apprirent bientôt que nous nous
convenions. Collin était ce qu'on appelait un *remporteur
de prix* ; j'en eus aussi quelques uns, mais pas autant
que lui. Cette conformité fut encore entre nous un motif
de rapprochement ; nous nous connûmes par nos noms ;
et lorsque, dans le cours de l'année, nous nous rencontrions aux promenades où l'on menait les écoliers des
différents colléges, à l'allée des Invalides, au Cours la
Reine et ailleurs, nous aimions à passer ensemble une
heure ou deux, à causer littérature : ainsi se forma notre
première liaison (2). »

Collin-Harleville resta fidèle à ses amitiés de collége et
sut plus tard s'en souvenir pour faire du bien à ses an-

(1) Andrieux était au collége du Cardinal-Lemoine.
(2) *Notice sur la vie et les ouvrages de Collin-Harleville,* par Andrieux, tome IV de ses œuvres, pp. 4-12.

ciens camarades moins heureux que lui. C'est encore
Andrieux qui nous raconte ce trait.

« Un de ses anciens camarades d'études le retrouva,
par hasard, après trente années de séparation, et, se
prévalant de leur ancienne connaissance, vint le voir,
lui avoua qu'il était dans le besoin. Collin lui donna non-
seulement de l'argent, mais de ses propres effets ; il le
soutint à ses frais quelque temps à Paris, jusqu'à ce
qu'enfin cet homme se décida à retourner dans sa province. Collin paya encore le voyage, conduisit lui-même
son ancien camarade à la diligence, l'y vit monter ; et
quand la voiture fut prête à partir (c'était dans les commencements de novembre, il commençait à faire froid),
Collin se retira un moment à l'écart, se dépouilla d'une
bonne redingote qu'il avait par-dessus son habit, et la
jeta par la portière sur les genoux du voyageur, en lui
disant : mon ami, vous oubliez votre redingote. Cette
manière délicate de donner mettait l'obligé dans l'impos-
sibilité non-seulement de refuser, mais même de remercier du bienfait. » (1)

Le *marivaudage*, cultivé par Demoustiers, semble
avoir été en honneur en ce temps-là. Il ne trouva pas
un partisan moins obstiné dans un ancien condisciple
de Demoustiers à Lisieux, l'abbé de Bonnevie, « homme
de ce grand air sacerdotal, que j'ai vu à plusieurs membres de l'ancien clergé français », dit le P. Lacordaire (2);
et l'illustre orateur ajoute : « M. de Bonnevie aimait
les jeunes gens, il les accueillait bien et la mémoire de
son cœur lui a survécu plus que ses sermons. Châteaubriand, qui l'aimait beaucoup, dit dans ses *Mémoires*,
qu'il « *préchaillait*». A Lyon, et ailleurs encore, on se
rappelle, ou bien on lui prête les phrases les plus sin-

(1) *Ibid.*, pp. 93 et 94.
(2) Tome V, *Frédéric Ozanam*, p 412.

gulières, comme celle-ci, adressée, dit-on, par l'abbé de
Bonnevie, au suisse d'une église où il prêchait : « Fils de
l'Helvétie, éliminez jusqu'au portique du temple ce symbole de la fidélité ! » il s'agissait tout bonnement de jeter
dehors un chien qui était entré au moment du sermon, et
dont la vue troublait l'orateur. Certes, il y a trop loin de
cette affectation à «la crudité basse», dont parle M. Villemain, « qui se sert du mot propre pour indiquer des objets ou des images indignes d'être offerts à la pensée», et
que certains grands littérateurs contemporains appellent
«une richesse pour la langue et le talent»; il y a trop loin
de cette pudeur exagérée et ridicule, aux cris de triomphe
barbares du poëte qui s'écrie, en rappelant ses hauts
faits littéraires :

> Syllepse, Hypallage, Litote
> Frémirent ! Je montai sur la borne Aristote,
> Et déclarai les mots égaux, libres, majeurs !.
>
> . . . .
> Je bondis hors du cercle et brisai le compas :
> J'appelai le cochon par son nom ; pourquoi pas ? (1).

Malgré ces prétentions au bel esprit, l'abbé de Bonnevie n'en a pas moins été un prédicateur de renom ; il
imitait, dit-on, le style de Châteaubriand et les gestes de
Talma; on peut dire de lui, ajoute son biographe (2), ce
que Chamfort disait nous ne savons plus de qui : il s'est
noyé dans son talent.

L'abbé de Bonnevie, né à Réthel le 6 janvier 1761, avait
étudié à Lisieux sous Dupuis. Il était professeur de rhétorique au collége de Verdun quand éclata la Révolution.
Il émigra d'abord à Trèves, et devint ensuite prieur de
la chapelle de l'évêque de Warmie, en Pologne, où il
resta neuf ans. Il mourut chanoine de Lyon en 1849.

(1) Victor Hugo.
(2) *Notice sur l'abbé Bonnevie*, par l'abbé Bez.

Ses *Sermons, Panégyriques et Oraisons funèbres* ont été publiés en 1827.

A côté de cette grave et douce physionomie apparaît Pierre Duvicquet, brillant élève du collége de Lisieux, où il resta jusqu'en 1781. Sept ans plus tard, il était docteur agrégé de l'Université et songeait à suivre la carrière de l'enseignement. Il n'avait alors que vingt-deux ans. La Révolution qui éclata bientôt changea ses plans d'avenir; il se fit recevoir avocat, devint substitut du procureur général, encourut par sa modération la haine des révolutionnaires et fut obligé de se soustraire par la fuite à leur fureur. Tiré de sa retraite par Fouché et nommé secrétaire de la commission provisoire de Lyon, il y prit, par peur, plus de part qu'il n'aurait voulu aux cruautés qui ensanglantaient cette ville. En 1798, il était député de la Nièvre au Conseil des Cinq-Cents. Il tomba avec Fouché, et fut obligé pour vivre d'accepter des fonctions de professeur dans un pensionnat. Mais à l'organisation de la nouvelle Université, il obtint le titre d'agrégé et les fonctions de proviseur du lycée Napoléon. Il devint en 1824 l'un des principaux rédacteurs du *Journal des Débats*. A sa mort, arrivée en 1835, son éloge fut prononcé par Jules Janin. Il était né à Clamecy en 1766.

Un autre élève de Dupuis, devenu plus tard ministre du Trésor public, fonctionnaire actif et intègre, dont le nom fait le plus grand honneur au collége de Lisieux, Mollien, raconte en ces termes ses études et ses succès d'écolier :

« Dans ma douzième année, mon père m'avait envoyé à Paris pour quatre ans, dans un collége de l'Université, afin d'y terminer mon cours d'études scolaires ; et j'eus dès ma première année la joie d'entendre citer mon nom dans cette lutte solennelle que l'Université ouvrait annuellement, pour chaque classe, entre les élèves des divers colléges : j'eus la même chance dans les trois années suivantes et même meilleure pour la dernière. On accordait alors un peu d'intérêt à ces bonnes fortunes de l'enfance ; dans un temps où les moindres emplois publics ne s'obtenaient qu'après quelques épreuves, les administrations choisissaient plus volontiers leurs élèves parmi ceux dont les succès dans leurs premières études pouvaient donner plus d'espérances (1). »

Nous aimons à clore la liste des illustrations du collége de la rue Saint-Jean-de-Beauvais, par un nom qui rappelle tout à la fois la noblesse de l'origine, l'éminence des fonctions, la fidélité désintéressée et invincible aux principes, la piété la plus élevée et la plus tendre. Quelques années avant la Révolution, Pierre-Louis-Auguste Ferron de la Ferronnays avait été placé par son oncle, l'évêque de Lisieux, au collége qu'il appela depuis *son cher collége de Lisieux*. Gentilhomme de la chambre du duc de Berri pendant l'émigration, et après 1815 successivement ministre plénipotentiaire à Saint-Pétersbourg, ambassadeur à Rome, ministre des affaires étrangères, puis, après 1830, attaché par un exil volontaire à la fortune des princes de la maison de Bourbon, si son nom était depuis longtemps connu et honoré, grâce à l'admirable *Récit d'une sœur*, il est devenu aujourd'hui presque populaire.

(1) *Mémoires d'un ministre du trésor public.* T. Iᵉʳ, p. 51.

CHAPITRE XXII.

L'Université de Paris n'était plus. Le collége de Lisieux
avait péri du même coup. Cependant, le prêtre assermenté Bergeron, désigné quelquefois encore sous le nom
de principal, mais plus souvent sous celui d'ex-principal
du collége de Lisieux, occupait toujours l'appartement
jadis habité par les Grangier, les Vittement, les Rollin et
les Coffin. Les honteux sacrifices qu'il n'avait pas craint
d'accorder à la Révolution ne lui faisaient pas trouver
grâce devant elle; en dépit de quelques compliments
à l'adresse de ses vertus patriotiques, quand, le 15 mars
1793, il vint réclamer à la section un certificat de civisme,
on ne trouva pas qu'il en fût digne, et on le lui refusa
sans se donner même la peine de motiver ce refus. Le 17,
le certificat refusé au principal de Lisieux était décerné
par l'assemblée de la section aux deux professeurs Legras

et Oudard (1). Le citoyen Bergeron ne devait donc pas garder l'espoir de se maintenir longtemps dans un asile, où d'ailleurs aucune fonction ne devait plus désormais justifier sa présence.

Peu après ce départ pour les vacances, qui ne devait plus jamais être suivi d'une rentrée, « la jouissance des bâtimens dépendant du cy-devant collége de Lisieux fut provisoirement accordée aux membres des autorités constituées de la section » du Panthéon français. Le 17 septembre, on apposa les scellés sur tous les meubles qui furent trouvés dans le collége, sans en excepter ceux du principal lui-même, ainsi que sur les livres de comptes, les titres et autres objets confiés à l'économe, qui était logé dans une maison voisine. On voulut bien accepter, pour la garde des scellés, un ancien serviteur du collége recommandé par Bergeron. Après quelques jours, les scellés, ayant été trouvés intacts, furent levés, et l'on transporta les archives, les livres de comptes, les livres de la bibliothèque, les « effets d'église, dans les bâtimens qui ne devoient pas être occupés par les autorités con- stituées », c'est-à-dire « au quatrième étage au dessus de la porte cochère, dans une chambre ayant vue sur la cour du collége et sur la rue Saint-Jean-de-Beauvais » (2).

Le 18 frimaire suivant, le comité civil de la section, qui avait jusque là tenu ses séances au couvent des Carmes de la place Maubert, décide qu'il se transportera au collége de Lisieux, après avoir prévenu le comité révo- lutionnaire. Le principal ne pouvait être indifférent à une détermination, dont l'accomplissement devait tôt ou tard

(1) *Arch. de l'Hôtel-de Ville ; section du Panthéon français, Déli- bérations du 1er déc. 1792 au 2 mai 1793.*

(2) *Arch. de la Préfecture de police.* Carton : PANTHÉON 70 à 91. 1793. A partir de cette époque, on n'écrit plus que rue Jean-de- Beauvais.

le chasser du collége abandonné ; mais, en homme habile, il résolut de prévenir l'orage, et il accueillit à bras ouverts les hôtes incommodes qui s'imposaient à lui. En effet, à la date du 4 nivôse, « le comité arrête mention civique du don patriotique qu'a fait le citoyen Bergeron, ci devant principal du collége de Lisieux, d'un poële qui se trouvait dans le lieu des séances du comité, et qu'extrait du procès-verbal sera délivré au citoyen Bergeron pour témoignage de reconnaissance ». Mais le tigre ne s'apprivoisait pas par de si banales caresses ; et, le 19, Bergeron ayant réclamé quelques meubles qui lui appartenaient, il fut répondu qu'on ne les rendrait point à moins que « l'ex principal » ne prouvât qu'il en était le propriétaire légitime. Bergeron n'avait pas été assez généreux le 4 nivôse ; malgré les protestations de gratitude du comité, on trouvait que ses présents étaient de trop mince valeur. Il le sentit, et il essaya, en abandonnant une partie plus considérable de son mobilier, d'en sauver au moins quelque chose. A la séance du 24, « on fait lecture d'une lettre du citoyen Bergeron, principal du collége de Lisieux, qui fait hommage des trois armoires en corps de bibliothèque étant dans la salle du conseil du comité (c'était sa propre chambre), ainsi que de la tablette de marbre étant sur le bureau du secrétaire-greffier. Le comité accepte avec reconnaissance l'offre du citoyen Bergeron, en ordonne mention civique en son procès-verbal, et qu'extrait en sera donné à ce citoyen » (1). Qu'advint-il pour le pauvre principal de ces largesses forcées ? Le collége de Lisieux lui fournit-il longtemps encore un asile assuré ? Quel fut enfin son sort au milieu

(2) *Arch. de l'Hôtel-de-Ville. Section de Sainte-Geneviève; Comité civil ; Délibérations du 22 novembre 1790 au 1ᵉʳ vendémiaire an III, fᵒ 193 à 197.*

du cataclysme révolutionnaire? Il nous serait impossible de répondre à ces questions, car nous n'avons plus trouvé nulle part le nom de Bergeron.

Cependant les autorités de la section tendaient à centraliser de plus en plus dans le vieux collége de la rue Saint-Jean-de-Beauvais les divers corps administratifs. Le 4 nivôse, dix jours après que le comité civil s'y était installé, on arrêtait solennellement « que le comité assisterait au décadi suivant à la plantation des arbres de la liberté au collége de Lisieux et à la fontaine du Panthéon ». Le 29 pluviôse, la section consentait à l'établissement d'un corps-de-garde et d'une salle d'arrêt au ci-devant collége de Lisieux, et approuvait le choix du local qui lui avait été proposé par ce double objet. Un procès-verbal de la séance du 27 thermidor, an III, achève de montrer le parti que les autorités de la section savaient tirer des vastes bâtiments du collége : on y lit que « le commissaire de police ayant été inviter (1) à faire choix

(1) *Sic :* Nous avons reproduit scrupuleusement l'orthographe *barbare* du moyen âge ; nous nous ferions maintenant scrupule de rien changer à celle des hommes qui inauguraient en 93 la vraie *civilisation.* Qu'on juge encore de leur savoir-faire en ce genre par deux pièces qui se rapportent à notre sujet. La première est l'inventaire officiel « des mobilier et provisions du comité » établi rue Saint-Jean-de-Beauvais, la voici :

« Dans la salle de laudiance un Bureau d'environ onze pieds, deux armoires en Bibliothèque, un poïle de fayance et quinze chaises de paille ;

« Dans une pièce ensuite une petite table à deux tiroires, une armoire en bibliothèque et un placard en armoire ;

« Dans la pièce suivante un grand Bureau de même grandeure que celui cy dessus et nombre de chaises de paille, un poïl et ses tuyaux ; une Barrière ;

« Dans le bureau du citoyen Tronc un Bureau, des chaises de paille, un petit poïl dans une encoignuure, un porte carton et sept tablettes ;

« Le bureau garny de six ou huit écritoire avec les Éponges ;

« Environ sept à huit voyes de bois ;

d'un local dans l'étendue de la maison de Lisieux » et n'ayant répondu « à toutes les invitations fraternelles; qui lui ont été faites, que par des refus ou des raisons dilatoires » on arrête « 1° que le local actuellement occupé par les vérificateurs des secours militaires de la section est désigné pour les Bureaux du commissaire de police, 2° que les vérificateurs de la commission des secours tiendront à la venire leur bureau dans le local qui est au dessus du tribunal de paix ». Mais le collége était devenu par le fait un lieu public, ouvert à tous venants; on s'aperçut bien vite que l'ordre public n'avait rien à y gagner; il paraît même que les désordres prirent une certaine gravité, car le 4 messidor, an III, le commandant de la force armée de la section fut sommé par le comité de faire des patrouilles dans l'enceinte du collége de Lisieux, pour dissiper, dit le procès-verbal, des rassemblements qui s'y forment dès quatre ou cinq heures du matin (1).

• Six paquets de chandelle, une rame de papier. » (*Arch. de l'Hôtel-de-Ville. Délibérations du comité civil, du 2 vendémiaire an III au 6 pluviose an IV, fo 156*).

La seconde pièce, datée du 9 nivôse an IV, est le procès verbal du « dépôt dans une pièce au dessous du lieu des séances, au ci devant collége de Lisieux, de tous les effets qui appartenoient à la cidevant société fraternelle qui tenoit ses séances au cidevant collége de Làon rue de la Montagne-Ste-Geneviève, lesquels effets consistent en un fauteuil qui servoit au président, une petite tribune en planches qui envelopois ledit fauteuil en forme de bureau, une autre petite tribune aussi en planches pour les orateurs, une petite table à tiroir servant de secrétaire, ... bancs , ... une très petite pièce de tapisserie qui couvroit le bureau du président, un reverbert, deux lampes propre à attancher au plafond ou planchez, dont une à trois mèches ; deux chandeliers de fer, un cornet à encre, deux poile en fayance . . . trois perches au bous desquelles des atributs en papier, ... etc. » (*Ibid., Ibid., fo 164*).

(1) *Ibid. Délibérations du 22 novembre 1790 au Ier vendémiaire an III, fo 226.*

La chapelle reçut une autre destination; nous trouvons,
à la date du 27 prairial, an iii, « deux maçons déclarant
qu'en fouillant dans la chapelle du ci-devant collége de
Beauvais et Lisieux pour y placer des chaudières à sal-
pêtre, ils ont trouvé un cercueil de plomb brisé qu'ils ont
déposé au comité civil (1) ». Cet incident donne suffisamment à entendre que l'on n'avait pas attendu jusque là
pour enlever les monuments funéraires et pour violer
les sépultures.

En l'an vi, on parut se rappeler que les bâtiments du
collége de Lisieux avaient été élevés en faveur des études,
et on les assigna à l'administration du Prytanée de
Saint-Cyr. On ne voit pas l'usage qu'en fit cette administration, jusqu'à ce qu'un décret impérial du 20 juillet
1807 vint les affecter au service de la Guerre, pour l'é-
tablissement d'ateliers d'habillement. Ce ne devait encore être qu'un provisoire. Enfin, en 1808, le vieux collége sembla recevoir une destination plus stable ; il fut
transformé en caserne, et deux bataillons vinrent en
prendre possession. La caserne de Lisieux ou de Saint-
Jean-de-Beauvais, comme on l'appelait, abrita le même
contingent jusqu'en 1815. A cette époque, nouveau changement : la plus grande partie des bâtiments est transformée en succursale de l'hôpital militaire établi dans
l'ancien collége de Montaigu, et la chapelle, ainsi qu'une
partie de la grande cour, concédée à une célèbre société
de philanthropes, qui avait à sa tête MM. de Lasteyrie et le
duc de Doudeauville, et qui y établit la première école
lancastrienne du département de la Seine.

On sait l'enthousiasme excité alors en France par cette
nouvelle méthode d'enseignement, et comment l'initia-

(1) *Arch. de la Préfecture de police,* carton : PANTHÉON, an ii à
an iii.

tive privée concourut avec les efforts du gouvernement
de la Restauration pour fonder de toutes parts des écoles
mutuelles. Celle de la rue Saint-Jean-de-Beauvais ne fut
pas la moins renommée, et parmi les enfants qui la
fréquentèrent, on pourrait citer plus d'un nom connu.
C'est, dit-on, à un ancien élève de cette école que le quartier doit la conservation de la jolie chapelle de Saint-Jean.
La démolition en avait été résolue, avec celle de l'église
Saint-Jean de Latran, afin de prolonger jusqu'à la rue des
Carmes la voie nouvelle ouverte sur les ruines de ce
dernier édifice : mais un des fonctionnaires de la cité
jura que la petite église dans laquelle il avait appris
à lire ne serait point livrée aux démolisseurs, et il fit si
bien qu'il la sauva en effet de la destruction. Un
autre ancien élève de l'école de la rue Saint-Jean-de-
Beauvais, aujourd'hui archéologue, historien et professeur éminent, nous racontait, avec une complaisance
que nous ne pouvons oublier, ses plus anciens souvenirs d'écolier, remontant à 1822. Le premier directeur de l'école était un M. Badourot, ancien capitaine
de dragons mis en disponibilité par la Restauration, qui
gouvernait militairement son petit empire. La tourelle
d'escalier avait été transformée en prison pour les indisciplinés et les paresseux ; le maître s'y montrait
de temps en temps, armé de la férule traditionnelle ;
il faisait comparaître chacun des coupables, ordonnait
d'étendre la main, et ne rendait la liberté qu'a-
près avoir administré la correction connue encore aujourd'hui en mainte école primaire sous la pittoresque
dénomination de *patoche*. D'ailleurs les écoliers de la
rue Saint-Jean-de-Beauvais avaient des idées avancées et
ils manquaient rarement l'occasion de donner aux élèves
des Frères *Ignorantins* des preuves touchantes de leur
libéralisme. N'oublions pas de rappeler qu'en même
temps que l'on inaugurait avec enthousiasme dans notre

pays l'enseignement mutuel, on y fondait aussi ces cours populaires de musique d'où sont nés nos orphéons : Wilhem, le modeste et immortel créateur de ces cours, enseignait la musique dans l'ancienne sacristie du collége de Beauvais, dépendante de l'école de M. Badourot.

La chapelle avait changé d'aspect depuis qu'elle avait été affectée à l'enseignement. On l'avait divisée dans sa hauteur en deux parties, par un plafond léger établi un peu au dessus de la naissance des fenêtres, de manière à laisser un jour suffisant à la partie inférieure occupée par les enfants. La partie supérieure était louée à un peintre, dont les œuvres n'ont pas survécu à leur auteur.

Dès 1817, les archives du Génie (1) signalent une nouvelle attribution fixée aux bâtiments et à l'église de l'ancien collége : les malades de Montaigu cesseront d'y être recueillis, et l'on y rétablira un casernement. Cette mesure ne devait recevoir que bien plus tard son exécution en ce qui concerne la chapelle, puisque l'école mutuelle y fut maintenue jusque vers 1830. Mais dès l'année 1818 les bâtiments du collége furent rendus aux troupes. Peu après, la rue Saint-Jean-de-Beauvais fut le théâtre d'une de ces rixes sanglantes, par lesquelles se manifestèrent trop souvent sous la Restauration des passions révolutionnaires mal éteintes et des retours imprudents à des idées et à des mœurs que les secousses de la fin du dernier siècle avaient pour jamais renversées. Les soldats de la caserne de Lisieux, surnommés *Culs-blancs* à cause des culottes blanches qu'on leur avait données, se prirent un jour de querelle avec des suisses qui occupaient

(1) C'est à ces archives que nous empruntons la plupart de nos renseignements de 1797 à 1861. Nous les devons à la haute recommandation de M. le général d'Outrelaine et à l'obligeance incomparable de M. le colonel de Courville, directeur du génie pour la circonscription de la rive gauche.

un poste voisin. On en vint bientôt à tirer les armes, et
il ne fallut rien moins que l'intervention armée de plusieurs bataillons pour rétablir le calme.

Un fait, plus important dans les annales de la Restauration et dans l'histoire des luttes qu'elle eut à subir
contre les passions révolutionnaires, devait peu après
signaler encore le séjour des troupes dans la rue Saint-
Jean-de-Beauvais. Tout le monde a lu le récit véridique,
et peut-être aussi le récit embelli par l'imagination des
romanciers et envenimé par les haines des carbonaristes,
de la conspiration des quatre sergents de la Rochelle. Si
leur complot contre le gouvernement émut de colère les
royalistes et les conservateurs, leur jeunesse et leur mort
courageuse émurent de compassion la France entière.
Or, c'est le 18 avril 1821 que le 45ᵉ de ligne, où Bories,
Pommier, Gaudin et Raoulx étaient sergents, quitta le
Hâvre, pour venir s'établir à Paris rue du Foin-Saint-
Jacques et rue Saint-Jean-de-Beauvais, et c'est tout près
de la caserne de Lisieux, à la *charbonnerie* de la rue
Saint-Hilaire et à la taverne du *Roi Clovis*, que se formèrent entre le carbonarisme et les fameux sergents ces
premiers liens, destinés à s'étendre et à se fortifier
promptement dans les conversations et les récits de la
caserne, pour embrasser bientôt tous les sous-officiers
et mettre par eux le régiment entier au service de la ré-
volte (1).

La déclaration ministérielle du 17 décembre 1825 vint
changer encore une fois la destination des bâtiments de
Lisieux : on y devait transporter le magasin central des
hôpitaux, établi auparavant dans l'église du Val-de-

____

(1) Voir : *Souvenirs de la conspiration de La Rochelle, dite des
Quatre-Sergents*, par J. F. Lefèvre ; *Causes célèbres*, par Fouquier;
Plaidoyer de M. de Marchangy, avec la réplique, format in-8° de
241 pages, publié en 1822.

Grâce. Cette mesure ne fut exécutée pour les bâtiments du collége qu'en 1827. Lorsque, vers 1830, on voulut l'étendre à la chapelle elle-même, on en fit disparaître le plafond dont nous avons parlé plus haut, et on le remplaça par une galerie qui faisait le tour de l'édifice. Des travaux de terrassement y furent entrepris à la même occasion, et amenèrent la découverte d'un cercueil de plomb, oublié par les premiers dévastateurs, au pied du sanctuaire. On l'ouvrit, et l'on y trouva un squelette bien conservé, sur la poitrine duquel brillait une croix d'or : c'était Miles ou Guillaume de Dormans ; le squelette fut porté dans un cimetière, et l'on prétendit, à la caserne et dans le quartier, que la croix épiscopale avait été adjugée au préfet de la Seine.

Vers la fin de 1843, nouvelle découverte de quatre cercueils de plomb et de débris de squelettes, trouvés en bas de la chapelle, à gauche, près de la piscine qui s'y voit encore, et qui furent arrachés à la profanation des enfants et des badauds et portés au cimetière Montparnasse. Cette découverte avait été amenée par une nouvelle déclaration ministérielle du 27 septembre, rendant l'ancien collége au service du casernement, et nécessitant divers travaux dans la maison et dans la chapelle.

Les troupes rentrèrent en 1844 en possession de la caserne de Lisieux. On sait combien l'armée était alors impopulaire à Paris ; or, ici se place un fait qui caractérise cette répulsion du peuple pour un corps dont il supportait les charges, sans comprendre la nécessité de son existence en temps de paix. L'ancienne porte du collége, sur la rue Saint Jean-de-Beauvais, était depuis longtemps condamnée ; et l'on en avait ouvert une autre sur la rue des Carmes, dans la partie des bâtiments qui dépendait primitivement du collége de Presles ; à cette porte se trouvait naturellement le corps-de-garde de la caserne. Un jour quelques dames de la halle, sortant du marché des Carmes, se prirent à apostropher le factionnaire, et l'une d'elles, s'échauffant peu à peu, alla jusqu'à lui administrer un grand soufflet. Les soldats du poste accourent pour délivrer de cette singulière agression leur camarade ébahi ; mais ils trouvent à qui parler ; les injures se croisent, les coups aussi, et l'on ne sait où tout cela aurait conduit combattants et combattantes, si les uns et les autres, fatigués de la lutte, n'avaient fini par aller conclure la paix autour du comptoir d'un marchand de vin voisin.

Des luttes bien autrement acharnées et cruelles devaient quelques années plus ⁂ ensanglanter la caserne de la rue Saint-Jean-de Beauvais. Nous voulons parler de la Révolution de 1848. Nous ne disons rien toutefois du petit club qui se tint dans la chapelle et qui se disait affilié à la fameuse *Société des droits de l'homme.* Aucun orateur marquant n'y parut ; il n'en sortit non plus ni proclamation, ni discours que l'histoire doive signaler : la tribune, ou plutôt le tonneau qui en tenait lieu, n'était guère occupé que par des ouvriers relieurs du voisinage, ou tout au plus par quelques obscurs contre-maîtres, incapables de créer un mouvement sérieux. Les honnêtes gens du quartier ont néanmoins conservé un souvenir plein de terreur de leurs discours incendiaires et de leurs sauvages déclamations.

A la fin du mois de mars, le 24 bataillon de la garde nationale mobile vint occuper la caserne, où il séjourna pendant cinq mois environ. Or, le 23 juin, ce bataillon ayant dû se rendre au faubourg du Temple pour tenir tête à l'insurrection, la caserne se trouva réduite à une garnison de vingt-quatre hommes, à quatorze sous-officiers du 73e de ligne chargés de l'instruction des gardes mobiles, et au casernier du génie Richard, qui était en même temps lieutenant de la garde nationale du quartier. Les insurgés espéraient sans doute faire de cette caserne un lieu de retranchement et y trouver en même temps d'abondantes munitions; ils la voyaient d'ailleurs réduite à un petit nombre de défenseurs : ils voulurent s'en emparer. Pendant qu'ils s'assemblaient tumultueusement dans la rue Saint-Jean-de-Beauvais, la petite troupe creusait dans la cour une grande fosse où elle cachait les munitions de la caserne, organisait son plan de défense et, sur l'initiative du casernier Richard, occupait la tourelle d'escalier de la chapelle, dont les meurtrières lui permettaient de faire feu sur les assaillants, sans s'exposer elle-même à leurs coups. Ce moyen de défense était d'autant mieux concerté, que les efforts des insurgés se portaient principalement sur la chapelle. Ils avaient voulu d'abord en enfoncer les portes; n'ayant pu y réussir, ils résolurent de les brûler ; déjà on les couvrait d'essence de térébenthine, et on apportait des fagots afin d'activer l'incendie ; mais la fusillade de la tour, en tuant quelques-uns des plus hardis et en en blessant un plus grand nombre, découragea les autres; l'émeute finit par s'apaiser ; les insurgés se débandèrent et laissèrent le champ libre.

Sur ces entrefaites, le bataillon de garde nationale, organisé à Dampierre et à Chevreuse par le duc de Luynes, arrivait, comme tant d'autres, à Paris au secours de l'ordre. Il s'avançait dans la direction de la rue Saint-Jean-de-Beauvais, quand les insurgés, furieux de leur défaite, l'aperçoivent. Ils se jettent aussitôt sur ces braves gens, ahuris par cette attaque imprévue ; ils les maltraitent et commencent à leur arracher leurs armes. Ils leur auraient fait un mauvais parti, si le casernier Richard ne s'était empressé d'ouvrir les grandes portes de la caserne, et d'y donner asile au bataillon impuissant contre un ennemi, dont le désordre même et l'insolence rendaient l'attaque plus terrible. Ce fut d'ailleurs pour la faible garnison de la caserne un renfort opportun. Le duc de Luynes et son bataillon y demeurèrent pendant les trois jours de l'émeute, et leur présence contribua à décourager toute nouvelle attaque.

Ici s'arrête la légende guerrière du vieux collége : nous en tenons les dernières circonstances du casernier Richard lui-même, dont la qualité de témoin actif ne doit point nuire ici à sa qualité de témoin oculaire.

On sait les travaux d'embellissement et de stratégie entrepris depuis quinze ans par l'administration municipale de Paris. La caserne de Lisieux devait y être sacrifiée. Le 29 avril 1861, elle fut vidée par les troupes et remise au domaine pour être démolie. Quelques jours après, le marteau et la sape étaient à l'œuvre; et les curieux se hâtaient de visiter une dernière fois les vastes caves qui n'avaient prêté à Pierre Ramus qu'un asile impuissant contre les massacreurs de la Saint-Barthélemy, et la petite chambre de collégien dans laquelle Boileau-Despréaux avait gravé son nom.

Des démolitions semblables, ordonnées dans un autre quartier, allaient quelques années plus tard amener sur les ruines du collége de Beauvais des hôtes nouveaux, qui y élèveraient des murailles consacrées aussi à abriter l'étude et la prière, et rendraient à la chapelle profanée et déserte l'honneur de ses jeunes années, l'éclat des cérémonies saintes et l'harmonie des sacrés cantiques, dont elle était privée depuis plus de soixante-dix ans. Les Dominicains, dont l'illustre Père Lacordaire avait procuré la restauration en France, par l'ascendant de son génie, de son caractère et de ses vertus, occupaient depuis 1848 une partie de l'ancien couvent des Carmes de la rue de Vaugirard et en desservaient l'église. La résolution prise en 1864, de prolonger à travers le jardin des Carmes la rue de Rennes en renversant la chapelle des Martyrs, obligea l'archevêque de Paris, Mgr Darboy, à retirer aux Dominicains l'hospitalité que Mgr Sibour leur avait

accordée dix-huit ans auparavant. La nouvelle en fut
notifiée officiellement au provincial de France le 26 septembre.

Il n'y avait pas de temps à perdre pour faire l'acquisition d'un terrain et pour y bâtir un nouveau couvent.
Cependant il fallait procéder avec maturité en une affaire
si considérable. Bien des sympathies et même des offres
pleins de séduction semblaient attirer sur la rive droite
la communauté sans asile : d'autres sympathies non
moins puissantes, le voisinage des écoles au milieu desquelles l'ordre de saint Dominique s'est toujours établi
de préférence, d'ailleurs les traditions chères et glorieuses
qu'il y retrouvait après tant de siècles, l'avantage d'avoir
une chapelle toute bâtie et remarquable par la beauté de
son architecture, le désir d'arracher définitivement un
charmant édifice soit aux démolisseurs, qui n'en avaient
point dit leur dernier mot, soit aux protestants qui songeaient à l'acquérir, enfin la modicité relative du prix
des terrains dans un quartier qui sortait à peine de sa
misère traditionnelle, toutes ces considérations firent
pencher la balance du côté de la rue Saint-Jean-de-Beauvais: l'acquisition de l'ancienne chapelle du collége et
du terrain qui l'avoisinait fut résolue dans les réunions
du 1er et du 2 mars 1865, et conclue avec la ville le 14
septembre.

Sans attendre jusque-là, MM. Douillard frères, architectes, mettaient à l'étude un double plan de construction
pour le nouveau monastère et de restauration pour la
chapelle. Le premier fut adopté les 8 et 10 avril, et le
second le 3 juin suivant. On se mit immédiatement à
l'œuvre.

La chapelle offrait un aspect lamentable. Sans parler
de son portail déshonoré un siècle auparavant, le clocher
avait été ignominieusement tronqué, et incliné vers le
sud par ceux qui en avaient arraché la croix à l'aide de

câbles. Les hautes fenêtres ne gardaient plus trace d'un vitrage quelconque. En 1824, à la prière de M. Martin de Noirlieu, depuis curé de Saint-Louis d'Antin, Mgr de Frayssinous, ministre des affaires ecclésiastiques, avait ordonné que l'on transportât à l'église Saint-Germain-des-Prés plusieurs verrières encore bien conservées. Le reste des vitraux était tombé sous les pierres des écoliers et des gardes-mobiles : ces soldats-enfants, si intrépides au feu, une fois rentrés dans leur quartier de la rue Saint-Jean-de-Beauvais s'amusaient à tracer sur les murailles de la chapelle des images obscènes, et à dépouiller le clocher du plomb qui en revêtait encore la charpente. Le dallage avait disparu comme les vitraux. Les murs, dégoûtants de saletés de toute espèce, présentaient aux regards les souvenirs des attributions diverses imposées à l'édifice depuis trois quarts de siècle; à côté des marques de consécration, et des armoiries de Dormans et de Beauvais presque effacées, au dessus des tombeaux percés dans les flancs du sanctuaire et dont les archivoltes sculptées avaient subi d'irréparables mutilations, on voyait s'étaler sur les murs des alphabets de toutes les dimensions et de toutes les formes, peints autrefois à l'usage de l'école mutuelle. L'ancienne sacristie attirait particulièrement les curieux par son dallage en pente et creusé de rigoles qui partaient des angles et aboutissaient, par un orifice central, à un vaste égoût établi sous l'édifice : à ces signes et à quelques vestiges de ferrures laissés dans la muraille, les lettrés du voisinage reconnaissaient avec des déclamations presqu'épouvantées des souvenirs de l'Inquisition, dont les cruelles tortures avaient été, disaient-ils, appliquées à d'infortunés hérétiques, en cet endroit même, par les Carmes auxquels appartenait cette église ! et badauds d'applaudir.

On commença par congédier les chaudronniers ambulants dont la chapelle semblait être devenue, pour le quartier, le rendez-vous général. La voûte, dont les douves de *bort d'Illande* avaient cruellement souffert, fut réparée avec soin, la charpente rechaussée, le clocher redressé par un procédé aussi simple qu'ingénieux, entièrement recouvert, meublé de deux nouvelles cloches, et couronné d'une flèche aiguë au sommet de laquelle s'épanouissent, avec la croix et le bouquet de roses symboliques, et l'étoile, et la couronne de comte, et le coq doré des anciens jours. A l'intérieur, une frise élégante, trop jeune peut-être, fut établie autour de l'édifice; des autels de pierre, simples et de bon goût, furent placés dans le sanctuaire et dans l'ancienne sacristie transformée en chapelle ; les anciens tombeaux du sanctuaire, trop cruellement mutilés pour qu'on pût songer à une restauration, et privés d'ailleurs de leurs statues funéraires, furent murés : en revanche on ouvrit au dessus de l'autel deux petites fenêtres et de chaque côté deux portes, pour mettre en communication le chœur des religieux avec l'église. La première fenêtre à droite de la porte fut rouverte, et la grande porte elle-même murée provisoirement, en attendant que l'on puisse la restaurer, avec le portail et le petit clocher de la tourelle. On songeait aussi dès lors à remplacer les anciens vitraux. Il fut décidé qu'aux trois fenêtres de l'abside seraient peints les mystères du Rosaire. A droite on placerait la légende du B. Mannès, frère de saint Dominique et premier prieur du célèbre couvent de Saint-Jacques, et celle du B. Réginald ou Renaud d'Orléans, cet aimable et saint religieux, dont le souvenir embaume les premières traditions dominicaines, et qui, avant de se donner à l'apôtre des Albigeois, avait enseigné le droit à Paris au moment même où cette faculté commençait à s'établir au Clos-Bruneau. Voici, par ordre, les sujets destinés aux fenêtres de gauche. A la première, légende de saint Dominique, fondateur de l'ordre des Frères-Prêcheurs et du B. Jourdain de Saxe, ancien étudiant en droit de la faculté de Paris et plus tard second maître-général de l'Ordre. La légende du B. Albert-le-Grand ornera la seconde fenêtre, ouverte précisément du côté de cette place Maubert, qui garde le souvenir et le nom de l'illustre professeur. A la troisième, c'est une scène de la vie de saint Thomas d'Aquin, la gloire de l'Université de Paris et de l'ordre de saint Dominique. Saint Louis l'a invité à sa table; mais le théologien, poursuivant ses méditations jusque chez le roi, y découvre contre les Manichéens un argument invincible, que le roi fait sur-le-champ rédiger par un secrétaire. Plus bas, saint Dominique présente son Tiers-Ordre à la sainte Vierge. A la dernière fenêtre, ce sera la poëtique légende du B. Gilles de Saint-Irène, ce jeune portugais qui se livre à l'esprit de ténèbres pour obtenir par lui plus de gloire, plus d'argent et plus de plaisirs, qui vient à Paris étudier la médecine et la magie près des Clos Bruneau et Mauvoisin, mais dont le cœur est transpercé tout-à-coup dans une victorieuse apparition du Christ, qui se donne au nouvel ordre des Frères-Prêcheurs, se voit poursuivi jusqu'au pied des autels par l'esprit malin dont il a été l'esclave, et finit par obtenir de la Vierge Marie que Satan soit forcé de lui rendre la fatale cédule qu'il avait signée jadis. Le grand vitrail de la porte, offert par le cardinal-prince Lucien Bonaparte, représentera, saint Dominique, entouré des patrons du couvent de l'ordre et de la ville, offrant le nouveau monastère à celle que les Frères-Prêcheurs vénèrent comme leur mère et leur reine (1). L'exécution de ces travaux fut immédiatement confiée à M. Léon Tournel.

(1) La restauration de la chapelle donna lieu à un incident qui a bien son caractère, et qu'il faut rapporter ici Dans son *Itinéraire archéologique de Paris*, M. de Guillermy exprime le désir et l'espérance de voir se retrouver un jour, sous le plancher par le-

Cependant les constructions du monastère lui-même montaient rapidement. A l'orient, au midi et au cou-

quel l'administration de la guerre avait remplacé l'ancien dallage de la chapelle, des épitaphes et des sépultures et particulièrement celle de Charles Coffin. Au moment où l'on allait rendre à la cha-pelle un nouveau dallage, nos recherches ne nous avaient point encore instruit du sort subi par les dépouilles des divers per-sonnages enterrés au collége de Beauvais ; nous avions les mêmes désirs et les mêmes espérances que M. de Guillermy, et nous fîmes en conséquence ouvrir des tranchées dans le sol de la nef et du sanctuaire. Les ouvriers constatèrent que le sol avait été partout remué à une époque peu éloignée, et ne recélait plus que des débris informes de squelettes humains. Nous allions aban-donner nos fouilles, lorsqu'un cercueil de plomb fut trouvé au bas de la chapelle contre le mur de droite, non loin de la piscine, à l'endroit où avait dû être l'autel, et dans une situation qui annonçait, à n'en point douter, qu'il avait été déjà trouvé dans des travaux antérieurs de terrassement, et replacé là où nous le rencontrions.

Ce cercueil, d'une forme particulière qui suivait les contours du corps, long de 1 mètre 90 centimètres, large de 40 centimètres à l'endroit des épaules, fortement déprimé à l'endroit du ventre et très élevé dans la partie qui renfermait les pieds du cadavre, était dans un état parfait de conservation, sauf aux pieds, où le couvercle, légèrement endommagé par un coup de pioche, laissait voir les chairs noircies et momifiées. Le couvercle portait les inscriptions et symboles suivants, grossièrement tracés sur le plomb : sur le visage, le chiffre du Sauveur ₁ H̅ S, puis , immé-diatement au dessous, une croix dont la hampe descendait jus-qu'aux pieds ; sur la poitrine, les initiales N Q et le millésime 1617, sur une seule ligne; et en une autre ligne, au dessous de la pre-mière, cette date : LE 18 DÉCEMBRE. Plus bas, vers les genoux, le chiffre de la Vierge Marie M̅A̅, et immédiatement au dessous, un petit cœur transpercé d'une flèche.

Nous avouons qu'il nous fallut tout notre respect pour la cendre des morts, pour ne pas ouvrir le cercueil et pour le défendre contre la curiosité des ouvriers et des personnes qui étaient pré-sentes à l'exhumation. M. Legrand, attaché à la commission des travaux historiques de la ville, avait dessiné le cercueil et relevé les inscriptions; on allait rendre le mort à la terre qui le gardait

chant un cloître ouvrait ses élégantes ogives sur la cour, laissée près de la chapelle par le prolongement de la

depuis deux siècles, quand le commissaire de police du quartier, survenant tout à coup, y fit opposition, au nom de la salubrité publique. Insister était inutile; il fallait attendre qu'un rapport fût fait au préfet de police, et en attendant, déposer une demande en règle au bureau du commissaire. Nous le fîmes, au nom du prieur des Dominicains de Paris. Le commissaire voulut bien interpréter lui-même notre demande; car après quelques jours il nous donna communication de la réponse qui lui était envoyée de la préfecture de police. Ayant été informée, par le rapport du commissaire de police du 9 janvier, que, dans des fouilles faites dans l'intérieur de l'église des *Carmes*, on avait mis à nu un cercueil de plomb dont le Père Souaillard, supérieur de l'ordre, désirait faire opérer la réinhumation dans la même église, attendu qu'il estimait qu'il renfermait *le corps de l'évêque de Beauvais, un des bienfaiteurs de leur ordre*, la préfecture de police invitait le commissaire à demander *à M. le supérieur des Carmes précité* de justifier des documents propres à établir l'identité du corps renfermé dans le cercueil découvert, et dans le cas où cette identité pourrait être établie, d'adresser pour être soumise au pouvoir compétent, une demande en autorisation de conserver, s'il y avait lieu, le cercueil dont il s'agissait, *dans les caveaux de son église*. Telle fut, à peu près textuellement, la réponse du 17 janvier. Dès qu'elle nous fut communiquée, nous nous exécutâmes, et en date du 24, nous écrivîmes à la Préfecture de police les motifs qui nous avaient poussés à entreprendre des fouilles dans l'ancienne chapelle du collége de Beauvais, la découverte que nous y avions faite et les raisons que nous avions de reconnaître dans ce cercueil, non pas celui d'un évêque de Beauvais, mais plutôt celui d'un membre de la famille Quelain, dont le dévouement pour le collége se constatait facilement par l'inspection des archives et particulièrement du nécrologe de cette maison ; nous finissions par demander qu'il nous fût permis de réinhumer le cercueil et les débris de squelettes dans la chapelle, et d'y conserver ainsi les restes d'un des personnages au moins, qui avaient aimé ce sanctuaire et contribué à sa décoration. Dès lors, il n'y eut plus d'opposition, et le cercueil fut placé dans une fosse profonde, à l'endroit même où, quelques jours plus tard, devait s'élever le maître-autel.

J. L. Douillard Frère Architectes

vieille rue des Mathurins, et la fontaine jaillissante était creusée au milieu du préau, conformément aux traditions monastiques. Plus haut, du côté de la rue des Carmes, sur un sol étroit, mais ménagé avec une entente parfaite s'élevaient, avec leurs pignons aigus et leurs fenêtres gothiques, les trois corps de logis destinés à l'habitation des religieux, reliés ensemble par un petit cloître fermé; et au dessus de ce cloître s'étendait, pour le service de l'infirmerie, une terrasse agréable, ornée d'une balustrade de pierre à arcatures trilobées. La distribution intérieure ne fait pas moins d'honneur à l'intelligence et au bon goût des architectes et du supérieur qui plus d'une fois inspira leurs plans. Dans un espace très-restreint, ils parvinrent à établir des services suffisants et commodes, et des salles conventuelles qui, sans présenter la vaste étendue des anciennes constructions claustrales, en rappellent néanmoins le caractère d'ampleur et de gravité. Au rez-de-chaussée le chœur et le chapitre avec leurs voûtes en style de transition du XIIe siècle, le petit cloître et le réfectoire également voûtés, la sacristie et le parloir; aux étages supérieurs un appartement épiscopal, une infirmerie bien aérée, l'ancien trésor du collége relié aux constructions nouvelles et transformé en chœur de nuit, une bibliothèque assez grande, éclairée sur la rue des Carmes par une belle fenêtre ogivale, ornée d'une cheminée gothique et surmontée d'une voûte élégante retombant sur des figures en caryatides dans le goût du moyen-âge, enfin trente-six cellules pour les religieux prêtres et un dortoir pour les convers, tout cela forme un monastère petit mais complet.

On vient de voir que l'ornementation, dont un couvent est susceptible, n'avait pas été négligée. Des mains amies voulurent y ajouter encore. Un élève distingué d'Ingres, M. Omer Charlet, avec une grâce et une modestie qui relevaient singulièrement la générosité de sa proposition, s'offrit à décorer de grandes peintures murales la salle capitulaire. Le Salon de 1868 et ceux de 1869 ont déjà vu les deux premières de ces toiles, fixées dès maintenant par le maroufflage à droite et à gauche de l'autel de saint Thomas d'Aquin qui a été érigé dans cette salle: c'est la *Première Thèse* et la *Dernière leçon* du Docteur angélique. Puis, viendront successivement la tentation de saint Thomas, saint Thomas et saint Bonaventure présentant au pape l'office du Saint-Sacrement, saint Thomas à la table du roi saint Louis, la place Maubert et saint Thomas, avec saint Bonaventure et leurs plus illustres contemporains, y assistant à une leçon d'Albert-le-Grand, tout cela traité, nous en sommes certain, puisque nous en jugeons par les deux premières toiles, avec une grande largeur de conception, beaucoup d'aisance, de variété et de vie dans la composition et une vivacité de coloris capable de braver les inconvénients d'une salle trop peu éclairée.

Vers le milieu du carême de 1867, le couvent était prêt. On attendit, pour en prendre possession, que les religieux dispersés à cette époque de l'année pour le ministère de la parole évangélique, fussent tous rentrés, et, afin de donner plus de solennité à la prise de possession, on voulut retenir ceux des Pères de la province qui devaient passer par Paris pour retourner dans leurs couvents respectifs. Le vendredi de la semaine de Pâques, un grand nombre d'amis de l'ordre et de curieux, profitèrent, pour visiter le monastère, des derniers instants qui précédaient encore l'installation des religieux et la prononciation de la clôture. Puis, le samedi 27 avril, la plupart des religieux ayant déjà pu transporter dans leurs nouvelles cellules leur petit mobilier, vers midi, on procéda à la bénédiction du couvent. Le lendemain dimanche, pendant que la communauté chantait pour

la dernière fois la messe conventuelle dans l'église des
Carmes, un religieux de l'ordre, ancien prieur de
Paris, puis délégat apostolique dans l'Asie centrale, Mgr
Henri Amanton, archevêque *in partibus* de Théodosio-
polis, assisté de quelques religieux et d'une députation
du séminaire du Saint-Esprit, consacra les deux autels
de la chapelle, le principal sous le vocable de Notre-
Dame du Rosaire, et celui de l'ancienne sacristie sous
le vocable de saint Dominique. Immédiatement après,
le Très-Révérend Père Provincial de France célébra la
Messe au maître-autel, et le Père Ceslas Bayonne, du
couvent de Toulouse, à l'autel Saint-Dominique. A
quatre heures les vêpres étaient finies aux Carmes : le
Père sacristain du couvent prit le Saint-Sacrement et le
transporta dans cette Chapelle de Saint-Jean l'Évangéliste,
veuve de son Dieu depuis soixante-quatorze ans. A six
heures et demie eut lieu la prise de possession, ou, pour
parler le vieux langage, la *Réception* solennelle du couvent. Les religieux, rangés deux à deux, commencèrent
par faire la procession autour du cloître en chantant
le *Salve Regina*, puis ils entrèrent dans la Chapelle res-
taurée et joyeuse, en la faisant retentir des notes triom-
phantes par lesquelles ils célèbrent chaque soir les vertus de leur saint fondateur : « O lumière de l'Église,
docteur de la vérité, rose de patience, ivoire de chasteté,
vous avez généreusement versé au monde le breuvage
de la sagesse, prédicateur des miséricordes divines, pla-
cez-nous au séjour des Saints. » Enfin on entra au chœur
en chantant cette prière : « Bénissez, Seigneur, cette
maison que j'ai élevée en votre nom, et exaucez les
prières de ceux qui entrent en ce lieu. » Immédiatement
après, le Très-Révérend Père Dominique Souaillard,
prieur du couvent, convoqua la communauté au chapitre, et là, il prononça la clôture et déclara le couvent

canoniquement érigé sous le titre de Saint-Jacques, avec toutes ses charges, droits et priviléges.

C'était donc un fait accompli : une communauté de Dominicains prenait la place du collége fondé au XIV⁰ siècle par le cardinal de Beauvais ; l'étude de la théologie et l'enseignement du christianisme par la prédication succédaient à l'étude et à l'enseignement des lettres ; des religieux, voués à la prière et aux travaux de l'esprit, vont, comme autrefois les chapelains, faire retentir nuit et jour les voûtes de la chapelle des harmonies de l'office divin, et chaque soir, au lieu des voix juvéniles des protégés de Jean de Dormans, ce sont leurs voix graves ou exténuées par les labeurs de l'apostolat, qui s'uniront aux voix des fidèles, pour saluer la Mère de Dieu par le chant d'une antienne en son honneur.

Mais il fallait au nouveau couvent une inauguration solennelle et publique : car les cérémonies que nous avons racontées n'avaient eu pour témoins que les religieux et quelques rares amis. Le lendemain, lundi 29 avril, l'ordre des Frères-Prêcheurs célébrait la mémoire d'un des athlètes les plus intrépides qu'il ait donnés à la foi, de saint Pierre de Vérone, appelé saint Pierre martyr, comme par excellence, qui, percé de coups et expirant, trouvait encore la force d'écrire sur le sable avec son sang ce mot par lequel il bravait la brutalité de ses bourreaux : *credo*. Ce jour-là, dès le matin, à la grand'messe, mais surtout le soir, aux vêpres, une foule nombreuse et émue inondait la petite église, et, pendant que les religieux chantaient au fond du chœur, se disputait les places trop peu nombreuses. A leur tête se voyaient les amis, les bienfaiteurs, recevant déjà en cette fête comme une récompense anticipée de leur dévouement, et à la tête de ces heureux, le prince Lucien Bonaparte, maintenant cardinal, qui voulut clore la cérémonie en donnant à l'assistance la bénédiction du Saint-Sacrement. Mais aupara-

vant, il y avait une dette à payer, des vœux à exprimer,
de touchantes coïncidences à raconter à la sympathique
assemblée ; le supérieur du couvent, le Très-Révérend
Père Souaillard, prit la parole, et c'est en citant son discours que nous voulons terminer l'histoire de ce petit
coin de terre perdu dans la grande cité, et visité néanmoins par tant d'hommes célèbres, par tant d'événements
heureux et malheureux, joyeux et lugubres, empreints
de gloire ou de déshonneur, par tant de révolutions suc-
cessives.

« Mes frères, dit l'orateur, en rendant au culte cette chapelle fermée depuis soixante-quatorze ans et livrée depuis
lors à des usages profanes, ce nous est un devoir de vous
remercier de l'assistance que vous nous avez donnée dans
cette œuvre, par vos sympathies, par vos prières et par
vos aumônes. Je n'ai voulu céder à personne l'honneur
de remplir ce devoir, et c'est avec la plus profonde reconnaissance que je m'en acquitte en ce moment. Que
Dieu vous rende au centuple ce que vous avez fait ! qu'il
vous donne à chacun dans cette vie et dans l'autre une
part proportionnelle dans les trésors de la famille dominicaine! Nous le prions chaque jour d'acquitter notre
dette, lui qui lit dans les cœurs, et qui sait ce que doit
ignorer la main gauche du véritable chrétien.

« Vous l'augmenterez, cette dette, mes frères, en continuant ce que vous avez commencé ; en complétant cette
œuvre, et surtout en continuant de nous soutenir de vos
pieuses sympathies et de vos prières. Oh ! oui, demandez
sans cesse à Dieu de nous mettre à la hauteur de ce passé
que nous avons l'humble et ferme désir de faire revivre et
de perpétuer. Demandez-lui sans cesse de nous rendre
dignes de nos devanciers, dignes de ces vertus, de cette
sainteté et de cette science religieuse, qui dans ce quartier rayonnèrent si longtemps sur le front de nos Pères.
Car, vous le savez, nous ne sommes pas des nouveaux

venus ici. Nous y avons de vieux et glorieux ancêtres ; et alors même que tout ne serait pas rajeuni sur cette vieille montagne qui tend à imiter le reste de Paris, nos titres ne le céderaient à nul autre en noblesse et en ancienneté.

«C'est en 1217, peu après la profession solennelle à Toulouse de Dominique et de ses premiers compagnons, que les Frères-Prêcheurs arrivèrent à Paris. Ils n'étaient que trois: le B. Mannès, frère consanguin de saint Dominique, Michel de Fabvre, et un Frère convers. Ils descendirent dans la cité, entre Notre-Dame, qui commençait à s'élever, l'Hôtel-Dieu, qui s'appelait alors l'Hospice de la Vierge Marie, et l'évêché, dans la maison d'un artisan qu'ils prirent en location. Ils n'y restèrent qu'un an avec les nouveaux compagnons qui étaient venus les rejoindre, et se transportèrent dans la rue Saint-Jacques, où Jean de Barastre leur fit don d'un hospice qu'il y avait fondé. C'est là, dans cette rue qui leur donna son nom, *Jacobini*, que nos Pères vécurent jusqu'en 91.

« Dirai-je les grands hommes et les saints que ce couvent de Saint-Jacques abrita pendant ces six cents ans ? Ne citons que les saints.

« Saint Dominique y séjourna pendant un mois, et l'histoire rapporte que pendant ce rapide séjour il réunit autour de la chaire de Notre-Dame la jeunesse des écoles, avide, enthousiaste de sa parole.

« Son frère, le B. Mannès, en fut le fondateur et le premier prieur.

« Le B. Jourdain de Saxe y prit l'habit, avec ce frère Henri de Cologne que ses lettres nous ont appris à aimer et à vénérer. C'est là que les divines séductions de sa sainteté et de son éloquence attirèrent à l'ordre de véritables multitudes de maîtres et d'étudiants.

« C'est là que vécut Frère Réginald, d'Orléans, une des gloires de l'Université avant d'être la nôtre, auquel la postérité a donné le nom de Bienheureux ; espérons qu'en cela elle n'a fait que devancer la décision solennelle de l'Église, et que *vox populi* sera *vox Dei*. Un culte spécial était rendu à sa mémoire au couvent de Saint-Jacques; nous ne ferons que renouer les traditions brisées.

« Après lui vient un maître plus célèbre encore et plus saint, le B. Albert, auquel l'histoire a donné le surnom de Grand.

« Puis ce disciple dont le nom efface toutes les gloires, dont le livre merveilleux appelé la *Somme* a mérité d'un pape ce singulier éloge que *chacun de ses articles est un miracle*, et a reçu de Jésus-Christ lui-même la louange que vous savez : *bene scripsisti de me, Thoma !*

« Nous ne séparerons pas de saint Thomas d'Aquin son condisciple et son ami, le B. Ambroise, professeur comme lui à l'Université de Paris, et après, maître du Sacré-Palais à Rome.

« Là vécurent aussi le B. Laurent d'Angleterre et le B. Gilles, médecin d'abord — on dit même sorcier — qui racheta par des mortifications extraordinaires et par une remarquable sainteté les erreurs de la jeunesse et les folles curiosités de la science, et enfin le B. Humbert de Romans, général de l'ordre comme le B. Jourdain de Saxe, qui fut le premier historien de nos usages et de notre esprit, et régla la liturgie de l'ordre.

« Tels furent les hommes de notre première génération. C'est du versant de cette montagne que leur sainteté, leur science, leur éloquence rayonnèrent sur Paris, sur la France et l'Église. Ce quartier est consacré par eux. Le monde peut l'ignorer, peut l'oublier : mais nous ! Et du reste leurs traces sont encore là, leurs noms y proclament notre droit de cité : Saint-Dominique d'Enfer, Saint-Thomas, Saint-Hyacinthe, Sainte-Catherine ; hâtons-nous de le constater avant que le marteau et la pioche

aient accompli leur rôle moderne. Et la place Maubert !
C'était en ces beaux jours où l'Université de Paris était la
première école du monde, et attirait à ses leçons la jeunesse de toutes les contrées. Il y avait alors ce maître
fameux dont je vous parlais tout à l'heure, qui avait nom
Frère Albert, et qui expliquait le livre des *Sentences*.
L'affluence était telle autour de sa chaire, que les salles
les plus grandes ne pouvaient plus la contenir, et il était
réduit à enseigner sur la place publique. Son nom est
resté à la place : Maubert — Maître-Albert.

« Et maintenant, mes frères, vous connaissez notre
genèse.

« Or, quand a dû cesser cette généreuse et honorable
hospitalité qui nous accueillit à Paris, il y a dix-huit ans,
il nous a fallu songer définitivement à fixer notre toit. Je
conçois que chacun d'entre vous ait exprimé des regrets
et des désirs : — ces regrets de nous voir quitter les
Carmes, ces désirs de nous avoir, les uns ici, les autres
là, sont trop flatteurs pour nous pour que je ne vous en
remercie pas. Mais pouvions-nous hésiter? Ces six siècles
de gloire, de science et de sainteté, notre mission spéciale,
notre nom, tout ne nous désignait-il pas le centre des
écoles, le quartier latin, Saint-Jacques? Pour ma part, je
n'ai pas balancé un instant. Mon rêve était de rétablir le
couvent de Saint-Jacques : la Providence m'a bien servi.
Saint Jean, son frère, m'est apparu me promettant ce
sanctuaire. Le B. Réginald m'a rappelé que c'est dans ces
lieux mêmes que, pendant six ans, il a professé le droit; le
B. Albert-le-Grand m'a montré la place qui conserve son
nom ; là, nous sommes vraiment, comme jadis, les Pères
de Saint-Jacques, Jacobini ; la rue des Mathurins-Saint-
Jacques longe notre cloître: et des fenêtres de nos cellules
nous pouvons contempler les vieilles tours de Notre-
Dame où les échos ont réveillé, à six siècles de distance,
le nom de Dominique. Ah ! quel heureux rapprochement

dans les noms et les faits : c'est dans la Cité qu'il a fixé, lui aussi , son premier domicile, dans une modeste chambre de la rue Chanoinesse qu'il louait comme le B. Mannès, le second fondateur de notre ordre en France, frère Dominique Lacordaire : et c'est en fascinant aussi, comme son patron, la jeunesse des écoles, par la magie de sa parole et par la mâle suavité de ses vertus, qu'il nous a reconquis le vieux droit de cité.

« Tout cela m'a séduit, et nous voici.

« La chapelle est consacrée sous le vocable de Saint-Jean ; le couvent est institué sous le vocable de Saint-Jacques, deux frères qui s'entendront pour nous protéger; ils sont puissants l'un et l'autre sur le cœur de Jésus. L'autel a été consacré hier à Notre-Dame du Saint-Rosaire. — Les vitraux des trois fenêtres absidales nous donneront bientôt les quinze mystères, en attendant que vous dessiniez vous mêmes dans ces autres baies (je vous les offre) cette glorieuse légende du passé que je viens d'esquisser. L'autel de la petite chapelle est consacré à saint Dominique ; ce sera en même temps le sanctuaire de la Milice angélique. Les autres autels intérieurs sont dédiés à saint Thomas, au B. Albert-le-Grand et au B. Mannès.

« Quant à ce que vous pouvez attendre de nous, le passé de dix-huit ans vous le dit : nous sommes ici, comme aux Carmes, des hommes de Dieu pour vous; nous nous dévouerons à vos âmes, ici comme là, par le ministère de la parole et par celui du sacrement de pénitence ; ici comme là, nous confesserons ; ici comme là, nous prêcherons, — mais dans d'autres conditions. »

Alors l'orateur esquisse à grands traits l'organisation du culte dans la nouvelle chapelle dominicaine, et il ajoute :

« A côté de ces dévotions dominicaines, nous avons notre grande et traditionnelle mission, que nous aurons bien soin de ne pas négliger : l'enseignement de la jeunesse des écoles. C'est un legs de notre Père saint Dominique, un legs renouvelé de notre bien-aimé P. Lacordaire. Et entre les deux Dominique, que d'autres nous l'ont légué. A côté de saint Thomas, d'Albert-le-Grand et du B. Ambroise, tous ces docteurs dont s'enorgueillit l'Université de Paris ! Sans vouloir les égaler, nous marcherons sur leurs traces ; et chaque année, quand les grandes voix de Notre-Dame se taisent, nous aurons pendant un certain nombre de dimanches des conférences pour les hommes.

« Voilà notre programme, mes Frères Pour le remplir dignement, nous avons besoin de votre concours. Vous nous avez habitués à compter sur vous, et nous y comptons Oui, mes bien aimés Frères, aidez-nous, aidez-nous puissamment par vos prières, afin que nous puissions faire revivre ce glorieux passé de nos Pères. Leur gloire humaine, nous n'y aspirons pas, si pure qu'elle ait été. Mais leur sainteté ! Ah ! voilà ce qu'il nous faut pour agir efficacement comme eux sur notre siècle. Demandez-la donc à Dieu pour nous, vous tous qui nous entourez de vos sympathies et qui participez à nos œuvres ; obtenez-nous des saints, des saints dans le Grand-Ordre, des saints dans le Tiers-Ordre , et ce second couvent de Saint-Jacques reverra les beaux jours du premier. »

FIN.

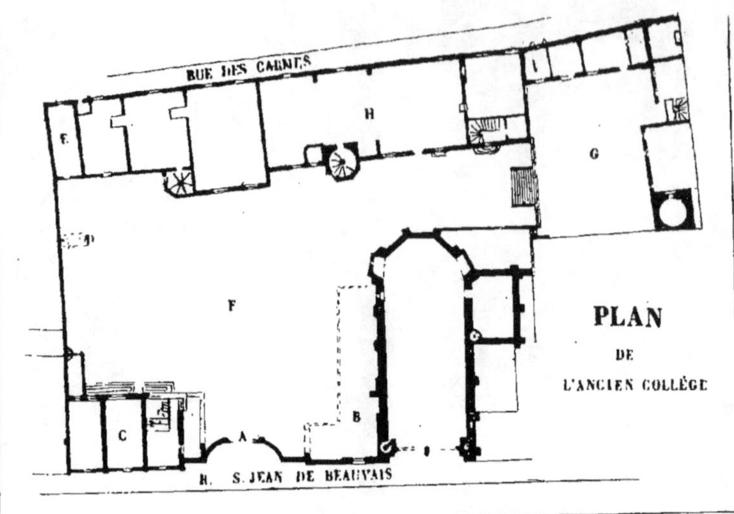
RUE DES CARMES
F
H
G
D
F
C
A
B
R. S. JEAN DE BEAUVAIS
PLAN
DE
L'ANCIEN COLLÉGE

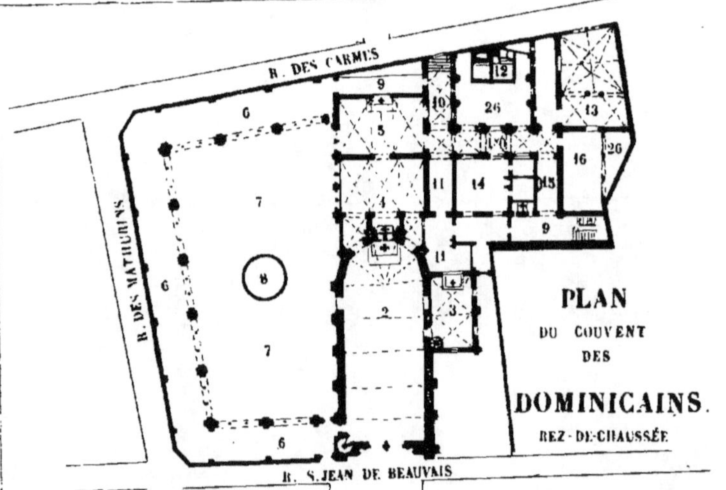
R. DES CARMES
G
9
12
10
26
5
13
16
26
11
14
15
R. DES MATHURINS
7
4
9
G
8
11
2
3
7
PLAN
DU COUVENT
DES
DOMINICAINS.
REZ-DE-CHAUSSÉE
6
R. S. JEAN DE BEAUVAIS

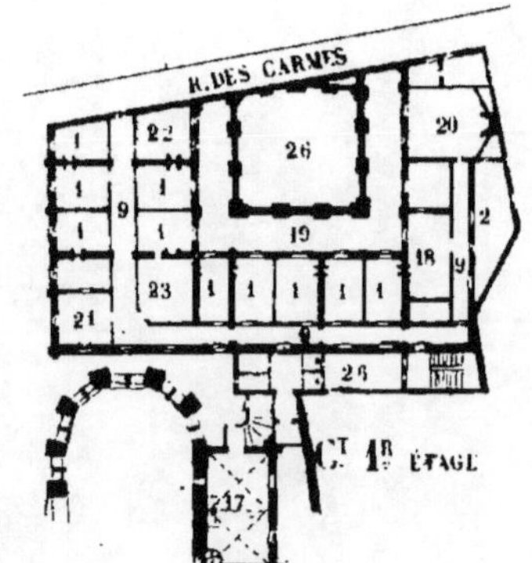
R. DES CARMES
1
22
26
20
9
1
1
19
2
18
9
23
1
1
1
1
21
26
17
C^T 1^R ÉTAGE

R. DES CARMES
27
26
1
1
9
1
27
26
21
25
1
1
1
1
9
26
C^T 2^E ÉTAGE.

APPENDICE.

—

I.

LÉGENDE EXPLICATIVE DES PLANS.

ANCIEN COLLÉGE.

(Plan communiqué par le Génie militaire.)

A. Grande porte du collége, fermée depuis la Révolution.

B. Partie de la cour concédée avec la chapelle à l'École mutuelle.

C. Gardes du Génie.

D. Puits.

E. Corps-de-garde près de l'entrée de la caserne.

F. Grande cour.

G. Petite cour pavée, ancienne dépendance du collége

H. Edifice primitif du collége de Beauvais construit au XIV⁰ siècle.

COUVENT DES DOMINICAINS.

1. Cellules.

2. Chapelle.

3. Ancienne sacristie, aujourd'hui chapelle Saint-Dominique.

4. Chœur des religieux.

5. Salle capitulaire.

6. Grand cloître.

7. Préau.

8. Bassin et jet d'eau.

9. Corridors.

10. Petit cloître intérieur.

11. Sacristie.

12. Buanderie et salle de bains.

13. Réfectoire.

14. Parloir.

15. Atrium.

16. Cuisine

17. Petit chœur.

18. Infirmerie.

19. Terrasse de l'infirmerie au dessus du petit cloître.

20. Appartement épiscopal.

21. Cellule du Prieur.

22. Cellule du Sous-Prieur.

23 Procure.

24. Cellule du Provincial.

25. Cellule du Sacristain.

26. Petites cours intérieures.

27. Bibliothèque.

II.

HOC EST INVENTARIUM PECIARUM ET VOLUMINUM LIBRORUM
IN LIBRARIA PRESENTIS COLLEGII REPOSITORUM (1).

Et primo intitulantur libri facultatis theologiæ videlicet :

Una biblia.

Concordantie biblie.

(1) Arch. de l'Emp. MM. 356, f° LVIII.

Matheus et Marchus glosati.

Joannes et Lucas glosati.

Job cum duodecim parvis prophetis.

Job cum Actibus apostolorum glosatus.

Libri Sapientiæ glosati.

Parabole Salomonis cum pluribus aliis glosate.

Liber apocalipsis cum pluribus aliis.

Textus sententiarum.

Job cum parvis prophetis glosatus.

Secunda secunde Thome de Aquino super librum sententiarum.

Primus liber Summe sancti Thome de Aquino et sanctus Thomas super quatuor.

Summa sermonum Jacobi de Losanna.

Liber de doctrina dicendi et tacendi cum pluribus aliis.

Tractatus de oratione dominica.

Primum volumen legende aure.

Secundum volumen ejusdem.

Secundus liber Vincentii.

Hystoria scolastica cum cronica Martini.

Sermones ad status et exempla nalia (?).

Aurora scilicet biblia metrificata.

Arbor vite et compendium Thome de Aquino.

Sermones Jacobi de Losanna.

Pastorale Gregorii cum floribus prophetarum.

Sermones magistrales novi de Losanna.

Expositiones et sermones epistolarum dominicalium et aliorum editi a Domino B. Tusoul episcopo.

Sermones dominicales fratris Guidonis.

Libri juris canonici.

Decretum.

Decretales.

Sextus . . . . de regulis juris.

Clementine et extravagantes.

Summa Innocentii.

Summa hostiensis.

Speculum judiciale G. Durandi

. Oculus copiose.

Reppertorium G Durandi cum quibusdam super decretales.
Casus Bernardi.

Questiones libri ethicorum et expositiones politice.

Boetius de consolatione.

Methaphisica et meteor.

Philosophia naturalis.

Textus methaphisice cum expositionibus ejusdem.

Liber phisice et methaphisice.

Alexander galtidos.

Questiones libri ethice a Buridano (ajouté postérieurement).

III.

Une chapelle de drap de soye dyapré vermeille es parties qui
sensuivent.

Premier, une chasuble doublé de cendail vermeil.

Une chappe doublé de cendail viés asuré.

Estole II.

Fanon III.

Aube pces (2) III, amis paulz (3) III, tuniques et dalmatiques,
frontal et doussier doublé de toile azure, saintures. III.

Deus courtines de Bouchain (courtine albe de bouqueranno)

(1) Arch. de l'Emp. H. 27851, comptes de 1381 à 1382.

(2) et (3) Nous n'avons trouvé à ces deux abréviations illisibles qu'une
explication raisonnable, donnée par un autre inventaire des mêmes
objets rédigé vers la même époque, mais en latin. On y lit: tres albe
parate cum examinctis paratis de panno serico cum tribus cingulis.

Item une chasuble de velvel rouge et semé de pappegaux vers.

Aube admict estole et fenon de mesme doublé de cendal jaune. Sainture une.

Item une chapelle de diapré non doubiée de cendal jaune, aube et admict pers.

Estole et fenon.

Sainture une.

Item une estole et un fenon de diapré en drap dor de Cypre doublé de cendail azuré.

Item une aube et un admit sangle.

Item une aube et un admit paulz de drap vermeil de marramas.

Item estole et fanon de meisme.

Item III napes sangles.

Item un frontel et dossier de drap dor a petites fleuretes de lis doublé de toile rouge.

Une chapelle de caresme es pieces qui sensuivent laquelle est ouvrée sur toille.

Premier chasuble.

Aube admit.

Estole fanon frontel.

Dossier.

Supaltare.

Nappe d'autel parée.

Une nappe piece d'un vert a or viés

Une autre nappe piece d'un drap de toille semée de oiseles.

Item une chasuble doublée de toille rouge a II paremens et a un amis paulz.

Une aube pce.

Estole de diapré blanc doublé de rouge.

Fanon doublé de rouge.

Une sainture.

Item une chasuble viés grosse et pesant d'un drap de soye doublé de toille azure.

Estole ı.

Fanon ı.

Aube et amis paulz.

Une sainture.

Item frontel et dossier doublé de toille azure.

Item une chasuble de marramas vert aube et amit paulz.

Estole et fanon doublés de toille rouge, une sainture, estole·

Item nappes dautel saingles ıx. Item ıı aubes saingles.

Item ııı amis saingles.

Item ıı chemises à livres.

Item frontel et doissier de toille ouvrée doublé de noir.

Item ıı vies custodes de toille pties, vıı petites tovailles de toille a essuer, ııı souppelis, ıı aulmuces descurieux fourrées de menu vairs.

Une petite croix de Limoges, une pais a limage nre Dame de meismez.

Un chandellier de cuivre a mettre sur lautel.

Un esmouchoir ouvré de soie et a franges. Item ıııı chandelliers de cuivre petis.

Item ıııı autres sur le grant autel. Item deus autres grans touz de cuivre. ıııı pieces de corporeaulx. Item ıı estuis

Item un calice tout d'or. Item un autre blanc et une cuillerette.

Item ayguieres dargent.

Item un ensansier de Limoges dor.

Tout ce est inferius.

Item ıv chopinettes destain.

Item quareaux de laine et plis de boure vı.

Item une escouse.

Cy apres sensuit les vaissiaux et les joyaux qui sont et doyvent estre en ladicte chapelle et de icelle.

Primo une ymaige dargent de nre Dame dorée de tres belle forme et a la forme et a la face charnelle tenent en sa main un vaissiau de cristal ou quel il a une espine de la sainte courone aournée de plusieurs pelles et soubz ses piés sont plusieurs reliques laquelle ymage est du pois de vii mars et un once dargent et est ladicte ymage devers monsseigneur de Beauvés patron de ce present college.

Item deus grans angelos dargent dores dautele fourme comme est lymage de saint Yves qui est en ce present collége et sont esmaillée aux armes de nostre fundeur et sont devers monsseigneur le patron comme dessus.

Item deus chandeliers dargent blans de fourme grande de haulte seignés des armes et du chapel de feu nostre fundeur lesquelz sont devers monsseigneur nostre patron comme dit est et li furent baillié lan mil CCCLXXIIII.

Item une ymage d'argent de saint Yve avec le doy du dit saint dor.

Item une ymage dargent dorée de S. Jehan evangeliste.

Item une crois dargent sans pié en laquelle il a une piece de la sainte crois.

Item une ymage dargent blanc de saint Nicolas ou dautre confesseur evesque.

Item un tabliaux qui jadis fut au cardinal de Naples et fut tres biaux.

Item un grand calice dargent doré esmaillé en la plateigne a limage de Dieu ensemble ii angelos ensemble estans et ou pié a limage du crucefi du pois de trois mars ou plus.

Item un autre calice dargent doré de plus petit pois.

Item un autre calice dargent blanc ou quel on celebre chascun jour.

Item deus plas dargent blanc esmaillez ou fons a serpens du pois de viii mars et vi onces.

Item ii estuis a mettre corporaulx.

Item deus petis pos dargent a mettre vin et yaue pour lautel.

Ce sont les livres servans et estans dans la chapelle. (1)

Un messel notté et bon, a lusaige de Paris a deux fermaux dargent blanc.

Un autre messel neuf sanz notte qui est au relieur et enlumineur.

Un messel senz notte a lusaigne des Prescheurs.

Un autre messel senz notte et senz Epistres et evangiles.

Un epistolier à lusaige de Beauvés.

Un breviaire grant notté en deux volumes.

Un autre petit notté en deux volumes.

Un psaltier fer. notté au dit usaige de Paris.

Unes vegiles de mors et les heures de nre Dame pendans a une chayne.

Unes autres vegiles en un volume.

Un breviaire en deux volumes senz a un usaige estrange en l'un des quiex sont une viez vegiles nottées.

Unes autres semblables vegiles nottées.

Un colletaire a lusaige de Paris tout couvert de cuir vermail.

Un catholicum et un psaltier glosé.

Unes vigiles nottées avec les venitez et les antheines de nre Dame et un autre a mettre sur lautel.

Cinq quarreaux de bourre, deux grans de cuivre et vii petiz.

Un legendaire a estrange usage de deux volumes.

Item trois quarreaux couvers de bazenne pour les chaieres de lautel.

Item deux autres quarreaux d'une partie de bazenne blanche et dautre partie de bazenne vermeille pour mettre dessoubz le mecel sur lautel.

(1) Arch. de l'Emp. H, 2785 ². Compte de 1383 a 1384

TABLE DES CHAPITRES.

—

ANJORRANT (Marie), bienfaitrice du collége de Dormans-Beauvais, 152.
ANJOU (le duc d'), fils de Jean-le-Bon, 33.
ANJOU (le duc d'), fils de Louis XIII, 286.
ANJOU (le duc d'), petit-fils de Louis XIV, 330.
ANNE D'AUTRICHE, 285, 286.
ANSELME (le P.), 34, 40, 156.
APREMONT (Robert d'), maitre du collége de Dormans-Beauvais, 91.
ARBOULIN (Jean d'), élève du collége de D.-B., 312.
ARCIS (d'), élève du collége de Mazarin, 514.
ARCIS-SUR-AUBE, dép. de l'Aube, 69.
ARCUEIL, dép. de la Seine, 107, 150.
ARGENSON (le marquis d'), 332.
ARNAUD (Antoine), 278, 303, 363, 412, 494.
ARRAS, dép. du Pas-de-Calais, 150.
ARTHUS, recteur de l Université, 325.
ASFELD (l'abbé d'), 357, 364.
ATHIS, dép. de la Marne, 66.
ATHIS-SUR-ORGE, dép. de Seine-et-Oise, 43, 151, 479.
AUBÉ, élève du collége de Mazarin, 514.
AUBER (Jean), recteur de l'Université, 278-280, 309.
AUBRY (Jacques-Philippe), boursier et professeur du collége de Lisieux, 507, 517.
AUCH, dép. du Gers, 182.
AUDANT, chanoine honoraire de Chartres, 105.
AUDIN, 184.
AURAT (d'), 185.
AUTEUIL, dép. de la Seine, 317.
AUXERRE, dép. de l'Yonne, 7, 399, 447.
AUXOY (Charles et Jean d'), seigneurs d'Orville et Goussainville, bienfaiteurs du collége de D.-B., 146, 147.
AVENEL (Pierre), recteur de l'Université, 182.
AVENET (Guillaume), bienfaiteur du collége de D.-B., 153.
AVIGNON, dép. du Vaucluse, 39, 162.
AVRANCHES, dép. de la Manche, 168, 169.

B

BABEUF (Pierre), principal du collége de Presles, 350.
BADOUROT, directeur de l'École mutuelle de la rue Saint-Jean-de-Beauvais, 546, 547.
BAGNOLET, dép. de la Seine, 480.
BAOUR-LORMIAN, 524.
BARASTRE (Jean de), des Frères-Prêcheurs, 564.
BARBAY, professeur de philosophie au collége de D.-B., 278, 308, 309, 311.
BARBE (Firmin), chapelain du collége de D.-B., 117, 120, 150.
BARBEZIEUX, 324.
BARBIER, 405, 444.
BARBIER D'AUCOUR, 494.
BARTHÉLEMY (Jean), procureur du collége de D.-B., 151.
BASIN (Floran), sous-maître du collége de D.-B., 123.
BAUBE (Jeanne), femme de Guillaume de Dormans, chancelier de France, 100, 116, 118, 120, 150, 156, 158.
BAUDET, verrier à Soissons, 90.
BAUDIN (l'amiral), 470.
BAUDOT, élève du collége de la Marche, 516.
BAYEUX, dép. du Calvados, 29, 183.
BAYONNE (le P.), des Frères-Prêcheurs, 561.
BAZIN (Gérard), avocat au Parlement, 72.
BEAUMANOIR (de), évêque du Mans, 207.
BEAUMONT (Élie de), avocat au Parlement, 531.
BEAURAINS (Germain de), élève du collége de D.-B., 355, 356.
BEAURIN, élève du collége de D.-B., 300, 301.
BEAUVAIS, dép. de l'Oise, 29, 31, 47, 64, 82, 99, 103, 115, 116, 130-132, 161, 200, 212, 376, 435, 436, 480.
BEAUVEAU (le prince de), 462.
BEAUVILLIERS (le duc de), 330.
BELFORT, dép. du Haut-Rhin, 526.
BELLAY (du), 185.
BELLEFOREST, 35.
BELLISOR (Pierre de), conseiller au Parlement, 152.

D

DU VAL (Guillaume), doyen du Collége de France, 178, 214.
DUVIQUET (Pierre), écolier du collége de Lisieux, 524, 538.

E

ÉCOLES DE DÉCRET (grandes et petites), 55.
ÉDOUARD, roi d'Angleterre, 39.
ÉGLISE DES CARMES (couvent et), 55, 142.
ÉGLISE DES CHARTREUX du prieuré de N.-D. de Vauvert, 46, 48.
ÉGLISE DES JACOBINS, 38.
— DES MATHURINS, 10.
— DU VAL-DE-GRACE, 548.
— NOTRE-DAME-DE-PARIS (cloitre et.), 54.
ÉGLISE SAINT-BARTHÉLEMY (paroisse et), 197.
ÉGLISE SAINT-BENOIT (chanoines et), 427, 481.
ÉGLISE SAINTE-GENEVIÈVE, 108, 415, 420, 496, 511.
ÉGLISE SAINT-ÉTIENNE-DU-MONT (curé, paroisse et), 53, 133, 134, 190, 371, 401, 436).
ÉGLISE SAINT-GERMAIN-DES-PRÉS, 554.
— SAINT-HILAIRE, 55.
— SAINT-HONORÉ (paroisse et), 244, 508.
ÉGLISE SAINT-JACQUES-DE-LA-BOUCHERIE, 126.
— SAINT-JACQUES-DE-L'HOPITAL, 32.
— SAINT-JEAN-DE-LATRAN (commanderie et), 55, 56, 546.
ÉGLISE DE SAINT-JEAN-EN-GRÈVE (cure et), 209, 370.
ÉGLISE SAINT-JULIEN-LE-PAUVRE, 54, 170.
— SAINT-LEU ET SAINT-GILLES (cure et), 197.
ÉGLISE SAINT-MÉDERIC (chanoines et), 481.
ÉGLISE SAINT-NICOLAS-DES-CHAMPS (paroisse et), 489.
ÉGLISE SAINT-PAUL-LES-PARIS, 35.
— SAINT-VINCENT-DE-VASSÉ, 278.
ESPEGARD EN NORMANDIE, 478.
ESPENCE (Claude d'), recteur de l'Université, 152, 187.
ESPIAIS, dép. de Seine-et-Oise (?), 480.

F

FOURRET, boursier du collège de D.-B., 274, 275.
FRANÇOIS Ier, 181, 214.
FRAYSSINOUS (de), évêque d'Hermopolis, 554.
FREBANT, fermier du collège de D.-B., à Nanteau-sur-Lunain, 474.
FROMENTIN (Pierre), recteur de l'Université, 406.
FUSIL (Antoine), curé de Saint-Barthélemy, de Saint-Leu et Saint-Gilles, 197.

G

GAGUIN (Robert), 169.
GALLAND (Jean), principal du collège de Boncourt, 180, 181.
GALON, légat apostolique, 8.
GACEY ou **GACÉ**, dép. de l'Orne, 82.
GALLARD (Claude), président à la Chambre des Comptes, 489.
GASSENDI, 215.
GAUDIN, l'un des sergents de la Rochelle, 548.
GAUTHIER, avocat au Parlement, 278, 292, 294, 295, 457.
GENEVAUX, régent au collège de D.-B., 153.
GENOVÉFAINS (les), 408, 415.
GENTILLY, dép. de la Seine, 86, 151.
GERBIER (Pierre-Jean-Baptiste), élève du collège de D.-B., 430, 457, 459, 460, 531.
GERMAIN (Robert), cuisinier du collège de D.-B., 486.
GIBERT (Baltazar), recteur de l'Université, 395, 398, 399, 446.
GILLAUT (Nicole), dépensier du collège de D.-B., 486.
GILLES DE SAINT-IRÈNE (le B.), des Frères-Prêcheurs, 556, 565.
GIRAULT, professeur au collège de Lisieux, 518.
GODEAU (Michel), recteur de l'Université, 391.
GONDI (Paul de), archevêque de Paris, 282.
GOUDOÏN, professeur de l'Université, 211.
GOUJET (l'abbé), 189, 209, 210, 212, 214, 215, 280, 434, 445,
GRANGIER (Jean), principal du collège de D.-B., 23, 101, 114, 115, 129, 188, 192, 200-214, 216-221, 229, 230, 333,

234, 236-238, 240, 241, 244-246, 249, 252-254, 256,
257, 279, 291, 310, 346, 354, 412, 540.
GRANGIER (Édouard), conseiller au Parlement, 349.
GRÉGOIRE VII (saint), 138.
GRÉGOIRE IX, 11.
GRÉGOIRE XI, 39.
GRÉGOIRE (l'abbé), 517.
GRENAN, professeur au collège d'Harcourt, 576.
GRENET, professeur au collège de Lisieux, 518, 524, 525.
GREVIN (Jacques), 185, 187.
GUÉNÉE (Nicolas), procureur du collège de D.-B. 101, 154,
262.
GUÉNON, professeur de philosophie au collège de D.-B., 278,
313, 316, 317.
GUÉRIN (Jean), élève du collège de D.-B., 355.
GUÉRIN (François), professeur de rhétorique au collège de
D.-B., 394, 430, 445.
GUÉRIN (Nicolas-François), recteur de l'Université, 445, 506.
GUIARD, régent au collège de D.-B., 99.
GUILHERMY (de), 98, 100, 556, 557.
GUILLAUMONT, tapissier, 98.
GUILLOT, 52.
GUILLOU, professeur de philosophie au collège de Montaigu.
GUISE, dép. de l'Aisne, 403.
GUISE (de), cardinal de Lorraine, 187.
GUY-PATIN, 209, 289.

H

HAMELIN (Paul), principal du collège de D.-B., 99, 404, 406,
407, 410, 413, 424, 427-429, 493, 500.
HARCOURT (Raoul d'), fondateur du collège d'Harcourt, 18.
HARCOURT (Guy d'), évêque de Lisieux, 493.
HARDI (Jean), archidiacre de Gacey, 82.
HARDOUIN (le P.), 440.
HARLAY (Achille de), premier président au Parlement, 199.
HATTON (Claude), 191.
HAVET (Jean), charpentier, 88, 89.

HÉBERT (Jean), élève du collége de D.-B., 356.
HÉLOISE, 100.
HELVÉTIUS, 396.
HENNEQUIN DE TOURNAY, tailleur de pierres, 109.
HENNEQUIN DU LIÉGE, sculpteur, 92, 95, 96.
HENRI II, 185.
HENRI III, 189, 194, 245.
HENRI IV, 183, 189, 287, 395, 498, 503.
HÉRIC D'AUXERRE, 7.
HERNE (Gilet), charpentier, 89.
HÉROUET (Olivier), professeur de philosophie au collége de
            D.-B., 258, 315.
HERSAN (Antoine), professeur au collége du Plessis, 344, 348,
            350, 351.
HEUZET (Jean), professeur au collége de D.-B., 430, 442-444.
HILDOIN DE SAINT-DENIS, 7.
HINCMAR DE REIMS, 7.
HOLBACH (le baron d'), 446.
HOLCOT (Robert), 168.
HORNES, boursier au collége de D.-B., 274, 275.
HOTEL DE BEAUVAIS, rue Saint-Antoine, 43.
HOTEL-DIEU DE PARIS, 54, 139, 469, 564.
HOYAU (Quentin), principal du collége de D.-B., 192, 198, 201-
            203, 222, 228.
HUE (Nicolas), principal du collége de D.-B., 184.
HUMBERT DE ROMANS (le B)., des Frères-Prêcheurs, 565.
HUSSON, serviteur du collége de D.-B., 276.
HUSSON (François), boursier de Saint-Jean-des-Vignes, 485.
HUY (Jehan de), maçon, 86, 87, 91, 94.

I

INGHEN (Marsile d'), 168.
INNOCENT IV, 12.
ISSAL, avocat au Parlement, 293.
IS-SUR-THIL, dép. de la Côte-d'Or, 528.
IVES DE CHARTRES, 7.

J

JACCAZ, élève du collége de Lisieux, 514.
JACOBINS de la rue Saint-Jacques (les), 535.
JACQUES DE VITRY, cardinal et légat du Saint-Siége, 15,16.
JANIN (Jules), 538.
JAQUILLON (Charles), chapelain du collége de D.-B., 125, 143, 152.
JARS (Robert de), chapelain du collége de D.-B., 148.
JEAN II le Bon, 31, 32-34, 40, 57, 63.
JEAN DE HAUTEVILLE, 13.
JEANNE DE NAVARRE, femme de Philippe le Bel, 28, 29.
JEANNE D'ÉVREUX, 36, 68.
JEHAN LE HUCHIER, 97.
JÉSUITES (les), 206-208, 280, 281, 284, 390, 404, 405, 407, 408, 410, 411, 439, 445, 446, 459, 462, 466, 505, 506.
JODELLE, 185.
JOINVILLE, dép. de la Haute-Marne, 82.
JOSSE (Jean), recteur de l'Université, 405.
JOURDAIN DE SAXE (le B.), des Frères-Prêcheurs, 556, 565.
JOURDAIN (Charles), 70, 194, 195, 197, 199, 208, 280, 282, 290, 308, 309, 310, 327, 367, 391, 405, 406, 409, 410, 437-439, 486, 492, 505, 512, 513, 523, 564.
JOUVENCE (Jehan), fondeur de cloches, 90.
JULLIEN, élève du collége de Montaigu, 514.
JURY, près Paris (?), 480.

L

LA CELLE près Paris, 480.
LACHAISE (le P.), 364, 365.
LACORDAIRE (le P.), des Frères-Prêcheurs, 536, 552, 567, 568.
LACROIX (Louis), 469.

M

MAISON appelée le Gago, 58.

   —   aux Images, 58, 60.

   —   du Jardinet, 58.

MALHERBE, 294.

MALTOR (Antoine), professeur de rhétorique au collége de D.-B., 414, 427, 429, 432.

MALTOR (Jean-Jacques-Laurent), professeur de sixième au collége de D.-B., 414.

MANNÈS (le B.), des Frères-Prêcheurs, 555, 564, 567.

MANNEVILLE (Jean de), bienfaiteur du collége de D.-B., 150.

MARCEL (Étienne), prévôt des marchands, 31.

MARCELET, orfèvre, 96.

MARCHAND, professeur au collége de Lisieux, 518.

MARCILE (Théodore), professeur d'éloquence latine au collége de France, 187, 204, 213.

MARIE-ANTOINETTE, 525.

MARIE LECKZINSKA, 437.

MARIE-THÉRÈSE d'Autriche, 290, 527.

MARIVAUX, 532.

MARLY, dép. de Seine-et-Oise, 396.

MARMONTEL, 293.

MAROLLES-SUR-SEINE, dép. de Seine-et-Marne, 150.

MARQUETTE (Jean-Charles), élève du collége de D.-B., 315.

MARTEL, élève du collége du Cardinal Lemoine, 516.

MATHURINS (cloître des), 207, 314, 315, 317, 394, 409, 535.

MAUPEOU (le chancelier), 459.

MAZARIN (le cardinal de), 390.

MEAUX, dép. de Seine-et-Marne, 29, 107, 116, 130, 131, 132, 156, 158; 161, 162, 350, 356.

MÉDICIS (Marie de), 198.

MELUN, dép. de Seine-et-Marne, 43, 161, 478.

MENARDEAU (Claude), conseiller au Parlement, 271.

MENGOIS (Étienne), bienfaiteur du collége de D.-B., 152.

MENTELLE (Edme), élève du collége de D.-B., 430, 467, 468, 525.

MERCIER (Michel), régent au collége de D.-B., 149.

MÉRY, dép. de Seine-et-Marne, 473.

MÉSENGUY (François-Philippe), sous-principal du collége de

MOREAU (Jean-Louis et François), élèves du collége de D.-B., 355.

MOREL, principal du collége de Reims, 205.

MOYNET (Nicolas), sous-maître du collége de D.-B., 323.

MUNGLOUT (Guillaume), bienfaiteur dn collége de D.-B., 151.

MUSSET, membre de la Convention, 465.

N

NAGUETTES (Nicolas), professeur de troisième au collége de D.-B., 414.

NANTEAULX (?), 125.

NANTEAU-SUR-LUNAIN, dép. de Seine-et-Marne, 43, 474, 478, 487-489.

NATION D'ALLEMAGNE, 8, 301, 315, 317.

— DE FRANCE, 8, 168, 171, 172, 178, 208, 211, 315, 317, 350, 399, 405, 406, 505.

NATION DE NORMANDIE, 8, 315, 317, 350, 395, 446.

— DE PICARDIE, 8, 175, 315, 317, 320, 350.

NAUDÉ (Gabriel), 170.

NECKER (Mme), 450.

NÉEL, élève du collége de Lisieux, 525.

NEMOURS, dép. de Seine-et-Marne, 488.

NESLE, dép. du Pas de-Calais, 100.

NESLE (Raoul de), seigneur de Saint-Venant, 148.

NEUFCHATEAU, dép. des Vosges, 444.

NICERON (le P.), 187, 188, 209, 210.

NICOLAI (Guillaume), procureur de la nation de France, 171.

NIÉPORT (de , élève du collége de Lisieux, 525.

NIMES, dép. du Gard, 529.

NOAILLES (le cardinal de), 394, 433.

NOIRLIEU (Martin de), curé de Saint-Louis-d'Antin, 554.

NOTIN (Jean), procureur du collége de D.-B., 70, 71, 123, 124, 146, 351.

NOTRE-DAME DES-CHAMPS, 86.

NOUVEL, élève du collége de la Marche, 514.

NOYERS, dép. de l'Yonne, 445.

Q

R

S

SAXE (le maréchal de), 448.
SCEAUX, dép. de la Seine, 464.
SCOT ÉRIGÈNE, 7.
SECOUSSE (Denis-François), élève du collége de D.-B., 430, 457-459.
SÉGUIER (le chancelier), 292.
SENS, dép. de l'Yonne, 29, 31, 99, 116, 118, 145, 146, 164, 298.
SERGENT (Antoine), boursier de Saint-Jean-des-Vignes, 485.
SERIS (Guillaume de), premier président au Parlement, 37.
SERMAISE-EN-BEAUCE, 43, 474, 479.
SERNION (Pierre), couvreur, 89.
SEVIN (Nicolas), professeur de troisième au collége de D.-B., 153, 278, 290-292, 294, 295, 310.
SEVIN (François), 298.
SÈVRES, dép. de Seine-et-Oise, 212, 240-242.
SIBOUR (Mgr), 552.
SILLY-EN-MULCIEN, 116, 119, 478.
SIMON, procureur du collége de D.-B., 413.
SOILLY (Clément de), chanoine de Soissons, 82, 85, 87-91, 93, 94, 144, 145.
SOISSONS, dép. de l'Aisne, 31, 47, 59, 60, 62, 66, 67, 69, 74, 82, 85, 90, 92, 100, 102, 126, 127, 144, 145, 151, 152, 157-159, 162, 164, 165, 175, 189, 193, 195, 219, 222, 263, 326, 336, 337, 340, 351, 355, 413, 414, 492.
SOLAR DE BREILLE (Ignace-Robert), abbé de Saint-Jean-des-Vignes, 421.
SOUAILLARD (le P.), des Frères-Prêcheurs, 558, 561, 563.
SOUDARD (Étienne), plombier, 90.
SULLY (Eudes de), évêque de Paris, 53.
SULLY (ministre), 448.

T

TAILHÉ (Jacques), élève du collége de D.-B., 430, 464.
TAILLEBAUDIÈRES (le château de). 30.

TURQUET (Pierre-Adrien), professeur de philosophie au collége de D.-B., 414, 429.

U

ULLUS ou URLUS (Girard de), chambellan du cardinal de Beauvais, 82, 84-87, 89, 92, 94.
UNIVERSITÉ DE PARIS, 7-11, 13, 15, 20, 23, 26, 27, 37, 38, 51, 56, 67, 68, 82, 141, 147, 166, 168, 170-177, 180-184, 188, 189, 193, 194, 199-202, 204, 206-208, 210, 211, 213, 217-219, 234, 236, 253, 258, 278-292, 301, 314, 315, 318, 320, 321, 324-326, 328, 334, 339, 340, 345, 350, 354-356, 359, 360, 365, 369-371, 374, 385-392, 394-400, 403-414, 418, 427-429, 431, 437-443, 445-447, 461, 470, 491, 494-506, 508, 512, 513, 517, 522, 523, 525, 527, 528, 534, 538, 540, 556, 565, 566, 568.
URBAIN V, 35, 37-39.
URBAIN VIII, 210.

V

VALLÉE, procureur du collége de Lisieux, 518.
VALLÉE (Oscar de), 293.
VAUGIRARD, près Paris, 86.
VAUVILLIERS (Jean), professeur de rhétorique au collége de D.-B., 430, 445, 465.
VAUVILLIERS (Jean-François), élève du collége de D.-B., 430, 465.
VERDUN, dép. de la Meuse, 537.
VERDUN (Nicolas de), premier président au Parlement, 199, 200, 205, 206, 208, 217, 220, 223, 225, 230, 232, 235, 236, 250.
VERIER, conseiller au Parlement, 165.
VERSAILLES, dép. de Seine-et-Oise, 99, 330, 331, 415, 420.
VERTUS (Nicolas de), peintre, 92, 93, 95, 96.

ERRATA

—

Page 22, ligne 12 : les colléges mieux rentés, *lisez* : les colléges les mieux rentés.

Page 32, ligne 15 : rendait aussi périlleuse, *lisez* : rendaient aussi périlleuse

Page 49, ligne 5 : Brunelli fit, civis..., *lisez* : Brunelli, fit civis...

Page 60, note 1, ligne 2 : se sont succédé, *lisez* : se sont succédés.

Ibid.   *ibid.*   ligne 4 : 27851, *lisez* : 2785 [1].

Page 105, ligne 19 : *lisez* : en tel collége fondé pour acquérir..

Page 118, ligne 3 : codicile, *lisez* : codicille.

Page 128, ligne 14 : qu'elle avait été..., *lisez* : quelle avait été...

Page 162, ligne 9 : différent, *lisez* : différend.

Page 188, ligne 23 : 1591, *lisez* : en 1591.

Page 196, ligne 15 : Prælles-Bellovacum, *lisez* : Prellæo-Bello-vacum.

Page 219, ligne 29 : proteste et qu'il ne fait..., *lisez* : proteste qu'il ne fait...

Page 258, ligne 34 : François Moreau, *lisez* : Antoine Moreau.

Page 278, ligne 4 : Nicolas Boileau, *lisez* : Jacques Boileau.

Ibid.   ligne 5 : Antoine, Arnaud, *lisez* : Antoine Arnaud.

Ibid.   ligne 6 : des régents Le Maire et Guénon, *lisez* : des régents Boileau et Guénon.

Ibid.   ligne 10 : François Moreau, *lisez* : Antoine Moreau

Page 293, ligne 4 : Saint-Beuve, *lisez* : Sainte-Beuve.

Page 386, ligne 3 : bonne chair, *lisez* : bonne chère.

Page 394, ligne 32 (note) : au chapitre XVII, *lisez* : au chapitre XVIII.

Page 397, ligne 20 : les plus ridiges, *lisez* : les plus rigides.

Page 424, ligne 3 : Telles furent..., *lisez* : Tels furent...

Page 430, ligne 8 : Chaudard-Desforges, *lisez* : Choudard-Des-forges.

Page 525, ligne 14: à Beauvais, *lisez* : à Lisieux.
Page 560, ligne 3 : ceux de 1869, *lisez* : celui de 1869.
Page 577, ligne 5 : le Clos-Brunea, *lisez* : le Clos-Bruneau.
Page 580, ligne 1 : Chaudard-Desforges, *lisez* : Choudard-Desforges.

Nous avons fait une omission que nous tenons à réparer ici. Parmi les élèves qui ont honoré les derniers jours du collége de Beauvais, il fallait nommer un condisciple et un ami de Dupaty, qui devint plus tard son beau-frère, Philippe Fréteau de Vaux-le-Pény. Né à Paris en 1745, il était, dès 1758, un des lauréats des concours généraux dont s'enorgueillissait le collége de Beauvais. Il y acheva sa rhétorique avec succès en 1760. Il n'avait que quinze ans. Cinq ans plus tard, il entrait au Parlement, où les talents et les vertus de ses ancêtres lui avaient depuis longtemps marqué sa place. Son attitude y fut toujours celle d'un homme profondément attaché à la monarchie et à la personne du roi, mais aussi ardemment désireux de réformes. L'un des plus vaillants champions du vieux Parlement contre Maupeou, partisan de Rohan dans l'affaire du collier, quand Loménie de Brienne voulut faire enregistrer ses fameux édits du timbre et de la subvention territoriale, il ne craignit pas d'opiner, en s'adressant directement au roi, en ces termes : « Sire, l'amour de la nation pour la race auguste des rois, et notamment pour la personne de Votre Majesté, n'est point affaibli ; mais tout s'use, et les plus belles institutions ne sont point à l'abri des atteintes du temps. Est-il donc étonnant qu'après tant de siècles les ressorts du gouvernement se soient altérés, et qu'ils aient besoin d'être raffermis sur leurs antiques fondements?...» On lui répondit par une lettre de cachet, qui l'envoyait dans la forteresse de Doullens. Exilé peu après, il rentra en France en 1788, et fut l'année suivante député aux États-Généraux par la noblesse de Melun et de Moret. Il s'y fit bientôt un nom par la facilité singulière avec laquelle il par-

lait sur toute espèce de questions. Mirabeau, dérouté plus
d'une fois par ses saillies et sa faconde infatigable, ne lui
épargnait pas ses colères et l'appelait *la commère Fréteau* ;
mais il sut aussi en plusieurs circonstances rendre hommage
à son rare talent de parole. La ligne de conduite de Fréteau
à l'Assemblée constituante fut constamment la même : sincèrement attaché à la royauté, mais partisan déterminé des réformes, il fit, avec la minorité de la noblesse, cause commune
avec le tiers-état. Il fut élu deux fois président de l'Assemblée.
Les préjugés depuis longtemps reçus dans les parlements
français, sans doute aussi l'influence de l'éducation donnée au
collége de Beauvais par des maîtres jansénistes, placèrent
Fréteau parmi les adversaires les plus obstinés de la cour de
Rome et parmi les plus zélés promoteurs de la constitution
civile du clergé. Fréteau venait d'être nommé président du
tribunal du premier arrondissement, quand éclata l'insurrection du 10 août. Effrayé de crimes qu'il n'avait pas prévus, et
dégoûté d'une révolution qui se couvrait de sang, il se retira,
dans son château de Vaux-le-Pény, près de Melun. Après deux
ans passés dans une retraite absolue, il apprend qu'un prêtre
apostat venait d'établir un club révolutionnaire dans l'église
du village. Il s'y rend aussitôt, et, avec sa verve accoutumée,
réduit à néant les accusations déclamatoires, impies et san-
guinaires du renégat. «Je ne me dissimule pas, dit-il en rentrant
chez lui, le danger auquel je viens de m'exposer ; mais je me
suis souvenu que la confirmation m'a fait soldat de Jésus-
Christ, et je n'ai pas hésité à sacrifier ma vie pour défendre la
gloire de mon maître.» Il ne tarda pas en effet à être cité devant
le tribunal révolutionnaire. D'abord acquitté, mais retenu en
prison par mesure de sûreté générale, il fut de nouveau jugé,
condamné et exécuté le 14 juin 1794. Ainsi mourut, à l'âge de
quarante-neuf ans, un ancien élève de Beauvais, qui nous semb e
en avoir, dans sa vie et dans sa mort, reproduit complétement
l'esprit, les préjugés, les erreurs et les éminentes qualités.

Fréteau ne fut pas le seul élève de Beauvais qui porta sur
l'échafaud révolutionnaire un nom respecté et un grand talent. Pierre-Paul Gilbert de Voisins, plus jeune que lui de
quelques années, l'y précéda en 1793. Il appartenait à une

ancienne famille noble, qui avait échangé l'épée pour la robe.
Un jour, c'était en 1763, le jeune Gilbert de Voisins soutenait,
en présence de son grand-père, alors conseiller d'État, un
exercice à la distribution des prix du collége. Le professeur
Tricot, maître-ès-arts, lui adressa, suivant l'usage, un compliment en vers, que l'on trouve imprimé dans les divers recueils
de l'Université. Les vers sont lourds. Nous citons cependant,
comme spécimen du genre, ceux qui se rapportent directement à l'enfant. Après avoir parlé de la mort prématurée de
son père, ancien président à mortier, le professeur ajoute, en
faisant parler Minerve :

> Qu'il te suffise, ô Mort, d'une seule Victime,
> Referme pour jamais l'abyme du Tombeau ;
> Du seul espoir qui reste à ce Sang magnanime
> Respecte le Berceau.

> C'est donc vous que je vois, ô Fils de tant de larmes !
> Vivez, justifiez et Minerve et Thémis.
> Rassurez aujourd'hui nos cœurs, de ces alarmes
> A peine encor remis.

> Et toi, Vierge sacrée (*Thémis*), à qui le Ciel réserve
> Ce digne et tendre objet de mes nobles travaux,
> Viens voir ces jeunes mains que destine Minerve
> A porter tes faisceaux.

> Qu'en ses premiers essais, ton œil charmé contemple,
> Non d'un succès trompeur l'éclat ambitieux,
> Mais ceux qu'ont préparés, d'un Ayeul, son exemple,
> Les conseils précieux.

L'enfant, dont on annonçait ainsi les futurs travaux dans la
magistrature, devint successivement avocat au Châtelet, greffier en chef du parlement et président à mortier. Il possédait
une magnifique bibliothèque, réunie par ses ancêtres et enri-
chie par lui-même, qui fut dispersée à sa mort.

Il y aurait encore beaucoup d'omissions à réparer. Nous
pourrions nommer, parmi les élèves du collége au xviie siècle,

Charles du Plessis d'Argentre, aumonier du roi en 1709, et de 1723 à 1740 évêque de Tulle, auteur de plusieurs savants ouvrages d'histoire ecclésiastique et de théologie et célèbre surtout par ses vertus. Nous ne nous y arrêtons pas. Nous voulions principalement, en nommant Fréteau et Gilbert de Voisins, ajouter à l'évidence d'un fait, remarquable pour quiconque étudie l'histoire de notre collége, à savoir, qu'il était devenu au XVIII° siècle l'asile privilégié où la jeunesse parlementaire venait de préférence puiser les premiers éléments des sciences.

ADDITION A LA TABLE

—

FIN.

40 - Abbeville. — Imprimerie Briez, C. Paillart et Retaux.

9 782019 591656